教育部人文社会科学重点研究基地

中國詩學研究

第二十七辑

安徽师范大学中国诗学研究中心 编

CSSCI来源集刊
AMI核心集刊
“国家哲学社会科学学术期刊数据库”和
“国家哲学社会科学文献中心”收录集刊

凤凰出版社

图书在版编目（CIP）数据

中国诗学研究. 第二十七辑 / 安徽师范大学中国诗学研究中心编. -- 南京 : 凤凰出版社, 2025. 6.
ISBN 978-7-5506-4569-1

Ⅰ. I207.22-55

中国国家版本馆CIP数据核字第2025PZ9046号

书　　名	中国诗学研究(第二十七辑)
编　　者	安徽师范大学中国诗学研究中心
责任编辑	黄　悦
装帧设计	陈贵子
责任监制	程明娇
出版发行	凤凰出版社(原江苏古籍出版社) 发行部电话025-83223462
出版社地址	江苏省南京市中央路165号,邮编:210009
照　　排	南京凯建文化发展有限公司
印　　刷	江苏凤凰数码印务有限公司 江苏省南京市栖霞区尧新大道399号,邮编:210038
开　　本	787毫米×1092毫米　1/16
印　　张	18
字　　数	339千字
版　　次	2025年6月第1版
印　　次	2025年6月第1次印刷
标准书号	ISBN 978-7-5506-4569-1
定　　价	126.00元 (本书凡印装错误可向承印厂调换,电话:025-57718474)

《中国诗学研究》编委会

目　录

诗学话语

宋代诗学

清代诗学

词学研究

诗学文献

新诗研究

诗学话语

郑玄"子夏序《诗》说"钩沉及平议

廖　群

摘　要:"子夏序《诗》说"乃《诗经》汉学主流意见,一般多称此说始见《毛诗正义》引沈重说,"案郑《诗谱》意,《大序》是子夏作,《小序》是子夏、毛公合作"。今见文献中郑玄的确是第一位称"诗序"乃"子夏所为"者,只不过此说见于《〈棠棣〉序》孔疏引《郑志》郑玄答张逸问,且郑玄认定此序皆子夏作,并无大序小序、首序续序之分。种种迹象表明,"诗序"的主体部分乃是先于"毛传"而存在的固有文本,是先秦经师之旧说,这为"子夏序《诗》说"提供了可能性;同时,"诗序"中又确有毛公之前、子夏之后的引述说明文字,"诗序"并非一人所作。郑玄肯定"此序子夏所为",实是秉承了《毛诗》一系"自称子夏所传"的认知传统,有着争取正统地位的主观诉求。还有,北大本《毛诗正义》对于孔疏引《郑志》这段文字的标点存在严重讹误,也需要予以特别指出。

关键词:《诗经》　"诗序"　子夏　郑玄

"毛诗序"的作者是谁,这一问题被《四库全书·〈诗序〉提要》称为"说经之家第一争诟之端"①。不过,直至宋人疑古之前,始见于郑玄提及的"子夏序《诗》说"一直是《诗经》学中的主流意见②。然而,郑玄此说见于何处,因何而说,其说究竟是"子夏作"还是"子夏、毛公合作",鲜见专门论及者。本文即拟详加解析并予以平议。

---

① 旧题周卜商撰,宋朱熹辨说《诗序》,《景印文渊阁四库全书》台湾"商务印书馆"1986年版,第69册,第2页。

② 如陆玑《毛诗草木鸟兽虫鱼疏》卷下:"孔子删《诗》,授卜商,商为之序。"见《景印文渊阁四库全书》,第70册,第21页。萧统录《毛诗序》入《文选》,题作者为卜子夏,见萧统编,李善注《文选》卷四五,中华书局1977年版,第637页。陆德明《经典释文》卷一:"是以孔子最先删录,既取周诗,上兼商颂,凡三百一十一篇,以授子夏,子夏遂作序焉。"见《景印文渊阁四库全书》,第182册,第366页。

一

关于郑玄的“子夏序《诗》说”，被提到最多的是《毛诗正义》陆德明《释文》引南朝梁沈重说：“案郑《诗谱》意，《大序》是子夏作，《小序》是子夏、毛公合作。卜商意有不尽，毛更足成之。”①然《毛诗正义》所录郑玄《诗谱》并不见有此一说，玩沈重语气，似只是揣摩《诗谱》之意，并非转引郑玄之语。故清人陈澧《东塾读书记》卷六《诗》开首于《释文》引沈重语下云：“孔疏所载《诗谱》不言序为谁作，沈重之说不知所据。”②

还有的于郑玄笺注中寻觅“子夏序《诗》说”的出处。如清人张澍《诗小序翼·题辞》：

> 小序，子夏作也。何以明之？……郑子释《南陔》云：“子夏序《诗》义合编，遭战国至秦而《南陔》六诗亡，毛公作传，各引其序冠之篇首。”可证《序》出于子夏。③

然而，这是将郑玄注与陆德明《释文》混淆的极大错误。《毛诗》于《小雅·南陔》等三篇“笙诗”处有序文云：

> 《南陔》，孝子相戒以养也。《白华》，孝子之絜白也。《华黍》，时和岁丰，宜黍稷也。有其义而亡其辞。④

该序文可分两个部分。前一部分是关于《南陔》《白华》《华黍》三篇“笙诗”的叙述文字，应为原诗序；后一部分是“有其义而亡其辞”，当为毛公的补充说明。

对此，郑玄注云：

> 此三篇者，乡饮酒、燕礼用焉，曰“笙入，立于县中，奏《南陔》《白华》《华黍》”是也。孔子论（纶）《诗》，雅颂各得其所，时俱在耳。篇第当在于此，遭战国及秦之世而亡之，

① 毛公传，郑玄笺，孔颖达疏《毛诗正义》卷一，阮元校刻《十三经注疏》，中华书局 1980 年版，第 269 页。用此说者如《〈诗序〉提要》：“以为《大序》子夏作，《小序》子夏、毛公合作者，郑玄《诗谱》也。”见《景印文渊阁四库全书》，第 69 册，第 1 页。

② 陈澧《东塾读书记》卷六，《续修四库全书》，上海古籍出版社 2002 年版，第 1160 册，第 557 页。

③ 张澍《诗小序翼》卷首，《续修四库全书》，第 66 册，第 475—476 页。

④ 《毛诗正义》卷九，《十三经注疏》，第 418 页。

其义则与众篇之义合编，故存。至毛公为《诂训传》，乃分众篇之义各置于其篇端。[①]

可见，郑玄注文只字未提子夏序《诗》。阮元校刻《十三经注疏》本《毛诗正义》，又称《附释音毛诗注疏》，于郑玄注文下以圆圈符号隔开，所附即是陆德明《经典释文·毛诗音义》对郑玄注的解说。《释文》此处解郑笺云：

此三篇盖武王之时周公制礼用为乐章，吹笙以播其曲。孔子删定在三百一十一篇内，遭战国及秦而亡。子夏序《诗》，篇义合编，故诗虽亡而义犹在也。毛氏《训传》，各引序冠其篇首，故序存而诗亡。[②]

原来，这条材料中称“子夏序《诗》”的是唐代的陆德明而非后汉的郑玄。

更遗憾的是，有学者明知《毛诗正义》此处有两段文字，在张澍《诗小序翼》的误导下，仍将它们皆视为郑玄之注，反而对正确称引提出指责：“这两段话原本是一个整体，通而观之，孔子传《诗》于子夏，子夏作《诗序》传之后世……近现代学者在引用郑玄的话时，大多只引用前面一段，致使郑玄‘子夏序《诗》’的明确说法变得模糊不清。”[③]可谓错上加错。

其实，检索文献，今见最早提到“子夏序《诗》”者确为郑玄，只不过其缘故和出处颇为迂曲，即见于《毛诗正义》中《〈常棣〉序》孔颖达疏引《郑志》郑玄答张逸问。对此，尚未见专门展开论述辨析者。此说需要钩沉和揭橥。

二

常 棣

《常棣》，燕兄弟也。闵管蔡之失道，故作《常棣》焉。周公吊二叔之不咸，而使兄弟之恩疏。召公为作此诗，而歌之以亲之。

常棣之华，鄂不韡韡。凡今之人，莫如兄弟。
死丧之威，兄弟孔怀。原隰裒矣，兄弟求矣。
脊令在原，兄弟急难。每有良朋，况也永叹。
兄弟阋于墙，外御其务。每有良朋，烝也无戎。

---

①② 《毛诗正义》卷九，《十三经注疏》，第418页。

③ 崔云胜《〈诗小序〉作于子夏——张澍〈诗小序翼题辞〉述评》，《河西学院学报》2016年第4期。

丧乱既平，既安且宁。虽有兄弟，不如友生？
傧尔笾豆，饮酒之饫。兄弟既具，和乐且孺。
妻子好合，如鼓瑟琴。兄弟既翕，和乐且湛。
宜尔家室，乐尔妻帑。是究是图，亶其然乎？①

该诗诗前序文云："《常棣》，燕兄弟也。闵管蔡之失道，故作《常棣》焉。"对此，郑玄笺注云："周公吊二叔之不咸，而使兄弟之恩疏。召公为作此诗，而歌之以亲之。"

郑笺与诗序有同有异。同者，皆认为此诗乃西周初年平定管蔡后周公伤悼闵乱之作，"二叔"即管叔、蔡叔；异者，郑玄又提到西周后期"召公为作此诗，而歌之以亲之"。

"周公作说"亦见《国语·周语中》"富辰谏"：

王使游孙伯请滑，郑人执之。王怒，将以狄伐郑。富辰谏曰："不可……周文公之诗曰：'兄弟阋于墙，外御其侮。'"②

周文公即周公，"兄弟阋于墙"二句即见于《常棣》第四章。

同样是"富辰谏"，《左传·僖公二十四年》所述却是召穆公"纠合宗族于成周，而作诗"：

王怒，将以狄伐郑。富辰谏曰："不可……昔周公吊二叔之不咸，故封建亲戚以蕃屏周……召穆公思周德之不类，故纠合宗族于成周，而作诗，曰：'常棣之华，鄂不韡韡。凡今之人，莫如兄弟。'"③

召穆公即西周后期谏周厉王"弭谤"的召公，"常棣之华"云云正是《常棣》的首四句。郑玄《〈常棣〉序》注文的后半部分无疑是本于《左传》，"吊二叔之不咸"与《左传》只字不差。

细品郑玄《〈常棣〉序》笺注，实是在调和《国语》《左传》二说，对此，孔疏说得更加明白：

《外传》(《国语》)云："周文公之诗曰：兄弟阋于墙，外御其侮。"则此诗自是成王之时周公所作，以亲兄弟也。但召穆公见厉王之时兄弟恩疏，重歌此周公所作之诗以亲

① 《毛诗正义》卷九，《十三经注疏》，第407—409页。
② 上海师范大学古籍整理研究所校点《国语》，上海古籍出版社1988年版，第45页。
③ 杜预注，孔颖达疏《春秋左传正义》卷一五，《十三经注疏》，第1817页。

之耳。故郑(玄)答赵商云:“凡赋诗者,或造篇,或诵古。”所云诵古,指此召穆公所作诵古之篇,非造之也。此自周公之事,郑(玄)辄言召穆公事,因《左氏》所论而引之也。……故杜预云:“周公作诗,召公歌之。”故言“亦云”是也。[①]

简言之,郑玄认同《〈常棣〉序》周公“闵管蔡之失道,故作《常棣》”之说,又补充称西周后期召穆公也曾“重述此诗而歌之”,只不过借用了《左传》的“二叔”一词,这便引发了《郑志》中弟子转述周仲文之语对郑玄注提出质疑一事。因为在经学文献中,“二叔”除了管叔、蔡叔之谓,还有夏商“二叔世”之说。“叔世”一词亦见《左传》:

三月,郑人铸刑书。叔向使诒子产书,曰:“……夏有乱政,而作《禹刑》;商有乱政,而作《汤刑》;周有乱政,而作《九刑》。三辟之兴,皆叔世也。”(《昭公六年》)[②]

对此,《春秋左传正义》孔颖达疏云:“三辟谓《禹刑》《汤刑》《九刑》也。辟,罪也。三者断罪之书,故为刑书,皆是叔世所为……服虔云:‘政衰为叔世,叔世逾于季世,季世不能作辟也。’”[③]所谓“叔世”,即按“伯仲叔季”排序之比“季(末)世”稍好一点的世道,所以还要“为刑书”力图挽救颓败趋势。

因此,关于《左传》“昔周公吊二叔之不咸”,据孔疏所言,对“二叔”实有两解:“先儒说《左传》(《僖公二十四年》富辰谏)者,郑众、贾逵以二叔为管蔡,马融以为夏殷之叔世。”[④]

郑玄笺注《〈常棣〉序》云“周公吊二叔之不咸,而使兄弟之恩疏”,无疑是以“二叔”指周公的兄弟管叔和蔡叔。

正因为马融解《左传》时认为“周公吊二叔之不咸”的“二叔”是指夏商二叔世,与郑玄笺注《〈常棣〉序》以“二叔”指管叔、蔡叔截然不同,这才导致了郑氏师门关于此笺的讨论。孔颖达接着疏云:

故《郑志》张逸问此笺云:“周仲文以《左氏》论之,三辟之兴,皆在叔世,谓三代之末,即二叔宜为夏殷末也。”答曰:“此注《左氏》者亦云管蔡耳。又此序子夏所为,亲受圣人,足自明矣。”[⑤]

---

①④⑤ 《毛诗正义》卷九,《十三经注疏》,第408页。

② 《春秋左传正义》卷四三,《十三经注疏》,第2043—2044页。

③ 《春秋左传正义》卷四三,《十三经注疏》,第2044页。

此谓郑玄弟子张逸曾借他人之口对郑玄的这条笺注（“周公吊二叔之不咸，而使兄弟之恩疏”）很委婉地提出质疑，称周仲文以《左传》“郑人铸刑书”的记述为例，怀疑郑玄《〈常棣〉序》注有问题，因为《左传》中叔向书信中有“三辟之兴，皆叔世也”之语，“二叔”似更应理解为夏殷二叔世，不应该用来指管蔡二叔。对此，郑玄毫不犹豫地回答，即便是《左传》富辰谏中的“周公吊二叔之不咸”，注解中除了有二叔世之说，也还有管蔡“二叔”之说；况且，“诗序”是子夏所撰，子夏乃是孔子的入门弟子，聆听过孔子教诲，其说诗必是孔子所授，这还有什么可怀疑的？正是在这里，郑玄明确提出了“诗序”乃“子夏所为”的说法。此乃郑玄“子夏序《诗》说”的确切出处。

周仲文何许人也？于史无考，孔疏只是推测此人“盖汉世儒者也”[①]。

《郑志》何种书也？《后汉书》郑玄本传云：“门人相与撰玄答诸弟子问《五经》，依《论语》作《郑志》八篇。”[②]《隋书·经籍志》著录：“《郑志》十一卷，魏侍中郑小同撰。”[③]对于“八篇”与“十一卷”之异，《四库全书·〈郑志〉提要》云：“疑追录之者诸弟子，编次成帙者则小同。《后汉书》所纪原其始，《隋书》所纪要其终。”[④]惜该书至宋代《崇文总目》已不见著录，当佚于北宋初年。孔颖达《毛诗正义》作于唐初，尚可见《郑志》原书，所引自为有据。总之，载录郑玄“子夏序《诗》说”的《郑志》是郑玄师门入门弟子亲手所撰，属于第一手资料。

见于《郑志》的郑玄答张逸问这条材料显示了很重要的学术信息。

我们知道，关于“诗序”，又有大序、小序、首序、续序之分。关于大序、小序之分，如陆德明《经典释文·毛诗音义》于《国风·关雎》序文首句“《关雎》，后妃之德也”后引旧说云：“起此至‘用之邦国焉’，名‘关雎序’，谓之‘小序’。自‘风，风也’讫末，名为‘大序’。”[⑤]前述陆德明《音义》引沈重说“郑玄《诗谱》义”是“大序”为子夏作，“小序”为子夏、毛公合作，就是在所引旧说大序、小序之后而言之。关于首序、续序之分，如唐成伯玙《毛诗指说》提出“小序子夏唯裁初句耳，至‘也’字而止……其下皆是大毛自以诗中之意而系其辞也”[⑥]。然郑玄称《〈常棣〉序》“此序子夏所为”，乃是连同初句“燕兄弟也”之后的续序一起说的，甚至可以说主要是就续序“闵管蔡之失道”而言。还有，郑玄这里的“子夏序《诗》说”虽仅就《〈常棣〉序》而发，但就其不假思索的语气，可见郑玄高调主张诗序“子夏所为”，并无什么首序续序之分，亦无称子夏、毛公合作之意。

---

① 《毛诗正义》卷九，《十三经注疏》，第 408 页。

② 范晔撰，李贤等注《后汉书》卷三五，中华书局 1965 年版，第 1212 页。

③ 魏徵等《隋书》卷三二，中华书局 1973 年版，第 938 页。

④ 郑小同《郑志》卷首《提要》，《景印文渊阁四库全书》，第 182 册，第 326 页。

⑤ 《毛诗正义》卷一，《十三经注疏》，第 269 页。

⑥ 成伯玙《毛诗指说》，《景印文渊阁四库全书》，第 70 册，第 174 页。

说到此，这里需要特别指出的是，北大标点本《毛诗正义》关于孔疏这段文字的标点出现了严重错误。北大本对于这段文字是这样标点的：

故《郑志》张逸问："此笺云周仲文以《左氏》论之，三辟之兴，皆在叔世，谓三代之末，即二叔宜为夏、殷末也。"答曰："……又此序子夏所为，亲受圣人，足自明矣。"①

明确来说，该版本将"故《郑志》张逸问此笺云：'周仲文以《左氏》论之……'"标点成了"故《郑志》张逸问：'此笺云周仲文以《左氏》论之……'""此笺"即郑玄《〈常棣〉序》笺注，注中何曾提到"周仲文"？如果按照北大本的标点，岂不是郑玄自己对自己提出质疑？

说到北大本《毛诗正义》标点错误，兹再举一例。

《毛诗·大雅·大明》第四章"天监在下，有命既集。文王初载，天作之合"，毛注"初载"之"载"为"识"，本此，郑玄笺云："天监视善恶于下，其命将有所依就，则豫福助之于文王，生适有所识，则为之生配于气势之处，使必有贤才。谓生大姒。"对此，孔颖达疏云：

[疏]……○笺"天监"至"大姒"。○正义曰：于文王有所识，则不过二三岁也。《大戴礼》称文王十三生伯邑考，十五生武王发，明大姒之小于文王才一二岁耳。若然，文王初生，已有天命之意。②

大意就是，当文王很小刚刚有所识别的时候，"天作之合"，老天已为他生出了一个将来与他配对的小女孩。

这里要说的是，孔疏中"文王十三生伯邑考，十五生武王发，明大姒之小于文王才一二岁耳"，被北大标点本标成了"文王十三生伯邑考，十五生武王，发明大姒之小于文王才一二岁耳"③。

"发明大姒"完全讲不通。这里标点者分明是不知武王名"发"才将"武王发"标成了"武王，发明……"④，遂造成了如此可笑的错误。

据笔者所知，北大标点本《毛诗正义》是目前使用率比较高的一个版本，但讹误很多，所以必须提醒使用者注意辨析，不要盲从，以免被误导。

---

① 《毛诗正义》卷九，李学勤主编《十三经注疏(标点本)》，北京大学出版社 1999 年版，第 569 页。

② 《毛诗正义》卷一六，《十三经注疏》，第 507 页。

③ 《毛诗正义》卷一六，《十三经注疏(标点本)》，第 969 页。

④ 《尚书·牧誓》曰："(武)王曰：'……今予发，惟恭行天之罚。'"参见《尚书正义》卷一一，《十三经注疏》，第 183 页。

三

如上所述，郑玄明确提到“诗序”乃“子夏所为”见于《郑志》答张逸问，此条记述确为今见“子夏序《诗》说”的最早材料。

不过，郑玄应该并非第一个倡言“子夏序《诗》”的经师，他只是针对具体篇目的“诗序”随口说出了当时被普遍认定的共识。稍后于郑玄的另一位经师王肃于《孔子家语·七十二弟子解》“卜商，卫人，字子夏……习于诗，能通其义”下注云：“子夏所叙诗义，今之《毛诗序》是”[①]，更明确地将“诗序”认定为子夏所作。我们知道，王肃素以“难郑”著称，导致“郑学”“王学”之争。正如《钦定四库全书总目〈毛诗正义〉》所言，“自郑《笺》既行，齐鲁韩三家遂废。然《笺》与《传》义亦时有异同。魏王肃作《毛诗注》《毛诗义驳》《毛诗奏事》《毛诗问难》诸书，以申毛难郑”[②]。所以，王肃的“子夏序《诗》说”不可能是本于郑玄。

《汉书·艺文志》在著录完《鲁故》《齐后氏故》《韩内传》《毛诗故训传》等《诗》学著作后言“汉兴，鲁申公为《诗》训故，而齐辕固、燕韩生皆为之传……三家皆列于学官。又有毛公之学，自谓子夏所传，而河间献王好之，未得立”[③]，称毛公自谓“子夏所传”，据理推之，“子夏序《诗》说”当发轫于此。

关于郑玄的“子夏序《诗》说”，可从两方面来分析：

一方面，种种迹象显示，“诗序”的主体部分，包括首序和续序，原是固有文本，已经先于秦汉之际的毛公故训而存在，乃先秦经师旧说，《毛诗故训传》中多有依序解诗的篇目，这为“子夏序《诗》说”提供了可能性。

“诗序”原本曾单独编在一起先毛公“故训”而存在，前面已经举到过的《南陔》等三篇“有其义而亡其辞”的“笙诗序”就是一证：

> 《南陔》，孝子相戒以养也。《白华》，孝子之絜白也。《华黍》，时和岁丰，宜黍稷也。有其义而亡其辞。此三篇者，乡饮酒、燕礼用焉，曰“笙入，立于县中，奏《南陔》《白华》《华黍》”是也。孔子论(纶)《诗》，雅颂各得其所，时俱在耳。篇第当在于此，遭战国及秦之世而亡之，其义则与众篇之义合编，故存。至毛公为《诂训传》，乃分众篇之义，各置于其篇端。[④]

---

① 王肃注《孔子家语》卷九，《景印文渊阁四库全书》，第695册，第86页。

② 《毛诗正义》卷首，《十三经注疏》，第259页。

③ 班固撰，颜师古注《汉书》卷三〇，中华书局1962年版，第1708页。

④ 《毛诗正义》卷九，《十三经注疏》，第418页。

《小雅》中的《南陔》《白华》《华黍》作为“笙诗”中的三篇，明明有目无辞，但《序》云：“《南陔》，孝子相戒以养也。《白华》，孝子之絜白也。《华黍》，时和岁丰，宜黍稷也。”说明作序者见到过几篇歌诗之辞，序文是据辞言义，故收录此“序”的《毛诗故训传》作者加了一句说明：“有其义而亡其辞。”虽然有目无辞，但却有“义（序）”。郑玄因此推断“其义（序）则与众篇之义（序）合编”，至毛公为《故训传》，“乃分众篇之义，各置于其篇端”。这个推断是合理的。这说明，原本已有一部单独叙述《诗》义的合编本，且这个文本先于大毛公撰著《诗故训传》而存在，所以会被毛公用来作为解诗的前提，“笙诗序”也因此能被毛公看到并收录在这部《故训传》中。

《毛传》依序解诗，所依之序包括首序和续序，兹举一例：

新 台

《新台》，刺卫宣公也。纳伋之妻，作新台于河上而要之。国人恶之，而作是诗也。

新台有泚，河水弥弥。泚，鲜明貌。弥弥，盛貌。水所以絜污秽，反于河上而为淫昏之行。燕婉之求，籧篨不鲜。燕，安。婉，顺也。籧篨，不能俯者。

新台有洒，河水浼浼。洒，高峻也。浼浼，平地也。燕婉之求，籧篨不殄。殄，绝也。

鱼网之设，鸿则离之。言所得非所求也。燕婉之求，得此戚施。戚施，不能仰者。[1]

据序文，该诗乃讽刺卫宣公夺子妻室之作。然而通观全诗诗句，并没有提到任何具体的人和事，全是以“新台”“河水”“籧篨”“鱼网”“鸿”“戚施”等比兴出之。值得注意的是，《毛传》对于首句“新台有泚，河水弥弥”的训诂除了解字，后面还有“水所以絜污秽，反于河上而为淫昏之行”。试想，如果没有诗序首句之后的续序，单凭首序中的“刺卫宣公”和诗句中的“新台”“河水”，如何得知所刺是指向“淫昏之行”？既然提到“淫昏之行”，为何又不提谁为“淫昏”，与谁“淫昏”？还有，第三章的兴句为何是“所得非所求”？联系序文，特别是续序（“纳伋之妻，作新台于河上而要之”），这些疑问便可迎刃而解。很显然，正因为诗序已经交代了该诗的创作缘故，包括事件（卫宣公纳娶太子伋之妻）、地点（作新台于河上）、当事人（卫宣公、伋之妻）、作者（国人）、主旨（刺卫宣公）等，训诂部分依序解诗，才略去了这些具体信息，而只揭示首句“新台”“河水”是用来暗讽“淫昏之行”，以及揭示“鱼网之设，鸿则离之”是从新娘的角度隐喻没嫁如意郎反遇癞蛤蟆。

总之，《毛诗故训传》中诗篇正文之前讲述诗篇题旨、背景、创作的后来被称作“诗序”

---

① 《毛诗正义》卷二，《十三经注疏》，第311页。

的文字，原是一部固有的"诗义"著作，先毛公故训而存在，乃先秦经师旧说，毛公只是将它们分别置于诸诗之前，并依"义(序)"解诗而已。亦即是说，"诗序"，包括首序和续序，都不会是毛公所作，而是毛公之前的先秦经师所作。

先秦教《诗》讲《诗》的经师，除了孔子，子夏的确是首选人物。文献中多有子夏问《诗》、子夏从教、子夏引《诗》的记述。

子夏问《诗》，如：

子夏问曰："'巧笑倩兮，美目盼兮'，素以为绚兮。何谓也？"子曰："绘事后素。"曰："礼后乎？"子曰："起予者商也！始可与言《诗》已矣。"(《论语·八佾》)①

孔子闲居，子夏侍。子夏曰："敢问《诗》云：'凯弟君子，民之父母。'何如斯可谓民之父母矣？"孔子曰："夫民之父母乎，必达于礼乐之原……四方有败，必先知之。此之谓民之父母矣。"(《礼记·孔子闲居》)②

子夏从教，如《史记》提到子夏曾经以教授为业：

孔子既没，子夏居西河教授，为魏文侯师。(《孔子弟子列传》)③

《礼记·乐记》也记有魏文侯向子夏请教诗乐问题的情节，而且子夏在回答中多次引到、讲到《诗》：

魏文侯问于子夏曰："吾端冕而听古乐，则唯恐卧；听郑卫之音，则不知倦。敢问：古乐之如彼何也？新乐之如此何也？"子夏对曰："……今君之所问者乐也，所好者音也……"文侯问曰："敢问何如？"子夏对曰："……天下大定，然后正六律，和五声，弦歌诗颂，此之谓德音；德音之谓乐。《诗》云：'莫其德音，其德克明。……'……《诗》云：'肃雍和鸣，先祖是听。'夫肃肃，敬也；雍雍，和也。夫敬以和，何事不行？为人君者，谨其所好恶而已矣。君好之，则臣为之。上行之，则民从之。《诗》云：'诱民孔易。'此之谓也。"④

---

① 何晏注，邢昺疏《论语注疏》卷三，《十三经注疏》，第2466页。

② 郑玄注，孔颖达疏《礼记正义》卷五一，《十三经注疏》，第1616页。

③ 《史记》卷六七，第2203页。

④ 《礼记正义》卷三八至三九，《十三经注疏》，第1538—1541页。

有如上与《诗》密切相关的条件，加上“毛公之学，自谓子夏所传”（《汉书·艺文志》）[①]，以先秦经师旧说为主体的“诗序”中有“子夏所为”的部分，是完全可能的。

另一方面，有迹象表明，诗序不可能全部都是子夏所作，有些序肯定作于子夏之后。如：

毛诗·周颂·丝衣

《丝衣》，绎宾尸也。高子曰：“灵星之尸也。”绎，又祭也。天子诸侯曰绎，以祭之明日。卿大夫曰宾尸，与祭同日。周曰绎，商谓之肜。[②]

诗序云：“《丝衣》，绎宾尸也。高子曰：‘灵星之尸也。’”对此，郑笺注首序“绎宾尸也”云：“绎，又祭也。天子诸侯曰绎，以祭之明日。卿大夫曰宾尸，与祭同日。周曰绎，商谓之肜。”郑笺此注可分为前后两个部分。由“周曰绎”之前的注解，“绎宾尸也”可读为“绎、宾尸也”，意为此诗乃绎祭、宾尸祭所用之歌。绎祭、宾尸祭皆属祭祀之后又举行的一场与祭祀相关的宴享活动。天子、诸侯这场祭祀称作“绎”，在祭祀之后第二天举行；卿大夫这场祭祀叫作“宾尸”，在祭祀的同一天接着举行。由后一部分“周曰绎，商谓之肜”，“绎宾尸也”又可读为“绎，宾尸也”，即周人称这场祭祀为“绎”，乃是为了“宾尸”而举行。

由“宾尸”之称不难推断，这第二场祭祀主要是答谢正祭时担任“尸”（扮演祭主）职的人。因为进入战国之后“尸”多被神主牌位所取代，就有个当年是否确用活人之“尸”作为祭主的问题。因此，续序云：“高子曰：‘灵星之尸也。’”高子并非撰“序”之人，是撰“序”之人引用高子曾经提到过“灵星之尸”，以补充说明绎祭之所以称“宾尸”，乃是为答谢正祭所用之“尸”而举行。对此，孔颖达疏云：

《丝衣》诗者，绎宾尸之乐歌也……。子夏作序，则唯此一句（“绎宾尸也”）而已。后世有“高子”者，别论他事。云“灵星之尸”，言祭灵星之时，以人为尸。后人以高子言灵星尚有尸，宗庙之祭有尸，必矣，故引高子之言，以证宾尸之事。子夏说受圣旨，不须引人为证。毛公分序篇端，于时已有此语，必是子夏之后，毛公之前，有人著之……高子者，不知何人。孟轲弟子有公孙丑者，称高子之言以问孟子，则高子与孟子同时。[③]

---

① 《汉书》卷三〇，第1708页。

②③ 《毛诗正义》卷一九，《十三经注疏》，第603页。

孔疏认为，被作续序者引用的高子之语“灵星之尸也”，说的正是“祭灵星之时，以人为尸”，以此类推，“宗庙之祭有尸，必矣”。

何谓“灵星”？孔疏引颜师古《汉书注》云：“《汉书·郊祀志》云：‘高祖诏御史：其令天下立灵星祠。’张晏曰：‘龙星左角曰天田，则农祥也。晨见而祭之。’史传之说灵星，唯有此耳。”①

孔疏言“史传之说灵星，唯有此（颜师古注引张晏说）耳”，并不准确。南朝宋范晔《后汉书·祭祀志下》（取自西晋司马彪《续汉书》）也提到了“灵星”：

> 汉兴八年，有言周兴而邑立后稷之祀，于是高帝令天下立灵星祠。言祠后稷而谓之灵星者，以后稷又配食星也。旧说，星谓天田星也。一曰，龙左角为天田官，主谷。②

原来祭祀灵星以后稷配食，则有尸不足为奇，尸所代表的应该就是后稷。所以，加上“高子曰‘灵星之尸也’”一句，对于解说“绎祭”和理解《周颂·丝衣》的确很有帮助。

如前所述，“诗序”的主体部分乃毛公之前已经存在的汇集经师说《诗》的固有文本，引用“高子”之言者必在毛公之前、高子同时或之后。孔疏认为《丝衣序》中的首序“绎宾尸也”为子夏所作，引用高子之言的部分则不会是子夏本人所为，因为“子夏说受圣旨，不须引人为证”。其实，子夏之时“以人为尸”并不是什么冷知识③，也就无须引人之言以补充说明何为“宾尸”。至于高子究竟是谁，孔疏推测可能是孟子弟子公孙丑所称之高子。

公孙丑称高子之言以问孟子见于《孟子·告子下》：

> 公孙丑问曰：“高子曰：《小弁》，小人之诗也。”孟子曰：“何以言之？”曰：“怨。”曰：“固哉，高叟之为诗也……”④

如果《孟子》中公孙丑提到的高子确是《〈丝衣〉序》中提到的高子，那么这个高子是与孟子同时之人，引用高子的人又当与高子同时或其后，此人更不会是子夏。

---

① 《毛诗正义》卷一九，《十三经注疏》，第 603 页。

② 《后汉书》志第九，第 3204 页。

③ 《礼记·曾子问》：“曾子问曰：‘祭必有尸乎？若厌祭亦可乎？’孔子曰：‘祭成丧者必有尸，尸必以孙。孙幼，则使人抱之。无孙，则取于同姓可也。祭殇必厌，盖弗成也。祭成丧而无尸，是殇之也。’”见《礼记正义》卷一九，《十三经注疏》，第 1399 页。

④ 赵岐注，旧题孙奭疏《孟子注疏》卷一二，《十三经注疏》，第 2756 页。

因此，《〈丝衣〉序》可以证明，即便确是子夏序《诗》，“诗序”也并非全是子夏所作。《〈丝衣〉序》是因为引用了子夏之后高子之说，留下了“诗序”并非全是子夏所作的明显印记；毛公在《南陔》等“笙诗序”后注上一笔“有其义而亡其辞”，也撰于子夏之后。由此类推，“诗序”中应该还有子夏之后、毛公之前经师所补的说明和讲述。

总之，子夏序《诗》有其可能，但“诗序”并非子夏一人所作。郑玄应该很清楚这种情况，《丝衣序》只注了首序“《丝衣》，绎宾尸也”，即是不以续序“高子曰：灵星之尸也”为子夏所作。

《毛诗》一系特别强调“子夏所传”，郑玄在回答《〈常棣〉序》时不假思索地称“此序子夏所为”，除了确有传承渊源，更有着因“未列学官”而极力争取正统地位的学派纷争色彩。郑玄在指出《〈常棣〉序》“子夏所为”后紧接着又说子夏“亲受圣人，足自明矣”，子夏所传便是孔子所传，子夏序《诗》便是孔子序《诗》，在奉孔子为“圣人”的经学语境中，还有比来自孔子所授的《诗》说更毋庸置疑的么？郑玄的“子夏序《诗》说”正可作如是观。

（作者简介：廖群，山东大学文学院教授，山东大学中国经学研究中心高级研究员，出版过专著《先秦两汉文学考古研究》等。）

从“引诗为占”到“赋诗言志”

——论“余取所求”原则的诗学意义*

李 鹏

摘　要：“引诗为占”和“赋诗言志”都是先秦时期重要的诗学现象，两者在话语机制上存在着“余取所求”的一致性。引诗为占即占卜者“随手拈来”古谚语、歌谣以助卦义阐释，赋诗言志指赋诗者以“余取所求”原则赋诗以表达外交意愿，但两者皆须接受社会道德伦理的阐释限定。“余取所求”的用诗原则是“随手拈来”用诗法的成熟形态，具有诗学文献和诗学阐释意义。研究这一问题，对进一步认识后世“通经致用”的诗学传统有着重要意义。

关键词：引诗为占　谣占　赋诗言志　余取所求

闻一多说：“《易》有《诗》的效果，《诗》亦兼《易》的功能，而二者在形式上往往不能分别。”①二者间之关系，实肇始于各自结集、成书的过程。“引诗为占”现象对易筮类文献的层累生成，特别是《易经》的编集有着较大影响；“赋诗言志”活动，则是《诗》的经典化的重要途径之一。引诗为占和赋诗言志，又都是以实用主义的态度来对待“诗”，那么，两者是否存在因袭与沿用？关于这一问题，陈良运曾说：“《易经》作者引用谣谚古歌，也是后来人们对待《诗》的‘赋诗断章，余取所求’的实用主义原则。”②黄玉顺也说：“引诗为占的传统，

---

* 本文系国家社会科学基金重点项目“汉魏佛教诗学研究”(18AZW006)、安徽高校协同创新项目“中国经学诗学史”(GXXT-2021-045)、安徽省教育厅人文社科重点项目“汉末瘟疫对政治、文学的影响”(2022AH052404)阶段性成果。

① 闻一多《闻一多全集》，生活·读书·新知三联书店1982年版，第118页。

② 陈良运《周易与中国文学》，百花洲文艺出版社1999年版，第167页。

又是赋诗言志传统的一种表现。"[①]但两位先生皆点到为止，未展开阐述，学界也无专题论述。有鉴于此，本文以引诗为占、赋诗言志两种诗学现象为研究对象，揭示其内在逻辑的关联，寻绎其致思路径的因革，进而揭示其诗学史意义。

一、引诗为占："余取所求"的实用价值

占卜，是先民的一种特殊认知方式。先秦占卜种类众多，引诗为占只是其中的一种类型。作为占卜方式，引诗为占并不比龟卜和筮占重要，但是在神权政治向王权政治过渡的特殊历史时期，这种独特的占卜方法却日益受到重视。一方面因为占卜主体的变化，产生了独特的话语方式，为占筮提供了更广阔的阐释空间；另一方面又因编集占例以便检阅的需要，保存了一些远古谚语、歌谣。虽然所保存的谚语、歌谣只是"随手拈来，不顾及原作的完整性"的摘用[②]，却为我们窥探原始诗歌的蛛丝马迹提供了可能。

所谓"引诗（包括民歌）为占，叫做谣占，属象占之一"[③]，从狭义上说，它是指以现成的古歌谣或类似歌谣集的文献作为引用依据，以预测吉凶祸福的占卜方法，故又多称作谣占。从广义上讲，引诗为占的"引诗"对象还包括合乐而歌的乐诗，因为中国诗歌源自原始歌谣，如"候人猗兮"即为南音之始，"断竹续竹"也属此类；以及一些具有即兴、当下、随机性的诗（包括歌谣），因为"引诗"未必仅是引用，正如"赋诗"未必是创作一样。本文取广义说。

研究引诗为占尚须区别谣占与象占所运用的物质载体之不同。象占是"指所有物象之变化或显现，人们见了，以为跟他有密切关系，因而探究神旨，推断吉凶的一种占验"[④]；谣占则指通过民间歌谣判断吉凶祸福，即《国语・晋语六》所说"风听胪言于市，辨妖祥于谣"[⑤]。所以过常宝说："诗歌除了用于祝赞之外，还可以判断吉凶，谓之谣占。"[⑥]从甲骨文有关占卜及《淮南子》《吕氏春秋》等有关原始歌谣的记载看，占卜与歌谣都是由来已久的文化现象。黄玉顺推测说："引诗为占乃是占筮的一种传统。这种传统当不始于《周易》，其所由来当更久远。可惜上古占筮之书仅存《周易》。"[⑦]过常宝指出："《周易》是一本关于

---

① 黄玉顺《易经古歌考释》，巴蜀书社 1995 年版，第 21 页。

② 《周易与中国文学》，第 167 页。

③ 李镜池著，曹础基整理《周易通义》，中华书局 1981 年版，第 72 页。

④ 李镜池《周易探源》，中华书局 1978 年版，第 123 页。

⑤ 左丘明著，韦昭注《国语》，上海古籍出版社 2015 年版，第 274 页。

⑥ 过常宝《从诗和史的渊源看"赋诗言志"的文化内涵》，《学术界》2002 年第 2 期。

⑦ 《易经古歌考释》，第 16—17 页。

筮占的书，显然，书中的歌谣与筮占有关系。”①也就是说，引诗为占伴随着上古占筮而产生，时间上大大早于《周易》，只是因为古籍散佚，今天所能见到的唯有《周易》卦爻辞所保存的谣占（引诗为占）的筮例而已。

今天研究引诗为占的唯一依据就是《周易》卦爻辞中所保存的古歌谣，而关于《周易》卦爻辞的古歌谣属性，学界主流意见是持认可态度的②。但是反对者亦不乏其人，如张节末、王莹《〈周易〉卦爻辞非歌谣考》影响较大，文章认为卦爻辞受“筮法的控制”而“不存在叙事主体及完整的叙事结构”，“卦爻辞和歌谣的异质性决定了两者迥异的传播特征”③。但他们很快遭到了姚小鸥、朱闻宇等人的反驳，认为“此类说法与《周易》卦爻辞在先秦时期的传播状况及爻辞的艺术特征有较大偏差”④。笔者认为，在文化理性尚不发达的上古时代，虽然不可能存在“叙事主体”“叙事结构”问题，“筮法”尽管具有复杂的程序性，但也并非是一种文化理性的存在。在今天看来，筮法的随意性与歌谣的自然性并无截然的界限，整饬、韵语的审美属性也是歌谣与卦爻辞的共有特征。应该说，《周易》的卦爻辞确实保存有古歌谣。

当然，以龟甲、石子、算筹等实物占具进行占卜，是商周时期流行的占卜方式。但这种占卜方式的技术性很强，程序也很复杂，因而，占卜活动的开展必然需要依赖专职占卜人员。刘学顺认为，殷商占卜人员包括贞人和卜人两类⑤；林甸甸更加强调贞人的作用，并认为：“贞人集团以商王为中心，以方国首领为主要成员，他们共同讨论卜兆，下达判断的过程，实际上就是一种原始的咨议政治。”⑥周代亦有专职的占卜人员，据《周礼·春官》记载，“大卜”以下分列龟人、菙氏等职官数种，职司界别分明。商周时期，存在神权、王权之争，但总的趋势是王权逐步强化，占卜主体总体上也依附于王权，占卜过程注重“占一验”，“占卜结论更多依赖于商王、周王的个人判断”⑦。

有别于实物占具，以古歌谣作为占卜依凭，形式简单，材料易得，于是谣占广泛地流行开来。从《易经》卦爻辞中保存的谣占筮例来看，其主体为富有影射意味的歌谣，其表达方

① 过常宝《从诗和史的渊源看“赋诗言志”的文化内涵》，《学术界》2002年第2期。

② 认可《周易》卦爻辞古歌谣属性的，除前所引陈良运、黄玉顺、李镜池等人外，尚有高亨《周易卦爻辞的文学价值》、刘大杰《中国文学发展史》，从内容、形式上，论述卦爻辞与歌谣的共同性；罗根泽《中国文学起源的新探索》、王小盾《中国早期艺术与宗教》，从母题、比兴上，论述卦爻辞与歌谣的同质性；姚小鸥、杨晓丽《〈周易〉古歌研究方法辨析》，从意义解读、诗歌特征上，论述卦爻辞与歌谣的关联性。

③ 张节末、王莹《〈周易〉卦爻辞非歌谣考》，《浙江大学学报》2011年第4期。

④ 姚小鸥、杨晓丽《〈周易〉古歌研究方法辨析》，《北方论丛》2012年第5期。

⑤ 中国文物学会等编《商承祚教授百年诞辰纪念文集》，文物出版社2003年版，第254页。

⑥ 林甸甸《从贞人话语看早期记录中的修辞》，《中国社会科学》2019年第4期。

⑦ 林甸甸《先秦占书的生成及其文献体系的分流》，《文学遗产》2021年第5期。

式简奥幽晦，其功能在于预示吉凶祸福。例如：

屯如邅如，乘马班如，匪寇婚媾。女子贞不字，十年乃字。（《屯·六二》）①

一个男子骑着马，迂回不进，不是抢劫，而是去寻找他的心上人。“邅”“班”，属古韵元部，“寇”“媾”押侯部韵，爻内换韵，再加上三个“如”字语助，读之富有顿挫的诗情。但后面的占辞却预示不利，“字”意为怀孕，“十年乃字”是不正常的。实际上，前面的歌谣已暗含困难之意，“邅如”“班如”指行进难，“匪寇婚媾”指婚姻难，这也与《屯》卦的意义是困难相合。值得说明的是，“匪寇婚媾”在《贲》卦六四、《睽》卦上九也有引用，虽然表义皆与《屯》卦六二相同，但占辞却都预示吉利，证明筮者是先把这首流行歌谣采入《易》筮辞中，然后再把占验辞补上以表达不同意义。次如：

鸿渐于陆，夫征不复，妇孕不育，凶。利御寇。（《渐·九三》）②

爻内押韵，属古韵觉部。大雁落在广袤的大地上，丈夫远征不归，妻子怀孕却不能养育。前三句是一首反映战争灾难的歌谣，占验辞为“凶”，李镜池说：“这都是由于有敌人侵略破坏了家庭的和平生活。所以随之提出‘利御寇’，主张保家卫国，保卫和平。”③再如：

女承筐，无实；士刲羊，无血，无攸利。（《归妹·上六》）④

两句句式一致，且交互押韵，“筐”“羊”押阳部韵，“实”“血”押质部韵。郭沫若说这是一首很有风致的小诗，描绘了一对原始社会的青年夫妇剪羊毛的情形。剪下的羊毛，女人用竹筐来承受着，是虚松的，所以才说无实⑤。但周振甫却认为，士刲羊而无血，是上命士刺羊取血献祭，士不应命，空刺，所以无血⑥。这种解释显系迎合筮占兆辞“无攸利”，筐里没有东西，宰羊没有出血，表明不是真实的，是虚幻的，所以无所利。两种解释的矛盾之处，恰好证明引诗为占是在利用歌谣的影射意义来预示吉凶。

---

① 高亨《周易古经今注》(重订本)，中华书局1984年版，第14页。
② 《周易古经今注》(重订本)，第184页。
③ 《周易通义》，第106页。
④ 《周易古经今注》(重订本)，第189页。
⑤ 郭沫若《中国古代社会研究(外二种)》，河北教育出版社2004年版，第48页。
⑥ 周振甫译注《周易译注》，中华书局1991年版，第196页。

由上面几例来看,《易经》中引用歌谣,往往是一鳞半爪的摘用;即使是为迎合占辞的即兴而作,也是只言片语,"神龙见首不见尾"。这与其筮书性质有关。筮书传递的信息宜具有意义的多向度性,这样才有利于筮者的随机选择与阐释发挥。引诗为占的这些优势,使其在春秋时期更加发扬光大。但从《左传》记载来看,春秋时期的引诗为占又在向它的高级形态过渡,这主要表现为:1. 占卜主体扩大,不仅是职业占卜者,诸侯、大夫、卿士、贵族妇女等都可以进行占卜,例如《左传・襄公十年》孙文子追击郑国,定姜询问繇辞;《襄公二十五年》陈文子引用繇辞反对武子娶棠姜,定姜为贵族女性,陈文子为齐国大夫,都不是专职的占卜人员。需要补充说明的是:繇辞即爻辞,《周礼・大卜》,繇辞亦谓之颂,《周易正义》:"《易》之爻辞,亦名为繇。"高亨认为:"兆辞与筮辞,因其与诗相类而称为颂。"[①]黄玉顺也说:"'爻''繇'的本字应该是'谣',即'歌谣'。"[②]2. 阐释发挥趋于伦理意义上的理性化。贵族、卿大夫等虽不及巫师占卜的知识之专业,但却擅长从历史、伦理、道德的角度进行阐释,而歌谣本身蕴藉多义的特点则更有助于他们的发挥。例如《左传・襄公十年》定姜问繇:"孙文子卜追之,献兆于定姜。姜氏问繇。曰:'兆如山陵,有夫出征,而丧其雄。'姜氏曰:'征者丧雄,御寇之利也。大夫图之!'卫人追之,孙蒯获郑皇耳于犬丘。"[③]孙文子为追击郑国军队而占卜,繇辞的意思是说,卜兆如同山陵,有人出国征伐,丧失他们的英雄。定姜说:"征伐而丧失英雄,这是有利于抵御敌人的。"[④]结果卫国获胜并俘获了皇耳。姜氏根据繇辞作出有利于鼓舞士气的解释,这种解释实际上来源于她的政治直觉,而非兆象本身,在郑子展提出"必伐卫"时,子驷就已指出郑国疲敝不宜再战了。

《左传》所载春秋引诗为占的语境实例不胜枚举,这些材料与《易经》引诗为占的传统一脉相承,勾勒出一条国人"引诗"传统的形成脉络。引诗为占的意义在于,占卜主体为解释卦的意义,"随手拈来"的可能是流行已久的谚语、歌谣,既可通俗易懂地告知求卦者占卜结果,又可强化占断的说服力,同时又规避了直接表达己见而招来不满的风险。从诗学角度来说,看似"随手拈来"的摘用,却因编集占例以便查阅的需要,无意中为后世研究原始诗歌留下了宝贵的资料,具有诗学文献价值;另一方面,这种以助卦义感性阐释随手拈来的摘用,实际上是占卜者将自己的心志与歌谣比附、联系与引申,既造成"易无达占"的客观效果,又肇开春秋时期对待诗的"赋诗断章,余取所求"的实用主义态度,其与"余取所求"原则一起,奠定了后世诗学的基本思想方法。

① 《周易古经今注》(重订本),第 17 页。
② 《易经古歌考释》,第 15 页。
③ 杨伯峻编著《春秋左传注》,中华书局 2018 年版,第 842 页。
④ 沈玉成《左传译文》,中华书局 1981 年版,第 276 页。

二、赋诗言志:“余取所求”的伦理自觉

春秋时期,诸侯国间的朝聘会盟活动日渐频繁,赋诗作为外交场合的重要沟通手段,使诗的实用主义功能得到更大发挥,通过赋诗可以“言志”“观志”,用诗的“赋诗断章,余取所求”取义原则也被明确提出[①]。毋庸讳言,春秋赋诗的“余取所求”原则,其基本的致思理路,与“引诗为占”比附、引申的用诗法一脉相承。所不同者,“‘赋诗断章’缩小了用诗的范围,使得意义传递更为准确,更好地体现‘余取所求’”[②],而在进退揖让的言语交际中,“余取所求”也多了份社会伦理的约束。

赋诗言志,是指春秋时期外交宴飨的参与者,有意识地使乐工演奏,或自行赋某诗或某诗之某章,借此以表达外交意愿、抒发政见。观志和言志是赋诗的一体两面,之所以可以通过赋诗来观察个人的意志和命运,是因为“歌谣的另一个神秘特征是它的启示性。人们相信可以通过歌谣来领悟神意,并因而知悉人类自身的命运”[③]。缘此,赋诗言志和引诗为占具有先天的内在逻辑关联,这又具体地表现为:

第一,赋诗言志也深植于巫史文化。周代因周公之首创而得有礼乐文化,一方面小邦周在政治、军事上战胜大邑商,并非全靠实力取胜,“制礼作乐”带有周初统治者深沉的历史反思;另一方面,“周人克商之前为殷商的属国,用殷礼,祀殷先王”[④],这又决定了“制礼作乐”对殷商文化的吸收与借鉴。所以《尚书·召诰》说:“我不可不监于有夏,亦不可不监于有殷。”[⑤]《论语·为政》云:“周因于殷礼,所损益,可知也。”[⑥]而《礼记·表记》又说:“殷人尊神,率民以事神,先鬼而后礼,先罚而后赏,尊而不亲。”“周人尊礼尚施,事鬼敬神而远之,近人而忠焉。”[⑦]可见,“事鬼敬神”的巫史文化对周代仍有深刻影响,而这也反映在春秋赋诗活动中。1.赋诗主体与巫史有复杂的渊源关系。春秋时期由卿大夫充任外交人员是变通的结果,“真正的职业性外交专家,应该是行人”。“春秋时期,行人即使者。使者在传统上是由史官充任的。”[⑧]而史官与巫又渊源有自,“王国维据甲骨卜辞及《周礼》等记

---

① 《春秋左传注》,第991页。
② 过常宝《从“诗言志”到“赋诗言志”的文化逻辑和话语机制》,《北京师范大学学报》2022年第6期。
③ 过常宝《原史文化及文献研究》,中国社会科学出版社2016年版,第72页。
④ 马银琴《两周诗史》,社会科学文献出版社2006年版,第100页。
⑤ 周秉钧注译《尚书》,岳麓书社2001年版,第167页。
⑥ 杨伯峻译注《论语译注》,中华书局1980年版,第22页。
⑦ 孙希旦撰,沈啸寰、王星贤点校《礼记集解》卷五一,中华书局1989年版,第1310页。
⑧ 过常宝《从诗和史的渊源看“赋诗言志”的文化内涵》,《学术界》2002年第2期。

载，认为史主叙事，亦出于巫，文献多巫史、祝史并称”[①]。陈梦家也说：在三代，“卜辞卜史祝三者权分尚混合，而卜史预卜风雨休咎，又为王占梦，其事皆巫事而皆掌之于卜史”[②]。从这一角度看，“赋诗言志”有巫史文化余风。2.赋诗言志中“志”的内涵及其隐晦性表达特点的形成，与“先鬼而后礼”的占筮文化亦有关联。《尚书·大禹谟》云：“官占，惟先蔽志，昆命于元龟。朕志先定，询谋佥同，鬼神其依，龟筮协从，卜不习吉。”[③]《左传·哀公十八年》：“初，右司马子国之卜也，观瞻曰：‘如志。’故命之。及巴师至，将卜帅。王曰：‘宁如志，何卜焉？’使帅师而行。”[④]这里的“志”，与赋诗言志之“志”的内涵虽不完全等同，但两者的意义关联也较明显，曹建国即说这些“志”都是“占卜者内心的祈愿”，其功用在于“让某个仪式特殊化，借此实现自己的目的”[⑤]。赋诗言志“微婉其辞，隐晦其说”的特点[⑥]，亦有“官占蔽志”传统的支持。《礼记·少仪》曰：“问卜、筮，曰：‘义与，志与？’义则可问，志则否。”[⑦]说明卜筮时，“志”是不可言说的，故《荀子·解蔽》也说“志也者，臧也”[⑧]。今人晁福林亦持此说，认为占卜时“不将所卜之志宣示出来，而只让龟卜来判断占卜者所想之事是否吉利”[⑨]。春秋赋诗活动，事涉政治、外交，却用诗来进行沟通，而“诗义自身的模糊性，在没有解释的情况下，所谓‘志’也只能是隐藏着的”[⑩]，沟通的信息表达本应追求传递和反馈过程的通畅，但如果了解占卜文化的这一传统，则赋诗言志的隐晦性特点，在当时不仅是合理的，而且是必须的。

第二，赋诗言志和引诗为占在话语机制上的“余取所求”的一致性。前已述及谣占“随手拈来”的引用古歌谣，或为迎合占辞即兴创作歌谣，实已肇开春秋时期“余取所求”的用诗原则。“赋诗断章，余取所求焉”语出《左传·襄公二十八年》，卢蒲癸因违背“同姓不婚”的古训遭到庆舍门客的疑责，便以此为譬为自己推脱，可见“余取所求”在当时已成共识。

“余取所求”是一种实用主义的用《诗》原则，“赋诗断章”是对用诗内容的取舍，是原则的具体表现。所谓“断章”，就是选择某诗的某一章节。西周传统的飨燕礼中赋诗时并不“断章”，但到春秋时期则被广泛采用。后世成语“断章取义”寓有贬义，认为引用与原意不

① 韩高年《三代史官传统与古史传述方式》，《社会科学战线》2002年第4期。
② 陈梦家《商代的神话与巫术》，《燕京学报》1936年第20期。
③ 《尚书》，第18页。
④ 《春秋左传注》，第1498页。
⑤ 曹建国《由楚简“蔽志”论“诗言志”产生年代和原初内涵》，《长江学术》2010年第2期。
⑥ 刘知幾著，浦起龙通释，王煦华整理《史通通释》，上海古籍出版社2009年版，第386页。
⑦ 《礼记集解》卷三五，第927页。
⑧ 王先谦撰，沈啸寰、王星贤点校《荀子集解》卷一五，中华书局1988年版，第395页。
⑨ 晁福林《“穆卜”、“枚卜”与“蔽志”——周代占卜方式的一个进展》，《文史》2016年第2辑。
⑩ 过常宝《从“诗言志”到“赋诗言志”的文化逻辑和话语机制》，《北京师范大学学报》2022年第6期。

符。实际上,"赋诗断章"因其缩小了用诗范围,意义传递反而更为准确,也就降低了赋诗言志因其隐晦性而造成误解的风险。且"不专主于《诗》的创作本义,而是在充分认定其礼仪乐歌性质的前提下,根据当下的实际情况和表意需要,截取某诗某章或某句之义,以为譬喻性或比附性的引申"①,又恰是"赋诗断章,余取所求"在当时的优点所在。它既可突破《诗》的仪式义,又可使卿大夫们在外交场合灵活地运用《诗》,根据当下的情境作出自己的理解与阐释,而不是简单的记忆与背诵《诗》,孔子所说"诵《诗》三百,授之以政,不达;使于四方,不能专对;虽多,亦奚以为?"②强调的也是这层意思。从这个意义上讲,春秋时人对待《诗》的"断章取义,余取所求"原则,与谣占"随手拈来"某首民间歌谣或某歌谣中的某几句,然后再补上筮辞的用诗原则是一致的。

但"余取所求"并非随心所欲,而是受礼乐文明所规范,而规范的积淀则又转化为赋诗时的心理自觉。在进退揖让的言语交际中赋诗,较《易经》引诗为占则多了一份社会伦理的约束。当然,这种伦理性在春秋引诗为占(见诸《左传》)中亦有体现,但在赋诗言志中无疑更为自觉,这种自觉体现为"歌诗必类"原则的提出:

> 晋侯与诸侯宴于温,使诸大夫舞,曰:"歌诗必类。"齐高厚之诗不类。荀偃怒,且曰:"诸侯有异志矣。"使诸大夫盟高厚,高厚逃归。于是叔孙豹、晋荀偃、宋向戌、卫宁殖、郑公孙虿、小邾之大夫盟,曰:"同讨不庭。"(《左传·襄公十六年》)③

但"类"作为赋诗的原则,目前见于记载的也仅此一例。不过,一些学者通过分析先秦文献中"类"的内涵,并结合其他赋诗案例进行研究,得出了一些值得参考的结论。冯一鸣受程水金先生启发,根据孔安国"兴,引譬连类",皇侃"兴,谓譬喻也"的说法,认为"'引譬连类'乃赋《诗》之基本方法,亦即将诗文与赋《诗》人自己的心志互相比附、联系与引申"④,惜其未对"类"作具体解释。曹建国也认为"歌诗是一种取譬行为","所谓'兴',就是'以类取譬'",而"'类'带有强烈的宗族色彩","并被赋予了强烈的道德伦理意义","和同一性特征"⑤。俞志慧认为"歌诗必类"的"类"应指思想内容上的相似性⑥。过常宝也对"歌诗必

① 冯一鸣《从"赋〈诗〉断章"到"通经致用"——中国古代〈诗〉学传统的形成探原》,北京大学《儒藏》编纂中心编《儒家典籍与思想研究》第1辑,北京大学出版社2009年版,第237页。

② 《论语译注》,第135页。

③ 《春秋左传注》,第884—885页。

④ 冯一鸣《从"赋〈诗〉断章"到"通经致用"——中国古代〈诗〉学传统的形成探原》,《儒家典籍与思想研究》第1辑,第238页。

⑤ 曹建国《从"歌诗必类"到"赋诗断章"——"类"与先秦诗学的阐释》,《人文论丛》2005年卷。

⑥ 俞志慧《君子儒与诗教——先秦儒家文学思想考论》,生活·读书·新知三联书店2005年版,第85页。

类"的意义指涉进行了研究，认为从现有文献资料来看，目前也只能得出以上这些结论，并指出"'类'是'赋诗言志'最为基本的原则"①。综合来看，曹建国对"类"的解释更为饱满，笔者从其说。质言之，"歌诗必类"是赋诗言志的基本原则，赋诗是一种取譬行为，但它必须遵从社会伦理的约束。

结言之，赋诗言志和引诗为占具有先天性的内在逻辑关联，两者都植根于巫史文化，在话语机制上有着"余取所求"的一致性。不过，赋诗言志毕竟脱胎于礼乐文化，"余取所求"是从谣占中"随手拈来"谚语、歌谣以助卦义阐释的用诗传统而来，注重对诗的比附与引申，但其遵守社会伦理约束的意识无疑更为自觉，"余取所求"是"随手拈来"的成熟形态。

三、"余取所求"原则的诗学意义

从社会政治领域来说，不管是引诗为占导致的占法下移，还是赋诗言志中卿大夫代乐工赋诗，反映的都是以卿大夫为主体的知识阶层对社会话语权力的争夺；从文化角度来说，从引诗为占到赋诗言志，反映了从巫史文化的没落到礼乐传统最后的辉煌，中国的上古文化一直是在因革损益中演进的；单从诗学角度看，引诗为占和赋诗言志中比附、引申的用诗方法是一脉相传的，在这一过程中所形成的"余取所求"用诗原则，对中国诗学产生了极其深远的影响，这主要表现在以下两点：

（一）引诗为占与赋诗言志的诗学史意义

引诗为占对中国文化的影响远远逸出筮占范围，单从诗学角度而言，其意义在于使民间歌谣进入官方渠道，获得被文字记录的可能。谣占需要一个可被查阅对照的典籍以确保阐释结果的权威性，于是，"筮人将其筮事记录，选择其中之奇中或屡中者，分别移写于筮书六十四卦卦爻之下，以为来时之借鉴，逐渐积累，遂成《周易》卦爻辞之一部分矣"②。一方面，《易经》卦爻辞中保存的这些民间谚语、歌谣，虽是一鳞半爪，或可能有即兴所作，但也可能就是殷商以远至契、后稷时期的古歌谣，这就为我们窥探远古歌谣的某些特征提供了极为珍贵的文献资料。另一方面，民间歌谣的表达方式也为知识阶层所汲取并影响开来，民间歌谣并不排斥直抒胸臆的办法，但隐喻性的表达则更为常见，这种隐喻性表达与筮者的阐释多向度发挥恰好合拍。可以说，《易经》引诗为占，汇聚了古歌谣的矿藏，而

① 过常宝《从"诗言志"到"赋诗言志"的文化逻辑和话语机制》，《北京师范大学学报》2022年第6期。

② 《周易古经今注》(重订本)，第11页。

其隐晦性的表达方式也经春秋引诗为占的发扬光大，对后世诗歌言辞简短而意味深长的审美特点的形成，产生了深刻影响。

赋诗言志也具有诗学文献意义，春秋赋诗活动，因其政治意义而被保存到正史之中，同时被保存的还有大量的用诗材料。据刘运好统计，《左传》赋诗共 40 场，73 次，涉及诗 66 首，逸诗 5 首[①]。逸诗的文献学价值明显，“考察《左传》佚诗，对于蠡测《诗》之原貌及删诗、编诗都有重要的文献学意义”[②]。而造篇亦有较高的诗学文献意义，郑玄曰：“赋者，或造篇，或诵古。”[③]诵古指引用现成古诗，造篇指赋诗者自作，《左传》所记赋诗活动所存造篇 8 首，分别为《硕人》《载驰》《清人》《常棣》《黄鸟》《时迈》《武》《赉》《桓》，根据这些诗可以“考定作者以及诗之本事”，如“许穆夫人赋《载驰》”，诗史互证[④]。正如朱熹所说：“（夫人）闵卫之亡，驰驱而归，将以唁卫侯于漕邑。未至，而许之大夫有奔走跋涉而来者。夫人知其必将以不可归之义来告，……乃作此诗，以自言其意尔。”[⑤]

赋诗言志的诗学意义又不限于文献方面，它还标志着诗从宗教文献向世俗经典的历史性转轨，正是赋诗行为，使诗（歌谣）从筮辞转化为世俗交际中的权威性话语资源，成为士人社会政治活动中必不可少的依据与手段。如果说引诗为占只是与诗（歌谣）的隐喻性表达恰好合拍的话，赋诗言志则将这种表达提升到了高度艺术化的境地，而无论是合拍还是提升，却又都离不开“余取所求”的诗学阐释功能。

（二）“余取所求”的诗学阐释意义

引诗为占和赋诗言志，在话语机制上存在着“余取所求”的一致性。“余取所求”是一种实用主义的用诗原则，而应用本身就是阐释，故伽达默尔说：“应用，正如理解和解释一样，同样是诠释学过程的一个不可或缺的组成部分。”[⑥]因此，我们探讨“余取所求”的诗学阐释意义，主要从应用这一意义上着眼。

第一，谣占的阐释学价值在应用中被知识阶层深入发掘。商周时期，对卜兆的阐释权力实际是一种政治话语权力，占卜形式的变迁体现了知识阶层表达褒贬的努力。“殷代前期的贞人不是殷王所属的唯命是从的官吏，贞人集团的位置往往超出于殷王和诸部族。”[⑦]占卜的话语方式具体表现为“在贞人集团的讨论中形成一个能够被各方接受的有

---

①④ 参见刘运好《魏晋经学与诗学》，中华书局 2018 年版，第 504 页。

② 《魏晋经学与诗学》，第 503—504 页。

③ 杜预注，孔颖达疏《春秋左传正义》，北京大学出版社 1999 年版，第 79 页。

⑤ 朱熹集注，赵长征点校《诗集传》，中华书局 2011 年版，第 44 页。

⑥ ［德］汉斯-格奥尔格·伽达默尔著，洪汉鼎译《真理与方法》，上海译文出版社 1999 年版，第 395 页。

⑦ 晁福林《试论殷代的王权与神权》，《社会科学战线》1984 年第 4 期。

关卜兆的阐释”。随着王权的日益强化，商王逐渐控制了占卜制度，贞人“一方面不直陈商王的误占，以委婉的表述维护着占卜制度的固有威严；另一方面又不刻意迎合商王的占断，以真实的记录呈现商王能力的局限”[①]。贞人作为中国历史上最早拥有话语权力的知识者之一，以对卜兆的阐释表达政见“被各方接受”或“迎合商王”则是其阐释限定。周人有鉴于殷，占卜活动制度化，占卜主体职官化，卜官对周王负责。不过，随着占卜制度的松动，占法下移，以卿大夫为代表的知识阶层开始对占卜结果进行阐释。相较于职业占卜者，“引诗为占”更受他们的青睐。古歌谣蕴藉多义的特征，有利于卿大夫发挥他们在史实、文献等方面的知识积累，对谚语、歌谣等“随手拈来”，说理述史，既要显示阐释的正确性，又对卜官刻板的解释形成超越，最终达到讽谏君上的目的。古歌谣的阐释价值在占卜中得到深入发掘，但是“随手拈来”仍需接受伦理、道德、历史的阐释限定。

第二，“余取所求”揭示了“赋诗”作为一种诗学阐释的应用性特点。伽达默尔说：“被说出的话语以令人吃惊的程度出发解释自身，既可以通过说话的方式、声音、速度等等，同时也可以通过说话时的环境。”[②]赋诗言志也有明确的现实语境，赋诗者从当下语境出发，选择一定的诗篇作为赋诵对象，而选择本身就是一种阐释，我们以《左传·僖公二十三年》重耳赴秦穆公宴的赋诗活动为例：

> 他日，公享之。子犯曰：“吾不如衰之文也，请使衰从。”公子赋《河水》，公赋《六月》。赵衰曰：“重耳拜赐！”公子降，拜，稽首，公降一级而辞焉。衰曰：“君称所以佐天子者命重耳，重耳敢不拜？”[③]

重耳先赋《河水》，“杜注：《河水》，逸《诗》，义取河水朝宗于海。海喻秦”[④]，借此表达如果自己返回晋国执政，当朝事秦国。而秦穆公则赋《六月》，本意仅是借其中“饮御诸友，炰鳖脍鲤。侯谁在矣？张仲孝友”句表达对重耳的欢迎，有意回避助其归国一事，双方就通过不同的选择阐明各自立场。善于文辞的赵衰则抓住机会，选择《六月》中利于己方的“王于出征，以匡王国”句[⑤]，借尹吉甫佐宣王征伐之故事，将其阐释为对重耳的鼓励，结果穆公也不得不认同这层意思。一方面赋诗双方各取所求，取《诗》的比喻义和引申义，作出适合自己需求的阐发；另一方面，“双方之间对于一定诗义的理解，就必须首先有个基本的共

---

① 林甸甸《从贞人话语看早期记录中的修辞》，《中国社会科学》2019年第4期。

② 《真理与方法》，第502页。

③④⑤ 《春秋左传注》，第350页。

识”[1]，遵从诗本文的内在约束，也即前所述“歌诗必类”。总之，正如刘运好所说：“(赋诗)有表达主体和接受主体的分别，表达者因《诗》而达意，接受者则借所赋之《诗》而观人，这也就为表达与接受的错位提供了可能，这非常有助于深化阐释学的理论研究。”[2]

综上，从引诗为占到赋诗言志，从“随手拈来”古谚语、歌谣以助卦义阐释，到“余取所求”某诗或某诗之某章，表达外交意愿、抒发政见，比附、引申的用“诗”或用《诗》之法一脉相承。“随手拈来”的摘用和“余取所求”的赋诗，其间对用诗原则的认识，虽有明确与不明确的区别，但致思理路无疑是一致的，并且都遵从社会伦理道德的阐释限定，可以说，“余取所求”原则是“随手拈来”的成熟状态。“余取所求”的用诗原则对后世诗学产生了极为深远的影响，一方面对窥探原始诗歌的特征，蠡测《诗》之原貌及结集过程具有重要的诗学文献意义；另一方面其比附、引申的诗学阐释，凸显了诗蕴藉多义的特点，为后来的诗歌创作和诗学研究开拓了更为广阔的空间。以上结论的得出，对进一步认识汉代《诗》学开启的“通经致用”学术传统大有裨益[3]。汉代，“《诗》以载道”的观念已基本确立。在这一思想前提下，人们释《诗》更加倚重“余取所求”原则，进而对人伦道德、社会秩序有所致思和规范。主观上“余取所求”的《诗》义阐释，在汉代定型为“通经致用”，这持续影响着中国《诗》学和诗学的主流意识。

（作者简介：李鹏，亳州学院中文与传媒系讲师，发表过论文《从“礼之文”到“诗礼相成”：礼乐兴衰与〈诗〉的经典化》等。）

① 董治安《先秦文献与先秦文学》，齐鲁书社 1994 年版，第 33 页。

② 《魏晋经学与诗学》，第 506 页。

③ 冯一鸣《从“赋〈诗〉断章”到“通经致用”——中国古代〈诗〉学传统的形成探原》一文指出：“汉代虽然没有‘通经致用’一词，而表达类似意义的说法已然出现。”因而我们不妨用来概括汉代经学与诗学的重要特点。

六朝“物色”与文学视野

袁济喜

摘　要:“物色”是六朝文学的富有创造性的概念,凝聚着六朝人的审美意识,它展现在各个方面,在诗文创作中,文士广泛运用这一概念抒发对于自然界与社会人事的审美感受,形成了各种体裁的文学作品。在《文选》的编选分类中,又为萧统及其文士所采用,是《文选》的重要选录标准。在《文心雕龙》中上升为专门的文论范畴,获得系统的论述。“物色”这一概念在唐代文学中成为诗人们娴熟运用的名词,用以指称客观外物的形态,融注着诗人的审美眼光,明清诗学则对这一概念作出了进一步的拓展及运用。

关键词:物色　诗文创作　《文选》编选　《文心雕龙》

六朝色调与意蕴关系的构建,在物色美学中获得彰显,特色美学范畴的形成与确立,是六朝文学中色调与意蕴之美的凝聚。在这一美学范畴中,外界事物的审美因素得到扩展,精神意蕴与色调之间的关系得到升华,心物二元论美学与文论思想通过这一范畴得到了确立。

一、物色之美的发现

“物色”作为指称客观外物的存在形态,体现出中华民族的思维方式。中华民族生存于农业文明的地域,面对着不可知的周围环境,他们直觉到原始生态的外观形状,包括颜色与形状,这就是物色最早的概念来源。《周易》中提出,生民仰则观象于天,俯则取法于地,观鸟兽草木而获得对于外部世界的认识,其中寓含着形象思维,即对于外部世界的直观感受。《周易》中的观物取象,以八卦象征八种自然物态,这八种自然物态,既是认识的对象,也是审美的对象,中国古代文学与这种观物取象的思维方式直接相关。“物色”这一概念,最初的含义即是指这种外部世界。较早的物色原本指牲畜的皮毛等外观,例如《淮南子》指出:“乃命宰祝,行牺牲,案刍豢,视肥臞全粹,察物色,课比类,量小大,视少长,莫不中度。"[1]这里的物色是指作为牺牲品的猪牛羊之类的形状与品质，当时这个概念是从实用的角度去认识的。东汉王充《论衡・讲瑞》中记载："宣帝时，凤皇集于地，高五尺，与言'如马'，身高同矣；文章五色，与言'五色龙文'，物色均矣。"[2]这里的物色，是指传说中的凤凰的色彩与形状。

物色的概念随着后世社会生活的变化与丰富而有所拓展。人们对于外部世界的认识与要求，随着生产力的发展与时代的进步而产生了变化，物质世界的壮大与精神世界的丰富是互相促进的。从先秦两汉到六朝，人们对于外界事物的认识，摆脱了简单实用功利的需要，而发现了其中的审美价值，尤其是对于山水自然的观察与表现，不再是实用道德比附的需要，而是进入到爽心悦目的审美层次。

物色也出现在诗人的作品中，说明这一概念在文论与创作领域，都获得了认同，成为一种美学范畴。例如梁文士王筠《春游诗》：

> 蘩兰已飞蝶，杨柳半藏鸦。物色相煎荡，微步出东家。既同翡翠翼，复如桃李花。欲以千金笑，回君流水车。[3]

这首诗描写的是一位妇女在明媚的春天为春光所感荡外出游览的情态，着意写出了物色相撩拨的诱惑，乃至情不自禁地出门春游，用"翡翠翼""桃李花"这样红绿衬托的字眼来形容女子的姿容，刻画了女子诱惑男性的情形。春意盎然，它不仅是一种景色，还是勃发的生命力。色调与意蕴的结合十分和谐。齐代著名诗人谢朓《出下馆》诗也是以物色来指称景物：

> 麦候始清和，凉雨销炎燠。红莲摇弱荇，丹藤绕新竹。物色盈怀抱，方驾娱耳目。零落既难留，何用存华屋。[4]

诗人用颜色词来写景，"红莲摇弱荇，丹藤绕新竹"，这两句对仗工整，音调和谐，烘托出盛夏的生机勃勃。"物色盈怀抱"，物色指的是诗人眼中所见植物之美。色彩具有了浓郁的人文意蕴，而物色中蕴含着零落造成的伤感，读后让人回味。谢朓诗中咏叹："蒲生广湖

---

① 刘安编，刘文典集解，冯逸、乔华点校《淮南鸿烈集解》，中华书局 2013 年版，第 176 页。

② 王充著，黄晖撰《论衡校释》，中华书局 1990 年版，第 730 页。

③ 逯钦立辑校《先秦汉魏晋南北朝诗・梁诗》，中华书局 1983 年版，第 2018 页。

④ 《先秦汉魏晋南北朝诗・齐诗》，第 1450 页。

边，托身洪波侧。春露惠我泽，秋霜缛我色。根叶从风浪，常恐不永植。摄生各有命，岂云智与力。安得游云上，与尔同羽翼。"①这首诗与前一首的意蕴十分相似，通过吟咏秋蒲寄托忧生之嗟，"春露惠我泽，秋霜缛我色"写出了秋蒲的色调来自自然的润泽，然而却无法抵御风浪的袭击，寄托了作者对生命的忧患。刘宋文士谢惠连在乐府《秋胡行》中感叹："春日迟迟，桑何萋萋。红桃含夭，绿柳舒荑。邂逅粲者，游渚戏蹊。华颜易改，良愿难谐。"②这首四言诗用了红绿字眼来状物，突出了诗人眼见物色之艳丽与渴盼知己的心态，物色通过色彩获得激活。江淹《丽色赋》描写一位想象中的女性姿容与其所处环境之美：

> 若夫红华舒春，黄鸟飞时；绀蕙初嫩，赪兰始滋。不揽蘅带，无倚桂旗。摘芳拾蕊，含咏吐辞。笑月出于陈歌，感蔓草于卫诗。故气炎日永，离明火中。槿荣任露，莲花胜风。③

赋用纤秾的色调来状物写人，犹如浓墨重彩。红、黄、兰、丹、碧、金、玉、彩等颜色词，还有隐性的绀蕙、蘅带、蔓草、槿荣、莲花等花草词所代称的色彩，犹如盛开的鲜花，尽情绽放，是典型的齐梁文风。

南朝著名文士沈约《江蓠生幽渚》描写更为绮丽："泽兰被荒径，孤芳岂自通。幸逢瑶池旷，得与金芝丛。朝承紫台露，夕润渌池风……"④此诗用了浓丽的色调与辞藻，将物色之美与寓意巧妙结合在一起，反映出齐梁文士视野中的物色观念，已经不同于汉魏时代的物色观念。

二、《文选》视域中的"物色"

在诗文总集编选方面运用"物色"这一范畴，首推昭明太子萧统。他在《答玄圃园讲颂启令》中即运用了这一概念："至于双因八辩，弥有法席之致；银草金云，殊得物色之美。吾在原之意，甚用欣怿。迟回乃悉，此不尽言。"⑤萧统称赞这些讲颂作品首尾可观，辞典文艳，既温且雅，体式符合讲诵之美，而有着银草金云之类辞藻。当然，萧统对物色这一概念与范畴的最大贡献，是将其引入了《文选》的编写。

---

① 《先秦汉魏晋南北朝诗·齐诗》，第1417页。
② 《先秦汉魏晋南北朝诗·宋诗》，第1188页。
③ 胡之骥注，李长路、赵威点校《江文通集汇注》，中华书局1984年版，第75页。
④ 郭茂倩编《乐府诗集》卷三五，中华书局1979年版，第524页。
⑤ 严可均校辑《全上古三代秦汉三国六朝文·全梁文》，中华书局1958年版，第3060页。

在《文选》编选之前，魏晋时有不少的总集编选，如挚虞的《文章流别志》，从目前的遗存部分来看，没有物色这一类，只是按照诗赋等文体来分编的。萧统的《文选》也是按文体来划分的，在最大的文体赋类中，物色是其中的一类。《文选》重视赋的铺采摛文功能，它继承了陆机《文赋》“赋体物而浏亮”的文体观，专列“物色”这类，选了四篇作品，即宋玉的《风赋》、潘岳的《秋兴赋》、谢庄的《月赋》、谢惠连的《雪赋》。这四位作者经历与身份并不相同，作品内容也有较大的差别，其中宋玉《风赋》是对楚王的讽喻，潘岳《秋兴赋》抒发仕途坎坷的牢骚，谢庄《月赋》是感叹人生无常的伤逝之作，谢惠连《雪赋》则是借吟雪而写志。《文选》编者将这四篇列入物色类，重在其对于物色的描写，可以用关键词“绘声绘色”来概括。而颜色与声音是可以互通的。此四篇的关键词“绘声绘色”，突出了对象之美已经不再只具有认识与实用价值，而更多地赋予作者以色调与美感，引起作者与读者的心灵交流与感应。李善注“物色”一词曰：“四时所观之物色，而为之赋。又云：有物有文曰色。风虽无正色，然亦有声。《诗》注云：风行水上曰漪。《易》曰：风行水上，涣，涣然即有文章也。”[①]李善认为四季所观的景物为物色，物指物象，色指物体外观的颜色与声响，物色一词完整的意思是指外物呈现出来的颜色与声响，显然是指山水等自然事物，它们通常用色彩与声音感染我们，引起我们的情感反应，付之创作活动。自然界的风虽然没有直接的形状与色彩，但是它会引起所过事物的形状变化，例如风行水上，引起涟漪，这也是一种波纹之美，也是色的范畴。比如第一篇《风赋》：

> 王曰：“夫风始安生哉?”宋玉对曰：“夫风生于地，起于青蘋之末，侵淫溪谷，盛怒于土囊之口；缘泰山之阿，舞于松柏之下。飘忽淜滂，激扬熛怒，耾耾雷声，回穴错迕，蹶石伐木，梢杀林莽。至其将衰也，被丽披离，冲孔动楗。眴焕粲烂，离散转移。故其清凉雄风，则飘举升降，乘凌高城，入于深宫……”[②]

这一段将大王之风写得有声有色。风生于地，起于青蘋之末，缘泰山之阿，舞于松柏之下。说明大王之风回于富贵之门，为了突出风的属性，通过对于它经过之处的描绘，呈现出一副生动可视的形象，引起读者的想象与回味。可见，在古代善写物色的作家笔下，风也是有色调的，这种色调通过对其所经之处、所归之地，以及它的气势与威力的描写，营造出特有的意境，使读者知道，声与色是互相融合的。

---

① 萧统编，李善注《文选》卷一三，中华书局 1977 年版，第 190 页。

② 《文选》卷一三，第 191 页。

这四篇赋的另一个美学特点便是心物交融。物色之美在于缘情感物，心物交融，心灵是物色人文化的主体，正如王夫之所说，“不能作景语，又何能作情语耶”①。潘岳《秋兴赋并序》自叙云：“摄官承乏，猥厕朝列，夙兴晏寝，匪遑底宁。譬犹池鱼笼鸟，有江湖山薮之思。于是染翰操纸，慨然而赋。于时秋也，故以秋兴命篇。”李善注：“《说文》曰：慨，太息也。《字林》曰：慨，壮士不得志也。”②叙中说明作此赋乃是感慨官场失志，郁闷不平，于是作《秋兴》篇。因此，秋天的物色染上了作者的心灵感慨，就不再是单纯的景物，而是作者心志的涂染，带有作者独特的身世感慨：“何微阳之短晷，觉凉夜之方永，月朣胧以含光兮，露凄清以凝冷。熠燿粲于阶闼兮，蟋蟀鸣乎轩屏。听离鸿之晨吟兮，望流火之余景。”③正如王国维所说，“一切景语，皆情语也”④。

谢惠连《雪赋》对于白雪的描写也寄托了作者的心志：“既因方而为珪，亦遇圆而成璧，眄隰则万顷同缟，瞻山则千岩俱白。于是台如重璧，逵似连璐。庭列瑶阶，林挺琼树。皓鹤夺鲜，白鹇失素。纨袖惭冶，玉颜掩姱。”⑤赋中用了白、皓、玉等色彩词汇，传神写照，咏叹雪的美丽与洁净，以寄托作者心志。接着又写雪后结冰的晶莹可爱：“若乃积素未亏，白日朝鲜，烂兮若烛龙衔燿照昆山；尔其流滴垂冰，缘霤承隅，粲兮若冯夷剖蚌列明珠。”⑥赋中用了积素、白日这些色调词汇写出了雪后流滴垂冰的洁美形态。最后的乱曰：“白羽虽白，质以轻兮。白玉虽白，空守贞兮；未若兹雪，因时兴灭。玄阴凝不昧其洁，太阳曜不固其节。节岂我名？洁岂我贞？凭云升降，从风飘零；值物赋象，任地班形；素因遇立，污随染成，纵心皓然，何虑何营？”⑦将白雪通过色调的营构与比德，抒发了作者随时迁化、不改素志的意蕴，可谓是色调与意蕴的完美结合。萧统将此赋选入物色类，显然赞叹此赋善于将雪的色调与意蕴完美结合起来，美丽的景物与心志的寄兴，成就了此赋的经典性，也诠释了什么是物色，即这一概念不是景物的意思，而是情景交融的意境。物色既是一种范畴，也是一种意境。

谢庄《月赋》则用对月亮的描写衬托淡淡的哀伤，是六朝感伤主义文学的代表作之一。它假托陈王曹植与王粲的对话，写月光下的情景。曹植因应玚、刘桢染疾去世，心情郁伤，“于时斜汉左界，北陆南躔。白露暧空，素月流天。沉吟齐章，殷勤陈篇。抽毫

① 王夫之《姜斋诗话》，王夫之等《清诗话》，中华书局1963年版，第14页。

② 《文选》卷一三，第192页。

③ 《文选》卷一三，第193页。

④ 彭玉平《人间词话疏证》，中华书局2011年版，第230页。

⑤⑥ 《文选》卷一三，第195页。

⑦ 《文选》卷一三，第196页。

进牍，以命仲宣”[①]。王粲应命即景而写，咏叹：“若夫气霁地表，云敛天末。洞庭始波，木叶微脱。菊散芳于山椒，雁流哀于江濑。升清质之悠悠，降澄辉之蔼蔼。列宿掩缛，长河韬映。柔祇雪凝，圆灵水镜。连观霜缟，周除冰净。君王乃厌晨欢，乐宵宴，收妙舞，弛清县，去烛房，即月殿，芳酒登，鸣琴荐。”[②]这一段写陈思王曹植为月光之景所吸引，鸣琴饮酒的情形。此赋抒发佳景难续、人生无常的心态。作者在当时残酷的政治斗争中常感性命无常，因而借咏叹月亮写出了这种忧伤，如同预言一般，他后来果然死于政争。《月赋》相对于《雪赋》，意蕴更为深沉，作为物色的月亮成为特定心志的寄托，浓郁的忧生之嗟掩盖了对景观的叹美，为此假托一个陈王与王粲的对话情景，也算是一种创造。萧统将此赋选入《文选》的物色类，可见他心目中的物色，人文的意蕴是主导的因素，而景物的描写倒成了特定思想旨趣的陪衬。

三、《文心雕龙》与“物色”之说

从文论高度将“物色”加以论述并且取得卓越理论成就的，莫过于刘勰《文心雕龙》中的《物色》篇。在《文心雕龙》之前，没有文论将物色列为专门的范畴与篇章加以论述，甚至没有出现过这一说法。陆机在《文赋》中反复提到“物”，用以代替《周易》中的言意象三个概念中的象，这是因为太康文士诗赋中对于外物的刻画十分讲究，物就是客观外物，意物相称是他们的基本追求。所以《文赋》将文士创作的关键归纳为“意不称物”与“文不逮意”两个环节。《文心雕龙·物色》评论这一时期的诗文创作以酷肖为美学追求：“自近代以来，文贵形似。窥情风景之上，钻貌草木之中；吟咏所发，志惟深远；体物为妙，功在密附。故巧言切状，如印之印泥；不加雕削，而曲写毫芥。故能瞻言而见貌，即字而知时也。”[③]刘勰对于西晋太康文学至南朝时代的这种写实性的创作态度是持保留态度的，并不完全赞同。他与陆机的文学主张有很大的不同，刘勰认为文学构思是一个心物宛转、互相交融的过程，主体依赖神思而获得构思的成功，创作的主观因素至为重要，不能被动地追蹑酷肖外物。

刘勰采用了“物色”这一概念，并且把它解释成一种心物交融的范畴。《物色》的“物”是指景物、与人相对的外物；“色”指声色。“物色”即外物的声色。可见，色调在物色这个概念中，不仅有着形式的因素，而且具有实体的作用。康德美学强调形式美是文

---

① 《文选》卷一三，第 196 页。

② 《文选》卷一三，第 197 页。

③ 刘勰著，詹锳义证《文心雕龙义证》，上海古籍出版社 1989 年版，下册，第 1747 页。

艺区别于其他精神活动的标志。在六朝文学中，声色是决定文学特征的基本要素，明代陆时雍在《诗镜总论》中说："诗丽于宋，艳于齐。物有天艳，精神色泽，溢自气表。""诗至于齐，情性既隐，声色大开。谢玄晖艳而韵，如洞庭美人，芙蓉衣而翠羽旗，绝非世间物色。"[①]他的论述，指出了南朝文士声色大开，追求色调的艳丽与情感的浮靡。刘勰在《物色》中既倡导文学的声色之美，同时对于过度追求声色的现象进行了批评与纠正，构建了新的物色观。《物色》开头提出："春秋代序，阴阳惨舒；物色之动，心亦摇焉。"[②]刘勰指出，春秋代序，阴阳二气一开一阖，生命的律动随着季候的四时变化而变化。他用先秦以来阴阳二气变化的学说来解释生命活动，元气是宇宙间万物生命的始基，人的生命也是宇宙万物生命现象中的一部分，与天地自然的律动相感应，自然界随着季候的变化而变化，人的生命情感也产生了相应的变化。所以，春天万物复苏，人感到高兴；盛夏时节，万物蓬蓬勃勃，人们也兴高采烈；秋天肃杀，人也感到阴郁；冬天雨雪飘扬，人们精神深沉。"岁有其物，物有其容；情以物迁，辞以情发。"[③]这几句话言简意赅，道出了物色是指四季变化着的外物形貌，主要指色调与声音，它们是我们所接触的最直接的审美对象，文学家关注的是外物的形色与声音。刘勰感叹："一叶且或迎意，虫声有足引心。况清风与明月同夜，白日与春林共朝哉！"[④]所以物色是直接引起人们诗情画意的对象，在物色美学中，色调绝不仅仅是一种外表颜色，而是寓含着生命精神的符号，是西方格式塔美学中的"场"的概念，是一种气氛美学的概念。

刘勰指出，既然万物之形态如此美丽动人，诗人面对物色之美，感物抒情，联类不穷。"流连万象之际，沉吟视听之区。写气图貌，既随物以宛转；属采附声，亦与心而徘徊。"[⑤]视听感官得到充分发挥，流连万象，沉吟视听，写气图貌，强调的是对于外物光影色调的表现，同时又倡导心物的交融，随物宛转，与心徘徊，极尽心物交融的倡导。可见，物色美学建立在主体心灵的基础之上，而不是机械地描摹复原对象。刘勰的物色理论推崇《诗经》中对于物色以少总多、情貌无遗的描写，认为它是经典。"故灼灼状桃花之鲜，依依尽杨柳之貌，杲杲为出日之容，瀌瀌拟雨雪之状，喈喈逐黄鸟之声，喓喓学草虫之韵。皎日嘒星，一言穷理；参差沃若，两字连形。并以少总多，情貌无遗矣。虽复思经千载，将何易夺？"[⑥]《诗经》中对于色调的描绘是多种多样的，既有采用双声叠韵的手法，也有采用颜色词汇。

① 陆时雍撰，李子广评注《诗镜总论》，中华书局2014年版，第68、71页。

② 《文心雕龙义证》，下册，第1728页。

③④ 《文心雕龙义证》，下册，第1732页。

⑤ 《文心雕龙义证》，下册，第1733页。

⑥ 《文心雕龙义证》，下册，第1736—1738页。

刘勰对这两种手法都很推崇，但更赏识前一种手法，认为它虽然没有直接绘声绘色，但可以穷形穷理。“灼灼状桃花之鲜”，用以形容待嫁少女的容颜，比起直接采用颜色词更加传神，使诗中的意蕴获得引发，这种看法，是对于色调与意蕴关系的精辟见解。

刘勰认为《离骚》代兴，用大量繁复的辞藻来描写事物，对于这种创变，他勉为其难地表示赞同。但对于西汉司马相如大赋中对于自然外物诡势瑰声，模山范水，字必鱼贯，刘勰引用扬雄的话加以批评。他主张借鉴《诗经》中对于色彩的表现手法，对于颜色词可以偶尔用之，但不能用得太多，否则适得其反：“至如《雅》咏棠华，或黄或白，《骚》述秋兰，绿叶紫茎；凡摛表五色，贵在时见，若青黄屡出，则繁而不珍。”[①]对于色调词汇的运用也要慎重，偶尔用得好，可以增加美感，表现意蕴，如果青黄这一类词汇屡屡出现，则繁而不珍，令人生厌。刘勰批评的两晋南朝诗赋泛滥成灾的色调用语，如晋夏侯湛《芙蓉赋》曰：“绿房翠蒂，紫饰红敷，黄螺圆出，垂蕤散舒，缨以金牙，点以素珠，固陂池之丽观，尊终世之特殊，尔乃采淳葩，摘圆质，析碧皮，食素实，味甘滋而清美，同嘉异乎橙橘，参嘉果以作珍，长充御乎口实。”[②]这篇赋，为了写出莲花的美丽，用了许多颜色词，反而失却了此花的神韵。相比之下，昭明太子《芙蓉赋》曰：“色兼列彩，体繁众号，初荣夏芬，晚花秋曜，兴泽陂之徽章，结江南之流调。”[③]避开了绿红黄一类的色调词，以概括性的描写取而代之，反而要简洁爽利。

《物色》篇最后一段论述了如何描写好物色之美，自然与社会生活中的物色之美有相对稳定的形态，而文思变化无常，偶然之下会产生佳言妙句，有时刻意求之反而失去妙思，疏离物色，而且《诗经》与《离骚》的经典效应让人们无法超越，怯于争锋，所以入兴贵在虚静闲散，这样就容易取得好的构思。《物色》中指出：“物色虽繁，而析辞尚简；使味飘飘而轻举，情晔晔而更新。古来辞人，异代接武，莫不参伍以相变，因革以为功，物色尽而情有余者，晓会通也。若乃山林皋壤，实文思之奥府；略语则阙，详说则繁。然屈平所以能洞监风骚之情者，抑亦江山之助乎？”[④]刘勰强调，面对繁杂万端的物色，遣词反而需要简练，同时需要在前人的基础之上加以通变，创造出新的意象，使物色尽而情有余，产生回味无穷之韵味。篇末赞曰：“山沓水匝，树杂云合。目既往还，心亦吐纳。春日迟迟，秋风飒飒；情往似赠，兴来如答。”[⑤]这几句赞语，高度概括了物色美学中心物交融的特点，自然界的山沓水匝、树杂云合，使作者情不能已，眼睛为之流连忘返，心灵亦与之对话，春日迟迟，秋风

① 《文心雕龙义证》，下册，第 1745 页。
② 《全上古三代秦汉三国六朝文·全晋文》，第 1851 页。
③ 《全上古二代秦汉二国六朝文·全梁文》，第 3059 页。
④ 《文心雕龙义证》，下册，第 1755—1759 页。
⑤ 《文心雕龙义证》，下册，第 1761 页。

飒飒，情感回应如同赠送，而感兴好似作答。这说明物色这一概念是建立在主客交流的哲学思想之上的，而色调与意蕴的关系也获得了令人信服的诠释，经过刘勰《文心雕龙》的论述，物色美学与感兴美学等有机地融为一体，成为六朝美学的完整体系，色调与意蕴也获得范畴意义上的构建。

《文心雕龙》的物色理论在唐代日僧空海的《文镜秘府论》中获得发展。《文镜秘府论·西卷·文二十八种病》"第二十三，落节"中提出："凡诗咏春，即取春之物色；咏秋，即须序秋之事情。或咏今人，或赋古帝，至于杂篇咏，皆须得其深趣，不可失义意。假令黄花未吐，已咏芬芳；青叶莫抽，逆言蓊郁；或专心咏月，翻寄琴声；或意论秋，杂陈春事；或无酒而言有酒；无音而道有音：并是落节。"[①]这里的物色是指咏叹自然物象。《文镜秘府论·地卷·十七势》"第九，感兴势"指出："感兴势者，人心至感，必有应说，物色万象，爽然有如感会。亦有其例。如常建诗云：'泠泠七弦遍，万木澄幽音。能使江月白，又令江水深。'又王维《哭殷四》诗云：'泱漭寒郊外，萧条闻哭声。愁云为苍茫，飞鸟不能鸣。'"[②]书中提出，所谓感兴势，就是人心感于外物，必有应说，物色万象，有如感会。物色这一概念与万象并列，显然是指诗人所感受的外物景象，诗中列举的常建与王维之诗，说明物色即指这些诗人寓目所见的景象。书的作者还提出：

> 夫置意作诗，即须凝心，目击其物，便以心击之，深穿其境。如登高山绝顶，下临万象，如在掌中。以此见象，心中了见，当此即用。如无有不似，仍以律调之定，然后书之于纸，会其题目。山林、日月、风景为真，以歌咏之。犹如水中见日月，文章是景，物色是本，照之须了见其象也。[③]

作诗之前，须凝聚精神，目击其物，以心击之。这与陆机《文赋》与刘勰《文心雕龙》的构思论有相似之处，但《文镜秘府论》受到佛学的影响，主张心灵的圆照，即以虚寂之心观照万象，对于照见的山林、日月、风景进行歌咏，犹如水中照日月，文章是景，物色之本。但这里的物色，已经与刘勰的物色概念不同，它是经过佛教圆照之后的景象，不是真实的客观存在，而是心念再造后的物象。刘勰的物色观以心物交融为基本范畴，情以物迁，情以辞发，这里的物是客观存在的物，心是对于物象的反映与书写。而佛教影响下的文论则是主张心物一元论，物色观与六朝物色论有所不同。

---

① [日]遍照金刚撰，卢盛江校笺《文镜秘府论校笺》，中华书局 2019 年版，第 341 页。

② 《文镜秘府论校笺》，第 111 页。

③ 《文镜秘府论校笺》，第 385 页。

“物色”这一概念在唐诗中成为诗人的一种审美意识，从诗文评的专业术语演变成为一种诗歌用语，唐代诗人在吟咏中，这类例子不胜枚举。值得注意的是，唐代诗学家司空图在《与李生论诗书》中谈到好诗的物色描写来自自然界四季景观与地域风物的感染[①]，从他的分析中，可以看到唐诗继承了六朝物色诗学，善于从四季景色中获取诗性之美，将大自然的美融入诗笔中，传神写照，意在言外。

在明清诗学中，物色成为一种常用的诗学概念与术语，融入中国古代诗学体系之中。例如清人顾嗣立《寒厅诗话》从诗法的角度来指称物色这一概念：“诗家点染法，有以物色衬地名者，如郑都官‘雨昏青草湖边过，花落黄陵庙里啼’是也。有以地名衬物色者，如韦端己‘落星楼上吹残角，偃月营中挂夕晖’是也。”[②]在这段诗话中，物色俨然成为一种约定俗成的诗学概念。

小　结

通过上述三个方面的观察与论述，我们可以知道，先秦典籍里的物色一词，主要是指牺牲用品的牧畜的外形，是从实用价值去说的，与审美无涉。及至六朝，随着人们对于自然美的发现与欣赏，这一概念被赋予审美的价值，偏重于形式样态，包括色彩、声音与光线等要素，是一种综合性的审美对象。与此相应的，主体对于物色的感受不再是一种静观与冷漠的视域，而是心物交融的审美对象，《文心雕龙·物色》最后的“赞曰”，“情往似赠，兴来如答”，就说明了这一点。从《文选》赋类选录的四篇作品来剖析，也可以证明这一点。到了明清诗学，对于这一概念的使用更加成熟。因此，“物色”一词的诗学蕴含与意义，值得重新发覆。

（作者简介：袁济喜，中国人民大学国学院教授，出版过专著《六朝美学》等。）

① 参见司空图《与李生论诗书》，董诰等编《全唐文》卷八〇七，中华书局1983年版，第8485—8486页。

② 顾嗣立《寒厅诗话》，《清诗话》，第86页。

论李商隐《题僧壁》《巴山夜雨》在佛教诗歌史上的传播接受

李小荣　杨兆涵

摘　要：李商隐之诗，无论是佛教题材还是世俗题材，它们在后世佛教诗歌史上都有较广泛的传播与接受：前者可以《题僧壁》为代表，主要表现在“三生听钟”层面；后者可以《巴山夜雨》为例，主要表现在“听雨”文化及“夜窗剪烛”层面。即便只以二诗为例作考察，也可以得出义山诗传播接受的高峰是在明末清初之后。而传播接受义山诗的文化成因，一者与主张文字禅的诗僧对李商隐创作的认同有关，二者与俗世“义山后身”说的心理暗示有关。

关键词：李商隐　《题僧壁》　《巴山夜雨》　佛教诗歌史　传播接受

李商隐是晚唐诗坛名家，其诗歌创作既表现了丰富的社会生活内容，又蕴含了细腻的个人情感体验，故历来多受到诗家、诗评家的重视，其诗作传播接受面也较广。就义山诗歌传播接受史研究而言，学界或作个案检讨[①]，或作断代梳理[②]，或作通史与集成式的观照[③]，林林总总，成绩颇为可观。不过，目前尚未见到检讨玉溪生名篇在中国佛教诗歌史之传播接受者[④]，故我们在前贤研究李商隐其人其诗与佛教经典、佛教文化、佛教思想的基础上[⑤]，举出两个具体的案例，旨在抛砖引玉。

---

① 参见童明辉《李商隐〈无题〉诗接受史研究》，湘潭大学 2005 年硕士学位论文；柯玫姗《李商隐〈登乐游原〉诗的历代接受与诠释》，《有凤初鸣年刊》2013 年第 9 期。

② 参见于波《宋代李商隐诗歌接受研究》，扬州大学 2021 年硕士学位论文；米彦青《清代李商隐诗歌接受史稿》，中华书局 2007 年版。

③ 参见刘学锴《李商隐诗歌接受史》，安徽大学出版社 2004 年版。

④ 本文所说“佛教诗歌”，包括“词”，其着眼点是作品内容与释家题材相关者，而不区分诗家、词家的身份是僧是俗。

⑤ 此类成果丰硕，重要者如：吴言生《论李商隐诗歌的佛学意趣》，《文学遗产》1999 年第 3 期；夏广兴《汉译佛典与李商隐诗文创作》，载傅璇琮主编《唐代文学研究》第 11 辑，广西师范大学出版社 2006 年版，第 669—680 页。

一、《题僧壁》:三生听钟

先唐就有少量题壁之作,但形成风气,始于初唐[①],并且出现了不少名人在寺院的题壁诗,如高宗李治《谒慈恩寺题奘法师房》(为太子时所作)、岑参《题华严寺瑰公禅房》、杜甫《题玄武禅师屋壁》、王建《题台州隐静寺》、白居易《感悟妄缘,题如上人壁》等近500首[②],它们涉及大唐帝国的各类寺院及众多佛教宗派(以禅宗、净土宗、天台宗、华严宗、律宗为主)中不同层级的寺僧(少数为比丘尼),并真实地记录了当时佛教社会生活的方方面面,反映了僧俗两界的佛教信仰与佛学理念。不过,就它们在后世佛教诗歌史上的传播接受来说,影响最大的自然是李商隐大中八年(854)作的《题僧壁》,其诗曰:

> 舍生求道有前踪,乞脑剜身结愿重。大去便应欺粟颗,小来兼可隐针锋。蚌胎未满思新桂,琥珀初成忆旧松。若信贝多真实语,三生同听一楼钟。[③]

对于诗中引用的佛典故实,石林道源、朱鹤龄、冯浩等人的笺注,析之详矣,故不赘述。不过,有一点前人似未曾拈出,即"三生"与"钟"的诗歌意象的组构,乃义山首创。而该诗在后世传播接受最广的是结句"三生同听一楼钟"[④],我们甚至可以概括为"三生听钟"现象。为清眉目,择要列表1如下:

表1 "三生听钟"传播接受简表

作者	诗题	诗(词)句
胡宿(996—1067)	《题兰溪》	几劫亲诸佛,三生听此钟。[⑤]

---

① 参见吴承学《论题壁诗——兼及相关的诗歌制作与传播方式》,《文学遗产》1994年第4期。又,对唐人该题材的综合研究,参见罗宗涛《唐人题壁诗初探》,载傅璇琮主编《唐代文学研究》第3辑,广西师范大学出版社1992年版,第56—90页。

② 王欣依据《全唐诗》《全唐诗补编》对该类作品有过初步的统计,谓唐代佛寺题壁诗共484首,题壁作者184人。参见王欣《唐代佛寺题壁诗研究》,天津师范大学2019年硕士学位论文。

③ 刘学锴、余恕诚《李商隐诗歌集解》,中华书局2021年版,中册,第1418页。

④ 当然,也有传播接受其他语句者,如祝德麟《舍须词》"舍身剜肉结愿重"(祝德麟《悦亲楼诗集》卷一六,《清代诗文集汇编》编纂委员会编《清代诗文集汇编》,上海古籍出版社2010年版,第402册,第161页),是综合义山诗的首联语意而成;张崟《宿禅源寺楼》"三生一宿此楼中,剪烛孤听子夜钟……心与风幡俱不动,且随大众隐针锋"(张崟《逃禅阁集》卷七,《清代诗文集汇编》,第467册,第94页)首尾联,是撮合义山诗的尾联与第四句而有所创新。

⑤ 北京大学古文献研究所编《全宋诗》卷一八〇,北京大学出版社1998年版,第2064页。又,本文表格所列诗人生卒年皆按中国传统农历。

续表

作者	诗题	诗(词)句
范成大(1126—1193)	《重游南岳》	福严钟声过桥来,仿佛三生如梦里。①
胡奎(1335—1409)	《送富天源长老》	何时共话三生石,坐听钟声出翠微。②
张昱(生卒年不详)	《题右禅上人房》	三生谁识苏居士,唯是盐官北寺钟。③
周廷用(1482—1534)	《次亭溪张学士海印寺会同年韵四首》其四	衣冠成燕会,钟鼓合僧家。未尽三生话,真成百岁嗟。④
朱鹤龄(1606—1683)	《檗庵和尚驻锡邑之大悲庵,敬呈二律》其二	噩梦醒来销五浊,晨钟悟后得三生。⑤
严绳孙(1623—1702)	《金缕曲·赠西溟,次容若韵》	梵钟敲破,三生慧业……鲍家诗、碧溅秋坟血。听鬼唱,几时彻。⑥
查慎行(1650—1727)	《紫沧同年出示〈百声诗〉,凡天壤间有声之物,无不入其牢笼,和之不胜和也。冬至日独直西苑,心有所会,偶拈四题,兼寄灵隐谛辉、高旻湘雨两禅师,亦属和》其一	三生同听人何在,半夜孤眠梦忽回。一百八声敲不断,苦教积劫堕轮回。(钟声)⑦
戴晟(1669—1735)	《友人妓席》	信得义山诗句好,三生同听一楼钟⑧
翁方纲(1733—1818)	《予入都而蕴山出守镇江赋别三首》其三	一楼钟语三生忆,两板门书十载栖。⑨
谢启昆(1737—1802)	《题〈吴山雅集图〉二首》其一	一楼钟鼓三生听,尺幅烟云万里传。⑩
陈廷庆(1754—1813)	《寄怀曹俪笙侍郎》	早雄七子骚坛帜(谓京邸与沉斋、宾谷、听秋、墨卿辈为销寒会),同听三生阆苑钟。⑪
翁树培(1764—1811)	《题法时帆诗龛向往图》其一	打钟扫地三生梦,可少同龛爇瓣香。⑫

---

① 范成大撰,吴企明校笺《范成大集校笺》,上海古籍出版社 2022 年版,第 2 册,第 743 页。

② 胡奎《斗南老人集》卷三,《景印文渊阁四库全书》,台湾“商务印书馆”1986 年版,第 1233 册,第 443 页下栏。

③ 张昱《张光弼诗集》卷七,民国二十三年(1934)上海商务印书馆《四部丛刊续编》景明钞本,第 4b—5a 叶。

④ 周廷用《八厓集》卷四,清乾隆十三年(1748)重刻本,第 34a—35b 叶。

⑤ 朱鹤龄《愚庵小集》卷五,《清代诗文集汇编》,第 22 册,第 665—666 页。

⑥ 南京大学中国语言文学系《全清词》编纂研究室编《全清词·顺康卷》,中华书局 2002 年版,第 3671 页。又,西溟、容若,分别指清初著名词人姜宸英、纳兰性德。纳兰性德原作为《金缕曲·慰西溟》,其创作起因是康熙十八年(1679)姜氏丁内艰南归,故前者以词安慰之。时授检讨而在京参加纂修《明史》的严氏,则有次韵之作。

⑦ 查慎行撰,周劭标点《敬业堂诗集》,上海古籍出版社 1986 年版,第 1006—1007 页。

⑧ 戴晟《寤砚斋集·寤砚斋学诗》,《四库未收书辑刊》第 9 辑,北京出版社 2000 年版,第 27 册,第 264 页。

⑨ 翁方纲撰,赵宝靖辑校《翁方纲诗集辑校》,上海古籍出版社 2023 年版,第 136 页。

⑩ 谢启昆《树经堂诗·续集》卷六,《清代诗文集汇编》,第 392 册,第 430 页。

⑪ 陈廷庆《谦受堂全集》卷一七,《清代诗文集汇编》,第 439 册,第 630 页。

⑫ 徐世昌辑《晚晴簃诗汇》,中国书店 1988 年版,第 3 册,第 81 页。

续表

作者	诗题	诗(词)句
陈文述(1771—1843)	《题素山〈三生同听一楼钟图〉,玉溪生句也》其四	蝨庵高卧有前身,佛火蒲团证夙因。一角南屏山下路,三生我亦听钟人。①
郑用锡(1788—1858)	《秋钟》	万事即空都似梦,三生同听总相思。啼乌犹是枫桥路,渔火孤舟话别离。②
龚自珍(1792—1841)	《辛巳除夕与彭同年蕴章同宿道观中,彭出平生诗,读之竟夜,遂书其卷尾》	亦是三生影,同听一杵钟……雪色憺恩怨,诗声破苦空。明朝客盈座,谁信去年踪。③
汪端(1793—1838)	《题龚素山舅氏凝祚〈三生同听一楼钟图〉》其一	朝云亦有三生感,花影横窗拥髻听。④
蒋超伯(1821—1875)	《吊钟花》其一	悟到三生花欲笑……莫道哑禅敲不响,顶湖今日号名蓝。(李玉溪诗"三生同听一楼钟")⑤

上表我们选取了北宋至晚清18位诗家、词家对李商隐"三生听钟"传播接受的代表性作品。由此,我们发现了几个有趣的现象:

一者,从时段分布看,两宋至元明的传播接受者相对零散。清代则呈现群体接受的特点,如翁方纲、翁树培是父子关系,又同为法式善(号时帆)诗会的座上客;翁方纲和谢启昆是终身挚友;陈文述、汪端都为龚素山《三生同听一楼钟图》写过组诗(龚是陈的内兄,汪是陈的儿媳。陈裴之与汪端的结合,被时人称为金童玉女之配)。翁方纲、陈文述等人,则多次化用义山这一名句。

二者,从题材言,仅有胡宿、张昱与李商隐保持一致。从胡宿原诗末句自注"师造大悲像,著《发愿文》"推断,胡宿主要是对兰溪某招提寺高僧所造的千手观音像有感而发;张昱则把自己对古禅上人僧房的观后感题于壁上,其尾联之"苏居士""盐官北寺"表明,作者化用了苏轼熙宁八年(1075)所作《盐官绝句四首》其二《北寺悟空禅师塔》,然苏诗"已将世界等微尘,空里浮花梦里身。岂为龙颜更分别?只应天眼识天人"⑥,并无"三生"与"钟"这两个关键词,因此,可知作者是套用"三生听钟"句式来改造苏诗,进而形成了特殊的审美趣味(说唯有北寺钟声识得"三生苏居士",则类似于王梵志的"翻着袜",是禅诗惯用的翻

① 陈文述《颐道堂集·外集》卷一〇,《清代诗文集汇编》,第504册,第718页。

② 郑用锡撰,杨浚编《北郭园全集》,龙文出版社1992年版,第113—114页。

③ 龚自珍著,刘逸生、周锡䪖校注《龚自珍诗集编年校注》,上海古籍出版社2013年版,第135页。是诗作于清道光元年(1821)。

④ 汪端《自然好学斋诗钞》卷四,《清代诗文集汇编》,第578册,第737页。

⑤ 蒋超伯《垂金蔼绿轩诗钞》卷二,《清代诗文集汇编》,第682册,第616页。

⑥ 苏轼著,冯应榴辑注,黄任轲、朱怀春校点《苏轼诗集合注》卷八,上海古籍出版社2001年版,第368页。

案法）。其他人则将义山名句移用于游寺、访僧、酬唱、送别、寄友、题画、咏物①、忆亡、集句等题材，较为特别的是龚自珍之作，竟然写的是道观听钟之事。换言之，后世传播接受义山此句时，题材已泛化了，不再是单纯的“题壁”了。

三者，从听觉叙事的内容看，义山原句是说作者与高僧两人的“三生同听”。这点，后世虽多所承袭，但也不乏创新者：或将同听的俗世人物扩大为两人或以上，如陈廷庆诗所说销寒会中的七位诗友，戴晟诗中的歌妓与朋友；或将同听的对象比定为历史上的清信男女，如汪端“朝云亦有三生感”所说的朝云，当指北宋大诗人苏轼的爱妾王朝云，她于北宋绍圣三年(1096)七月五日“诵《金刚经》四句偈而绝”。苏轼《悼朝云》颈联即说“伤心一念偿前债，弹指三生断后缘”②，准此可见汪氏对龚素山的题画诗，糅合了义山、东坡所共用的“三生”语典。

四者，从传播接受的句式言，后世诗家、词家主要用的是变易法：如西昆体后期诗人胡宿，依据五律体制将义山原句七言灵活压缩成五言“三生听此钟”（“此”，指兰溪某招提寺）之举，可视作他倡导“活法”的例证之一③。嗣后，一句同用“三生”与“钟”者，是常见的传播接受形态之一。当然，也会视具体创作情景而有所变化，或具体交代打钟时间，如晨、午、夜、六时；或描写钟声的疏密；或说明敲钟地点，如阆苑、道观等。另一种常见形态是把“三生”“钟”分别置于上下或前后句，如表1所列范成大、张昱等。此外，还有一些比较特殊，仅标题或诗中句下小注出现“钟(声)”，如郑用锡、查慎行等。

五者，从传播接受类型言，表1所列诸诗词大致可分为两大类型：单一型与复合型。前者仅指后世作品只接受传播了义山“三生听钟”这一事象、事境④，如胡宿、范成大等。后者情况相对复杂，它们虽以“三生听钟”为基础，却又糅合其他相关事象或典故，如胡奎、周廷用等诗中的“三生话”“三生石”，便指大历末年圆观（又作圆泽）转生故事，其转生为牧童后对老友李源所唱《竹枝词》其一即云“三生石上旧精魂，赏月吟风不要论。惭愧情人远相访，此身虽异性长存”⑤。郑用锡诗除了化用义山名句外，其“啼乌犹是枫桥路，渔火孤舟话别离”，则嫁接了张继《枫桥夜泊》的诗题及句中“寒山寺”“半夜钟”等建构的事境⑥。

---

① 咏物题材化用义山此句意时，多用接受联想法，如金朝觐《寒钟二首》、郑用锡《秋钟》、蒋超伯《吊钟花》其一等，特别是蒋氏结句自注引李诗呼应首句，其用意不言自明。

② 《苏轼诗集合注》卷四〇，第2080页。

③ 一般认为诗学“活法”是两宋之际的吕本中提出的，但经今人考证，应出自北宋天圣二年(1024)登进士第的胡宿。参见邓国军、曾明《诗学“活法”说不始于吕本中——兼论胡宿对西昆体的继承与突破》，《文学遗产》2009年第5期；曾明《胡宿诗学“活法”说探源》，《文学评论》2011年第2期。

④ 有关事象、事境的含义，详见周剑之《事象与事境：中国古典诗歌叙事传统研究》，商务印书馆2022年版。

⑤ 参见李昉等编《太平广记》卷三八七，中华书局1961年版，第3090页。又，其故事流变情况，参见熊明《论〈圆观〉与三生石意象》，《社会科学辑刊》2012年第4期。

⑥ 彭定求等编《全唐诗》，上海古籍出版社1986年版，第612页。

严绳孙“鲍家诗……听鬼唱”云云，则化用诗鬼李贺《秋来》名句“秋坟鬼唱鲍家诗，恨血千年土中碧”而成①，其用二李诗境来比拟纳兰性德的情禅困境，倒也十分贴切，因为纳兰性德在严氏本次次韵之作的前一年即康熙十七年(1678)作有《忆江南·宿双林禅院有感》②，其词有句云“心灰尽，有发未全僧。风雨消磨生死别，似曾相识只孤檠，情在不能醒……乍闻风定又钟声，薄福荐倾城”③，同样有钟声荐亡的事象。

六者，从后世传播接受的思想基础看来，主要和居士的佛修实践关系密切，如表1诗词常用“参(透)”“悟”“禅(定)”诸字来概述听钟的感受，难怪翁方纲乾隆四十一年(1776)作《永乐庵避暑二首》其二有全面的总结说“三生楼钟亦禅语”④，即透过钟声可以体悟禅思、禅理与禅趣。此外，查慎行等人的诗作，则重在突出钟声的息苦之用。这点当是承唐初大庄严寺释智兴鸣钟感应记而来，敦煌写卷所抄《鸣钟偈》即说“洪钟振响觉群迷，声振十方无量土；一切含识并知闻，救拔众生长夜苦”⑤，加之后世丛林朝暮击百八钟以象征破除一百零八种烦恼，故佛寺以敲(梵)钟息苦的观念也得以在社会宗教生活层面广泛流行⑥。

二、《夜雨寄北》：“听雨文化”与“西窗剪烛”事象

李商隐大中七年(853)“羁滞梓幕期间”所作的《夜雨寄北》⑦，是其脍炙人口的七绝名篇之一，因其创造的“听雨文学文化”与“‘巴山夜雨’文学文化”，一经流布，便产生了巨大的影响⑧。如大中八年及第的刘沧作于川中的《宿苍溪馆》即云“巴山夜雨别离梦，秦塞旧山迢递心……空思知己隔云岭，乡路独归春草深”⑨，其关键意象“巴山夜雨”乃至所抒写的羁旅行役中的孤独情怀和义山原诗如出一辙。

《夜雨寄北》自身呈现的内容和蕴含的思想情感，很难说与佛教思想、佛教文化有直接的联系，这点与前述《题僧壁》形成了鲜明的对照。不过，后世对《夜雨寄北》的传播接受，

① 李贺撰，吴正子笺注，刘辰翁评点，刘朝飞点校《李贺歌诗笺注》，中华书局2021年版，第41页。

② 赵秀亭、冯统一《纳兰性德行年录》，《承德民族师专学报》2000年第4期。

③ 纳兰性德撰，赵秀亭、冯统一笺校《饮水词笺校》，辽宁教育出版社2001年版，第416页。

④ 《翁方纲诗集辑校》，第1353页。

⑤ 郑阿财《敦煌佛教灵验记研究》，台北新文丰出版公司2010年版，第188页。

⑥ 李时铭指出寺院打钟的目的是“使亡故的人息苦超脱，让生人觉醒警悟”。参见《论梵钟的起源与唐诗梵钟的佛教意蕴》，《逢甲人文社会学报》2004年第8期。又，该文统计写梵钟题材的唐诗约300首，但未涉及义山诗。

⑦ 关于本诗系年，历代说法不一，此据《李商隐诗歌集解》，中册，第1358页。

⑧ 参见陈冠明《“何当共剪西窗烛”的影响力　“解密李商隐”之二》，《博览群书》2020年第3期。不过，陈先生没有关注《巴山夜雨》在后世佛教诗歌史上的传播接受情况。

⑨ 《全唐诗》，第1494页。

佛教题材与非佛教题材之作的数量几乎是不相上下，此即为值得注意且非常有趣的唐诗名篇的传播接受现象。当然，两者接受最多的都是“西窗剪烛”事象（“窗”的定语成分经常随创作场域而变）或“巴山夜雨”等意象之类（具体例证详见表2）。

《夜雨寄北》在宋代至少有两次的传播接受与佛教有直接联系：一是北宋诗人杨应之入蜀因阻雨而题之于石泉道中的僧舍，眉州彭山人吕陶本来应苏舜钦之约前去瞻岷阁赏梅，但“行部左锦未果”，途中见到杨氏题诗“极有意味”，次韵曰“欲赏寒梅先有期，却嗟人事又差池。西山雪后东风急，应是寒梅烂漫时”，其所“寄聚散离合之兴”的主旨倒与义山原诗十分相契①。二是成都四天王院画僧智永尝作《潇湘夜雨图》上邵西山：

> 西山即题云：“尝拟扁舟湘水西，篷窗剪烛数归期。偶因胜士挥毫处，却忆当年夜雨时。”西山既咏诗，问永云：“前辈曾有此诗否？”永因诵义山《问归篇》，西山矍然，亟取诗以归。翌日乃复改与之：“曾拟扁舟湘水西，夜窗听雨数归期。归来偶对高人画，却忆当年夜雨时。”深恐多犯前人也。②

这里的《问归篇》，即义山的《夜雨寄北》。邵西山乃北宋著名学者邵伯温之子邵博，向以博闻强记出名，他先后两次为智永《潇湘夜雨图》题诗，虽然从句式结构、用语有所变化，但根本意境的时空对比法，其实还是源自义山诗的影响。智永面对邵博提问脱口而出的答案，也从侧面印证了智永绘画的构思本身就受到《夜雨寄北》的影响。

同样为清眉目，先择要列表2如下：

表2　两宋以降《夜雨寄北》佛教诗歌传播接受简表

作者	诗题	诗(词)句
吕本中(1084—1145)	《题筠州僧房》	客来无语坐禅房，共赏西窗一榻凉。山路雨余新笋出，江城春色杂花香。③
韩元吉(1118—1187)	《次韵宋传道〈夜雨闻捷〉》其一	松庭竹户野僧家，独坐荒斋到日斜……却忆巴山旧时语，梦回窗竹已生花。④
刘克庄(1187—1269)	《示观老》	烧尽西窗烛，相看各不眠。⑤

① 《全宋诗》卷六七〇，第7827页。

② 邓椿著，黄苗子点校《画继》(与《画继补遗》合刊本)，人民美术出版社2003年版，第63—64页。

③ 吕本中著，祝尚书笺注《吕本中诗集笺注》卷一二，上海古籍出版社2021年版，第2册，第794页。是诗作于南宋建炎三年(1129)。

④ 《全宋诗》卷二〇九七，第23674—23675页。

⑤ 刘克庄著，辛更儒校注《刘克庄集笺校》，中华书局2011年版，第2册，第14页。

续表

作者	诗题	诗(词)句
王仪(生卒年不详)	《赠黄山性宗上人》	讵知当乱余,共剪西窗烛。①
郑梦周(1337—1392)	《赠阳山聪上人》	清谈共剪禅窗烛,此计胡为堕渺茫。②
卞季良(1369—1430)	《寄冠岳山百华寺觉上人》	因思曾共榻,剪烛说无生。③
谢缙(1420—1488)	《为徐希孟题〈溪山风雨图〉》	坐久听残远寺钟,谈深剪尽西窗烛。④
彭孙贻(1615—1673)	《宿净严庵示磐石上人》其三	东海关山客,西窗夜雨时。还持莲社酒,来问己公诗。⑤
卢震(1626—1702)	《夏日友人移寓盘石庵,走诗话别次韵》	鸦啼古木暮烟昏,剪烛僧窗酒屡温。交到白头经小劫,历多世局爱空门。⑥
陈维崧(1631—1688)	《琵琶仙·泥莲庵夜宿同子万弟与寺僧闲话》(寺外白莲数亩)	惹起南朝零恨,与疏钟呜咽。有多少、西窗闲话,对禅床、剪烛低说。⑦
王昶(1724—1806)	《霜天晓角·孙鉴之以〈秋山话雨小册〉索题》	拈筠管、写僧屋……几许巴山清话,小窗里、剪残烛。⑧
韩是升(1735—?)	《峡山寺用东坡〈和高要令〉韵》	与僧订重游,山窗话剪烛。⑨
释清恒(1757—1836)	《同乐山隐谷过八公洞》	何当好借西窗烛,刻和新诗我尚谙。⑩
勒方锜(1816—1880)	《金缕曲·赠胡佛生同年四阕》其三	见说凄凉听夜雨,长忆西窗剪烛……是三生、修到才人福。⑪

统观表2所列出的14家诗人、词人接受传播《巴山夜雨》的具体篇目及相关语句,我们可以发现一个较为有趣的规律,即本无佛教思想意蕴的《巴山夜雨》,其意象与事象被拆散重组后,再置于具体作家所经历的佛教社会生活事实之中,由此烙下了深刻的佛教文化印迹:如有的在标题或正文中,将窗(屋)与"僧""禅"搭配;有的将夜雨剪烛或话巴山(夜雨)之事,置于寺庵访友、寺院养病、寺院送别、寺院游艺唱和等特殊的生活场合;有的将"共话"对象指向特定禅僧;有的将共话内容设定为佛教主题,如"无生""卧佛寺钟声"之类;有的写僧俗之间的品诗论文。凡此种种,皆与江西诗派所倡"活法"理论关系至深。

---

① 程敏政编《新安文献志》卷五一,《景印文渊阁四库全书》,第1375册,第666页上栏。
② 郑梦周《圃隐先生集》卷二,《韩国历代文集丛书》,韩国景仁文化社2018年版,第21册,第17b叶。
③ 卞季良《春亭先生文集》卷一,《韩国历代文集丛书》,第39册,第18b叶。
④ 谢缙《兰庭集》卷下,《景印文渊阁四库全书》,第1244册,第469页。
⑤ 彭孙贻《茗斋集》卷四,《清代诗文集汇编》,第51册,第405页。
⑥ 卢震《说安堂集》卷七,清康熙刻本,第5b叶。
⑦ 陈维崧《湖海楼词集》卷一二,《清代诗文集汇编》,第96册,第362页。
⑧ 王昶《春融堂集》卷二八,《清代诗文集汇编》,第358册,第322页。
⑨ 韩是升《听钟楼诗稿》卷四,《清代诗文集汇编》,第389册,第329—330页。
⑩ 释清恒《借庵诗钞》卷九,《清代诗文集汇编》,第452册,第99页。
⑪ 勒方锜《太素斋词钞》卷下,《清代诗文集汇编》,第666册,第94页。

较早把《巴山夜雨》相关意象组合引入佛教诗歌题材的就是两宋之际以“活法”诗论名噪一时的吕本中，其于南宋建炎三年(1129)南渡时所作《题筠州僧房》首联第二句“共赏西窗一榻凉”，句式显然有义山“何当共剪西窗烛”的影子。但是，吕氏也多所创新，如把义山对将来的设想变为已经实现的当下，将义山的“烛”置换成“凉榻”，并把“西窗”置于“禅房”语境中，因此，二、三联所述“新笋”“春色”“杂花香”“厨烟”“钟声”“橘色”“塔影”等“六尘”才成为禅观的对治对象。而且，尾联“敢道闲居便安稳，今年更欲下湖湘”与首联第一句“客来无语坐禅房”也就有了照应，即作为筠州僧房的客居者，诗人在禅悟后，便不再仅仅执着于自我的解脱，而是想以大乘济世精神带领更多的人奔赴湖湘，让他们得以摆脱生存困境。嗣后，诸家传播接受《巴山夜雨》相关意象、事象时，“禅境”的抒写与建构，主要是将它们与僧窗、寺院并置，其手法与吕本中完全相同。即便是谢缙为徐希孟《溪山风雨图》这样纯粹的山水画所作的题画诗，也虚拟了“远寺钟”的场景，从而让诗歌内容和佛教思想有了较为密切的联系。

需要补充说明的是，后世佛教诗歌中的“巴山夜雨”物象与意象，有的并非实指，可在蜀地以外，如寓居信州的韩元吉所作《次韵宋传道〈夜雨闻捷〉》其一“却忆巴山旧时语”之“巴山”云云，只是语典的借用。此外，元末及明初高丽来华诗人的佛教诗歌中也有传播接受义山此诗者，典型者如表2所列郑梦周、卞季良等。

与前述《题僧壁》一样，后世佛教诗歌对《巴山夜雨》的传播接受也有单一型、复合型之分。虽然表2所列，其主体是单一型；但也有使用复合型者，如彭孙贻《宿净严庵示磐石上人》其三、勒方锜《金缕曲》其三在“西窗夜雨(剪烛)”的基础上，分别撮合了“莲社酒”和“三生修福”的事象。而没有列入表2的复合型例证，更是数不胜数，较有特色的是金志章《倪槎畴给谏自都门写〈六忆图画册〉见寄，因赋诗怀旧，各题其上》之《云林夜雨》其二曰“湖南塞北渺游踪，旧雨凄凉不易逢。何日松龛重会宿，三生同证一楼钟”①，它便合《巴山夜雨》的“听雨”文化与“三生听钟”事境为一体(前者主要体现在“夜雨”意象及第三句的虚拟设想之辞上)。

三、传播接受：总体特征及成因简析

(一) 总体特色

前面我们各以义山释家题材《题僧壁》和世俗题材《夜雨寄北》在后世佛教诗歌史上的

① 金志章《江声草堂诗集》卷六，《清代诗文集汇编》，第252册，第422页。

传播接受概况进行了简要描述，虽说后者的时间节点稍晚于前者，但较早传播接受它们的两位诗家——胡宿、吕本中，一前一后，都与释门中人交往密切（前者的代表性人物是天台宗诗僧释长吉；后者的代表性人物是临济宗杨岐派看话禅的提倡者大慧宗杲及云门宗如璧，即饶节，江西诗派三僧之一）。嗣后，两者传播接受的高峰都是在明末清初以降，这点与清代为李商隐整体接受史之高峰的结论大体契合。换言之，即使从某些有代表性的单篇作品的传播接受史来考察相关问题，我们也可以得出与学界公论大致相同的结论。

其实，除了前述两首名篇外，两宋以来的藏经文献涉及义山其人其诗的史料也不少，粗略统计有《宋高僧传》卷六《唐彭州景山知玄传》、卷一一《唐大沩山灵祐传》，《释氏要览》卷上，《祖庭事苑》卷四，《佛祖统纪》卷三五，《辩伪录》卷二，《佛法金汤编》卷九，《名公法喜志》卷二，《解惑篇》卷上，《补续高僧传》卷二三，《学佛考训》卷七等五六十处。其中，像《送臻师》其二"苦海迷途去未因，东方过此几微尘。何当百亿莲华上，一一莲华见佛身"被明人释广贵辑入《莲邦诗选》卷一作为净土诗赞"翻然向往"主题的代表作之一①；有的则是后人编李义山"集外诗"的来源之一，如朱鹤龄注、程梦星删补的《重订李义山诗集笺注》卷四，即据《佛祖统纪》卷四一增补了七绝《赠沙弥》一首②。

此外，禅宗语录、灯录等宗门文献传播接受义山其他名篇名句者也不少。如北宋福州中际可遵禅师"示众"时所说"沧海月明何处去"的前四字③，显然袭自《锦瑟》"沧海月明珠有泪"④；即休契了作《润都寺入塔》之偈语曰"江水横流波印月，山容长润玉生烟"⑤，又模仿《锦瑟》颈联而有所变化；《雨山和尚语录》卷一二载上思"松江王、戚二护法祈嗣请上堂"情景是：

> 问："是处是慈氏，无门无善财，且道居士求嗣一句作么生道?"师云："沧海月明珠孕彩。"进云："恁么则十字街头打开布袋去也。"师云："蓝田日暖玉生辉。"⑥

雨山上思禅师同样巧妙应用了《锦瑟》颈联，其所作的改易"孕彩""生辉"，恰恰契合了王、

① 《大藏新纂卍续藏经》，第62册，第799页。

② 按，即便为集内诗，藏经所引文字有时也不尽相同，似有一定的校勘价值。如者庵惠彬《丛林公论》曰"如李义山《赠稷山驿吏王金》诗云'过客不须询岁代，唯书一亥与时人'"（《大藏新纂卍续藏经》，第64册，第796页中栏），其"金""须""岁代""一亥"，传世别集本则分别作"全""劳""甲子""亥字"。而且，藏经本也非孤例，如《诗话总龟》卷二六所引即与惠彬相同。

③ 《建中靖国续灯录》卷一一，《大藏新纂卍续藏经》，第78册，第709页。

④ 《李商隐诗歌集解》，中册，第1575页。

⑤ 《即休契了禅师拾遗集》，《大藏新纂卍续藏》，第74册，第108页。

⑥ 《嘉兴大藏经》，台北新文丰出版公司1987年版，第40册，第575—576页。

戚二位护法居士的祈嗣请求,信手拈来又妙趣天成。梅之焕为黄蘖无念禅师所作《护塔文》之"已无晓梦迷蝴蝶,一任空山哭杜鹃"[1],《宗鉴法林》卷七二所载定生纯禅师对遍融真圆的颂古偈之"桃花月落迷蝴蝶,杨柳春深泣杜鹃"等对句[2],一眼便知从《锦瑟》颔联"庄生晓梦迷蝴蝶,望帝春心托杜鹃"化出。

再如僧、俗游寺写景之作,直接取用义山名句者也时有所见,周永年编《吴都法乘》卷二二所辑释通润《秋日再游天平》尾联"最是夕阳无限意,化人楼阁映残烟"[3],张大昌撰《龙兴祥符戒坛寺志》卷三所辑秦邦福五绝《环林夕照》"瑶草接琪花,春长不知老。背手看西山,夕阳无限好"[4],两人对"夕阳无限"的感慨,显而易见,皆受到了义山《乐游原》的影响[5],只是前者出于僧人身份,更强调了缘起性空思想,后者似更突出当下的随缘自适情怀。

(二)成因简析

至于佛教诗歌史传播接受义山诗的成因,若从僧家层面说,不少主张文字禅的诗僧对他的创作是有所认同的:如惠洪北宋大观二年(1108)于江宁府所作《送庆长兼简仲宣》"君诗秀气终不没,长吉精神义山骨"[6],即以李贺、李商隐诗风比喻庆长诗的秀气。释善珍《和徐国录韵》"赋诗推义山,论旧数季重"[7],一则以李商隐比"当今称文宗"的徐国录,二则以曹丕、吴质之交比自己和徐氏的至交关系。特别是明末石林道源禅师的义山诗注,对朱鹤龄、冯浩等人的李商隐诗笺注影响甚深。从世俗诗人层面看,自称、被他人视作义山后身(或兼而有之)者也不少,无论哪种情况,他们对义山诗自然是情有独钟。如刘诜《乙亥留故乡自寿》"七十古稀今已迫,回头一一记儿时。三生我岂后商隐(旧常梦与李商隐语,谓余乃其后身),四海今无半子期"[8],张问陶《岁暮怀人作论诗绝句》其十二《张裕谷,字适园,河南仪封人,有〈退圃消日集〉》"昨日木兰舟上立,前身疑是玉溪生"[9],樊增祥《自

---

① 《黄蘖无念禅师复问》卷五"附录",《嘉兴大藏经》,第20册,第524页。

② 《大藏新纂卍续藏经》,第66册,第716页。

③ 蓝吉富主编《大藏经补编》,台湾华宇出版社1986年版,第34册,第667页。

④ 杜洁祥主编《中国佛寺史志汇刊》第一辑,台湾明文书局1980年版,第29册,第89—90页。

⑤ 《李商隐诗歌集解》,下册,第2142页。

⑥ 释惠洪撰,周裕锴校注《石门文字禅校注》,上海古籍出版社2021年版,第1册,第317页。不过,惠洪《冷斋夜话》卷四说"诗到李义山,谓之文章一厄。以其用事僻涩,时称西昆体"(张伯伟编校《稀见本宋人诗话四种》,江苏古籍出版社2002年版,第38页),则对义山诗好用僻典深表不满(当然,惠洪谓义山诗号"西昆体"属于史实错误。或者是原文在流传过程中出现了脱讹)。

⑦ 《全宋诗》卷三一五〇,第37775页。季重,曹魏吴质之字,吴氏为曹丕所重用。

⑧ 刘诜《桂隐诗集》卷四,《景印文渊阁四库全书》,第1195册,第313页。

⑨ 张问陶《船山诗草》,中华书局1986年版,第2册,第579页。

题五十三岁照像》其一“消磨二十年来事，重现樊南最后身”①，等等，所说“前身”“后身”之人，其创作无不受到义山诗的滋养。当然，“今世前身”说，也是“诗人的自我实现与心理暗示”的一种特殊表征②。

（作者简介：李小荣，教育部人文社会科学重点研究基地福建师范大学闽台区域研究中心教授，出版过专著《禅宗语录文学特色综合研究》等。杨兆涵，福建师范大学文学院博士研究生。）

① 樊增祥《樊山续集》卷七，《清代诗文集汇编》，第713册，第552页。是诗作于清光绪二十四年(1898)。又，樊氏多次自称是“樊南后身”，其好友沈曾植《和答樊山》也称对方是“樊南最后身”。参见沈曾植著，钱仲联校注《沈曾植集校注》，中华书局2001年版，第115页。

② 参见庄国瑞《今世前身：诗人的自我实现与心理暗示》，《浙江学刊》2022年第5期。

“江南客”与“史官”：元代胡助两种身份认同下的矛盾心态*

胡丽娜

摘　要：元代浙东士人胡助在诗歌中屡次自称“江南客”“史官”。细考两种身份认同的文学表达与形成原因，可以看出：元代特殊的社会文化背景使胡助作为在北方为官的南士生出客居心态，在其诗歌作品中常见思乡之情与归隐之志；同时，由于胡助继承浙东事功传统，认为即使担任微职也要努力发挥所长，或乐育菁莪，或以文讽谏，诗歌也极力抒发致用之心。才不尽用是浙东士人的共同命运，黄溍、吴师道等也有类似的身份认同以及“用不能行舍不藏”的矛盾心态。

关键词：身份认同　江南客　史官　矛盾心态

胡助（1278—1355），字履信，一字古愚，号纯白道人，婺州东阳（今浙江金华）人。少年好学，至大元年（1308）举茂才，授建康路儒学学录，后调任美化书院山长；泰定五年（1328）荐为翰林国史院编修官；至元四年（1338）调为右都卫儒学教授；至正二年（1342）再授翰林国史院编修官；至正五年（1345）以承事郎、太常博士致仕。与虞集、马祖常、袁桷、柳贯、黄溍等文坛领袖往来颇多，著有《纯白斋类稿》30卷。

《纯白斋类稿》中“客京城”“白头史官”等相关表述屡次出现，反映出胡助两种身份认同——“江南客”与“史官”。细考两种身份认同的文学表达与形成原因，可以更为立体地展现此时期胡助的矛盾心态，以此观照同时期浙东士人的共同命运。

一、“江南客”与归隐之志

胡助有句：“节物纷华除夕至，嗟余几见客京城。”（《除夕偶成》）[①]他“客京城”的经历

* 本文系河北省社会科学基金项目“元代南士群体心态与文学思想研究”（HB21ZW016）阶段性成果。

① 胡助《纯白斋类稿》卷一〇，中华书局1985年版，第88页。

分别指:延祐二年(1315)因无法参加科举而北游京华,试图寻求入仕门径;泰定元年(1324)胡助美化书院山长任期满后,再上京师,赴吏部待选,一年后被授为温州路儒学教授而未得;泰定五年在王士熙举荐下改授国史院编修官,至顺三年(1332)秩满离京;至正二年再任国史院编修官,到至正五年致仕。即分别因为干谒、待选、任官而客居京城。

"客京城"反映的客居心态,表现为漂泊感:"真似坐余岩壑里,不知漂泊在京华。"(《画山水》)[①]这自然是缺乏归属感的心理表现,在胡助的诗中可以看到对京华富庶景象的惊骇:

> 久安诚富庶,豪华恣奢淫。优坊饰文绣,酒馆书填金。市中商贾集,万货列名琛。驰骋贵游子,车尘如海深。翩翩江南士,骇目还惊心。(《京华杂兴诗二十首》其十四)[②]

胡助称自己创作这组《京华杂兴诗》的目的是记日常所闻所见,欲待南归之时得以"夸示田夫野老,俾略知京华之风云尔"[③]。诗中表面是记此时的元大都商业繁荣,街市林立,渲染国家的经济富强,可谓盛世之歌。然而,京华富户"恣奢淫"的生活方式,车水马龙的富贵荣华,却使其"骇目还惊心"。"骇"与"惊"的心理体验,或许不仅仅是出于首都与地方的贫富差距,还由于胡助出生于婺州东阳,浙东文化尚朴素、重实用,与京华之风迥异,因此京华豪奢的生活方式、人情物理带来的心理冲击难免会使其没有归属感。

胡助这种客居心态可能还与他壮志难酬的际遇有关。在他写给王士熙、马祖常的送行诗中,表达出对二人承蒙皇恩得以扈从上都的羡慕:

> 江海词源正弥漫,南屏老翠几回看。花骢蹴踏雪消尽,宫锦淋漓酒吸干。銮掖承恩挥宝札,驼峰沾赐出冰盘。英才得展当年治,谁说冷官鱼上竿。(《和袁伯长韵送继学伯庸赴上都四首》其二)[④]

不但羡慕二人英才得展,也向往上都风土以及上都翰林院的从政生活:

> 居庸关外阴漫漫,异境萧条拄笏看。沙草低风泉韵咽,岭云开日露华干。天闲凤

①④ 《纯白斋类稿》卷一一,第97页。
② 《纯白斋类稿》卷二,第12页。
③ 《纯白斋类稿》卷二,第9页。

臆三千匹，世路羊肠百八盘。想见玉堂多盛集，宿酲睡起日三竿。(《和袁伯长韵送继学伯庸赴上都四首》其四)①

居庸关外与江南风土迥异，即使行路艰难，但仍怀有玉堂之中人才汇集、相谈甚欢的美好愿景。所谓“书法谨严当载笔，家声烨弈在论思”(其一)②，胡助对王、马二人能够去上都发挥所长是非常羡慕的，因此忍不住称赞：“由来勋业须青鬓，二妙风流擅一时。”(其三)③相较之下，此时的胡助“贫不能归，尘衣垢面，憧憧往来”(《京华杂兴诗二十首》有引)④，辗转于京华等待吏部选派⑤。可能正是这种际遇上的差距，使他不由生发出漂泊之感。即使在此之后，他受举荐两任国史院编修官，也曾有幸扈从上京，但仍会有作为“江南客”的感慨：“再入词林两度春，衣冠元会物华新。青衫皓首江南客，亦是彤庭班末人。”(《元旦即事二首》其一)⑥心中的抱负与微小的官职，理想与现实的落差，使其无从归属，“江南客”的身份认同自然也就可以理解了。

胡助诗中屡次出现的“江南”意象所代表的情感指向，一方面代表着因南北方风物迥异产生的心理隔膜，另一方面则也表现出对家乡的怀恋、对隐逸生活的向往。比如在《都下春日即事十首》中，表现的就是他身处京华、心在江南的精神状态：“五云宫阙漏迟迟，上苑芹香入燕泥。想见江南烟水阔，河豚欲上荻芽齐。”⑦暮春时节身在都城却想着江南山水开阔、蒌蒿满地、河豚戏于芦芽间的情景。用节序诗表达思乡主题的还有《寒食》：

花柳平原盛，提携满路傍。时思当火令，野祭哭春阳。裂纸标青冢，倾壶酹白杨。油然追远意，吾亦忆吾乡。⑧

寒食节是怀念亲人的日子，使得客居京华的诗人生出思乡之情。在送别友人时会明显表露对归隐的期待，如《送谢尧章》：

①③ 《纯白斋类稿》卷一一，第98页。

② 《纯白斋类稿》卷一一，第97页。

④ 《纯白斋类稿》卷二，第9页。

⑤ 参见李叔毅、傅璞点校《石田先生文集》(中州古籍出版社1991年版)附录二《马祖常年谱》，马祖常、王继学一起扈从上都是在元延祐三年(1316)；徐永明《元代至明初婺州作家群研究》(中国社会科学出版社2005年版)下编第二章《胡助年谱》考证，此时的胡助因无法参加科举而在京城奔走。

⑥ 《纯白斋类稿》卷一六，第139页。

⑦ 《纯白斋类稿》卷一七，第149页。

⑧ 《纯白斋类稿》卷七，第58页。

青冥无路志多违，金谷冰山亦易非。万里天风双鬓老，五湖秋水一帆归。东篱菊花古来好，泽国鲈鱼今正肥。羡子束书寻故隐，长松巢上看云飞。①

想必诗人的这位友人同样是壮志未酬就年老归乡，诗人一方面劝慰他可效仿陶渊明采菊东篱下，也可回乡品尝肥美的鲈鱼脍；另一方面也明确表示自己羡慕他能归隐田园埋头书册，闲来树下看云，好不自在。诗中“东篱菊花”代指陶渊明，“泽国鲈鱼”则用张季鹰辞征辟典，二者都与隐逸文化相关。

胡助追求的既是文化层面的“隐”，也是行为层面的“隐”。隐逸文化是中国文化的一部分，蒋星煜指出“中国文化的本质，尚谦让，行中庸，薄名利，鄙财富”，而隐士“清高孤介，洁身自爱，知命达理，视富贵如浮云”②，因此历史上许多士人都视隐士为理想人格，视隐居为理想生活。胡助在为自己所作的《纯白道人赞》中称“吟风月兮薄万古，视天地兮同蘧庐。知我者以为金华山牧羊之徒，不知我者以我为诗人之流、章句之儒”③，正体现了这种人格追求。胡助好友张养浩曾因直言上谏触怒英宗，后便以父亲年迈为由辞官归养，朝廷虽多次征召，但张养浩始终没有出仕，胡助在《和张希孟学士拜命不赴四首》中写道“孤云野鹤本情亲，诗酒生涯乐更真”“勇退孤风孰可亲，笑谈吾自爱吾真”④，强调的是对“真”的追求。类似的还有“野性在丘壑，麋鹿真同群”“我本山林麋鹿姿，少壮偶为世网婴”等⑤，都表达了淡泊名利、返璞归真的人格追求。胡助追求并享受归家后的田园生活，他在《春日言归》中写道：“春色明宫柳，京华独缊袍。云霄崇世禄，台阁聚时髦。有道贫方乐，无官归亦高。光风满天地，随处可游遨。”⑥身在台阁心向自然，安贫乐道就是不做官归家也是高洁的。胡助归家后修葺了本已荒芜的园圃，在《秀野园赋并序》中描绘了与友人同游秀野园的情景：“步石径之幽曲兮，与鱼鸟以忘情。后有台之孤峙兮，环溪山之秀丽。可登览以自娱兮，吐胸中之奇气。揭秀野以为名兮，取独乐之诗篇。岂专专于学博兮，庶几景仰夫昔贤。”⑦这样的隐居生活，能与花鸟虫鱼做伴，感受秀丽山水的清新，人与自然相融的过程中可以忘却俗世之烦恼，畅抒心中之奇气，超然自乐，类乎圣贤。

同时，“隐”也是一种人生选择。孔子曾言“天下有道则见，无道则隐”（《论语·泰

---

① 《纯白斋类稿》卷九，第 82 页。

② 蒋星煜《中国隐士与中国文化》序，侯杰主编《民国中国文化史要籍汇刊》第 15 卷，南开大学出版社 2019 年版，第 245—246 页。

③ 《纯白斋类稿》卷一九，第 171 页。

④ 《纯白斋类稿》卷一一，第 101 页。

⑤ 《纯白斋类稿》卷二，第 21 页，卷六，第 52 页。

⑥ 《纯白斋类稿》卷七，第 58 页。

⑦ 《纯白斋类稿》卷一，第 3 页。

伯》),“邦有道则仕”(《论语・卫灵公》),“用之则行,舍之则藏”(《论语・述而》),他认为在无道之邦参政是可耻的,而隐逸实际是一种明哲保身的行为。历史上著名的隐士如陶渊明就是孔子隐逸思想的践行者,陶渊明“不为五斗米折腰”正是对无道之邦的反抗,同时欲摆脱“心为形役”的精神困境,所以选择了辞官归隐。胡助言“我今只作归田计,门外鸬鹚莫浪猜”(《和葛介轩对雨》)①,再调编修时感慨“老来未遂归田计,换骨犹迟九转丹”(《再调编修》)②,告老南归时称“白头始遂归田志,朱绂新承致仕恩”(《告老得请留别诸公》)③,“归田”是与为官相对的另一种人生选择,但选择归隐的原因并非“邦无道”,而是无法行道。因此胡助虽以陶渊明为精神追求,却无法像陶渊明般淡泊洒脱。前文所述张季鹰的典故,是张季鹰以思吴中菰菜羹、鲈鱼脍为由辞齐王征辟,“俄而齐王败,时人皆谓为见机”(《世说新语》),说明此典故本身还有明哲保身之意。那么胡助是否也有此意呢?他在《云松巢歌》中便以醉语的形式表达心迹,说明他所追求的隐逸是因世不可为、不得不隐的人生抉择:

> 云飘飘,松落落,巢居其巅古之乐。右手招李白,左手揖刘伶,二子平生但恨饮不足,今我亦复昏昏醉不醒。乃呼云而语之曰:尔慎勿为淫雨,害我秫与黍。又抚松而语之曰:尔慎勿为栋梁,徒遭斤斧伤。豪门广厦千万间,何曾庇士开欢颜。不如酿酒云松表,酣歌白首栖空山。④

胡助表面是与李白、刘伶等善饮者为友,实际更追捧时刻胸怀天下的杜少陵,然而面对的现实却是天下寒士不得庇护,不仅仅是南士之理想没有实现,连保存自身都有难度。既然如此,便只能追求饮酒山林、酣歌白首了。

客居心态引发的思乡之情、归隐之志,都是由于在京华任上的志不得展,其根源是元代特殊的族群制度。萧启庆指出元廷各主要族群的法定地位依次为蒙古族、色目族、汉人、南人,原南宋境内居民即南人因臣服于元廷最晚,所以在元朝的族群等级制中地位最低下,在任官方面往往遭受不公平对待⑤。胡助在诗中就曾表达过在京为官时的窘境,《苦寒行》曰:“江南文士官更寒,灶突无烟薪炭绝。发梳脱落须捻折,口吻悲鸣心郁结。”⑥可见南士为官连生存环境都很恶劣。所以他会在诗中感慨自己淹留京华,壮志难酬:

---

① 《纯白斋类稿》卷一〇,第 91 页。
② 《纯白斋类稿》卷一〇,第 86 页。
③ 《纯白斋类稿》卷一一,第 102 页。
④ 《纯白斋类稿》卷六,第 46 页。
⑤ 萧启庆《内北国而外中国:蒙元史研究》,中华书局 2007 年版,第 465 页。
⑥ 《纯白斋类稿》卷六,第 51 页。

天北云容雪意稠,东风何日上归舟。小儿乡里当差发,老子京华尚滞留。道义宁非一身贵,功名总是百年愁。平生有志成迂阔,堪笑还家已白头。(《冬日书怀》)①

二、"史官"与致用之心

与"江南客"身份相对应的,则是"史官"。"新年佳气满皇州,南雁回时春水流。白发史官几七十,上章告老觅归舟。"(《元旦即事二首》其二)②"一生清苦惟文学,十载迂回复史官。"(《再调编修》)③"史馆重来头更白,翰林风月有余清。"(《南归舟中杂兴七首》其二)④"白发新文学,青衫旧史官。"(《除卫教》)⑤所述当指胡助两任翰林院编修的经历。翰林国史院的工作主要是"纂修国史,典制诰,备顾问"⑥,因此胡助会有"史官"的自称。他在第二次调入翰林院编修时曾写道:

山野逢时久治安,曾经执笔远游观。一生清苦惟文学,十载迂回复史官。白发方新银海眩,青衫依旧玉堂寒。老来未遂归田计,换骨犹迟九转丹。(《再调编修》)⑦

此诗基本概括了胡助的仕宦经历:生逢盛世得以自草野而出,擅长文史,游历京师渴望出仕,结果只能出任国史院编修这样的微职。十年过去,也依旧只是史官的身份,如今青春不再,心在田园却身在庙堂,换骨成仙也只能是幻想罢了。"玉堂寒"道出了官位卑微、壮志难酬的辛酸,正照应了"江南客"始终没有获得归属感的客居心态。但与"江南客"身份认同所表现出的思归与隐逸倾向不同,胡助作为"史官"却始终坚持积极行道。与"史官"相关的另一官职是"太常博士":"太常博士古官职,赢得虚名遗子孙。"(《告老得请留别诸公》)⑧其职能是备顾问应对、教授经书,对应的是他出任建康路儒学学录、美化书院山长、温州路儒学教授、右都威卫儒学教授这样的学官经历。

虽然自身官职低微,很难真正参与政治决策,但看到友人有好的政治际遇也会由衷地高兴:

---

① 《纯白斋类稿》卷九,第77页。
② 《纯白斋类稿》卷一六,第139页。
③⑦ 《纯白斋类稿》卷一〇,第86页。
④ 《纯白斋类稿》卷一五,第137页。
⑤ 《纯白斋类稿》卷七,第62页。
⑥ 宋濂等《元史》卷八,中华书局1976年版,第165页。
⑧ 《纯白斋类稿》卷一一,第102页。

> 风宪用儒吾道盛，萧然琴鹤是行装。昔闻洛水罗温石，今见钟山起赵杨。十载黄尘乌帽影，一朝冰镜玉壶光。公闲笑傲宣城上，叠嶂双溪入锦囊。（《送赵伯升江东照磨》）①

“照磨”一职虽然只负责地方政府的审计工作，但却昭示着朝廷能任用儒士，因此给了士人儒道将会兴盛的希望。加之赵伯隐逸十年如明珠蒙尘，今日被起用，说明他冰境玉壶般的高洁情操终于被认可。因此胡助想象着他赴任途中行船路上两岸景色尽收眼底，心情雀跃胸怀广阔，眼前山水如在囊中，必是闲情潇洒，风雅澹泊。

在此类送别诗中，除庆幸友人得官外，还借送行表达自己的政治理想，如《送苏伯修淮东廉使》。“廉使”即廉访使，主管地方监察事务。诗云：“岷峨文献传家学，山岳威名廓吏尘。有美皇华临遣意，澄清一道悦吾民。”②希望苏天爵能够发挥所学肃清吏政，平治天下，造福万民。再如《送巎子山平章赴杭省》，康里巎巎作为少数民族，官居杭省平章政事，是真正能参议国家大事的地方长官，这是胡助等南士永远不会有的政治际遇。诗中所说“丕振儒风资治道，芟除萧艾长兰荪”，是希望康里巎巎作为“分持钧轴镇雄藩”的一方要员，能够大力振兴儒家传统风尚，并为国家选拔人才③。可见胡助并未执着于个人的境遇好坏，而是胸怀儒家理想，即使自己暂时不具备实现治国、平天下的条件，也要寄希望于有机会践行的友人。

那么他自己身处微末官职时又是如何致用的呢？从以下诗作可以推测一二：

> 台端咫尺近天威，霄汉星悬执法辉。夜静周庐传禁柝，暑清甲帐进宫衣。龙门晓日乘骢过，滦水秋风看雁飞。想见从官多赋咏，时巡无逸谏书稀。（《送王治书分台上都二首》其二）④
>
> 词臣扈跸更遭逢，共沐恩波喜气浓。下直锦袍淋马酒，大酺毡帐割驼峰。白河秋早旌旗合，黑谷云深剑佩重。想见翰林苏应奉，乐章进拟动天容。（《送苏伯修分院上都》）⑤

“分台”“分院”与元代行两都制有关。上都位于金莲川草原，曾名开平府，元中统元年

① 《纯白斋类稿》卷一一，第96页。
② 《纯白斋类稿》卷九，第83页。
③ 《纯白斋类稿》卷一〇，第89页。
④ 《纯白斋类稿》卷八，第67页。
⑤ 《纯白斋类稿》卷九，第76页。

(1260)忽必烈在此处登上蒙古汗国大汗之位,中统四年(1263)将开平改名为上都,时为蒙古汗国首都;大都为今北京,忽必烈于至元元年(1264)改燕京为中都,至元四年(1267)又在中都基础上修建新城,并在至元九年(1272)下诏改中都为大都,定为都城。两都并行,南北相望。大都为正都,是主要的政治、文化、经济中心;上都为夏都,是蒙古族的情感归属,具有独特的政治军事地位,因此元代几乎历届皇帝每年都要在固定时间段从大都出发北巡上都①。由于每年皇帝都要有半年的时间在上都办公,因此会有相应职能部门的官吏随行,一定程度上这对部分官员是很好的机遇。能被选为天子扈从,首先就是极其幸运的事情,加之上都不同于大都甚至江南的塞外景致,以及新的工作环境与内容,都对他们有极大的吸引力。“近天威”“共沐恩波”乃极大的荣耀,而且作为扈从之臣,能够近距离地感受天家威严,享受着上都特有的美酒珍馐,观赏塞外独特的肃杀景致,这又是多么难得的生活体验。需要注意的是,两首诗分别提到了从官赋咏、翰林进乐章,这就说明在胡助的心目中,“我辈”虽只能担任词臣、翰林应奉这样的文字工作,但也要通过赋咏与乐章达到讽谏的目的;既要劝诫皇帝只有勤政才能使政事无阙、谏议少,又要用君主乐于接受的方式适时进言以达实效。可以说,胡助既能正确认识自己与同僚的职位、职能,又能保持积极的仕进之心以图致用。所以他多次表达自己不安于局束一方,渴望济世的愿望:

> 至于数造京师,夫何为哉?得非济世之志未能忘诸。(《大拙先生小传》)②
>
> 太平一统古未有,观光万里今重游。快哉风帆日行远,不将机事惊沙鸥。丈夫出处自有志,安得局束山中留。(《黄河行》)③

特别是在教育选拔人才方面,最能发挥热情:

> 遍参名胜走黄埃,俯仰京华一梦回。此日束书游美化,当时荐稿上清台。毡寒但得无迎送,地近何妨数往来。自笑半生成濩落,犹期教育见英才。(《赴美化书院别亲友》)④

这种急切的致用之心还表现在他对后辈的鼓励上:

① 参见刘宏英《元代上京纪行诗研究》,中国经济出版社2016年版。
② 《纯白斋类稿》卷一八,第161页。
③ 《纯白斋类稿》卷五,第40页。
④ 《纯白斋类稿》卷一一,第98—99页。

国家重设科，罗才资治理。图报在忠贞，岂曰荣一己。矧膺民社寄，责效从此始。行行慎勿迟，郊迎喧老稚。郡侯宴高阁，蓬莱翠如洗。(《送胡允文杨廉夫赵彦直登第归赵》)[①]

杨维桢在泰定四年(1327)中进士，而此时的胡助正北游京师赴吏部待选，一年后虽被授为温州路儒学教授，但未能成行。柳贯在《题康里子渊赠胡助古愚序后》记录了这段经历：

士之遇不遇有命焉，不系乎学与才也。皇庆初，予识东阳胡助古愚于金陵，嘉其资质粹美，辞章俊拔，意其必遇也。逮今十有四年矣，再见之于京师，方且谒选吏部，受九品初职，而又不遄得。孰不叹其淹滞而悼其屈？虽予亦不能不为之慨然也。[②]

有心一展抱负，却无奈淹滞不前，纵有才学奈何时运不济，即使泰定五年在王士熙力荐下，改授为国史院编修官，但在此淹留时期的委屈愤懑是不言而喻的。然而即使如此，他却真心为后辈登第而高兴，因为这意味着儒道被重视，有学之士有机会报效朝廷、为民谋福祉。

前文已述，胡助由于政治上的际遇以及南人在北方的不适应而自称“江南客”，因此在诗中时常流露出漂泊感或是对田园生活的向往。但若说他更追求隐居生活，却是不确切的。在《送董仲礼赴察院》一诗中有句“交游衮衮登清要，谁忆寒儒困草莱”[③]，表达的是好友们纷纷入职高位，可以像诸葛亮一样发挥济世之能，而自己这样一个贫寒的读书人却只能困顿于乡野不得施展的心情。虽然其中自有不甘与落寞，但也隐隐地希望可以被举荐提携。这种心理与浙东文化传统紧密相关。自宋南渡后，由于政治、经济中心南移，江浙等地教育文化繁荣，浙东成为宋元时期学术重镇。此时的浙江金华(古称婺州)，人才辈出，有“小邹鲁”之称。如全祖望所说，“乾、淳之际，婺学最盛。东莱兄弟(吕祖谦、吕祖俭)以性命之学起。同甫(陈亮)以事功之学起，而说斋(唐仲友)则为经制之学。考当时之为经制者，无若永嘉诸子，其于东莱、同甫，皆互相讨论，臭味契合”[④]，即概括出婺学之盛赖于吕祖谦性命之学，陈亮事功之学，唐仲友、叶适经制之学的传播。无论是事功之学还是经制之学，都反对道德性命之说的虚泛，而更为关注社会现实事物，在国家治理方面主张将礼乐刑政与仁义孝悌结合起来，寓教化于现实的事功之中，即将儒家的治道与经世之学

① 《纯白斋类稿》卷四，第29页。

② 《纯白斋类稿》附录，第211—212页。

③ 《纯白斋类稿》卷一一，第99页。

④ 黄宗羲原著，全祖望补修，陈金生、梁运华点校《宋元学案》，中华书局1986年版，第1954页。

相结合。浙东士人在这些精神传统的影响下,以承传儒家之道为己任,学以致用。胡助作为"江南客",其心理体验折射出身在京华的落寞与疏离,因此诗中不时展露出思乡之情、归隐之志。但同时又以"史官"自任,其心态则是即使身处微职也要努力发挥所长。因此他无论是对自己还是对友人,都持积极入仕的态度。"用不能行舍不藏"[①],正能概括其无法顺利行道又不甘心隐逸的复杂心态。

三、"用不能行舍不藏":浙东士人的共同命运

胡助"江南客"与"史官"的身份认同并不对立,其在作品中所表达的思乡之情、归隐之志与致用之心也只是看似矛盾,将之置于元代政治文化大背景下,并结合个人遭际来看,更能立体地呈现其复杂交织的心路历程。

胡助在扈从上都路上想的是何时归故乡:"秋夜长,月微茫,七月已似十月凉。风传禁折车马静,沙际毡庐灯火光。梦回酒醒衾絮薄,不知此身在滦阳。群雁飞鸣向南去,问君何时还故乡。"(《秋夜长》)[②]但回家后却还惦记着自己作为南士能登玉堂更应报效皇恩:"玉堂南士几人登,芜陋方惭职纂述。拜罢松楸又趋出,上恩未报安敢逸。"(《还家视亲友》)[③]可见再调编修时他的心情是积极又感恩的。老来回首却又叹:"我本山林麋鹿姿,少壮偶为世网婴。"(《赠写真汪镜湖》)[④]从中可大致推测他为官时才不尽用,在野时又渴望仕进的心路历程。

这样的困境也非胡助独有。据徐永明考证,胡助在大德三年前后与黄溍(字晋卿,婺州义乌人)定交[⑤],作有《九日会晋卿同乡友小饮既而往饮晋卿所》《九日同晋卿携酒访士悦二首》,黄溍也曾为胡助作《题上京纪行诗后》。徐子方《元代文人心态史》分析了黄溍等盛世南官的二重性心态结构,认为:"作为元王朝职官,他们和历代封建士大夫一样,恪守着食君之禄、忠君之事的古老信条,竭尽为臣的本分,自觉不自觉地为元王朝的长治久安、国脉万世而奉献心智。而另一方面,作为社会最末等级的代表,他们从进入仕途伊始即身不由己地陷入被排挤和压抑的窘境……"[⑥]这种窘境折射出的复杂心态可从他以"郑虔"

---

① 《纯白斋类稿》卷一七,第149页。
② 《纯白斋类稿》卷五,第42页。
③ 《纯白斋类稿》卷六,第48页。
④ 《纯白斋类稿》卷六,第52页。
⑤ 《元代至明初婺州作家群研究》,第270页。
⑥ 徐子方《元代文人心态史》,天津人民出版社2015年版,第184—185页。

自比探知一二："樗散郑虔无所用，幸搜岩壑副旁求。"(《送苏伯修宪史》)[①]"石田茅屋归无计，愁绝灯前老郑虔。"(《送许参政武昌别业》其九)[②]。郑虔是唐代著名的诗人、书法家、画家，唐玄宗曾赞"郑虔三绝"。但从其仕宦经历来看，郑虔虽有大才但仕途不顺，曾受诬被贬，甚至还因安史之乱牵累流贬台州司户参军。黄溍自比郑虔，要表达的是自己如同郑虔一样壮志难酬、孤立无援。但郑虔虽被贬台州任地方官，却能承担起教化之责，办官学，阐释文教，选拔人才。所以郑虔这一人物代表的就不仅仅是仕途坎坷，还要突出其身在贬所却能发挥自身教化职能这一特点。只有理解了郑虔所代表的两层含义，才能更全面地认识黄溍矛盾的仕隐心态。比如他送友人去赴任的诗作会表露渴望被起用的心态："若见凤凰池上客，为言憔悴浙江边。"(《送汪臣良县丞之京，兼简诸同年》)[③]也会对友人进行鼓励："今君去冷署，春花映红颜。才名世实有，遇合古所难。行矣高其翔，青云承羽翰。下语翩翩子，毋庸悔儒冠。"(《四明送王学正归里三首》其一)[④]或者自怜身世："愿言吐奇胸，落落排风雷。尚念穷贱者，衡门守蒿莱。"(《赠叶审言别》)[⑤]或是感慨自己行道不成年已老的命运："予方徇微禄，未能返柴荆。终然无补报，白发日夜生。"(《送王君冕同年归长安》)[⑥]可以说他是渴望仕进的，但另一方面又表达出强烈的归隐倾向：

坐阅车马喧，澹焉若无营。虽怀帝乡乐，不受世网婴。(《送王君冕同年归长安》)[⑦]

我已倦游今白发，有山如此愿长终。(《次韵题刘氏石壁精舍》)[⑧]

念昔居闲曹，未老先纳禄。蒙恩列外监，放浪湖一曲。薄田皆旧畬，敝庐非新卜。白首重见招，英游并华毂。寒松虽复凋，幽兰岂再馥？宣尼讥患失，伯阳贵止足。时暮复何言？终期返初服。(《述怀六首》其六)[⑨]

即使身在帝乡，也不愿受世俗尘网的拘束；壮志未酬发先白，也只能寄情于山水田园，渴望在陶渊明那里找到精神归宿。

---

① 黄溍著，王颋点校《黄溍全集》，天津古籍出版社2008年版，第82页。
② 《黄溍全集》，第100页。
③ 《黄溍全集》，第73页。
④ 《黄溍全集》，第13页。
⑤ 《黄溍全集》，第7页。
⑥⑦ 《黄溍全集》，第20页。
⑧ 《黄溍全集》，第78页。
⑨ 《黄溍全集》，第26页。

积极仕进的同时又有归隐之志，对应着郑虔这一形象所代表的两个方面，既因沉沦下僚无法真正发挥所长而心生退意，又主张在其位谋其职，干好本职工作。如教育英才，即使职位低微也还是愿意争取仕进的机会。可以说就这个层面来看，黄溍和胡助是一致的。

除黄溍之外，婺州兰溪人吴师道也有着类似的心路历程，他从儒士的角度坦言志高官小的无奈：

> 士平居尚志，孰不曰患不吾用，用必济物。一旦得职，则汩没利欲而不酬其言者，多矣。然用有小大，故所及有广狭，而又有不能如其志者焉。若夫职小而施广，志遂而事成者，不亦难乎！（《赠申彦直序》）①

一部分儒士虽然有志以学济世，但得官后却陷于功名利禄的追求而忘记初衷。若仅得微职，又无法真正大展拳脚。可看出吴师道所希望的并非高官厚禄，而仅是才能尽用，俸禄可以糊口，但现实显然不允许：

> 仕以行道，古人皆然。才足以自见，志足以直遂，信己而不徇乎人，而有廪禄充厚，足以养其父母妻子，供舆马道里费，故得安意守职，而无私忧。嗟乎！奚为今之不然也？大者不能伸其道，而禄又弗给，夫何乐于仕哉？（《送吴子彦县尹之辰溪序》）②

如此，乐于出仕者自然很少。但吴师道并未放弃入仕行道，最突出的就是他肯定了学官的重要作用："天下之官，卑而实贵者，无如学官。"（《送刘教授序》）③一方面是因为这是现今儒士得以入仕的主要渠道："文学，卑官也。今之衣冠而儒者，舍是无以为仕。"（《送王文学序》）④再者，元朝任官常常才与职不匹配："抑闻由学官而改调者，例得簿曹，则其身之所处，前后顿异。计其遇事激发，未必不悔为之，而有羡于昔也。"（《送刘教授序》）⑤所以与其在不恰当的职位上无所适从，不如在无品级的学官任上发挥所长，倒也能自得其乐："其名则师，其职则教，虽风纪之尊与为礼，他有司固弗责以跪拜之节，群君则坐者让右，说经则听者哉下，官箴之所贷，吏责之所不加，雍容委蛇，亦何乐如之！"（《送刘教授序》）⑥

仕途不顺时，他便追求 "浴乎沂，风乎舞雩"的圣人理想。如在《送王文学序》中，他看

---

① 吴师道著，邱居里、邢新欣点校《吴师道集》，吉林文史出版社 2008 年版，第 323 页。
② 《吴师道集》，第 318 页。
③⑤⑥ 《吴师道集》，第 313 页。
④ 《吴师道集》，第 308 页。

到友人前去任学官，虽然称其前途未可量，但也指明如今多为投机者当道，他们得官以求富贵，以耀乡里、骄妻妾，所以自己选择"归休城南，卜居于清流修竹间，又将动摇其体肤筋力，以奉数老人，杜门饮水之余，诵歌谣吟先王之道，以自适其适"(《送王文学序》)[①]。无奈现实却让自己失去仕进的信心："生非适治才，何用更从宦?"(《二月下旬寒食在郊书事言怀二十韵》)[②]其诗作中也常见对山林丘壑的向往："平生丘壑心，久矣厌城市。"(《和张子长见寄二首》其二)[③]"但得翳桑无饿者，不妨归卧守蒿莱。"(《山行即事》)[④]无奈归隐不得，"我生胡为堕世网，回首白云空尔情"(《答黄晋卿约游金华三洞不果》)[⑤]，"空持璞玉嗟谁赏? 误落樊笼去未能"(《和芊希曾宪史韵二首》其二)[⑥]。他在《和张子长见寄二首》其一中很好地概括了自己的仕隐经历：

> 少年抱微才，读书思致君。愿言风云会，永谢麋鹿群。朝官入明光，莫馆登崇文。安知竟濩落，三十凄无闻。闭门陋巷居，植杖东皋耘。圣道有真乐，功名信徒勤。[⑦]

青少年时期致力于学，渴望致用，因科举走上仕途之后又因诸多外部原因才不尽用，其心态一方面渴望机遇积极仕进，另一方面又因困难坎坷萌生退意。这与黄溍、胡助等人的经历与心态极其相似。

因此，可以说黄溍、吴师道、胡助等浙东士人，其共同命运便是才不尽用，从其诗中所提及的身份认同出发，如"江南客""史官""郑虔""卑官"等，可以更全面地了解他们"用不能行舍不藏"的矛盾心态。

（作者简介：胡丽娜，河北师范大学初等教育系讲师，发表过论文《元明之际金华士人的身份认同与文章观——以危素〈金华柳先生文集序〉为中心》等。）

---

① 《吴师道集》，第 308 页。
② 《吴师道集》，第 34 页。
③⑦ 《吴师道集》，第 18 页。
④ 《吴师道集》，第 135 页。
⑤ 《吴师道集》，第 59 页。
⑥ 《吴师道集》，第 124 页。

批评形态的转变与赋学话语的新构

——汤聘《律赋衡裁》与李调元《雨村赋话》关系新论*

梁凤连　踪　凡

摘　要：李调元《雨村赋话》与汤稼堂《律赋衡裁》的关系，学术界已有关注和讨论。细加比勘后发现，李调元虽多采用汤书赋论，但大都进行过增补、剪裁、拼接、重组，体现出李调元纵贯古今的赋史观、摘句批评的赋话编纂理念，以及对破题、相题等艺术技巧的重视。《雨村赋话》利用《律赋衡裁》的现成资料和学术评点，借鉴宋代以后诗话著作的撰写方式，巧妙完成了赋话体式的建构，实现了清代赋学从"选本批评"到"赋话批评"的学术跃迁。但在历代赋论资料的搜集与考辨方面，《雨村赋话》又略逊于同时产生的浦铣《历代赋话》。《雨村赋话》在理论建构和学术转型上的历史性贡献理应得到肯定，盲目抬高或刻意贬低该书的做法都是不恰当的。

关键词：选本批评　赋话批评　尊唐重律　学术承变

《雨村赋话》，亦称《赋话》。清李调元（号雨村）提督广东学政时，为指导诸生作赋，集其"少时芸窗所艺习"和"稼堂所评骘者"编纂而成①。"稼堂所评骘者"，指清周嘉猷、周鈖辑，汤聘（字莘来，号稼堂）评骘的《律赋衡裁》之赋论。然而，这六个字，近百年来一直被人忽略，导致学术界对李调元大量采用汤书赋论的事实失察。直至1992年，詹杭伦发表论文《李调元和他的〈雨村赋话〉》，认为《雨村赋话》一至六卷共215则，其中出自《律赋衡裁》者为41则②，引起部分学者关注，然大都承袭詹氏的观点。而后，詹先生在北京图书馆见

---

* 本文系国家社会科学基金重大项目"历代赋论整理研究"（19ZDA249）阶段性成果。

① 参见李调元《雨村赋话序》，詹杭伦、沈时蓉校证《雨村赋话校证》，台北新文丰出版公司1993年版，第1页。

② 詹杭伦《李调元和他的〈雨村赋话〉》一文，首先在1992年香港召开的"第二届国际辞赋学研讨会"上（接下页）

到《律赋衡裁》一书，重新评估《律赋衡裁》对《雨村赋话》的重大影响，指出：《雨村赋话·新话》6卷共215则赋论，出自《律赋衡裁》者达191条，只有区区20余条可能是自撰，有“抄袭”之嫌①。此后，孙福轩、何新文、杨广岳等纷纷对此进行研究②，然大都偏于《雨村赋话·新话》对《律赋衡裁》转引文献数目的统计。杨广岳《汤稼堂〈律赋衡裁〉与〈雨村赋话·新话〉之文本对比研究》中，虽对两书文本作了颇详的比勘，但也浮于文本罗列。故本文拟在前人研究的基础上，立足两书文本，着重分析李调元《雨村赋话·新话》对汤聘《律赋衡裁》赋论的采录方式与学术突破，进而探讨李调元将以《律赋衡裁》为代表的“选本批评”转变为“赋话批评”的内在理路，并重估两书的价值与地位。

一、直录与改编：《雨村赋话》对《律赋衡裁》的材料利用

《雨村赋话》与《律赋衡裁》的关系，李调元自序云：“因于弊簏中见杭郡汤稼堂前辈刻有《律赋衡裁》一书，颇先得我心，爰出予少时芸窗所艺习者，并列案头，以日与诸生相指示。时用纸条摘录其最典丽者各数联以教之，使知法；而又间以稼堂所评骘者拈出之，以定其归……新旧所得渐多，因汇为一集，名曰《赋话》。”③《雨村赋话》有《旧话》和《新话》两部分。《旧话》从正史、杂著、文集、诗话、笔记等著述中辑录历代赋家生平事迹、作赋故事、赋评赋论等赋学资料；《新话》的赋学批评主要录自《律赋衡裁》的赋论和李氏少时所学。《律赋衡裁》凡6卷，是一部按题材分类的律赋选本，卷首有“例言”8则；卷一至卷四依次按天时、地理、人事、物类分为四卷，选录唐、宋赋凡97篇；卷五《别录》则选录梁陈至元代赋凡26篇，所选各赋篇末皆有尾评，或有旁批；卷六“余论”48则，主要是汤氏对唐宋律赋之赋家、赋作的评论。据詹杭伦统计，《雨村赋话·新话》卷一至卷六凡215条，其中191条录自《律赋衡裁》，自撰内容只有区区20余条④。孙福轩亦认为“《雨村赋话》摘录《律赋衡裁》之处在190则以上”⑤。实则，《律赋衡裁》凡“例言”8则、“余论”48则、尾评123则、旁批128则，《雨村赋话·新话》采录“例言”6则、“余论”46则以及120篇赋作中的尾评

(接上页)公开发表，1993年出版《雨村赋话校证》时又将此文置于前言，1994年刊发于《新亚学术集刊》第13期。参见氏著《唐宋赋学研究》，中国社会科学出版社、华龄出版社2004年版，第341—342页；《雨村赋话校证》前言，第7页。

① 参见《唐宋赋学研究》，第342—343、361页。

② 参见孙福轩《清代赋学研究》，浙江大学出版社2008年版，第232—240页；何新文、苏瑞隆、彭安湘《中国赋论史》，人民文学出版社2012年版，第289—291页；杨广岳《汤稼堂〈律赋衡裁〉与〈雨村赋话·新话〉之文本对比研究》，中国人民大学2010年硕士学位论文。

③ 《雨村赋话序》，《雨村赋话校证》，第1页。

④ 《唐宋赋学研究》，第361页。

⑤ 《清代赋学研究》，第238页。

115 则、旁批 46 则。换言之,《雨村赋话・新话》赋论共 215 则,其中 172 则采自《律赋衡裁》,另有 43 则为《律赋衡裁》所无。

显然,李调元《雨村赋话・新话》(以下简称"李书")的主体内容(172 则)取自汤聘《律赋衡裁》(以下简称"汤书")。詹杭伦曾分别从"例言""正文""余论"三大方面对李书采录汤书的赋论加以胪列和比较,颇具启示意义。本文从采录方式的角度,归纳为以下三大类型,借以管窥清代赋学从"赋选"到"赋话"的转化轨迹。

(一) 直接采用(凡 67 则)

李书对汤书"例言"(6 则)和"余论"(46 则)的采录,几乎原本照抄,鲜有改动。如李书卷一第 22 至 41 则抄录汤书卷六"余论"第 8 至 27 则,不仅文本一字不差,各则赋论的次序亦完全一致。甚至有的连汤书的一些讹误,亦不加考辨地原本抄录,如汤书"例言"之句"徐铉等集唐人及宋初律赋,为《赋苑》二百卷"[①],"徐铉"当作"徐锴",徐锴是徐铉之弟。《宋史・艺文志》载:"徐锴《赋苑》二百卷。"[②]《宋史・徐铉传》:"铉有文集三十卷……锴所著则有文集、家传、《方舆记》、《古今国典》、《赋苑》、《岁时广记》云。"[③]王尧臣《崇文总目》亦载:"《赋苑》二百卷,徐锴编。"[④]李调元采录此则赋论时,未加考证,直接抄录,以致以讹传讹。此外,李调元原文直抄《律赋衡裁》所选赋篇之旁批、尾评多达 15 则。如抄录汤书《正月一日含元殿观百兽率舞赋》尾评时,只将"此赋"一词换为具体篇目"唐郑锡《正月一日含元殿观百兽率舞赋》"而已。

(二) 增补赋句和赋论(凡 92 则)

李调元采录汤书赋论时,常先摘录赋句,再抄汤书尾评或旁批,有时新增李氏自评,或将汤氏评点拦腰截断,中间增补佳句,形成"摘句—评论"或"评论—摘句—评论"的批评模式。如采录汤书《新潭赋》赋论时,先增引赋句,然后径抄汤书原尾评;采录汤书《蒲轮赋》旁批时,将相应的赋句一并摘引,形成"摘句—评论"模式批评。又如汤书《秋云似罗赋》尾评"韩门诸子,如叔迴、持正辈,率不肯作软熟语,施之帖括,颇有生梗之病,其精警处自足胜人"[⑤],被李氏加工为:"唐侯喜《秋云似罗赋》云:'拟六铢而披拂,伴仙女降衣;临七夕以

---

① 周嘉猷、周鈖辑,汤聘评骘《律赋衡裁》卷首,踪凡、郭英德主编《历代赋学文献辑刊》,国家图书馆出版社 2017 年版,第 32 册,第 8 页。

② 脱脱等《宋史》卷二〇九,中华书局 1977 年版,第 5393 页。

③ 《宋史》卷四四一,第 13049 页。

④ 王尧臣《崇文总目》卷五,《丛书集成初编》,商务印书馆 1937 年版,第 24 册,第 331 页。

⑤ 《律赋衡裁》卷一,《历代赋学文献辑刊》,第 32 册,第 66 页。

轻盈，助牵牛纳采。'亦有生趣。按：韩门诸子……颇有生梗病，但精警处自足胜人。凡赋题限韵，莫不于本题相附丽。惟此题限以'兰亦堪采'为韵，殊属风马牛，此唐人赋题所少。"[①]先摘引赋中佳句，以"亦有生趣"四字评之，接以"按"语直抄汤书原尾评（李书常以"按""考"语等形式直抄汤书原有评论），后又新增"凡赋题限韵"一段自评，点出该赋限韵的异常之处。径直将原有的议论批评转变为摘句品评，明显提升了赋论的价值。

李调元还常在汤书尾评中间增引赋句，形成"评论—摘句—评论"的批评模式，如将汤书《馆娃宫赋》的旁批"对法变化，恰好领起下文"和尾评"昔盛今衰，各以三韵叙次，布置停稳"[②]，改编为："唐黄滔《馆娃宫赋》，昔盛今衰，各以三韵叙次，布置停稳，尤妙在起韵末联云：'舞榭歌台，朝为宫而暮为沼；英风霸业，古人失而今人惊。'对法变化，恰好领起下文'想夫桂殿中横，兰房内创'一段，此赋家正眼法门。"[③]李氏先抄汤书尾评原文，然后增摘赋中佳句和旁批，并补充说明"下文"内容，最后又增"此赋家正眼法门"一段自评，使原有的尾评与旁批圆融一体，论述更为流畅、清晰，赋论也有了质的飞跃。又如汤书刘允济《明堂赋》尾评"铺张处多，征实处少，此应制体中取巧省力之法，然讨好亦在此"[④]，李调元将其处理为："律赋起句，多先用单联对起，不用四六排，此正法也。唐刘允济《明堂赋》独用排起，如'大哉乾象，紫微疏上帝之宫；邈矣坤舆，丹阙披圣人之宇'。势极雄峻。则贵相题，又不可以一律论也。通篇铺张处多……然讨好亦在此。"[⑤]先新增一段自评，论述一般律赋起句之正法，接着摘引赋中佳句，以说明刘允济《明堂赋》起句的独特之处，"通篇"以下径抄汤书原评。这种"综论—举例—评点"的赋学批评模式，点面结合，深入浅出，远远超出汤氏赋论之畛域，具有更高的理论价值。

（三）合并或拆分原有赋论（凡13则）

李调元在采录和处理汤书赋论时，为了更好地表达出某些赋学特点，有时会将两篇赋的赋论合录为一则，或将一赋之评点分录为两则。如李氏将汤书卢肇《天河赋》和王损之《曙观秋河赋》的赋论合并，并增加相关的赋句、赋论，形成"摘句—评论"模式，旨在揭示律赋"审题"的技巧；又如将周鈞《登吴岳赋》和《海门山赋》两赋评论打乱、重组，先摘引《登吴岳赋》佳句，紧接该赋尾评第一句，且对尾评作相关变换和细化，然后摘引《海门山赋》赋句和尾评，最后以"按"语径抄《登吴岳赋》尾评的后半部分赋论。如此，将同一赋家的两篇赋

① 《雨村赋话校证》，第27—28页。
② 《律赋衡裁》卷二，《历代赋学文献辑刊》，第32册，第155、156页。
③ 《雨村赋话校证》，第34页。
④ 《律赋衡裁》卷五，《历代赋学文献辑刊》，第32册，第525页。
⑤ 《雨村赋话校证》，第30页。

作之评论巧妙融合，形成“摘句—评论”模式，清晰呈现该赋家的创作风格和特色。而如汤书文彦博《鸿渐于陆赋》的尾评和旁批，则被李调元分别抄为两则，尾评总论宋初律赋之赋家赋作特点，被录为卷五第1则，有概述宋代律赋之意；旁批论文彦博赋的赋句特点，则被连带相关赋句一起采录在卷五第5则，列于王禹偁《籍田赋》、田锡《雁阵赋》等相关赋论之后，与第1则所论“宋初人之律赋最多者，田、王、文、范、欧阳五公”相呼应[①]，并形成“摘句—评论”的批评模式。李调元如此分抄汤书的原有赋论，不仅形成每个朝代律赋“总论—分论”的编排次序，而且条分缕析，使每一则赋论所论述的对象或重点更为明晰、突出。

李调元《雨村赋话》对汤聘《律赋衡裁》的材料利用，大抵如此。李调元虽对所引录的大部分赋论进行了改编，然直接引录的亦有不少，加之所增引的赋句又皆出汤书所选赋篇，只是将汤书中依附选本文本的评点转变为独立的摘句批评而已。这也是有些学者认为李书抄袭汤书的重要原因。

二、从赋选到赋话：赋学批评形态的转换

清代文学承明之绪，辨体意识和赋体独立意识增强，加之清代统治者为填补“八股取士”的衡材之弊和满足炫耀的心理，故极力推尊赋体。又因召试和翰林院之馆选、馆课、散馆、翰詹大考以及书院月课等，皆有试赋，以致如陆棻《历朝赋楷》、顾我钧《律赋汇钞》等众多专录赋体的赋集选本纷纷涌现。与此前赋学批评为诗文批评之附庸而只在诗话、文话和文学总集选本中出现的情况完全不同，这些赋集选本大都集赋选与赋评为一体，有着较为完整的赋学批评体系（包括选赋数量、入选作品、次序排列和引、序、跋、凡例以及依附文本和选本的圈点、评论等），这使得赋以一种独立的姿态屹立于文学之林，更强化了清人“赋别为一体”意识，促进清代赋论家“古有诗话、词话、四六话，而无赋话”的认识与缺憾[②]，从而有意识地将赋话从诗话或文话中独立出来，另立门户。李调元《雨村赋话》和浦铣《历代赋话》《复小斋赋话》就产生在这背景之下，浦铣的赋话虽定稿在李书之前，但刊行在李书之后，李、浦二人又无交集，故李氏并未得见浦书。因此，他需要思考“《赋话》当以何种形态呈现”的问题。

《雨村赋话·新话》以漫话随笔的形式，或赏析赋作名篇佳句，或品评赋家风格特色，

① 《雨村赋话校证》，第73页。

② 《雨村赋话序》，《雨村赋话校证》，第1页。

或论述律赋体制和创作技法，兼载一些相关的佚闻趣事，与诗话体制颇相似。息翁《兰丛诗话序》言："诗之有话，自赵宋始，几于家有一书。"[①]诗话之体，自宋欧阳修首创后便在宋代兴盛并发展成熟[②]。至清代，漫话随笔与摘句品评的诗话体制早已成为最普遍、最为世人所熟悉的文学批评样式。而"摘句"更是诗话的重要批评形式。李调元《雨村诗话序》（两卷本）云："古人诗话类多摘句，以备采取，唐宋而降，指不胜屈矣。"[③]蔡镇楚《中国诗话史》也云："摘句欣赏，是诗话的诗歌鉴赏论的一个重要方面。"[④]其实，李调元早已自序言明编纂《雨村赋话》的目的，就是要用"摘句品评"的方式撰写成《赋话》以补"无赋话"之缺，并揭示"作赋之法门"，指导诸生作赋。且卷一开篇也言："论诗有摘句之图，选赋亦有断章之义。"[⑤]此句引自《律赋衡裁·例言》："赋诗有断章之义，论诗者亦有摘句之图。"[⑥]"赋诗有断章之义"，语出《左传·襄公二十八年》："宗不余辟，余独焉辟之？赋诗断章，余取所求焉，恶识宗？"[⑦]这里的"赋诗断章"，指从《诗经》中截取某章某句以表达己意，而不顾所取章、句的本初含义，即春秋时期士大夫外交之"赋诗言志"。李调元将"赋诗"改为"选赋"，实则是声明自己的赋话著作采用与诗话一样以"摘句品评"为主的批评方式，为《雨村赋话》确立了明确的编撰思路。

李调元《雨村赋话·新话》以"摘句品评"为主的赋话体制，实则由汤聘《律赋衡裁》"余论"发展而来。《律赋衡裁》虽是律赋选本，但其"余论"部分皆以"摘句—评论"或"评论—摘句—评论"模式评论六朝至金元诸家律赋，或论及赋与辞，或论及赋与事，已脱离选本文本的依附，可作独立的赋学评论小集，初具赋话形式。许结更是直言："书中余论部分为目前所见清代最早的赋话形式。"[⑧]李调元将汤书"余论"之摘句品评的赋学批评形式扩而广之，形成了《雨村赋话·新话》的全新体制。李调元之前，赋集选本众多，唯汤稼堂《律赋衡裁》"颇先得我（李调元）心"，不惟其甄综律赋以宗唐的律赋批评适合教诸生作赋之法，更多是因为"余论"所展现的以"摘句品评"为主的赋学批评形式，让李调元在苦苦寻觅中突然发现了撰述赋话的最佳体例。由前文《雨村赋话》对《律赋衡裁》之材料利用的分析可

① 方世举《兰丛诗话》卷首，郭绍虞编选，富寿荪校点《清诗话续编》，上海古籍出版社 1983 年版，第 769 页。

② 诗话在早前的众多诗论中已逐渐孕育，至宋代欧阳修退居颍州汝阴时，在整理文稿之余，采用漫谈随笔体，不分章节，将众多内容互不相干的论诗条目连缀成篇，撰写成诗学批评专书，称名为《诗话》。司马光效仿之而作《续诗话》，此后各种诗话层出不穷，诗话之体亦随之完善、成熟。

③ 李调元著，詹杭伦、沈时蓉校正《雨村诗话校正》，巴蜀书社 2007 年版，第 2 页。

④ 蔡镇楚《中国诗话史》，湖南文艺出版社 1988 年版，第 13 页。

⑤ 《雨村赋话校证》，第 1 页。

⑥ 《律赋衡裁》卷首，《历代赋学文献辑刊》，第 32 册，第 13 页。

⑦ 杨伯峻编著《春秋左传注》，中华书局 1981 年版，第 1145—1146 页。

⑧ 许结《汤稼堂〈律赋衡裁〉与清代律赋学考述》，《浙江学刊》2003 年第 6 期。

知，李调元采录汤书赋论时，常对原有赋论进行改编，以形成独立的摘句批评。这不仅是《雨村赋话·新话》与其他赋话的最大不同，也是李调元将“赋选批评”转变为“赋话批评”的关键。

三、尊唐与重艺：《雨村赋话》对《律赋衡裁》赋学思想的承变

关于律赋的产生与发展，古人多有论述，然皆寥寥数语，不成体系。汤稼堂《律赋衡裁》较早将前人零星议论汇为系统的律赋史论批评，形成了较为系统和完整的律赋史观。同时，又以律赋史观推导出“尊唐”艺术观，形成以唐律为主、以句法技巧为中心的律赋批评观[①]。李调元《雨村赋话·新话》的赋论大都源自汤聘《律赋衡裁》，其赋论观点自然也对汤书有所承袭和发展。

律赋史论上，李调元对《律赋衡裁》中“年代参差”的赋论资料进行重新编排和增益，构成更为系统、完整的律赋发展史。汤聘《律赋衡裁·例言》云：“钟黄门岱峰《同馆课选》、沈宗伯归愚《和声集》，固已家置一编，奉为丹鼎。故断自前朝，先河后海，俾学者知所津逮焉。”[②]汤聘认为，当时（乾隆年间）已有钟衡（号岱峰）《同馆课选》和沈德潜（号归愚）《本朝应制和声集》两部风靡天下的诗赋选集，足以为文人士子提供创作范式，故在编选《律赋衡裁》时不再选清人赋作，而以前朝（元明）为断限。但实际上，汤氏所选赋家赋作只到金元，不及明代，留下缺憾。李调元虽承袭汤聘“律赋至元而中息，八韵之作至明而歇绝”的赋论观点[③]，却仍关注那些讲究声律、对偶的明代赋篇，从句法、用词、用典等角度，对明代赋家赋作进行品评，使其所勾勒的律赋史脉络更为清晰、完整。汤书编选历代律赋名篇，按照天时、地理、人事、物类的顺序排列。李调元不仅舍弃题材分类，还将原有的编排顺序加以调整，总体以朝代先后为序进行重新编排：卷一是对六朝和唐代赋家赋作品评，旨在追溯律赋的源起与形成；卷二至卷四是对唐代赋家赋作品评，体现“唐律正宗”的尊唐观；卷五是对宋代赋家赋作品评，卷六则是对金、元、明三代（主要是明代）赋家赋作的品评，呈现出唐以后律赋的发展和流变。这从整体上表现出非常明晰的律赋发展史观，显然是对《律赋衡裁》的弥补与突破。

---

① 参见许结《汤稼堂〈律赋衡裁〉与清代律赋学考述》，《浙江学刊》2003 年第 6 期。

② 《律赋衡裁》卷首，《历代赋学文献辑刊》，第 32 册，第 12 页。

③ 《律赋衡裁·例言》第五则云：“律赋至元而中息矣。有明馆阁课试，率由学士命题，未有定式，于是八韵之作，歇绝者几四百年。”参见《律赋衡裁》卷首，《历代赋学文献辑刊》，第 32 册，第 11 页。

赋学艺术观上,汤聘《律赋衡裁》选赋凡123篇,其中唐赋85篇,约占总数的70%,彰显了"唐为律赋正宗"的地位;"余论"亦以品评唐代赋家赋作为主,突出"以唐为尚"的赋学观。李书亦然。《雨村赋话・新话》赋论凡215则,其中评论唐代赋家赋作的多达139则,"宗唐"观显著。又,汤氏评赋,取范于唐,如评宋苏颂《历者天地之大纪赋》时直言:"揆厥正宗,终当以唐赋为则。"[①]李氏亦然,如评明徐渭《画鹤赋》"属对密切,颇近唐人",评杨维桢赋"可谓精金美玉,不减唐人",评钱文荐《夏云多奇峰赋》"磊磊落落,尚有唐人笔法"[②]。汤书赋论几乎不涉明代赋家赋作,而李书不仅增录对明代赋家赋作的评论34则,且以唐赋为则,明显是对汤书"尊唐"思想的承袭与延续。

艺术技巧上,李调元尤其突出对汤聘之破题、相题等技巧的发展。律赋破题,历来备受重视。汤聘虽有破题之论,然如"唐人试赋,极重破题""作赋全在起首,须令冠冕涵盖,出落明白""作赋起法,切要堂皇整肃,遇大题目,更宜留心"等语[③],则是《律赋衡裁》所无。《童山自记》记载,李调元十六岁时,其父命作《天下有道则见》题,李调元用韩文"明天子在上,可以出而仕矣"破题,其父举以示人曰:"此乃吾儿也。"[④]李调元自小便对"破题"深有体会,故在《雨村赋话・新话》中对律赋"破题"津津乐道,尤激赏李程《日五色赋》之"破题"。他在采录汤聘对李赋的评点时,不仅增补了李程落榜后又凭借"破题"之优而得以擢第之事,而且增摘李赋的起句、结句等相关佳句,对汤聘所评的"一起一结"进行较为细致的品评与分析[⑤],破题之法与味,尽在其中。至论"相题",李调元不仅将汤书卷三的"作文贵相题立制"句改为"作赋贵相题立制"[⑥],且有比汤氏更为精当的评论,如将汤聘对陈山甫《禹凿龙门赋》的评论"写'凿'字生色而语意浑成,才是方家手笔"加工拓展为:"赋贵与题相称。如《禹凿龙门赋》,则不得泛做龙门,须就禹功设想。庄重典切,方不令阅者目厌。唐陈山甫句云:'四载之劳,终成于舜日;九年之患,空愧于尧人。'又:'不愧锡圭之命,宁惭拓土之功。'此等是也。至写'凿'字、'门'字,不过如'畚锸具而势蹙风云,岩岫分而状成阃阈'足矣,不可不知。"[⑦]起句即揭举其"赋贵与题相称"的赋论观点,然后举例分析要如何做到"与题相称",其中的赋法与技巧,甚是清晰。无论是理论高度还是学术深度,都远远超出汤书之上。

---

① 《律赋衡裁》卷一,《历代赋学文献辑刊》,第32册,第92页。
② 《雨村赋话校证》,第89、91、92页。
③ 《雨村赋话校证》,第8、32、63页。
④ 参见詹杭伦《李调元学谱》,天地出版社1997年版,第16页。
⑤ 参见《律赋衡裁》卷一,《历代赋学文献辑刊》,第32册,第36页。
⑥ 《律赋衡裁》卷三,《历代赋学文献辑刊》,第32册,第255页;《雨村赋话校证》,第61页。
⑦ 《律赋衡裁》卷二,《历代赋学文献辑刊》,第32册,第132页;《雨村赋话校证》,第33页。

四、昭著与首创:汤、李两书的价值与赋学史地位重估

事物是发展变化的,人们对事物的认识,总是经历一个从无到有、由局部到整体的过程。学术界对《雨村赋话》与《律赋衡裁》的认识,亦经历了这一过程。前辈学者因掌握材料有限,判断出现偏差,亦不必苛求,但后来者若不加考察、修正而直接采用,则会出现以讹传讹的情况。故有必要在梳理《律赋衡裁》和《雨村赋话·新话》关系的基础上,对两书的价值和地位进行重估。

(一)汤聘《律赋衡裁》并非"湮没不彰"

汤聘《律赋衡裁》对李调元《雨村赋话·新话》的巨大影响,毋庸置疑,但因文献缺乏等因素,现当代学者如詹杭伦、孙福轩等认为汤书"湮埋不彰""隐而不彰"[①]。相反,何新文则认为汤书在清代很有影响,并非"湮埋不彰"[②]。

现存汤聘《律赋衡裁》有清乾隆二十五年(1760)瀛经堂刻本、清乾隆年间石渠阁刻本和清乾隆五十三年(1788)世德堂刻本三个版本[③],且李调元能于弊簏中见汤稼堂《律赋衡裁》一书,足见汤书在乾隆年间流播之广。至嘉、道年间,顾莼《律赋必以集》卷首有《摘录〈律赋衡裁·余论〉四十一则》,集中一些赋作尾评也有援引汤氏的尾评[④];潘世恩《律赋正宗》卷首《论赋十七则》引录《律赋衡裁》"余论"12则[⑤];潘遵祁《唐律赋钞》书末附《赋集论钞》4篇,其中包括汤稼堂《律赋衡裁余论十则》,且潘遵祁自序云:"先大夫授以南雅前辈《唐赋必以集》及汤稼堂先生《律赋衡裁》,朝夕讽咏,渐得涯涘。"[⑥]又有李宗昉在清嘉庆十八(1813)督贵州学政时,从坊刻的汤氏《律赋衡裁》中选录唐赋六十篇编成《唐律赋程》一书,以指导士子习赋[⑦]。这些都说明,嘉、道年间,汤聘《律赋衡裁》仍在广泛流播,且颇受尊崇。至同治间,程祥栋《东湖草堂赋钞》引录顾莼(南雅)《律赋必以集》所摘录《律赋衡

---

① 参见《唐宋赋学研究》,第361页;《清代赋学研究》,第238页。

② 《中国赋论史》,第291页。

③ 参见踪凡《中国赋学文献考》,齐鲁书社2020年版,第631页。

④ 参见顾莼《律赋必以集》卷首,《历代赋学文献辑刊》,第69册,第292—328页。

⑤ 参见潘世恩《律赋正宗》卷首,清道光二年(1822)凤池园刊本。

⑥ 潘遵祁《唐律赋钞》卷首,《历代赋学文献辑刊》,第101册,第3页。

⑦ 李宗昉《唐律赋程序》:"命视学黔中,观风诸郡邑,既试以四书文、经文、试帖诗矣,复兼试律赋……兹故取坊刻仁和汤氏《律赋衡裁》旧本,选唐人作六十篇,授之梓,且约举其作法以示多士,俾初学者识从入之途而知所取。"参见李宗昉《闻妙香室文集》卷五,《清代诗文集汇编》,上海古籍出版社2010年版,第530册,第626页。

裁》"余论"41 则①;光绪间,叶曲镛《律赋约编》引录《律赋衡裁余论十则》②,杨泗孙《唐律赋钞》卷首《律赋集钞》引录《律赋衡裁》"余论"10 则③。又据孙福轩考察,沈钧德《历朝赋钞》(乾隆三十年巾箱本)卷首引录《律赋衡裁》"例言"5 则④。此外,嘉、道间,方汝带《律赋选青》、胡希周《唐古赋选》、叶兰《唐赋选读》等选本的赋评,皆对汤聘的赋论有所征引。凡此种种,足见《律赋衡裁》(尤其"余论"部分)在清代乾隆至光绪一百多年间的传播之广和影响之深。也正是有了汤聘所评骘的《律赋衡裁》,李调元《雨村赋话》才能得以在短时间内编纂成书并付梓,成为中国赋学史上第一部刊刻流播的赋话。

(二)《雨村赋话》的价值和地位

清代赋学复兴,律赋昌盛,律赋选本批评亦随之繁荣。汤聘《律赋衡裁》不仅在赋选的数量和篇目上彰显"唐为律赋正宗"的地位,明确树立了"尊唐重律"的赋学观,而且结合例言、旁批、尾评和余论等批评手段,使《律赋衡裁》具备较为系统的律赋理论批评,在一定程度上达到律赋选本批评的巅峰,此后的律赋选本多因循此书,难以出新。而李调元有意识地将《律赋衡裁·余论》的摘句批评形式发展为《雨村赋话·新话》的体制,利用汤书的现成资料和学术评点,借鉴宋代以后诗话著作的撰写方式,巧妙地完成了赋话体式的构建,不仅打破了选本批评的局限,将律赋批评推向一个新的阶段,而且理路清晰地实现了清代赋学从"选本批评"到"赋话批评"的学术跃迁。这对完善中国律赋理论的构建,促进清代中后期律赋批评和律赋创作的发展,都具有十分重要的意义。

然而,由于长期以来学界对李调元《雨村赋话·新话》大量转引汤聘《律赋衡裁》赋论事实的失察,导致众多学者如铃木虎雄、马积高、叶幼明、曹明纲等,将《雨村赋话》中所采纳的汤书之论误以为是李调元个人独创,而评价畸高。他们认为李调元《雨村赋话》"表现了作者卓绝的欣赏水平和唯美的审美趣味"⑤,"而重视律赋,尤其是唐代律赋的体制、技巧等,是它的显著特点……对律赋的研究具有特殊的贡献"⑥,可谓推崇备至。孙福轩《清代赋学研究》为李调元设立专章,以两万余字的篇幅论述《雨村赋话》(兼论《律赋衡裁》),

---

① 参见程祥栋《东湖草堂赋钞》卷首,清同治六年(1867)抱朴山房刻本。

② 参见叶曲镛《律赋约编》,清末抄本。

③ 参见杨泗孙《唐律赋钞》,清光绪二十三年(1897)玉鸡苗馆铅印本。孙福轩所言"杨泗孙增辑的《唐律赋钞》(道光三松堂刊本)",当指潘遵祁编《唐律赋钞》不分卷,清道光二十八年(1848)三松堂刻本。编者名误作杨泗孙。参见《清代赋学研究》,第 237 页。

④ 参见《清代赋学研究》,第 237 页。

⑤ 叶幼明《辞赋通论》,湖南教育出版社 1991 年版,第 223 页。

⑥ 曹明纲《赋学概论》,上海古籍出版社 1998 年版,第 361 页。

而论《历代赋话》《复小斋赋话》仅有三千字而已[①]，可见其轩轾之意。相反，何新文认为浦铣才是清代成就最高的赋话作者，他早于李调元有较为科学的“赋话”编写理论和具有典范性质的两种《赋话》，应当认识且承认他是清代早于李调元而以“赋话”名书者的事实及其历史地位，他对赋学的独到贡献和学术地位，远非李调元辈可比[②]。

浦铣《历代赋话》《复小斋赋话》与李调元《雨村赋话》皆在“无赋话”的背景下成书，而浦铣两种赋话都成稿在李调元赋话之前[③]，在历史时间上，可谓赋话之首创。詹杭伦盛称李调元《雨村赋话》“是我国赋学史上第一部以‘赋话’命名的专书”[④]，并非不知浦铣的两种赋话完成于李调元赋话之前，而是以刊行时间为节点，因李书刊行在前，故“认定《雨村赋话》为我国第一部正式出版的赋话专书”[⑤]。这是合理的。然詹杭伦又称“《雨村赋话》确立了赋话记载本事、考辨疑误、探析源流、品评赋作、讲解作法等项主要内容，影响了有清一代赋话著作的大量产生。比如浦铣的两种赋话著作”云云[⑥]，则过甚其辞。首先，从浦、李两书的编撰和成书时间看，浦铣赋话成书在前，并不存在受李调元赋话影响的事实。其次，《雨村赋话·旧话》相当于浦铣《历代赋话》，皆从正史、杂史、文集、诗话、笔记、杂著等著述中辑录历代赋家生平事迹、作赋故事、赋评赋论等赋学资料；《雨村赋话·新话》相当于浦铣《复小斋赋话》，均以漫话随笔的形式，或赏析赋作名篇佳句，或品评赋家风格，集中探讨律赋的体制、破题、用韵、字法、句法、章法等作赋技巧。《历代赋话》取材广博，卷帙浩繁，时代分明，在历代赋论资料的汇集和考辨方面用力颇深，质量甚高，为《雨村赋话·旧话》所不能企及[⑦]；《雨村赋话·新话》虽取材于汤聘《律赋衡裁》，却通过对原有材料的加工处理，形成系统完备的律赋发展史，其“史”的意识和摘句批评的赋话体制特点颇为突出，为《复小斋赋话》所无法比拟。因此，我们应客观、平等地看待两人赋话的优胜与不足。李调元与浦铣都是“赋话”体例的开创者，他们不约而同地撰写赋话著作，为清代赋学批评的发展演进作出同等重要的贡献，不宜厚此薄彼。

此外，詹杭伦指出：“如果按照今人的标准，《雨村赋话》由（有）可能会被判定是一部

---

① 参见《清代赋学研究》，第 232—255 页。

② 参见《中国赋论史》，第 291、310 页。

③ 浦铣《历代赋话》初稿完成于清乾隆二十九年（1764），《复小斋赋话》始撰于乾隆三十八年（1773），至乾隆四十一年（1776）两书均已定稿，但因“无力付梓”之故，直至乾隆五十三年（1788）才刊印行世；李调元《雨村赋话》成书和刊刻时间，据自序及落款时间，当在乾隆四十三年（1778），而李调元《童山自记》记载为乾隆四十四年（1779）。

④ 詹杭伦《清代律赋新论》，北京燕山出版社 2002 年版，第 257 页。

⑤ 《唐宋赋学研究》，第 364 页。

⑥ 《唐宋赋学研究》，第 365 页。

⑦ 《雨村赋话》按语共计 50 余条，且考辨疑误者甚少，而《历代赋话》正、续集按语有 270 余条，均以“铣按”的形式出现，或说明赋篇存佚，或考辨真伪，或补充相关史料，或直述自己的赋学观点，学术价值颇高。

‘抄袭’的著作。即使我们承认《旧话》四卷是李调元本人纂辑的资料，那么，《新话》部分仍未免‘抄袭’之嫌。”[①]若仅就《律赋衡裁》“余论”部分而言，确然如此。其实，在中国赋学批评史上，陈陈相因、人云亦云的观点比比皆是。如元祝尧《古赋辨体》的赋论资料，被明吴讷《文章辨体·古赋》、徐师曾《文体明辨·赋》、清祝文彦《诗赋备体·古赋》、盛元珍《赋体述略》(《兰山课业诗赋约编·古律赋》卷首)等书大规模使用，或冠以“祝氏曰”“祝君泽曰”，或干脆隐去原作者姓名，并无多少理论突破。相比较而言，李调元对《律赋衡裁》的材料进行过精心的增益、重组和改编，其在理论建构和学术转型上的历史性贡献无疑是值得肯定的。因此，不宜蒙受“抄袭”之名。

(作者简介：梁凤连，贵州师范大学文学院博士研究生，发表过论文《敦煌〈月赋〉的诗体特征及其生成原因》等。踪凡，首都师范大学文学院教授，出版过专著《中国赋学文献考》等。)

① 《唐宋赋学研究》，第361页。

困境中的突破:宋代馆驿诗的成长之路*

李德辉　胡冰清

摘　要:在宋代,馆驿诗的创作面临创新的困境:不仅道路有限,馆驿减少,前代的积累也对宋人创作构成约束。这种局限性,一方面影响了宋代馆驿诗的发展方向和内容选择,另一方面也提供了发展动力,激发众多作者在馆驿的有限空间内相互竞技,馆驿诗由此成了宋代名贤纵横驰骤之域。宋诗中较富新意的部分,在唐人的基础上达到了新的艺术高度,亦令后人难以为继。整体来看,宋代馆驿诗的成长路径,是于困境之中寻求突破,彰显自我,不与前人重复,于其未到达处作多向度的开掘。对这种现象及其成因的解释,也能揭示宋诗发展的内在规律。

关键词:宋代　道路　馆驿　二律背反

馆驿诗是兴于唐代而盛于宋代的一类重要题材。这类诗的独特性在于,书写对象是现实生活中的驿路与馆驿,对交通条件和馆驿制度有较强的依赖,道路、馆驿和管理这些设施的交通制度不发展到相当程度,其成长就缺乏扎实的现实根基,就不能充分展开创作活动,文人与道路无法做到深度结合,文学家也难以实现对行旅生活和心灵世界的深度反映。另外,馆驿诗是根据书写对象提出的概念,从内容上看属于古代行旅诗的范围,只有当行旅诗发展到相当程度,才会有馆驿诗的繁荣。但反过来看,行旅诗如果发展到相当程度,也会对馆驿诗的创作提出更高的要求,如何在一般行旅诗的基础上彰显出自我特性,有更进一步的提升,也是一大难题,其发展必须在困境中寻求突破。

尽管宋代驿路及驿馆的数量有限,唐人馆驿诗的开拓也对宋人创作形成限制,但宋人却不为此所缚,写出的馆驿诗较之唐代反而青出于蓝,是宋诗中较鲜活、较见创造力的部分。唐诗虽然成就极高,但具体到各个题材领域,并不均衡,成就高的主要是边塞、田园、

* 本文系国家社会科学基金重点项目“中国历代文馆文献汇编”(21AZD134)阶段性成果。

闺情、宫怨等积淀深厚的传统题材，新兴的题材则不尽然。馆驿诗就是如此，虽然西晋陆机等人已有尝试，但此后低伏了五百年，直到唐中叶才渐成气象，然而始终艰于创造，层次较低，终唐之世都声色不显，在唐诗中并不是最见水平、能力的部分。宋代则反是，不少名家、大家，都有出色的馆驿诗，从宋初的王禹偁到宋末的文天祥，各擅胜场，愈出愈新，由此构成“馆驿诗的宋代风范”。钱锺书先生《谈艺录·诗分唐宋》条提出，诗歌不宜以朝代分，更应以风格分，从体貌风格去辨别艺术类型，才更恰切。从这一观点出发，我们不妨将宋人馆驿诗称之为馆驿诗的“宋型”。考虑到馆驿诗的创作贯穿各朝，宋代文学对此后的元明清有巨大影响，故而这种放射出浓烈宋贤气息的宋型，其他朝代也有，但终究难胜宋人，原因何在，本文试图寻求合理的解释。

一、宋代馆驿诗发展面临的三重限制

宋代馆驿诗是在唐代的基础上成长起来的，其发展面临三重限制：

首先是道路及馆驿的数量限制。从安史之乱起，国家的版图就不断缩小。与唐代疆域最广之时相比，北宋徽宗政和元年(1111)疆域只及唐总章二年(669)的五分之二，南宋更降低到五分之一，境内道路，远远不及唐代广远绵长。虽然两宋都有新开的道路，但同时也废弃了不少前代旧路。比如从秦入蜀之路，唐代就有四条，置驿的也有两条，宋代仅剩一条，新旧相抵，减多于增。但能够影响文学创作和传播的，恰恰是那些置有馆驿、更便行旅的交通要道，这才是文人行旅的主要取向，宋代在这方面明显不及唐代。驿路的等级高，交通条件好，走驿路能节省体力，保护行人、车马，利于长途旅行。虽然重要，但入宋以后数量减少，这对文学创作的充分展开是不利的。

宋朝改变了交通制度，官营的交通机构从唐之馆驿变为宋之驿铺，在保留、改建部分前代驿站的同时，也废弃了更多的古驿，而模仿秦、汉，在诸驿之间新设递铺，用于传递官文书及紧要物资。考虑到地势差异，山区每七到九里置有一铺，平地则每隔十到十五里设置一铺。但递铺是投递文书的通讯机构，不能向行客提供车马、食宿，仅有茅茨数椽。周围丛林茂密，花竹掩映，房屋的卑陋与环境的优美形成强烈反差，极不相称。由于设置密度大，全国递铺多达数千所，所需人员、物资，数量巨大。递铺的设置大大增加了政府的财政负担，但考虑到它的重要性，又不能不勉力维持，所以递铺才是宋代交通用力的主要方向。政府财力有限，在维持递铺运作的同时，就不能不降低驿站的建设标准：驿距从唐代的三十里一驿改为宋代的六七十里一驿。也很少像唐代那样修筑驿楼，房舍众多，设施齐全，一般只有瓦屋或茅舍十数间。所以宋代驿站普遍房屋低矮，设施简陋。受此影响，文士人住,自然情怀萧索。文人常住的驿站数量大减,递铺虽多,但不待客,文人也很少入住,诗中很少写到,自然不可能普遍惠及馆驿诗的创作,这些对宋代馆驿诗的发展也是不利的。

其次是书写空间的限制。馆驿诗的特点在于,它的人地关系是清晰、明确的,时间、地点、环境、人物、事件都已固定。这些都是成诗的要素,会在某个时候,内化为诗的主题、题材、意境、情感。具体化的东西一多,诗就容易偏向写实,难于虚拟,诗人难以脱离时空、人事的限制,在此之外建构一个与现实无关的空间。要在这样的地方作诗,就不能像对待边塞、田园、闺情诗那样,去凭借艺术经验和知识积累,以典型化的手段,建构一个适合于表达某个主题的别样空间,这样的空间在馆驿诗中并不存在,想象力在这里是受约束的,诗人顶多由实生虚,化实为虚,却不能从根本上改变诗的创作模式和方向,泛咏和虚拟在这里派不上用场,经验和知识也用途有限。

最后是前人积累的约束。一类题材,前人开凿愈深,成就愈高,剩余的空间就愈小,边塞、田园、山水、送别、咏史、怀古、爱情诗之所以宋人难胜唐人,原因正在于此。馆驿诗虽然不是历史最久的,但魏晋就有,隋唐继踵,对宋人而言早已不是新事物。这类题材唐代已成熟,故北宋初成书的《文苑英华》编选唐诗,于“行迈”的传统框架下,特增设“馆驿”一门,下收唐诗数百首,见该书卷二九七、二九八,以反映交通对文学的影响之深入。经过唐人开拓,馆驿诗已深化到其下细分的各个领域,基本的题材唐人都有涉猎,常见的意思唐人都写过,留给宋人的书写的空间不多,无论题材撷取、主题提炼还是境界营构,都是如此。

在唐代,馆驿诗的基本面相是平庸之作众多,优秀之诗寡少,总体水平不高,社会认可度低。达到公认优秀程度的,不过杜甫《白沙驿》、司空曙《云阳馆与韩绅卿宿别》、戴叔伦《除夜宿石头驿》、贾岛《泥阳馆》、张祜《平望驿》、方干《题松江驿》、温庭筠《碧涧驿晓思》、李商隐《筹笔驿》等二十余首。其中李商隐《筹笔驿》诗的成功还不是因为馆驿,而是因为怀古。馆驿只是创作的空间场所,诗人于此取材,如此而已,内容可以因人随时随事而异。内容的多样性和差异性,无形中也取消了题材的独立性,模糊了与其他题材的界限,反证出它并不能构成一类独立性强的题材。《文苑英华》之所以新设馆驿门,是因作品数量多,在唐代构成一种普遍的书写对象,颇具规模,初成气象,且是放在“行迈”框架下,馆驿不过是其统摄之下的一个子目。可见,即使在收诗众多、标准较宽的大型诗文总集《文苑英华》中,馆驿也不是独立成类的,只被视为古行迈类诗的一个亚种,从诗史脉络看属于后出之作,古行迈诗发展到后期衍生出的一个变种。变种既出,衰微之迹亦显,此乃诗史嬗递大势所趋。由于馆驿在题材上缺乏独立性,所以就无法单独成类,通常只被放到相关公认的题材之下：纪行的入行迈类，相逢的入逢遇类，送别的入送行类，寄赠的入寄赠类，怀古的入怀古类……历代唐诗总集、别集极少以馆驿立目，一般都是分散在其他门类。

二、宋代馆驿诗发展的两个有利条件

任何事情都是两面性的，宋代馆驿诗成长尽管面临上述不利因素，但也存在两个有利条件：

首先是馆驿题材的独特优势。此类题材的优势，皆因馆驿的地理位置而生，但这种优势在唐代馆驿诗创作中并未充分发挥出来，这方面的工作，有待宋人拓展。宋代馆驿跟唐代一样，多数都远离城镇，散布乡村，各种城乡集镇、峰岭坡谷、河流湖泊、山沟海湾，只要有驿路的地方就有馆驿。这就为文学家亲近自然、深入社会、体验生活提供了天然便利。这些馆驿，处在人与自然结合的最佳部位，各类人员、各种行旅都有，道路征行，千汇万状，较之其他场景本来就更易于成诗、宜于成诗，加上宋人还刻意求新，在此领域反复经营锻炼，务求超越前人，所以其馆驿诗就新意足够，精品迭出。宋人方岳《深雪偶谈》指出，凡成于道路征行之诗，而又出自唐人者，如“长江风送客，空馆雨留人”之类，莫不临岐缱绻，画态依然，让人不禁感慨古今而诗意无穷[①]。他的这番话，也道出了道路、馆驿对于获取素材，捕捉灵感、成就好诗的天然便利，表明道路征行之作，诗情最足，诗意最浓，诗味最醇。从方岳的理解出发，不仅贾岛等唐人善状羁旅行役，宋人在这方面也不逊色，对羁愁旅况的摹写，局部还有超越唐人之处。方岳的话虽为唐人而发，其实兼及宋代，暗含宋代驿与诗的二律背反，需要从学理上作出阐释。

另外，宋代馆驿诗属于兴起较晚的题材类型，有后发优势。一方面，六朝隋唐文人在馆驿诗创作方面积累的成功经验，可以为宋人所充分吸收；另一方面，其失败的教训也可以让宋人少走弯路，更多地聚焦于提高诗艺，经营作品。再则唐代馆驿诗虽多，但也不是无处不在，无所不有，也有薄弱之处。唐代政治军事重心在北方，主要的驿站和驿路都在北方，宋代的情形是反过来的。宋代馆驿虽然总体数量少于唐代，设置密度较之唐代也更稀疏，但地域分布更均匀，特别是江南、淮南、岭南、黔南等南方地区，开发加深，发展加快，多数州县都依照宋代交通制度，设置了驿站，从城市到乡村都有。这些地方，多数都是唐人所未曾到达的。而且即使是同一方向的重要驿路，比如入蜀驿路、河北驿路、江淮驿路、闽中两浙驿路等，五代北宋，陆续都有新、改、扩建，所以尽管路线方向相同，却不是原来的

① 方岳《深雪偶谈》，程毅中主编《宋人诗话外编》，中华书局2017年版，第4册，第1583页。

旧路,驿站也多非前代古驿,而是本朝新驿,唐人笔墨所未到,这就为宋代文学家对南方乡村城镇的书写和社会面貌的反映创造了有利条件,在唐人书写的薄弱环节中找到了拓展空间。

其次是类型化文学的解体,文人自我意识的彰显,创造力的增强。从东汉到盛唐,诗歌领域的类型化趋势愈来愈明显,凡是成就高的领域,如山水、田园、行旅、边塞、闺情、送别、咏物……都是类型化创作的产物,都颇具规模、气象,各有疆域,各具章法。时间一久,就有雷同、重复、单调的弊端,历代相承,形成强大惯性,给创作带来约束,而难以摆脱。这种局面,不利于个性化和独创性。中唐以来,国家失驭,朝廷微弱,地方势力乘势崛起,文人纷纷从京城台省下沉到地方社会,深度介入社会生活,书写自我,从前那种类型化文学成长的土壤不复存在,类型化文学才逐渐解体,个性化写作则声色渐起。馆驿诗的题材虽然也有类型化特点,但个性化特征更鲜明,其写作并无范式可言,至少不像乐府诗、拟古体,有现成的题目、题材、主题、词汇可供取资,馆驿诗创作并无这一套,有的只是大家都面对的馆驿。这样,面对同一题材,就较少受到传统力量的约束,诗人可以充分发挥主观能动性,超越前人就成为可能。在这种创新意识驱使下,宋人调整了创作思路。尽管表面看是"诗意无穷而人才有限",宋人追求超越前人是"以有限之才,追无穷之意"[①],但宋代馆驿诗,分明到前人所未到,"于事物理态,毫忽体认,深者寂入仙源,峻者迥出灵岳……令人首肯,无一可以厌斁……随其所得浅深,皆足以终其身而名后世"[②]。宋代馆驿诗取得的这一成就,就与上述有利因素大有关系。

三、宋代馆驿诗的突破与创新

宋代馆驿诗是在上述限制的基础上发展起来的,较之唐代,不仅有量的增加,还有质的提高。这种提高,是对前代馆驿诗艺术的一种突破,应当视为宋人的一种创新,具体有如下四重表现:

表现之一,是对馆驿和道路作整体的审视、客体的反思,从中选取新的艺术角度,在写景抒情的视角上出新。宋初张咏创作的两首馆驿诗就有这一特点,而为前代所无。其《新市驿别郭同年》"驿亭门外叙分携,酒尽扬鞭泪湿衣。莫讶临岐再回首,江山重叠故人稀"[③],作于赴任荆鄂途中,情怀真挚,语言明净,构境如画。通过与郭同年驿中饮酒、驿前

---

① 魏庆之著,王仲闻点校《诗人玉屑》,中华书局2007年版,第265页。

② 方岳《深雪偶谈》,《宋人诗话外编》,第4册,第1584页。

③ 北京大学古文献研究所编《全宋诗》卷五一,北京大学出版社1998年版,第544页。

话别、临岐回首、策马扬鞭四个连续性的场面描写，把新市驿亭的整体形象衬托出来，显现出驿站的浓烈生活气息。从中可以感受到人物出驿、上马、告别动作的连贯性，知交分别强烈的情感氛围及环境的整体感。《晚泊长台驿》写作者在河南信阳长台驿的宿泊情景，“驿亭斜掩楚城东，满引浓醪劝谏慵”以简淡之笔写深曲之情①，属于宋诗中的“深折”处。表面上看是写诗人宿泊驿站的行旅生活，其实也写到驿站外形。此诗跟一般的诗写驿不同。一般的诗，是写驿站局部——围墙、庭院、驿厅、驿廊、宿舍、楼阁、池塘、树木，虽然亲切可感，但是不见全体，就驿站外形塑造来讲，是不太成功的，而诗人用意也不在此。此诗则一反常态，舍弃局部，而写整体，只说此驿在黄昏时候，斜立于楚城之东，而未及其他。“斜掩”二字不仅写出了驿门斜掩、夕照余晖的情状，也暗含驿站所处的山川地貌及地理位置。作者通过这种侧面衬托手法，写活了驿站形象。这种写法在宋诗中并不鲜见，我们在寇准、赵抃、文同、彭汝砺、韦骧等北宋作者文集中都可找到类似例子。寇准《南平驿》：“心随流水还乡国，身向青山上屈盘。秋梦不成秋雨细，西风一夜客亭寒。”②尽管没有驿站形象的正面描写，但通过流水、青山、屈盘、秋梦、秋雨的环境描写，读者依然能够强烈感受到南平驿建在曲折盘旋而上的山路间的整体形象，以及诗人孤寂的心灵。韦骧《宿上亭驿》：“按部嵚崎向梓潼，上亭孤驿倚寒空。淋铃静想当时雨，吼地愁闻竟夕风。”③写入驿时分所见上亭驿的整体形象，而于驿名之后著一“倚”字，再现出驿站和断崖紧紧相依的环境特征，给人的印象极深。文同《寄呈温江安寺丞》：“高崖古驿荒凉甚，过客何尝住久之。独有门边君写处，每来无不读多时。”④首句也是对古驿形象的整体描绘，强调了驿站建在高崖之上的突兀形象；次联作者驻足停留，在驿门边上细读温寺丞题诗的细部描写，也对首联整体描写形成一种有力的补充，让人感受到驿站的整体环境和人文氛围。

另一种做法是不走传统的言情赋物之路，而改以立意为宗，如同老、庄、管、孟著述，动笔之前，先确立好主题思想。好比宋人李公麟作画，以立意构思为先，布置缘饰为次，先想好整体布局，再写细部，求精致，细看多率略简易处，然整体看终不可近。盖深得杜甫作诗体制，而移于画。杜甫作《缚鸡行》，用意就不在鸡虫之得失，乃在注目寒江倚山阁之时。公麟画《陶潜归去来兮图》，着墨处即不在田园松菊，用的就是此法，同样能出奇制胜。石介《泥溪驿中作》：“山驿萧条酒倦倾，嘉陵相背去无情。临流不忍轻相别，吟听潺湲坐到明。”诗题下自注：“嘉陵江自大散关与予相伴二十余程，至泥溪背予去，因有是作。”⑤《柳

① 《全宋诗》卷五一，第 545 页。
② 《全宋诗》卷九〇，第 1026 页。
③ 《全宋诗》卷七三二，第 8568 页。
④ 《全宋诗》卷四四二，第 5393 页。
⑤ 《全宋诗》卷二七一，第 3437 页。

池驿中作》:“二十二余程鸟道,一千一百里江声。江声听尽行未尽,西去出山犹七程。自注:至罗江出山。”[①]二诗皆作于赴任嘉州途中,将嘉陵江声和入蜀驿路合写,构思之巧缘于立意之新:虽题为驿中作,但却不写驿站,而写驿路,行人、鸟道、江声构成三个相依相伴的文学形象,驿路和江声是旅人的忠实伴侣,二十余程都朝夕相伴。至泥溪驿,驿路才离开嘉陵江,背离诗人而去。诗人将这种地势造成的驿路与江水的分离,视为“嘉陵相背去无情”,将“吟听潺湲坐到明”的江水视为“临流不忍轻相别”,以物拟人的手法用得特别成功,赋予此诗以奇特的艺术效果。第二首借柳池驿写鸟道、江声,云一千一百里程途,皆相伴不去,江声听尽行程犹未尽,于对比之中写出心灵的倦怠,立意之新,前所未有。赵抃《熙宁壬子至节夕宿两当驿》:“里数二千七百余,两当冬夜宿中途。举朝五往东西蜀,还有区区似我无。”[②]“两当县东抵京都,西抵益州,皆三十六程。”[③]没有正面写住宿的两当驿情形,而将该驿位置与入蜀驿路结合起来,强调所处位置西去成都、东至汴京,两地相当,由此角度着笔,构思就新颖独创,超越前人。

以上所举属于写景型,此外又有议论型,更有“宋贤气息”和宋代特点,不能不提。宋人本来就喜为议论,长于议论,但一些馆驿诗,还能深谕唐人主于性情之理,寓议论于情思,诗歌便隽永有味,不失为佳作。彭汝砺《临江驿中庭有大柏因寄颖叔》便是一首成功的“立意为先”、精于议论之作:“林麓山头屋数椽,中庭翠柏上参天。庙廊岂不须梁栋,偶置荒幽亦偶然。”[④]诗中临江驿房舍的低矮与古柏的高耸形成强烈、鲜明的反差。诗人感叹:如此伟岸杰出之材,本应置之廊庙,却生长荒幽,无人知晓,令人惋惜。但诗人将这种才与地不相称的现象,视为“亦偶然”,认为不是普遍现象,而是偶尔见之,这么处理,就不失温柔敦厚之旨,诗歌也更可讽诵了。黄叔达《马上口号呈建始李令》:“驿亭新似眼波明,箐路开如掌样平。谁与长官歌美政,风摇松竹是欢声。”[⑤]于驿站形象着墨不多,只以“眼波明”来形容驿站令人欣喜的全新外形,平直驿路、驿前松竹也构成驿站形象的侧面映衬。诗人将风摇松竹声想象成“与长官歌美政”,既赞美了主持修筑驿站的姓李的建始县令,也补足了驿站形象描写的不足,像这样的诗同样是寓议论于形象的成功之作。赵蕃《分界铺爰直驿张安国因杉制名而驿之前有老梅一株不知安国何为舍彼而取此也》:“杉自谁人种,梅从何代栽。腹空雷有击,根古土无培。要是百年物,曾经几客来。直哉虽见录,清矣可遗

① 《全宋诗》卷二七一,第3438页。
② 《全宋诗》卷三四二,第4215页。
③ 祝穆撰,祝洙增订,施和金点校《方舆胜览》卷六九《凤州·两当驿》,中华书局2003年版,第1214页。
④ 《全宋诗》卷九〇五,第10639页。
⑤ 《全宋诗》卷一〇二八,第11746页。

材。”[1]写驿前老梅，不刻画形容而纯用议论，虽以造句不精而为人所病，但意在笔先，写法新鲜，为唐所无。

表现之二，是意境经营化实为虚，一般只以驿馆作为诗思的触媒，具体所写并非驿馆，而是人心，所以作者就能超越驿馆生活环境的局限，荡开一笔，借景抒情，诗情也因此而更加跌宕生姿。在这类作品中，驿馆只是作者观察生活的端口，抒怀言志的发端，其本身的情形如何，并不重要。所以题为“某某驿”的，极少写到驿本身。欧阳修《宿云梦馆》用的就是这种写法。诗云：“北雁来时岁欲昏，私书归梦杳难分。井桐叶落池荷尽，一夜西窗雨不闻。”[2]云梦馆只是诗人贬官夷陵途中的投宿之地，不是写作的重点对象，诗歌的重点是深秋时节驿中夜宿感触，以“私书归梦”为话题，这就摆脱了驿馆环境对构思的约束，云梦馆的环境、人事在诗中就被忽略，诗人心灵则被放到突出位置，这样诗就能脱实向虚，别生一意。方回《瀛奎律髓》称赞唐人戴叔伦《除夜宿石头驿》“全不说驿景，意足辞洁”[3]，其实欧阳修此诗也有这一特点，也“全不说驿景”而“驿在句中”，可见成功之处在于立意，立意一新，就可以摆脱现实生活环境的羁绊，进入自由创造的境界。苏轼《澄迈驿通潮阁二首》境界阔远，气势磅礴。第一首尾联“贪看白鹭横秋浦，不觉青林没晚潮”[4]，句意皆出唐人之外，自觉不凡。第二首“余生欲老海南村”[5]，意蕴尤佳。第三句由实生虚，第四句化实为虚，笔墨洒脱，情怀炽热，历来被视为宋诗名篇。诗人站在澄迈驿通潮阁上眺望，视线尽头的远山，被想象成作者热切向往的中原大地，实为“意中之远”“愁外之山”，通过想象、夸张手法，构建出渺远空间，令人神驰。宋人胡仔指出，尾联“杳杳天低鹘没处，青山一发是中原”笔力雄奇，造语奇崛，“盖得意也”[6]。又云此意亦于其《伏波将军庙碑》等处见之。“《伏波将军庙碑》有云：南望连山，若有若无，杳杳一发耳。皆两用之。”[7]虽诗文两用，而不害其为名联化境。这种写法虽不多见，但代表了宋人馆驿诗的艺术高度。

表现之三，是诗句命意务去陈言，戛戛独造，不与人同。《瀛奎律髓》卷二九、《唐宋诗举要》卷六均收王安石名篇《葛溪驿》：“缺月昏昏漏未央，一灯明灭照秋床。病身最觉风霜早，归梦不知山水长。坐感岁时歌慷慨，起看天地色凄凉。鸣蝉更乱行人耳，正抱疏桐叶半黄。”[8]一句一景，全写驿中景色及人物内心，意蕴在景与情之间盘旋，情与景高度融合，缺月、更漏、昏灯、秋床、病身、风露、山水、鸣蝉、疏桐，这些在唐诗中惯见的意象，在此诗中

---

① 《全宋诗》卷二六三九，第 30881 页。

② 《全宋诗》卷三〇〇，第 3776 页。

③ 方回选评，李庆甲集评校点《瀛奎律髓汇评》卷一六，上海古籍出版社 2005 年版，第 572 页。

④⑤ 《全宋诗》卷八二六，第 9568 页。

⑥⑦ 胡仔纂集，廖德明校点，周本淳重订《苕溪渔隐丛话》(后集)卷三〇，人民文学出版社 1993 年版，第 240 页。

⑧ 《瀛奎律髓汇评》卷二九，第 1295 页。

形成奇妙组合,皆能衬托慷慨之悲情,读之不能无感。方回云:“半山诗如此慷慨者少。”[①]纪昀以为,此诗“老健深稳,意境殊自不凡。三、四细腻,后四句神力圆足”[②],说明成功处在于意境建构及命意的脱俗,加上情怀慷慨,意境深沉,用笔精细,意脉贯注,才能赢得读者青睐。从风味看,是半山诗中学杜而能得其神韵骨力者。王之道《含山驿中》:“日暖风轻昼睡余,海棠娇褪玉肌肤。杨花也似知人意,来趁飞红入座隅。”[③]《鸣山驿夜雨》:“夜来风雨晓还晴,沙路无泥快早行。鸟语花容春自好,有生何处不安生。”[④]造句、命意虽不及半山,然两首都工于取景造境。至于诗中透露的清新气息,更为多数宋代馆驿诗所无,此其独造处,而不可掩。

表现之四,是取材的独到。宋代递铺就为唐所无,宋诗中写递铺的虽不多见,但也不是没有。王安石《书任村马铺》就是宋人递铺诗的名作:“儿童系马黄河曲,近岸河流如可掬。任村炊米朝食鱼,日暮荥阳驿中宿。荥阳,属郑州。投老经过身独在,当时洲渚今平陆。《诗》:‘高岸为谷,深谷为陵。’秋黍冥冥十数家,仰视荒蹊但乔木。柳诗:‘黄叶覆溪桥,荒村惟古木。’冰盘鲙美客自知,起看白水还东驰。尔来百口皆年少,归与何人共此悲。”[⑤]此诗创作方式十分特别:虽然题写在任村马铺,内容却是此前荥阳驿投宿的所见所感。诗篇亦写成于荥阳驿,重点是任村一带的山川人事之变,借以反映世情变换。南宋李壁以为,此诗俯仰山川,感叹人事,情景历历可见,“极人事所不能言”[⑥],部分诗句,竟有韩愈贬官岭南七古的雄健古朴之风,即使唐诗之中亦不多见,宋代更是一流作品。

唐代的政治军事重心在西北和中原,故而唐人馆驿诗也多写西北、中原,宋代则以大陆中东部和东南为重点,宋人诗中馆驿绝大多数在南方诸路,这就在地理空间上大大弥补了对南方书写的不足。多取材于南方驿站,构成宋人馆驿诗“宋代气息”的另一重要表征。范成大《醴陵驿》:“绿水桥通县,自注:县前浮桥名。门前柳已黄。人稀山木寿,土瘦水泉香。乍脱泥中滑,还嗟堠子长。楮州何日到,鼓栅上沧浪。”[⑦]诗中的醴陵驿就为唐诗所无,驿边景色更是十足的湖南风味。像这类对湖南县城、集镇的集中描写,唐诗中就看不到。题为醴陵驿,实为驿边山川风物、村落民居。这种借题发挥式的写法,在唐宋诗中很普遍,虽然表面上看不太扣题,但这是来自馆驿诗的内在要求,一般来说,馆驿诗是不宜于刻画形容馆驿本身的,应该以驿站为视点,去写自然风光和人事百端,这才是正确的,这么写,可以避开刻画形容的弊端,让诗歌境界上升一层,也可增大诗的容量,所以是历代馆驿诗的

---

①② 《瀛奎律髓汇评》卷二九,第1295页。

③④ 《全宋诗》卷一八二〇,第20266页。

⑤⑥ 王安石著,李壁笺注,高克勤点校《王荆文公诗笺注》,上海古籍出版社2010年版,第230页。

⑦ 《全宋诗》卷二二五四,第25861页。

主流写法。文天祥《真州驿》作于被俘北行入燕途中，写尽故国黍离之悲及失国之痛："山川如识我，故旧更无人。俯仰干戈迹，往来车马尘。英雄遗算晚，天地暗愁新。北首燕山路，凄凉夜向晨。"[①]每句都围绕真州驿着笔，从白天写到黑夜，主题鲜明，感情真切。后半抒情，悲愁满纸。从此诗来看，作者不独忠义冠绝，诗亦气象雄杰，间气发露。

以上四点，都是宋代馆驿诗的新特点，"变唐人之所已能，而发唐人之所未尽"[②]。清人傅王露在给张景星等《宋诗别裁集》作序时指出："楚谣汉风，既非一骨；魏制晋造，固亦二体。"[③]认为古今词章，亦随时而异，唯其有变化，后人方能于同一题材之中而新意迭见，可以罄天地之藏而泄灵府之秘，在传统题材中觅得新天地，不至于使伪体纷杂，谬种流传，不同朝代的文人，在同一题材领域而可相逐于无穷之域。就宋人馆驿诗而言，甚至可以上闯唐贤之阃域，而毫无愧色，故而论诗非必宗唐，亦应宗宋。单以馆驿诗而言，宋人所作就足可称道。波澜虽富，而句律不疏；锻炼虽精，而情性不远；比兴深婉，而宫商协畅。"杜两宋末流之弊，踵三唐最胜之业。"[④]不仅内容有增扩，境界亦有提升。人们所熟知的宋诗用事、对偶、句法等写作技巧，在这里就不是最要紧的；人们常见的生新、瘦劲、曲折的宋诗特征，也不鲜明，反倒有唐诗般的深情远韵。虽然数量不多，但情味醇厚，值得珍视。

（作者简介：李德辉，湖南科技大学中国古代文学与社会文化基地教授，出版过专著《唐宋时期馆驿制度及其与文学之关系研究》等。胡冰清，中南民族大学文学与新闻传播学院博士研究生。）

① 《全宋诗》卷三五九八，第 43036 页。

② 缪钺《论宋诗》，《缪钺全集》，河北教育出版社 2004 年版，第 155 页。

③④ 张景星等编《宋诗别裁集》，岳麓书社 1998 年版，第 1 页。

杨亿《武夷新集》版本源流考论

吴晋邦

摘　要:《武夷新集》的明代秘府藏本经闽人谢肇淛、徐𤊹递抄,清顺治七年(1650)由李绣于浦城付梓,是为现存《武夷新集》最早的刻本,内蒙古图书馆尚存全帙。过去认定为明刻的陈璋本系李绣本的翻刻本,傅增湘所见"宋元旧本"系白玉蟾《武夷集》,与《武夷新集》无涉,现存《武夷新集》皆出于李绣本。陈璋本剜改校刻者信息,删削部分篇目、文字,虽为简本,但远离别集原貌,在各版本中不具备优越性。四库本在文字上具有一些独特价值,但妄删篇目,不为善本;浦城本经后人校理,条秩分明而缺失不少原始信息,文字质量亦不高。《武夷新集》得以流传,有赖于晚明闽中士人对宋诗文献的搜罗刊刻行动。明晰源流后,可在蒙图本的基础上对《武夷新集》进行新的全面校理工作。

关键词:杨亿　《武夷新集》　李绣本　宋集刊刻

杨亿(974—1020),字大年,建州浦城(今属福建)人,宋初著名的诗人、学者,平生别集甚多,今惟《武夷新集》传世。由于《西昆酬唱集》与西昆体的影响力,杨亿研究长期重《西昆》而轻《武夷》,《武夷新集》的版本源流问题迄今仍不无疑义[①]。当代学人中,许振兴较早对《武夷新集》进行版本调查,详细比勘了台湾"中央图书馆"藏陈璋本、四库本、《浦城遗书》本的各卷篇数,认为浦城本"始终是目前较好的本子"[②]。祝尚书在此基础上进行了更详细的梳理,分出明代陈璋本、清顺治李绣本两种刻本系统,认为常见的四库本、浦城本皆在其基础上衍变而来,现存各本中以台北藏正、嘉间陈璋刻本最早;现有《武夷新集》篇目较宋人记载为繁,篇目较少的陈璋本有可能更近于原貌[③]。近年来的相关研究多直采其说[④],但学界对此也有不同意见,郭立暄即认为陈璋本是李绣本的后印本,"将卷端原题

---

① 相关研究情况,参见朱长英《二十世纪以来杨亿研究综述》,《船山学刊》2012 年第 1 期。

② 许振兴《杨亿〈武夷新集〉版本琐议》,《书目季刊》1990 年第 24 卷第 2 期。

③ 祝尚书《宋人别集叙录》(增订本),中华书局 2020 年版,第 66—72 页。

④ 参见许琰《杨亿著述考》,周少川主编《历史文献研究》总第 32 辑,华东师范大学出版社 2013 年版;马小会《杨亿研究——以〈武夷新集〉为中心》,首都师范大学 2015 年博士学位论文。

订刻与校阅者文字剜去，改刻己名”①，相对晚出。由于郭氏将《武夷新集》作为剜改旧版现象的一个例证，未作进一步说明，故而长期未得到相关研究者的重视。就此议题，前辈学者或受条件限制，未见到李绣本及该系统的抄本，所论颇有可发之覆；或重心不在《武夷新集》，无意深入阐释，留有一定空间。全面调查《武夷新集》现存各版本而重加比勘，有助于厘清其版本源流的诸多模糊之处，推进对该集的文献学认识；将《武夷新集》置入地域文献流传刊刻的脉络加以审视，兼可理解其流传于晚明、梓行于清初的文化背景与意义。

一、杨亿别集存世情况与蒙图本的发现

据《隆平集》，杨亿“其文有《括苍》《武夷》《颍阴》《韩城》《退居》《汝阳》《蓬山》《冠鳌》《内外制》《刀笔集》共一百九十四卷，又别出《西昆酬唱》《虢郡文斋》《颍阴联唱》《南阳释苑》等集”②。杨亿诸集散佚严重，殁后百年大多无存。《郡斋读书志》卷一九著录《刀笔集》，《读书附志》著录《武夷集》；《直斋书录解题》卷一七著录《武夷新集》《别集》③，称“今所有者，惟此而已”④。南宋以后尚见于世间记述者，仅此三种。《刀笔集》陈振孙已未能见到，但在《世善堂藏书目录》及《大明一统赋》“诗书”节夹注中尚有记载。《别集》在明代公藏目录体系中著录不绝，迟至嘉靖、隆庆间还在苏州文人群体中流传⑤。明末以降，遂不闻《别集》之讯，《别集》诸篇什仅有冠首的《君可思赋》被辑入《武夷新集》，他皆无传。大抵《别集》《刀笔集》皆亡于明末，此后流传的杨亿别集惟《武夷新集》一种。

现存《武夷新集》刻本，祝尚书大体将其分为陈璋本、李绣本、四库本、浦城本四类。除李绣本外，其他三类的情况前人已论述较详，兹简要介绍如下：

（1）陈璋本。该本被视作《武夷新集》现存较早的版本。台湾“中央图书馆”藏本，许振兴认为系现存最早的明刻本，祝尚书认为乃正德、嘉靖间所刻。日本内阁文库藏本扉页署《杨大年全集》、宛委堂发兑，祝尚书认为是嘉靖间嘉禾项德棻宛委堂刻本。目前存世较多、时间确凿的陈璋本为清康熙四十四年（1705）刻本，笔者所见的台北本、宛委堂本、国图

① 郭立暄《古籍版本中的剜改旧版现象（上）》，《图书馆杂志》2002年第10期。

② 曾巩撰，王瑞来校证《隆平集校证》，中华书局2012年版，第388页。

③ 《别集》之名不见于《隆平集》，可能对应《隆平集》中所载诸集的一种。

④ 陈振孙撰，徐小蛮、顾美华点校《直斋书录解题》，上海古籍出版社1987年版，第491页。

⑤ 上海博物馆藏《文彭致钱谷札》云：“此间有《阮嗣宗全集》及《杨文公别集》《刘安世尽言集》《金楼子传》，□□奇书也。天稍和，当借抄耳。吾弟留心书籍，备此奉闻。”参见上海博物馆编《遗我双鲤鱼：上海博物馆藏明代吴门书画家书札精品集》，上海书画出版社2017年版，第170—171页。

本、北大本及康熙本在正文内容及版式上如出一辙①。陈璋本虽被广泛著录为明本，但不详源流，也缺乏定为明本的直接证据。

(2) 四库本。文渊阁《四库全书》底本用江苏巡抚采进钞本，翁方纲分纂《提要》。文津阁本与文渊阁本相类。文澜阁本经兵燹后仅存前八卷，卷九至卷二〇系丁丙钞配②。文澜阁本卷一六《议灵州事宜状》《次对奏状》等文大量阙漏，可知丁氏补抄系用陈璋本，故与文渊阁、文津阁本差别很大。四库本流传颇广，现存法式善《宋元人诗集八十二种》本《武夷新集》③、李盛铎钞本皆属四库本系统④。

(3) 浦城本。清嘉庆十六年(1811)，浦城人祝泰昌刊《浦城宋元明遗书》，以《武夷新集》冠首。据祝泰昌序、祖之望跋，浦城本互参李绣本与四库本，并由梁章钜等人校改讹脱、辑补佚文，最为完备。该本出后，成为《武夷新集》最流行的版本，嘉庆十六年、道光十二年(1832)浦城祝氏留香室刻本皆流传甚广，今人编选《宋集珍本丛刊》亦用此本。

前人对上述三本的情况论述较详，而对李绣本了解不足，此处试详论之。李绣本为清顺治七年(1650)浦城刻本，前人或谓之明万历刻本、晚明刻本，祝尚书、郭立暄已辨其误。据李绣序、徐㶿跋，该本源出明万历庚戌(1610)谢肇淛自内阁抄出的钞本，后由徐㶿于明崇祯己卯(1639)重录，李绣于清顺治间付梓。该本世所罕见，前人仅述及上海图书馆藏有张元济旧藏残本(下称“上图本”)⑤。上图本无杨亿自序，亦无目录，卷首署邗关静庵子李绣订刻、武林龚五簌华茂甫、会稽冯肇杞幼将甫同校。张元济跋称：“虽仅存四卷，亦姑收之，安冀他日为延津之合也。”⑥足见此本之不易得。

其实，李绣本全帙尚存于世。内蒙古图书馆藏《武夷新集》一部(索书号：112258－112263，下称“蒙图本”)，六册二十卷，即为李绣刻本。该本正文每半叶八行二十字，第一册(序、目录、卷一、卷二)及卷三第18—22叶、卷二十第4—20叶内衬明崇祯本璩昆玉《古今类书纂要增删》卷四至卷六书页。该本存在一些误置及缺失：刘赓序第1a叶残缺；少卷

① 笔者所见著录为明本的陈璋本《武夷新集》包括：台湾“中央图书馆”藏1部，索书号：402.52 09949；日本内阁文库藏2部，索书号：集004－0017、315－0038；国家图书馆藏1部，索书号：XD7221；北京大学图书馆藏1部，索书号：SB/810.51/4620。本文据北京大学图书馆藏胶卷Sj501。

② 参见《壬子文澜阁所存书目》，北京图书馆出版社古籍影印室辑《明清以来公藏书目汇刊》，北京图书馆出版社2008年版，第1册，第338页。

③ 钞卷一至卷五，国家图书馆藏，索书号：09300。

④ 北京大学图书馆藏，索书号：LSB/5359，胶卷Sj1110。

⑤ 存卷一至卷四，索书号：T13334－5。上海图书馆另有二十卷本著录为清顺治本(索书号：线普407080－85)，实为陈璋本。

⑥ 上海图书馆编，高洪兴、李卉卉整理《上海图书馆藏张元济古籍题跋真迹》，国家图书馆出版社2018年版，第180页。

五第17叶、卷十四第6、9、25叶、卷二十《中书祭郓王文》及以下8篇；卷二第1、11叶倒，卷三第4、5叶倒，卷四第18、19叶倒，卷十八第2、3、4叶订在第25叶后，第19、20叶倒；徐𤊹跋订在卷十八末。虽有上述问题，但蒙图本卷帙基本完整，无论对于考证《武夷新集》的版本源流还是考察《武夷新集》的文本样貌都具有重要的意义。

蒙图本前有刘赓序、杨亿自序、李葆贞序、李绣序，其中刘赓序不见于他处，末署“顺治庚寅岁次竹醉日，古燕后学刘赓媚兹氏撰”；李葆贞序末署“顺治岁次庚寅新秋日，三韩李葆贞书于柘浦公署”；李绣序末署“时顺治七年孟夏，协守福建浦城等处地方副总兵、前南京后军都督府都督同知邗关李绣序”[①]。按《(顺治)浦城县志》中记录李绣“积病劳瘁，卒于官”[②]。《(顺治)浦城县志》序作于顺治七年，刊刻于顺治八年(1651)，知李绣在刊成此书后未久即卒。该本卷端题名者众多，保留了此书校订过程中的重要信息，故不避繁琐，缕列如下：

邗关李绣文素(时任协守浦城等处副总兵)、钟秀李葆贞守一(时任浦城知县)、武林龚五禩华茂(时任浦城教谕)、柘浦梅彦驹眉季(浦城诸生)、晋安徐延寿存永(徐𤊹之子)、钟秀李之龙九霖(浦城诸生)、柘浦梅焕祚其有(浦城诸生)、三山林宠异卿(诸生，工书，明亡不仕)、柘浦潘远雪生(浦城诸生，顺治六年拔贡)、白门刘赓媚兹、榕城陈濬开仲(闽中著名藏书家)、金沙虞晖吉瑞仲、闽邑徐钟震器之(徐𤊹之孙，诸生)、仁和龚应鹄延升(时任浦城教谕龚五禩之子)、会稽冯肇杞幼将(工画)、三山陈泳永叔、晋江杨于先锡圭(崇祯十六年进士，工书)、石窦僧宏济益然(明兵部武选司主事，甲申后削发为僧，遁迹浦城)。

据徐𤊹跋，谢肇淛殁后《武夷新集》“原本今归友人陈开仲”[③]。陈濬(开仲)及徐𤊹之子延寿、孙钟震都参与了李绣本《武夷新集》的校订，知陈濬、徐𤊹二抄本应该都已为李绣本所利用。时值鼎革，烽烟未熄，参与校订者多为闽中士人及寓浦城者，地方色彩颇为明显。徐𤊹钞本今不见于世，谢肇淛钞本归陈濬后辗转为王士禛所得。王士禛《跋武夷集》：“诗五卷，杂文十五卷。闽谢在杭写本。”[④]陈濬藏书后多归周亮工，周亮工“好索宋元秘

---

① 杨亿《武夷新集》刘赓序、李葆贞序、李绣序，内蒙古图书馆藏清顺治七年(1650)李绣刻本。

② 李葆贞《(顺治)浦城县志》卷六，中国科学院图书馆选编《稀见中国地方志汇刊》，中国书店1992年版，第31册，第877页。

③ 杨亿《武夷新集》跋，四川大学古籍整理研究所编《宋集珍本丛刊》，线装书局2004年版，第2册，第399页。

④ 王士禛《居易录》卷一一，王士禛著，袁世硕主编《王士禛全集》，齐鲁书社2007年版，第5册，第3877页。

本，在闽中得谢在杭先生钞本宋元集三十余种”[①]，此本可能从周亮工处辗转入池北书库。渔洋殁后，谢肇淛钞本亦不知去向，李绣刻本遂成为此系统中现存最早的版本。

南京图书馆藏有一部丁丙旧藏钞配本，六册二十卷（索书号：GJ/EB/111095，下称南图本），亦属李绣本系统。此本钤有“王鸿绪印”，王鸿绪为清康熙间人，可见原钞时间甚早。第一、二、五册有栏，卷端著录近于蒙图本，时有朱笔校语；第三、四、六册不著录校刻者信息，基本无校语，字体不一，盖为抄配。此本前录《四库全书》中的《武夷新集》提要，卷五末补抄《瀛奎律髓》中的杨亿佚诗，上有朱笔谓：“此康熙乙酉陈氏刊本有此，今补入。”[②]由此数端，知其已非李绣本原貌，但作为年代较早的抄本也有一定参照价值。

另需说明的是《武夷新集》的“宋元刊本”问题。傅增湘跋《武夷新集》云：“曾见内阁残书中有《武夷新集》一叶，为宋元间刊本，十一行二十字，黑口单栏。所存为卷十八第三叶，有‘贻薛氏绳歌’‘赠薛氏振哥’‘与赵寺丞’‘题潘察院竹园壁’‘贻徐翔卿之别’‘题莫干山’‘题胡子山林檎坡’七题，皆七绝。检此本，皆不见，知此本行世者既非完书，其编次亦绝异也。”[③]藏园所举诸诗题不类杨亿手笔，检书知该《武夷新集》实为白玉蟾《武夷集》，与杨亿无涉；《武夷新集》并无宋元刊本行世。

二、陈璋本源于李绣本补说

陈璋本虽被视作明本，但缺乏直接证据。祝尚书将陈璋本定在明正德、嘉靖之间，主要是基于明弘治十八年（1505）有进士陈璋而作出的推论。祝尚书还认为宛委堂本系明嘉靖嘉禾项德棻宛委堂所刊，稍晚于台北本。《武夷新集》若在明正德、嘉靖间即有刊本，则在明刊宋集中属于年代较早者。但就笔者浅见所及，未睹任何明人对此书的著录。明崇祯年间徐𤊹从谢肇淛处钞《武夷新集》时，称“此集海内藏书家俱鲜传”[④]；清康熙年间王鸿绪藏钞本上有朱笔校语，提及陈璋本只称“康熙陈氏刊本”，不将其视作明本。更重要的是，李绣本与陈璋本在版式上如出一辙，其相似性绝非偶合。亲见上图藏李绣本一至四卷的郭立暄即认为陈璋本是李绣本的后印本，在清康熙间剜改校刻者而刊行[⑤]。由于两种版本在版式、字型上的高度一致性，郭氏不须考校文字，即可作出这一判断。笔者对勘李

① 周在浚《复何匡山年伯》，周亮工纂《尺牍新钞二集·藏弆集》卷一四，贝叶山房 1936 年版，第 276 页。

② 杨亿《武夷新集》卷五，南京图书馆藏丁氏八千卷楼抄配本，第 13a 叶。

③ 傅增湘撰，王菡整理《藏园群书校勘跋识录》，中华书局 2012 年版，第 447 页。

④ 杨亿《武夷新集》跋，《宋集珍本丛刊》，第 2 册，第 399 页。

⑤ 郭立暄《古籍版本中的剜改旧版现象（上）》，《图书馆杂志》2002 年第 10 期；《中国古籍原刻翻刻与初印后印研究》，第 74 页。

绣本全本与陈璋本，深然其论。两本不仅版式、字型完全一致，其他细节亦若合符契，兹略举数条如下：

(1) 雷同的版刻印记。两本版心下方小字完全相同，如杨亿序下“刊匠张君选”，卷三4b叶“六百”，卷九4b叶“六百四十”，卷十六10b叶“六百五十六”等，此类案例尚多。

(2) 雷同的版框缺口。两种版本的目次1b叶、9b叶，卷一1a叶、8b叶、15b叶，卷二12a叶，卷六7a叶版框缺口完全相同，此类案例尚多。

(3) 雷同的版裂。两种版本在目次4b叶、12a叶，卷一13b叶、15a叶，卷二10a叶、14b叶，卷六12b叶皆有完全一致的横向或纵向版裂，造成的字迹模糊状况亦如出一辙。

(4) 雷同的模糊字样。如卷一18a叶“神”，卷二2a叶“声”，卷三8a叶“才”，卷四9a叶“柑”等，此类案例尚多。

凡此种种，已足以证实两本实为同一系统。有以下数端可说明陈璋本出于李绣本：

(1) 陈璋本有明显的剜版现象。前贤已经发现北大本被铲削之迹，然或因未睹台北本、宛委堂本，从而推论此乃清康熙间刷印者“以其非陈璋原本，故削之以免贻误后人”[①]。实则宛委堂本等此前被认定为明刻本的陈璋本已有剜版，并非康熙本才有铲削痕迹。

(2) 陈璋本较李绣本缺失篇目甚多，且以整叶为单位讹脱。如卷五陈璋本无乐章而有逸诗，乐章之前的挽诗《又五首》作《又四首》，第五首脱。此组挽诗接续《明德皇太后挽歌词五首》，当以《又五首》为是。盖《又五首》其五跨页，下半部分已随乐章被删去，不得不将整首一并删除。卷一六《议灵州事宜状》“常山之蛇，首尾相应，蕞尔凶丑，坐致灭亡”句后，他本尚有近五百字，陈璋本仅结以“而一统威灵，不胜赫濯矣。陛下其俯而鉴诸”。同时亡去接下来的《代门下李相公谢冬至日就第赐宴状》《代仆射吕相公寒食日谢赐御筵状》《又谢赐诗状》三篇。陈璋本的结语虎头蛇尾，不甚成话，盖脱去原有叶后限于版面敷衍成篇。卷一六《次对奏状》《代宰相贺商州进嘉禾状》本为相邻两篇，陈璋本自《次对奏状》“西汉已来用秦武功之爵，唯列侯启”以下至《代宰相贺商州进嘉禾状》“赴阙者以食为天”全缺（较李绣本少四叶），文意扞格不通，同时导致亡去《代宰相贺商州进嘉禾状》一篇。陈璋本、李绣本既出于同一系统，从篇目缺失状况来看，只可能是陈璋本出自李绣本，而不是李绣本出自陈璋本。

(3) 李绣本、陈璋本文字基本相同，仅在部分李绣本缺字处有异。李绣本缺字之处，陈璋本时常不缺，但与其他版本颇不相同。试将部分异同列表如下：

---

① 《宋人别集叙录》(增订本)，第69页。

表 1 部分李绣本缺字处文字对照表①

	李绣本	陈璋本	文渊阁本	浦城本
1	凉飔初拂□	凉飔初拂树	凉飔初拂衽	凉飔初拂槛
2	衣裓空藏□□篇	衣裓空藏相国篇	衣裓空藏命说篇	衣裓空藏□□篇
3	诗成□□独挥毫	诗成珠玉独挥毫	诗成几案独挥毫	诗成□□独挥毫
4	郎官起□归华省	郎官起骑归华省	郎官起草归华省	郎官起草归华省
5	美疹已平休沐■	美疹已平休沐浴	美疹已平休沐近	美疹已平休沐□
6	煌煌老人■■南极	煌煌老人上应南极	煌煌老人腾辉南极	煌煌老人□□南极
7	多■宅而为寺	多毁宅而为寺	多施宅而为寺	多割宅而为寺
8	■有侍讲金华之殿	制有侍讲金华之殿	又有侍讲金华之殿	乃有侍讲金华之殿
9	公将危邦之■	公将危邦之地	公将危邦之命	公将危邦之□
10	贼■横行沙漠	贼寇横行沙漠	贼迁横行沙漠	贼党横行沙漠

逻辑上而言，或为李绣本在先，陈璋本补其缺字；或为陈璋本在先，李绣本删去某些字而代以空白、墨钉。二者相较，显然前者较合乎情理。且从实物角度而言，陈璋本有而李绣本无之字与上下文字型颇有不合。陈璋本、李绣本字形皆偏长；陈璋本有而李绣本无之字型时常较方、较扁，后补入的痕迹颇为明显。下图即为明证：

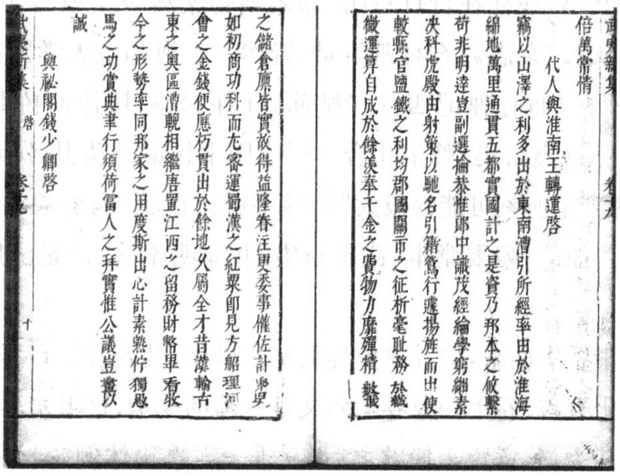
武夷新集 卷十九
倍萬常情
代人與淮南王轉運啓
竊以山澤之利多出於東南漕引所經率由於淮海
緜地萬里通貫五都實國計之是資乃邦本之攸繫
苟非明達豈副選掄恭惟郎中識茂經綸學窮緗素
決科虎殿由射策以馳名引籍鵷行遽揚旌而出使
較縣官鹽鐵之利均郡國關市之征析毫耻務 款織
徵運算自成於餘羨奉千金之費物力靡殫精 蠶織

之儲倉廩皆實故得益隆眷注更委事權佐計[illegible]
如初商功科而龙寄運蜀漢之紅粟即見方船理河
會之金錢便應朽貫出於餘地久膺全才昔漢輸古
東之輿區漕輓相繼唐置江西之留務財幣畢看
今之形勢率同邦家之用度斯出心計素熟佇獨愚
馬之功賞典聿行須荷寵人之拜實惟公議豈黨以
誠
與祕閣錢少卿啓
武夷新集 啓 卷十九 十

图 1 日本内阁文库藏陈璋本卷十九第 9b—10a 叶

上图中，9b 叶第七、八行，10a 叶一至六行的末二字显然皆为后续补入，且 10a 叶有错行现象：第一行的“聚吴”二字当在第二行末，其他各行亦然，皆向右错置一行，故而在首末

① 表中□表示空格，■表示墨钉。

出现“佐计聚吴如初”“岂画以诚”一类不通之语。从上表来看，陈璋本的文字也并不高明。如例 5 陈璋本作“休沐浴”，似未注意到休沐乃成词，句意不通。例 4 陈璋本作“郎官起骑归华省”，似只考虑与“归华省”衔接而忽略对句“女史焚香伴直庐”的语境。例 2 陈璋本作“相国篇”，似就序中“道人后唐相国之孙”句敷衍而成。例 9 叙述传主作为南唐大臣折冲于宋之事，四库本作“公将危邦之命”，较通；陈璋本作“公将危邦之地”，不知何谓。要而言之，陈璋本未较李绣本提供更多的信息，上述异文质量不高，可信性也不足。从这些实物、文字层面的证据来看，陈璋本并非明本，而是出于清顺治李绣本，可成定谳。

明晰这一点后，陈璋本模糊的源流便可得到更好的解释。明代未见对陈璋本的称引，王鸿绪藏钞本也仅称其为“康熙陈氏刊本”[①]，不认为是明本，皆可佐证陈璋本入清方有。陈璋本的编者“武水陈璋璞斋”究竟是谁，一直不甚明晰。祝尚书认为该陈璋为浙江乐清人，明弘治十八年进士。但乐清与武水似无关联，也不闻该陈璋有璞斋之号；乐清陈璋为明代名臣，颇有著述，其平生行履记载，从未闻有刊行《武夷新集》之事。与刊行者、刊行时间皆模糊的陈璋本相较，李绣本明确来自明代秘府钞本，且刊刻之事在梓行次年便被记录在县志中，无疑更值得信服。

再论宛委堂刻本。前贤或以日本内阁文库所藏宛委堂发兑本《武夷新集》乃明嘉靖间嘉禾项德棻宛委堂刻。但宛委堂并非仅有明代嘉禾项氏一家，清康熙年间苏州亦有宛委堂。嘉禾项氏刊书，往往在行首写明“嘉禾项德棻宛委堂校”，不用“宛委堂发兑”，其著名的两种刊本《研北杂志》《石林避暑录》皆然。上海师范大学图书馆藏清康熙宛委堂本《国朝三家文钞》封面有牌记四行：“姑苏阊门内吴趋坊徐河桥北堍宛委堂书铺发兑”[②]，正与宛委堂本《武夷新集》牌记相合。国家图书馆藏陆陇其评点叶时《礼经会元》，吴志光认为“此书为宋荦所刻可能性极大”[③]，该书牌记也题“宛委堂发兑”，形制与宛委堂本《武夷新集》全合。如此，宛委堂本《武夷新集》并非明本，恰恰是清康熙间苏州宛委堂刻本。

陈璋本虽承袭李绣本而来，但并非单纯的剜改翻版，其内容颇有不同。上文已述及陈璋本对卷五乐章四十五首、卷十一及卷十六文章六篇的芟刈，这事实上使得陈璋本成为一个“简本”。祝尚书认为，乐章置于挽歌之后，甚乖宋人纂集体例，“收文较多之本，未必符合杨亿手编本面貌；换言之，如陈璋本之所谓‘缺漏’，却未必不合原本”[④]，兼举北京大学

---

① 杨亿《武夷新集》卷五，南京图书馆藏丁氏八千卷楼抄配本，第 13a 叶。

② 参见刘万华《宋荦文学考论》，浙江古籍出版社 2014 年版，第 167 页。

③ 吴志光《钩沉搜遗证史实：收藏论史札记》，花城出版社 2007 年版，第 85 页。

④ 《宋人别集叙录》（增订本），第 71 页。

图书馆藏李盛铎抄本无乐章为例[①]。上述关于作品数量与别集原貌关系的阐述诚然不虚，但落实到《武夷新集》个案上实有不然：李绣本固非宋代原貌，但陈璋本并未更接近原本，相反距离更远。目前各本编次皆自李绣本出，尚未发现更接近原貌或出自另一系统的版本。综上所述，可以得出下列结论：《武夷新集》在明代仅以抄本形式流传，清顺治年间始由李绣付梓。清康熙年间，陈璋本剜改李绣本，并补充部分缺字、调整部分篇章，形成其独特面貌。陈璋本不具备时序上的优势，也不符合杨亿手编原貌，在质量上不存在优越性。

三、四库本、浦城本的源流与得失

后出的四库本、浦城本与李绣本没有根本的分歧，但在编次、篇目、内容上差异甚多。四库本底本用江苏巡抚采进钞本。据《四库采进书目》，福建呈进本名《杨大年全集》，按宛委堂本封面即题《杨大年全集》，此《杨大年全集》盖陈璋本《武夷新集》。《提要》谓“别本或题曰《杨大年全集》，误也”[②]，即就福建呈进本而发。细校库本文字，江苏巡抚采进钞本似与陈璋本相去较远。四库本、陈璋本皆缺失部分篇什，但陈璋本所缺混杂于五、十一、十六等卷，四库本则删去卷十二存在违碍字样的《贺高阳关路破贼表》《驾幸河北起居表》《贺车驾还京表》三篇表文。二者篇目截然不同，在文字上也差异较大。

李绣本的缺字之处，陈璋本、四库本通常不缺，且截然相异。前文中已述及，陈璋本所补诸字质量往往不如四库本。如果将属于李绣本系统的南图本纳入考察，可发现南图本大体同李绣本，但已经补足了部分缺字，且所补诸字皆与四库本相同、与陈璋本不同：

表 2　南图本、文渊阁本、陈璋本、李绣本、浦城本部分文字对照表[③]

	李绣本	陈璋本	南图本、文渊阁本	浦城本
1	只除魂梦到____瓯	只除魂梦到____瓯	只除魂梦到东瓯	只除魂梦到甄侯
2	留宾泛羽____	留宾泛羽____	留宾泛羽觞	留宾泛羽觞
3	不须东观待________	不须东观待________	不须东观待书成	不须东观待□□
4	美疹已平休沐■	美疹已平休沐浴	美疹已平休沐近	美疹已平休沐□
5	百□犹有汉阴机	百□犹有汉阴机	百畦犹有汉阴机	百□犹有汉阴机

① 此外，北京大学图书馆藏李盛铎钞本中乐章四十五首历历俱在，也无法证实陈璋本更近于原貌。从文字来看，李盛铎钞本出自库本当无疑问，故而在乐章有无的问题上亦同库本、不同于陈璋本。

② 永瑢等《四库全书总目》卷一五二，中华书局 1965 年版，第 1307 页。

③ 表中□表示空格，■表示墨钉，____表示刻本中无特殊显示、但从诗歌形式上能判断出的缺字。

王鸿绪旧藏本为康熙钞本，这从侧面反映出四库本的异文中，至少部分是有其渊源的，而非全然出自四库馆臣的理校。四库本还存留了一些不见于他处的信息，如《仆射李相公宅观花烛》，四库本下有自注谓"时纳状元王曾为婿"，他本皆无。这是四库本在诸本中的优势所在，但由于妄删篇目等现象，四库本依然无法被视作《武夷新集》的善本。

浦城本在《武夷新集》各版本中出现时间最晚，对李绣本的旧有体例改易很大。删去"臣中谢""臣无任云云"等套语，调整三篇《请举乐表》次序等操作，前贤业已述及。在这一过程中，篇目序次与文字都更有条理，但许多杨亿自注中的信息也丢失了。如卷一《又应制赋射弓诗》，李绣本注"以弓字为韵，六韵成"；四库本作"以弓字为韵，六韵"；浦城本脱去题中的"又"字及自注中所标明的韵数。卷三《次韵和李寺丞见寄之什》，李绣本、库本俱有自注"时宿斋太一寺丞远致美膳"，浦城本脱；卷五《海印大师归永嘉》自注"仁煦"，浦城本脱。浦城本在文字校勘上的问题更多。浦城本在《武夷新集》各版本中出现时间最晚，祖之望跋、祝泰昌序所述及的文献来源不外乎李绣本与四库本，理论上并无新的文献可凭。但在经历祝泰昌、梁章钜等人的校改，"阙者补之，疑者阙之，凡就旧本改正一千余字"后①，反而出现了不少未见于他处、谓之理校亦觉牵强的文字。浦城本仅改字而不留校记，其去取颇不明朗。从表1、表2中可以看出，在处理李绣本缺字而四库本有字之处时，浦城本通常阙疑。考虑到四库本的底本所属系统未详，这一理念自属可取。但浦城本也时常出现独有的字样，表1中的例1、7、8、10，表2中的例1皆然，出处不明，未审校订者改字的凭据。部分自注中的年份，李绣本、四库本俱无年号，独浦城本有；如"只除魂梦到甄侯"，与其他各本的"只除魂梦到(东)瓯"完全不同，表意亦不明朗，颇启后人疑窦。

在正文校改方面，浦城本也不惬人意。部分异文缺乏理据，如《李廷评昭迪使淝上》首联李绣本作"画舸西风玉雨斜"，库本作"画舸西风五两斜"，浦城本作"画舸西风□雨斜"。在第六字选择为"雨"的情况下，揆诸情理第五字只能为"玉"，盖"五雨"全不成词。浦城本此处阙疑，未审其理。许多李绣本误、四库本是之处，浦城本不能择善而从。如《次韵和太仆钱少卿寄赠编修主人宋承旨李舍人之什》中李绣本作"弟伍伦"，四库本作"第五伦"。按第五伦为汉代人物，四库本是，浦城本未从；又《诸公于石氏东斋宴郑工部诗》韵脚，李绣本作"得""悲""秋""浮"，四库本作"得""愁""秋""浮"。从诗作押韵来看，四库本是，浦城本未从。《孙寺丞知考城县》，李绣本作"孝城"，误，浦城本袭而不

① 杨亿《武夷新集》跋，《宋集珍本丛刊》，第2册，第400页。

改。另有许多李绣本、四库本皆不误之处，浦城本反误。如卷二《大名府大安阁主道者》题下自注，李绣本、四库本俱作“上幸魏郡亲至其寺面赐紫”，浦城本“面”作“而”；《次韵和李寺丞见寄之什》，浦城本作“侍丞”，皆属形近之误。《殿院卞侍御赴淮南转运》尾联李绣本、四库本俱作“多应便拜富人侯”，取田千秋度支转运、为国生财之意，浦城本作“富平侯”，乃西汉张氏故事，与诗意不称。卷五《寄刘秀州》，李绣本、库本同，浦本作“刘秀五”，显误。卷七《送元道宗秀才序》本不误，浦城本作《送元道宗秀才书》。杨亿文集按体裁编排，此篇前后均为序，此处作“书”显误。至于“景德三年岁次乙巳”“景德二年岁次丙午”这样的误植，也是仅在浦城本中出现的。浦城本自然不乏校改得当之例，但以这样的讹误比例，似难谓其后出转精。

从上述案例来看，四库本、浦城本作为清乾隆以降最为通行的《武夷新集》两大版本，各有优劣，皆非善本。四库本所据的钞本提供了一批有价值的异文及信息，但《四库全书》本身的性质使其难以逃脱妄删篇什之弊，在篇目上即落下乘；浦城本篇目最为齐全，搜辑佚文亦有功绩，但校改质量不高，讹误颇多，且距文集原貌最远。但综合李绣本世间罕觏、陈璋本脱误颇多等因素，四库本、浦城本在此前仍较多被作为古籍整理工作中的底本。《武夷新集》的早期版本中，谢肇淛原钞本自王士祯殁后久已无闻；根据徐𤊹钞本付梓的李绣本刊刻于易代扰攘之时，“剞劂未精，中间讹脱字不一而足”[①]；陈璋本作为李绣本的翻印、删削本问题更多，前文已经论及。在无新版本被发现的情况下，《武夷新集》缺乏善本的状况已难改变，在利用时则应择其优长、避其讹误，庶几不为所给。

余 论

《武夷新集》由闽人谢肇淛录自秘阁，又由闽人徐𤊹过录，浦城地方官员李绣主持刊刻，其钞刻过程有着明显的地域因素。考察宋代闽人别集在明代的刊刻状况，可发现两个明显特征：南宋作家的刊刻早于北宋作家；理学家文集的刊刻总体上早于以文学擅场的作家。自明成化至嘉靖前期的五十余年间，十几部宋代闽人别集得到集中刊刻，理学家文集占了一大半，李纲、邓肃、高登、谢翱等以气节著称者的文集也梓行较多。上述人中没有一位北宋人，至少也是两宋之交者；文集刊行的底本，大多数也来自家藏本或在福建当地流传的版本。明万历年间的闽集刊行情况就有很大不同。许多早已不见于当地的别集（尤以北宋别集为多）得到刊行，源头多是秘府本。除却杨亿、蔡襄、郑侠以外，陈襄、黄裳等集

① 杨亿《武夷新集》跋，《宋集珍本丛刊》，第2册，第400页。

亦在此时由秘府抄出，极大丰富了时人对于理学兴起前宋代文学的认识。自秘府中钞录宋集的行为与这一时期的徐𤊹、谢肇淛、曹学佺、叶向高等闽中士人有着密切的关系，钞录对象固不限于福建作家，钞录后迅速刊行却基本上是福建作家的优先待遇。明隆、万以来，闽中诗学进入全盛期，构建地域文学系谱、提升地域文学地位成为闽中士人的重要举动，此时期钞录出的闽集极大丰富了乡邦文学的面貌。谢肇淛钞本成为许多现存文集的唯一源头，杨亿《武夷新集》、陈襄《古灵集》、黄裳《演山集》、林希逸《竹溪鬳斋十一稿后集》皆然。明清易代之后，杨亿《杨文公别集》、苏颂《苏魏公文集》、陈渊《默堂先生文集》、张元幹《芦川归来集》、陈长方《唯室集》、李吕《澹轩集》、许应龙《东涧集》、林希逸《竹溪鬳斋十一稿前集》等一大批晚明尚且存世的宋人别集就此湮没无闻。明万历年间的闽中士人固然无法料到三十年后的兵燹与鼎革，他们的钞录刊刻行为则切实起到了抢救作用：错过这一时间节点后，许多别集便不复可得。

杨亿别集散佚特甚，十不存一，《武夷新集》留存至今，也赖于晚明闽中士人对秘阁本宋集的有意识荟集、对地方文献的主动刊刻，否则如《刀笔集》《别集》一样在明清之际失传，亦未可知。从宋代闽人别集在明代的整体刊刻情况来看，《武夷新集》之钞刻确属明万历以降的产物，而非明代中期之事；陈璋本作为一部疑点众多的"嘉靖刊本"，其实只是李绣本在清康熙年间的翻刻删节本。证伪源流不详的"明刊本"后，《武夷新集》的谱系更为明晰，也更符合宋代闽人别集在明代刊行的普遍情况。蒙图本的发现，使我们得以见到现存刊刻时间最早的《武夷新集》的全帙面貌；四库本所据底本所提供的一些异文，具有独特价值；晚出的浦城本在整饬篇目、搜罗佚文方面有其价值，文字质量则相对不高。浦城本所参考的《武夷新集》文本并不比今日更多，考虑到祖之望称其所见的李绣本"又复不全"[①]，浦城本恐连李绣本亦未能全加利用。在得见李绣本全帙的情况下，今日整理《武夷新集》，实较当日具有更大的优势。在篇目上杜绝陈璋本、四库本之弊，在文字上参校李绣本、四库本之优长，警惕陈璋本、浦城本的不当改字，都是整理《武夷新集》的应有之义。为便理解，特附《武夷新集》版本源流图于末。

① 祖之望《浦城遗书序》，祝泰昌辑《浦城遗书》，天津图书馆藏清嘉庆祝氏留香室刻本，第1a叶。

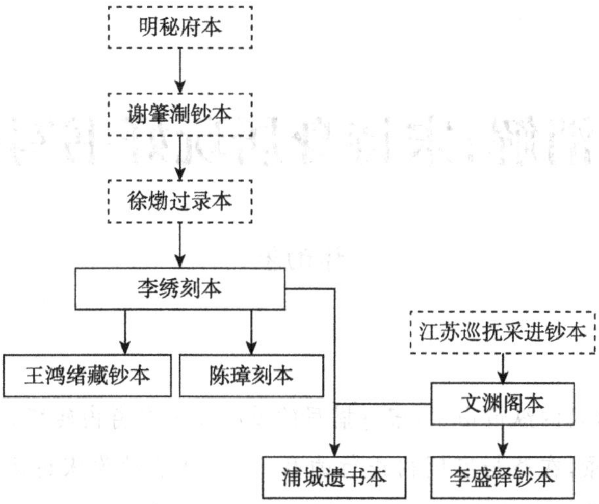

图 2 《武夷新集》源流示意图①

（作者简介：吴晋邦，北京大学中文系博士研究生，发表过论文《杜牧七律拗峭风格新论》等。）

① 图中虚线框者表示该版本现已不存。

焦虑的消解:宋诗身居玩好书写的转向

林雨鋈

摘　要:相比唐人的纵情山水,宋诗描写的重心逐渐向斋内转移。对书斋生活的吟咏成为宋诗的常见场景,在斋居空间内进行的品鉴、玩好活动为宋诗风格的转变提供了契机。宋人对收藏鉴物的描绘从物之拟人到物之无用,私人领域审美与公共道德的矛盾由冲突至消解,在这个过程中,他们探究出一条适用于北宋社会背景和文化氛围的诗歌创作路径。以宋代士人的身居玩好为切入点,对其文化空间进行深入分析,为厘清宋代士人在焦虑与消解过程中呈现的书写转向,具有一定意义。

关键词:品鉴书写　文化空间　书写转向

研究表明,宋人的日常生活特征具有多样性、内向性、审美性、文化自娱性[①]。他们崇尚内敛型文化、喜室内生活,其生活方式集中在对精神文化的体会、欣赏和研究,从中体悟自我性情。在这种意义下,宋人的审美趣味已经超越了功利性的物质享受,将重心落在对艺术内在意蕴的感悟上。所以,相较于唐人的纵情边塞、诗意山水,宋人对书斋庭院等私人空间更加偏爱,琴棋书画、奇石古器、雅瓷插花等,都是宋人笔下日常生活书写的主题。宋代文人士大夫阶层的兴趣爱好和审美择取逐渐成为时代风尚,进而形成审美主体的核心,并直接影响着文学艺术和社会思潮的变化。

宋代文人的审美"在意态而不在形貌,贵澄洁而不贵华丽"[②]。在日趋雅化的元祐年间,精英阶层通过对精致且稀缺艺术品的鉴赏,催生了数量可观、私典丰富、翻案迭出的诗歌作品。正是在这个过程中,元祐文人共同建构了私人范畴内的文化审美空间,实现了文人群体的身份认同。这个空间在传统儒家道德的文化结构中受到挤压并产生冲突,面对这种焦虑,元祐士人又是如何进行消解且体现在诗歌创作中的?这是值得思考的问题。

---

① 参见王德明《宋代士人生活情趣特征论》,孙钦善等主编《国际宋代文化研讨会论文集》,四川大学出版社 1991 年版,第 525 页。

② 霍然《宋代美学思潮》序,长春出版社 1997 年版,第 2 页。

因此，观照汴京品鉴活动与赏玩风气，呈现私人领域中的文化空间与书写风貌，对理解元祐诗歌的创作特点及其转向，十分必要。

一、物之拟人：品鉴书写空间的匹配焦虑

宋代的高层文官，集优渥的生活条件、显赫的社会地位、充足的休沐假期、雅致的私人空间于一身，相对宽松的文化氛围与发达的经济水平更为汴京赏玩风气的滋生提供了温床。而从士大夫自身的审美需求来看，精英阶层为了标榜自己不同凡俗的审美择取，往往选择独特的物恋来展示非同常人的审美眼光。

在构建具有宋诗特色的品鉴书写空间过程中，元祐诗人集中表现出对文房用具精致度的热衷追求。以苏轼为例，在经历了地方仕宦回京之后，其诗歌创作逐渐醇熟，具有鲜明的个人风格，并影响了以其为中心的一批文士群体。他见多识广，对新事物具有好奇和探索的精神。因擅书法，他对珍贵的澄心堂纸格外珍惜；因诗画皆通，他在墨、砚的选择、鉴别、收藏方面，都是行家。他还与黄庭坚、李常有过夺墨轶事[①]。

苏轼曾收到宋肇赠送的澄心堂纸，作《次韵宋肇惠澄心纸二首》，并以纸书诗文分赠好友。澄心堂纸是万里挑一的上乘纸张。此诗作于元祐二年(1087)，苏轼在收到这种珍贵的文房用具之后，用梅尧臣典故入诗，以戏笔答谢宋肇：可能你是懒于作诗，才将纸送给我。诗将名贵的澄心堂纸喻作载愁之具，和时人得一澄心堂纸百般呵护，不舍得使用的情态形成鲜明的对比[②]。以澄心堂纸书诗文分赠苏门文人，体现了苏轼对经济价值不菲之物的随性和对师友情谊的重视。总之，澄心堂纸经由宋肇馈赠、苏轼答谢、亲书诗文、分赠师友等一系列的文人活动，形成发散往复的文化空间，对强化东京士人交游网络、丰富斋居文化空间均有促进意义。公共性的诗歌如何在文人活动中创造出超越器物本身的价值，在这次事件中得到了充分体现。

这种群体鉴物的社交活动将具有相同生命体验、书画观念、文道认同的士人链接在一起，他们把个体的赏玩经验相互分享、进行诗歌往复唱和。这种品玩活动相对规避了严肃公共空间的政治侵染，具有强烈的私人性、文学性、审美性。这些文艺活动与他们的诗文作品一起，成为后世学人追慕前贤的历史记忆空间。

值得注意的是，苏轼的品鉴、赏玩书写空间中，常使用物之拟人的书写风格，将赏玩之

---

① 参见苏轼著，李之亮注《苏轼文集编年笺注》卷七〇《书李公择墨蔽》，巴蜀书社 2011 年版，第 647 页。

② 宋代工艺美术中，有众多的文化用品逐渐脱离实用的功能，成为专供赏鉴的对象。如南唐澄心堂纸保存到北宋，有更多的文人不用它来书画，而是作为收藏品。

物赋予君子的品质。

茶也是诗人们心仪的对象。北宋好茶风气自上而下影响了大批的文人士大夫，宋代茶诗将茶比德、用茶说理、以茶喻己的描写方式十分普遍。苏轼《次韵黄夷仲茶磨》虽然是一首茶诗，但书写的重心在茶具上。他对茶磨、茶碾、茶杵各自承担的功能进行分析，也是将自身经历代入茶具的表达，茶具被拟人化、哲理化了。这种观物方式在秦观那里得到了继承，《茶臼》通过对茶臼的形制、捣茶之声进行赞美，将其比喻为有高雅品格的人，发出“俗物难与双”的感慨[①]。黄庭坚也受到此种风格的影响，其《奉同六舅尚书咏茶碾煎烹》（其一）是对茶碾的吟咏：“碎身粉骨方余味，莫厌声喧万壑雷。”对茶碾“碎身粉骨方余味”的精神进行美誉，同样运用了拟人化的手法。苏轼《次韵寄壑源试焙新茶》将好茶比作佳人，推崇“玉雪心肠”的高尚品德；《和钱安道寄惠建茶》将建茶比为君子，具有清、真、和、正的品格；《寄周安孺茶》赞美建茶与君子气节无异，都是在品鉴过程中将鉴赏之物拟人化。这种创作手法频繁地出现在元祐文人的诗歌创作中，品茗活动是他们日常生活的一部分，品鉴茶具则是他们将自己的理想人格寄托于茶的风雅之举，物之拟人的书写方式使文人主体在品鉴赏玩的过程中构建了士人内心独属的文化空间。

总之，品鉴赏玩是主体自我对话的过程，主体与自己内心的理想人格进行对照。君子品格通过吟咏赏玩得以在诗歌中进行具象化的表达，茶和茶具成为高尚品质的缩影。在这一空间内，诗人对人生哲理的认知，对儒者内核的剖析，都进行了升华。黄庭坚《戏答欧阳诚发奉议谢余送茶歌》“涪翁投赠非世味，自许诗情合得尝”句，就是对友人品鉴茶叶的文化空间的建构与填充，将茶之滋味与诗之情感杂糅交融，形成充满文学兴味的文化空间，这正是精英文化所追求的境界。

以苏轼为核心的文人群体交游活动，涉及雅集、赏古鉴物、吟诗作画、说禅论道等，共同诠释着苏门的文艺思想和审美观念。极致追求斋居的精致生活，这与他们强调“物之拟人”的君子品格是同步的，而通过收藏品鉴高质量的斋内用具，以喻斋主高洁人格与神远精神境界，竟成一时风气。

二、物之无用：私人领域审美与公共道德的冲突

北宋文人对斋内文化空间的偏爱导致鉴藏风气日趋盛行，士人的物恋之癖也成为一时风尚。他们在斋居中读书著述、养德悟道、赏玩品鉴、焚香听琴，在放大教化作用的同

① 秦观著，周义敢等编注《秦观集编年校注》，人民文学出版社2001年版，第270页。

时,斋中器物的文化意味也愈发浓烈。宋人重学问、向内求、三教融合的审美取向使人、物、建筑三者的空间关系变得复杂化、多元化。士人时而以人为中心,与赏玩器物进行拟人对话;时而以器物布置为中心,人在其中静坐神游,在器物的微缩天地中翱翔,达到修身养性的目的;时而将斋中器物与人置于广阔的宇宙中,形成强烈的空间对比,感受个体生命的渺小与天地万物的广袤。

基于这种社会背景与士人心态,士人对物的赏玩、品鉴逐渐转向对物之"无用"的追慕。苏轼好墨,自述"余蓄墨数百挺"①。他藏墨的来源主要有友人赠送和"润笔费"两种途径。例如唐坰以张遇墨寄赠,虽是残缺品,但苏轼十分珍爱,将它比为"乌玉玦"。又如孙莘老赠以潘谷墨,是墨中上品,苏诗云:"墨成不敢用,进入蓬莱宫。"②而以墨代"润笔费"则褪去了金钱交换的俗气,是致谢的高雅方式,苏轼《书清悟墨》云:"川僧清悟,遇异人传墨法,新有名。江淮间人,未甚贵之。予与王文甫各得十丸,用海东罗文麦光纸,作此大字数纸,坚韧异常,可传五六百年,意使清悟托此以不朽也。"③记载了川僧悟清将所制之墨作为润笔费,赠予苏轼。

可见,士人好墨、藏墨、鉴墨风气盛行,墨的功能性有所消退,物的无用性在赏玩过程中得以放大,墨的观赏性超过了它的书写功能。士人鉴墨、玩墨,以赏墨为中心的观物方式重新建构了斋内文化空间,士人对墨的品鉴和赏玩已由单纯的咏物转移到以墨为文化符号的斋居空间的描绘。对所蓄之墨进行品试,是具有风雅意趣的一项文化活动。在这个意味上,墨不仅是文房用具,更是士人陶冶情操的文化必备品。墨的次第、品相固然重要,鉴墨的过程更是极大地满足了士人对书斋内文房用具精致度的追求。苏轼的朋友石昌言就把墨当作珍宝,不许人使用。苏轼也说李常"见墨辄夺,相知间抄取殆遍"④。士人观物过程中对墨锭模印的铭文与图案的摹写,给读者传达视觉美感;对墨的品牌与文化的阐发,增强了文人风雅趣味。

物之无用在精英士人的藏石之癖、赏石之趣等方面也得到进一步体现。如果说墨还算是一种文房用具,那石对于文人的实用功能更加微小。欧阳修、司马光、苏轼都对石头有着独特的审美。从功能上来说,石头对于书写没有实际功用,与文房用具一起出现在书斋中,仿佛有些突兀。然而,《云林石谱》记载黄庭坚不远万里花费万金从海外运送英石,可视为宋人爱石、藏石风气的投射。宋人对奇石、怪石的收藏已经成为他们风雅活动的关

① 《苏轼文集编年笺注》卷七〇《书墨》,第639页。
② 《苏轼文集编年笺注》附录一,《苏轼诗集》卷一四《孙莘老寄墨四首》,第260页。
③ 《苏轼文集编年笺注》卷七〇《书清悟墨》,第643页。
④ 《苏轼文集编年笺注》卷七〇《书李公择墨蔽》,第647页。

键环节。鉴赏主体通过自身的知识积累和文化背景，将石之内涵通过特殊的途径得以展现。“室无石不雅”，雅室供石、案头清玩、以石置园都是北宋士人常用的赏石方式。苏轼置盆供石之举更是将供石之风演绎到极致[①]，他还作《怪石供》《后怪石供》专门论述供石的过程。此外，米芾将石拟为自己的兄长，进行礼拜，无疑是对玩石之风的推崇。

赏石的魅力在于石不仅可以作为斋内空间的陈设，还可以将清玩之石随身携带。当石置于室内时，人与石同处一室，赏石者对石的形态、纹路、大小进行近距离的观赏；当赏石者用手把玩石头，感受石之温度、质感，人与石神交。在对石之纹理、温度、质感进行赏玩和感受的过程中，赏石者展开了自我解读的想象空间，对石的赏玩感受共同形成赏石者对山林意趣、画面空间、时空转换等的多维想象。而当赏石者将石头随身携带，随着人的位移，石所处的空间也发生变化，那么最初斋中原始空间建构的文化意蕴也随之变化。

因此，石与人的文化空间是动态发展的，无论是静置于斋内的石头，还是随身携带的清玩之石，都在不同情境下引发赏石者的观物想象。石头天然形成的纹理、颜色、形态与赏石者心中勾勒的精神家园相互契合，反映了宋人对浑然天成意趣的追求。

值得注意的是，士人的独特审美是对自我不凡品格的彰显，他们通过各种无用的物恋来表达自己超凡脱俗的审美。但是，当私人领域审美以风靡全城的速度传播至大众，审美性的“物恋”开始发生变形，受到公共道德的挤压。尤其是当权贵者加入，儒家道德标准中对玩物丧志的批判与士人的物恋发生冲突。

汴京的百余处私家园林是精英阶层营造的可居可游、充满诗意的文化审美空间，在这个不受干扰的私人领域中，宅主个人审美发挥到了极致。宅主“物恋”的具体内容以微缩的方式进入士人审美活动的多维文化空间，并在文人群体的品鉴赏玩过程中强化了文人身份的认同，加固了这一群体的个性化特征，但也容易招来爱物成癖的道德指责。

“物恋”发展到一定程度，触碰了儒家关于玩物丧志的指责。以奇石之争为例，石头的获取、开采的渠道、运送的途径，都需耗费大量的人力、物力和财力，唐代牛僧孺、李德裕的藏石爱好就给他们带来了复杂的政治问题。“物恋”的发展总是和社会的动荡、政治的腐败、道德的堕落相关联。面对前朝的历史教训，北宋文人在“物恋”与公共道德中的矛盾可想而知。

苏轼与王诜的“仇石之争”事件与白居易、裴度争夺双鹤的故事颇为相似，苏轼作的三首仇池石诗充分反映了汴京士人的玩物风尚。元祐七年（1092），苏轼在扬州得二石，十分喜爱，作《双石》诗，序中详细记录了石头的精美与独特，因有感于自己梦中的仇池景致，故

---

① 参见曾国藩纂，乔继堂编《十八家诗钞》卷二二，上海科学技术文献出版社 2020 年版，第 1297 页。

命名为“仇池石”。次年二石随苏轼辗转入京，苏轼与钱勰、王钦臣、蒋之奇诗歌酬唱的过程中，记录了对仇池石的赏玩(《次韵奉和钱穆父蒋颖叔王仲至诗四首》)，引起王诜的注意，因此向苏轼借石赏玩。

这次事件导致了王诜与苏轼的多次拉扯，还有旁观者作诗唱和。苏轼得知王诜意图之后，作《仆所藏仇池石，希代之宝也，王晋卿以小诗借观，意在于夺，仆不敢不借，然以此诗先之》。诗中将仇池石喻为“希代之宝”，强调自己对仇池石的珍爱，称呼王诜为“贵公子”，意在提示王诜注意风度，勿夺他人所好。“欲留嗟赵弱，宁许负秦曲”句[①]，用赵惠文王和蔺相如关于和氏璧的对话，表达了自己对仇池石的难以割舍。从题目可以看出苏轼长题的戏谑意味，以游戏笔墨写出自己的顾虑，劝王诜勿“夺”仇池石，是这首诗的核心。

这次仇池石之争还有几位士人参与，《王晋卿示诗，欲夺海石，钱穆父、王仲至、蒋颖叔皆次韵。穆、至二公以为不可许，独颖叔不然。今日颖叔见访，亲睹此石之妙，遂悔前语。仆以为晋卿岂可终闭不予者，若能以韩幹二散马易之者，盖可许也。复次前韵》，诗题通过蒋颖叔前后态度的变化说明了仇池石的精美。有趣的是，苏轼借机向王诜索求韩幹的骏马图，试图打消王诜夺石的念头。

苏轼因此次事件作的第三首诗:《轼欲以石易画，晋卿难之，穆父欲兼取二物，颖叔欲焚画碎石，乃复次前韵，并解二诗之意》。通过要求以石易画，拒绝了这次的“借”石行为。在这次乞物事件中，王诜全然没有“贵公子”的风度。苏轼在这三首诗中的叙述策略也不断发生变化，从第一首的善意提醒，贵公子莫要夺我所好;到第二首的委婉拒绝，提出以石易画的要求;再到第三首的说理劝诫，审美是对物品的欣赏而不是对好物占为己有的欲望。

回看这次夺石事件的诗歌唱和过程，不难发现，随着“物恋”风尚愈演愈烈，进而引发士人道德和哲学上的思考。当私人领域审美进入大众视野和公共领域，士人存在的道德上的焦虑，他们感受到了“玩物丧志”的道德谴责。苏轼另有一首《咏怪石》，详细记录梦中与石精的争辩，梦醒后对自己的恋物之癖感到羞愧，这首诗中“物恋”者的态度发生了变化。

三、物之微缩:斋居书写的“中隐”文化空间

随着对物之无用的摹写，士人私人领域审美与公共道德逐渐产生冲突。苏轼在得到仇池石的时候，就将双石与自己的仇池之梦联系在一起，为自己的物恋癖好披上一件风雅的外衣。在对仇池石的吟咏过程中，仇池石代表的是苏轼心中向往生活的缩影。在苏轼

① 参见《苏轼文集编年笺注》附录一，《苏轼诗集》卷二一，第385—386页。

笔下，对仇池石的把玩和品鉴成为对自我构建下精神家园的憧憬和向往，如此一来，斋居书写的“中隐”文化空间使士人物恋行为合理化，物之微缩背后的文化意蕴巧妙地化解了私人领域审美与公共道德的冲突。

仍以恋石之癖为例，苏轼任职定州时，得一块奇石，命名为“雪浪石”，为其作诗二首。第一首诗表达对雪浪石的喜爱与赞美的同时，寄托了作者的乡愁。第二首诗云：“履道凿池虽可致，玉川卷地若为收。洛阳泉石今谁主，莫学痴人李与牛。”[1]充分显示了苏轼对个人“物恋”的焦虑，警诫自己不能成为李德裕和牛僧孺那样的人。

实际上苏轼早年就意识到了这个问题，《次韵刘京兆石林亭之作，石本唐苑中物，散流民间，刘购得之》：“都城日荒废，往事不可还。惟余古苑石，漂散尚人间。公来始购蓄，不惮道里艰。忽从尘埃中，来对冰雪颜。瘦骨拔凛凛，苍根漱潺潺。唐人惟奇章，好石古莫攀。尽令属牛氏，刻凿纷斑斑。嗟此本何常，聚散实循环。人失亦人得，要不出区寰。君看刘李末，不能保河关。况此百株石，鸿毛于泰山。但当对石饮，万事付等闲。”[2]这是一首咏赞刘敞藏石的诗，苏轼以牛僧孺的例子提醒刘敞，颇具规劝意味。

即便面对有用之物的收藏，士人也存在一定的顾虑。苏轼《书石昌言爱墨》云：“石昌言蓄廷珪墨，不许人磨。或戏之云：‘子不磨墨，墨当磨子。’今昌言墓木拱矣，而墨故无恙，可以为好事者之戒。”[3]苏轼《书吕行甫墨颠》：“吕希彦行甫，相门子，行义有过人者，不幸短命死矣。平生藏墨，士大夫戏之为墨颠。功甫亦与之善，出其所遗墨，作此数字。”[4]均是警示“物恋”者对墨的喜好需要注意节制。

如何在建构的文化空间内消解由玩好之乐引发的公共道德焦虑？这是元祐文人赏玩诗歌书写发生转向的一个关键因素。白居易关于“中隐”的论述、司马光在洛阳建造的独乐园，都为元祐文人消解精神焦虑提供了参考。城市私家园林从功能上来看是一处居住的个人空间，能满足汴京士人“居处玩好”的需求。但从精神层面来看，这种城市私家园林存在的根本原因，在于它让汴京士人在都市里过隐居生活成为可能。“中隐”作为一种在权力与郊野之间游走的妥协，使繁华都市和适意田园的冲突得以淡化。以城市私家园林为载体，构建闲雅的文化空间，使精神高洁和物质丰裕在这个空间得以共存，汴京士人的社会责任意识与个人审美自由相对达到平衡。将广袤的山林天地微缩于私家园林中，斋

---

① 《苏轼文集编年笺注》附录一，《苏轼诗集》卷二一，第 397 页。

② 苏轼著，张志烈等校注《苏轼全集校注》，河北人民出版社 2010 年版，第 1 册，第 189 页。

③ 《苏轼全集校注》，第 19 册，第 7955 页。

④ 《苏轼全集校注》，第 19 册，第 7952 页。

居空间的“壶中天地”包含自然万象[①]。如此一来，审美文化空间中那些意超于形的描写显得尤为重要，甚至已经越过器物本身，成为诗人在凝视器物之后的诗性自我表达。

白居易强调在拥有俸禄的同时享受“中隐”生活同样是正人君子的表现[②]，欧阳修仕途失意退居非非堂，王安石自称半山老人，都是不坚决切断自己与庙堂联系的心态。仕隐之间通过器物赏玩等文化活动寻求个体灵魂的从容进退与精神自洽，是元祐文人的普遍做法。苏辙贬谪期间所作《东轩记》：“余既以谴来此，虽知桎梏之害而势不得去，独幸岁月之久，世或哀而怜之，使得归伏田里，治先人之敝庐，为环堵之室而居之。”[③]苏轼将斋室命名为中隐堂，亦是政治失意暂适斋堂，借闲适生活进行灵魂放逐的体现。在这种适意生活中，仕宦沉浮带来的痛苦被淡化，士人的内心在静坐和赏玩中得以平和。

另外，北宋士人的中隐生活空间内有许多志同道合的知己。在私家园林中，士人群体聚集在一处进行品鉴赏玩文化活动，是器物以微缩的方式进入复杂文化空间的方式。白居易《府西池北新葺水斋，即事招宾，偶题十六韵》：“读罢书仍展，棋终局未收。午茶能散睡，卯酒善销愁。”[④]他读书下棋、茗茶饮酒的郡斋之隐，为元祐文人寻找心理平衡点引导了方向。李之仪云：“东坡老人云：‘惟有王城最堪隐，万人如海一身藏。’信矣，其能知隐者。尝试言之，隐无不可也，能定则能隐矣，苟或未定，则岩居穴处，居猿鸟而游麋鹿，亦不得而隐。故知是之隐，则知朝市之隐；知朝市之隐，则无所不为隐。”[⑤]李之仪对小隐、中隐、大隐的生活方式进行了讨论。晁补之《照碧堂记》：“及其脱然去之也，亦不必山林远绝之地，要小休而暂适。”[⑥]可见，斋隐的审美选择为元祐文人玩好生活提供了便利，北宋党争的激烈使得那些希望远离政治漩涡的文人心态普遍存在[⑦]。文人的真性情在私人领域的斋居生活中得到展现，静思独处时对内心的审视和对自然万物的思考共同形成了文人群体向内求的审美倾向。

吴功正指出：“宋人的心态存在着矛盾现象。宋代本身就是一个矛盾的时代……一方面是爱国精神、民族情绪高扬，忧患意识深重，另一方面则是禅悦情趣、名士精神盎然。宋人名士派的闲适真是情味十足。”[⑧]黄庭坚“朝市山林俱有累，不居京洛不江湖”句[⑨]，苏轼

① 陈高明、杨亚男《自然观视域下宋代书斋陈设艺术探析》，《建筑创作》2022年第6期。
② 参见吴功正《宋代美学史》(修订本)，陕西师范大学出版总社2020年版，第5页。
③ 苏辙著，陈宏天、高秀芳点校《苏辙集》，中华书局1990年版，第406页。
④ 白居易著，谢思炜校注《白居易诗集校注》，中华书局2017年版，第5册，第2224页。
⑤ 李之仪《姑溪居士全集》，商务印书馆1935年版，第286页。
⑥ 曾枣庄、刘琳主编《全宋文》卷二七三八，上海辞书出版社、安徽教育出版社2006年，第127册，第12页。
⑦ 参见《宋代美学史》，第18页。
⑧ 《宋代美学史》，第12页。
⑨ 黄庭坚《追和东坡题李亮功归来图》，刘琳等校点《黄庭坚全集》，四川大学出版社2001年版，第169页。

关于"古之君子,不必仕,不必不仕。必仕则忘其身,必不仕则忘其君……筑室艺园于汴、泗之间……开门而出仕,则跬步市朝之上,闭门而归隐,则俯仰山林之下。于以养生治性,行义求志,无适而不可"的论断[①],都是这种意识的彰显,这种精神追求也影响了整个元祐文人群体。秦观《闲轩记》曰:"士累于进退久矣。弁冕端委于庙堂之上者,倦而不知归;据莽苍而佃,横清泠而渔者,闭距而不肯试。二者皆有累焉。"[②]陈师道《思白堂记》曰:"进则效其忠,退则存其身,仁以成政,文以成言,此公之行,而侯与士大夫之所思也。"[③]他们对超然人生境界的共同追求,为北宋园林这类"壶中天地"提供了发展条件。

个性化、诗意化、文人化的鉴藏观,既是士人率真性情和旷达胸襟的体现,也是他们于斋内展露个人才华的独特方式。宋代士人生活方式的多样性与内向性促使他们对品鉴玩好持有浓厚的兴趣和精深的研究,他们在静思中呈现出的个体生命与宇宙天地的自然一体,体现在他们的诗歌创作中,呈现了宋诗的思辨性与说理特征。

面对玩物收藏滋生出的审美焦虑和公共道德冲突,他们选择了中隐的斋堂文化空间进行消解。仕途畅通的士人对文房用具和玩好沉醉,是他们日常生活诗意化的缩影;遭受政治挫折的士人则暂借中隐空间慰藉精神痛苦。他们在诗歌中呈现出来的闲言乐语书写转向,既有以儒家的道德标准和乐道精神进行自我勉励的成分,又有贤者不遇的旷达心境阐发。总之,北宋士人通过鉴物的流动、玩好的交流、诗艺的切磋、收藏的渐丰,逐步建构出了士人群体身份认同的文化空间。

综上,元祐文人群体在器物品鉴与赏玩的过程中,使用陈设(案头清玩)与移动(随身携带)的方式打破了传统斋居空间的静态属性,利用鉴藏活动建构了富有元祐文人群体审美特征的文化空间,并通过诗歌往复唱和对其进行固化与丰富。当私人领域的审美趣味扩大至大众群体,引发与公共道德的冲突时,他们又巧妙地将这一文化内涵转向至微缩"中隐"生活的书写,呈现宋诗的说理性特征,抒发旷达人生态度,达到消解个人审美与公共道德冲突的效果。

(作者简介:林雨鎣,北京师范大学文学院博士后,发表过论文《陆游接受史上的清代"第一个读者"及其影响》等。)

① 苏轼《灵璧张氏园亭记》,傅成、穆俦标点《苏轼全集》文集卷十一,上海古籍出版社 2000 年版,第 886—887 页。
② 秦观《闲轩记》,《全宋文》卷二五八六,第 120 册,第 120 页。
③ 陈师道《思白堂记》,《全宋文》卷二六六九,第 123 册,第 363 页。

幕府文人刘克庄的自我认知及其文学呈现*

商宇琦

摘　要：刘克庄一生共有四次入幕经历，幕府辟举和人际网络在其早年仕履中扮演了重要角色。刘克庄从戎江淮和游幕广西时期，对四六和诗歌有明显不同的创作偏重，体现出边幕僚属身份意识、功名之念、幕府性质及文体地位等因素对其文体观念的深刻影响。出幕后，刘克庄以诗歌为载体，将江淮制幕变成文学书写的记忆之场，重温并强调了昔日入幕的个人体验，以多种方式构建出波澜壮阔、忧乐杂糅的边幕记忆，呈现着人生不同阶段中自我的价值追求和身份认知。透过刘克庄的个案，我们既可重观南宋中后期文人的生存方式、价值取向与心灵世界，又不失为考察幕府制度、士人身份与南宋文学互动的一次新尝试。

关键词：刘克庄　幕府　身份　文体观念　追忆

南宋中期以来，金蒙交侵，国事方殷。为此，宋廷改革幕府制度，扩大沿边宣抚使、制置使和安抚使的军政自主权，以倾力支撑国防。幕府成为彼时士人注阙改秩、博取功名的平台，南宋文人游幕风潮亦随之兴起。综观刘克庄一生仕履，前后共有四次入幕的经历，分别为：嘉定三年（1210），调任隆兴府靖安簿，兼入江西常平司、转运司幕府；嘉定十年（1217），为江淮制置使李珏辟召，任准备差遣；嘉定十四年（1221），入广西经略安抚使胡榥幕府；端平元年（1234），以将作监簿兼真德秀福建帅幕参议官。刘克庄于幕中参赞戎务、论思献纳之余，表现出超卓的吏才和学识，不仅为其改秩奠定了基础，亦成为其难忘的生命体验。早年的幕府生活，尤其从戎江淮的经历，与刘克庄的自我体认、创作取向有着深刻联结。

实际上，"幕府文人"，足以成为继"江湖诗人""朝臣""祠官""地方精英"等身份之后，

---

*　本文系国家社会科学基金青年项目"幕府视域下的南宋文人与文学研究"（22CZW025）、绍兴市文化研究工程2022年度重大项目"绍兴宋韵文化研究"子课题"宋代绍兴幕府文学研究"（22WHZD01－10Z）阶段性成果。

全面深入解读刘克庄生平与创作的新视角[①]。本文拟以刘克庄的身份意识为切入点，对其幕府经历进行还原和剖析，并探讨幕府文人身份与其文体观念和创作旨趣间的关系；同时，考察出幕后，刘克庄是如何在追忆从戎壮举、怀念僚友和感慨当下中，进行自我定位与形象塑造的。关于刘克庄入幕经历与幕僚身份认知下的诸多讨论，或可成为我们管窥南宋中后期幕府文人仕途开展、身份转换和应时心态的典型案例。

一、迁转别径：刘克庄的早年幕府仕履与人际网络

刘克庄初仕靖安主簿，"帅漕争檄置幕下。洁斋袁公，时以仓兼府，尤以文字见重"[②]。"帅漕"，指以江西提举常平茶盐公事兼摄帅事的袁燮与江西转运使杨楫；"洁斋"，即袁燮，鄞州人，师从陆九渊、吕祖谦，与郑清之、真德秀、李珏等均相知甚厚，在政治上和衷共济。袁燮曾历任沿海制幕、浙东帅幕与福建仓幕僚属，其"自为幕府，事其长敬以诚"[③]，反对与金媾和，对刘克庄影响甚深。杨楫，字通老，号悦堂先生，福建长溪人，师从朱熹，曾任莆田尉。刘克庄首份举状即出自同为闽人的杨楫之手，"公不以余齿幼名微，罗而致之二李之间。余后稍自植立，皆公发之"[④]。刘弥正、刘克庄父子与当世道学家皆交游密切，祖父刘夙更曾受吕祖谦、林光朝的奖掖。因此，袁燮、杨楫辟刘克庄入幕，固与其熟习四六有关，他们与莆田刘氏家族共同的交游圈、相近的道学蕲向当亦在此过程中发挥作用。同幕交游之辈，又有李诚之、李燔、裘万顷等，皆当时名士，为刘克庄后续仕宦生涯开拓了人际关系。

嘉定六年(1213)，刘克庄父弥正去世，遂守制里居。终制，任福州右理曹。三年后，刘克庄又改差真州录事参军，深受淮东安抚使崔与之赏识："白事维扬，清献崔公喜曰：'吾晚

① 关于刘克庄身份与创作的研究，主要有向以鲜《超越江湖的诗人：后村研究》，巴蜀书社1995年版；张宏生《江湖诗派研究》，中华书局1995年版；王述尧《刘克庄与南宋后期文学研究》，东方出版中心2008年版；景红录《刘克庄诗歌研究》，上海古籍出版社2007年版；侯体健《刘克庄的文学世界——晚宋文学生态的一种考察》，复旦大学出版社2013年版；侯体健《论刘克庄晚年诗歌主流——从"效后村体"谈起》，《北京大学学报》2012年第4期；侯体健《南宋祠禄官制与地域诗人群体：以福建为中心的考察》，《复旦学报》2015年第3期；程海伦《"马上功名"与"林间身世"：从身份转换看刘克庄的边地情结》，《励耘学刊》2022年第1辑等。其中，侯体健、程海伦对刘克庄的幕府生活与身份转换有所论述，然围绕其幕府文人身份相关问题的讨论则着力不多，仍有足以驰骋的空白。

② 林希逸《后村先生刘公行状》，刘克庄著，辛更儒笺校《刘克庄集笺校》卷一九四，中华书局2011年版，第7548页。下文简称《行状》。

③ 真德秀《西山先生真文忠公文集》卷四七《显谟阁学士致仕赠龙图阁学士开府袁公行状》，四川大学古籍整理研究所编《宋集珍本丛刊》，线装书局2004年版，第76册，第534页。

④ 《刘克庄集笺校》卷一五六《杨监税墓志铭》，第6128页。

得二士，子华与君也。'锐欲罗致。"[①]次年，李珏为江淮制置使，奏辟后村入幕，任制置司准备差遣。李珏，字梦闻，福建闽县人，李弥逊之孙。刘克庄《贺制置李尚书启》云：

> 某早依俭府，久出膺门。……公方纪旂常之成绩，仆亦思竹帛之附名。非敢为栖栖乞食之容，庶小施飒飒草檄之手。斩名王而衅鼓，纵莫随瀚海之师；镌大字以磨崖，请继作浯溪之颂。[②]

"早依俭府，久出膺门"句，当指嘉定四年(1211)，李珏以秘阁修撰任江西安抚使，刘克庄正在靖安主簿任上，二人彼时应已熟识。袁燮亦与李珏情如孔怀，并曾受嘱为李母行状执笔。李珏之所以辟刘克庄入幕，一方面固然出于同乡之情[③]，另一方面当与二人的旧谊和袁燮之推介有关。代李珏草拟各类笺启表檄，是刘克庄身为幕属的主要工作，"军书檄笔，一时传颂"[④]，由此文名日隆。同时，他又积极向李珏建言献策，论制司阙职之弊与海州得失，并随其行边扬州，表露出直道自任、血诚许国的热望。幕中同僚多一时名士，"自勉斋黄公以下，皆相敬爱"[⑤]，与之友谊绵亘终身。除僚友外，刘克庄与戴复古、苏泂、周文璞等游边诗人及聪老、钱道人、刘道士等方外士人亦往来密切。

刘克庄因滁州之围事件被言官攻讦，不久即奉祠返里。嘉定十四年夏，友人胡榘帅桂，辟召其入经略司幕府任准备差遣。刘克庄《送陈东序》云："岭外少公事，多暇日，予二人游钓吟弈必俱，神崖鬼洞，束缊冒进。唐镌宋刻，剜苔疾读。登巘放鹤，俯湫呼龙，平生乐事，莫如桂州时也。既而余二人考举及格，同日出岭。潜仲还婺，予归莆。"[⑥]对刘克庄来说，静江府实为结交同道、修身养性之乐土，清雅胜景不仅足堪陶冶、激发诗情，也为他带来了丰厚的诗材。

刘克庄自嘉定十七年(1224)于行在改秩后，仕途蹇滞，奉祠四年之久。端平元年，真德秀帅闽，辟之入机幕，除将作簿兼帅司参议官，"西山知公吏材高，府事一委之"[⑦]。同年夏，刘克庄与同幕诸公送真德秀赴户部尚书任[⑧]。九月，随着史弥远强权政治的谢幕，刘克庄亦被提擢为宗正簿，其幕府生涯至此告一段落。

---

①④ 《刘克庄集笺校》卷一九五《后村墓志铭》，第 7567 页。

② 《刘克庄集笺校》卷一一六《贺制置李尚书启》，第 4778 页。

③ 据[日]小林晃《南宋后期史弥远专权内情及其嬗变》(《国际社会科学杂志》2020 年第 3 期)统计，李珏江淮制司僚属可考者 16 人，以福建籍士人和朱学系官员为主。

⑤⑦ 《刘克庄集笺校》卷一九四《行状》，第 7549 页。

⑥ 《刘克庄集笺校》卷九四《送陈东序》，第 3968 页。

⑧ 参见《刘克庄集笺校》卷一一〇《郑子善通守诸帖总跋》，第 4568 页。

刘克庄任靖安簿兼江西帅漕幕僚的经历，锻炼了自身的政务与公文写作能力，并结识了李珏、胡榘等对自己仕进之途至关重要的贵人，是他一生中精进四六并拓展人脉的黄金时期。刘克庄少时场屋失利，只能凭祖荫入仕，不过，他凭借父祖及自己所构筑的交游网络，“数佐人幕府”[①]，最终顺利改官，入朝任职，并同时建立起以业缘为中心的人际网络，“特别是在‘幕府’中培育的，长官和幕僚之间的‘上司—部下’、幕僚之间的‘同官’关系，以及‘推荐—被推荐’的关系”[②]。刘克庄早年的入幕经历，不仅对其晋身作用甚巨，也在很大程度上影响着刘克庄的文体观念、书写趣尚和晚年诗歌的文本呈现。

二、诗文难兼：刘克庄江淮、广西幕府创作中的身份意识与文体选择

刘克庄晚年回顾自己一生仕履，重点勾勒了江淮、广西两段入幕经历：“少时弓旌频招呼，北走淮水东陪都。行衡周览楚峰秀，游桂颇笑秦城愚。”[③]若我们对刘克庄以上两个时期的幕中创作加以考察，则会发现一个有趣的现象：江淮幕中所作，多为表、笺、启、青词等四六文；居广西幕时，却以诗作独擅胜场，“北戍宝藏惟檄草，南游稇载是诗材”[④]。那么，刘克庄何以于南北两大幕府创作中有着不同的文体偏重？对这一问题，他在《跋黄慥诗》中如此解释：

> 诗比他文最难工，非功专气全者不能名家。余观他人诗，及以身验之，良然。顷游江淮幕府，年壮气盛，建业又有六朝陈迹，诗料满目，而余方为书檄所困，留一年阅十月，得诗仅有二十余首。及出幕，奉南岳祠未两考，得诗三百，非必技进，身闲而功专耳。……子实诗多在淮蜀时所作，时边事益急，子实内管严君机密，外参主公计谋，乃有余力及此，事固已奇矣。[⑤]

刘克庄指出，作诗比作文更难，须“功专气全”方能为名家，江淮幕府驻地建康虽古迹甚多、诗材遍地，却因军务繁冗之故，仅得诗二十余首；出幕后“身闲而功专”，即倾力于诗歌创

① 《刘克庄集笺校》卷一九三，第 7546 页。

② ［日］平田茂树《南宋士大夫刘克庄的交游空间与社会网络》，［日］平田茂树著，胡劲茵译《宋代政治的空间与结构：科举社会的“人际网络”研究》，浙江古籍出版社 2022 年版，第 233 页。

③ 《刘克庄集笺校》卷四三《〈观社行〉五和》，第 2234 页。

④ 《刘克庄集笺校》卷六《戏书客舍》，第 391—392 页。

⑤ 《刘克庄集笺校》卷九九《跋黄慥诗》，第 4180 页。

作，“得诗三百”。然而，南宋幕府文人如张孝祥、王质、陆游、李曾伯等，皆未因军务冗杂而废诗，边塞经验对他们的诗艺反而多有助益。即便黄憶本人，不仅于从戎之际大放诗笔，亦未因之偏废书檄：“侍郎黄公镇蜀，既经画其大者，而应酬群碎，动中机会。所与四路监司帅守，下至郡县镇戍小官书疏，……往往皆出内幕手。由是子实俊声，满于坤维。”①入戎幕前，刘克庄已烛照出深厚的诗学造诣，即使俗务缠身，凭其诗思才学，亦当有余力从事创作。其实，刘克庄自言“为书檄所困留”的背后，仍隐匿着一些复杂因素。

入江淮幕府前，刘克庄并未表现出鲜明的文体价值观；入制幕后，他对诗与四六的选择去取，首先是功名之念与边阃僚佐的身份意识自觉转化为文体观念的结果。江淮系南宋边防要区，其中建康、扬州、合肥等重镇皆系军幕林立的边阃驻地。制置使、安抚使之僚佐，不仅可参决帷幄、保民靖乱，更能借此积累官资并厚植军政理念，以作入朝升迁的津梁。因此，刘克庄毫不掩饰对功名的追求，表现出边鄙多事之时特出的昂扬人格和志士情结，《谢制置李尚书启》云：

> 如某者，志虽刻苦，材极疏阔。十载光阴，尽消磨于纸上；千年治乱，空感慨于胸中。噬脐痛和议之非，流涕念复仇之事。……游边愤激，亦尝妄论夫兵机；许国慷慨，未忍忘情于世事。会元帅大开于幕府，而诸贤毕入于礼罗。虎啸风从，鹤鸣子和。孰不动弹冠之喜，乃特烦折简之呼。②

刘克庄居江淮制阃时强烈的事功向慕，既源于对军政局势的细致考量和幕僚角色意识的自我认同，也承载着本朝以范仲淹、韩琦、苏舜钦、梅尧臣、尹洙等为代表的文人论兵、以儒奉武传统。

其次尤须注意者，是诗歌与四六两种文体在南宋中后期的地位升降和功用。南宋科举虽以诗赋、策论并行取士，但在实际操作过程中更偏向以策论品裁士子，即使不工于诗，亦不害成为通儒，何况诗赋科中的省题诗一般并不作为标准，故以诗晋身者往往被同僚目为杂流。若士子倾力作诗，则易为前辈长者讥评，如叶适《题周简之文集》云：

> 颇记十五六，长老诘何业，以近作献，则笑曰：“此外学也。吾怜汝穷不自活，几稍进于时文尔。夫外学乃致穷之道也。”余愧，诗即弃去，然时文亦不能精也。③

---

① 《刘克庄集笺校》卷九九《跋黄憶文卷》，第4181页。
② 《刘克庄集笺校》卷一一六《谢制置李尚书启》，第4780页。
③ 叶适《水心先生文集》卷二九，《宋集珍本丛刊》，第66册，第682页。

诗学是与举业相对立的外学，若倾注精力于此，难免会妨碍科举，终成“致穷之道”。职是之故，士子多钻研经义词赋，以举业为重，鲜有习诗者。伴随诗歌地位衰落的，还有其功用的变化，南宋中期以降，诗已成江湖游士的身份标志和他们干谒权贵的谋生之具。虽然，诗赋与四六有着深厚的文体渊源，但在当时，诗与文不仅意味着地位各异的两种文体，也是辨别士人身份的重要标志。士大夫多不倾力于诗，“至于词章学问，淹注发泄，无所不具。而不肯琢刻镂绘而为歌诗，谓之江湖技痒，耻而笑之”[①]。这种轻视诗歌的时代风尚，必会影响刘克庄的文学价值观，其《送方至》即言：“汉家旃厦崇经术，莫事推敲枉费心。”[②]不过，四六虽与诗歌同样不属场屋之学，但并不代表不被士大夫所重视：

> 士大夫方游场屋，即工诗文，即擢科第舍时文，即工四六，不者弗得称文士。大则培植声望，为他年翰苑词掖之储；小则可以结知当路，受荐举，虽宰执亦或以是取人，盖当时以为一重事焉。[③]

这说明，熟习四六者，入仕后仍可借之培植士人声望，并获得翰苑草制的机会。李刘“熟于典坟，以骈俪著称，制词为南渡之冠”[④]，曾以四六之才入曹彦约湖广总领幕，董居谊帅蜀，又辟为属官；后以御史大夫职掌四川军政，历任吏部侍郎、中书舍人等职。李刘的仕履，清晰地向刘克庄呈现出四六草制、边幕经历对士人立身庙堂的重要性。刘克庄为京湖制幕参议官李遇龙所作外制即曰：

> 唐世幕府，皆兼内职。国家倚重阃帅，阃帅倚重宾介。既殚婉画，宜实周行。尔起诸生游边地，从温造石洪礼罗之聘，有陈琳阮瑀草檄之长。……汝益淬励，以趋功名。可。[⑤]

因之，刘克庄虽早负诗名，且与江湖文人款接甚殷，却绝不愿在出戎幕前改变自己的幕僚身份，被时人目为“诗人”。在李珏幕下筹划方略、飞笔作笺，正可寄托他抚平出身缺憾、以军功跻身朝堂的壮志，“如不工词令，或为帐下儿所轻”[⑥]，专注四六撰制才是幕僚职责的

① 戴表元著，陆晓冬、黄天美点校《戴表元集》卷九《董叔辉诗序》，浙江古籍出版社 2014 年版，第 199—200 页。
② 《刘克庄集笺校》卷一八《送方至》，第 1035 页。
③ 刘壎《隐居通议》卷二一，中华书局 1985 年版，第 211 页。
④ 陆心源撰，吴伯雄点校《宋史翼》卷二九，浙江古籍出版社 2016 年版，第 697 页。
⑤ 《刘克庄集笺校》卷六一《李遇龙军器监簿特差京湖制参制》，第 2906 页。
⑥ 《刘克庄集笺校》卷一一六《谢制置李尚书启》，第 4780 页。

应有之义，而诗人不仅无法胜任幕僚的工作，甚至会为军幕所不容：

> 盖诗至唐尤盛，人主以此拔士，得戴叔伦、韩翃之流焉。主司以此取士，得钱起、徐凝之流焉。藩镇以此取士，得李商隐、羊士谔之流焉。迨至唐衰，钱镠、王审知父子犹能收罗隐、徐寅于幕府。本朝文治过唐远甚，经义词赋之士，悉尊宠用事。惟诗人遇合者少，内而公卿，外而强大诸侯，穷贵极富，致士满门，类多抵掌谈功名，飞笔作笺记者，未尝容一诗人也。[①]

刘克庄强调，唐代诗歌兴盛与人主以此选拔人才有莫大关系，文人亦多以诗才受府主赏识入幕；本朝以经义词赋取士，南宋幕府，尤其边阃所征辟的，是能参与实际军务的“抵掌谈功名，飞笔作笺记者”，诗人并不能在幕中建立事功。故此，刘克庄努力将自身政治理想、淑世情怀与文学嗜好相区隔，从军幕僚佐的身份立场出发，倾力表奏书檄撰作，以期受幕主荐举识拔，弥补非进士出身的憾恨，改变仕途的命运。

因滁州受围事得谤后，刘克庄奉祠出幕而归。嘉定十四年秋，他又应胡榘之邀赴桂，在《赴辟广西通帅启》中流露出与《谢制置李尚书启》截然各异的心绪与志趣：

> 山泽之癯，何心于进？丘园之聘，无德以堪。……昔梦绕其山川，今身游于图画。道南丰临川之里，望玉笋丹霞之云。吊赋鹏之故墟，览葬鱼之遗迹。涉江而宾帝子，登岳而款祝融。穷诡异瑰奇之观，忘羁旅漂泊之感。[②]

比较两篇启文可发现，他的功名意识因李珏的锐意恢复与边幕的战斗生活而高扬显现，又因遭劾奉祠、时相史弥远对闽籍士大夫的冷落打压而暂时潜藏沉寂。入江淮制幕前的渴望遇合与慷慨驱驰之心，已为被迫出幕的无奈悲愤消解，“独余无尺寸功”的负面体验仍萦绕刘克庄心中[③]。

当然，刘克庄此阶段功名之念的淡化与忧时意识的缺位，还与广西经略安抚司的定位有关。与江淮、京湖、四川三边相比，广西在蒙元实施“斡腹之谋”前，属战略后方，非士人趋事赴功的最佳选择，也不算强有力的政治踏板。“旧时檄笔今焚弃，辜负黄金百尺

① 《刘克庄集笺校》卷九六《送谢旿序》，第4072页。
② 《刘克庄集笺校》卷一一六《赴辟广西通帅启》，第4791页。
③ 《刘克庄集笺校》卷九九《跋〈黄录参广西平蛮录〉》，第4145页。

台"[①],"兵去未妨行酒令,印收不碍掌诗权"[②],随着奉祠后用世之志的逐渐平息和"功名机会在西北"观念的影响[③],后村入幕广西时的诗歌创作比例大增,逐渐不再拘泥于四六与诗的文体地位和功用,在淡化边幕文人身份的同时也意味着其作为诗人身份的强化。

静江帅幕的诗酒唱和与静明山水的徜徉,无疑是对诗人人格的全新陶冶和诗思的极大激发,他于湘南楼、栖霞洞、曾公岩、伏波岩、荔枝岩、龙隐潭、千山观、琴潭等处皆有诗纪之,并与幕主胡榘诗歌赠酬,往来甚密:"八桂佳山水,胡与公倡酬几成集。"[④]《乍归九首》其一也说:"官满无南物,飘然匹马还。惟应诗卷里,偷画桂州山。"[⑤]刘克庄在桂之诗,有近百首之多,甚至出现了如《三月十四日陪帅卿出游一首》《象弈一首呈叶潜仲》《中秋湘南楼饯张昭州》等动辄上十韵、二十韵的五言长篇,和江淮幕中所作律绝形成鲜明对比。静江帅幕时期诗歌数量的增加,不仅是诗人重拾"旧艺"与"诗癖",对过往诗学经验进行提炼、创化并进入文学作品的结果,更附加了由身份转换、受挫后仕进意识淡化所带来的对文体的自觉选择,于蕴含审美期许之同时,又有重新调整心态、定义当下生活处境的意义。不过,与"老子岂无经世术,诗人不预平戎策"的避世态度不同[⑥],出江淮制幕后,刘克庄虽远离边塞军旅,却试图从遗憾中奋起,在诗歌中找到另一条完成抱负的新路,"忧时元是诗人职,莫怪吟中感慨多"[⑦],以"诗人"身份心系家国、践履士子义务。这种对自我身份的界定,何尝不是后村无法建立功名的价值转换,也是他投闲置散后的自我安顿。

在刘克庄4600余首诗歌中,60岁之前的作品只有1600多首,"奠定其诗歌史地位,树立其诗歌主导风格,成为其诗歌创作主流的作品,均应为其'晚年变法'后所作的约3000首诗作"[⑧]。刘克庄晚年诗歌创作数量的激增,当然离不开诗艺技巧、诗学思想的成熟,长期奉祠里居的生存状态恐怕也是我们考量的重要因素。特别是乡居莆田的生活,促使其在诗歌中实现了从追求功名向安顿心灵的自我和解,以及由幕府僚属、朝廷官员向退居诗人身份的转型。

---

① 《刘克庄集笺校》卷四《辞桂帅辟书作》,第217页。

② 《刘克庄集笺校》卷四《书第二考》,第225页。

③ 《刘克庄集笺校》卷九六《送卓渔之罗浮》,第4052页。

④ 《刘克庄集笺校》卷一九四《行状》,第7549页。

⑤ 《刘克庄集笺校》卷六《乍归九首》其一,第395页。

⑥ 史达祖《满江红·九月二十一日出京怀古》,史达祖著,王步高校注《梅溪词校注》,天津人民出版社1994年版,第283页。

⑦ 《刘克庄集笺校》卷三《有感》,第194页。

⑧ 侯体健《论刘克庄晚年诗歌主流——从"效后村体"谈起》,《北京大学学报》2012年第4期。

三、心绕榆塞:后村诗江淮制幕记忆的建构与身份认知

刘克庄在赠别江淮制司同僚余铸时云:“此生聚散须牢记,记上扬州战舰时。”①江淮制幕生活为刘克庄所珍视,成为幕府经历中的特别印痕。与江淮制司僚友因共同济世理念、相近人格气质所构筑起的群体认同感和边塞战斗生活所催生的生死相依、安危与共之情,在他人生的其他阶段无疑是难以寻觅的。出幕后,刘克庄以诗歌为载体,不断延伸江淮幕府生活的记忆链,使江淮制幕变成文学书写的记忆之场,重温并强调了昔日从戎军幕的个人体验,形塑出波澜壮阔、忧乐杂糅的边幕记忆。

刘克庄诗作中的江淮幕府记忆主要包含以下三个要素:就时间来说,具体指嘉定十年二月至嘉定十二年(1219)三月任制司准备差遣的近两年时间;就空间而言,包括幕府驻地建康,行边所至之扬州、真州和滁州等江淮其他区域;从回忆内容看,既包括对人世沧桑的感慨万千,又有忧怀边事的无限感喟和退居垂暮心境的真实写照。在刘克庄追忆江淮幕府生活的诗作中,呈现出其对入幕、立朝以及退居等不同阶段中自我的价值追求和身份认知。后村江淮幕府记忆的建构方式主要有四种:时事刺激、观图起兴、梦境联想和直抒牵怀。

嘉定年间,金国屡犯宋境,边鄙烽烟四起的严峻形势,牵引出他当年以僚属身份募兵的记忆,《闻城中募兵有感二首》其二曰:

> 昔在军中日募兵,万夫鱼贯列行营。悬金都市招徕广,立的辕门去取精。二石开弓犹恨少,双重披甲尚嫌轻。伍符今属他人手,历历空能记姓名。②

嘉定十三年(1220),宋金激战正酣,兵员战损甚多,故宋廷不得不于江南征兵,闽中亦不例外。诗人开篇回忆自己于江淮军幕主持募兵时对兵源严加筛选、择优汰劣的经历,实为批评连年征战下募兵不加拣择、招捕农夫入伍的弊病,“农庄戎服来操戟,太守儒装学拍弓”③,传递出近乎杜甫《兵车行》般的讽喻效果。同样因时事兴感,《又闻边报四首》其一则与前诗不同,表现为另一种形态:

---

① 《刘克庄集笺校》卷一《送余子寿》,第54页。

② 《刘克庄集笺校》卷二《闻城中募兵有感二首》其二,第140页。

③ 《刘克庄集笺校》卷二《闻城中募兵有感二首》其一,第139页。

篱援萧疏堂奥寒，西从蜀岭北淮山。少狂曾似身摩垒，衰暮今无力拓关。烽火终年烦斥堠，车书何日混舆寰？佽飞冗惰楼船敝，谁为朝家备海湾。①

理宗宝祐年间，蒙古军入犯四川、淮东，又循“斡腹之谋”自大理攻入广西，席卷之势方张。刘克庄读闻边报，于追忆“少狂曾似身摩垒”的从戎岁月之同时，不得不承认退士身份下“衰暮今无力拓关”的垂垂老矣之现实。接着，他提出具体的防御对策，认为应增强水军力量以防备蒙古军自海道偷袭，表达出对制司幕僚、退居士大夫双重身份的体认与坚守。至于《居厚弟示和诗复课十首》其六，则以感怀从戎淮边的过去与躬耕农亩、身老乡间的今日作比，流露无法为国戍边的无奈：“病夫岂有力翘关？腹愤胸奇漫结蟠。昔臂灵旗穷塞下，今腰长镵乱山间。”②退居后志趣与身份的转变，仍不能为后村带来完全的平静，这既受制于南宋后期政治情势的复杂，也与其对从戎生活的持续追忆相关。

后村诗对江淮幕府生活的记忆，还通过观图的方式起兴。江参，字贯道，长于山水，“深得湖天之景，平远旷荡，尽在方寸”③，刘克庄曾品鉴江参的山水画作，并作《题江贯道山水十绝》。刘克庄对江参画作的品题，实以早年入幕江淮的僚属身份与生命体验为基础，同时融合着乡绅身份状态下的生活景况与审美经验。譬如《题江贯道山水十绝》其七云：“半夜黄天荡，楼船雪浪中。当年草檄客，今日负樵翁。”④“半夜黄天荡”句，即指诗人亲见方信孺夜访江淮制置使李珏一事：“制帅尚书李公珏趋扬州督师，公夜乘小舟，掀舞巨浪，会于黄天荡中，秉炬剧谈，……淮东事，顷游江淮幕府目击。”⑤江参的山水长卷，勾起了刘克庄随幕主李珏行边扬州督师的记忆，旧日的幕僚形象和幕中行踪得以重现。作为曾经的“草檄客”，诗人却不得不直面“今日负樵翁”身份的颓唐处境。画卷本身作为一种触媒，还激活并深化了诗人居幕期间对淮河山水的印象，“太武求渡处，之祁着锁边。淮风晨裂面，淮浪夜惊船”⑥。借由画作开启记忆之门，嘉定年间的淮河山水得以被重新确认与唤起，体现出江淮制幕生活对后村题画诗表达所实施的影响力。

纪梦是后村追念江淮幕府生活和肯定僚属身份的另一种方式。梦境中，现实与想象、过去与当下交织共存，在一定程度上再现了江淮制幕中的场景。诗人《梦赏心亭》云：

① 《刘克庄集笺校》卷二〇《又闻边报四首》其一，第 1137 页。
② 《刘克庄集笺校》卷一九《居厚弟示和诗复课十首》其六，第 1063 页。
③ 朱谋垔《画史绘要》卷三，《景印文渊阁四库全书》，台湾“商务印书馆”1986 年版，第 816 册，第 486 页。
④ 《刘克庄集笺校》卷一三《题江贯道山水十绝》其七，第 809 页。
⑤ 《刘克庄集笺校》卷一六六《宝谟寺丞诗境方公行状》，第 6462—6465 页。
⑥ 《刘克庄集笺校》卷一三《题江贯道山水十绝》其八，第 809 页。

梦与诸贤会赏心，恍然佳日共登临。酒边多说乌衣事，曲里犹残玉树音。江水淮山明历历，孙陵晋庙冷沉沉。晓钟呼觉俱忘却，独记千门柳色深。[1]

借由梦境，刘克庄得以回溯往日与同僚于建康赏心亭旁登临揽胜、诗酒赠酬的幕府生活。特别是当他面对不少故友仙逝的事实后，梦境里把酒言欢、寄情山水的场面显得愈发酸楚和惆怅，如《梦方孚若二首》：

仙鬼微茫果是非，不如辽鹤有归期。铸成范蠡何嗟及？绣出平原未必知。歌扇舞裙风雨散，野田荒草古今悲。可怜一觉寒窗梦，犹记联鞍出塞时。（其一）

瘖瘵中原独着鞭，往来绝域几餐毡？封侯反出李蔡下，成佛却居灵运先。八百里烹飨军炙，九千缣辇作碑钱。只今谁是田横客？回首荒丘一慨然。（其二）[2]

方孚若，即方信孺，莆田人。刘克庄随李珏行边扬州，方信孺正任淮东提刑兼知真州，有同幕之谊。前一首诗写友人离世带给自己难以挥去的深悲巨恸，往昔“联鞍出塞”的峥嵘岁月只能于梦中寻得，与故人却再无相会之期。后一首诗前四句写方信孺为国使金的壮伟功绩和还朝后的仕途失意，后四句重在刻画二人驱驰万里、苦中作乐的战斗生活。“后死”者的身份，令后村深刻感受到幕中好友凋零带给自己的痛心与无助，“成佛却居灵运先”“回首荒丘一慨然”两句，何尝不是诗人梦醒后弥漾在诗句里深长激越的喟叹。

直抒胸臆也是刘克庄追怀江淮幕府诗作的艺术特点。江淮幕府解散后，僚友四散，出处去就各不相同。随着时间流转，不少制司旧友先后与世长辞。故人离去的打击令刘克庄难以释怀，往往以诗悼亡，寄托忧郁的愁思和痛心的泪痕。如《忆毛易甫薛子舒一首》云：

昔在江东会集时，二君独许话心期。春风萧寺同登塔，落日荒台共读碑。百吏染毫供草檄，万花围席看题诗。那知数尺无情土，别后双埋玉树枝。[3]

幕中挚友毛自知、薛师董的相继离世，成为诗人遥念从戎岁月的触媒。登塔读碑、草檄看诗，既是他们彼此情谊的印证，也是诗文技艺的切磋琢磨，在对往昔充满眷念的诉说中，挥

① 《刘克庄集笺校》卷四《梦赏心亭》，第 244 页。
② 《刘克庄集笺校》卷一三《梦方孚若二首》，第 791 页。
③ 《刘克庄集笺校》卷三《忆毛易甫薛子舒一首》，第 193—194 页。

涕悲悼之情隐然可见。再如《哭黄直卿寺丞》其二：

当年出塞共临戎，箭满行营戍火红。督府凯旋先请去，坚城筑就独无功。身谋彼此皆迂阔，国事中间偶异同。莫怪些词含哽噎，在时曾赏小诗工。①

黄直卿，即黄榦，号勉斋，朱熹之婿，累官至大理寺丞。此诗首先回忆了二人出塞临戎的共同经历，旋即写黄榦修筑安庆城抵御金兵之功绩，并为其无功出幕而愤懑不平；尾联叙写二人江淮幕中的场景犹历历在目，"感岁月之逾迈，悼耆旧之零落，为之慨然"②。面对溘然长逝的幕中故交，在身份转换与空间睽隔的当下，刘克庄只能遥寄心曲、以诗述怀。

后村诗从上述几个方面织就了追忆江淮制幕生活的主线，并呈现出对昔日僚属身份的深切体认。"玉关万里曾投笔，草市三家却负樵"③，出幕后身份的频繁更迭、宦海之路的浮沉与退居莆田时的复杂心态，实为刘克庄不断进行回忆书写的重要诱因。刘克庄诗中对江淮幕府生活深微精到的观照，充分说明他在强烈的身份意识下，形成了一种链接过去与当下之自我的新颖方式。在辽阔的时空中，这部分诗作以同幕僚友声同气应、共克时艰的美好与仕途的崎岖凶险、光阴的流逝不再并举，不时将供职军幕时的壮怀激烈与"铁衣犹在，不堪重着"的衰残垂暮对比④，在身份落差中流露出诗人强烈的生命意识。刘克庄对过去从戎岁月和制幕僚属身份追怀的本质，是这段时光在其一生中占有非比寻常的重要性：它是激发自己报国赤忱的起点，是增长见闻与积淀阅历的机会，是他投身军幕志在封侯的证明，也是他广交同道、改京官的关键阶梯。军幕生活与奉祠里居虽然在时光轴上分列两段，但通过诗人的回忆书写和身份体认，过去的入幕经历不断回到现时，从而彼此交互为独特的生命图像，在后村诗中留下浓重的投影。

结　语

学界一般认为，绍定元年(1228)以前，是刘克庄以"游士"为社会角色，以"诗人"为职志的阶段⑤。但若对这一时期加以细分和审视，我们发现，刘克庄对"诗人"身份的自我体认经历了一个复杂而又矛盾的过程，正如有论者指出，江湖诗人虽奉之为宗主，但刘克庄

① 《刘克庄集笺校》卷四《哭黄直卿寺丞》其二，第 213 页。
② 《刘克庄集笺校》卷九九《跋黄勉斋书卷后》，第 4155 页。
③ 《刘克庄集笺校》卷四《妄想》，第 243 页。
④ 《刘克庄集笺校》卷一九一《忆秦娥·暮春》其四，第 7498 页。
⑤ 参见《刘克庄的文学世界——晚宋文学生态的一种考察》，第 93—105 页。

对这一群体却显得略不经意，双方的态度并不相等[①]。居江淮制幕时，刘克庄对四六和诗歌的文体价值，以及幕僚与诗人的社会地位有着清晰的认识。出于军幕僚属身份和功名意识的影响，他试图以黾勉四六的方式遇合于制帅李珏，希冀以此博取功名，弥补恩荫入仕而带来的出身缺陷，完成"文士"人格与"军幕僚佐"功业的双重建树，以示与诗人群体之区隔。出江淮幕府后，因用世理想的坠跌，他对"诗人"身份又有了新的理解，并最终完成一系列的身份转型。从戎江淮是刘克庄拓殖交游网络的关键时期，也是其引以为豪的人生片段。诗人将从戎记忆以诗作的形式固定下来，并结合多种创作方式，将发生在嘉定年间的幕中人事拉进现实的框架之中，以符合不同的情感需要。它既包含了一种对江淮制幕生活的回溯性想象，同时也表达着诗人不同的自我形象与身份认知。

（作者简介：商宇琦，浙江工商大学中文系讲师，发表过论文《重构的图景：论"放翁体"的形成与流变》等。）

① 参见熊海英《刘克庄的"江湖诗友"——以嘉定诗坛为中心》，王水照、朱刚主编《新宋学》第6辑，复旦大学出版社2017年版，第217—239页。

清代诗学

杜诗批评与清初龙眠诗学生态*

童岳敏

摘　要:明清易代之际,在故国与新朝的历史转型中,作为典型的诗学事件,杜诗批评是龙眠诗学生态重要的呈现,其“诗史”的意义生成,有着兵燹之灾与遗民心曲的时代性加持。基于地缘、血缘的关系网络,说杜与集注杜诗展现了龙眠的诗学联动及其地域性、混层化的特点。而“在场性”的言说方式与共情化的体验,也寄托着遗民的政治态度、价值立场及情感状态。考察清初杜诗经典化的建构与解构的历程,方氏家族以文释杜既有评点、师承的家学渊源,也揭櫫着桐城派“以古文为时文”创作理念在诗学批评领域的渗透。至于非杜之论,主要集中于方苞、方贞观等义法说及创作体制方面的批评。就龙眠诗学谱系的传衍来看,陶、杜并举有着鲜明的遗民文化背景及情感归属,而杜、白的传承与流变,既体现出“出”与“处”的人生抉择及剑箫两精神的分野,同时也流露出政治、权力等强势话语对桐邑诗学的规范与导流。

关键词:杜诗批评　龙眠　诗学生态　谱系建构

从概念辨析及内涵多维性的角度来看,诗学生态论既有批评实践中生态审美的自然属性,也关注时空领域里诗学认知的精神建构。在此,我们借用社会学的时代环境论与阶层体系说来阐述明清之际桐城诗学的生存状态,侧重于从社会历史语境、文学事件性及谱系传承三个维度来考察易代之际龙眠诗学的动态过程及其逻辑演绎。本文选择杜诗批评作为典型的诗学现象,聚焦遗民诗学群体的情感生成、诗学批评的能动属性及经典接受过程中差异性的呈现。同时,也从桐邑基层及家族的视角关注杜诗评注混层化的现象与经典阐释的内在理路。

---

* 本文系安徽省社会科学基金项目“桐城派杜诗学研究”(AHSKF2019D073)阶段性成果。

一、兵燹之灾与遗民心曲：易代视域下“诗史”观的辨析及其少陵取径

鼎革遽变不仅导致故国与新朝的兴替与政治变革，在思想层面上也呈现出文化的转型与价值的变迁。诉诸诗学领域，明季以来的性情、格调之争与重古求变的诗学阐述更多地融入了兵燹之灾与遗民心曲等时代因素的诉求。就清初诗坛的嬗变来说，诗教伦理观的复兴、崇真祛伪创作理念的提倡及诗史传统的建构，在一定意义上是基于遗民文化的诗学历程。展现在经典谱系的形塑过程中，“忠义之气”“诗史”精神与存、亡之论等遗民叙述成了诗学批评的优先语境。从这一层面上看，杜诗批评的兴盛，既是诗学内在演绎的结果，也同样有着深刻的政治背景与历史价值的认定。

明清之际杜诗“诗史”之说兴盛，桐邑诸子在阐释杜诗时，反对事事征实，主张以意释杜，认为“虞山《杜诗笺注》，亦既探剔其纰缪，淘汰其踳驳，芟削其牵合傅会，可谓尽美矣。然第援据浩博、诠释字句已耳。至于索隐钩深，批郤导窾，一诗各为一解，一解自成一章，则不得不推问斋为尽善也”[①]。如张英认为杜诗之学有“注”“意”二分，其中“意”者，“说诗者言之。是必积数十年之心思，微气深息，以与古人相遇，时而晤言一室，时而游历名山大川，晦明风雨，寝处食息，无一非古人，而后可言其意也”[②]。方孝标进一步批评云：“乃说之者曰‘诗史’也，曰‘一饭不忘君’也，于其稍涉隐见者，必强指之，以为某章讥宫庭，某章刺藩镇，某句怨征车之不至，某句望利禄之不来，殆若郑五之歇后、殷浩之空书，岂少陵哉！”[③]陈式也同样认为“诗史”二字不得同丁谓以《逼侧行赠毕四曜》证唐时酒价据类。又云：

> 故谓史以继诗，诗之为史，自夫子删《诗》作《春秋》言也。少陵虽则篇章浩博，身经明皇、肃、代治乱，一一见之于诗，而作者之意，本自伤高才偃蹇，流落异乡，所有耳闻目见，叹兴不平，为诗为之，初不为记事之书为之。谓公用诗作史，非公意也。公而用诗作史，其视以韵语谱《通鉴》者何以异哉？辱公莫甚于此矣。[④]

---

① 姚文燚《问斋杜意序》，孙微辑校《清代杜集序跋汇录》，人民文学出版社 2017 年版，第 66 页。

② 张英《问斋杜意序》，《清代杜集序跋汇录》，第 61 页。

③ 方孝标《问斋杜意序》，《清代杜集序跋汇录》，第 64 页。

④ 陈式《读杜漫述》第 22 条，《清代杜集序跋汇录》，第 74 页。

问斋释杜，以意逆志，也据此统摄诗情与诗法，“言意者，情动而意静，情涣而意专，情率而意曲，情昵而意庄，意已兼乎法矣”①。可见，“意”兼具了性情的内涵，而在方法论的层面上，陈式杜诗批评则融入了儒家伦理的批评语境。如“读杜如读《易》，日新月异，变动不居”②，将杜诗之意与法溯及“《易》奇而法，《诗》正而葩”，这也就把杜诗纳入了儒家经典的序列，同样就忠义道德范畴而言，“诗中有少陵，犹圣贤中之有孔子、孟子”，“以忠君爱国如子美，所为诗歌发乎情，止乎礼义，是岂不足以羽翼圣道”③，并主张将杜诗颁于学宫。这也体现了道统、政统观对主题及其思想内涵解读的引导，在某种意义也表征着桐城理学对杜诗批评的渗透。

此外，桐邑诗坛的创作尚有大量的学杜、拟杜的作品，这在实践层面上揭櫫着龙眠杜诗学的兴盛。从“哀板荡、痛仳离”的时代体验与纪实批判性的角度而言，这些喋血山河、真气淋漓的悲怆诗什呈现出强烈的遗民气节与兴亡之感，在诗学精神上则赓续着杜甫诗史的价值取向。据王雯耀《全桐纪略》、戴名世《孑遗录》及《桐城续修县志》卷二三《杂记·兵事》等地方史志的记载，明万历四十四年(1616)至清顺治七年(1650)，土寇流贼多次犯桐，兵事多达十余起：“向者烟火万家，至是几尽矣。贼杀人之惨，不可胜言。”④“入其邑室颓垣倾，污秽崇积，人不满千，皆扶病颠连。”⑤除了部分大姓避居金陵及南渡外，大量文士流徙转辗，乃至御敌身殉。他们的创作，充分展现了易鼎时代的山河板荡及遗民心曲的苦楚。如方若洙，晚年因寇逼危城，婴陴固守，著《军城歌》一卷，论者有“诗史”之目⑥。《怀杜少陵东屯》曾言：“人重少陵情，代传诗史名。篇章接混沌，意匠入经营。屈注归雄浑，波澜动老成。狂无可告诉，吟乃得平生。”⑦其《西陵峡》《咏怀三首》《秦川杂诗》《谒诸葛丞相祠》等咏怀之作，不无传递着少陵诗境的韵味。陈式著《纪变》三十韵，批判了明季阉人监军，拥兵自卫，“死生依社稷，劝沮尽拘牵”，“要津徒议论，门户费周旋”，党派倾轧，士子请缨折戟，以致民变流贼横肆。“杜鹃声里月，凄绝未曾眠”，悲壮愤慨之情油然而生。姚鼐论此诗云：“长律惟义山，犹欲学杜，然但摹其句格，不得其一气喷薄顿挫，精神纵横变化处，若问斋此篇学杜，非但摹杜句格矣。”徐璈也释云：“问斋以诸生而痛切国步，沉郁悲凉，气格苍健，真能得杜陵之意者，当与余德邻之《佩韦》、谢皋羽之《晞发》两集并传。”⑧又戴

① 陈式《读杜漫述》第4条，《清代杜集序跋汇录》，第70页。

② 方孝标《问斋杜意序》，《清代杜集序跋汇录》，第64页。

③ 陈式《读杜漫述》第33条，《清代杜集序跋汇录》，第77页。

④ 《(道光)桐城续修县志》卷二三《杂记·兵事》，黄山书社2019年，第1088页。

⑤ 王雯耀《全桐纪略》，《四库未收书辑刊》第2辑，北京出版社1997年版，第21册，第338页。

⑥ 潘江辑，彭君华等校点《龙眠风雅全编》，黄山书社2013年版，第2册，第813页。

⑦ 《龙眠风雅全编》，第2册，第814页。

⑧ 徐璈辑录，杨怀志、江小角、吴晓国点校《桐旧集》，安徽大学出版社2016年版，第2册，第345页。

研，七言律体沉亮苍遒，如《杂感》三首咏南都破亡，盖皆亲见其事，故其言沉挚悲凉："庶几杜陵《诸将》《咏怀》之遗响。"①此外，张秉彝《读舂陵行有感作苦桐吟》、孙临《兵车行》《金陵感怀五首》、方其义《悲敬亭》《哀秋浦》等，这些遗民诗作，录其事，存其志，以诗纪史，足载桐邑时变之极而臻一地之实录。与《孑遗录》《全桐纪略》等地方史志的书写一起诗、史两证，共同铸造桐城抗贼御辱的血泪丰碑。

准言之，桐邑杜诗批评的兴盛，有着兵燹之灾与遗民心曲的历史因素与文化背景，也彰显着通体明用、实证经世的地域学术特色。对杜甫"诗史"的辨析则蕴含着以意论杜的阐释特点及"以诗存史"批评精神的赓续。当然，一些集杜与赓和之作，如李雅《百忧集行用少陵韵》、方中通《和杜陵诸将五首》等通过意象、文本的互文耦合，强调离人送别、写景抒怀及田园隐逸的主题，也从情感类型及风格意境等方面拓展出更多的审美空间。

二、说杜与注杜：龙眠诗学的基层景观

明清以来，区别于台阁署僚、方镇幕府等精英阶层的写作，地方基层的乡邦文学日益兴盛，表现在创作观念及具体实践中，区域性视野在组织形态和互动势态上往往呈现出地缘性及群体化的特征。作为典型的地域文学版块，龙眠诗学的"人地关系"是其重要的纲维。举凡雅集结社、宴饮送别等诗学活动，皆得龙眠江山之助。若进一步考察桐邑的诗学生态，如果我们将杜诗批评的典型性与事件化视为基层诗学交互的切入节点的话，那么，诵杜、说杜以及集注杜诗等大众化参与是杜诗再生产的重要呈现，由此产生属地依存的自生系统与反馈圈是阅读、聆听、观看及互动连缀而成的情感聚合，这在一定程度上展现乡邦的诗学旨趣，也同样支撑着龙眠诗学谱系的建构。

其一，诵解杜诗：接受视野中意义的生成及具体化。从接受的角度审视文学现象，其时空背景呈现出一定的过程性及属地性，对杜诗的诵读与说解，站在建构主义的立场上看，也是阅读行为及其事件的线性过程，就其性质而言，属于"文本的再生产"式的映射互动，也包含了历代读者阅读杜诗时的"期待视野"与杜诗文本客观化的调节渗透。明季桐邑遭逢乱世，诸子以我之性情物理揆诸杜诗，在诵杜、说杜过程中引发强烈的精神诉求与心灵共鸣，如陈式工诗，善谈杜。明崇祯十二年(1639)，陈式曾和朱厚庵客居金陵数月，与同里流寓诸公方楼冈、方邵村及何辨斋、省斋等良晤，"诸公素知道予《杜意》成，彼此相为慕说，中间过从杯酒，有泥予说杜者，予亦忻然应之，随所举似，弗固却也。……传之海内，

---

① 《桐旧集》，第4册，第270页。

自凑成是篇一段佳话。”[①]陈式谈杜诗，掀髯鼓掌，眉目轩出其上，肤神标格，若天人然。张英《陈问斋注杜成赠之》：“掀髯时一谈，高言灿霞绮。”[②]“平素不轻发一言，酒酣耳热之后，人请之论杜诗，则掀髯高吟，目光如电，当筵一少陵也。”[③]另方文，也擅解杜，清康熙四年(1665)，方文同孙枝蔚、华衮、汪耀麟、懋麟等夜集王宾斋头，席间说杜诗，举座倾倒。方文《六月十七夜社集王仔园斋头赋得听诗静夜分》云：“敢谓知言似匡鼎，群公亦觉解颐频。”[④]孙枝蔚《溉堂前集》卷八《同尔止饮仔园宜楼下，值龙眉、叔定、蛟门继至，诸子因请尔止说杜诗，赋得听诗静夜分》也载言：“多事旧嫌虞赵注，开怀忽与郑何游(尔止细说《游何将军山林》十首，举座解颐)。”[⑤]

如果说文本意义生成有待于言语行为及其情境的具体化，那么，陈式、方文的说杜不仅显现出“在场”的特征，更有着强烈的情感聚合，如吴子云曾说：“每酒半客酣，任拈一篇，丐其诠解，问斋则掀髯高吟，且吟且解，停顸抗坠，悉中节族。歌如有声，哭如有泪，俾闻之者始而思，既而乐，久而怡然以顺，涣然以释。”[⑥]吟解歌哭，声泪俱下，加之掀髯拊掌等肢体动作，鲜明地展现了杜诗阐释的语体特异性，而闻者思、乐及释怀的情感反应与认同，也进一步说明了陈式说杜充分地发挥了杜诗的文学功能及其施事效力，这在清初桐邑的时代语境中，不仅成为典型的诗学景观，也寄托着遗民内心深处强烈的“共情体验”。当然，在杜诗文本与阐释的意向性之间，尚存在着一些未定性与空白的维度，站在杜诗接受层面，阅读者的诠释意向不仅受制于时代语境，也与其知解力与想象力相关联，这种反应论批评需要更丰富的诠释空间及方法论上创新。方文、陈式说杜，不局限于笺注式的史源名物考证，更侧重于以我之意释杜，考之时势，以意逆志，通其故而穷其变。那么，如何做到“不隔”？潘江谓陈式解杜时：“当其冥思默会，辗转中宵，忽而疑窦欲开，鬼神来牖。夫然后纡曲以意之，而其想愈灵；层折次第以意之，而其味愈永。极浅深，兼虚实以意之，而其解愈神也，又宁有弗当乎杜意者哉！谓杜意即陈意，可谓陈子之杜意，即陈子之诗可矣。”[⑦]这里面其实涉及杜诗阐释文本构成的主观性问题，“以意解杜”不只是杜诗在阐释者头脑里的反映，更是“期待视野”等自我意识及先在构成对杜诗文本能动的再创作。如何以我之意，上合杜老之风神咳唾？陈式曾言：

---

① 陈式《读杜漫述》第43条，《清代杜集序跋汇录》，第79页。
② 张英撰，江小角、杨怀志点校《张英全集》，安徽大学出版社2013年版，中册，第104页。
③ 张英《问斋杜意序》，《清代杜集序跋汇录》，第62页。
④ 方文撰，胡金望、张则桐点校《方嵞山诗集》，黄山书社2013年版，第2册，第802页。
⑤ 孙枝蔚《溉堂前集》，清康熙二十三年(1684)刻本。
⑥ 吴子云《问斋杜意序》，《清代杜集序跋汇录》，第68页。
⑦ 潘江《问斋杜意序》，《清代杜集序跋汇录》，第65页。

人人说少陵，少陵岂在是乎？屏营虑，一心志，服习众神，以相推索，渺乎未有见也。又为之扫绝世务，揣摩时执，身亲境合，而如有遇，久之而复杳然去也。又为之穷上下左右，仿佛声容，刻画须眉，描写神气，汩汩乎其来矣。手舞之，足蹈之，掀髯而如有见，累欷而如有闻，徘徊留之，而不能遽合。合而离，离而合，如是者又阅年。已而拍掌大叫曰：是矣是矣！千百年之少陵在兹矣。[①]

陈式说杜重在知人论世，同阅历、共舛厄，身亲境合以证其事与情，只有主客一体，情与物谐，才能跨越时空的限制，打通文本的隔阂，真正在离合之间得其真意。据此可知，龙眠诸子的“以意释杜”，多风格论、功利说及美学意蕴的探寻，虽也有文心未明、悬拟臆断的牵强之处，但就诠释理路而言，有着鲜明的创新意义。而论其时代性，也体现了遗民自我诠释的情感诉求，这在故国与新朝的历史更迭中，方、陈诸家的释杜，与王维坤《杜诗臆评》及黄生《杜诗说》等一起建构起遗民说杜的历史丰碑，也成了清初诗坛“遗民叙事”的典型化呈现，所寄寓的政治态度及价值立场是不言自喻的。

其二，集注杜诗：群体混层化的诗学景观与批评机制。宋元以后，基层文学的属地因素更为显现，涵水土之性，系乡邦之情，大众化的参与呈现出群体混层性的文学景观，其燕豫赓和、诗酒文会、地方文献整理刊刻及诗学批评活动，无不彰显地域的文学经验及文脉的传承。仅就桐邑而言，龙眠山的似古山房、勺园、亦园、媚笔泉及叠翠楼等地成了修禊题咏的重要场所。《龙眠风雅》《枞阳诗选》《桐城方氏诗辑》《述本堂诗集》等总集、家集的汇纂选裁展现了桐邑诗学传统及其经典的建构，而闲寻汐社、真率会、射蛟文会、瑟玉堂会、竹林之会等社集活动无不表征着龙眠创作之繁复。就理论批评而言，经典文本集注合批所建构的批评网络及其诗学话语，也凸显出地域诗论的特色及理论内涵，如陈式《问斋杜意》，据《读杜漫述》记载及正文的援引统计来看，桐邑多数文化精英皆参与了集注杜诗的互动。除了馆阁名宦张英、姚文然等，尚有大量的署僚教谕及乡绅韦带之徒，如赵东岑、马严冲、江在湄、李芥须等，在主体的阶层属性上，形成了群体混层化的特色。若进一步考察批杜的地缘因素，则会发现，陈式的批杜多受桐邑世家的助力。清康熙三年(1664)，陈式茗集方家，与方还山及子子将，孙受斯，其甥姚窦占、嵩少等谈麈杜诗，并有《杜意》楮墨三卷。清康熙四年(1665)，陈式馆于建宁姚文燮家，与文燮、文燚兄弟及子弟龚湖、尧元、绥仲等扢扬杜诗，其间方孝标游闽，与陈式席谈杜诗，“注杜稿成犹在笥，救时书就欲忘筌”

① 方畿《问斋杜意序》，《清代杜集序跋汇录》，第62—63页。

(方孝标《与陈二如共晨夕者半年情深绪多且小巫气索不克成诗舟中言别忽成四首》其二)[①],清康熙十六年迄二十年(1677—1681),先后得姚文燕、姚士塈等同里的敛金之助,《问斋杜意》才梓行海内。可见,正是姚、方二家的大力鼎助,陈式的注杜才不至于磨灭散乱于箧笥之中。翻检问斋注杜,载录同里说杜论注甚夥,其中姚氏论杜有十余人,特别是姚注若、姚佩若,有二十余条。此外,还记录了方氏、张氏、何氏及左氏诸子对陈氏《杜意》的进一解。总体而言,基于世家姻亲、交游的关系网络,龙眠的杜诗批评以陈式《杜意》为聚焦节点,彼此扬诩汲引,不仅形成了地方性、典型化的诗学样态,在杜诗学理论及批评机制方面也呈现出一些新的特色。

当然,陈式等人注杜有时往往有碎片化及歧误之处。如方文注《游子》《早发》《后出塞》之《古人重守边》,随意曲解删减,钱陆灿、董易农批其讹误。钱澄之认为杜诗"奇在气力绝人,而不在乎区区词义之间",进而批评"自诸家杜诗注出,天下之浸失杜意久矣。失其意者无他,奉之太过,求之太深也"[②]。并对问斋过于以意逆志进行了质疑,总之,反穿凿而趋情尚意,"以意释杜"也会有陷入主观化的嫌疑。

易代之际龙眠诸家吟诵、集注杜诗,是个典型的文化现象。作为基层诗学景观,它展现了遗民阶层的诗学联动及其网络的地域性、混层化的特点。其在场的言说方式与共情化的体验,寄托着遗民的政治态度、价值立场及情感状态。就其释杜方法论及内在逻辑而言,与传统笺注的繁琐拘泥相比,他们以意逆志的批评机制拓展出更多的诠释空间,也衍生出新的话语体系。

三、建构与解构:方氏家族杜诗批评的内在理路

考察清初杜诗批评的社会形态,就其属地性而言,呈现出典型的"江南现象"[③],若进一步追究这种区域性文学批评的出场状态,那么,在组织形式与学缘关系等方面则呈现出家族性、群体化的特质。桐城方氏一族,门才之盛,甲于皖口,不仅诗文著述繁多,杜诗批评也颇具特色。方氏家族诗兼唐宋,夙以杜甫为宗,除了仿拟之作,尚多论杜之语。陈式《问斋杜意》就曾多次援引方畿、方邵村、方孝标、方与三、方敦四、方云麓、方绣山、方汉树等人的评注。此外,方文、方拱乾、方苞、方贞观皆曾手批杜诗。纵观方氏家族的杜诗批评历程,则显然存在着建构与解构的内在理路。

① 方孝标撰,唐根生、李永生点校《钝斋诗选》卷一八,黄山书社1996年版,第357页。

② 钱澄之《陈二如杜意序》,钱澄之著,彭君华校点《田间文集》,黄山书社1998年版,第245、246页。

③ 参见罗时进《清代顺康两朝杜集笺注的"江南现象"》,《杜甫研究学刊》2019年第1期。

（一）以文论杜：杜诗经典化的建构。杜诗典范之确立，除了“许身一何愚，窃比稷与契”的道统观与伦理思想，从文学接受的层面上看，更侧重于体格、诗法的辨析，其中以文法论杜，不失为一条重要的阐释取径。明代格调诗学兴盛，倡音声体格之辨。科考八股取士，讲究“理法辞气”的衡文标准。受此影响，在批杜的文本实践中，也进一步纳入了辨题、入格等相关的推阐演绎。清初桐城诗学承云间余绪，格调、性情并举，至方、姚诸家熔铸唐宋，推崇杜韩、欧苏，“章法剪裁，纯以古文之法行之，所以独步千古”[①]。就杜诗批评而言，方氏家族也注重借文法来论杜诗的诗脉结构。

首先，杜诗之起结说。杜诗之起承转结，亦如古文章法结构。陈式《读杜漫述》第五条曾转方大任言：“作诗最重是起结，尤难在先得起句，……或有时先开后合，亦或有时先合后开，或有时起手留前一半不言，亦或有时收处藏后一半不说，盖得必得之于惨淡经营。”[②]另方拱乾《杜诗论文》眉批、夹批中曾多次论及杜诗起结之妙：

> 七律定要先得起句，惟公一人，次则右丞，他人皆不能。今人作七律，定是先得联，先得联而后作起句，政如平地安塔，顶逾高逾坠，能得起句不患无联也。即第二句亦不容易，得起句则第二句自得，此中难言，作者自知。（《杜诗论文》卷三《城西陂泛舟》）
>
> 起的突兀，却是借起，先讲学书引起，引诸事作质义，小题却作大文章，叙得活现又朴又老。（《杜诗论文》卷二七《丹青引赠曹将军霸》）

据方育盛跋语及其过录其父批杜的情况来看，方拱乾也还为其子方亨咸、膏茂、奕箴批注杜诗，作为“批以训小子者”的取径示范之作，方氏论杜即探究辨体、律排气韵等理论问题，还重点阐述杜诗结构层面上诸要素的转承关系，如将起句分作“借起”“时事起”“起句联句”等类型，探究杜诗起句虚实开合，也从呼应、断续的角度提出了“飘结”“对结”及“两句结”的曲折之法。此外，起结之间也涉及诗题与段落的转合，如批《自京赴奉先县咏怀五百字》云：“一句一转，如千峰如万叠波，先咏怀一百六十字才入题，长诗最忌散漫，此却何等警蛰。”批《寒食》：“诗有回题成诗者，看其点题处自然，天然有以诗应题者，定要周旋，题有诗成而安题者，只论诗不论题，只用开、手二字。”从整体上看，杜诗诗题、分段及起承转合之论寓有时文说杜的特色，八股有相题、破题及点题之法，故方氏也有回题、入题之

---

① 方东树著，汪绍楹点校《昭昧詹言》，人民文学出版社1961年版，第232页。

② 陈式《读杜漫述》第5条，《清代杜集序跋汇录》，第70页。

说。而在夹批中他也常用“断”“提”“分顶”“起”“伏”等八股术语来阐述杜诗起承转合之妙，这种论杜的方式虽呈机械分解格式化的倾向，但考虑到科考的文化背景，这也说明了清明以来选政的文化力量对地方家学传承的潜在影响。

其次，以“绪”“澜”论章法。杜诗叙事古体及律排首尾有起结之论，中间多体现为承转的逻辑关联，方拱乾则拈出“绪”“澜”的术语阐释其章法之变化。在诗文批评的视域里，“绪”者，寓有结构层次上寻端见绪的严谨与变宕。《文心雕龙·章句》云：“寻诗人拟喻，虽断章取义，然章句在篇，如茧之抽绪，原始要终，体必鳞次。”[①]故方拱乾也以“绪”“绪法”来形容杜诗章法之多端[②]。如《端午日赐衣》方氏眉批云：“看绪看法。绪与法是一是二，不合绪，不可以言法。‘终身’二字应七句，又应二句，天然之绪，妙不可言。”可见“绪”“法”相辅相成，那么这种“绪”“法”在诗中字、句间又体现在哪里？方氏夹批中释诗题云：“又冠冕又性情，只此一首，作五律之法之体俱备。”又“细葛含风软，香罗叠雪轻”旁批云：“二句定要，断少不得。”这二句不仅承首句而来，还是“终身”结句的前应，故不能少。另结句下有方氏尾批云：“‘身’字跟‘称长短’，‘情’字跟‘意’字。”这进一步说明方拱乾侧重于从字、句的呼应、收束来建构章法中“绪”的变化，故其又释云：“‘称’字当读去声，可见古人宁构一字以成诗。”另《佳人》“但见新人笑，那闻旧人哭”一联眉批云：“间说道理，二句方见绪妙。”《佳人》为古叙事体，此联前后多陈述句式，阑入议论，更是峰回路转、波澜转折之妙。故此，方氏也常有“澜”字进一步说明绪法之多端。“澜”者，《孟子·尽心上》：“观水有术，必观其澜。”[③]《文心雕龙·隐秀》云：“珠玉潜水，而澜表方圆。”[④]故有再起波澜、文法宕开一笔之意。如方氏《丹青引赠曹将军霸》眉批云：“画马是主，却前后推开，见章法，见大手笔，不则前首已尽，却又妙在不难画马，借韩干作澜，才完画马。画相又作一澜，便于结。”据此，“澜”之技法应是另表一枝，又能从侧面呼应叙事主线，正变、明暗之间虚实相生，方氏又在此诗“褒公鄂公毛发动，英姿飒爽来酣战”，“弟子韩干早入室，亦能画马穷殊相”两联旁批云：“澜。”以褒国公、鄂国公酣战的人物画为铺垫，凸显出曹霸画马的有神。也从韩干“画肉不画骨”（方氏有底批“五字可悟诗文书法”）反衬出曹将军的画马图的神态轩昂。正如施补华《岘佣说诗》：“《丹青引》画人是宾，画马是主；却从善书引起善画，从画人引起画马，又用韩干之画肉，垫将军之画骨；末后搭到画人。章法错综绝妙。”[⑤]而方东树《昭昧詹

---

① 刘勰著，范文澜注《文心雕龙注》，人民文学出版社1958年版，第570页。

② 参见曾绍皇《论“绪”的诗学生成及其现代意义——以方拱乾手批〈杜诗论文〉为例》，《中国文学研究》2009年第4期。

③ 焦循《孟子正义》，中华书局1987年版，第913页。

④ 《文心雕龙注》，第632页。

⑤ 王夫之等《清诗话》，中华书局1963年版，第987页。

言》卷一二也进一步释云："'褒公'二句与下'斯须'句'至尊'句皆是起棱，皆是汁浆。于他人极忙之处，却偏能闲雅从容，真大手笔也。古今惟此老一人而已！所谓放之中，要句字留住，不尔便伤直率。'先帝'句又衬，又出波澜。叙事未了，忽入议论，牵扯之妙，太史公文法。"[①]进一步凸显出以文论杜的特色。

（二）批评与指瑕：去经典化的解构倾向。清初，在建构杜诗经典化的过程中，也存在着解构的倾向。桐城方氏在文法释杜的建构阐释中也存在着非杜式的异议与批判。如方拱乾从性情论层面剖析了诗史说不合理之处。方氏认为诗固纯乎性情，一落训诂，已失其天，故"史何待诗，诗何必史。史即华，终是史；诗即确，终是诗"[②]。又"少陵非尘视轩冕人，且自负管葛，抱经济而盱衡治乱，则往往形之咏歌，若曰'一饭不忘君'则未能许也。即令一饭不忘君，或自有处，自有时，岂于排须得句时见乎？皋夔龙比几曾登风雅之坛？假今三家村老书佣，经口打油，却一饭不忘君，遂曰'诗圣'乎？是固性情，安可以史辱之耶？"[③]这些判断，避免了杜甫道德典范意义上的绝对化，同样，在杜诗政治诠释指向上，方氏又提出"不轻比"的原则，反对刻意追求赋物比兴的强制阐释，"有不当比者乃动日比肃宗，比张良娣，比贵妃，比安禄山，甚而至于比玉虚观道士，使人喷饭。果尔，则天下之阴险谲薄莫少陵，若尚日'忠厚和平'乎"[④]。总体来看，方氏反对过度拔高杜甫"诗圣""一饭不忘君"及"诗史"的政治伦理教谕及史证功能。所强调的性情解杜与陈式、张英及姚文然等龙眠诸子的"以意释杜"在本质上是桴鼓相应的，这不仅是对宋元以来杜诗笺注之学的反拨，在风云激荡的遗民文化背景下，多少也寄予着这些野老布衣之士的孤行幽绪。

除了对杜诗历史评价及伦理接受的质疑外，桐城方氏也有从文本语言及内涵指向上对杜诗进行批评，如杜诗语言上的拙累之弊。方苞也曾批《苏端薛复筵简薛华醉歌》云"何刘沈谢力未工，才兼鲍昭愁绝倒"的"愁绝倒"三字，方苞划以黑侧线，并云："三字凑。"又《义鹘》，方云："'死亦垂千年'句凑。"[⑤]延至康雍时期，方贞观则从体制方面对杜诗进行全方位的批判，如《方南堂先生手批杜诗》第一册题识云："然其病亦不少，有累句，有晦句，出词有卑鄙者，用意有牵凑者，气韵有甜俗者，意象有叫号者，多凑韵，多复韵，使事不无错误，先后屡见雷同窠臼，不除习气，亦固后人信之太笃，奉之太过，比之太高，求之太深，举

① 《昭昧詹言》，第264页。

② 方拱乾《杜少陵诗序》，吴见思著，方育盛过录《杜诗论文》，国家图书馆藏清康熙十一年(1682)岱渊堂刻本。

③ 方拱乾《方奕箴批本序》，《杜诗论文》。

④ 方拱乾《杜少陵诗序》，《杜诗论文》。

⑤ 方苞批注，见姚永概的方苞、姚范和张裕钊《杜诗评点》过录本，安徽省图书馆藏。内容参见拙文《新见方苞、姚范、张裕钊、杜泽评点考略》，《文献》2017年第4期。

其病而忘之，不独忘之，且迁就附会以讳其病，一字一句为科条，确然不可易。”[①]此外，方氏认为“子美入蜀以后诗，无论山川景物，宴会闲适，怀人送远，非兵戎死丧，盗贼阙廷，哭泣病老，几不成篇。匪独数见不鲜，亦且语意重复，若但以忠款而论，则古来忠义之士甚多，不必以诗传也”。对过于拔高杜诗忠义之气进行了否定，这一点与方拱乾批杜的“诗忠说”及“忠厚平和”之气是一脉承衍的。

从接受视野来看，杜诗经典化源自江西诗派及明代格调派的尊崇，至鼎革之际，桐邑诗学承格调余绪，加之遗民语境下对道德及价值肯定，龙眠诸子往往从杜甫的生命历程中寻找自认归属与认同。作为桐城的簪缨巨室，方氏家族建构杜诗经典化的过程中，其以文解杜的时代寓意即体现了明季以来科考八股取士背景下时文论杜的特色，也展现了桐城古文释杜的一些特点。反观非杜之论，清初钱谦益提倡宋元诗，已有杜诗“粗豪”之说，王夫之也曾斥杜甫“名理之腔壳”，此后王渔洋更有“村夫子”之讥。至清康熙中叶以后，性情与学问之争中贬诋杜甫成一时风气，受此影响，方贞观则从创作体制及其思想道德等方面多方位解构了杜诗之崇高，这不仅是“性不喜杜”的体现，也是对当时诗学潮流的一种回应。

四、陶、杜并举与杜、白分流：龙眠诗学谱系的演进

基于主体性情及审美旨趣的主观性与差异化，桐邑诗苑对传统的接受取径也各有偏嗜，如江之汉诗初学竟陵，出入钱刘；姚文燮、陈昉有长吉风韵，陈焯辑有《宋元诗会》，颇重宋诗。但从宏观层面审视龙眠诗学演进的过程，整体上则呈现出阶段性与趋同化的特点。其中隆万以降，格调兼具性情，启祯至清初，则是遗民诗学话语渐趋盛行，至康雍时期，又是清真闲雅诗风的回归。反映在传统经典的建构上也多聚焦于陶渊明、杜甫及白居易的传承网络，如方文曾画《四壬子图》以示敬仰，汪懋麟、王又旦、方拱乾与姚若翼等多有题咏。方氏对陶、杜、白的崇尚与接受，不仅展示了个人的诗学取径与道德诉求，也是地缘因素及时代特征的加持，在一定程度上揭示着桐城诗学精神趋向及逻辑进程。

（一）陶、杜并举。在诗学史上，陶、杜的节义与诗法皆有很强的典范意义，后之学者往往将两人并举，如曾巩“少陵雅健材孤出，彭泽清闲兴最长”[②]。清初遗民语境下，陶、杜的标举更凸显出士林的政治态度及其情感状态，李邺嗣《秋夜读豫章王于一诗》：“书题甲

---

① 参见杨曦《南京图书馆藏〈方南堂先生手批杜诗〉考论》，《南京师范大学文学院学报》2017年第4期。

② 曾巩《孙少述示近诗兼仰高致》，《全宋诗》，北京大学出版社1992年版，第8册，第5591页。另参程杰《北宋诗文革新研究》第二十章《陶杜典范意义的发现与宋诗审美意识的形成》，内蒙古教育出版社2000年版，第483—496页。

子怀彭泽，泪洒关河对杜陵。”[①]就时代背景与个人遭际而言，清初遗民群体不仅在陶、杜身上印证了历史的某些契合，在忠义性情及民族气节方面也同样视陶、杜为人格的典范。

易代之际，桐邑为遗民之渊薮，慕陶尊杜之风盛行一时，从地缘因素来考量的话，这种诗学风气可追溯至宋时李公麟的龙眠山居及其与苏黄等人的交游唱和。受元祐诗坛尊陶崇杜风气的影响，李公麟诗画也体现出时代的风尚。《宣和画谱》曾指出李氏绘画“深得杜甫作诗体制”[②]，如《临韩干狮子骢图》《玉花骢图》《蜀川图》等，或是对杜甫题咏的唐画的临摹，或是兼取杜诗诗意，这些绘画皆是受杜诗感召而创作的。除了崇杜外，李公麟《归去来图》《莲社图》则是陶潜范式的绘事作品。另《龙眠山庄图》是其晚年归隐龙眠山时对应《辋川图》的形制创作的山水图景，彰显了“画隐”桃源逸趣，元祐诸子颇多称誉，苏轼赞其“神与万物交，其智与百工通”[③]，苏辙为图中二十景一一赋诗，黄庭坚也曾为之作《龙眠操》诗。正是宋时名流雅士的酬唱题咏，龙眠山成了后世隐逸的重镇，而李公麟取径陶渊明的创作范式也同样为明清以来桐邑士子所遵从，如明嘉靖赵釴景仰李氏，筑室龙眠，曾作《龙眠山次韵苏颖滨韵二十章》，逐一吟咏山庄二十景，另《龙眠》《助山堂杂咏》诸诗不加藻饰，托旨冲淡，自有靖节、公麟风操。方大镇“三径谁同彭泽酒，一裘仍对蓟门霜”（《暮秋》），“幸逢于佑来题叶，不信陶潜悔折腰”（《和姚前甫秋夜感怀之作用韵》），“门同彭泽五株柳，身在元龙百尺楼”（《刘燕及招饮》），则引渊明为同调。鼎革之时，桐邑诗坛多乱世之忧与亡国之恨，作为一种精神祈向与政治态度，陶渊明避秦不仕宋的节义操守也与杜甫的忠义之气及诗史情怀为遗民反复称引。如方以智，曾与陈式论杜，《灭贼行》《监军苦》《告哀诗》诸诗什，以史实立题，揭示灾难中生存困境与复杂心理，体现了诗史的叙事旨趣。另作《和陶诗》二十首，展示了他避世逃禅、饱经沧桑之后复杂的心态。钱澄之，熟精杜诗，曾著《与方尔止论虞山说杜诗》评骘钱注杜诗得失，颇为中肯。在创作上，《哀江南》《悲湘潭》《虔州行》《虔州死节歌》，书写战乱，则赓续了杜甫诗史“实录”之精神。钱氏晚年归隐故里，则奉陶渊明为隐逸典范，如《仿渊明归鸟诗四章》《仿渊明饮酒诗十二首》《田园杂诗》等，清澹古意，质朴自然。再如吴道新，甲申国变后归隐于白云岩，晚年自署“函云杜”，推尊杜诗，《绝笔诗》“聊藉诗篇愁杜甫，幸同鸡犬隐刘安”，《病中杂诗》“漫拟《八哀》歌杜甫，只应《七发》藉枚乘”，皆寄寓了饥困不失固穷的情怀。吴氏也慕陶，曾著《函云似陶说》以表忠义不仕之节操，通过对渊明话语的因袭，吴道新塑造了遗民高义潜德的自我形象，也充分地展示了地域文化品格。

从遗民文化立场及时代诗歌语境的角度考量，陶、杜并举的谱系建构往往体现了桐邑

① 李邺嗣著，张道勤校点《杲堂诗文集》，浙江古籍出版社 1988 年版，第 290 页。

② 《宣和画谱》卷七《李公麟小传》，《丛书集成初编》，商务印书馆 1935 年版，第 1652 册，第 199 页。

③ 苏轼《书李伯时山庄图后》，茅维编，孔凡礼点校《苏轼文集》，中华书局 1986 年版，第 2211 页。

士子接受视野中的价值判断。这些遗民诗人通过对“桃源”“南山”“北窗”等隐遁意象的标举，营造出朝、野离立政治背景下的独特的生存方式及其情感归属。而对杜甫直陈时事叙述笔法的仿和拟作，彰显了他们批判时弊及忧时闵乱的政治理想。但随着新朝政权渐趋平稳，龙眠簪绅野老之辈已无穷途之哭与炙肤之痛，在清廷尚雅崇正诗风的主导裹持下，龙眠诗学转而推崇白陆等人，走向闲适平易一路。

（二）承与变：杜、白之同源及其分流。在龙眠诗学接受上，如果说陶、杜并举的传衍有着遗民诗学的历史背景，那么，仰慕白居易，乃至仿效苏陆，则在批判与讽谕精神之外，另辟出风雅自适、清娱闲淡诗学的风尚。桐城诗学宗尚白体，与明末公安派瓣香白氏似有关联。有学者指出桐邑吴应宾、吴用先叔侄与袁宗道交谊深厚，曾诗文唱和，故性情及诗风有白、苏风尚，与公安派契合，进而因姻亲关系及外家之学影响到潘江、方文等，此论颇中肯綮[①]。尚需补充的是，公安性灵之学及其诗文创作有着阳明心学，特别是王畿、李贽及罗近溪的哲学渊源与路径，如三袁提倡的性灵本体、虚灵的审美体验及自然之趣，与王学的良知、虚明之论及童心说皆关系密切。而晚明以来，桐邑盛行心学，如戴完，明嘉靖甲辰(1544)进士，与罗近溪、张甑山、耿楚侗及王龙溪交游。赵钎，筑室龙眠，与罗汝芳、王慎中交，学者多来归之。钎子赵鸿赐，师事耿天台、张甑山，与焦漪园、管东溟称高足，衍新建良知之旨。另盛汝谦，其学阐良知，深于性命之旨，钱可久，与王百谷、周公暇游，而他们的诗歌创作，也多率真从容、自适任情，这也为后期桐邑宗白习尚做了一定的铺垫。

当然，白居易的诗学接受，既是个人旨趣之所宗，也是桐邑经典谱系建构中传承与新变的重要环节。在诗学史上，人们往往从讽谕精神及救补时弊的角度将杜、白并提。宋王楙曾就纪事特点指出白诗有“诗史”之貌[②]，苏、黄等人也从风雅源流的层面将杜、白并置。清初王夫之、王士禛等人有贬白俗之论，但此后更多从六义之旨与温厚和平之意的层面认为白诗源出杜甫，如“变杜甫之雄浑苍劲而为流丽安详，不袭其面貌而得其神味者也”[③]，“元、白诗言浅而思深，意微而词显，风人之能事也。至于属对精警，使事严切，章法变化，条理井然，杜浣花之后，不可多得”[④]。清初桐邑诸子也同样认为乐天忠君爱国，遇事托讽，与少陵同，马孝思《重阅徐究草兼赠蜀藻表兄》：“今人谓白与杜殊，安知长庆风味同天宝？”[⑤]赵襄国《潘木厓招同吴无斋恂庵两先生陈问斋左霜鹤陈越楼刘西麓左橘亭诸子拈大征二字》其二：“倡和追汉魏，木厓郁崚嶒。所嗜在长庆，其源自少陵……缅彼香山老，俨

① 参见潘务正《明清之际桐城诗学宗白取向》，《安徽大学学报》2019 年第 6 期。

② 王楙撰，郑明、王义耀校点《野客丛书》，上海古籍出版社 1991 年版，第 399 页。

③ 《御选唐宋诗醇》卷一九，《景印文渊阁四库全书》，台湾“商务印书馆”1986 年版，第 1448 册，第 405 页。

④ 薛雪《一瓢诗话》，《清诗话》，第 690 页。

⑤ 《龙眠风雅全编》，第 6 册，第 2633 页。

然云水僧。更思栗里翁，白社得师承。”[①]另潘江也云：“香山入蜀，望浣花里而祀之；元微之亦云：‘诗人以来，未有如子美者。’则元、白意中，何尝不好杜？抑何尝袭杜哉。今人盛毁长庆谬祔少陵，乌知其异世同揆也。”[②]而在创作上，潘江《桐山谣》二十首“乐府变体”及方文《都下竹枝词》二十首等，饬吏劝民、革励风化以及揭露清廷的丑恶罪行等，从主题取向及叙事手法，皆承乐天讽谕诗而上述杜甫“即事名篇，无复依傍”的批判精神。

与风旨所归及讽谕同揆的杜、白同源论相比，桐邑诸家也从语体风貌因袭与流变层面指出杜、白之间的不同。如潘江认为杜诗创作，有“词宛”“意蓄”“用事隐约”的特征，而乐天则“过直”“过尽”“过分明”，香山学杜类狂，“冲口明快，意到笔随”，故木厓学白之拟杜，取其“宁直宁尽宁分明”[③]。张英则强调少陵、香山皆独抒性情，但“少陵雄浑苍深，体兼众妙；香山排宕潇洒，自为一家”，“少陵务于尽，而不伤其涵蓄者，气有余也。香山务于尽，而不伤其高淡者，韵有余也”[④]。至于龙眠其他学白者，也各有端途，钱澄之曾述其尊白以性情，力求真率，非仅缘饰藻绘，不求其似而合之。而方文则“好苦吟，其有似乎香山者，必经累日构思，模拟刻画，久而后近之”，另潘江“多得诸应酬纷沓之余，或即席唱和，或酒罢挑灯，率援笔而成，而亦无不似者，则其才不可及也”[⑤]。潘江诗法香山，主盟桐邑坛席三十余年，曾与陈伯英、张克伟等建闲寻汐社，同左国治、姚文燮等举花会（真率会），又与许来惠、齐邦直、张杰、张英并称“龙眠五子”，这些群体有大量的拟白附和之作。总体来看，清廷定鼎中原以后，他们的诗体创作在精神取向上，已远离乐天讽谕批判的属性，更多追求清娱闲淡、怡情适趣的情调。木厓曾言：“读其闲适诗，可以释忧患。”（《有假予白诗未还者索得之喜成三十韵》）潘氏晚年也兼放翁，出入钱、刘之间。在风格旨趣上更趋于顺熟、容易、浅切的语体特征及旷放达观、乐天知足的生活态度，这种潇洒自适的取向也招致学白、陆而失其精的批评。张英则进一步从宋诗切入，溯源杜、白堂奥，“子瞻、山谷皆力摹少陵，而其后不得不入于香山者，才人握管，思以畅发其性情”[⑥]。将乐天涵蓄、高淡的风格与宋诗古朴思致的旨趣融通贯注，在杜、白讽谕谱系之外，另建“陶白、苏陆”闲雅萧疏的诗学统绪。这与其簪绅朝士的政治身份与清真雅正的审美标准是互为表里的，而将乐天纳入格调性情兼备、唐宋并举的诗论谱系与范畴，也体现了清顺康朝唐宋调和的诗学理想。

---

① 《龙眠风雅全集》，第 8 册，第 3927—3928 页。

② 潘江《读白香山诗十韵序》，《木厓集》卷二三，《清代诗文集汇编》，上海古籍出版社 2010 年版，第 69 册，第 225 页。

③ 潘江《读白香山诗十韵序》，《木厓集》卷二三，《清代诗文集汇编》，第 69 册，第 226 页。

④ 张英《潘木厓诗集序》，《张英全书》，上册，第 304 页。

⑤ 钱澄之《潘蜀藻诗序》，《田间文集》，第 269 页。

⑥ 张英《潘木厓诗集序》，《张英全书》，上册，第 304—305 页。

要之，作为典型的诗学事件，杜诗批评是龙眠诗学生态重要的呈现，考察易代之际“诗史”的意义生成，有着兵燹之灾与遗民心曲的时代性加持，而以意释杜的阐释方式体现了接受主体阅读效应中的主观化及差异性。诉诸创作领域，通过文本、意象以及诗法上的少陵取径，龙眠诗学彰显了真气淋漓、风云激荡的地域特色。从建构主义“在场性”的角度来看，说杜与集注杜诗不仅是聆听、观看等互动连缀式的共情体验，基于地缘、血缘关系也产生了群体混层化的批判网络及反馈圈，而他们以意逆志的批评机制，也衍生出新的话语体系，在鼎革的文化语境里，拓展出更多的诠释空间。论及杜诗之典型化，方氏家族以文解杜，既有评点、师承的家学渊源，也展现了桐城派“以古文为时文”创作理念在诗学批评领域的渗透。至于方苞、方贞观等人贬杜之论，除了对杜诗道德及价值判断的质疑外，更多的侧重于语言结构及创作体制等方面的批评。就“陶、杜、白”诗学谱系的建构而言，陶、杜并举有着鲜明的遗民文化背景及情感归属，而杜、白的传承与流变，既是江南文士箫、剑两精神张力的体现，也是政治权力等强势话语对桐邑诗学的规范与导流。

（作者简介：童岳敏，安庆师范大学人文学院教授，出版过专著《唐代的私学与文学》等。）

面对事件，文学何为？

——以清代嘉庆己未诸生案为例*

朱付利　罗时进

摘　要：文学面对事件，不会隐匿失语。清嘉庆己未夏，江南苏州因生员吴三新被县令杖责，群起上诉，地方官穷治严办，斥革二十余员，逮系二百余人，遂成大案。此案波涉了自地方至京城，由胥吏、生员以至督抚、学政的各个阶层，更引发文人关注，产生了大量的文学作品。其中诗歌最多，风格兼具，直发胸臆嵚崎磊落，隐忧抒怀哀感顽艳；其他各种文体，或雅或俗，既富卓识宏议，亦具谐谑讥刺。当时形成了一个文学舆论场，后人辑录奏表、诗词、古文、书札等相关文献为《己未诸生案纪事》，并通过志乘笔记等方式，将诸生案沉淀为厚重的历史记忆。面对事件，文学何为，己未诸生案提供了生动的诠释。

关键词：己未诸生案　江南生员　文学舆论　事件与记忆

文学面对事件，不会隐匿失语。清嘉庆四年（1799），白莲教大起义进入第四年，正月初三日，乾隆帝崩，随即和珅倒台。夏，江南苏州府发生了诸生群体事件。吴县生员吴三新因欠人钱债被知县杖责，诸生群体上诉，地方官员穷治严办，斥革二十余生，捕系二百余人。是年为己未年，因称“己未诸生案”。此事由一生员而起，发展为上闻天听，影响诸多人物的重大事件，牵连了自京城至地方，自胥吏、生员至督抚学政的各个阶层，产生了一系列诗文，并辑成事件文献专集。江南为清代财赋与文化重地，稳定江南生员群体，对清廷社会治理具有重要意义。此次事件的最终处理，在清代历史上标志着基层生员的文化环

* 本文系国家社会科学基金重大项目“清代诗史典型事件的文献考辑与研究”（18ZDA255）、《苏州全书》青年学术项目“清代苏州府诸生群体与文学典型事件研究”（SZQSQN202305）阶段性成果。

境逐渐宽容；而系统考察相关事件书写，则可见历史事件中文人应对的姿态与文学舆论的力量。从某种意义上说，嘉庆己未诸生案也是一个文学事件。

一、地方史影像中的嘉庆己未诸生案

事件与文学书写具有多重关系，文学不仅可以记录事件，映照事件，而且可能介入其中，扩展影响，成为事件的一个部分。就地方基层来说，文人的聚合度高，介入事件的能量和显示度更为突出，故在地方史影像中，文人、文学的色彩极为浓重。清代江南地区典型尤多，己未诸生案或许最具有代表性。

己未诸生案的过程，有学者通过朱批及录副奏折、实录、地方文献等资料作了较为详审的考述①，但相关文学和史学研究较少。此次涉事各方多有诗文记载，尤其地方史中《己未诸生案纪事》（下称《纪事》）辑录了诸生案时的奏折、上谕及相关信札、诗歌、古文、谣谚等，形成了系列史料。《纪事》卷首《己未诸生案始末》（下称《始末》）一文，所记尤详。据此对该案做全影像复原，大致可分为三个部分。

第一部分狱起。"清流构奇祸，未夏之中旬"②，嘉庆四年四月十七日，吴县生员吴三新因欠徽商后人杨敦厚钱债被控，知县甄辅廷擅杖其二十③。是日为皇太极皇后孝端文皇后忌辰，按律不得行刑；且生员未革，地方官不得擅责，若违例可以参劾④。二十七日，为紫阳书院考课之期，三新到院吁请同学禀府申理："诸生受杖矣，孰是忝颜而犹为诸生也者？"⑤李福、顾莼等二三十人遂至府衙，禀诉苏州知府任兆炯，任氏含糊应之。五月十一日，江苏学政平恕考课松江府回至苏州，诸生各具手本，至胥门码头迎之，欲面诉原委。江苏巡抚宜兴亦在场，诸生以"甄辅廷擅责生员，辱没斯文"等语禀诉，宜、平二人叱退各生员，不接手本，引起哗腾。码头生员计一百余人，有马照、袁仁虎约集前往者，亦有社会民众闻讯而从之者。

胥门码头抗议次日，平恕考课紫阳书院，诸生以事不得直，学政庇官辱士而"相戒不作文"⑥，故应考者寥寥，监院吕星垣以"罢考"上闻。任兆炯先已往江宁公干，巡抚宜兴、按

---

① 参见[韩]韩承贤《文治之下的抗议：嘉庆四年苏州士人的集体抗议与皇帝的反应》，廖振旺译《"中央"研究院近代史研究集刊》2012年第75期。

② 陈惟亨《五人墓》，潘衍桐编纂，夏勇、熊湘整理《两浙輶轩续录》，浙江古籍出版社2014年版，第2226页。

③ 按，或作杖责"二十三"。《七绝四首》其一："二十三敲起祸端。"见陆嵩、陆懋修编辑《己未诸生案纪事》，上海图书馆藏清稿本，第46a叶。

④ 素尔讷等纂修，霍有明、郭海文校注《钦定学政全书》，武汉大学出版社2009年版，第89页。

⑤ 陆嵩《书己未诸生狱事》，《己未诸生案纪事》，第36a叶。

⑥ 钱思元辑，钱士锜续辑《吴门补乘》卷一〇，清嘉庆二十五年(1820)刻本，第100b叶。

察使通恩委任总捕同知李焜,与长洲令梁兰生、元和令舒怀及吴县令甄辅廷协同查办。《始末》载拘束诸生情形云:

> 李焜等传集各学门斗并书院值路,命开报诸生姓名。门斗等未敢妄供,初加掌责,继以跪链,备受酷刑。正不可解,突有元和训导杨廷棨者,将四学富生及平日所心忮者开具小折呈报,以博能事之名。李焜等遂一面据报拘传,公差四出。一面刑求门斗,逼令妄供。诸生到者,或拘于土地庙戏台下,或拘于府署马厩中。[①]

其事株连颇广,"至有院课有文,马头无揭者"亦被逮系[②]。捕厅门口众声喧阗,飞瓦鼓噪,"危哉几激变,万众聚门前"[③],可见情势汹汹,民怨沸腾。自五月十二日至十六日,共拘诸生二百余人。关于株连之由,《始末》记县令舒怀、梁兰生等逼诱诸生枉供富生,以至"那家当商,那家布商,指名讹诈当堂讲"[④]。当时到码头诸生百余人,得贿托者陆续开释,不肯屈者则以滋事论,官吏暗中借机勒索钱财。十六日,任兆炯自江宁回,先开释严寿图等六十三人,其余则于府内严加审讯。吴三新二十四日到案供出张兴仁等十八人,多系邻居、旧友,时人有谓"莫为人家抱不平,中狼反噬多猖獗"[⑤]。关于通恩、宜兴等勒供情况,《始末》云:

> 廿六日,解司通恩即以素纸勒令画供,有不服者加以刑。诸生皆含泪画押,而出其附卷亲供,究不知所写何语也。廿七日过院,宜抚台按名一点,并无片语。故人皆称为"泥块"。有"块然应自笑,到处不相宜"之谣。是日即将马照发长洲县收禁,袁仁虎、王元辰发元和县收禁,余发各学看管。[⑥]

《纪事》亦载:

> 是案反覆研究,终无以互纠成供者,不得已以空白纸,勒令书名画押,官作供词实之。且改十七日为十六,以避忌日行刑之议。故当日有"无供勒画供"及"换日欲偷

---

① 《己未诸生案始末》,《己未诸生案纪事》,第1b—2a叶。
② 《吴门补乘》,第100b叶。
③ 《五言律诗八首》其五,注谓:"是日军犯市侩聚至数千,往来探听,其势汹汹。"《己未诸生案纪事》,第32b叶。
④ 《词十二阕调寄黄莺儿》其二,《己未诸生案纪事》,第34a—34b叶。
⑤ 《禽言五首》其一,《己未诸生案纪事》,第46b叶。
⑥ 《己未诸生案始末》,《己未诸生案纪事》,第4a叶。

天"之谣。[①]

"奸胥笔忙，秀才笔藏，张张素纸连名上"[②]，正是勒逼诸生情状。《始末》及《纪事》所录歌谣，可见士人激愤讽刺。"块然应自笑，到处不相宜"[③]，谓宜兴。"有制偏违制，无供勒画供"，是通恩；"详文藏国忌，换日欲偷天"，指任兆炯[④]。诸生案被革者共二十五人，即胥门码头抗议者马照、袁仁虎等共二十三人，以及吴三新、张兴仁。"仰学除名，二十有四人"[⑤]，则不含吴三新。至六月初三，宜兴、平恕以"扛帮滋事飞章递"[⑥]，己未诸生事件由此成案。

第二部分开复。宜兴等奏折既入，嘉庆帝甚为不满，即作朱批："江苏文风最胜，士习安分。朕所深知。尔听一面之词，办成大案！"[⑦]遂将甄辅廷革职，并令费淳详审。费淳覆奏，对马照、袁仁虎、王元辰三人处理一如宜兴前奏，只请将吴三新、朱光勳等共二十二人开复，并不言李焜滥刑以及宜兴、平恕办理失当之处，嘉庆帝严斥其"希图将就了事"，将其降级留任，以观后效[⑧]。其原因在于御史沈琨已参奏宜兴数条，其间涉及诸生案事，指摘李焜滥拿诸生上百名，"另制小号刑具，酷刑拷掠诸生，等于治贼"，而平恕未敢发一言禁止，宜兴则隐匿不报。在奏折叙及宜兴和相关处置处，嘉庆帝朱批"可笑"，即将李焜革职，平恕亦解任审办，并命浙江巡抚玉德会同新任江苏巡抚岳起，查审宜兴有何劣迹，并谕"如案内生员有屈抑者，即先行开复衣顶"[⑨]。

钱樾随即受命代任学政，"先于舟中作牌示，驰挂沧浪亭行馆。有'本部院面奉上谕开复诸生'语"[⑩]。八月十五日晚至苏，即释马照、袁仁虎、王元辰出狱，交学内教官收管，次日黎明，钱樾悬牌示谕，开复诸生。二十一日，学政传集四学生员晓谕，"并令生员合词具折谢恩，代为申奏"[⑪]。李福诗云"一朝还汝旧襕带，二十四人同衔恩。是日中秋逢胜节，

---

① 陆嵩《书己未诸生狱事》，《己未诸生案纪事》，第38a叶。

② 《词十二阕调寄黄莺儿》之七，《己未诸生案纪事》，第35a叶。

③ 上下句分见《五言律诗八首》其一、《词十二阕调寄黄莺儿》其八，《己未诸生案纪事》，第32a、34a叶。

④ 《五言律诗八首》其三、其四，《己未诸生案纪事》，第32b叶。

⑤ 《效阿房宫赋》，《己未诸生案纪事》，第28a叶。

⑥ 《词十二阕调寄黄莺儿》之八，《己未诸生案纪事》，第35a叶。

⑦ 《江苏巡抚宜兴折稿》附朱批，《己未诸生案纪事》，第10b叶。

⑧ 《清实录》，中华书局1986年版，第28册，第608页。

⑨ 《清实录》，第28册，第595—596页。嘉庆帝朱批见《两江总督费淳折稿》，《己未诸生案纪事》，第13a叶。

⑩ 陆嵩《书己未诸生狱事》，《己未诸生案纪事》，第38b叶。按，嘉庆帝曾面谕钱樾："此案生员若系屈抑，自应给还衣顶。"参见《嘉庆朝上谕档》，广西师范大学出版社2008年版，第4册，第302页。

⑪ 《己未诸生案始末》，《己未诸生案纪事》，第5b—6a叶。

云雾拨开明月出”，表达诸生劫后之幸，而“三人辗转奈命何，出险还惊不定波”云云[①]，又见其事反复。

第三部分定谳。浙江、江苏巡抚玉德、岳起于八月十八日审拟上奏，以开复马照等三人为非。嘉庆帝亦因马照与袁仁虎书信内有“声气幸甚”等语，以为“断非安分之徒”[②]。《吴门补乘》载：

> 玉公德奉命来苏覆审，深以开复三生为非是。诡语马生曰：“尔何罪！札中‘声气’等字何碍？但注明便可结案。”马不悟，如其意注之，遂坐以首事，飞章以闻。[③]

玉德、岳起于九月四日传唤马照、袁仁虎、王元辰三人，“仍以素纸勒供，将马照拟军留养，袁仁虎、王元辰拟徒。朱光勳等二十二人开复衣顶”[④]。袁、王分赴扬州、邳州配所[⑤]，成为落难者。各官黜陟情况如下：总督费淳降三级留任，宜兴为二等侍卫、前往西域巴里坤为领队大臣，平恕赴京以翰林院讲读学士降补，李焜以本省知县降补，甄辅廷革职，而舒怀、梁兰生则免议处[⑥]。

嗣后马照以亲老留养，袁仁虎、王元辰于十一月二十六日赴配所，旋即于次年正月遇恩诏释回。湖南学政吴省兰考试宝庆府时，李焜开列其胞侄三人姓名“托其教诲”，因被吴省兰参劾。其侄三人，一人为生员，两人为童生。嘉庆帝谓：“李焜本以凌辱斯文获咎，而今又欲使子侄滥厕士林，以致败露。可见天理昭彰，丝毫不爽。”李焜在诸生案时，本拟发军台效力。至此即“照前案原拟罪名，发往军台效力赎罪”[⑦]。王昶有诗纪之，所谓“天道恢恢原不漏，昌言真足警群凶”[⑧]，正是引谕旨中语。至嘉庆十年(1805)，李焜效力期满，嘉庆帝余怒未消，以其干求情节较重，“再留军台效力三年”[⑨]。

己未诸生巨案“自夏徂冬，局凡四变。以学校始，仍以学校终”[⑩]。当事人李福在案起

---

① 李福《得南雅迁秩侍读充讲官后书，感赋五十韵答之》，《花屿读书堂诗钞》卷四，《清代诗文集汇编》，上海古籍出版社2010年版，第492册，第376页。

② 《嘉庆朝上谕档》，第4册，第302页。

③ 《吴门补乘》卷一〇，第101a叶。

④ 《己未诸生案始末》，《己未诸生案纪事》，第6a叶。

⑤ 冯桂芬等纂修《(同治)苏州府志》卷一四九，清光绪九年(1883)刻本，第20b叶。

⑥ 参见《清实录》，第28册，第608、655—656页。

⑦ 《清实录》，第28册，第735—736页。

⑧ 王昶《闻吴侍讲泉之时有参劾作》，《春融堂集》卷二三，清嘉庆十二年(1807)刻本，第21b叶。

⑨ 嘉庆十年三月《兵部为在台效力期满李焜释回事》，台湾“中央”研究院历史语言研究所藏《内阁大库档案》219403号。

⑩ 《吴门补乘》卷一〇，第101b叶。

后有诗云:“无端风雨搅蒲觞,收尽珊瑚一网张。魂梦惊闻鞭宁越,姓名深悔识韩康。人怜枥下悲鸣骥,自笑车前奋臂螳。荣辱吉凶原有数,好将易理问京房。”[①]“无端风雨”“一网张”谓冤狱兴起,后述诸生受刑、拘于马厩事。“深悔”“人怜”,写一时株连之广,降祸之众,亦见人心向背。全诗以荣辱吉凶,原有定数作结,低缓语调所流露的任天由命之感,事实上是对是非自有公论的信心。

观照嘉庆己未这个地方事件的全影像,可以发现以诸生群体为代表的下层文士视角与官方各阶层视角之间的差异,以及不同阶层之间的博弈。《始末》约作于案结后十余年,作者对事件各方均有较深入了解,尤其对罹祸诸生抱有了解之同情。对诸生案的记载,脉络大体清晰,征引有源。据此文献,参校各方面史料,便呈现出一段接近清代己未诸生案“现场”的事件史。

二、诸生群体事件中的文学舆论场

源远流长的江南文化,孕育出一种士林意气与集体抗争精神。自明代中期以降,江南地区的生员阶层议政之风尤盛,普遍好持公论,对地方事务多加评议,采用揭帖最为常见,另有《四书》文、戏曲、歌谣等形式。己未诸生案先后将二百余生员裹挟入“奇祸”之中,同时也为他们开辟出一个文学舆论场。

面对事件,文学何为?在传统文化语境中,文学的本质要义是以仁言德、见性、生情。仁是最大的公义,体现公共性价值,是文学境界开显的基点。见于《己未诸生案纪事》所录诸生的作品即有檄文二道、古文一篇、集《四书》文二篇、赋一篇、诗二十八首、词十二阕及联句若干[②]。这是诸生群体的“在场性”书写,体现了直面事件、以文字反抗不公的集体意识。舆论需借助群体合力实现思想和意志的张扬,而期待舆论发挥实际作用,则须触及事件关键。显然,在对象性批评、抨击方面,直击非仁不公,使舆论倾向与现实情境互构,最能形成情感激发的力量。

枉法造案天人共怒,为众士集矢。联语“甄知县仗通天教主,不遵限负债生公堂受辱;吴秀才起平地风波,好任性捐纳令忌日行刑”[③],概述事件肇起简明直切。监院吕星垣是

---

① 李福《有感》,《花屿读书堂诗钞》卷一,《清代诗文集汇编》,第 492 册,第 332 页。

② 按,《己未诸生案纪事》作《词十二阕调寄黄莺儿》。《全清散曲》收有无名氏《南商调寄黄莺儿》小令十三首,字句略有异同,且多一首,录自《吴三新案杂钞》,参见《全清散曲》,齐鲁书社 1985 年版,第 1921—1923 页。又,王欣夫钞本《吴中秀才案》另有《秀才案序》《子衿嗣音》及《叙事竹枝词三十首》未见他处,俱可与《纪事》所载互相印证,复旦大学图书馆藏本。

③ 《己未诸生案纪事》,第 35a 叶。

兴起冤案者，自然引发诸生集中声讨，如“恶极吕星垣，生员作教官。求荣须有事，召衅本无端”[1]，“小窃吕星垣，吠牢牢，狗一般，院中膏火吞其半，豪门乱钻，案名乱搬。狺狺争骨心难满。更亏他，报成罢考，摇尾乞人欢”。训导杨廷桀被视为兴狱帮凶，必受挞伐：“杨教也无知，献殷勤、谄上司，担成独立开名字，盛承老师，多酬饭赀，酸齑臭腐为烹治。累诸生，交眠稻草，惊动沈公祠。”[2]从“对簿巍巍捕贼官，擒一秀才数皂隶。秀才柔懦如拉朽，鞭扑吓之不开口”[3]，“觳觫牛皮下，狼跄马厩边”[4]，“总捕厅里兴风波，银铛铁链受苦多”[5]，可见逮系拘讯诸生之状；而“仁虎将亡，马王几灭。批颊总捕之堂，锁颈马坊之窟。无小无大，指为恶孽”[6]，进一步证实李焜酷刑拷掠诸生的恶行。

官吏贪黩行径激起公愤，被公开揭露。清代中期吏治腐败，“州县鱼肉诸生，其意兼在立威，威立而诸生钳口结舌，则庶民何敢出而争控？是以狱讼之颠倒，征收之加耗，无所不至”[7]。这是己未诸生案的要害，故舆论颇多指陈此弊，如弹射舒怀，“元和舒恶令，利薮小人怀”，“无财难漏网，有产必飞差”[8]。其时有数首绝句痛斥贪腐：“去了清官苦不堪，烂泥傀儡到江南。欺他耳目都聋聩，任犯甄狼肆意贪。”“估衣店里曾为伙，印子行中放债人。买得京中飞过海，飞来吴下嚼良民。”“钱粮重地数三吴，洞悉民情费大夫。三令五申全不怕，一钱百七十青蚨。”[9]极摹贪墨欺民之状，尽诉憎恶魑魅之根。另外，“廿四秀才郎，霎时间、斥革光，黄金三百甄家贶”，“贱奴姓杨，漕书姓王，贿通吏役追清账”等语[10]，则将任兆炯、甄辅廷、平恕及吏役一齐骂倒。

处置事件者徇私越矩，一时备受讥刺。如斥宜兴：“巡抚太痴迷，没心肝、一块泥。抟成傀儡由人戏，全无面皮，不知饱饥。抗帮滋事飞章递。负皇恩，封疆大任，到处不相宜。”[11]谓通恩则云：“按察通为姓，何曾一字通？”[12]时有联语曰：“通按察偏私罔察，通关节、

① 《五言律诗八首》其七，《己未诸生案纪事》，第33a叶。

② 《词十二阕调寄黄莺儿》其九、其十，《己未诸生案纪事》，第34b叶。

③ 李福《得南雅迁秩侍读充讲官后书，感赋五十韵答之》，《花屿读书堂诗钞》卷四，《清代诗文集汇编》，第492册，第376页。

④ 《五言律诗八首》其五，《己未诸生案纪事》，第32b叶。

⑤ 《禽言五首》其五，《己未诸生案纪事》，46b叶。

⑥ 《胥门马头文》，《己未诸生案纪事》，第26b叶。

⑦ 王昶《王兰泉司寇与平宽夫学使书》，《己未诸生案纪事》，第19b叶。

⑧ 《五言律诗八首》其六，《己未诸生案纪事》，第32b叶。

⑨ 《七言绝句十首》其一、其四、其五，《己未诸生案纪事》，第33a—33b叶。按，其一中“任犯甄狼”句，袁学澜《适园丛书》钞本同。王欣夫钞本《吴中秀才案》卷下《纪事七绝十首》其一，作“任狗甄狼”且有注云：“如狗如狼，极言其朘剥虐民，几几有吞噬之意。”第10b叶。

⑩ 《词十二阕调寄黄莺儿》其五、其一，《己未诸生案纪事》，第34b、34a叶。

⑪ 《词十二阕调寄黄莺儿》其八，《己未诸生案纪事》，第35a叶。

⑫ 《五言律诗八首》其三，《己未诸生案纪事》，第32b叶。

不通文理，通而不通；任知府昏聩无知，任私情、又任逢迎，任非其任。”[①]上句指通恩，下句即言任兆炯，“逢迎惟大吏，蔽护必贪员”[②]，是其“任私情、又任逢迎”的具象化。其他如称甄辅廷“也坐官衙也审词，心中那有也乎之”，“平恕为人陋劣庸，全忘大职是文宗”[③]，语语讥讽，刺骨入髓。

同情弱者体现人性之良善，这是诸生舆论的重要部分。刻画出官吏狠戾残暴，同情之感便渗入其中。如云李焜：“李贼这游魂，拷诸生、当叛人，非刑恶毒施行尽。烟将鼻熏，火将背焚，满堂流血鬼门近。改清供，夜叉罗刹，献媚虎狼群。”又如“苦袁郎，熬刑忍死，闭口不承当”，“杀心忒凶，黉门一空”[④]，“士皆缧累为囚奴”“钩党纷纷无躲处”等[⑤]，生动地描绘出一幅诸生遭难图。值得注意的是，诸生对官吏并非一笔抹倒，如常州府吕燕昭承审而从中颇费调护，则谓其“声名知略好，舆论本无颇”[⑥]；对前任藩司荆道乾则称“九重天子恩周遍，速令荆公到我苏”[⑦]。细审其时众声复调，总体舆论堪称公允。

舆论的形成和作用，都基于一定形式的公开传播。对于事件的群体评判，既要闻知于文人阶层，又要在普通民众中产生刺激，当以口语传播、文字传播作为主要的方式，而简单直接的歌词曲和通俗易懂的骈赋文，也许是最合宜的形式了。

先看诗歌之类。诸生所作在形式上，以组诗为多；结构上，往往首标其姓名，下述其行径；手法上，则或借姓字引申，或衬托对比，或直陈其事。如《五言律诗八首》之二与《词十二阕调寄黄莺儿》之四抨击平恕：

> 曰恕何曾恕，云平甚不平。恕从人面起，祸向马头生。受用三千两，勾除廿四名。眉卿吴下住，家丑播家声。
>
> 平字实平常，缩其头、拖尾长，分明画出乌龟样。平家细娘，陈家小郎，陈平本有风流账。细平章，平家儿女，只合落平康。[⑧]

“平”者理当中允，“恕”者应怀仁德，然而身为学政的平恕在这两方面恰恰是反其道而行

---

① 《己未诸生案纪事》，第35a叶。

② 《五言律诗八首》其四，《己未诸生案纪事》，第32b叶。

③ 《七言绝句十首》其三、其九，《己未诸生案纪事》，第33a、34a叶。

④ 《词十二阕调寄黄莺儿》其三、其二、其六，《己未诸生案纪事》，第34b—35a叶。

⑤ 《禽言五首》其三、其四，《己未诸生案纪事》，第46b叶。

⑥ 《五言律诗八首》其八，《己未诸生案纪事》，第33a叶。

⑦ 《七言绝句十首》其八，《己未诸生案纪事》，第33b叶。

⑧ 《己未诸生案纪事》，第32a—32b、34b叶。

之，毫无虚融气量，处事徇情不法，“曰恕何曾恕，云平甚不平”，最终落得“家丑播家声”的下场。如果说五言诗尚稍敛笔，黄莺儿词则以古字形“平”的写法象喻，称其为缩头乌龟；复将汉初陈平“受金盗嫂”的风流典故附会其身；尤嫌不足，便直称“平家儿女，只合落平康”，从风流贬为下流了。这类文字率口直诘，几如市井谩骂，虽粗俗儇薄，但一击一掌血，一鞭一道痕，痛快淋漓，极为形象而易于口传，将文学舆论转变为强大的社会舆论。

在歌词类中，“造歌谣、当奏章”的作用不可忽略[①]。当时除有“块然应自笑，到处不相宜”排击宜兴的谣谚外，尚有“无供勒画供”“换日欲偷天”之谣，抒发人心之愤。联句在某种意义上语短意明，传播能量类于谣谚，如“听嘱托、肆拷打，莽总捕子孙罔顾；暗挑唆、偏好言，黠知县名利兼收”，“三学具公呈，争闲气惹成奇祸；黄堂庇属县，图实惠那惜虚名”等[②]，表达手法雅俗互见，引人瞩目。相比较而言，五古《锄兰吟》四十句，以兰喻诸生，用“芳兰生门，不得不锄”之典，写“当门必先锄，碍道亟须斫”之旨[③]，文字无粗粝气，兼顾舆论激扬与抒情感怀，既无妨口传，又可置于案头品味，有助于文学舆论在不同层面扩展。

再看文章之类。文章，包括檄文、赋文、时文，其中檄文的鼓动力、批判性在各文体中无疑最为突出。《讨贪酷檄》《讨吴县知县甄辅廷檄》表达的是对“文人受辱于公庭”的不平之怒[④]。前者兼及学政；后者则专讨一令，“催科定六折之例，久忘头上青天；用刑著一百之称，罔惜眼前赤子”，可见其早著催科恶名。两道檄文均为骈体，正言堂堂，气足神旺，《讨吴县知县甄辅廷檄》尤有力破贪酷之势：“欺孱弱之书生，听喧呶之蠹役。致令黉宫秀士抑郁吞声，市井庸夫扬眉吐气；而且未曾读律，几欲坑儒。既已伤廉灭耻，遂成侮圣欺君。”[⑤]至如“伤廉灭耻”“吉网罗钳”云云，与其时诗歌用语类同，可见诸生集矢之一致。

赋文有《胥门马头文》《效阿房宫赋》，俱为摹拟经典之作，笔下附以时事，寓以情感，有助传播[⑥]。《胥门马头文》大体袭用李华《吊古战场文》原韵，气韵流动，若从己出。如悬想诸生贬谪荒蛮一节，摹写细腻：“荼毒斯文，削色清班。充军流徙，万里南蛮。问何罪孽，诗书为患。……拟轻拟重，家莫闻知。人或有言，将信将疑。缧绁锒铛，梦寐形之。断肠分别，烟瘴天涯。”[⑦]想象出于情怀，悱恻感人。《效阿房宫赋》几乎全按《阿房宫赋》韵，如“呜

---

① 《词十二阕调寄黄莺儿》其十二，《己未诸生案纪事》，第34b叶。

② 《己未诸生案纪事》，第35a叶。

③ 《锄兰吟》，《己未诸生案纪事》，第31b叶。

④ 《己未诸生案纪事》，第25a叶。

⑤ 二檄见《己未诸生案纪事》，第44a—44b叶。

⑥ 按，此类效拟之作还有《秀才案序》，系仿《兰亭集序》而作：“前之视后亦由后之视前。悲夫，故列叙案情，汇录著述，虽诗文互异，其所以矢公一也。”见王欣夫钞本《吴中秀才案》卷下，第1a—1b叶。

⑦ 《胥门马头文》，《己未诸生案纪事》，第27a—27b叶。

呼！辱秀才者，长吏也，非县令也。构大祸者，群丑也，非巡抚也”[①]。与杜牧原文末段句式完全相同，作者有意识利用一般文人所熟知以显现易为传诵的效果，颇具刻意巧心。

时文即四书文。此为文人科场文体，而作为一种舆论方式，久已流行于江南地区。“集四书文”为其变化形式，乾隆中有常熟人因之获罪[②]。关于此案有《集四书文》两篇，大体述案起之由及官吏构陷诸生情形。多用双关、转换词意等手法，构思精巧。如写拘讯诸生：

> 井上有李，其无后乎？见君子谓之贼，齐之以刑，无所不至矣。
>
> 用之者舒，是禽兽也。其所令人有言，改之为贵，善为我辞焉。[③]

不难看出，其语出《孟子》《论语》《大学》。上、下两股，分刺李焜、舒怀。“善为我辞焉”下注：“谓改供词。”[④]作者化用了《四书章句》原文“辞却”之意，本为暗讽，复加注语，便成揭露了。此类情况不少，如以“以杖叩其胫”指吴三新受杖责；讽官吏则谓“其所以放其良心者”，其结构、用事、措语之精巧增强了讽刺效果。“四书文”是诸生群体自具身份的文字，当讽刺对象为不学无识的官吏时，诸生道德与文化上的双重优越感使批判兼备机巧与活力。

在日常生活中，文学是自我情感的抒发和精神的陶冶。当事件突然发生，情感抒发和精神陶冶一变为激情喷发和精神张扬，个体的“我”转化为集体的“我”，文学影响的“有限性”向“无限性”扩展，文学场域很快变身为舆论场域，“唇枪舌剑，攒杀众豺狼”的作用最大限度地得以实现[⑤]。通观有清一代，《纪事》所载已未诸生案的相关作品对“文学何谓、文学何为”的诠释，具有突出的代表意义。

三、维护“斯文”“士气”的文学涟漪

嘉庆已未诸生案，作为一个社会文化事件，之所以一时间激起普遍义愤并点燃文学烈火，在于有司凌辱斯文。凌辱斯文，触及的是文化价值和伦理精神；而斯文不坠，不仅关乎士阶层尊严的维护，更关乎文脉传续与人文化成的实现。斯文与士气关联，所谓士气，是

---

① 《效阿房宫赋》，《已未诸生案纪事》，第 28b 叶。

② 参见《朱思藻〈吊时〉案》，《清代文字狱档》（增订本），上海书店出版社 2011 年版，第 474—475 页。

③④ 《集四书文》其一，《已未诸生案纪事》，第 29b 叶。

⑤ 《词十二阕调寄黄莺儿》其一二，《已未诸生案纪事》，第 35a 叶。

习儒者本心的外化，是伦常人格的表现。如果说诸生案发生之时，文学舆论是一个巨大旋涡，其后的文学叙事，则是从“斯文”与“士气”展开的道道涟漪。

《纪事》中录顾莼赠陆文联句云：“是能读儒行者，岂独继天随乎？”[①]这是该书唯一署名的联句，与《胥门马头文》“士不可辱，大声而呼。本诸孔圣，为君子儒”相通[②]，指陆文于通恩轿前大呼“士可杀不可辱”之事，表达的正是体现传统文化精神的伦常人格。这里不能不提及前刑部侍郎王昶的《与平宽夫学使书》，其起笔有云：“诸生寒士居多，求贷于富户乃事之常，伊等或以教书为业，或以笔墨为生，无力偿还，亦不足异。知县有父母师保之责，正宜加之怜恤，或代为宽解，或再为分限，俾得从容措缴。即使伊言语粗率，亦何至不能少待，当堂扑责，辱寒士以媚富户，此非该令平日与富户结交往还受其馈赂，即系意存讨好，为事后得钱之计。情事显然，不待推求而可见。”[③]笔墨所至，入情入理，“当堂扑责，辱寒士”，即凌辱斯文，已触及问题所在。继之所书，更义正词严，笔力遒劲：

> 诸生之不平则鸣，又何足怪？惟是承审各员，非该令平素结纳之上司，即狼狈作奸之寅好。通臬司将赴湖南，不顾其后，以至四出查拿，牵连无数，掌嘴锁项，凌辱不堪，成何政体！查律，并无生员借贷不还、遂致革责之条。若以聚众为名，亦当视其应聚与否。汉之太学生举幡阙下，为陈蕃而聚集；唐之太学生为阳城而聚集；宋之太学为李纲而聚集；至南宋周朝瑞等为赵汝愚而聚集。史册载之，并以为美谈。[④]

这是站在“扶持士类”的立场，以事实为据、以历史为鉴对江南诸生案作出的最有力的辩护。他强调士之“不平则鸣”并不足怪，而“凌辱斯文”有违体统。王昶此书影响很大，据载吴中士子“得司寇此书，士气赖以稍振焉”[⑤]，可见其时文学舆论的形成，除嘉庆帝的谕旨外，统治集团中正直有识者的态度起到促进作用。

在文化与政治同构互成的社会背景中，士与官二者本质上相通，而潜德发于斯文，弘毅在乎士气。王昶深明此理，当时与其持相同观点者为数不少。从《陈稽亭（鹤）水部答徐直卿（颋）书》可知，其时台阁中苏州籍人详闻李焜“非法酷刑，锻炼此狱”之情后，自同乡同学之士，以及王公大人，悉皆扼腕不平。陈鹤以对乡邦文化环境的了解，认为“吾郡中士风本淳”，其意即在士气当培养，斯文不可辱。吴县范来宗《喧喧》诗云：“喧喧走集尽如迷，患

① 《己未诸生案纪事》，第35b叶。
② 《胥门马头文》，《己未诸生案纪事》，第26b叶。
③④ 王昶《王兰泉司寇与平宽夫学使书》，《己未诸生案纪事》，第17b—18b叶。
⑤ 叶廷琯《春融堂集诗纪李焜事》，《鸥陂渔话》卷三，清同治九年（1870）刻本，第19a叶。

起纤微转怆凄。狱吏权尊威似虎，儒生力弱命如鸡。笔书牍背刑章定，帜偃文坛党祸齐。惆怅一亭芳草绿，春风虚掩夕阳西。”春风亭在府学内紫阳书院中，这正是事件发生之地。来宗为范仲淹后裔，自翰林院编修归养，虽与平恕同年友善，笔锋未指平氏，但站在诸生立场，对基层官吏以冤狱折辱斯文深为慨叹，以“狱吏权尊威似虎”对比“儒生力弱命如鸡”①，同情诸生、慰护士心之意朗朗可鉴。

己未诸生案，自四月发生，八月基本定谳，十一月即完成处理程序。但这是清代兴狱吴中，波及江南，震动朝廷的重大事件，文学的大幕开启后久久未落。诗歌是承荷诸生事件记忆的重要载体。涉事生员及其亲故交游，乃至后世文人，展开了以歌咏诸生“风骨节义”为核心的叙事。

首先是“事中人”的记忆。顾莼于诸生案次年中举，嘉庆七年(1802)成进士，选翰林院庶吉士，散馆授编修，充国史馆纂修。每当旧友重逢之时，则多有“思前事”之心。赠陆文“因君共忆从前事”②，道出当年劫难者重逢之状。陆文屡试京兆，顾莼作送别诗兼怀李福，有“交深因患难，踪阔益缠绵”“李白仍寥落”“义气古为师”等语③。当李福会试入京，顾氏仍不免回溯往事：“道义交不忘，况子同罹厄。小劫逝泡电，古欢镂金石。”④嘉庆十七年(1812)，顾氏被擢为翰林院侍读，有书信寄李福，李氏即以五十韵“长歌代柬”答之，其中述诸生案始末与两人遭逢：

> 十三年前岁在未，狱起胶庠群被系。对簿巍巍捕贼官，擒一秀才数皂隶。秀才柔懦如拉朽，鞭扑吓之不开口。书马何尝失小心，推袁直欲拟骈首。依依相负蛩与蟨，况列前茅遭叱咄。我似僵蚕绝复苏，君如病马惊而蹶。罗织凶凶不可知，忆君含涕前致辞。言尔丁单予有弟，罪如谴尔宁余抵。人生到此交情见，只有精金耐百炼。⑤

“书马何尝失小心”以下四句已可见出顾、李乡里齐名及持义不避。而当时“罗织凶凶”，顾莼虑及李福无兄弟，欲以身代，“罪如谴尔宁余抵”，古今高义，令人动容。其后顾莼提督云南学政，初至任“几有己未之案”，乃与督抚等尽心剖解，“遂不动声色而消灭之”⑥。从陷

---

① 范来宗《喧喧》其一，《洽园诗稿》卷一〇，《清代诗文集汇编》，第393册，第78页。

② 顾莼《题陆少游坐观垂钓图》其二，《思无邪室诗集》，上海图书馆藏清稿本，第29b叶。

③ 顾莼《送陆少游文之大梁》其一、其二，《思无邪室诗集》，第22a叶。按，“李白仍寥落”下注：“谓子仙。”

④ 顾莼《喜子仙公车至下榻寓中》，《思无邪室诗集》，第13b叶。

⑤ 李福《得南雅迁侍读充讲官后书，感赋五十韵答之》，《花屿读书堂诗钞》卷四，《清代诗文集汇编》，第492册，第376页。

⑥ 张星鉴《书顾南雅与李子仙札后》，《仰萧楼文集》，《清代诗文集汇编》，第676册，第335页。

难诸生到为诸生纾难，身份转换，风节操守如一。李福另有《三君咏》颂马、袁之意气，哀元辰之遭遇。其谓马照“古愚诚能愚，得失泯趋避”，“裒然举党魁，斯文不坠地”；谓袁仁虎“袁君亦雄杰，意气出人右”，“义拼一领巾，名播万人口”；谓王元辰“礼门君子人，抗心希千载”[①]。“事中人”的诗歌作品今存颇多，辞气贞刚，足见斯文不坠。

其次是“知情者”的叙事。吴县沈钦韩《赠袁仁虎》有“狱吏威曾鞭宁越，市人价早识韩康”及“各有填胸消未得，三升酒后慨当慷”句[②]，前者指诸生案事，后者誉袁仁虎正气浩然。仁虎表兄周孝壎亦推许其豪壮：

> 君时豪气真无两，蹑足云梯思直上。无端忽作不平鸣，坐使骅骝气凋丧。文昌堕地寒无光，淮海飘零鬓欲霜。一击不中计亦得，至今劲直闻朝堂。中年哀乐那堪说，肝胆论交向谁热。百折难回壮士心，唾壶敲缺歌悲激。[③]

全诗大略隐括出袁氏为人鸣不平、得罪赴扬州配所及赦归后行迹，笔下生悲风，纸上溢豪气。钱玉鱼曾为袁仁虎绘图纪其事，号为“画史”，沈钦韩书其后，诸名士皆有题咏[④]。周孝壎即有题图诗寄之，略曰：“荆榛芜秽秋兰芳，骚人调苦吟清商。分明幽怨图中写，不信青袍换衣赭。焚琴煮鹤无时无，榎柟杞梓同摧枯。……萎草重逢雨露春，金鸡衔诏下枫宸。青蝇止棘终何用，意外风波名愈重。钱王子姓辱知音，尺幅生绡寄慨深。当门必锄空尔尔，不见龙沙人姓李。”[⑤]末句指李焜被谪戍伊犁事。“当门必锄”亦即其时诸生诗《锄兰吟》之意，照应首句“秋兰芳”。全诗两句一换韵，因图生情，将袁氏遭逢和泪写出。青蝇止棘，谗人究有何用；意外风波，贞士名愈增重，两相对比中已见礼赞之意。

推誉诸生节义，借以敦风励俗，是后世不断复述、追忆诸生案的适世价值。如陆嵩题其外舅王元辰遗照开篇即谓：“世风徇卑污，亮节谁嶙峋？肃然见遗像，浩气今犹存。”[⑥]光绪中，吴县钱国祥因读《己未诸生案纪事》而追述其事，以“士可杀不可辱”起笔浩叹：“我生已后数十载，老辈风流犹有存。自幼窃闻乡曲誉，约略言之恐无据。《纪事》得睹颠末全，曷不传奇付管弦？”[⑦]数十年后，己未诸生挺身维护斯文，张扬士气的“老辈风流”，不啻为

① 李福《三君咏》，《花屿读书堂诗钞》卷五，《清代诗文集汇编》，第492册，第383—384页。

② 沈钦韩《赠袁仁虎》，《幼学堂诗稿》卷六，《清代诗文集汇编》，第514册，第92页。

③ 周孝壎《哀芸楼表弟六十初度》，《还读庐诗钞》卷八，《清代诗文集汇编》，第472册，第685页。

④ 张郁文纂修《木渎小志》，民国十七年(1928)铅印本，第17页。

⑤ 周孝壎《题画史》，《还读庐诗钞》卷八，《清代诗文集汇编》，第472册，第617页。

⑥ 陆嵩《题王礼门元辰外舅遗照示妇弟耕畬士锦茂才》，《意苕山馆诗稿》卷二，清光绪十八年(1892)刻本，第17a叶。

⑦ 钱国祥《〈己未诸生案纪事〉书后》，《己未诸生案纪事》卷末附页。

一段佳话，更成为一地精神标识和文化传统。

记载己未诸生案的相关文献尚有志乘笔记、人物传记、事件专集等。笔记类如叶廷琯《鸥陂渔话》载王昶纪李焜被劾诗兼述诸生案；昭梿《啸亭杂录》录王昶与平恕书，谓其可与韩愈《诤臣论》、欧阳修《与高司谏书》等文“并传而不朽”①。地方志乘如《吴门补乘》《（同治）苏州府志》《（民国）吴县志》等均载诸生案事。《木渎小志》有袁仁虎传，《吴县志》记严寿图于诸生被逮后“自拘就系”事②。其他如顾莼、陆文等传状资料尤详，如朱士彦、汪喜荀分别为顾莼作传状，张肇辰撰陆文墓志，张履作《陆少游传》，皆称其人风节。顾莼为陆母作墓志，熊宝泰作陆母传，又详记陆母对陆文节义之影响。管同撰王昶行状，秦瀛作沈琨墓志，朱绶撰周孝壎墓志，均高标其德，大彰其行。尤为可贵者，朱绶为紫阳书院门斗俞文作传，记当事刑逼门斗令妄供诸生，而俞文“身被五木，一昼夜股骨折胫露，卒无他言”③。传记不长，血泪文字却感人至深。吴嘉洤亦因数十年来有不知诸生案者，“故书其本末以作后来之炯戒”④。培士气、昭炯戒，正是事件化为记忆被不断书写的内在动因。

以专集形式辑录诸生案史料，成为强化历史记忆的重要方式。诸生案专集钞本颇多，各有异同，以前述陆嵩、陆懋修父子辑《己未诸生案纪事》所收较夥。陆文堪称己未诸生事件中“始终侃侃以义自持者”⑤，时因诸生案而与顾莼、李福为患难交，又与王丙之子王元辰以节义称心，结为儿女亲家。殁后，其子陆嵩撰写行状，初不载诸生狱事，为顾莼所责。陆嵩因辑《吴郡陆氏族谱》，并于咸丰元年（1851）冬作《书己未诸生狱事》一文，“书之以诏我子孙”⑥；咸丰七年（1857），陆嵩从妻弟秀才王清潞处得《全案》抄本过录；陆家旧藏无名氏“《纪事》七页”（按，即《己未诸生案始末》），于是合之成册。其子懋修续有所得，且附以先祖墓志铭，并采诸前辈题咏《垂钓图》中有关己未事件者，最终形成了流传至今的陆氏抄本。

显然，己未诸生案沉淀为厚重的历史记忆，源于地方人士的层累叙事，体现出一代代文人对“士气”的尊重和期许。因事关世情与人事，叙事过程中不免有所顾忌，然而“典型幸有托，庶免为愚民。风木痛先后，大道将安闻？”⑦无论如何伦理判断终究占有优势，使这一事件得以完整记载，成为江南士林永存的碑传。

---

① 昭梿著，何英方点校《啸亭杂录》，中华书局1997年版，第345页。

② 曹允源等纂修《（民国）吴县志》，民国二十三年（1934）铅印本，第28页。

③ 朱绶《俞文传》，《知止堂文集》卷六，《清代诗文集汇编》，第563册，第188页。

④ 吴嘉洤《书诸生狱事》，《仪宋堂文二集》卷八，清光绪五年（1879）刻本，第20b叶。

⑤ 顾莼《陆母韩太孺人墓志铭并序》，《思无邪室遗集》卷四，清咸丰六年（1856）刻本，第12b叶。

⑥ 陆嵩《书己未诸生狱事》，《己未诸生案纪事》，第39b叶。

⑦ 陆嵩《题王礼门元辰外舅遗照示妇弟耕畲士锦茂才》，《意苕山馆诗稿》卷二，第17a叶。

四、余论

生员层是科举社会的人才底基，在地方社会治理与文化构筑上都有极重要作用。家族、姻亲、师承、交谊等因素，又使得生员层深深地嵌入各种社会关系中。但在社会基层，生员问题相当敏感复杂，嘉庆己未江南诸生案的形成、处置与影响，对研究清代社会史、江南地方史和文学史都具有特殊意义。

一是社会史方面。需要特别提及的是，此次事件，涉及清代科场颇为敏感的“罢考”与“聚哗”问题。有学者指出：“19 世纪东南士人对于生员群体因‘凌辱斯文’所发动的罢考事件上，留下诸多记载，多给予支持与同情。反观 18 世纪，却不见士人为此留下笔墨，这一现象本身体现了 18、19 世纪朝廷立场的转变，以及相应地方士人的立场在朝廷语境主导下随之发生的改变。”[①]事实确乎如此，从顺治到乾隆年间，朝廷对生员罢考、聚哗的应对、处置都偏于严格，以惩治为主。王昶致平恕书有“若以聚众为名，亦视其应聚与否”语，民国时《说元室述闻》评曰：“述庵此语，幸而发于嘉庆时耳，使在雍乾时，危矣。”[②]此论甚韪，正是嘉庆改变了雍正、乾隆的治略，施以宽柔之策。固然其中有朝廷鉴于情势，欲求稳定社会局面的背景，但实际效应是清代历史由此发生转折，士阶层有了较多积极、主动权利。即此而言，这一事件具有重要的标志意义。

二是江南社会史方面。一地有一地的地方史，并在长期发展演变过程中形成了地方性知识。清代江南自有独特的地方性知识积累，这种知识，是包含了人文精神类的内容的。己未诸生案，是一个事件，可以作为地方故事，但更体现了某种人文价值。如颇为人们称道的，在诸生案中陆文被褫，母韩孺人有谓“黜何伤？但论事之直与不直耳”，又嘱其“两家家学不可废”[③]。陆文在其母行状中，备记狱兴时孺人教诲。自嘉庆至同治，陆氏三代各以所得，将诸生案刻入家族史册。《（道光）苏州府志》未载己未诸生事，至《（同治）苏州府志》始本陆嵩《己未诸生案始末》、朱绶《俞文传》等详载此案[④]，自此以后，地方文献中不绝于书。作为精神类财富，己未诸生案对认识江南文人、文化质性，是一个典型样本。

三是清代文学史方面。清代文学史发展，与事件具有密切关联，事件性是其重要特征，每一个事件，因起因、性质、时间、烈度不同，文学生产的情境、数量、质量、影响也不同。

---

① 王学深《“凌辱斯文”与清代生员群体的反抗》，《清史研究》2016 年第 1 期。

② 《纪吴县诸生》，《说元室述闻》，《甲寅》杂志社民国二十五年(1936)版，第 12 页。

③ 熊宝泰《陆孺人传》，《藕颐类稿》卷一六，《清代诗文集汇编》，第 403 册，第 159 页。

④ 冯桂芬等纂修《（同治）苏州府志》卷一三九《艺文四》中著录“陆嵩《吴门己未纪事本末》一卷”，第 50a—50b 叶。

己未诸生案,兴狱于一时间,处置于一年内,然而牵涉颇广,波及上下,文学舆论风起潮卷,延后影响几近百年,直至民初都是文人书写的选题。这在清代文学史上,是较为罕见的现象。书写此一事件,诗歌作品最多,风格兼具,直发胸臆崟崎磊落,隐忧抒怀哀感顽艳;其他各种文体,几乎皆有作品流传,或雅或俗,既富卓识宏议,亦具谐谑讥刺。很难说相关文学作品都达到较高的艺术水平,但这是一个值得同情的事件,具有能够引发共情的题材优势。屈辱中的抗争体现出道义美学和人本精神,而对"黠者反噬吞""廉耻欲谁顾"复杂人性的描绘[①],批判的笔锋中隐含着救赎的期待。

在历史事件中,文学家的角色如何,作用如何,这涉及社会史、地方史和文学生成等诸多复杂问题,需要不断探讨。嘉庆己未江南诸生案的相关史料,仍须进一步发掘,相信随着文献的发掘与整理,认识将进一步深入。清代类似事件屡发,与之相应文学场域较前代大为拓展。考察清代历史变动的情节,有助于审视文学叙事的细部。相信文学承载的人文价值与艺术质性,在历史皱褶之中正有待人们打开而发现。

(作者简介:朱付利,聊城大学文学院讲师。罗时进,苏州大学特聘教授,出版过专著《文学社会学——明清诗文研究的问题与视角》等。)

① 陆嵩《题王礼门元辰外舅遗照示妇弟耕畲士锦茂才》,《意苕山馆诗稿》卷二,第17a叶。

清代"澳门杂诗"的风貌及其嬗变*

邓骏捷

摘　要：组诗创作是明清澳门诗中的一种普遍现象，它们大多是诗人寓居或游览澳门时所作。"杂诗"属于一种较为特殊的组诗，清代以来，澳门有着以"澳门杂诗"为题的组诗创作传统，成为澳门诗中的一个亮点。清代"澳门杂诗"是观察明清澳门诗的一个重要视角，它们的不同风格反映出诗人各自的性情与诗艺，同时它们的描写对象相对固定、题材相对集中，为读者展示了一条比较清晰的澳门诗发展轨迹。清代"澳门杂诗"的创作与历史发展的进程、不同时代的风气、澳门社会的变迁相互协调联动，具有明显的阶段性和时代性，并反映出诗人强烈的现实关怀。"澳门杂诗"的出现与存在，一定程度上为清代诗词及中国古代诗词的多样性开辟了一些新的生面。

关键词：澳门杂诗　组诗创作　钟启韶　潘飞声　丘逢甲

在明清时期的澳门诗中，组诗创作是一种较为普遍的现象。开启澳门诗词序幕的明代著名戏曲家汤显祖的三题四首澳门诗中，便有组诗《听香山译者》(二首)①。清初又有屈大均的《澳门》(六首)②、张汝霖的《澳门寓楼即事》(十四首)③、陈官的《澳门竹枝词》(四首)等④。这些组诗大多是诗人寓居或游览澳门时所作，纪游性质比较明显。它们对当时澳门的山川风貌、商业贸易、宗教信仰、人情物态等方面多有描写，尤其关注西洋人在澳门的各种情况，为后人提供了认识和建构明末清初"澳门形象"的丰富多彩、生动形象的文学材料。同时，由于诗人的兴味不一，才情各有差异，写作手法各有特点，这些组诗更是早期澳门文学的重要组成部分。

---

* 本文系海南省哲学社会科学规划重大专项（东坡文化研究）课题"苏东坡思想本源研究"（HNSK(ZDZX)23－20）、澳门大学 MYRG-GRG2023-00039-FAH 项目"澳门汉语新文学大系"阶段性成果。

① 汤显祖著，徐朔方笺校《汤显祖全集》，北京古籍出版社 1999 年版，第 1 册，第 455 页。

② 屈大均《翁山诗外》，清初刊本，第 45—46 叶。

③ 章文钦笺注《澳门诗词笺注·明清卷》，珠海出版社 2003 年版，第 136—148 页。

④ 《澳门诗词笺注·明清卷》，第 161—163 页。

“杂诗”属于一种较为特殊的组诗①，清代以来，澳门有着以“澳门杂诗”为题的组诗创作传统，且一直延续到民国时期，成为澳门诗中一个引人注目的亮点。关于“澳门杂诗”的诗题，个别时候会出现一些变异，如陈征文的《蚝镜杂诗》（八首）②。“蚝镜”是澳门的古地名之一，《蚝镜杂诗》可以说是“澳门杂诗”的变异诗题。某些时候，“杂诗”又叫作“杂咏”，如叶廷枢的《澳门杂咏》（七首）③、李遐龄的《澳门杂咏》（七首）④。另一方面，有些作品似应与一般的“澳门杂诗”有所区别，如清初吴历创作的《三巴集》中的《澳中杂咏》⑤，清末梁乔汉的《港澳旅游草》中的《镜湖杂咏》⑥。它们的数量较多，《三巴集》分前帙《澳中杂咏》和后帙《圣学诗》，《澳中杂咏》共有三十首；而《镜湖杂咏》则“古迹名胜十有五，风土二十有五，夷俗十”（《镜湖杂咏·自序》），一共五十首。更为重要的是，它们自成一个完整的体系，且独立地收入诗人的集子中，这与一般只有数首或十多首、作为一组组诗的存在形态有着较为明显的区别，因此本文暂不将它们列入“澳门杂诗”的讨论范围⑦。此外，杨增晖的《镜湖杂咏》只有一首⑧，并非组诗，本文也不作讨论。

经以上界定，清代“澳门杂诗”至少应该包括：叶廷枢《澳门杂咏》（七首）、李遐龄《澳门杂咏》（七首）、钟启韶《澳门杂诗十二首》⑨、陈征文《蚝镜杂诗》（八首）、潘飞声《澳门杂诗》（十二首）⑩、丘逢甲《澳门杂诗》（十五首）⑪、王恩翔《澳门杂诗》（二首）等⑫。清代“澳门杂诗”的数量不少，统而观之，它们既有一定的总体风格特征，也因诗人的个人身份与关注点的不同、性情与诗风的差异，以及不同时段的外部社会因素影响，使得每组“澳门杂诗”呈现出各自不同的面貌。尤其值得注意的是，鸦片战争以后，“澳门杂诗”显然出现了一定的

---

① 关于“杂诗”的概念及其演化，参见颜庆余《“杂诗”的文献学考察》，《文学遗产》2019年第2期。

② 陈征文《木兰馆诗钞》，清光绪二十五年(1899)刊本，第2—3叶。

③ 叶廷枢《芙蓉书屋诗钞》，清道光十一年(1831)刊本，第10—11叶。

④ 李遐龄《勺园诗钞》，清嘉庆十九年(1814)刊本，第8—9叶。

⑤ 吴历撰，章文钦笺注《吴渔山集笺注》，中华书局2007年版，第159—182页。

⑥ 梁乔汉《镜湖杂咏》，《港澳旅游草》，清光绪二十六年(1900)刊本，第1—11叶。

⑦ 关于吴历的研究，参见章文钦《吴渔山及其华化天学》，中华书局2008年版。关于《三巴集》的研究，参见章文钦《吴渔山天学诗研究》《吴渔山的澳门诗》，章文钦《澳门历史文化》，中华书局1999年版，第336—370、371—382页。又蒋向艳《折射的他者：吴历〈三巴集〉中的西方形象》，《国际汉学》2017年第1期。在蒋文中，除作者的个人见解外，还涉及一些国外学者对吴历及《三巴集》的研究成果，颇有参考价值。至于梁乔汉《港澳旅游草》的研究，参见陈业东《一轴二十世纪初的“澳门清明上河图”——梁乔汉〈镜湖杂咏〉初探》，陈业东《澳门近代文学探微》，澳门理工学院2014年版，第18—31页；戎琦《梁乔汉〈港澳旅游草〉中的华夷意识》，《华文文学》2021年第4期。

⑧ 杨增晖《丛桂山房初集》，清光宣间刊本，第14叶。

⑨ 钟启韶《听钟楼诗钞》卷三，清道光十年(1830)刊本，第18—22叶。

⑩ 潘飞声《说剑堂集》，民国二十三年(1934)铅印本，第18—19叶。

⑪ 丘逢甲《岭云海日楼诗钞》，上海古籍出版社1982年版，第157—159页。

⑫ 王恩翔《庚辛南游诗纪》，清光绪二十七年(1901)刊本，第4—5叶。

风格嬗变。作为一种“标本”，通过观察和分析“澳门杂诗”，可以揭示清代澳门诗复杂且妙微的变化，从而深化对明清时期澳门诗词的全面理解。

一、叶廷枢与李遐龄：早期“澳门杂诗”的内容与风格

最早写作“澳门杂诗”组诗的广东南海人叶廷枢，约在乾隆四十六年（1781）有澳门之游[①]。叶廷枢《澳门杂咏》七首的顺序，以“时间流程”为线索，这是组诗的常见结构方式。它们既有对澳门风光景物的描写，更有对澳门西洋人、事、物的关注。第一首云：

巨舸横斜高渡头，波涵明月一轮秋。弦歌声里人翘首，晴雪堆齐鬼子楼。

诗人乘船从内陆至澳门，在船上远望澳门，首先摄入眼帘的是，仿如积雪的浪花簇拥着近岸的洋楼。葡萄牙人入据澳门后，大肆兴建房舍和天主教堂，“高栋飞甍，栉比相望”[②]，这些高大新奇的建筑物最能冲击初到澳门之国人的视觉神经。诗中以“鬼子楼”呼应前句的“人翘首”，真实感强烈。如进一步通观整组组诗，可以发现此句有领起其后各诗的作用，因为它向读者暗示了诗人的澳门之行和这一组诗的兴味全在西洋景象和人物。

第二、三首顺接第一首，以澳门的天主教圣像出游活动和天主教堂（大、小三巴两寺）为描写对象[③]。第四首转写澳门海岸景观：

望洋两处别东西，一线分来水不通。纵目七州帆影渺，茫茫沧海接长空。

此诗所写纯为中国古典意象，似有别于前三首。从整组组诗而言，则似断还续，甚有摇曳之致，第五首又写到西洋意象：

银涛高涌撼南湾，海觉澄观足解颜。碧眼老夷多阅历，醉谭天外水晶山。

诗人沿澳门海岸而行，从南湾转到妈阁庙（又名海觉寺）；但笔锋一转，写与西洋老人把酒

---

① 参见《澳门诗词笺注·明清卷》，第181页。

② 印光任、张汝霖著，赵春晨校注《澳门记略》，澳门文化司署1992年版，第65页。

③ 大三巴寺，即圣保禄教堂，原称天主之母教堂。“三巴”是葡萄牙语“São Paulo”（圣保禄）的音译。小三巴寺，即圣若瑟教堂及修道院。

畅谈。从行程的角度看,可以理解为诗人在游览妈阁庙后,去与洋人相聚;从一首诗的创作角度看,这种写法似乎有点突兀;从组诗的结构角度看,此诗却起着转折的作用,因为它又从中国意象转回西洋意象,且焦点从事象转到人物、从远观转到近距离接触。第六首进一步写与洋人聚会的过程:

夜饮毋防玉漏沉,自鸣钟为报分阴。解酲共劝芦卑酒,百叠风琴奏梵音。

诗人不直接写聚会中人的欢乐之情,而以聚会时间之长来作侧面描写。"自鸣钟"一词,或暗示夜饮之处是西洋人的居所。在悠扬的风琴音乐下,主客畅饮"芦卑酒"①,直至深夜,好一幅澳门夜宴图。最后一首写诗人经关闸,从陆路返回大陆,诗的意象回归中国古典传统。叶廷枢《澳门杂咏》以记述澳门之行所见、所遇的西洋人、事、物为核心,西洋意象贯穿整组组诗,类似情况亦见于其后的一些"澳门杂诗"组诗。

叶廷枢后,继有广东香山人李遐龄的《澳门杂咏》(七首)。李遐龄约在乾隆五十三年(1788)至澳门②,他写有十多首澳门诗,包括《蕃雏》《妈祖阁》等长篇作品。《澳门杂咏》七首主要包括三个内容:澳门妓女、西洋妇女和澳门黑奴。第一、二首云:

海上飞楼蜃结成,姎徒娇唱啭雏莺。月琴银甲挑铜线,别是人间幼妇声。

滑腻鸡头软胜绵,青葱擎劝亚姑连。洋酒名。微酡并倚南窗下,亲奉巴菰二寸烟。

第一首写澳门妓院的富丽堂皇,妓女的色艺双全。她们所唱之曲缭绕动人,令人沉醉。"姎徒"意为吾徒,是中国古代西南方少数民族之语。《后汉书·南蛮西南夷列传》云:"(蛮夷)名渠帅曰精夫,相呼为姎徒。"③有学者据此以为,诗中所写者为西洋歌女④。学者有此联想,或因第二首中提到的两种西洋事物:"亚姑连"和"巴菰烟"。"亚姑连"或为葡萄牙语 Aguardente 的音译,意为烧酒。"巴菰"是葡语 Tabaco 的音译,或作淡巴菰、巴菇、大孖古等,意谓烟草。如潘有度《西洋杂咏》(其五)云:"更有管城分黑白,口衔火烟如笔形,黑者烟叶卷成,白者纸裹碎烟叶。无人知是淡巴姑。烟叶产自吕宋国,夷名淡巴姑。"⑤两诗虽然语近鄙亵,

① "芦卑",或为拉丁文 Rubio 的音译,意为红色。芦卑酒,鲜红色的美酒。

② 参见《澳门诗词笺注·明清卷》,第 200 页。

③ 范晔撰,李贤等注《后汉书》卷八六,中华书局 1965 年版,第 2830 页。

④ 参见《澳门诗词笺注·明清卷》,第 206 页。按,在澳门诗词中,时有以番、夷等词语称呼西洋人,也有以蛮、蜑等词语称呼澳门华人,所以诗中所指未必是西洋妓女。

⑤ 潘仪增、潘飞声辑《义松堂遗稿》,《番禺潘氏诗略》,清光绪二十年(1894)刊本,第 2 册,第 2 叶。

但从社会生活的角度，为后人提供了认识当时澳门不同社会侧面的材料，且香艳绮丽，亦属古诗之一体，不必以道学家眼光观之。

第五、六首主要描写澳门的西洋妇女，但却充满了"误解"：

交印全凭妇坐衙，客来陪接聋擎茶。偶然天主房中宿，便有亲知道上夸。（其五）

前两句喻说在西洋人家庭中女尊男卑。当时洋人的男女观念虽与汉人不完全相同，女性地位稍高，但说洋人家庭以女性为主导，恐怕只是诗人的想当然而已。后两句所说实际上是天主教的"告解"圣事，诗人一知半解，且语带戏谑，不仅是"误解"，而是有着明显的"偏见"。

一女为尼九族崇，杀人如蚁不能讧。旋盆半片纸条入，绝胜秋官肺石通。（其六）

此诗写天主教的修女，内容或源于《澳门记略》"一女为尼，一家为佛眷，家人罹重辟，得女尼片纸，立宥之"的记载[①]。西洋女性成为修女，固然较一般妇女的社会地位为高，但也不至于如此，诗人的渲染可谓脱离了"想象"的范围。这些"误解"或因李遐龄当时最多是目睹，而没法接触西洋女性，更遑论沟通理解，诗中所云大概来自中国人的一些传闻。

第七首是写当时澳门黑奴的情况："黑种红衣剃发髭，鸡毛插帽状堪咍。激筒药水湔肠罢，旋点玻璃打勺来。"前两句描写黑奴的外貌发式和衣着打扮，后两句写到黑人至澳门时的一种特殊情况——换肠。据《澳门记略》，黑奴"生海外诸岛，初至时与之火食，累日洞泄，谓之换肠，或病死；若不死即可久畜，渐为华语"[②]。黑奴在澳门的生活和遭遇，一般甚为低下和恶劣，常以喝酒为乐。叶廷枢关注他们，固然出于好奇的心理，却上继吴历，下启潘有度，形成了对澳门黑奴的诗歌书写，丰富了澳门诗词的题材。李遐龄《澳门杂咏》涉及其他诗人较少注意的澳门人物，尤其是澳门社会底层的状况，虽然艺术水平不高，却有着重要的社会意义。

李遐龄《澳门杂咏》的另外两首作品，一写三巴寺，一写兵头（澳门总督），皆与西洋人事相关，可见李遐龄的《澳门杂咏》与叶廷枢的《澳门杂咏》同样是以西洋意象为组诗的主要关注点。

---

① 《澳门记略》，第152页。
② 《澳门记略》，第143页。

二、钟启韶《澳门杂诗十二首》：早期“澳门杂诗”的杰出之作

在早期“澳门杂诗”组诗中，钟启韶《澳门杂诗十二首》的总体成就最高。钟启韶，广东新会人。乾隆五十七年（1792）举人。据《澳门杂诗十二首·序》“丙子嘉平，薄游铁城，遂帆镜水”，可知钟启韶是在嘉庆二十一年（1816）十二月，经石岐到达澳门；而从“嬉吟棹以方酣，同舟得侣俞素园、黎楷屏、伍平湖、谢退谷暨予五人”，则知此次游澳门者，合共五人。

对澳门山海物色的描写，是钟启韶“澳门杂诗”的特色之一，第一首云：

抱琴游镜海，歙箧帆莲洋。汗漫神仙气，空明水月光。登台发长啸，倚醉问扶桑。北乡冰天雁，先春半欲翔。①

钟启韶从珠海经水路至澳门，在茫茫大海上，远眺澳门。与叶廷枢《澳门杂咏》（其一）相较，此诗更为壮阔空灵，飘逸洒脱，充分反映出诗人的胸襟情怀。结联以冬雁欲归作结，点出澳门冬日的和暖，予人神清气爽之感。第九首云：

地势尽南湾，茫茫巨浸间。不风潮刮岸，当午瘴沉山。大舶微如点，颓沙曲似环。却疑星宿海，潜气出诸蛮。

诗写澳门南湾，气势充盈，既写出南湾面朝浩瀚大海的地理特点，又点出停泊在南湾海面的洋舶，更有不同状态下的南湾景色。颔、颈二联，动静搭配，小大相对，可谓写景真切、诗艺娴熟之作。张维屏《国朝诗人征略》曾以“警健”称之②。此诗与其后招广涛的《南湾即目》：“一发辨三峰，微茫入混蒙。地临蚝镜断，天出海门空。水国苍烟外，乾坤积气中。遥知穷岛上，不必尽来同。”③皆为早期南湾诗之佳作。

钟启韶“澳门杂诗”的另一特色，是对澳门西洋人物和事物的描写。第五首云：

兵鬼黔于墨，膘浆冻欲冰。蛮姬裙叠折，番衲发鬅鬙。万牖层楼辟，千门拾级登。

① 钟启韶的《澳门杂诗十二首》，每诗多有夹注和诗后长注，为省篇幅，删去不录。

② 张维屏编撰，陈永正点校《国朝诗人征略》初编卷五一，中山大学出版社2004年版，第741页。

③ 招广涛《有不为斋诗存》卷二，清咸丰九年（1859）刊本，第25叶。

思凭谢公笔，图画贮行縢。

首联第一句写澳门的“兵鬼”，他们应是葡萄牙的非洲籍士兵，澳门华人俗称“黑鬼”；第二句写西洋人的“臊浆”，即奶酪，或称芝士（cheese），两句风趣可爱。张维屏《国朝诗人征略》初编卷五一亦以“警健”称此联。颔联写澳门的两类西洋人物——“蛮妇”和“番僧”，着眼点在外貌衣饰。颈联写澳门的西洋房屋，洋楼层层相迭，窗户处处洞开；高地数尺，需拾级而上才能登门入户。结联写面对如此奇异的情景，诗人不禁想起同行的画家谢退谷。请他把眼前之景绘画下来，收于行囊，回去慢慢欣赏，或示之友好，以作为此次游澳之旅的美好回忆。第八首云：

筑球坡对座，走马路横窗。表午眠参食，呼宵逻代梆。巨鹍三尺奋，绝力卅年龙。要眇花鬘舞，风琴手自撞。

四联八句，各写四组八样不同的西洋人物、动物和事物，纯然写景之作。首联写诗人在洋楼上倚窗外望，看到对面山坡上的洋人正在打球，又有洋人骑马在窗下走过，分别是一远一近之景。颔联写西洋人管理澳门的方式，“夷长”中午后不再办公；晚餐时间很长，直到深夜；“兵鬼”晚上巡哨，并不击柝(即粤语所谓的“打更”)，只以口号互相呼应。颈联与颔联相映成趣，从写人之“异”到写动物之“异”。白鸽巢园里有高三尺的“巨鹍”。《尔雅·释畜》云：“鸡三尺为鹍。”巨鹍，就是大鸡。又有如豹一般的多毛大狗，客人来访，竟要以“铁槛”关起来①。最后，结联写到“花鬘舞”和“风琴”，一属舞蹈，一属音乐。此诗将大至官员特点，小至洋人运动情况，奇异动物，音乐、舞蹈皆一一纳入诗中，表面看来松散无序，实是从华人眼中之“异”来写澳门之“趣”。

更值得注意的是，钟启韶“澳门杂诗”在描写西洋人事的同时，也有宣扬国威和警惕洋人之语：

十字门当槛，零丁港近墙。都归千里镜，直过九洲洋。关闸沙为界，波罗蜜是乡。皇心正柔远，荒徼此来王。（其六）

插汉三巴寺，耶稣律自持。占星亦有术，重女却奚为。践土封无外，通商政不私。羁縻原勿绝，他族尔毋滋。（其七）

① “绝力卅年龙”句，诗注：“有獒如豹，客至则以铁槛禁之。”

第二首的诗注有“时海寇悉平”之语，此或指嘉庆初年华南海盗张保仔之乱。张保仔等海盗在全盛时，拥领三四万名海盗及六百艘战船，横行广东沿岸，劫掠沿海的运盐官船和外国货船。清朝水军曾多次与之激战，澳葡舰队也曾参与部分战役。终在嘉庆十五年(1810)，张保仔投降官府。澳门诗中的时局感悟之语，多见于康熙至乾隆初年，如屈大均《澳门》(其一)、《广州竹枝词》(其五)，张汝霖《澳门寓楼即事》(其五、其九)等，其后甚少见之，到了钟启韶“澳门杂诗”又再出现。张维屏《国朝诗人征略》初编卷五一称，第七首的结联“尤有深意”。风起于青萍之末，钟启韶访澳后十多年，鸦片战争爆发，诗人的敏感可谓在钟启韶身上得到充分的体现。

早期“澳门杂诗”以组诗的形式描写澳门不同于内地的景色、建筑，以及西洋物事、西洋人的面貌等，生动地记录了诗人眼中澳门社会的各种新奇与“怪异”。早期“澳门杂诗”对中国人生活的记载偏少，这是诗人“好奇”的本性使然。在艺术上，杂诗成组连章，集成和发展了唐人如刘禹锡《金陵五题》以来的形式，又以描摹细致周到、刻画形神兼备为尚，使当时及后来读者读之，皆能如身临其境；诗中也偶有流露对外来者将“以夷变夏”的担忧而感喟系之。这些内容、思想和艺术上的特点，为晚清时期的“澳门杂诗”奠定了基调。

三、晚清时期“澳门杂诗”的承袭性

道光二十年(1840)，鸦片战争爆发，中国历史开始进入了近代阶段。列强仗着船坚炮利，步步进逼；清朝政府颟顸无能，进退失据。对外屡受屈辱，丧权辱国；内则国事蜩螗，民变四起。在澳门的葡萄牙人更借机发展，强力推行殖民政策，“近占七村，远夺三岛”，扩大占领地。道光二十六年(1846)四月，亚马留(João Maria Ferreira do Amaral)出任澳门总督，开始了葡萄牙全面殖民统治澳门的时期。“文变染乎世情，兴废系乎时序”(《文心雕龙·时序》)，在时代风潮的激荡下，“澳门杂诗”在沿袭既有的创作路径之余，也出现了一定程度上的主题和风格嬗变。

承袭早期“澳门杂诗”的传统，对澳门风光景物的描写依然是晚清时期“澳门杂诗”不可或缺的内容，且多精致可喜之作。晚清“澳门杂诗”始于福建长乐人陈征文的《蚝镜杂诗》，他约在光绪七年(1881)任香山黄梁都司巡检，任内曾有澳门之游[①]。《蚝镜杂诗》(其三)云：

---

① 章文钦笺注《澳门诗词笺注·晚清卷》，珠海出版社2003年版，第117页。

> 三巴古寺擅名区，高栋飞甍耸海隅。每到星房虚昴日，纷纷男女拜耶稣。

诗人从陆路经关闸进入澳门，在澳门游览时，参观了著名的三巴寺。他惊叹三巴寺的巍峨高耸，见到天主教信徒人头涌动，进行礼拜活动。此诗颇让人想起康熙年间释迹删所描写之“相逢十字街头客，尽是三巴寺里人”（《三巴寺》）的情景①。

更能体现晚清“澳门杂诗”对澳门特色风物描写的是潘飞声和丘逢甲。广东番禺人潘飞声，是海山仙馆潘仕成后人，幼承家学，酷爱诗赋。他至少两至澳门，一在光绪二十一年（1895），一在光绪三十四年（1908），《澳门杂诗》十二首之作，应在前者。《澳门杂诗》（其十）云：

> 楼台树杪碧如烟，帘外波光浪接天。一带长虹吸海水，南环（按，当作“湾”）灯火似灯船。

过往写南湾的诗不少，如上述钟启韶之作，此诗与其他南湾诗作有两个不同之处：一是从楼中远望南湾，二是写南湾的黄昏夜景。第一句说南湾一带，楼台高下，树木婆娑，一片碧绿；但这碧绿又不是苍翠，而是如雾似烟。第二句写南湾之外海水波光掩映，一望无际，仿佛与天相接。这是写南湾的浪，新颖可爱。此句的“帘外”点出了诗人不是置身南湾之中，而是从高楼内远眺南湾。第三句写因是远眺，所以看到南湾迤逦一片，宛如长虹贯注海中。以长虹喻南湾，不仅新鲜，而且形象生动，气势雄壮。结句说南湾一带灯火璀璨，仿如海中游船，使得绚丽的“南湾夜景”完整地呈现出来。潘飞声《澳门杂诗》写到澳门景色的还有：“荷兰一带花园路，斜日轻车看马蛟”（其三）；“乱山树入秋空碧，斜日来听海阁钟”（其八）等。澳门美味也没有逃出诗人的笔端，如“白饭晨餐鼓（按，当作“豉”）与虾，乌龙犹胜架非茶”（其四）；“明虾膏蟹家家有，只爱肥蚝吉大来”（其十二）等。

晚清“澳门杂诗”另一重要作者，是广东嘉应州镇平县人丘逢甲。光绪二十六年（1900）春，丘逢甲受广东政府委派，前往南洋一带调查侨情，考察教育，途经澳门，遂有《澳门杂诗》之作。丘逢甲《澳门杂诗》有南环之作，第十三首云：

> 楼台金碧拥南环，灯火千门夜不关。满地烟花春似海，三更人立磨盘山。②

---

① 释迹删《咸陟堂诗集》卷一四，清道光二十五年（1845）重刊本，第7叶。

② 丘逢甲《澳门杂诗》（十五首），每诗后多有长注，为省篇幅，删去不录。

同写南环夜景，与潘飞声诗的不同，在于诗人观察视觉的差异，此诗是写从山上往下望南环。第一句的“金碧”，强调南环夜景璀璨夺目，颇有先声夺人之感。第二句承第一句，旨在说明南环何以“楼台金碧”。南环晚上不仅有千门万户的灯火，它们更是“夜不关”。原来“南环为胡贾聚居处”，“夜望灯火如繁星”（诗注）。他们夜夜笙歌，所以南环一带晚上到处灯火通明。这里既写出了南环灯火的来由，又从一个侧面反映出南环的繁荣景象。第三句说诗人是在春天时来到澳门，观看南环景色。“烟花”呼应第一句，而“春似海”为即目之景，因南环海景是南环意象中的重要部分。此诗以灯景为主，以海景为辅，恰好与潘诗形成相反的布局。最后一句说此时已是三更，进一步点明诗人是在深夜时分观看南环；所站的位置，则在磨盘山上。丘逢甲访澳时，“所寓在磨盘山上”（诗注）。磨盘山，澳门的古地名，俗称“岗顶”，是一个面向南环的小山岗，诗人正好凭高远眺南环。潘飞声与丘逢甲皆有南湾诗，但他们的视角不同、诗风不同，相映成趣，各尽其妙。

在描写澳门景物的作品中，晚清“澳门杂诗”似乎特别关注炮台，且颇有盛衰之叹。陈征文《蚝镜杂诗》（其四）云：

罗列山椒六炮台，负嵎形势亦崔嵬。独怜乞贷强邻日，曾质金钱卌万来。

前两句写澳门炮台皆在山上，高大巍峨，甚为险峻；后两句笔锋一转，写到面对强邻亦只能质钱了事。“强邻”或指在香港的英国人。两句之意，应是以香港开埠兴起，对比澳门葡人的衰败。丘逢甲《澳门杂诗》（其十）云：

四山高拱炮台尊，海气空蒙晚角喧。落落老兵扶醉去，斜阳一抹望霞村。

此诗写炮台的方式是，前后两句各为一组，先写炮台的状况，再写从炮台外望的景色。值得注意的是，前后两组所写的炮台并不相同。第一句的“四山”，应理解为四周山上，是写澳门高耸之处皆有炮台。第二句写从炮台外望，海上幻化起空蒙的奇气；黄昏之时，炮台上响起号角之声。第三句写炮台上的士兵纷纷归去。此句与第一句形成鲜明的对比，第一句说“炮台尊”，此句却说一个个早已喝得醉醺醺的老兵孤单地离开炮台，诗人显然在说澳门的炮台早已不“尊”，反讽意味很强。诗注云：澳门炮台的大炮“皆旧式”。《澳门杂诗》（其四）亦云：“一笑于今不相称，可怜穷已似波斯。”在丘逢甲眼中，葡萄牙人势力已大不如前。第四句写斜阳映照，望霞村荡漾在晚霞之中，美丽动人。望厦，又称望霞、望下、旺厦，诗人选用“望霞”一语，显然采用了谐音双关的手法。全诗以澳门炮台为主，风光为次，相互穿插；有虚有实，有总体描述，有局部刻画，更加反映了诗人对澳门葡萄牙人势力的观察和判断，仿佛让人看到帝国余晖渐冷的惨淡与凄凉。

四、晚清时期“澳门杂诗”中的嬗变

在中国古典诗学中，本有“文章合为时而著，歌诗合为事而作”（白居易《与元九书》）的优良传统，诗人自觉地担当起表达时代呼声的责任。一方面，晚清之时，中国处于内忧外患交困的局势，诗人处身其中不能不有所感触，发而咏叹，自然与承平时的诗风呈现出一定的差异。另一方面，晚清“澳门杂诗”的作者，如潘飞声和丘逢甲，他们的人生经历较早期“澳门杂诗”的作者更为复杂和丰富，与当时的政治、社会关系更为紧密，因而使得晚清“澳门杂诗”呈现出一些新的内容，形成有别于早期“澳门杂诗”的一些嬗变现象。

晚清“澳门杂诗”与早期“澳门杂诗”的显著不同，首先在于对澳门历史，尤其是葡人侵占澳门过程的关注。陈征文《蚝镜杂诗》（其一）云：

> 竟许西夷受一廛，遂令声教阻南天。可怜卧榻旁余地，酣睡他人四百年。

丘逢甲《澳门杂诗》第一、二首云：

> 五百年中局屡新，两朝柔远畅皇仁。自颁一纸蠲租诏，坐看江山换主人。
> 遮天妙手蹙舆图，误尽苍生一字租。前代名臣先铸错，莫将割地怨庸奴。

陈诗痛惜当年将澳门租借予葡萄牙人，损害了国家的大一统，并埋下不可预测的后患。丘诗第一首写葡萄牙人租借澳门的过程，以及明清两朝对澳葡的管理。此诗点出澳门的两个重要时间节点，一是澳门的开埠，一是光绪十三年（1887）签订的中葡《通商条约》。第二首对澳门问题进行了思考，澳门之所以逐步为葡人所占领，先是因明朝名臣林富奏请“以澳门租葡人”（诗注），后因“庸奴”将土地割予葡人，使得澳葡进一步占领整个澳门半岛。“庸奴”二字，可圈可点，第三句已说了“前代名臣”，这一句应是说当代人，即清廷官员。值得注意的是，丘逢甲说到澳门史事时，基本没有着墨于葡萄牙人的侵略行为，反而句句在说庸臣误国，其背后昏君无能的暗示，稍有读诗能力的人，都可以感受得到。早期的“澳门杂诗”并无丘逢甲这种颇带讽刺意味的作品，这是晚清“澳门杂诗”在风格上的嬗变之一。

丘逢甲生于台湾苗栗县。光绪十三年(1887)举人,十五年(1889)进士,授任工部主事。无意为官,返台教学。甲午战争事起,组织义军抗日。清廷割让台湾,血书力争,无效后倡建台湾民主国,以唐景崧为总统,自任副总统兼大将军。兵败内渡,奉亲归里。因此他游澳时,特别注意到历史上澳门与日本的关系,《澳门杂诗》(其八)云:

谁从异代纪倭氛,曾比欧西早驻军。犹有蜻蛉洲上客,残坊剔藓读和文。

曾与丘逢甲一同游澳的广东嘉应人王恩翔也有《澳门杂诗》两首,其一云:

废苑无人雉兔尊,倭奴石阙尚孤存。海桑幻变须臾事,高挂斜阳一抹痕。

丘诗说日本人较西洋人更早在澳门驻军,这显然是一种误记误说。严格上说,日本从未在澳门驻军。两诗说到的日文石碑,今已不存。不过两人在澳门寻幽探秘,访求日本人在澳门的历史痕迹,以及对世事幻变的感叹,当有一份那个时代独特的民族情感。

澳门总督亚马留被刺是澳门历史上的重大事件,也是澳门进入近代阶段的重要标志之一。关于此事,潘飞声和丘逢甲的"澳门杂诗"各有一首作品:

田横岛上汉家儿,只手挥戈事最悲。片碣谁题沈义士,不闻穿冢傍要离。(潘飞声《澳门杂诗》其五)①

谁报凶酋发冢冤,宝刀饮血月黄昏。要携十斛葡萄酒,来酹秋原壮士魂。(丘逢甲《澳门杂诗》其十二)

两诗的重点皆在歌颂手刃亚马留的澳门望厦龙田村民沈志亮(又名沈米)。亚马留到澳门后推行全面的殖民统治,霸占土地,拆毁民房,强征租税,又挖掘坟墓,开辟马路,种种强暴横行的政策和手段,激起澳门华人居民的反抗。道光二十九年(1849)八月二十二日,激于义愤的沈志亮等人在龙田村附近将其刺杀。其后,清廷迫于葡人的压力,在前山处决了沈志亮。澳门和香山人民对此非常愤慨,他们既恨葡人之强横,又痛清廷之软弱,遂厚葬沈志亮于前山寨城西门山坡,立碑"义士沈志亮之墓"。潘诗以汉初齐人田横喻沈志亮,是强调其悲壮;以东汉名士梁鸿求葬于春秋时吴国刺客要离墓旁,喻沈志亮至今未得后人应有

① 按,诗后原有长注,为省篇幅,删去不录。

的歌颂。丘诗着重写沈志亮的行刺壮举，以及诗人的敬仰之情[①]。潘诗悲沉中带有无奈和感叹，丘诗情绪激昂、豪迈壮烈，这些特色形成了晚清“澳门杂诗”在风格上的嬗变之二。

其次，对澳门社会生活的关注，也是晚清“澳门杂诗”较为突出之处。当时澳门赌博成风，诗人多对赌博为国计民生带来的祸害有所咏叹，陈征文《蚝镜杂诗》(其五)云：

商贾休将宝货夸，呼卢喝雉有生涯。漏卮谁为中华塞，百万朱提买榜花。

因香港的开埠，明清以来形成以澳门为中心的海外贸易，逐渐为香港取代，这不仅影响了澳门原有的贸易活动，也使得澳葡政府的财政遭遇到极大的困境，难以为继。另一方面，清廷于同治元年(1862)、二年、十一年及光绪五年(1879)一再申令禁止闱姓赌博，所以赌商不敢在广州及各乡各县公开设局收票，于是移至澳门开赌。澳葡政府见有利可图，遂听之任之，并大抽赌饷以供财政之需，造成了澳门“饷源以赌为大宗”[②]的现象。诗人敏锐地注意到，因澳门设局开赌，使中国的金财源源流出，于是发出谁可堵塞“漏卮”之叹。

潘飞声和丘逢甲也有关注澳门赌博的作品，潘飞声《澳门杂诗》(其十一)云：

运筹帷幄到红闺，竹缕牙牌夜猎围。收拾英灵屯八阵，满天麻雀掌中飞。

潘飞声写的是当时澳门盛行的另一种赌博形式——打麻雀，而打麻雀者则为女性。“红闺”本喻少女的闺房，但这里恐怕是借指妓院。丘逢甲则写到赌馆的位置和外貌，《澳门杂诗》(其十四)云：

银牌高署市门东，百万居然一掷中。谁向风尘劳物色，博徒从古有英雄。

诗注云：“澳中赌馆最盛，门皆署银牌以招客。”当时澳门赌博兴盛，门庭若市，赌客一掷千金，赌场中人品流复杂。这些情况都被诗人形诸笔端，成了晚清“澳门杂诗”的“奇异”特点之一。

晚清“澳门杂诗”的“奇异”特点之二，是对妓院和妓女的描写。如上所述，在早期“澳

---

① 较早对沈志亮等人刺杀亚马留事件进行记叙的文学作品，是刘熽芬的《沈义士歌》。见刘熽芬《小苏斋诗钞》卷二，清光绪十九年(1893)刊本，第1 3叶。从诗的内容看，潘飞声可能没有读过《沈义士歌》，而丘逢甲读过的可能性较大。

② 郑观应《澳门感事》，夏东元编《郑观应集》，上海人民出版社1988年版，下册，第1343页。

门杂诗”中，李遐龄《澳门杂咏》已有关于澳门妓院和妓女的作品，但这一主题在晚清“澳门杂诗”中，更为常见和密集。陈征文《蚝镜杂诗》(其七)云：

舞榭歌楼遍绮罗，年来大贾少经过。珠娘且漫伤零落，博塞场中客尚多。

诗中既有对澳门妓院灯红酒绿的描写，也有对妓女生涯的叹息，尚离温柔敦厚之旨不远。潘飞声《澳门杂诗》中的澳门妓院之作，则似乎表现出一种浪荡的心态：

楼台十里锦茵铺，彻夜笙歌旧镜湖。修到柔乡莲蒂上，美人端合住莲须。(其六)

往日红楼阿小家，六如谁为榜香斜。东风拟访银娘墓，关闸乌啼正落花。(其九)

两诗以欣赏的笔调描绘澳门的妓院和妓女，又写自己与妓女(阿小)的交往，可谓与古代风情诗一脉相承。这种旧文人的习气，恐怕与潘飞声的公子哥儿出身有一定关系。潘飞声之作，或可与同时代梁鸾翔的“车走雷声薄暮天，异邦春色倍嫣然。芳园重到花如锦，峻阁登高侣欲仙。绣幕香中多异服，红灯光里肆华筵。欢场忘却身为客，酒兴浓时月正圆”(《十四日，欧阳可经招同赵子唐并直公往澳门洋楼小酌》)对读①。它们共同反映了诗人在澳门时的另一种玩乐情景，是立体地理解这些诗人寓澳状态的不可多得的材料。丘逢甲的澳门妓院之作，目光则在妓女之上：“冶叶倡条遍茁芽，双瞳剪水髻堆鸦。春风吹化华夷界，真是葡萄属汉家。”(《澳门杂诗》其五)原来他发现在那些身穿中式衣裳，作汉人打扮的妓女中，竟有不少是中外混血的洋妓。丘逢甲之作，较那些纯为冶游诗的作品多了一层反映澳门社会特殊阶层情况的意义，值得格外重视。

晚清“澳门杂诗”在描写澳门风物之余，有更多思考澳门历史和反映社会现实的内容。这或许是晚清“澳门杂诗”的作者在澳门逗留的时间相对较长，接触澳门社会的层面较广，对澳门各方面情况了解较深入的缘故。另一方面，晚清诗人已不仅仅满足于宏大的历史叙事，将笔触深入到更具体的描写对象上，故而多了一些较为个性化和情绪浓烈的作品。潘飞声的《澳门杂诗》，在描写澳门风物、人事之余，不时借景物故实，抒济世胸臆；丘逢甲的《澳门杂诗》题材广泛，诗风清峻。通观清代“澳门杂诗”的创作实绩，潘飞声和丘逢甲之作，不仅堪称晚清“澳门杂诗”之双璧，更可说是“澳门杂诗”的巅峰。

---

① 《澳门诗词笺注·晚清卷》，第205页。

结　语

“澳门杂诗”作为清代澳门组诗的一种特殊存在，它们涵盖了许多重要的寓澳诗人和诗歌作品，所以是观察明清澳门诗的一个重要视角。一方面，它们的不同风格反映出诗人各自的性情和诗艺；另一方面，它们的描写对象相对固定、题材相对集中，为读者展示了一条比较清晰的澳门诗词发展轨迹。与此同时，清代“澳门杂诗”的创作又与历史发展的进程、不同时代的风气、澳门社会的变迁相互协调联动，具有明显的阶段性和时代性，更反映了这些诗人强烈的现实关怀。总之，“澳门杂诗”组诗具有多方面的特点与价值，不仅对澳门诗词，更对澳门历史文化的研究，具有不可忽视的意义。“澳门杂诗”的出现与存在，一定程度上为清代诗词及中国古代诗词的多样性开辟了一些新的生面。

（作者简介：邓骏捷，澳门大学人文学院中国语言文学系教授、澳门研究中心礼聘教授，出版过专著《明清文学与文献考论》等。）

时空重叠与逆挽倒插

——重探周邦彦词的立体化文本结构*

赵惠俊

摘　要:周邦彦词相较柳永词的文本结构立体化推进,并不具体表现为其词会在类型各异的文本时空之间发生往复切换,这是已然出现于柳词的现象,而应该是周邦彦会将若干个事件堆叠于同一个空间,以及刻意破坏或违逆源于应歌本色的词体线性文本特质。周邦彦主要通过"人面桃花型"结构的运用,为其词带来了大量的时空堆叠;又借助常见于唐诗的逆挽倒插之法,大规模地破坏其词的线性。这些写作手段虽然不见于柳词当中,但却已经被欧阳修、苏轼等士大夫词人广泛运用,尤以苏轼最为突出。这反映出周邦彦于屯田蹊径之外,应也深受士大夫词人"以诗为词"法度的影响。

关键词:周邦彦　清真词　时空结构　逆挽倒插　以诗为词

周邦彦词从柳永词中翻化出新是传统词论家早已达成的共识,如周济云:"清真词多从耆卿夺胎,思力沉挚处往往出蓝。"①蔡嵩云则进一步言之:"周词渊源,全自柳出。其写情用赋笔,纯是屯田家法。特清真有时意较含蓄,辞较精工耳。细绎片玉集,慢词学柳而脱去痕迹自成家数者,十居七八。字面虽殊格调未变者,十居二三。"②在此基础上,现代学者对于柳周之间的承继与发展进行了更加全面细致的探讨,对比总结出了清真词在用调、声律、风格、题材等方面的诸多特色。不过柳周比较的思路最为适合探讨章法程式、文本结构等

* 本文系国家社会科学基金青年项目"南宋词坛地域性分布与两浙词学思想研究"(20CZW014)阶段性成果。

① 周济《宋四家词选目录序论》,唐圭璋编《词话丛编》,中华书局1986年版,第2册,第1651页。

② 蔡嵩云《柯亭词论》,《词话丛编》,第5册,第4912页。

体式层面的问题，毕竟这是屯田家法最为核心的内涵①，也是清真词最主要的夺胎柳词而自成家数之处。而论者一旦触及柳周词的体式比较，便会很容易地感受到周邦彦词相较柳永词的一个重大差异就是结构的立体化，于是相继涌现出了环状结构、网状结构、重叠结构等用于定义周邦彦词立体化文本结构的术语。尽管这些术语本身并无太大问题，但是论者对于其含义所指的阐释却存在较大的偏误，使得描述出的清真词所独具的立体化文本现象其实早已存在于柳词之中。不仅如此，先前的研究也长期忽略周邦彦在柳永之外是否还有词法所本，这一定程度上也跟未能正确描述清真词的立体化文本结构有所关联。

一、清真词文本结构的基础：柳永羁旅慢词的时空程式

无论选用的是怎样的术语，目前论者对于周邦彦词立体化文本结构的探讨总体上还是本之袁行霈所论："柳词'多平铺直叙'，可以说是一种线性结构。周词则多回环往复，是环形结构。""（周邦彦）词常常是在：今—昔，昔—今；我—她，她—我之间翻来覆去地跳跃着。"②具体来说便是周邦彦词会同时呈现若干个时空，并且词作所叙之情事会在这些不同的时空间反复跳跃切换，从而产生立体化的表达效果。至于词中的基本时空类型则有六种，也就是过去、现在、将来这三个时间维度与我方、对方这两个空间维度的两两组合。然而无论是这六种基本时空类型，还是词中时空会在不同类型间反复跳跃切换，都已在柳词当中尤其是他的羁旅慢词里甚为常见。如柳永的这阕《阳台路》：

> 楚天晚。坠冷枫败叶，疏红零乱。冒征尘、匹马驱驱，愁见水遥山远。追念少年时，正恁凤帏，倚香偎暖。嬉游惯。又岂知、前欢云雨分散。　此际空劳回首，望帝里、难收泪眼。暮烟衰草，算暗锁、路歧无限。今宵又、依前寄宿，甚处苇村山馆。寒灯畔。夜厌厌、凭何消遣。③

此词从羁旅所见的秋晚景色起笔，至"愁见水遥山远"句皆是对于我方之现在的铺叙。从"追念少年时"一句开始，便转入了对于过往的回忆，建构出属于对方之过往的时空。上阕结句与过片"此际空劳回首"将时空从过去转回到当下，但转而又将思绪切至对方之现在，

① 关于屯田家法的基本内涵，参见施议对《论"屯田家法"》，《宋词四家论纲》，上海古籍出版社2020年版，第82—106页。

② 袁行霈《以赋为词——试论清真词的艺术特色》，《北京大学学报》1985年第5期。

③ 柳永著，陶然、姚逸超校笺《乐章集校笺》，上海古籍出版社2016年版，上册，第330—331页。

也就是“望帝里、难收泪眼”一句，旋即复以“暮烟衰草”两句再次将时空切回到我方之现在。不仅如此，此词的时空切换并没有就此结束，最后的“今宵又、依前寄宿”五句建构出了本词的又一个时空类型我方之未来，即词中人对于自己今晚孤枕度夜的场景设想。是以此词包含的时空类型相当丰富，时空跳跃亦不可谓不繁密，故而仅仅将周邦彦词的立体化文本结构就描述为其词会在不同的时空之间反复切换跳跃，显然是无法准确表达出柳周之间的文本结构差异的。

实际上，柳永不仅在填制羁旅慢词的时候会运用丰富多样的时空类型与频繁往复的时空切换，而且相关词作的数量也甚为庞大，以至于柳永为慢词建构出了许多重要的时空结构程式。比如“上片写景，下片抒情”的整体篇章结构程式，以及“剪烛西窗型”、“想君思我锦衾寒型”（或称“鄜州月夜型”）、“忆君君不知型”、“触目伤怀成感旧型”等词中片段结构程式。词中人的思绪以及词情意脉会随着词作文本时空的跳跃发生相应的变化，这便是以铺叙之笔赋咏客中男性寂寞幽怨之情的屯田蹊径[①]。上述的这些结构程式在清真词中都得到了沿用，尤其是上片铺叙羁旅行役间所见之景、下片抒发思念远方佳人之情的全章结构程式，依然是周邦彦最为常用的布局谋篇手段。不过尽管柳词中已经存在着如此丰富多样的时空类型与结构程式，但是却并不足以让柳词具备立体化的特征，因为一首柳词里的所有空间都只会承载一件事情。比如在上引这阕《阳台路》中，楚天江晚的空间就只承载我方现在的故事；京城空间只承载过去的往事，哪怕“望帝里”一句是词中人在遥想现在的京城样态，但其实没有具体出现此刻发生在那里的故事；同样的，我方的今晚夜宿故事也不发生在当下的楚天江晚，而是换作了另一处空间苇村山馆来承载。除此之外，仅仅根据术语名称也可以看出柳永在羁旅慢词里所使用的结构程式都有着空间与事件的单一对应性。“剪烛西窗型”就是此处空间对应我之孤独的现在，彼处空间对应的是未来的相聚；“想君思我锦衾寒型”与“忆君君不知型”也是此处空间对应我之孤独的现在，而对方现在的举措言行则发生在彼处空间里；“触目伤怀成感旧型”则是此处空间里发生着当下的欢娱场景，而因此追忆起的过往情事则发生在彼处。如此而言，如果要在柳词的基础上做出可被称为立体化的改进，比较直接的方式就是突破一个空间只能对应一个事件的单一化局限，让词中所叙的多个事件能够重叠出现在同一个空间当中。实际上这并无多少具体实现的难度，因为词人只需运用被吴世昌最先总结概括出来的词体重要结构程式“人面桃花型”结构就可以了。

---

① 详见拙文《代言与自我之间：柳永羁旅慢词程式化结构的类型、渊源及词情归属》，王水照、朱刚主编《新宋学》第10辑，复旦大学出版社2022年版，第156—167页。

二、重叠嵌套："人面桃花型"结构在周邦彦词中的运用

所谓"人面桃花型"结构，就是在词中叙述一段旧地重来的情节，其间包括着一段对于发生在此地的往事回忆。极为擅长书写对于远方佳人之思念的柳永，似乎对相聚重逢的场景无甚兴趣，除了《满朝欢》（花隔铜壶）与《透碧霄》（月华边）两阕表现了重归京城的情境[①]，他就再也没有其他的铺叙吟咏故地重来或情人重聚之词。周邦彦敏锐地抓住了柳词的这番缺憾，频繁在自我词作当中运用"人面桃花型"结构，吴世昌在论述"人面桃花型"结构的时候，也正是全以周邦彦词为例的[②]，比如这阕以故地重来作为全篇吟咏主题的《瑞龙吟》：

> 章台路，还见褪粉梅梢，试花桃树。愔愔坊陌人家，定巢燕子，归来旧处。　黯凝伫，因念个人痴小，乍窥门户。侵晨浅约宫黄，障风映袖，盈盈笑语。　前度刘郎重到，访邻寻里，同时歌舞。惟有旧家秋娘，声价如故，吟笺赋笔，犹记燕台句。知谁伴、名园露饮，东城闲步。事与孤鸿去。探春尽是，伤离意绪。官柳低金缕，归骑晚、纤纤池塘飞雨，断肠院落，一帘风絮。[③]

此词在第一叠中就用归来的燕子点明了当下时空里发生的故事是词中人的一次故地重来。第二叠顺承旧地的今昔勾连，转入对往事的回忆。第三叠又转回到现在，过片"前度刘郎重到"既是时空切换的标识，又通过勾勒手法再次强调词中人的故地重来。值得注意的是，在此词的第三叠中出现了一位秋娘，她与词中人有过一番炽烈的爱恋，又曾在两地分离的时候被词中人苦苦牵挂，是故地重来的词中人此刻非常明确的寻访对象。只不过秋娘已另有新欢，徒令词中人空自神伤而无奈独归。相对于缺少明确寻访对象的柳永《满朝欢》与《透碧霄》两阕，周邦彦的《瑞龙吟》在章法结构上完整具体，能够与其词集中数量众多的抒发寂寞相思情绪的羁旅行役之词产生互动，还拥有媲美柳词的工丽赋笔，足见这种柳词稀见的时空结构不仅被周邦彦针对性地补足，还在其笔下达到了纯熟。

像《瑞龙吟》这样完全以"人面桃花型"结构作为全词布局的作品其实在周邦彦的笔下

---

① 《乐章集校笺》，上册，第98—99页；下册，第653页。

② 吴世昌《论词的读法》，吴世昌著，吴令华编《吴世昌全集》，河北教育出版社2003年版，第4册，第26—28页。

③ 周邦彦著，罗忼烈笺注《清真集笺注》，上海古籍出版社2008年版，上册，第146页。

也不常见，他还是更多地将此结构程式运用为词中的一个时空片段，这使得其词有着丰富多样的呈现故地重来情节的形式。如《还京乐》（禁烟近）是一阕符合柳词传统的抒发词中人羁旅相思之情的词作，但周邦彦在上片的景物铺叙之后，于换头处穿插了“到长淮底。过当时楼下，殷勤为说、春来羁旅况味”的故地重来情节，请流水代自己回到旧地并向佳人诉说羁旅况味，即是柳词所无的新颖构思[①]；《风流子》（新绿小池塘）一词书写的是词中人月夜思念佳人之情，但上阕描绘的却是当下时空所不能见到的春昼丽景。这番时空违逆通过“羡金屋去来，旧时巢燕，土花缭绕，前度莓墙”四句得到解释，原来上阕内容是词中人借助燕子想象出的一次旧地重回[②]；《拜星月》（夜色催更）上片“竹槛灯窗，识秋娘庭院”两句明确标识出了故地重来的发生，其后便接以所见所感的铺叙，但下片“眷恋雨润云温，苦惊风吹散”两句却将此场景无情击碎，揭示出这场故地重来只不过是梦境而已[③]。除了在慢词中的熟练运用，周邦彦还突破了令曲慢词各有章法的柳词传统，也将故地重来的结构程式频繁运用于令曲，如《玉楼春》（桃溪不作从容住）“当时相候赤栏桥，今日独寻黄叶路”、《醉桃源》（菖蒲叶老水平沙）“再来重约日西斜。倚门听暮鸦”等词即是[④]。此外，清真词中的旧地类型也非常丰富，除了最为常见的情人旧日欢会之地，还有与情人的昔年分别之所，如《绮寮怨》（上马人扶残醉）所云：“映水曲、翠瓦朱檐，垂杨里、乍见津亭。当时曾题败壁，蛛丝罩、淡墨苔晕青。”[⑤]还有当初旅途偶经的小村落，如《浣溪沙》（日薄云飞官路平）所云：“下马先寻题壁字，出门闲记榜村名。”[⑥]甚至还有明确就是周邦彦平生数次经行过的城市，代表者即为《西平乐》（稚柳苏晴）中令周邦彦“追念朱颜翠发，曾到处、故地使人嗟”的天长[⑦]，而诸如《西平乐》这样的词作也因此更加强烈地呈现出词人自抒其志的特征。

如上文所云，周邦彦为屯田家法所做出的结构程式增补，本身并没有多少创新难度，实际上与柳永惯常所为一样，就是将唐诗与晚唐五代令曲的相关创作经验迁延至慢词的操作，周济即评说《瑞龙吟》为“不过桃花人面，旧曲翻新耳”[⑧]。然而正是这个被周邦彦反复使用的旧曲翻新之法，为其词带来了大量的时空重叠，深刻影响了清真词立体化结构的形成。学者也早已注意到了清真词里大量的故地重来场景对其词重叠性、立体性结构的

① 《清真集笺注》，上册，第 78 页。
② 《清真集笺注》，上册，第 109 页。
③ 《清真集笺注》，上册，第 281 页。
④ 《清真集笺注》，上册，第 75、35 页。
⑤ 《清真集笺注》，上册，第 223 页。
⑥ 《清真集笺注》，上册，第 143 页。
⑦ 《清真集笺注》，上册，第 207 页。
⑧ 周济《宋四家词选眉批》，《词话丛编》，第 2 册，第 1646 页。

形成意义，但却往往还是将原因归结为该结构程式使得一阕词中能够同时拥有不同时空下的多种场景以及今昔之间的跳跃切换[①]。实际上，“人面桃花型”结构之所以会产生结构立体化的效果，完全是因为这个结构程式能够让不同时间里发生的故事被同一个空间所承载，也就是词中人此刻重回的故地。故地之故使得这个空间与生俱来地与旧事不可分割，无论词人是否提起，故地必然承载着一段前事，从而就与此刻的重来形成了同一处空间下的两件情事重叠。《瑞龙吟》便具体完整地展示了往日缠绵与今日冷落在二者共属的章台空间里的重叠，从而在这片旧地空间里搭建起了立体的时空楼台。

除了能让今昔事件于故地空间中重叠，“人面桃花型”结构还能带来另一种文本重叠的效果。前引《风流子》(新绿小池塘)借故地重来述说了一段人情依旧的欣悦故事，截然不同于“人面桃花型”结构最为常见的关联情绪物是人非。周邦彦之所以能够成功地突破该结构的情感之限，是因为他在此词中用同一段文本构建起了两种结构程式。《风流子》的主题是传统的羁旅相思，词中人并没有真的重返旧地，只是借助燕子的视角设想出一段故地重来的场景。这番新颖的设想方式承载的却是传统的设想内容，即身处故园的佳人此刻正在思念着自己，完全就是“想君思我锦衾寒型”结构的标准样态。如此一来，这段描述故地重来的文字便实现了“故地重来”结构与“想君思我锦衾寒”结构的叠加。《还京乐》(禁烟近)一阕亦是如此，此词的故地重来片段实际是在向佳人倾诉自己的相思，乃是“忆君君不知”结构与“故地重来”结构的重叠。而《拜星月》(夜色催更)中借助梦境发生的故地重来，本质上则是一种特殊的回忆前事的方式，亦展现着同一段文本重叠着两种结构程式的特征。正是在一个空间同时承载发生于不同时间里的多个故事，以及一段文本同时承担多个时空结构功能这两种重叠效果的共同作用下，“人面桃花型”结构才会有力地促成周邦彦词的立体化特征。

三、逆挽倒插之法：周邦彦对于柳词线性结构的破坏

除了利用“人面桃花型”结构将多个事件叠加于同一个空间之中，有意地破坏叙述的线性是周邦彦词得以相较柳词发生立体化演进的另一个重要成因。前辈学者也早已指出柳词的结构主要是线性的，但却没有相应地指出周邦彦词有着有意破坏线性的现象。这主要是因为论者将周邦彦词的立体化文本结构定性为已见于柳词的往复时空切换，从而使得对于柳词之线性的定义也被错误地解释成同一个时空里的铺叙。既然柳词中已经大

① 李俊《“故地重来”和“沉思前事”——周邦彦词的重叠性结构》，《文学评论》2019年第2期。

量存在不同类型时空之间的往复切换，那么所谓的柳词之线性就应该指的是柳永是用线性的方式切换与拼合词中时空的。上引《阳台路》一阕也典型地呈现出了何为线性的时空切换样态，即词中每一次的时空切换都有着明确的文本标识，并且始终都是顺着词中人正常的思绪流转的方向予以时空跳跃的。盖此词总共包含了六个时空片段，发生了五次时空切换，不仅这五次时空切换依次被"追念""又岂知""望""算"以及"今宵又"五个字眼明确地标识了出来，而且六个时空片段具体分别为"我方现在""对方过去""我方现在""对方现在""我方现在""我方将来"，完全就是以词中人当下所在之时空为基准点的线性流转，也即以词中人当下所在时空起笔，每次跳跃至另外的时空之后，都需要先回到这片当下空间，然后才能转到另一个时空当中。这正是最频繁出现于柳词当中的线性文本时空类型，读者能够在文本标识与整饬序列的帮助下，仅凭文字的前后出现顺序就可以明白词中的多个时空是如何拼接与流转的。这无疑是柳词高度应歌性的体现，毕竟听歌是一种完全线性的娱乐活动，听者只能亦步亦趋地顺着歌者的演唱从前往后听完全词，而且随着歌者演唱的结束，听者也就立刻失去了触及歌词文本的可能。所以词人必须以线性的方式处理词中的时空切换，这样才可以让听者听完一遍就能够马上捕捉到词情词意，否则听者将相当不明所以，遣兴娱宾的效果也会被严重地削弱。除非听者在听歌的同时，手中还拿着一份歌词文本，但这样一来其实就已然从应歌转变为案头欣赏了。于是乎周邦彦词刻意破坏线性的具体表现，也就是相应地消解柳词里的时空切换标识以及按照违逆线性的方式拼合时空或进行时空切换。

笔者已经指出，清真词的时空跳跃往往是没有配备明确文本标识的，会在毫无提示之处陡然予以时空的改变，这也就是被传统词论家称为"潜气内转"的写作法度[①]。而故意违逆时间线性本质以拼合词中时空的手段，也同样在清真词中相当常见。周邦彦经常不以词中人当下时空开篇，而且还会不予以任何的时间说明，直到数句之后才延迟交代场景的时间所属。这使得词中时空的拼合方式不再依循时间流或词中人思维流的文本线性走向，兹以这阕《满路花》为例：

帘烘泪雨干，酒压愁城破。冰壶防饮渴，培残火。朱消粉退，绝胜新梳裹。不是寒宵短，日上三竿，殢人犹要同卧。　　如今多病，寂寞章台左。黄昏风弄雪，门深锁。兰房密爱，万种思量过。也须知有我。著甚情悰、你但忘了人呵。[②]

① 参见拙著《朝野与雅俗：宋真宗至高宗朝词坛生态与词体雅化研究》，复旦大学出版社2021年版，第464—472页。

② 《清真集笺注》，上册，第46页。

此词上阕铺叙了男女一夜相聚的情事，但此事的发生时间却不明确，直到过片“如今多病，寂寞章台左”两句才揭示出上片所叙其实是过往欢娱的回忆，形成了对于时间线性的拗逆。这种写作手法其实也早已常见于唐诗，传统诗论家将之称为“逆挽”或“倒插”，主要表现形式有先说结果、再说原因，先叙述后发生的事、再叙述先发生的事，先只描述某人的形象、后来才点明其人为谁等。从而周邦彦这番破坏时间线性以形成立体化结构的法度，再次是从诗歌借鉴而来的。同样地，周邦彦也会将这种逆挽倒插式的时空拼合手段运用在令曲当中，如《少年游》云：“檐牙缥缈小倡楼，凉月挂银钩。聒席笙歌，透帘灯火，风景似扬州。　当时面色欺春雪，曾伴美人游。今日重来，更无人问，独自倚栏愁。”[①]此阕换头处的“当时”一词，陡然揭示出上阕铺陈的相聚欢娱实为往昔，至于当下的寂寞忧愁，则需一路迁延至“今日重来”之句方获挽回。另一阕《少年游》的章法也是如此，词云：“朝云漠漠散轻丝，楼阁淡春姿。柳泣花啼，九街泥重，门外燕飞迟。　而今丽日明金屋，春色在桃枝。不似当时，小桥冲雨，幽恨两人知。”[②]此词同样要等到下阕方才揭示上片所述的内容其实是当时之情貌，只不过此词所抒的不是常见之物是人非的哀愁，而是以旧日的悲情反衬今日之乐景，显示出周邦彦在细节处理方面的丰富多变性。

除了打破过去与现在的线性顺序，上引两阕《少年游》其实还是“人面桃花型”结构与逆挽倒插之法的叠加，使得两词有着更高的立体化程度。实际上，这种叠加两重立体化元素的现象在周邦彦词里并不罕见，也正是因为这个缘故，历代读者才会很容易地仅凭阅读感受便可察觉到周邦彦词有着立体化的特征。不仅如此，周邦彦还会在此基础上将一地所能叠加的时空数量提升至三重甚至以上，并将词中的时空单元从泛化的“过去—现在—将来”之分，精确为若干具体的年份。如这阕著名的咏梅词《花犯》便是如此：

> 粉墙低，梅花照眼，依然旧风味。露痕轻缀，疑净洗铅华，无限佳丽。去年胜赏曾孤倚，冰盘同燕喜。更可惜、雪中高树，香篝薰素被。　今年对花最匆匆，相逢似有恨，依依愁悴。吟望久，青苔上、旋看飞坠。相将见、翠丸荐酒，人正在、空江烟浪里。但梦想、一枝潇洒，黄昏斜照水。[③]

此词从当下的墙角梅花起笔，“依然旧风味”五字绾合了现在与过去，从而其后三句对于梅花的描摹，既是今日所见，亦为往昔之貌。“去年”一句将时空明确切换至去岁的梅花

① 《清真集笺注》，上册，第160页。
② 《清真集笺注》，上册，第158页。
③ 《清真集笺注》，上册，第131页。

开时，似乎这就是旧风味所属的往昔时空。然而上阕最后三句所描摹出的去年梅花却又否定了这个可能，因为去年的情状不仅是词中人独自赏梅，而且梅花也被大雪覆盖，无法欣赏到与雪同白的梅花幽姿，从而才会令词中人发出“更可惜”的感叹。于是上文旧风味的所属时空就得再向前逆推一年，去岁的回忆实则逆挽出了前年、去年与今年三个年头的梅花之态。尽管前年与今年的梅花风味相同，但过片还是予以了情绪的反转。由于词中人很快就要离开这里，故而今年只能在离别惆怅中匆匆观赏，终究与前岁有别。带着这样的情绪，词中人转入了对于未来的设想，但这未来的时空也被细化为两层：第一层是数月之后，此地已是梅子青青，但自己却已离开，漂泊在空江烟浪的旅途中；第二层则是“一枝潇洒，黄昏斜照水”，此地的梅树从青梅满枝复变为梅花盛开，时空已被悄然换至明年的初春。纵使词人并未对明年的梅花样态做任何的交代，读者也足以想见“潇洒”二字所蕴含的就是上片描摹的旧风味，时空逆挽之余又予以了强烈的首尾照应，使得全词的立体化在此刻赏梅之地叠加了四个时空事件的基础上，又获得了新一层的加深。

四、以诗为词：周邦彦词立体化文本结构的技法本质与东坡先例

从柳词的线性结构发展到周邦彦词的立体结构，无疑是宋词发展史上的一次巨大推进。不过柳永的活动时间较周邦彦早七十余年，二人之间有着辈分间隔，因此从情理上来说，这番巨大的推进不太可能只是周邦彦天才独具的首创之举，应该受到了柳周之间词人的影响。只不过因为先前研究对于立体化结构的具体表现存在认知偏误，从而论者很难察觉到上文所述的立体化现象早已存在于以欧阳修、苏轼为代表的士大夫词人之词里。上文已经提到，无论是“人面桃花型”结构还是逆挽倒插之法，都是唐诗的常用手段，因此周邦彦在词中对于二者的大量使用，其实就是一种重要的以诗为词表现。然而目前对于周邦彦以诗为词的认识，基本上还是停留在大量使用唐诗语典这个层面。由于唐诗语典早在花间词人的笔下就已出现，因此论者大多只关注周邦彦对于唐诗语典库的极大扩容及其点化手段的精湛浑成，并不会细究其更为直接的渊源所自。实际上不仅近乎奔命不暇地大量纯用唐人诗句的现象是欧阳修词的重要特征之一，“人面桃花型”结构与逆挽倒插之法也已经在欧词当中有所运用。如欧词名篇《生查子》（去年元夜时），叙述的就是一

段去年今日的物是人非之慨[①]。再如一阕《浪淘沙》云："花外倒金翘。饮散无憀。柔桑蔽日柳迷条。此地年时曾一醉，还是春朝。 今日举轻桡。帆影飘飘。长亭回首短亭遥。过尽长亭人更远，特地魂销。"[②]则隐然呈现着逆挽倒插之笔的痕迹，盖换头处点明词中人今日的活动是泛舟，从而开篇所述的饮散情状更可能是去年一醉时的场景。当然，这类词例在欧阳修词当中只是偶出，还是要到最具以诗为词之名的东坡词里才会大量出现文本样态更为标准的立体化结构先例。

神宗熙宁四年(1071)，三十六岁的苏轼外任杭州通判，开启了他大规模填词的序幕。杭倅时期的苏轼主要填写即席酬唱之词，但就是在这些应酬之作中，便已出现了不少与清真词极为相通的结构立体化之词，如《行香子・丹阳寄述古》云：

> 携手江村。梅雪飘裙。情何限、处处销魂。故人不见，旧曲重闻。向望湖楼，孤山寺，涌金门。 寻常行处，题诗千首，绣罗衫、与拂红尘。别来相忆，知是何人。有湖中月，江边柳，陇头云。[③]

此词的上片还是传统的线性章法，"携手江村"三句叙述了苏轼此刻丹阳赏梅的所见所感，随后的"故人不见"两句，即以赏梅时听闻的旧曲带出思念杭州知州陈襄的主旨，最后接以三处西湖景点的列举，进一步渲染在外出差的自己对于陈襄与杭州的思念。下片的结构则不再维持线性样态，过片"寻常行处"三句描绘的是携妓游赏并题诗的场景，但没有点明这究竟是自己今日的实录，还是对于今日陈襄行踪的设想，抑或是在回忆自己与陈襄的去年欢娱。答案在"别来相忆，知是何人"两句中得到了揭晓，原来前三句所述乃是去岁与陈襄同游西湖之事，也即"别来相忆"的内容，与上引周邦彦《满路花》《少年游》诸词的逆挽倒插之法完全相同，呈现出此刻之我、此刻对方、过往回忆三重时空被立体拼合的样态。苏轼还通过结尾处月、柳、云的列举于相思别情外又翻出一层永恒宇宙与有限人生的对比冲击，展现出高于周邦彦的襟怀与思力。至于"人面桃花型"结构程式的运用，则在东坡词中更为常见。苏轼一生曾多次往返于运河之上，更两度任职杭州，本就有着许多的故地重来经历，相当容易通过以诗为词的法度在词中予以记录并抒怀。如《西江月・平山堂》云："三过平山堂下，半生弹指声中。十年不见老仙翁。壁上龙蛇飞动。 欲吊文章太守，

① 欧阳修著，胡可先、徐迈校注《欧阳修词校注》，上海古籍出版社 2015 年版，第 78 页。

② 《欧阳修词校注》，第 314 页。

③ 苏轼著，邹同庆、王宗堂校注《苏轼词编年校注》，中华书局 2007 年版，上册，第 45—46 页。

仍歌杨柳春风。休言万事转头空。未转头时皆梦。"[1]便记录了自己再次重过平山堂的经历,将追念已逝座师欧阳修与感伤自我身世遭际一并交融于物是人非的叙述之中,最终逼出结句深沉博大的感慨。再如《浣溪沙》云:"一梦江湖费五年。归来风物故依然。相逢一醉是前缘。　迁客不应常眊矂,使君为出小婵娟。翠鬟聊著小诗缠。"[2]则是一段风物人情皆依旧的故地重来叙述,使得"人面桃花型"结构程式在周邦彦之前就已被用来表达欣慰愉悦的词情。如此更可以想见,周邦彦所擅长的同时驱使"人面桃花型"结构与逆挽倒插之法以重叠三五个事件的时空交错手段,对于苏轼来说应该亦非难事。苏轼也确实早已填出了运用此法的词作,熙宁七年(1074),苏轼由杭倅改知密州,他于赴任途中经停海州的时候填了这么一阕《永遇乐》:

长忆别时,景疏楼下,明月如水。美酒清歌,留连不住,月随人千里。别来三度,孤光又满,冷落共谁同醉?卷珠帘、凄然顾影,共伊到明无寐。　今朝有客,来从淮上,能道使君深意。凭仗清淮,分明到海,中有相思泪。而今何在?西垣清禁,夜永露华侵被。此时看、回廊晓月,也应暗记。[3]

此词的上阕主要描绘了发生于景疏楼下的两段不同的人月情境。"长忆别时"以下六句,是回忆曾经的一场月下离别;"别来三度"三句,点出了这场离别至少已经发生了三个月之久,月光在这三个月间皆是一副无人相伴的寂寞凄清之态;"卷珠帘"三句,则是以只有珠帘相共明月的拟人之笔,进一步勾勒景疏楼下的寂寥冷寂之状。过片一句陡然又引入了第三个时空场景,在离别发生的三个月后,景疏楼下的月色终于又获得了人的陪伴。苏轼利用"人面桃花型"结构,巧妙地通过一轮明月的勾连,于景疏楼下这个空间里叠加了三段情境,书写出三个月的时光流转与人事变迁,并由此生发深沉的感慨,与上引周邦彦《花犯》(粉墙低)以同一株梅花在三年间的不同观赏样态寄托离别况味的构思甚为相通。不仅如此,苏轼也在运用逆挽手法破坏了这三个时空看似的线性拼合。如果仅凭《永遇乐》的正文来看,此词是按照正常的时间顺序呈现出"别时—别后—此刻"的变化,而且两次时空变换都有明确的文本标识,似乎就是顺应着线性的规则勾画出词中人由回忆到当下的思绪流转,上阕所写就是词中人对于自我景疏楼往事的回忆。然而过片数句在引入新情境的同时,也在暗自揭示上阕回忆里的主人公与此刻的登楼者其实并非一人,三个月前离

---

① 《苏轼词编年校注》,下册,第533页。

② 《苏轼词编年校注》,下册,第539页。

③ 《苏轼词编年校注》,上册,第131页。

开景疏楼的是一位使君，而现在让明月重获伴侣的人物则是一位淮上新来之客。尽管如此，读者还是不能确认上阕所写究竟从属于谁，也就是此词的抒情主体到底是使君还是淮上之客。这个问题的答案需要通过此词的副文本才能了然，苏轼在自序里详细交代云："孙巨源以八月十五日离海州，坐别于景疏楼上。既而与余会于润州，至楚州乃别。余以十一月十五日至海州，与太守会于景疏楼上，作此词以寄巨源。"[①]根据此序所述以及苏轼此前并未到过海州的事实，可以知晓词中的三段情境"别时—别后—此刻"并不都属于苏轼一人，而分别是孙巨源八月十五日的景疏楼月下别离、苏轼对于景疏楼在孙巨源离开后的冷落凄清之态的设想以及苏轼于十一月十五日登上景疏楼的写作当下情境。可见苏轼将逆挽倒插的草蛇灰线延伸到了副文本当中，如果没有看到这篇词序，那么无论是听曲者还是读词者，都无法彻底弄清此词的抒情主体甚至意脉逻辑，故而此词的立体性文本结构其实更为庞大复杂。不仅如此，苏轼还在此词的结尾以"而今何在"一句设想起了孙巨源此刻在西垣清禁对月暗忆景疏楼的场景，使得此词获得了一个此刻之对方彼处的时空场景，再次与周邦彦《花犯》进一步想象明年梅花情状的结尾形成相通。而且苏轼在词中也只是为从景疏楼转至西垣清禁的时空切换予以了文本标识，依然没有明确提示西垣清禁里的主人公为谁，始终保持了此词不设场景主语的特质，使其对于全词之线性的破坏从开篇一直延续到了结尾，又悄然与周邦彦不设时空切换标识的"潜气内转"之法发生暗合。

周邦彦词中当然还存在着其他的文本结构立体化表现，但在作品数量与重要性这两个维度上，皆远远比不上时空重叠与破坏线性。就破坏线性这一点而言，无论周邦彦采用的是"潜气内转"还是逆挽倒插，其实都还是有迹可循的，读者总归能够较为直观地发现埋藏于某一个文本角落的线索提示，而且词中的那些没有被明确标识出来的时空，也基本有相对整饬的分布与不绝如线的过渡勾连，读者不至于只能生凭内容或典故的分析去硬解强拆。与之相似，周邦彦词里的时空重叠也往往会有一个稳定而明确的空间点，即"人面桃花型"结构程式里的重来之旧地。不管这个空间会重叠多少个事件，词中人的思绪都相当明确地开始于当下之旧地这个时空里，读者也能够很清晰地察觉到就是这个空间重叠了多个事件，而不会和本词当中的其他空间发生混淆。这当然给后世词人留下了充分的进一步深化复杂化立体结构的空间，同时也显示出周邦彦将诗歌的写作技法引入词体之后，并没有将其发展得离诗之传统相去太远，总体上还是呈现着典型的以诗为词样态。这完全能够提示我们，周邦彦词除了有着承继并推进屯田蹊径

① 《苏轼词编年校注》，上册，第 132 页。

的一面，应该还有着渊源于欧苏的以诗为词的一面。上文的分析已经具体地展现了东坡词与清真词在词体结构立体化上的诸多共通，尽管仅凭这一点并不能作出周邦彦确实存在着学习借鉴甚至发展东坡词法的判断，但也足以说明应当高度重视清真词与东坡词的比较研究，很可能从中发现更多的共通现象，从而获得对于周邦彦词更为丰富也更加准确的认识。

（作者简介：赵惠俊，复旦大学中国古代文学研究中心副教授，出版过专著《朝野与雅俗：宋真宗至高宗朝词坛生态与词体雅化研究》等。）

周济的词籍阅读与词学谱系的初创

王居衡

摘　要：考察《词辨》《宋四家词选》与《词综》的收录异同，结合选本内外证据，可知周济阅读过《花间集》《类编草堂诗余》《词综》《词律》《白石道人歌曲》《词选》以及毛本《片玉词》七种词籍，亦可由此审视周济阅读中的态度游移。通过对上述词籍的编纂形式及各自对周济的意义殊异进行综合分析，可获知周济的阅读方式。不同的阅读方式对周氏词选影响有别，"词史"意识则贯穿始终。周济词学谱系建构于晚年读《词综》、修史表之际，具体表现为"词分南北"与移《词综》诸卷卷首词人而成"宋四家"。周济最终亦被归置于词学谱系之中，从而实现了词学的古今勾连。

关键词：周济　阅读史　谱系意识　唐宋词选　"词史"

作为常州词派的奠基人，周济的词学建树历来备受研究者关注，但这往往集中于理论层面，对其文献层面的研究较少。如此一来，周氏所编选《词辨》《宋四家词选》与前代词籍的关联便难以彰显，词学理论链条也有遭受虚化之虞。本文通过文献比勘，探究周济所读词籍及阅读方式，力图呈现从词籍阅读到选本设计的过程，进而考察"词史"意识是如何在这一过程中孕育并多维度展现的，以期为晚近词学谱系提供可靠的文献依据。

一、《词辨》《宋四家词选》中的词学阅读书目

嘉道时期的唐宋词选，以《词选》《续词选》《词辨》《宋四家词选》四种声名最著。《词选》在嘉庆二年（1797）初刻之后于道光十年（1830）重刻，并与《续词选》合刊。据周济自序，《词辨》《宋四家词选》分别成书于嘉庆十七年（1812）、道光十二年（1832）前后。周济于嘉庆甲子年（1804）始识董士锡，后在《词辨序》中论及《词选》，引述书中内容，可见周氏当时是读过《词选》的。而《续词选》则刊刻较晚，未必影响到《宋四家词选》的编选。较之张惠言，周济所读词学文献更为丰富，故本文主要以周氏二选为考察对象。

《词辨》最早刻于道光二十七年(1847),是为后出重编本,现仅存正变两卷。考虑到《词选》以《词综》为主要选源文献及周济的《词选》阅读经历①,笔者先用《词综》来对校。《词辨》除了李煜《临江仙》、苏轼《贺新郎》选篇不依《词综》次序外,孟昶亦被后置,其余词家、篇目俱依《词综》次序。由此,可认定《词综》为《词辨》首要选源文献。温庭筠《菩萨蛮》(南园满地堆轻絮)不见于《词综》,《花间集》《词选》均有存录。因《词辨》另收温氏《南歌子》两首,《词选》未收,故笔者倾向于认为《词辨》是据《花间集》选入《菩萨蛮》。李煜《阮郎归》不见于《词综》《词选》,当是据《类编草堂诗余》补入。此外,姜夔《淡黄柳》《暗香》二词,《词辨》较《宋四家词选》小序更完整,考虑到嘉道时期《白石道人歌曲》已有刻本流传,且当时能见到的其他选本、别集并无两词小序皆完整者,唯《白石道人歌曲》小序完整,且《白石道人歌曲》与《词辨》所收姜夔词次序一致,故《词辨》应是据《白石道人歌曲》选入姜夔三首词。不过《词辨》还有若干不见于他本的异文,且缺乏其他较早产生、可供校勘的本子,很难断定究竟是选家、抄者、刻工失察②,抑或选家别有所据,书籍生产、流通的任何环节都可能产生异文,《词辨》是否参校了其他文献遽难定谳。

《宋四家词选》晚至同治十二年(1873)方刻,上海图书馆、南京图书馆所藏实为光绪思贤书局刻本,因书中不载潘祖荫序,遂以周济自序年份著录,误以为道光刻本。潘序言"得于符南樵孝廉。南樵,荫旧识,尝师事止庵。手录是选,思付剞劂,奔走无暇",又云"此卷孤存"③,故此书道光时并未付刻④。上海图书馆还藏有咸丰壬子年(1852)翁曾翰抄本,翁氏跋语云:"咸丰壬子,从潘伯寅太史借得此本,手钞一过,乃以索之甚亟,有临评点于他本者,故较原本少若干首。"⑤潘氏刻本与此节录抄本同出符葆森抄本。

早在光绪八年(1882),谭献便发现《宋四家词选》以《词综》为首要选源文献:"检阅止庵《宋四家词选》。皆取之竹垞《词综》,出其外仅二三篇。"⑥后来郭象升也说:"顷阅《词综》,偶举相检,乃知周氏选此书时但据《词综》一书而已。"⑦正如谭、郭所言,《宋四家词

① 据研究得知,《词选》的选源文献主要有《花间集》《类编草堂诗余》《词综》,而以《词综》为主,限于篇幅,此处不作展开。

② 《词辨》初编本厄于水中,周济重编本在早期亦以单一抄本形式流传,潘曾玮言承龄"暇出所录介存周氏《词辨》二卷,属为审订"。参见潘曾玮《词辨序》,周济《词辨》,南京图书馆藏清道光二十七年(1847)刻本,第1b叶。前后抄、订,均存在文本变异的可能。

③ 潘祖荫《序》,周济《宋四家词选》,《续修四库全书》,上海古籍出版社2002年版,第1732册,第591页。

④ 可以符葆森抄本《宋四家词选》题记为参证:"希当时录得此本,尚为完璧。久思付剞劂氏,以奔走谋生,无暇顾此,藏之客箧,已十余岁矣。往来南北,未有一失,未始非神之有以呵护之耳。时咸丰纪元,客金陵苦热,晓阅一过,谨识之。"参见王龙主编《李一氓旧藏词集丛刊》,巴蜀书社2022年版,第2辑第129册,第160页。

⑤ 翁曾翰《跋》,周济《宋四家词选》,上海图书馆藏清咸丰抄本,第1a叶。

⑥ 范旭仑、牟晓朋整理《谭献日记》,中华书局2013年版,第253页。

⑦ 山西省图书馆编《郭象升藏书题跋》,山西古籍出版社2007年版,第510页。

选》除了周邦彦《夜游宫》《感皇恩》、史达祖《瑞鹤仙》三首为《词综》所无外，其余词《词综》俱收。比起《词辨》，《宋四家词选》于《词综》中人、词次序，更是亦步亦趋，无有不同，只是晏几道《六幺令》二首、张先《醉垂鞭》、辛弃疾《鹧鸪天·鹅湖归病起作》、姜夔《凄凉犯》诸篇与《词综》顺序不同。在《宋四家词选》的编制过程中，《词综》地位极为稳固。国家图书馆藏朱批《宋四家词选》辑录了刻本、抄本所不见的批语若干则，此本过录周济批语，有学者已言之甚详①。将其与抄本对勘可知，蒋捷《贺新郎》词批语，两抄本与朱批相同，而刻本则无，说明朱批来源可靠，且可补刻本之阙。朱批于蒋捷《贺新郎》下言"'渺'字原稿作'杪'"，于史达祖《秋霁》下言"'先'字原稿作'毛'"，于吴文英《解语花》下言"'是'字原稿作'似'"，均与《词综》相同，称《词综》为"原稿"，自比称底本更显倚重。

与《词辨》类似，《宋四家词选》只有少量词作不见于《词综》。《宋四家词选》所收周邦彦《感皇恩》(小阁倚晴空)，不见于陈元龙《详注周美成词片玉集》，此词入周集始于毛氏汲古阁《宋六十名家词》本。毛本于《感皇恩》下有小注："《清真集》不载。"又有毛扆校语："集无。"②毛晋跋语云："余家藏凡三本，一名《清真集》，一名《美成长短句》，皆不满百阕。最后得宋刻本《片玉集》二卷，计调百八十有奇，晋阳强焕为叙。余见评注庞杂，一一削去，厘其讹谬。间有玆集不载，错见清真诸本者。"③可见毛本是以宋刻《片玉集》为底本，而所谓"集无"，此一校例见《玉团儿》词下："集无，《片玉集》也。"④此处《片玉集》是指陈元龙《详注周美成词片玉集》，而非底本，若底本无此词，则毛本无从存录。故毛扆是在《宋六十名家词》本刊刻之后，据汲古阁藏陈本《片玉集》加以校勘。《宋四家词选》所收《感皇恩》词，实源出今已不可见的二卷本《片玉集》，后人据陈本认为此词为伪，终觉证据不足。《夜游宫》词，《宋四家词选》与毛本并无异文，亦当是据毛本收入。

《宋四家词选》所收周邦彦词与《词综》颇多异文，可由此补充周济的阅读书目。这些异文有的是形讹，如"酧酒"(《词综》作"醑酒")，因不见于别本，且不如原词妥帖，故可认为并非周济改笔或另有他据。有的异文则因只与某本相同而可以判定周济读过此本，如《拜新月慢》，《类编草堂诗余》《词综》作"似觉琼枝玉树"，毛本、《宋四家词选》则作"似觉琼枝玉树相倚"，笔者亦参考了其他别集、选本，均无"相倚"二字，此处异文较为特殊，更可说明周济以毛本为选源文献。《应天长慢》中，《词综》作"前客客"，显然不成辞，《阳春白雪》、毛本作"社前客"，而陈本、百家词本、《类编草堂诗余》、《宋四家词选》作"前社客"，周济不以

---

① 钟锦《国家图书馆藏朱笔批校圈点〈宋四家词选〉评语辑录》，马兴荣等主编《词学》第49辑，华东师范大学出版社2023年版，第359—383页。

② 周邦彦《片玉词》卷上，国家图书馆藏明崇祯刻本，第20a叶。

③ 《片玉词》，第73a—73b叶。

④ 陈本《片玉集》曾为汲古阁所藏，参见苏晓君编著《汲古阁汇记》，北京大学出版社2018年版，第422—423页。

藏书著称，故得阅陈本、百家词本的可能性很小，此处当是从《类编草堂诗余》校改。

此外，周济云“红友极辨上去”[①]，《词律》对周济的影响非止一端[②]。吴文英《解语花》，《宋四家词选》作“冷云荒苑”，小注“荒苑，本作荒翠，误失一韵”，《词综》正作“荒翠”，《词律》云：“翠字非韵，查美成、千里用瓦、帕叶射、下，此字宜叶，梦窗匠心最细，必不失韵。翠字，或苑字、院字之讹耳。”[③]足见《宋四家词选》参考了《词律》。史达祖《瑞鹤仙》，亦据《词律》补入。

如将《词辨》《宋四家词选》结合来看，会发现周济阅读中的态度游移。周济在编选《词辨》时，采用了《白石道人歌曲》，而在《宋四家词选》中，姜夔词部分则只有《词综》的痕迹，《淡黄柳》《暗香》二词小序亦依《词综》，伴随此过程的是姜夔在周济心目中地位的滑落，已不复早年“服膺白石”情状[④]。

若说周济在编《词辨》时，其选源文献只在张惠言采选《花》《草》《词综》的基础上加上《白石道人歌曲》，那么到编《宋四家词选》之时，《花间集》因选域限制而隐退，再添入毛氏汲古阁本《片玉词》、万树《词律》，以及早年便读过的《词选》，便基本构成了周济晚期编选《宋四家词选》时的词学阅读书目。《花》《草》《词综》是词史上最具代表性的三部选本，《白石道人歌曲》是早年词学宗尚的“遗迹”，毛本《片玉词》是当时所能见到的汇集多种宋本周邦彦词的本子，《词律》《词选》更是清代词学之代表，如此取精用宏当然是周济个人手眼所致，也预留了更多关于书籍、阅读的话题。

二、周济的阅读方式与“词史”的别解

选家在去取篇章、存人存词的行为主体之外，尚身兼读者身份。考虑到古代词作多以书籍形式流传下来，选家所能接触到的书籍自然构成了选源的主体部分，不同书籍的价值高低、编纂形式也会决定选家阅读的态度和方式。价值高低的判断会受选家所处时代的词学观念影响，编纂形式的有序与无序则体现出选家的词学素养和历史感。

在周济的词学阅读书目中[⑤]，《类编草堂诗余》改《草堂诗余》的分类编次为分调编次，

① 符抄本《宋四家词选》，《李一氓旧藏词集丛刊》第2辑，第129册，第165页。

② 周济词律观前后期颇有不同，参见曹明升、沙先一《周济词律观的转变及其词学史意义》，《文艺研究》2019年第2期。

③ 万树《词律》卷一六，国家图书馆藏清康熙二十六年(1687)刻本，第28b叶。

④ 周济《介存斋论词杂著》(与《词辨》合刊)，南京图书馆藏清道光二十七年(1847)刻本，第5a叶。

⑤ 《白石道人歌曲》较为特殊，是从乐理角度编次。

形成了明人的分调词学观[①]；毛本《片玉词》不同于陈本按类分卷，而将同调之词汇集一处；《词律》则以词调正体字数为序排列。分调编次固然有助于读者在短时间内检索到某调之词，形成关于调名、体式、韵格等方面的基本认知，甚至附于词作的题序、小注亦可能完善读者有关此词的本事知识，但这样的秩序感不足以形成读者较为整全的词史观念。

由于词史上许多重要词人并非名公巨卿，事迹不显，若无相关书籍的指引，一般知识人很难在头脑中梳理出一部词史来。分家编次固然是中古以降重视作者的一种表征，但这未必会引导读者去思索词的演进史。比如《花间集》的选域限于晚唐五代，无法彰显出词史的纵深，其对于周济的意义可能仅限于补词。而作为周氏二选主要选源文献的《词综》，有别于此前词选"或以调分，或以时类，往往杂乱无稽，凡名姓、里居、爵仕，彼此错见，后先之序，几于倒置"，在文献方面极为经意。"今为博证史传，旁考稗乘，参以郡邑载志、诸家文集，汇而订之。姓氏之下著其地，爵仕之前序其世，赠谥、称号、撰述，系之爵仕之后，无所依据者姑阙之。由是先后之次可得而稽，词人之本末可得而尚论也。"[②]《词综》明确于每卷之前注明唐词、五代十国词、宋词、金词、元词，世次井然，故原本较为模糊的词史世界得以被切分成若干板块，即便是对于占据绝对篇幅的宋词，也理出了较为清晰的脉络。《词综》对于词学文献的搜罗，在古典词学时代，几乎达到了绝无仅有的境地[③]，即便在汪森补遗之前，词史上的重要词人已基本囊括无遗。无论是《词辨》还是《宋四家词选》，无疑都是分家编次型词选，选人是其主要目的，这也可以解释为何两个选本都并未从《词综》之外补选词家，甚至也并未从《词综》补人卷补录词家，只有《宋四家词选》在《词综》补词卷补录过吴文英词。所以利用世次谨严、选篇丰富的《词综》来搭建词选框架，对于文献掌握量有限的词学家来说，极为高效。

主要选源文献与一般选源文献、分调编次与分家编次，这两组对立在一定程度上决定了周济对不同词籍采用不同的阅读方式，也因此形塑了《词辨》《宋四家词选》的样貌。至于阅读方式，根据阅读完整程度可分为通读和选读，根据阅读用心程度可分为精读和泛读，执此以考察周济的词籍阅读，或可看到既往研究所未见的图景。

作为主要选源文献的《词综》，为周济所倚赖，故其对此书的了解程度，是远超其他书籍之上的，不然如何能在如此庞大的词人群体中，拣择出一批符合预期的词人。因此，对于《词综》，周济必然是通读、精读的，不如此则不能培育其词史观念，也难形成诸多为后人

① 叶晔《明人分调编次观与唐宋词的分调经典化》，《文学评论》2016年第1期。

② 柯崇朴《词综后序》，朱彝尊、汪森辑《词综》，中华书局1975年版，第4页。

③ [日]吉川幸次郎曾言："为裒录之业于清代，似莫盛于小长芦钓师。""至于《词综》，尤为钓师经意之作。"参见[日]吉川幸次郎《序》，饶宗颐《词集考(唐五代宋金元编)》，中华书局1992年版，第4页。

所称道的灼见。当然，选人并非一味挑选杰出词人，周济更多是想呈现词史的复杂多元。周济自言："一卷起飞卿，为正；二卷起南唐后主，为变；名篇之稍有疵累者，为三、四卷；平妥清通、才及格调者，为五、六卷；大体纰缪、精彩间出者，为七、八卷；本事、词话为九卷；庸选恶札，迷误后生，大声疾呼，以昭炯戒，为十卷。"[①]可见除了一、二卷，其余多为选词而设，可惜今日已不能见其全貌，如此正变斯备，甚至不避庸劣的做法，不能不说是受探究词史本相的欲望驱使。因此，周济需要不断变换眼光，从不同角度来读《词综》，类似苏轼"八面受敌"读书法。

毛本《片玉词》是周济编选《宋四家词选》所用唯一的别集，足见其对周邦彦的重视。在《词辨序》中，周济交代了喜好周词的缘起，此时还难以见出他是否读过周词别集。到晚年编《宋四家词选》时，便可见出毛本《片玉词》的痕迹。甚至《齐天乐》《解语花》两词眉评道："此清真荆南作也，胸中犹有块垒。""此美成在荆南作，当与《齐天乐》同时。"[②]涉及词家创作时地，乃是一种将词文本历史化的思维，这在《宋四家词选》中仅见于周词。毛本于《少年游》(南都石黛扫晴山)下注"荆州作"[③]，因《齐天乐》《解语花》两词都没有涉及创作时地的题序、小注，周济下断语大概是因为两词中分别有"荆江留滞最久""看楚女、纤腰一把"之句。了解词家行迹，乃至粗略构建出其词作编年系地谱，使得词作成为词家生命史的印记，这样的意识和实践哪怕还不甚完备，却也能说明选家对词家的熟稔程度了，单靠选本，是绝难实现这一点的。由此可见，周济于毛本《片玉词》，也是通读、精读的。

周济的《词律》阅读呈现出两种状态。一是将其作为词体格律的工具书，除了前文提到直接得之《词律》之外，凡涉及某调词体格律规范，周济皆有可能参考《词律》。然则此书凡二十卷，通读既不便捷也不必要，当然笔者不否定周济存在通读之以完善词律知识结构的可能，但就选词一事而言，周济显然还是采用选读策略，涉及某调则检阅之，何况《词律》以词调正体字数为序排列的特征为此提供了很大便利。二是将其中例词作为选词来源，从《词律》中补入史达祖《瑞鹤仙》即是如此，因《词律》是分调编次，周济读到《词律》所收史词，极有可能是因为检阅周邦彦同调词时见到，而周氏同调词也是《词律》例词，同样收入了《宋四家词选》。总体来看，周济阅读《词律》的主要方式是选读，与此同时，无论是辨析词调，还是引某调例词入选本，都需要局部精读，故周济的《词律》阅读采取以选读为主、局部精读的方式。

《类编草堂诗余》对《词辨》的用处是补词，而对《宋四家词选》来说，则有文本校勘、作

---

① 《介存斋论词杂著》，第 6b—7a 叶。

② 符抄本《宋四家词选》，《李一氓旧藏词集丛刊》第 2 辑，第 129 册，第 170、176 页。

③ 《片玉词》卷上，第 26a 叶。

者订正之用，词学活动的广度增大正宣示了周济词学的体系化程度加深。此书分调编次，若只用来选词，通读是较为可取的，不过周济既以《词综》为主要选源文献，精读全书则无必要，何况此书只用于对部分词作进行校勘、订正，故局部精读即可。总之，周济读《类编草堂诗余》，是通读与局部精读相结合。

周济只从《花间集》中补一首词入《词辨》，但所补之词为温庭筠词，推尊温词不仅是常州师法，也是《词辨》中较为自觉的理论意识，故周氏于《花间集》温词部分，应是精读的，其他部分之词不见选入《词辨》。故其阅读《花间集》，是以选读为主、局部精读的方式。

《白石道人歌曲》可谓是逐渐被周济遗忘的选源文献，当然有可能是因宦游而不便携带，但《词综》《类编草堂诗余》的影响力在《宋四家词选》中依然存在，取舍之间，不正说明了周济的态度吗？至于阅读方式，自然与毛本《片玉词》相近。

周济早年便读过《词选序》，后来又说“皋文不取梦窗，是为碧山门径所限”[①]，则是注意到了《词选》于词家的去取。不过《词选》的影响更多在于理论方面，即便如此，鉴于周济曾多方面援引《词选》，还是应认为周济的阅读方式是通读、精读相结合。

综上，周济最为重视《词综》和毛本《片玉词》，早年则看重《白石道人歌曲》，以及一直视《词选》为理论宝典，故加以通读、精读；对《词律》《花间集》，则是以选读为主、局部精读；《类编草堂诗余》因体量较小、各家词较分散，从中选词，需要通读与局部精读相结合。阅读方式的差异决定了这些词籍在周氏二选中印记有浅深之别，我们不妨据此来考察周济的词史意识。周济“诗有史，词亦有史”历来广受称道[②]，其中所体现的词学升降、文体竞争暂且不论。笔者想说的是，既往研究或关注此说背后的盛衰之感，或着力于抉发选家未必明言的“心史”，两者当然都极具合理性，也已然成为词学公论，但从选源文献的角度切入，无疑尚可再进一言。《词综》作为主要选源文献，形塑了《词辨》《宋四家词选》篇目、次序的基本样貌，一部唐宋词史，于此有两种写法；毛本《片玉词》中的历史感，是通过为词家编年系地的初步尝试而实现的，鉴于周邦彦的特殊地位，这种努力不应仅仅视为重构词人生命史，更应被看作词学研究中有待深入细化的重要课题。《词律》所彰显的词调史，固然不及词史那般恢宏壮丽，然套用陈寅恪先生“凡解释一字即是作一部文化史”[③]，不妨说“凡考辨一调即是作一部词史”；《类编草堂诗余》《花间集》于周济而言，具有校勘、补订之用，也因此参与到词史建构之中。《白石道人歌曲》阅读痕迹的消退，则折射出姜夔在嘉道

① 符抄本《宋四家词选》，《李一氓旧藏词集丛刊》第2辑，第129册，第164页。

② 《介存斋论词杂著》，第2a叶。

③ 陈寅恪《“鬼”字原始意义之试探》附录，沈兼士著，葛信益、启功整理《沈兼士学术论文集》，中华书局1986年版，第202页。

之际的影响消长，实实在在地进入了“活的词学史”；《词选》虽未在周氏二选的具体形态上产生影响，然其理论沦肌浃髓，实与《词选》本体难分彼此。周济在阅读中营造历史感，更将词学与平素所擅长的史学冶炼于一炉，两者如何对接，仍存待发之覆。

三、读词与修史的绾合：作为实验的词学谱系建构

阅读作为一种社会行为，启示我们应同时关注文学文本的历史性和历史的文本性[①]，这种文史结合的路径素为本土研究者所耳熟能详。但如何由阅读视角切入，使文、史连辔并进，则是犹待开拓的话题。周济晚年寓居南京春水园，读词、修史并举，为接下来的讨论提供了颇具历史情景性的空间。

《晋略》为周济最为经意之作，在诸多方面体现出周氏的苦心孤诣，其中之一便是为《晋书》补撰史表。魏晋以降，由于世家谱牒的兴盛，史表长期缺席于正史，引来清人纷纷为之补撰，尤以万斯同《历代史表》为代表[②]。万氏还为《晋书》补撰了《功臣世表》[③]，发周济之先声。周济依《史记》旧例，在本纪后设置史表，分为《甲子》《州郡》《割据》《执政》《方镇》五表[④]。《晋书》素称繁芜[⑤]，周济以谱系之法提挈纲维，重拾坠绪。在“人尚谱系之学，家藏谱系之书”的时代[⑥]，普及性质的谱牒甚至成为贵族出仕的“官场教科书”[⑦]，生于千载之下的周济或许看不到六朝古谱，但周氏是不乏谱系意识的，“谱系之学，一乱于晋南渡，再乱于宋南渡”[⑧]，是以具有历史延续性的眼光来看谱系学[⑨]。那么，周氏在《晋略》中补撰史表，不妨视为谱系意识的外显。而从其知识结构来看，诗学方面亦受谱系意识的影响，“去三十年，读陈王诗、次其谱；后二十七年，辑《晋略》，复为《陶征士诗谱》”[⑩]，诗学与史学交织并进。周济词学领域的谱系意识，则体现于《宋四家词选》与其几乎同时完成的《晋略》（此时还只是稿本）的结构、意识的互动、互见之中。由于《词综》乃是周济编选《宋四家

---

① 参见戴联斌《从书籍史到阅读史：阅读史研究理论与方法》，新星出版社2017年版，第41—50页。

② 参见成运楼《史表隐退问题新论——从本纪的编年化到世家谱牒的兴起》，《人文杂志》2022年第6期。

③ 永瑢等《四库全书总目》，中华书局2003年版，第452页。

④ 如此设置基本是采纳包世臣建议的结果，包氏所言含“甲子”“州郡”“宗室诸王”“执政”“方镇”“勋封”“叛乱”七表。参见包世臣《艺舟双楫》，浙江人民美术出版社2017年版，第49页。

⑤ 姚椿《通艺阁文集》卷五，《清代诗文集汇编》，上海古籍出版社2010年版，第522册，第335页。

⑥ 郑樵撰，王树民点校《通志二十略》，中华书局1995年版，第1页。

⑦ 陈爽《出土墓志所见中古谱牒研究》，学林出版社2015年版，第34页。

⑧ 周济著，查明昊编年校注《周济诗文编年校注》，凤凰出版社2022年版，第177页。

⑨ 中古谱学与近世家谱终究不同，前者重门第，后者重宗法。参见陈鹏《谱学》，陈侃理主编《变动的传统：中国古代政治文化史新论》，上海古籍出版社2023年版，第390—392页。

⑩ 《周济诗文编年校注》，第189页。

词选》时词籍阅读的重中之重，故《宋四家词选》的诸多设置，可以在《词综》那里找到对应的形式，而同时所撰史表，也颇能体现周氏的苦心。

《甲子表》将不同政权的年号列于一表，同时并峙之状历历可见，如此设置与《宋四家词选》分四家、各家附录若干词人在形式上极为相似。用周济的话说，“族必有长，必有宗子”，“夫族长，以统一族昭穆之次，上推出于一人”①，周邦彦类似于“族长”，辛弃疾、王沂山、吴文英类似于“宗子”，四家之下各有一支。作为主要选源文献的《词综》，从选阵来看，力图勾画出一部唐宋金元词史，然释道词、女性词列于每部分末尾，在宋词部分甚至分列成卷，实际上呈现出了词史的多元脉络。周济分四家选词，实为创举，其在形式上的灵感应来自阅读《词综》、编纂《甲子表》的过程中。

不同于《甲子表》一以贯之的完整历史，《割据表》以割据政权各领诸州的形式编排，乃是零碎的霸史，然从《割据表》的撰写形式来看，先写总序，再列诸州，然后加以“论曰”，与《宋四家词选目录序论》倒颇相近，不过总序位置却不同。有学者对《目录序论》的形式提出过质疑②，笔者以为其与《晋略》极有关联。《词综》也有局部呈现重要内容的设置，该书大体是按世次编排，然宋词部分体量巨大，分卷之时必然要考虑各卷词数大体相当，是以年代相近的词家便会按需微调，这也就可以解释为何卷五、卷十七只有三位词人，卷十九至卷二十一都只列两位词人。这绝非偶然所致，可以说是朱彝尊对词史细部的塑造。周济细读《词综》，是以自然也波及《宋四家词选》的编排。

周济既已在《甲子》《割据》二表中显现出谱系意识，便会在更多层面彰显出来。一是“词分南北”意识③。《宋四家词选》多处区分南北宋词，周济更明确说“考之于昔，南北分宗”④，“词分南北”成为“宋四家”之外区分词家的另一维度。《词综》发凡也曾提到：“世人言词必称北宋，然词至南宋始极其工，至宋季而始极其变。”⑤南宋词人的“工”与“变”主要体现于以下诸人：“史达祖、高观国羽翼之，张辑、吴文英师之于前，赵以夫、蒋捷、周密、陈允衡、王沂孙、张炎、张翥效之于后。”⑥《词综》卷十七只收卢祖皋、高观国、史达祖三家，卷十九只收吴文英、蒋捷两家，卷二十只收陈允平、周密两家，卷二十一只收王沂孙、张炎两家，唯有卢祖皋并未出现在上述名单中，可见这四卷集中收录了南宋重要词人。这九位南

① 《周济诗文编年校注》，第177—178页。

② 朱惠国《中国近世词学思想研究》，上海古籍出版社2005年版，第90页。

③ 参见赵惠俊《“词分南北”话语体系的成立与流变——兼论两宋词的分期问题》，王水照、朱刚主编《新宋学》第7辑，复旦大学出版社2018年版，第148—163页。

④ 周济《存审轩词》自叙，《清代诗文集汇编》，第535册，第386页。

⑤ 《词综》发凡，第8页。

⑥ 《词综》序，第2页。

宋词人也只有卢祖皋无词人《宋四家词选》(可见《词综》阅读影响周济之深)，高观国、陈允平、周密三人附录于吴文英，史达祖、张炎两人附录于王沂孙，蒋捷一人附录于辛弃疾，无人附录于周邦彦，由此更可理解周济所谓“稼轩由北开南，梦窗由南追北”①。

二是重要词人的来源问题。《词综》卷首多为一时杰出词人，仅以宋词部分为例，如卷五的晏几道、卷六的苏轼、卷七的贺铸、卷九的周邦彦、卷十三的辛弃疾、卷十五的姜夔、卷十九的吴文英、卷二十的陈允平、卷二十一的王沂孙，有的虽未必为朱彝尊所推崇，但在词史上的地位是不容抹杀的。周济通过阅读这种特殊的设置，将这些词人尤其是“宋四家”固定下来，从而形成自身词学谱系的基本框架。若按《词综》次序，当是周、辛、吴、王，为何目录中却作周、辛、王、吴呢？笔者以为这是由吴文英“由南追北”的词史使命决定的，从而与早年引述尹焕“前有清真，后有梦窗”之说遥相呼应②，至于“问涂碧山，历梦窗、稼轩，以还清真之浑化”的逆溯之法③，则是基于取法有效性的考量，两者着眼点不同，是以略有差异。

周济关于词学谱系的建构后来颇受非议，即便是论词本于周氏的陈洵，也说“惟师说虽具，而统系未明，疑于传授家法，或未洽也”，提出“以周吴为师，余子为友”④。如果说陈洵还只是对周济的词学谱系有着取法效果的疑虑，那么王易则是否定其学理性，“其旨则新，而于源流本末未免颠倒”，如“五代之徐昌图，北宋之东坡，乃以附于南宋之稼轩，孙奴其祖，殊非著述之体”⑤。不论如何，周济带有实验性质的词学谱系建构曾对晚近词学产生巨大冲击，而其与读《词综》、修《晋略》的关联，长期隐而不彰，致使诸多词学问题无法从选家同时作为史家身份、作为曾经存在的生命个体那里，获得更通达的阐释。

余 论

以往有关周济的研究多侧重于理论探讨，却未能通过选家的阅读实践来呈现选本本身的关系网络，因而也就无法捕捉选家的深层意图。前人阐释周济“词史”说多重世变、心史，却较少关注其词选通过词人次序编排所体现的历史感——这不失为一条新的阐释路径，也昭示了将词学文献史引入“词史”研究的可能方向。同样，虽有关注周氏二选与《词综》关系的研究，但对周济倚赖《词综》之深认识不足，突出体现在周济核心理论如“词分南

① 符抄本《宋四家词选》，《李一氓旧藏词集丛刊》第2辑，第129册，第163页。
② 《介存斋论词杂著》，第4a叶。
③ 参见沙先一《逆溯之法与开示门径——从〈宋四家词选〉到〈宋词举〉》，《文学遗产》2011年第5期。
④ 陈洵《海绡说词》，唐圭璋编《词话丛编》，中华书局1986年版，第5册，第4838页。
⑤ 王易《词曲史》，岳麓书社2011年版，第322—323页。

北""宋四家"均与《词综》渊源甚深。由此更可进而探讨,朱彝尊、张惠言二人,究竟谁对周济的词学事业产生了更为深远、关键的影响? 词学史上所谓浙、常之争,究竟该从什么层面来理解? 由文献引出的理论问题,比起单谈理论,想必更具说服力。

本文不只是探讨周济读什么、如何读的问题,更要探察他如何看待这些在选政中作用不一的书籍,如何由阅读生成新的意义,并且这些书籍又是如何具体而细致地参与到选政中去的。若说一定程度的知识谱系完形是学科建立的前置条件[①],那么从阅读史出发,观察选家利用各种资源,来实践于知识谱系的营建,成为将选家归置于这一学科谱系之中的契机。这也就可以解释,何以在周济身后,各种关于常州词派师承统系的言论纷纷出炉[②],如今更有常州词派的代际谱系之说[③]。这段词学谱系的延展部分,不妨视为周氏词学史之"后史"。如此,借由流动而弥漫于周氏诸著述之中的谱系意识,可以实现古今词学的勾连。

(作者简介:王居衡,武汉大学文学院博士研究生,发表过论文《盈缩的诗世界:苏轼诗中的地方书写与"迁移"现象》等。)

① 王列生《作为一门常规科学的知识谱系学》,《甘肃社会科学》2018年第4期。

② 参见徐新武、沈松勤《一个被发明的词派——近代词史是如何建构"常州词派"的》,《国学学刊》2021年第3期。

③ 朱德慈《常州词派通论》,中华书局2006年版,第22—46页。

陈运彰手批《宋元名家词》两种探论*

刘宏辉

摘　要：复旦大学图书馆存有陈运彰旧藏词集丛编《宋元名家词》，其中的两种词集《古山乐府》《云林词》保留有陈氏朱墨蓝三色批校之语及圈点符号，批校文字万余，内容涉及版本源流、文字校勘、词作考订等诸多方面，较好地呈现了陈氏词籍校勘业绩。陈氏校词理念主张多闻阙疑、最大限度保留原文，反对没有根据的臆改；又精通音律，勇于裁断，融合诸家之长。在张埜、倪瓒词的整理方面，现有的各整理本尚待进一步完善，从侧面反映了陈氏手批本的文献价值。

关键词：《古山乐府》　《云林词》　陈运彰　手批本　文献价值

近代词籍校刻之风盛行，王鹏运《四印斋所刻词》、吴昌绶《景刊宋金元明本词》、朱祖谋《彊村丛书》等词集丛编久负盛名，江标校刻的《宋元名家词》也是精椠善本。《宋元名家词》乃江标从况周颐所藏词籍中抄出，交由湖南思贤书局刊行，其中包含了况周颐的校勘成果①。20世纪50年代，况周颐入室弟子陈运彰又对其中的两种词集《古山乐府》《云林词》进行了批校。

陈运彰（1905—1955），字君谟，又字蒙庵，号华西，室名有"纫芳簃""华西阁""玉延楼"等，原籍广东潮阳，生长于上海。南社成员，与易孺、詹安泰、陈乃乾、夏承焘、汪东、吴庠、吕贞白等词学名家交游，工诗词书画，篆刻亦精。陈运彰对词学颇为用心，曾追随况周颐学习填词，今存有《况周颐批点陈蒙庵填词月课》②，又有词集《纫芳簃词》《吴丝新谱》传世③；词

---

* 本文系国家社会科学基金一般项目"日本词学批评文献整理与研究"（23BZW099）暨中央高校基本科研业务费华东师范大学青年教师项目"陈运彰批校《宋元名家词》研究"（43800-20101-222368）阶段性成果。

① 关于此问题，参见拙文《"大仓文库"〈汲古阁未刻词〉考述》，《中国典籍与文化》2018年第4期。

② 参见梁基永辑《况周颐批点陈蒙庵填词月课·陈蒙庵批校白石道人歌曲》，中华书局2016年版。

③ 两种词集均未刊行，陈声聪《读词枝语》云："潮阳陈蒙庵（运彰）为况蕙风门人，著有《纫芳簃词》《吴丝新谱》诸集，皆未印。"参见陈声聪《兼于阁诗话全编》，上海交通大学出版社2018年版，上册，第575页。

论方面则有《双白龛词话》《纫芳簃说词》①;陈氏在词籍校勘方面的成就尤为突出,批校的词集有《清真集》《白石道人歌曲》《莲社词(道情鼓子词附)》《晦庵词》《天游词》《东海渔歌》《炊闻词》等②,而他去世前两三年反复批校的《宋元名家词》③,保留批校文字万余,且批语颇具总结意味,有较高的文献价值。

一、手批概况

复旦大学图书馆所藏《宋元名家词》一函四册,凡十五种十七卷,陈运彰批校的《古山乐府》《云林词》位于第四册。《古山乐府》首页钤有"陈彰校词之记",目录页首行下钤有"蒙父""陈彰";《云林词》正文页钤有"蒙盦""陈彰私印"等印章。

陈运彰批校《古山乐府》《云林词》的时间在壬辰(1952)、甲午(1954)间。《古山乐府》有三则记有日期与落款的跋语:

> 壬辰闰五月廿五日,以侯刻《名家词集》本校。玉延楼午窗记。
>
> 廿七夕,以朱氏《彊村丛书》校。彊村据知圣道斋藏明钞本重刊,分上下二卷,章次与此不同。此本及侯刻缺文借以补完,然亦有赖此订正其误者,则此亦不可废也。今夕有飓风之警,书此时,窗外风声如雷矣。运彰。
>
> 金氏《栗香室丛书》重刻侯本,虽不精,尚能存其真面目,于其讹夺,但加校语,此例最善者也。校此卷毕,既疏所疑,并摘录金氏语于上方。次日,始忆《彊村丛书》本与此不同,亟取以覆勘之。阅二日毕。业十年以来,既厄于人,复困于病,神思渐减,送藏且尽。又复抱守残余,重理故业,借四当之说,聊以自慰,可叹也。闰五月廿六日,运彰书。

据以上跋语可知陈氏曾在壬辰五月下旬反复校阅此书。至甲午二月,再次将《古山乐

① 两种词论著作收录于杨传庆、和希林辑校《辑校民国词话三十种》,台湾花木兰文化出版社 2016 年版;又收录于孙克强、杨传庆、和希林编《民国词话丛编》,社会科学文献出版社 2020 年版,第 7 册。

② 以上陈氏校勘之词籍,乃据陈运彰序跋、期刊报纸及当下研究成果综合而来。如《藏书报》2018 年 4 月 9 日刊有傅忠强《才子陈运彰 美哉〈清真集〉》,介绍了陈运彰手批《清真集》的情况;梁基永辑《陈蒙庵批校白石道人歌曲》,中华书局 2016 年版;陈运彰《纫芳宧读词记》记录校订的词籍有《莲社词(道情鼓子词附)》《晦庵词》《天游词》《东海渔歌》《词林书目》等,参见《之江中国文学会集刊》1940 年第 5 期,第 1—9 页;南京图书馆藏有陈运彰手批《炊闻词》,参见孙靖《民国词籍校雠新证——陈运彰批校本〈炊闻词〉探微》,《新疆大学学报》2015 年第 4 期。

③ 《宋元名家词》,复旦大学图书馆藏本。后文所引陈运彰批校文字均出自此书,不另注。

府》通校一过，词目后又有题识一则：

予校此书毕，特与吴眉丈共商定之。顷从眉丈假得林坚之重刊明吴文恪编写《百家词》本，因并携此册归。对勘一过，旧所校文颇多脱漏，略为补之，且为更订一二事，以见曩时之草率，亦知扫落叶之喻为不诬也。甲午二月初五夕，碧双楼与梦秋翁及贞白谈词归后，补录校通卷竟。彰。

吴眉丈指吴庠，字眉孙，手批本保留有一条他的批语："朱本宜从之。字以记之。眉孙。"林坚之，即林大椿，1939年商务印书馆排印了林氏校订的明吴讷《百家词》。陈运彰壬辰年校完《古山乐府》之后，甲午年又从吴庠处借得此前并未参校的《百家词》本校阅一过，有多处记有甲午年的眉批亦可印证，如"甲午二月初三夕，玉延""甲午二月初五夕补校"等。

陈运彰借得《百家词》后，又据以校勘《云林词》，其《云林词》跋语云："甲午二月初三夕，以吴文恪《百家词》本《云林乐府》校。吴本章次与此异，并注调下。"至甲午四月，再据倪瓒别集校订，"甲午四月十二日从载如假万历本《倪云林先生诗集》本校一过，诗凡六卷，乐府廿六首存附录中。云林八世孙珵重刻荆溪蹇朝阳本也"。

据以上线索，可以总结出陈氏批校《宋元名家词》的时间轴，即壬辰五月下旬，以《栗香室丛书》复刻侯文灿《十名家词》本、《彊村丛书》本校订《古山乐府》；甲午二月以林坚之排印本《百家词》校订《古山乐府》与《云林词》；甲午四月，以倪珵重刻《倪云林先生诗集》校订《云林词》。

陈运彰批校时对两种词集的版本十分考究，其中《云林词》因存词较少，版本单一，陈氏只参校了吴讷《百家词》本及《倪云林先生诗集》本；而张埜《古山乐府》的版本更为丰富，陈运彰对其源流作了详细考订：

《古山乐府》著于录者旧皆二卷本，其移并为一盖始于汲古毛氏，以其所刻所钞它家词按之，厥例至多。侯本不言所从出，实亦汲古阁本也。朱刻知圣道斋明钞本足资补缺，然不免有后人就词义以意增改处，细勘各本异同可见也。古微丈刻《彊村丛书》，所校多善本，而得本即校，不惮再三剜改，用力至勤，唯往往不加按语，致尽失原来面目，是亦一弊。丁氏《八千卷楼书目》卷二十"集部词曲类"："《古山藏本乐府》一卷，元张埜撰。《名家词》本"，即侯刻也，"藏本"二字疑衍。

陈氏认为《古山乐府》一卷本源于毛晋汲古阁将二卷本合为一卷，又指出侯文灿《十名家词》本亦源于汲古阁，而丁氏《八千卷楼书目》所载即为侯刻本；朱祖谋《彊村丛书》本则据彭元瑞知圣道斋旧钞本，亦即《南词》本。由此我们可以推断出陈运彰手批《古山乐府》间接地参校了三种明代版本，即汲古阁刻本、《南词》钞本、吴讷《百家词》本；又直接参校了《栗香室丛书》重刻的清初侯文灿《十名家词》本。除了以上《古山乐府》的不同版本外，陈运彰还参校了两种选录有张埜词的词选，眉批云："《词综》卷三十选《古山乐府》五首，《历代诗余》录古山词三十七首，今取校此所录词。"在参校诸本时，陈运彰使用了朱墨蓝三色进行批校，其功能各异：朱笔校录朱本(《彊村丛书》本)、吴本(《百家词》本)及《词综》《历代诗余》的异文；墨笔校录侯本(《十名家词》本)的异文；而蓝笔则是书写校勘裁断之由或是心得之语。总之，陈运彰在古籍查阅条件有限的情况下，尽可能多地利用各种版本进行批校，其校勘精细考究，取得了价值极高的校订成果。

二、批校内容

陈运彰批校之语极为丰富，《古山乐府》《云林乐府》的每首词都有批校，总字数多达万余，其内容涉及编排次序、文字校勘、断句用韵、词作考订等方面。陈氏批校精细，又以圈点符号提示各重要词选本是否收录，实可称校勘精善。具体而言，包括以下几个方面：

考察词集的分卷与编排次序。分卷是考察古籍版本的重要依据，陈运彰在考察《古山乐府》版本时，已经关注到了二卷本与一卷本的源流问题，而在校勘中，每首都标注在不同版本中的次序，如首页"古山乐府"集名之下增添"卷之一"，注："吴本分两卷，作'卷之一''卷之二'，字与朱本'卷上''卷下'少异，章次则同。"并且于每一首词牌后都标注吴本、朱本之位置，如第一首《清平乐·到洪寄新斋》之后标示"卷下十五"、第二首《清平乐·和李御史春寒》之后标示"卷下十六"，分别指位于朱祖谋《彊村丛书》本卷下第十五、十六首；《云林词》也于词牌后标示吴讷《百家词》本、万历本《倪云林先生诗集》本之次序，如第一首《如梦令》标示"吴本十一，万历本十八"，第二首《清平乐·在荆溪作》标示"吴本一，万历本一"等。

校订文字异同。陈运彰不仅参照了《古山乐府》《云林词》的不同版本，在词作校勘时还往往与词选本进行对校。如《古山乐府》首页即云："《词综》卷三十选《古山乐府》五首，《历代诗余》录古山词三十七首，今取校此所录词，前者以单砚、后者以双砚识之。"这里所说的"单砚""双砚"，即在词牌前以单砚"o"型符号表示《词综》选录、以双砚"8"型符号表示《历代诗余》选录。陈氏广泛参校各本，在页眉、行间、字旁留下了丰富细致的校订成果。

如《南乡子·赠歌者怡云和卢处道韵》句“霭霭度南空，花影长如□月中”，页眉处墨笔校“侯本‘□月中’作‘月影中’”；朱笔校“朱本‘南空’作‘春空’，‘□月中’作‘月影中’”；又以朱笔补校“吴本次句作‘长妒花阴月影中’。次日覆校补记。吴本同”。而对词题的校订则置于行间：“‘怡云’，吴本误‘治云’。”又如《云林乐府》中的《江城子》，页眉校：“‘壬子九月二十五日访照庵高士，留饮，回书近词，以求是正之益’，吴本于此词后题此两行。”再校：“此两行题记，应在《蝶恋花》(夜永愁人)一首之后，误写于此。甲午四月十二日覆勘记。”此后再以别集本校：“万历亦有此两行题记，‘二十五日’作‘廿五日’，‘以求’句无‘以’字。”值得注意的是，位于页眉、行间、字旁的批校是相互照应的，有时字旁出校或于字旁添加标识符号，页眉再加以补充说明，如《鹊桥仙·寿王赵王八十》“香满□风玉树”句缺一字，陈氏于字旁补“春”字，页眉又注“‘春’字依朱本补”；又以直勾符号“└”将“恰喜庆筵开一度”的“恰”字标出，页眉朱笔注“‘恰’，朱本。甲午二月初五夕补校。吴本与朱本同”，又墨笔注“侯本‘恰喜庆’宜从”。文字校异无疑是陈氏批校的重点之一，因《古山乐府》参校本极多，且各本异文较多，因此几乎每页都有大量的校勘文字；《云林词》则因为只参校了《百家词》本以及万历本《倪云林诗集》，且异文相对较少，因此校勘文字较为简略。

考订断句用韵。陈运彰注重音律，每首词都标出了句、韵，韵字处若有异文，则必加以考订。如《玉漏迟·和人中秋韵》下阕首句“浪走”，眉批注：“‘浪走’是短韵，《词谱》二十三以张翥词为式，注引白朴、刘因、张埜词，谓元词无不藏短韵者。”又“便有拏云手□”句，校云“朱本‘手□’作‘好手’，吴本同”，“《历代诗余》‘手□’作‘手在’”，陈氏注意到此句是否为韵句极为关键，因此总结说“‘便有’句非韵，则‘好手’不如‘手在’”，即认为此句并非韵句，无须押韵，“手在”优于“好手”。

词作考订。比勘词作时，有时各版本的差异或词集前后之差异会隐含一些重要信息，特别是词题、序言。陈运彰对此处处留意，故能作出自己的推断。如《清平乐·到洪寄新斋》，考订云：“朱本新斋下有‘和前韵’三字。此集《清平乐》二首不同韵。以朱本有‘和前韵’三字例之，或有脱失邪?”又如《南乡子·赠歌者怡云和卢处道韵》批注：“卢处道《疏斋集》已佚，海宁赵氏尝据《天下同文》《永乐大典》辑录长短句为《疏斋词》一卷，都十七首，不见此词原唱，盖散佚者亦多矣!”这是据唱和推断词作的散佚情况。又如《水龙吟·出郭》眉批：“换头‘万里’句重前‘为阎之敬静轩’词，一句复用，古人亦所恒有，惟寿词此本‘江湖’二字作‘沧波’，或经改易也。”陈运彰注意到《水龙吟·出郭》的“万里江湖浩渺”一句，实际是重复使用了前面《水龙吟·为阎静轩寿》的“万里沧波浩渺”句，而其他版本两处均作“万里江湖浩渺”，因此推断《宋元名家词》本的“沧波”二字是后人为避免重复而改易词句的。

除以上内容外，批校本还偶有文字、官职等方面的考释。陈运彰在金石学、文字学等方面有极深的造诣，这让他在校订文字时能发挥所长。如《婆罗门引·和李廷弼韵就庆秋度》"又惊觉黄梁梦一番"，"黄梁梦"应作"黄粱梦"，但陈氏批注云："此本黄粱字皆作梁，亦旧刻旧钞习惯所致，不必援古字通假之例为之说辞也。"又如《水龙吟·为中丞提点寿》，侯本、吴本、朱本"中丞"均作"中和"，"中丞提点"作为官职名显然有误，陈氏考订说："'中和'当是人名，此作'丞'，非。"

此外，陈运彰熟读古人词作，对于化用古人成句的地方也随手拈出，如《清平乐·到洪寄新斋》句"断云，零雨西楼"，眉批"清真《浪淘沙慢》'凭断云，留取西楼残月'"。《木兰花慢·重午》句"驿亭榴火照尘容，依约舞裙红"，眉批"《无住词·临江仙》'榴花不似舞裙红'"。分别指出张埜化用周邦彦《清真词》、陈与义《无住词》等宋人词句。陈运彰曾在况周颐指导下习词，服膺况氏所言"欲作词，须读古人词五千首，然后下笔"[①]，从这些批注看来，陈氏对宋人词作是颇为熟稔的。

三、校词理念

词籍校勘之学至晚近而得以确立，各种校词理念在这一时期竞相绽放。总体而言，可分为"存疑守旧、反对臆改"与"勇于裁断、校订是非"两派，前者以王鹏运、朱祖谋、吴昌绶为代表，后者以郑文焯为代表[②]。词学大家况周颐不以校词闻名，但实际上其校词仍取得诸多业绩，况氏校词注重广博学养下的依音韵校词、依方言校词、依典故校词等[③]。陈运彰继承了其师的校词理念，主张融合以上两派，既强调保留原文，又勇于作有根据的裁断。

从文字校订方面来说，陈运彰注重保留词籍原貌，"多闻存异"是其校勘词籍的基本原则[④]，其校词理念倾向于王鹏运、朱祖谋、吴昌绶等人的"存疑"一派[⑤]。王鹏运校《梦窗词》已定"存疑"一条，指出"不敢谓其不误，亦不敢谓其必误，疑而存之，以俟高明鉴定"[⑥]。朱祖谋加以承继发挥，提出"妄改离真""严绝忤断"的校勘原则[⑦]。陈运彰又更进一步，不仅反对妄改，即使针对明显的错误，也强调保留原貌，指出"存其真面目，于其讹夺，但加校

① 陈运彰《双白龛词话》，《辑校民国词话三十种》，第308—309页。

②⑤ 参见杨传庆《晚近词籍校勘学演进谫论》，《文学遗产》2019年第4期。

③ 张晖《况周颐"校词绝少"发微》，张晖著，张霖编《张晖晚清民国词学研究》，南京大学出版社2014年版，第25—40页。

④ 参见拙文《陈运彰词学综论》，《山西大学学报》2020年第1期。

⑥ 王鹏运《梦窗甲乙丙丁稿述例》，《四印斋所刻词》，上海古籍出版社1989年版，第889页。

⑦ 朱祖谋《梦窗甲乙丙丁稿叙》，《四印斋所刻词》，第883页。

语”是最好的校勘法，认为“未经意改处为可贵”。朱祖谋在校刻《彊村丛书》时，常据善本校改文字，虽不能说是“妄改”“忤断”，但往往使词籍尽失原貌，对此陈运彰提出了委婉批评：“古微丈刻《彊村丛书》，所校多善本，而得本即校，不惮再三剜改，用力至勤，唯往往不加按语，致尽失原来面目，是亦一弊。”

值得注意的是，陈运彰校词也同样勇于裁断、判定是非，而不是简单机械地比对文本之异同。针对异文的不同情况，他的处理方法也有不同。

首先，明显的文字错误，往往直接指出致误原因。如《鹊桥仙·咏梅赠人》句“龙头人去早归来”，校：“《历代诗余》廿九‘龙’作‘陇’。‘龙’字，误脱其偏旁也。”又如《水龙吟》词序最后一句“姑就其协律韵耳”，校：“侯本‘协律韵耳’，‘韵’作‘云’。朱本‘韵’作‘云’。‘韵’字，声近而误。”又如《太常引·赠歌者妙音居士》赞叹妙音居士歌声“林莺巧啭，玉冰非韵，三昧有谁传”，批校云：“侯本‘玉冰’作‘玉未’。‘玉未’，金氏疑其误。‘未’盖因‘冰’字形近而误也。”金武祥《栗香室丛书》重刻侯文灿本《古山乐府》时，已经注意到“玉未非韵”于理不合，陈运彰进一步解释原因是“未”与“冰”形近而致误。再如《水龙吟·为阎静轩寿》，批校云：“侯本‘阎’作‘闰’。‘闰’‘闫’形近而误。‘闫’，‘阎’之俗书也，宋元本书往往有之。”这里指出侯本将姓氏误作“闰”是因为“闰”字与“阎”的俗体字‘闫’形近。此外还有不少须前后文参照才能发现的错误，如《满江红·和吴此民送春韵》，校：“侯本‘此民’作‘比民’。后《沁园春·送吴此民》一首，则‘比’字乃侯本误刻未校也。”

其次，一些异文并非错字、别字，则根据词意、句式等判定优劣正误。如《满江红·用李廷弼留别韵》上片的“戍楼残角”与下片的“凤池麟角”，批校云：“朱本‘麟角’作‘麟阁’。‘残角’‘麟角’，义不同，不妨重协。然上文是‘凤池’，则‘阁’字较胜。”全词有归隐之意，“凤池”“麟阁”代指功名，从词意角度来说，“麟阁”较“麟角”更胜一筹。又如《木兰花慢·饯佟伯起赴江西参政》句“湖光潋潋，山翠参差”，批校云：“侯本‘潋潋’作‘潋滟’，朱本‘潋潋’作‘潋滟’，吴本同。”陈氏下断语云：“‘潋潋’误，须与‘参差’相对。”这是根据词作句式之对仗来辨别正误。

再次，一些文字须以精深的词学造诣加以考订才能区分优劣，陈运彰不惮再三考索，甚至采用另页详注的方式加以说明。如《清平乐·和李御史春寒》“小桃犹指霜痕”句，眉批云：“况先生曰：‘揹’犹言不放也，与‘余寒犹勒一分花’之‘勒’略同。‘揹’字入词仅见。运彰按：本集《水龙吟·戊午春咏杏花》次句‘上林桃李寒犹揹’，是古山善用此字。”此外又在前一页详细考订：“《清平乐·和李御史春寒》‘小桃犹指霜痕’。《水龙吟·戊午春咏杏花》‘上林桃李寒犹□’，缺一字，《历代诗余》作‘紧’。朱刻知圣道斋明钞二卷本‘指’字、□字并作‘揹’。‘揹’，俗字，不见字书韵书，其音读若‘垦’。先临桂师引‘小桃’句入《蕙风词话》，既释其义，又谓‘揹’字入词仅见，亟赏之也。今按此本《清平乐》‘犹指霜痕’，‘指’字不辞，明是形近致误。《水龙吟》‘寒犹紧’则趁韵补字，以此字不经见之故。此二字朱本之最佳者也。”通过考订“揹”字入词的情况，判定《彊村丛书》本用“揹”字为最佳。

当然，以上“勇于裁断、判定是非”的例证仍以“多闻存异”为基本原则，陈氏并未对词籍原貌作任何改动，而是将裁断书写于页眉、行间等处。可以说陈氏的校词原则融合了“存疑派”与“裁断派”的优点，在词籍校勘史上具有进步意义。

另一方面，从声律方面来说，陈运彰反对晚近以来主张破弃音律的词体解放之论，提出既不拘泥于古韵又不彻底抛弃音律的折衷声律观，指出“畏守律，则古调放失；辄便自恣，与泥古法，而穿凿附会，有乖雅音，其弊适相等。宁失之拘，毋失之放，亦或折衷之一道”①。

从批语来看，陈运彰注意到词中入声字的古今变化，如《水龙吟·为何相寿》上片末句，眉批云：“‘胸中易’之协去声，《满江红》第二首‘床头易’则协入声。以此字知元人读入声皆如曲韵分配入平、上、去三声也。”更为重要的是，陈氏能以发展的眼光看待古今协韵的差异，极力反对“改字就韵”“趁韵补字”等韵字处理方法。如《水龙吟·咏玉簪花》下阕首句“冷沁冰壶风露”，眉批“换头宜协，‘风露’疑误”，从协韵角度指出此处有误，而“朱本‘风露’作‘风袅’”是符合协韵原则的，但陈氏却从词意出发，认为“风袅”亦不可靠，“‘风袅’与‘冷沁’不应，此字疑就韵改字，非原文也”。又如《蓦溪山·和卢彦威应奉食柑韵》“记当年，玉纤分露，小园秋晚”句，批校云：“朱本作‘记当时，小园秋霁，玉纤分露’。吴本同。《历代诗余》‘玉纤’两句与此同，唯‘露’字作‘翠’，盖亦改之以就韵也。”陈氏认为《历代诗余》是为了协韵而将“露”字改为“翠”字，因此又补注说：“‘露’字是韵，盖‘纸’‘语’通协者。”此后又进一步对词韵的通协现象作了细致考订：

> 《蓦山溪》“玉纤分露”，“露”与“里”协，此两韵通协之例。朱本以“玉纤分露”与“小园秋晚”两句乙转、改“晚”为“霁”。《历代诗余》仍其原句而易“露”为“翠”，皆误认为落韵而改之者，其迹显然可见。昔人常疑白石《长亭怨慢》“青青如此”之误，厥后遍寻宋词，始明其理。比后雪楼诸家词，此两韵通协者不一而足，知元人尚沿其例也。

陈氏先引姜夔《长亭怨慢》证明两韵通协之法宋已有之，宋末元初的程文海等词人尚沿用这一做法。然而因不明两韵通协之法而“依韵改字”的现象由来已久，“景宋钞本赵用父

① 陈运彰《纫芳簃说词》，《辑校民国词话三十种》，第318页。

《虚斋乐府》,《水龙吟·次李起翁中秋》歇拍'古今同梦,不知何世',此刻及侯刻均作'何处',知宋末人亦有疑此字者"。陈氏通过广泛阅读宋元人词领悟出的这一两韵通协规律,是其严守韵律又"不拘泥于古韵"的重要例证。陈运彰曾批评张炎《山中白云词》用韵泛滥,"读之顿觉戾喉棘舌"①,又曾比勘草窗西湖十景词的音节句法等乐律②,可知他精通音律,长于吟诵,其填词协律之论是有根基的。

总之,在词的校勘与声律方面,陈运彰承袭了晚清以来的词学理念而又有所推进。他的词籍校勘理念较况周颐、朱祖谋等旧派词学家还要科学严谨,故其手批《宋元名家词》既保留了词籍原貌,又有自己裁断。他的声律之论放在新诗运动、解放词体的背景之下略显保守,但这也正是古典诗词在新旧文学交替之中的一种坚守。

四、文献价值

词籍校勘的最终目的是给读者提供可靠的词文本。胡适称校勘学的任务是"改正这些传写的错误,恢复一个文件的本来面目,或使他和原本相差最微"③,吴世昌则强调校词的必要性:"误字乃后人之过,原作者不任其咎。读误讹之词,何似读校正之原文。有时一字之差,谬以千里。"④陈运彰批校《古山乐府》《云林词》极为精细,实现了其校订成善本的目的,无疑有着重要的学术意义,然而目前各整理本都未加以利用。

唐圭璋编纂的《全金元词》收录有张埜《古山乐府》、倪瓒《云林乐府》,是目前最通行的版本。《全金元词》凡例称"是编所用词集底本,以善本、足本为主,如王刻刘因《樵庵词》、江刻张埜《古山乐府》"⑤,"江刻"即指江标所刻《宋元名家词》,然而不知何故正文所据底本实为"朱校明抄本《古山乐府》"⑥,亦即《彊村丛书》本,分两卷录入,"以上《彊村丛书》本《古山乐府》卷上"⑦,"以上《彊村丛书》本《古山乐府》卷下"⑧。朱祖谋《彊村丛书》虽然校刻精善,但却有剜改不注明出处的弊病。陈运彰指出:"古微丈刻《彊村丛书》,所校多善本,而得本即校,不惮再三剜改,用力至勤,唯往往不加按语,致尽失原来面目,是亦一弊。"

---

① 陈运彰《双白龛词话》,《民国词话丛编》,第7册,第83页。

② 陈运彰《纫芳簃说词》,《民国词话丛编》,第7册,第97页。

③ 胡适《校勘学方法论——序陈垣先生的〈元典章校补释例〉》,《胡适全集》第4卷,安徽教育出版社2003年版,第148页。

④ 吴世昌著,吴令华辑注,施议对校《词林新话》(增订本),北京出版社2000年版,第70页。

⑤ 《全金元词》凡例,唐圭璋编《全金元词》,中华书局1979年版,第1页。

⑥ 《全金元词》引用书目,《全金元词》,第6页。

⑦ 《全金元词》,第898页。

⑧ 《全金元词》,第903页。

《云林词》则“用《百家词》本，删去其中曲调”[①]，也未利用江刻本。

杨镰编纂的《全元词》也收录《彊村丛书》本《古山乐府》，并有简单的校记，对校本为《十名家词集》本，此即陈运彰批校时已经参校的侯文灿《十名家词》本[②]。《云林词》则据《四部丛刊初编》本《倪云林先生诗集》，即影印明天顺间蹇曦刊本，校以文渊阁《四库全书》本《清閟阁全集》，并未参校明万历间倪理刻本及江刻本[③]。

以上两种词总集或因限于体例，不能参校诸本而作出更为细致的校订。但江标所刻《宋元名家词》实可称善本、足本，然而两部总集并未加以利用，颇有遗珠之憾。

从别集整理的情况来看，《古山乐府》目前还没有正式出版的整理本，《云林乐府》仅有一种标点本收录于点校本《倪瓒集》中，两者都还有较大的完善空间。未出版的《古山乐府编年校笺》“以吴本、朱本、续本校勘唐本”[④]，这里的“续本”指《续修四库全书》影印的侯文灿《十名家词》本；“唐本”指唐圭璋《全金元词》本，并未参校江标所刻《宋元名家词》本，而参校的吴本、朱本、续本，亦未超出陈运彰参校的范围。《倪瓒集》点校说明指出以清康熙间曹培廉所刊《清閟阁全集》为底本，参校了明天顺间蹇曦所刊《倪云林先生诗集》、明万历间倪理所刊《清閟阁遗稿》本[⑤]。但从词作部分来看，并未出校记，似乎并未如《点校说明》所说参校诸本。与陈运彰批校的《云林词》相比，倪瓒词作的点校相形见绌。

总之，就《古山乐府》《云林词》两种词集来看，陈运彰批校的《宋元名家词》本不失为目前最为精善之本，这对于我们今天的整理仍然有极大的文献参考价值。

结　语

晚近时期，词学大盛，词籍校勘之学蔚为大观。晚清词学四大家之一的况周颐不以校勘词籍闻名，甚至还发表过反对校勘词籍的言论，且称“校词绝少”，但实际上况氏校词修养极高[⑥]。陈运彰追随况氏习词，其词学思想也自然受其恩师的影响。无论是填词、词话，还是词籍的批校，陈运彰都不忘其师的教导，他曾有《云窗授律图》请各词学家题署，以

---

① 《全金元词》引用书目，《全金元词》，第7页。

② 杨镰编《全元词》，中华书局2019年版，第807—825页。

③ 《全元词》，第1221页。

④ 刘立华《古山乐府编年校笺》附录于其硕士学位论文之后，参见《元代词坛上的父子词人——张之翰、张埜词研究》，暨南大学2006年硕士学位论文。

⑤ 倪瓒著，侯妍文、叶子卿点校《倪瓒集》，浙江人民美术出版社2016年版，第1—2页。

⑥ 《张晖晚清民国词学研究》，第25—40页。

纪念其师[①]。值得注意的是,陈运彰批校的词籍,多数都与况氏有着某种关联:或是况氏旧藏,如《晦庵词》;或是况氏校刻,如《东海渔歌》;或是况氏参与商讨,如《宋词三百首》等。况周颐批校过的《汲古阁未刻词》是江标《宋元名家词》的来源[②],又恰好是其弟子陈运彰晚年反复校阅的词籍。况氏校勘词籍时,极注重保留原文,对词的声律也极为考究。而这两点正是陈运彰批校《宋元名家词》时最为注重的两个方面。

近现代的词学大家,往往也是词籍校勘专家,晚清四大家王鹏运、朱祖谋、况周颐、郑文焯都取得了重要校勘成果。在梳理晚清民国词籍校勘史时,往往注意到吴昌绶、陶湘、龙榆生、赵万里、杨铁夫、夏承焘、唐圭璋等人[③]。其实陈运彰在二十世纪三四十年代,已着力校词;而新中国成立初期,在"既厄于人,复困于病,神思渐减,送藏且尽"的境况下,陈运彰仍"抱守残余,重理故业",可以说是词籍校勘之学在当代的传承与延续。从这个意义上来说,陈运彰在近现代词籍校勘史上应有一席之地。

(作者简介:刘宏辉,华东师范大学中文系讲师,出版过专著《词学文献东传与日藏词籍》等。)

① 夏承焘《天风阁学词日记》记载有"(一九四〇年十月九日)陈蒙庵以《云窗受律图》嘱题,志从蕙风问词也",参见《夏承焘集》,浙江古籍出版社、浙江教育出版社1997年版,第6册,第237页。

② 江标《宋元名家词序》,江标抄本《宋元名家词》,上海图书馆藏本。

③ 参见王湘华《晚清民国词籍校勘研究》,岳麓书社2012年版。

诗学文献

谢灵运患病考

王 帅

摘 要：根据谢灵运诗文中养疾、采药等内容，结合中医药学知识，可以考证出其所患疾病绝非肺结核，而是因为阴阳失衡而导致的脏腑不和。具体症状则表现为消渴病，并同时伴有脚疾、委中毒与痰冷症等。这些慢性疾病是无法威胁其生命的，但是却对其敏感而脆弱的贵族心理产生了至关重要的影响，进而影响其政治选择和诗文创作。对其所患疾病的确切考证可以进一步确认其诗文中“称疾去职”“卧疾”等均非写实，而是继承了中国文学传统中“养疾”主题进行的文化身份建构，可以看作是其贵族身份在刘宋政治生态中尴尬处境的隐喻。

关键词：谢灵运 疾病 消渴病 委中毒 痰冷症

谢灵运患有多种疾病。他出任永嘉太守时“在郡一周”即“称疾去职”；宋高祖刘裕登基之后，他再次出仕时“多称疾不朝直”，其后很快就“上表陈疾”辞职；在会稽隐居期间，他上表时也着重强调自己“牵曳疾病”①。另外，谢灵运在诗文中反复书写自己“积疴”“抽疾”“卧疾”“卧病”“衰疾”“有疾”“枕疾”“养病”“谢病”的生活状态。可见，疾病对谢灵运的身体和精神产生了双重打击，并影响其文学创作、政治生涯和人生哲学。随着疾病文化史等相关研究视角的拓展，谢灵运的“养疾”成为研究热点：陈桥生认为通过对抗疾病而强化的生命意识是其摆脱玄言诗束缚的关键②；田晓菲指出谢灵运的“养疾”作为“在山”方式是一种独特的身份创造③；王天娇认为谢灵运将疾病建构成仕与隐之间的独特身份，开启了中古诗歌疾病隐喻生成的文学进程④。这些研究挖掘了谢灵运“养疾”背后的文化主

---

① 沈约《宋书》卷六七，中华书局 1974 年版，第 1743—1779 页。

② 陈桥生《病患意识与谢灵运的山水诗》，《文学遗产》1997 年第 3 期。

③ 田晓菲《神游：早期中古时代与十九世纪中国的行旅写作》，生活·读书·新知三联书店 2015 年版，第 116 页。

④ 王天娇《从称疾到卧疾：中古诗歌疾病隐喻的生成》，《浙江学刊》2021 年第 5 期。

题，具有开拓意义。但论证过程中却存在着一个难以解释的内在矛盾：这些研究均沿袭旧说认为谢灵运患有肺结核重症，但在具体论证中却无视肺结核病对身体和精神的严重摧残，将其视为逃避现实的借口，进而讨论其“养疾”背后创造身份、构建文化、生成譬喻的价值和意义。众所周知，在当时的医疗条件下，肺结核是致命重症，如果谢灵运真的患有此疾，那么“称疾去职”“养疾”就是实事求是的描写，这样上述诸多论述也就难以成立了。只有考证清楚谢灵运到底得了什么病？这些疾病对于其身体和精神有哪些影响？以上讨论才有意义。本文拟结合中医知识，对这两个问题进行考证和分析。

一、谢灵运患肺结核说辨议

谢灵运患肺结核病是学界比较有代表性的说法。宋红根据谢灵运《酬从弟惠连》诗云“寝瘵谢人徒”一句断定“瘵”即肺结核[①]。陈桥生则根据谢灵运《山居赋》“穞治痈核，术治痰冷”中“痈核”的症状认为是肺结核[②]。详考史料，可以发现这一成说是难以成立的：

首先，根据中医文献来看，“瘵”经常来指代肺结核，这是没有问题的。但这一惯例是唐以后才形成的[③]。在唐以前，“瘵”字是一切疾病的总称。张纲《中医百病名源考·劳瘵》云：“盖唐前旧例之凡呼疾病皆曰‘瘵’者，以瘵之为言‘祭’也，本先秦之名；以先秦人敬事鬼神多迷信，凡患疾病者必祭之，故因‘祭’增‘疒’而为‘瘵’，‘瘵’遂为凡疾凡病之统名也。……而凡人疾病者必以祭，故因‘祭’之声而为‘瘵’，此《尔雅》‘瘵，病也’、《尔雅注》‘今江东呼病皆曰瘵’，而从祭之瘵所以为古凡称百病之名者也。”[④]根据这条语言学的材料可以确认，谢灵运此诗中的“寝瘵”就是卧疾、卧病的意思，以此推断其患有肺结核是不合适的。

其次，遍览中医古籍，从未有将肺结核称为痈核的先例。在中医典籍中，肺结核一般称为尸注、劳疰、虫疰、毒疰、鬼注、传尸、伏连、热疰、冷疰等。与谢灵运同时代的葛洪在其《肘后备急方》中就称结核为“鬼注”“尸注”——“即是五尸之中尸注，又挟诸鬼邪为害也。其病变动，乃有三十六种至九十九种，大略使人寒热、淋沥、恍恍、默默，不的知其所苦，而无处不恶，累年积月，渐就顿滞，以至于死，死后复传之旁人，乃至灭门。”[⑤]谢灵运饱览群

① 宋红《谢灵运年谱汇考》，范子烨编《中古作家年谱汇考辑要（卷二）》，世界图书出版社西安有限公司 2014 年版，第 351 页。

② 陈桥生《病患意识与谢灵运的山水诗》，《文学遗产》1997 年第 3 期。

③ 张广宇等主编《中医内科学》，山东科学技术出版社 2020 年版，第 132 页。

④ 张纲《中医百病名源考》，人民卫生出版社 1997 年版，第 124—125 页。

⑤ 葛洪撰，汪剑、邹运国、罗思航整理《肘后备急方》，中国中医药出版社 2016 年版，第 11 页。

书，又曾奉文帝命“整理秘阁图书”，且其家族对道教有着非常虔诚的信仰，对于《肘后备急方》一类图书应该是非常熟稔的，误判、误写、误记自己疾病的可能性极小。

再次，肺结核的症状是非常严重的，《内经·素问》中就记载结核患者有“大骨枯槁，大肉陷下，胸中气满，喘气不便”等症状[①]。根据现代医学的临床描述，肺结核患者一般有咳嗽、咳痰、咯血、胸痛、不同程度胸闷或呼吸困难等症状。在这些症状中“多痰”是最为明显的症状，随着病情的恶化和发展，结核患者咳痰现象增加，且多为热痰、脓痰、血痰[②]。这与谢灵运《山居赋》中所说“冷痰”的症状是不符的。而且，纵观谢氏诗文中所描写的疾病症状，绝无咳血、胸痛、呼吸困难等症状。

最后，在1945年链霉素问世之前，肺结核基本都是绝症。在谢灵运的时代，肺结核是无法治愈的，并可以在短时间内极大地摧毁身体健康，乃至死亡。但从其生平来看，其出守元嘉时就已经“积疴谢生虑”[③]，以此推断，谢氏患病至少达二十年之久，如果真的是肺结核的话，在当时的医疗条件下，是很难生存这么多年的。而且，谢氏晚年经常游山玩水，如果真是患有肺结核，也不可能有如此体力。

综上，谢灵运患肺结核之说不能成立。那么谢灵运到底得了什么病呢？这就要从其诗文和相关史料中进行详细的考证。

二、有疾像长卿：谢灵运所患疾病考

根据谢灵运本人的诗文，结合中医学常识，可以判断谢灵运患有消渴症、脚疾、委中毒、痰冷症等疾病。

谢灵运最主要的疾病就是消渴症。《宋书》本传载其自述：“消渴十年，常虑朝露，抱此愚志，昧死以闻。”[④]这里明确表明自己长期罹患消渴病。其《初去郡》诗中有“有疾像长卿”句，意即患有和司马相如一样的病症。《史记·司马相如传》记载：“相如口吃而善著书。常有消渴疾。”[⑤]可以进一步确认谢灵运患有消渴症。消渴病在中医的范畴内属于“消”病，在中医典籍中也称消瘅、消渴、肺消、鬲消、脾瘅、肾热病、漏风、风消、消中、食亦等[⑥]。在现代医学语境下主要对应为高血压、高血糖和糖尿病等症。这是一种慢性疾病，

---

① 龙伯坚编著，龙式昭整理《黄帝内经集解·素问》，天津科学技术出版社2016年版，第284页。

② 林小田主编《肺结核中西医诊断治疗学》，军事医学科学出版社2014年版，第6—7页。

③ 顾绍柏校注《谢灵运集校注》，里仁书局2004年版，第61页。

④ 《宋书》卷六七，第1774页。

⑤ 司马迁《史记》卷一一七，中华书局2013年版，第3699页。

⑥ 宋军、仝小林《消瘅考》，《中国中医基础医学杂志》2009年第9期。

容易造成气阴两伤、阴阳俱虚、络脉瘀阻、经脉失养、气血逆乱，进而导致脏腑器官受损，而且常常会伴有痰症、疖、痈、眩晕、胸痹、肢体麻疼、下肢坏疽、肾衰水肿、中风昏迷等并发症[①]。根据谢灵运的诗文考证可以确认，他属实患有脚病、疖痈、痰症等并发疾病。

谢灵运患有脚疾，他在《答范光禄书》中曾说："晚寒体中胜常，灵运脚诸疾，比春更甚忧虑。"[②]在中医语境中，脚病是诸多疾病的总称[③]，谢灵运所患应该是消渴症所引发的糖尿病足。医学研究显示，消渴病一个常见的伴生疾病就是脚病[④]，这是因为消渴症患者由于长期受到高血压、高血糖的影响，下肢血管硬化，血管壁增厚，弹性下降，血管容易形成血栓，并集结成斑块，而造成下肢血管闭塞，支端神经损伤，从而造成下肢组织病变。此时的脚部非常的脆弱，如果因为保护不当出现细微的伤口，可能引起细菌感染，出现脚部溃烂，造成糖尿病足的问题[⑤]。谢灵运患有"消渴病"，而且其经常跋山涉水出行，造成脚部感染、溃烂的可能性是极大的。另外，谢灵运过食膏粱厚味必然导致维生素的缺乏，且服用五石散等药物也会导致肝肾代谢功能下降，必然会导致糖尿病足的症状。在这一情况下，可以推测其研发设计"谢公屐"很有可能是为了适应其因糖尿病足而造成的脚部肿大、变形。

谢灵运还患有痈疮和痰冷症。谢灵运在《山居赋》中云："亦酝山清，介尔景福。苦以术成，甘以樒熟。"并自注云："术，术酒，味苦。樒，樒酒，味甘，并至美，兼以疗病。樒治痈核，术治痰冷。"[⑥]此处谢氏明言其病为"痈核"与"痰冷"。根据中医学知识可以确认"痈核"即委中毒，是一种发于腿部的痈疮类皮肤病；"痰冷"即冷痰症，是持久性的上呼吸道感染。

"痈"是痈疮，《说文解字》释"痈"为"肿也，从疒雝声。於容切"，段注曰"按肿之本义谓痈，引伸之为凡坟起之名"[⑦]。中医典籍中经常用"痈"指代红肿、脓疮性皮肤病。《灵枢》云："痈者，其上皮薄以泽。此其候也。……热胜则肉腐，肉腐则为脓，然不能陷，骨髓不为焦枯，五脏不为伤，故命曰痈。"[⑧]根据现代病理学来分析，此症一般是由金黄色葡萄球菌感染引起的多个临近毛囊的深部感染。症状是局部红肿，形成硬块，表面有许多脓疱，有

① 崔蒙主编《中华医学百科全书·中医诊断学》，中国协和医科大学出版社 2020 年版，第 139 页。
② 《谢灵运集校注》，第 442 页。
③ 崔允宝、刘丽等《脚气病考释及其意义》，《辽宁中医药大学学报》2015 年第 1 期。
④ 郭晓涛《北周拓跋迪墓志所见消渴症发微》，《考古与文物》2021 年第 2 期。
⑤ 曲伸、李虹主编《糖尿病并发症诊断与治疗》，上海科学技术文献出版社 2020 年版，第 168 页。
⑥ 《谢灵运集校注》，第 460 页。
⑦ 许慎撰，段玉裁注《说文解字注》，上海古籍出版社 1981 年版，第 350 页。
⑧ 龙伯坚、龙式昭编著《黄帝内经集解·灵枢》，天津科学技术出版社 2016 年版，第 2092—2093 页。

时形成许多小孔，呈筛状①。“痈核”就是微红肿痛的核心，根据病情的恶化，红肿的中心会出现一个微型水疱，形成“红疙瘩带白尖”的临床症状，这个“白尖”即“痈核”。“痈”有很多种，谢灵运所患为哪一种呢？结合实际情况来看，应是委中毒——发生在腿上腘窝部的急性化脓性皮肤疾病。《医宗金鉴·委中毒》云：“木硬肿痛、微红、屈伸艰难。……缓则筋缩而成废疾！”②其特点是腘窝部木硬疼痛，皮色不红，小腿屈伸不利，愈后可有短期屈曲难伸。这一疾病的诱因，往往是脚病——患肢溃破、足跟皲裂、冻疮溃烂、足癣、湿疹等感染毒邪，以致湿热蕴阻，经络阻隔，气血凝滞③。所以谢灵运所说的“痈核”极有可能指的是腿部的痈疮。再结合其自注“櫁治痈核”来看，可以进一步确认这一结论。櫁，即棯枣，《康熙字典》载：“《唐韵》式荏切，音沈。木名。《类篇》或从念作棯。”④即《尔雅·释木》所载“还味棯枣”⑤。櫁最主要的药效就是消肿败火，治疗痈疮。现代科学研究证明，这种枣中含有大量的维生素A、维生素C、维生素B_1、维生素B_2等。白术和这种枣加在一起，对治疗腿部痈疮有很大的功效。《本草纲目》载：“四肢肿满用白术三两，㕮咀。每服半两，水一盏半，大枣三枚，煎九分，温服，日三、四服，不拘时候。”⑥由此可见，其痈核应当可以确定为腿部的痈疮。

“痰冷”即冷痰症，即多清痰、多冷痰的持久性上呼吸道感染，谢灵运应该长期患有此症。《诸病源候论·痰饮诸病候》云：“冷痰者，言胃气虚弱，不能宣行水谷，故使痰水结聚，停于胸膈之间，时令人吞酸气逆，四支变青，不能食饮也。”⑦因为阴阳不调，阴气郁结，造成多冷痰、寒痰。再从其《山居赋》自注来看，白术治疗痰冷是有明确记载的。《医学启源》中记载白术有“除湿益燥，和中益气”的功效⑧。《本草纲目》记载治疗痰冷症的“倍术丸”就是以白术为主要配料的：“用白术一斤，干姜炮、桂心各半斤，为末，蜜丸梧子大，每温水服二、三十丸。”⑨这都足可以确认谢氏所患之病为痰冷症。

综上所考可以确认，谢灵运所患的基础疾病就是消渴症，即高血压、高血糖和糖尿病，这些慢性疾病会带来很多并发症，谢灵运的并发症主要有脚病、委中毒和痰冷症，即糖尿病足、腿部痈疮和长期性上呼吸道感染。

---

① 李文飞等主编《常见皮肤性病诊疗精要》，科学技术文献出版社2014年版，第101页。

② 吴谦等撰，鲁兆麟等点校《医宗金鉴》，辽宁科学技术出版社1997年版，第666页。

③ 张增杰等主编《现代中医诊疗学》，天津科学技术出版社2008年版，第194页。

④ 张玉书原撰，马涛主编《康熙字典》现代版，九州图书出版社1998年版，第2册，第1088页。

⑤ 阮元《十三经注疏》，台湾艺文印书馆2013年版，第8册，第159页。

⑥⑨ 李时珍编纂，刘恒如、刘山永校注《新校注〈本草纲目〉》，华夏出版社2013年版，第514页。

⑦ 巢元方撰，鲁兆麟等点校《诸病源候论》，辽宁科学技术出版社1997年版，第102页。

⑧ 张元素著，任应秋点校，任廷革整理《医学启源》，中国中医药出版社2019年版，第180页。

三、从《山居赋》“采药消病”看谢灵运的病症

除了“养疾”之外，谢氏的诗文中还有很多“采药”的描写，通过这些描写，可以进一步确认其所患的病症。谢氏《山居赋》中有“采石上之地黄，摘竹下之天门。摭曾岭之细辛，拔幽涧之溪荪。访钟乳于洞穴，讯丹阳于红泉”的描写。自注云：“此皆住年之药，即近山之所出，有采拾，欲以消病也。”①谢氏明言采集这些药材就是为了“消病”，仔细分析这些药材的功效，可以进一步确认上文所考其所患的各种疾病。

丹阳，即丹沙，是中医和道教公认的养生上品。《神农本草经》中记载其：“味甘，微寒。主身体五脏百病，养精神，安魂魄，益气，明目，杀精魅邪恶鬼。久服，通神明，不老。能化为汞。生山谷。”②这味药可以看作是养生的上品。除此以外，其余的各味药材都是专门治疗消渴病、委中毒、痰冷症的特效药：

地黄、天门冬、溪荪都有去除痈疮的作用。地黄，有补虚除热，去除痈疖的作用：“又地黄煎方，补虚除热，可将和服取利也。散石痈疽疖痔热，悉宜服百日，痈疽永不发也。”③天门即天门冬，对治疗痈疽有非常显著的作用：“新掘天门冬三五两，洗净，沙盆捣细，以好酒滤汁，顿服。未效，再服必愈。”④溪荪，即白菖、菖蒲，也是治疗痈疮的外用特效药，《本草衍义》记载：“有人患遍身生热毒疮，痛而不痒，手足尤甚，然至颈而止，粘着衣被，晓夕不得睡，痛不可忍。有下俚教以菖蒲三斗，锉，日干之，舂罗为末，布席上，使病疮人恣卧其间，仍以被衣覆之。既不粘着衣被，又复得睡，不五七日之间，其疮如失。”⑤细辛、钟乳石和白术一样都是治疗痰饮症的良药。细辛，药性温和，可以用来治疗各种风寒、风湿、头痛、痰饮、胸中带气、惊等症⑥。钟乳石温肺助阳，平喘，制酸。用于寒痰喘咳，阳虚冷喘，腰膝冷痛，胃痛泛酸⑦。这两味药都是治疗痰饮的特效药。俗语云“对症下药”，通过这些药材功效的分析可以看出，谢氏《山居赋》中所言的“采药救颓”应该并不是虚言，其所采摘和炮制的药物都是治疗自己所患疾病的。

---

① 《谢灵运集校注》第463页。

② 吴普等述，孙星衍、孙冯翼撰，戴铭等点校《神农本草经》，广西科学技术出版社2016年版，第2页。

③ 王焘撰《外台秘要方》，山西科学技术出版社2013年版，第693页。

④ 《新校注〈本草纲目〉》，第876页。

⑤ 寇宗奭撰，颜正华等点校《本草衍义》，人民卫生出版社1990年版，第46页。

⑥ 《新校注〈本草纲目〉》，第568页。

⑦ 《新校注〈本草纲目〉》，第397页。

四、谢灵运患病的原因

谢灵运患病的原因，有内在的先天不足，但更多的是其精神状态和生活习惯所导致的：

一是先天不足，这是其患病的基础原因。陈郡谢氏家族的身体素质普遍较差。谢庄就曾感叹生命短暂："家世无年，亡高祖四十，曾祖三十三，亡祖四十七，下官新岁便三十五。"[①]有学者统计，陈郡谢氏家族除了谢安与谢石之外，都是英年早逝：谢鲲43岁，谢尚50岁、谢据33岁、谢玄46岁、谢瞻35岁、谢弘微42岁、谢惠连37岁、谢庄46岁、谢拓40岁、谢韶33岁、谢思47岁，平均寿命仅为43.2岁，比琅琊王氏（平均寿命50.07岁）、太原王氏（平均寿命49.33岁）、陈郡袁氏（平均寿命55岁）等略低。而且，谢氏家族的成员普遍多病，如谢庄"素多病""坐疾多免官"；谢述"有心虚疾，性理时或乖谬"；谢朗"总角时，病新起，体甚羸，未堪劳"；谢石"少患面创，疡之莫愈"等[②]。由此，我们足可以推断谢灵运可能先天体质不强。这是造成其患有多种疾病的一个基础。

二是饮食不节，这是其患病的直接原因。谢灵运所患的疾病，都与其饮食不节有直接关系。尤其消渴病就是典型的富贵病，往往是因为"过食膏粱厚味，损伤脾胃，而致热郁体内之故""肥美之所发也，此人必数食甘美而多肥也。肥者令人内热，甘者令人中满，故其气上溢，转为消渴"[③]。除此以外，饮食不节也易于化生内热，引起痈疽疮毒等。揆诸史料，谢灵运对于饮食的追求是非常放纵的。本传载其"游娱宴集，以夜续昼"，归隐时期更是"与隐士王弘之、孔淳之等放荡为娱"。这种无节制的暴饮暴食，必然会导致身体受损，阴阳失调，进而引发一系列疾病。

三是情志不遂，这是其患病的间接原因。消渴病的最主要原因之一就是怒气上逆："心刚，刚则多怒，怒则气上逆，胸中畜积，血气逆留，臗皮充肌，血脉不行，转而为热，热则消肌肤，故为消瘅。"[④]"情志不遂"可以说得上是谢灵运一生的心灵状态。尤其是入宋以后，其仕途身份和社会地位遭到了一系列极其严重的打击，"高祖受命，降公爵为侯，食邑五百户"，完全丧失了其父祖奠定的社会地位，这对于他来说是最为致命的打击。之后其入仕之路也可以说得上是一波三折。文帝使其"整理秘阁书，补足阙文"，所以"灵运意不

① 李延寿《南史》卷二〇，中华书局1975年版，第556页。

② 王大良《论六朝时期的陈郡谢氏家族》，穆仁先主编《伏羲与中华姓氏文化》，黄河水利出版社2004年版，第308页。

③ 《黄帝内经集解·素问》，第605页。

④ 《黄帝内经集解·灵枢》，第1801页。

平，多称疾不朝直”。稍后“少帝即位，权在大臣”，恃才傲物的谢灵运也很难有所作为，他“构扇异同，非毁执政”，最终离开了政治中心。但是，他的心境并没有因为其隐居而平复，与地方长官孟𫖮依然存在着尔虞我诈的政治斗争。谢灵运在上表中自云“忧怖弥日，羸疾发动，尸存恍惚”，虽然有夸饰之嫌，但也基本符合历史事实。在这样的心境下，其敏感而脆弱的心理自然会造成气血不顺、内热郁结，进而引发一系列疾病。

四是药食不当，这是其患病的诱发原因。这里的药食，主要是指服用“五食散”。虽然没有直接证据表明谢灵运服用五石散。根据史书中的蛛丝马迹，还是可以确定谢灵运也长期服用五石散。《南史》记载：“又与王弘之诸人出千秋亭饮酒，裸身大呼，𫖮深不堪，遣信相闻。灵运大怒曰：‘身自大呼，何关痴人事。’”[①]王弘之出身的琅琊王氏，是一个虔诚信仰天师道、服用五石散的家族。所以，这里诸人“裸裎”之举，除了兴之所至、超越礼度之外，很可能是因为服用了五石散而导致浑身燥热[②]。而这也是造成其种种疾病的诱发原因之一。其致病机理如下：“服散在先，而嗜酒于后，服散愈频，嗜酒便愈深，久而久之便会产生诸多类似消渴的症状。”[③]从中可以看出，谢灵运的种种疾病，都和其服用五石散有着密不可分的关系。

五是气候不适，这是其患病的外部原因。永嘉湿冷的气候，是其痰冷症的最主要外部因素。冷痰之症受湿寒影响甚深：一是因寒生痰：“早晚雾露，四时风雨，冬春霜雪，此天之寒气也；幽居旷室，砖地石阶，大江深泽，邃谷高山，地之寒气也；好饮寒泉，喜食生冷，酷嗜瓜果，误服冷药，人之寒气也。”[④]寒为阴邪，易伤阳气，寒盛阳虚，故而体内水液失于温运，便凝滞成痰。《景岳全书》所述“风寒之痰，以邪自皮毛内袭于肺，肺气不清，乃至生痰，是即伤寒之类”[⑤]，说的就是这一点。二是因湿生痰，这又有几种情况：其一湿邪重浊粘滞，侵犯人体并留而不去，进而聚久生痰；其二湿郁化热，湿热相熬，进而煎炼成痰；其三，湿邪困阻脾阳，脾失健运，遂成生痰之脏。根据永嘉的条件来看，这三者共同导致了谢氏的疾病：“湿痰之因，或坐卧卑湿，或冲风冒雨，则湿气袭人，内与身中之水液交凝积聚。《灵枢》所云：风雨袭阴之虚，病起于上而成积，清湿袭阴之虚，病生于下而生聚，此即湿痰之因也。”[⑥]除此以外，谢灵运因暴饮暴食和过度服散而导致体质燥热，湿冷的环境也必然会导

① 《南史》卷一九，第540页。

② 俞士玲《从“四友”到“八伯”——论两晋裸裎之风的兴起和发展》，《西晋文学考论》，南京大学出版社2008版，第372—388页。

③ 郭晓涛《北周拓跋迪墓志所见消渴症发微》，《考古与文物》2021年第2期。

④ 柯琴编撰，赵鸣芳等笺注《伤寒来苏集》，上海科学技术出版社2021年版，第213—214页。

⑤ 张介宾原著，余瀛鳌等编选《景岳全书集要》，辽宁科学技术出版社2007年版，第507页。

⑥ 秦景明原著，孙玉信，朱平生校注《症因脉治》，第二军医大学出版社2008年版，第227页。

致阴阳不合，进而造成以胃和肾为代表的脏腑失合，引起燥热郁结，从而引发痰冷症等疾病。

综上所述，谢灵运的患病是多重因素交织的结果，既有家族遗传的先天不足，也有个人生活习惯的不良影响，更有社会变迁与个人命运波折带来的心理压力。

结论与讨论

谢灵运的疾病是在内外因共同作用下而形成的综合性疾病。其最主要的致病原因是阴阳失衡，进而导致脏腑失合。主要病症为高血压、高血糖和糖尿病，并在此基础上产生了糖尿病足、腿部痈疮、长期性上呼吸道感染等一系列并发症。这些疾病对于其政治生涯和文学创作都产生了比较直接的影响：

一方面，这些疾病成为其躲避政治的一个借口，可以在刘宋的政治环境下超脱朝局，这使得谢灵运的"称疾"和"养疾"的主题继承和发展了中国传统文学中的"养疾"主题，具有文化建构的意义。在当时的医疗条件下，这些慢性疾病绝非致命重症，但是却为其在政治仕途上的选择留足了空间。刘宋以来，谢氏家族的地位一落千丈，谢灵运本人则面临着"不得不出仕"和"不想出仕"的矛盾与尴尬，在这时，他的疾病就成为最好的借口，他多次"称疾去职""称疾不朝直""上表陈疾"就是利用疾病躲避政治。但是，这个借口给出身贵族、心高气傲的谢灵运带来了巨大的精神困境与心理压力，所以，他在诗文中继承了中国文学传统中的"养疾"主题，并将其进一步发展，成为士族在当时政治条件下的一种文化身份。其疾病也就成为其贵族身份在当时政治环境中的一种隐喻。

另一方面，这些慢性疾病虽无法威胁其生命，却如影随形地影响着他的日常生活，这种侵蚀对谢灵运本人敏感而脆弱的贵族心理产生直接影响，进而形成其诗文中极其鲜明的生命意识，主要表现为其忧生、乐生、养生、护生等意识。其一，谢氏在诗文中对自己的身体状况有着非常明确的担忧，这一点在同时代诗人中显得尤其突出，他经常感叹"朽貌改鲜色，悴容变柔颜""览镜睨颓容，华颜岂久期"等①，对于容颜衰朽的担忧是其忧患意识最直接的体现。其二，谢氏借助强大的宗教信仰，在诗文中展示出非常强的"乐生"主题，在《维摩诘经十譬赞》中详细地论述了"是身无常"的道理，并在《山居赋》等诗文中展现其对于在有限的长度内提高生命质量的向往。其三，谢氏极其重视养生，《山居赋》云："骇彼促年，爱是长生。冀浮丘之诱接，望安期之招迎。"自注曰："浮丘公是王子乔师，安期先生

① 《谢灵运集校注》，第304、315页。

是马明生师，二事出《列仙传》。"他希望自己也可以像王子乔、马明生一样，得到仙人的指引，或是服食丹药，或是修炼内化，进而保持寿命，长生不老。其四，在宗教教义的影响下，将这种爱护转移到普通生命上来，《山居赋》中说"顾弱龄而涉道，悟好生之咸宜"，并自注"自弱龄奉法，故得免杀生之事，苟此悟好生之理"。护生的行为本质上也是对其自我生命的一种保护。综上，可以说谢氏诗文中这些生命主题，直接来源就是其所患的慢性疾病对其身体产生的影响。

综上所述，基于对其所患疾病的准确考证，可以更好地理解谢灵运的"养疾"行为及其背后的文化意涵：谢灵运的"养疾"不仅仅是身体上的休养与调整，更是精神上的遁逸与救赎，是对当时社会环境与个人命运的一种独特回应。通过对"养疾"的考察和分析，我们得以窥见一个在政治动荡与个人理想之间挣扎、在生命无常与追求长生之间徘徊的士人形象。谢灵运以疾病为媒介，将个人的生命体验与政治困窘融入文学创作之中，不仅丰富了文学的表现力，也深化了文学对人生哲理的探讨，从而引起了广泛的共鸣。这种共鸣超越了时间和空间的限制，使得"养疾"主题成为后世文学中反复被提及和演绎的经典话题。更加值得注意的是，谢灵运通过疾病这一借口，既保持了与现实政治的距离，也表达了对理想世界的追求，从而实现了对人生价值与政治境遇的平衡，这也可以看作是晋宋时期士族阶层普遍的心理与生存状态。所以说，谢灵运的"养疾"既是他个人生命体验与文学创作的重要组成部分，也是晋宋时期士族微妙心态与尴尬处境的隐喻，更是中古文学发展中极具代表性和深远影响的文化符号。

本文初稿撰成后，承蒙南京大学俞士玲教授、国家图书馆王红蕾研究馆员教正，并提出宝贵修改意见，谨致谢忱！

（作者简介：王帅，中国社会科学院世界宗教研究所助理研究员，出版过专著《中古咏史诗研究》。）

日藏佚籍《宋元明诗隽》选录宋诗探考

赵 昱

摘 要：日本国立公文书馆(原内阁文库)所藏《宋元明诗隽》,按照《宋诗隽》《元诗隽》《明诗隽》的次序选录宋、元、明三朝诗歌,分体编排,并逐首附有评点。其书托名李攀龙、吴从先、袁宏道、陈继儒诸家编纂、增订,实为晚明建阳书坊伪造。通过对《宋诗隽》所收诗人诗作的详细考察,可以发现书中多有误署作者、编排失当、割裂原诗等问题。究其文献来源,殆与明代理学著作《性理大全》、宋末元初蔡正孙《诗林广记》以及元明坊刻总集、类书等皆有辗转承袭关系,一定程度上折射出明代后期诗学思想递嬗背景下的坊间宋诗总集编纂状貌。

关键词：《宋元明诗隽》 宋诗总集 建阳刻本 辨伪

有明一朝,诗界尊唐黜宋,不仅在观念层面出现了"宋人书不必收,宋人诗不必观"的偏颇主张①,而且在实践层面诞生了李攀龙《古今诗删》这样割裂唐、宋、元、明诗歌演进脉络的通代总集②,明代于是成为宋诗总集编纂史上的一段相对低潮时期。据学者统计,明人所编宋诗总集仅有 30 种,较之宋人所编宋诗总集(122 种)、清人所编宋诗总集(159 种),都要少得多③;传存至今者,不超过 20 种。申屠青松《明代宋诗选本论略》针对 15 种宋诗选本加以叙录④,王友胜《历代宋诗总集研究》第五章第二节《明代宋诗总集》则作了更加详尽的介绍和分析⑤。值得注意的是,日本国立公文书馆现藏两种明人编刻的宋诗总集——朱绍、朱积兄弟合编《鼓吹续编》和署名吴从先编、袁宏道补订《宋元明诗隽》。前

---

① 杨慎《升庵诗话》卷一二"莲花诗"条称:"亡友何仲默尝言:'宋人书不必收,宋人诗不必观。'……可谓倔强矣。"而在杨慎看来,李梦阳、何景明等人一味提倡复古,贬抑宋诗,也是到了"顽而不化"的地步。杨慎撰,王大厚笺证《升庵诗话新笺证》(修订本),中华书局 2020 年版,第 645—647 页。

② 永瑢等《四库全书总目》卷一八九《古今诗删》提要:"是编为所录历代之诗,每代各自分体,始于古逸,次以汉魏南北朝,次以唐,唐以后继以明,多录同时诸人之作,而不及宋元。"中华书局 1965 年版,第 1717 页。

③ 王友胜《历代宋诗总集研究》附录《历代宋诗总集目录》,北京大学出版社 2021 年版,第 261—277 页。其中,"明人所编宋诗总集"第 28 种当为查志隆《宋文钞》,收入《四库全书存目丛书》集部第 314 册,与宋诗无涉。

④ 申屠青松《明代宋诗选本论略》,《南京师范大学文学院学报》2007 年第 4 期。

⑤ 《历代宋诗总集研究》,第 91—98 页。

者见于《四库全书总目》总集类存目①；罗鹭《日藏宋元明诗选本〈鼓吹续编〉考论》立足于日本国立公文书馆和蓬左文库现藏的两种版本[明永乐二十二年(1424)日新书堂刊本、成化十九年(1483)朝鲜古活字印版]，从其作为第一部宋元明通代诗选对于辑校宋元明诗的文献价值和"开启了以商业出版为导向的地方文人群体刊刻结社倡和诗稿的先河"这一诗学与文化意义等角度着眼，较为充分地揭示了该书的学术内涵②；潘璐《日藏〈鼓吹续编〉三种考论》补充了日本关西大学的藏本信息，更着重论述了该书对于《全元诗》校勘、补遗的重要性，以及"反映了明永乐、宣德年间江阴一带以朱氏兄弟为代表的士人编刊诗集、结社谈咏的风气。……放在今日，却是研究明代文学极为珍贵的史料"③。后者虽已影印④，然而尚未见学界的相关研究成果。本文主要围绕《宋元明诗隽·宋诗隽》(以下简称《宋诗隽》)选录宋诗的作家作品、题署真伪、文献来源等问题，试作考辨分析，以就正于方家。

一、《宋诗隽》选录宋诗的基本情况

日本国立公文书馆藏明万历四十七年(1619)序刻本《宋元明诗隽》，四册。第一册为宋诗(二卷)、元诗(一卷)，第二、三、四册为明诗(六卷)。最前有署名何伟然的《宋元明诗隽总序》，强调唐、宋、元、明，代各有诗，尤以唐诗与明诗为最⑤。行文之间，虽然偶见称引伪作(如李攀龙《唐诗选》与李维桢《唐诗隽》)以壮声势的表述，但是这种不偏废宋诗、元诗的基本态度，明显地受到了晚明公安派极力反对"前后七子"一味复古而特别表彰宋元诗歌的号召影响⑥。

---

① 《四库全书总目》卷一九一，第1740页。

② 罗鹭《日藏宋元明诗选本〈鼓吹续编〉考论》，金程宇主编《域外汉籍研究集刊》第21辑，中华书局2021年版。

③ 潘璐《日藏〈鼓吹续编〉三种考论》，金程宇主编《域外汉籍研究集刊》第24辑，中华书局2022年版。

④ 陈广宏、侯荣川编《日本所藏稀见明人诗文总集汇刊》第1辑，广西师范大学出版社2019年版，第3—4册。

⑤ 《宋元明诗隽总序》："……李唐以此设科，一时云蒸雾蔚，猗与郁哉，无庸喙矣。降而赵宋，再降而夷元，虽国运递迁，文运任变，无不言载纸上、神留字中，家有传，户有诵，亡啻汗牛充栋矣。独我皇明诸名公，各有不朽名言，卒未尝与世俱传。此果诗运盛兴，仅见于先天之唐，不复见于后至之明耶？抑亦唐有以知之载而明无见知之纪耶？本宁李先生业有《唐诗隽》行世矣，较李于鳞评选犹详。且悉兹吴公宁野复编《宋元百名家诗隽》。又自皇太祖启运，迄迄圣天子飞龙，二祖十宗以来，其间翊赞皇猷，如宋潜溪、刘诚意、方正学等，代代迭出，未容数数，何莫非强世宏志，吐垂世新声，即言人人殊，志人人异。总之缘心术可卜学术，缘学术可卜治术，即唐少陵、长庚，更何多逊焉？……是编出，吾知宋、元、皇明诸名家当与李唐诸名公并垂今古矣。"《日本所藏稀见明人诗文总集汇刊》第1辑，第3册，第8—15页。

⑥ 袁宏道《与张幼于》："至于诗，……世人喜唐，仆则曰唐无诗；世人喜秦、汉，仆则曰秦、汉无文；世人卑宋黜元，仆则曰诗文在宋、元诸大家。"袁宏道著，钱伯城笺校《袁宏道集笺校》，上海古籍出版社2018年版，第2册，第537页。袁中道《游居柿录》卷二："……而予等不熟其名，皆由读书不多，且为近日文士劝人莫读宋、元书所诬耳。今观其率然题画诗，即国朝二李决不能胜之明矣。大率自宋以后，风流韵人，亦自不少，而篇章散佚，又无人以表章之，所以易至泯没，此本朝人之责也。"袁中道著，钱伯城点校《珂雪斋集》，上海古籍出版社1989年版，第3册，第1120页。

正文半页九行，行二十字，双行小注字数同；版心上刻“宋诗隽”“元诗隽”“明诗隽”，中刻卷次，下刻页码。宋元诗和明诗卷首分别有目录，所选诗作按照五言绝句、五言律诗、五言古风、七言绝句、七言律诗、七言古风的次序分体编排。《宋诗隽》和《元诗隽》，首行分别题“新刻李于鳞先生批评宋诗选卷之首”“新刻李于鳞先生批点元诗隽卷之首”，二、三、四行题“古歙吴从先宁野甫汇编”“公安袁宏道中郎甫增订”“仁和何伟然欲仙甫参校”；《明诗隽》首行题“新编评释皇明诸名公诗隽卷之一”，二、三行题“从先吴宁野选辑，眉公陈继儒参阅”“仲裕穆光胤删订，虞佐孙觐扬校正”，四行题“书林师俭堂梓行”，卷末又刻“师俭堂少渠萧世熙梓行”一行。萧氏师俭堂为晚明万历年间建阳书坊，坊主萧腾鸿（字庆云）及其子萧少衢（字世熙）曾刻印《鼎镌陈眉公先生批评西厢记》二卷、《镌陈眉公评选秦汉文隽》四卷、《新刻李于鳞先生批评注释草堂诗余隽》四卷、《鼎镌诸方家汇编皇明名公文隽》八卷、《新偰洞初张先生注释孔子家语隽》五卷、《新镌名公批评分门释类唐诗隽》四卷、《镌洞初张先生评选左传隽》等①。从书名上看，《唐诗隽》和《宋元明诗隽》选录作品的朝代前后相接续，应是当时由书坊主事者策划、成系列推出的诗歌选本，借重李攀龙、陈继儒、袁宏道等名家来扩大宣传、增加销量、谋取利润②。

《宋诗隽》二卷，共选录诗歌 148 首——五言绝句 15 首、五言律诗 17 首、五言古风 17 首（以上为一卷），七言绝句 43 首、七言律诗 50 首、七言古风 6 首（以上又一卷）。各体之下，作者或称名，或称字，或称号，没有统一的体例，且先后次序亦无标准。例如，“五言绝”于周茂叔《书门扉》之后，收录陈后山《画秋野》、黄山谷《答贾天锡》、苏东坡《咏蜗牛》《咏鬼蝶》，又于秦少游《赠山僧》《西村咏》之后，收录陈后山《注宗室画》；“七言绝”首为苏子瞻《上元侍宴》、王介甫《春夜吟》、张南轩《立春偶成》、苏东坡《咏花影》、司马温公《初夏居洛》、范文正公《咏钓台》、黄山谷《秋思》、苏东坡《山林绝句》、王荆公《题江宁驿舍》、苏东坡《咏秋日牡丹》、苏子由《寄兄子瞻》、司马温公《过康节居》等；“（七言）古风”依次为苏东坡《花月客饮》、梅圣俞《木山咏》、邵尧夫《苍苍吟》、陆象山《少作大人诗》、苏子瞻《赠何秀

① 瞿冕良编著《中国古籍版刻辞典》，齐鲁书社 1999 年版，第 132 页；陈旭东《明代建阳坊刻牌记考释》，福建人民出版社 2022 年版，第 124—125 页。

② 例如：“《明文隽》八卷，旧本题曰袁宏道精选、邱兆麟参补、陈继儒标旨、张鼐校阅、吴从先解释、陈万言汇评，盖坊间刻本，托宏道等以行。前有周宗建序，谓有志公车业者，其沈酣之无后，亦必非宗建语也。”《四库全书总目》卷一九三《明文隽》提要，第 1757 页。“明人评批本《草堂诗余》……署名主要有五家：杨慎、李攀龙、李廷机、董其昌、沈际飞等，……尤其是标明李于鳞、李廷机、董其昌等，知为书商所乱，扯虎皮作大旗，炫人眼目，这是书商运作的手段……”邓子勉《两宋词集的传播与接受史研究》，华东师范大学出版社 2015 年版，第 140 页。“陈继儒在晚明有很大的影响力，这种巨大的名人效应也渗透到了戏曲出版领域，其与李贽、汤显祖等人成为书贾们重点关注的对象，托名其人的戏曲刊本数量颇广，……师俭堂曲本所载‘云间眉公陈继儒评’‘陈眉公批评’‘云间陈继儒题’等信息均为假托……”杨少伟《陈继儒戏曲评本真伪考辨》，《文化遗产》2022 年第 5 期。

才》、马子才《邀月亭》;等等。另外,各位诗人的小传,本应列于正文中其姓名首次出现之处,而后则从略,可实际情形却并非如此。像王安石、张栻等,五言律诗、五言古风部分已有其人,但是七言绝句所收王介甫《春夜吟》、张南轩《立春偶成》诗题之下,始见"名安石,临川人。宋熙宁拜相,变青苗法。号半山,封荆国公","名栻,字敬夫。仕宋,官至修撰。讲学明道,与朱、程齐名"等人物介绍。全书编排杂错凌乱,可见一斑。

更进一步言之,在这148首作品中,又误入其他朝代诗作7首:唐诗2首——李白《少年子》(署"黄山谷")、姚岩杰《寄颜标》;元诗4首——虞集《应召别知己》《挽文丞相》(均署"谢叠山")、高明《吊武穆》、潘纯《吊武穆》;明诗1首——陈玉《题湖山图》[①]。因此宋诗数量实为141首。再以书中标明的作者题署言之,邵雍21首,苏轼16首,朱熹15首,黄庭坚11首(误入唐李白诗1首),程颢9首,谢枋得7首(误入元虞集诗2首),王安石、白玉蟾各6首,寇准、陈师道、陆九渊各4首,陈抟、秦观、文天祥各3首,魏野、欧阳修、蔡襄、司马光、唐庚、张栻各2首,曹翰、林逋、杨亿、范仲淹、石延年、曾公亮、梅尧臣、苏舜钦、李师中、姚嗣宗、周敦颐、王珪、张载、马存、苏辙、杨时、谢逸、滕茂实、陆游、京镗各1首。从数量分布来看,有两个特点最值得关注:第一,两宋理学家入选者不在少数,又以北宋理学名家邵雍居其冠[②];第二,北宋诗人诗作远多于南宋,除却理学诸家,南宋诗人仅陆游、白玉蟾、文天祥、谢枋得而已,实在不足以反映南宋诗坛的纷呈流派和艺术成就。

二、《宋诗隽》选录宋诗的辨伪与校勘

(一)辨伪

《宋诗隽》共收录44位诗人的148首诗作,可惜其中不乏张冠李戴的误收误署现象。

首先是直接误收其他朝代的作家作品。颜标、姚岩杰俱为晚唐人,两者因颜标改动姚

① 《宋诗隽》题作"陈王善《题湖山图》",据蒋一葵《尧山堂外纪》卷九一:"弘治间,海宁塔下陈玉善画山水。……尝题贾似道《湖山图》云……意亦佳。"疑"王"当作"玉","善"为衍文。蒋一葵撰,吕景琳点校《尧山堂外纪(外一种)》,中华书局2019年版,第4册,第1420页。又李蓘《元艺圃集》卷四、朱彝尊《明诗综》卷一九下皆收录陈雎《葛岭怀古》诗,内容全同。由此推知,尽管此诗作者载录有歧,但显然不是宋人作品。

② 四库馆臣认为,总集编纂受到理学因素的影响,始自南宋:"至宋真德秀《文章正宗》,始别出谈理一派。"参见《四库全书总目》卷一八六,第1685页。反映在诗歌总集的范围内,宋末元初金履祥编《濂洛风雅》,专收理学家之诗,以周敦颐为祖,以邵雍、张载、程颐、程颢为宗,扩大了理学诗歌的流传和影响,"道学之诗与诗人之诗千秋楚越矣"。参见《四库全书总目》卷一九一《濂洛风雅》提要,第1737页。而在这些北宋理学名家中,邵雍的诗歌创作可谓数量最多、反响最大,得到了朱熹的高度评价:"康节诗尽好看。"参见黎靖德编,王星贤点校《朱子语类》卷一〇〇,中华书局1986年版,第2552页。

岩杰文章二字而交恶之事，已见五代王定保《唐摭言》卷一〇、北宋初李昉等《太平广记》卷二〇〇。元末明初陶宗仪《南村辍耕录》卷三“岳鄂王”条记载：“岳武穆王飞墓在杭栖霞岭下，……自我元统一函夏以来，名人佳士多有诗吊之，不下数十百篇。”高则诚先生明、潘子素先生纯均在其列①。所以姚岩杰、高明、潘纯都不是宋代诗人，《宋诗隽》不应收录他们的作品。

其次是其他朝代的作品乃至人物事迹误系于宋代作家名下。李白《少年子》为乐府诗，《文苑英华》卷一九四已收，不可能是黄庭坚作品，《宋诗隽》在五言律诗部分收录“黄山谷《少年子》”，显误。后一首“谢叠山《应召别知己》”②，题下小注“其称忠节，讳枋得，宋亡不仕，元从容就义，同文信公”，诗云“尘海焉能活蜇舟，燕台从此筑诗囚。雪霜万里孤臣老，山岳千年正气收。诸葛未亡犹是汉，伯夷虽死不从周。古今成败应难论，天地无穷草木愁”③，谢枋得《叠山集》未收。检明人郭棐编《岭海名胜记》卷一九《厓山记》，七言律诗之下收录虞集《挽文丞相》两首，其二便是此诗④。就其内容而言，“诗囚”“孤臣”“正气”数语，也与文天祥的事迹和气节相符合，可从。另外，虞集《道园遗稿》卷三有《挽文文山丞相》诗，孙原理《元音》、宋绪《元诗体要》、李蓘《元艺圃集》、曹学佺《石仓元诗选》等各种元诗总集仍之，亦前述《岭海名胜记》卷一九《厓山记》所录虞集《挽文丞相》其一，实与谢枋得并无关联。除了这些诗作归属的讹错问题，即便署名正确，还有小传内容完全不对应的情况。《宋诗隽》的七言律诗当中收录了陆放翁《秋思》，核《剑南诗稿》卷四七，确为陆游作品。然而，人物小传却称：“名龟蒙，字鲁望。举进士不第，居松江府，博通六经大义，号江湖散人。”⑤将晚唐陆龟蒙的字号、经历错置在南宋诗人陆游身上，谬以千里。

再次则是宋人之间的诗作相混。《宋诗隽》收录的秦少游《赠山僧》《西村》二诗，见郭祥正《青山集》卷三〇，属于《和杨公济钱塘西湖百题》组诗，非秦观作品。《贫乐斋》“小山作朋友”，其实是黄庭坚《颜徒贫乐斋二首》其二，见《山谷内集》卷一八；《宋诗隽》署为“黄友颜《贫乐斋》”，按照前后体例，黄友颜为作者，《贫乐斋》为诗题，极易令人混淆。程明道《闻善决》《秋中咏》，见朱熹《晦庵集》卷二，前者题作《闻善决江河》，后者为《入瑞岩道间得

① 陶宗仪撰，王雪玲校点《南村辍耕录》，上海古籍出版社2022年版，第61—63页。

② 《宋诗隽》的七言律诗部分收录了两首“谢叠山《应召别知己》”，前者题下小注“时魏天祐召公，公不赴，使者屡促之上道。公赋此诗别相知者，以示己志云云”，又见《叠山集》卷二，题作《初到建宁赋诗一首》，诗前小序称“魏参政执拘投北，行有期，死有日，诗别妻子良友良朋”，确为谢枋得诗。

③ 《日本所藏稀见明人诗文总集汇刊》第1辑，第3册，第103页。

④ 郭棐编《岭海名胜记》，广西师范大学出版社2015年版，第6册，第2437—2438页。

⑤ 《日本所藏稀见明人诗文总集汇刊》第1辑，第3册，第88页。

四绝句呈彦集充父二兄》组诗其三，均非程颢作品。苏东坡《咏花影》，见谢枋得《叠山集》卷一，非苏轼作品。《夏日闲居》"榴花映叶未全开"，作者承前一首"寇莱公《春日偶书》"而省，实为司马光诗，非寇准作品。谢叠山《闲居作》，见仇远《山村遗稿》卷四，题作《闲居十咏》其九，非谢枋得作品。黄山谷《咏新竹》，见陆游《剑南诗稿》卷五，题作《东湖新竹》，非黄庭坚作品。

（二）校勘

不仅张冠李戴式的显著错误，《宋诗隽》所录宋人诗作亦存在少数文字面貌迥异乃至掐头去尾的情况，与宋代别集、总集、诗话等各类型文献稍加比勘，便不难发现。

魏野《书屋壁》："达人轻禄位，居处傍林泉。洗砚鱼吞墨，烹茶鹤避烟。闲惟歌圣代，老不恨流年。静想闲来者，还应我最偏。"[①]核《钜鹿东观集》卷六，题作《书逸人俞太中屋壁》，首句作"羡君还似我"，尾联作"每到论诗外，慵多对榻眠"，题咏对象明确，所羡之君即隐士俞太中。而南宋蔡正孙《诗林广记》后集卷九始题作《书友人屋壁》，诗本事据《诗话》"真宗祀汾阴，遣使召野，野题诗遁去"[②]；魏野以诗自况，"达人轻禄位"和"静想闲来者，还应我最偏"的异文也从此出现并流传。

张栻《送元晦》："君侯起南服，豪气益九州。顷登文石陛，忠言动宸旒。坐令声利场，缩颈仍包羞。却来卧衡门，无愧自□休。尽收湖海气，仰希洙泗游。不远关山阻，为我再月留。"[③]核《南轩先生文集》卷一，题作《诗送元晦尊兄》，"益"作"盖"、"□"作"日"，"为我再月留"之下还有"遗经得抽绎，心事两绸缪。超然会太极，眼底无全牛"等20句，可知《宋诗隽》截录的部分不及全诗之半。

滕茂实《使金自吊》："波澜卷大厦，一木难求安。就不违我心，去不汗我颜。昔燕破齐王，群臣望风奔。王蠋犹守节，燕人有甘言。经首自绝脰，感慨今昔闻。未尝食齐禄，徒以老为民。况我禄数世，一死何足论。远或没江海，近或弃荒村。"[④]此诗始见于金元好问《中州集》卷二〇，题作《临终诗并序》，"波澜卷大厦"之上先有"齑盐老书生，谬列王都官"至"相逢老兄弟，悼叹安得欢"等22句，"弃荒村"作"死朝昏"，其下尚有"敛我不须衣，裹尸以黄幡"等16句；而据《咸淳临安志》卷六六，"悼叹安得欢"下还有"金人自南归，得志鞍马间"，"一木难求安"下还有"世事宁有此，聊发我所存。爵禄非所慕，金珠敢怀贪"等句，为

① 《日本所藏稀见明人诗文总集汇刊》第1辑，第3册，第38页。
② 蔡正孙撰，常振国、降云点校《诗林广记》，中华书局1982年版，第388页。
③ 《日本所藏稀见明人诗文总集汇刊》第1辑，第3册，第50页。
④ 《日本所藏稀见明人诗文总集汇刊》第1辑，第3册，第55页。

《中州集》各版本所阙①。由是观之，“张南轩《送元晦》”和“滕茂实《使金自吊》”虽然置于五言古风之下，但皆非完作，欺人耳目。

蔡襄《上元》：“高列千峰宝炬森，端门方喜翠华临。宸游不为三元夜，乐事还同万众心。天上清光留此夕，人间和气觉春阴。要知尽庆华封祝，四十余年惠爱深。”《诵三谏有咏》题下小注：“三谏，范希文、欧阳修、尹洙，皆以言事见谪，后俱复官。”其诗云：“御笔新除三谏官，喧腾朝野竞相欢。当年流落丹心在，自古忠良得路难。必有谟谋裨帝右，更须丰采动朝端。世间万事皆尘土，留取功名久远看。”②核《莆阳居士蔡公文集》卷四，前者题作《上元进诗有序》，后者题作《喜欧阳永叔余安道王仲仪除谏官》，并且都与《宋诗隽》所录存在极多异文③。至于“三谏官”，诗题明言“欧阳永叔余安道王仲仪”，即欧阳修、余靖、王素；同时围绕北宋中期党争背景下的士人陟黜，蔡襄又有《四贤一不肖》组诗，推许范仲淹、欧阳修、尹洙、余靖，抨击高若讷。上述《诵三谏有咏》的题下小注，显然是混淆了这两首（组）作品对应的历史人物。

误署作者、编排失当、小传有误、割裂原诗、随意简省诗题等情形，在各种宋诗总集中普遍存在、屡见不鲜④，《宋诗隽》更是如此。这些通病既可以提醒我们在阅读、利用文献时应当审慎、辩证，避免误伪为真，又能够提供一些隐含的线索，帮助我们从罅缝处入手，沿着蛛丝马迹探寻文本袭用和生成的进程。

三、《宋诗隽》选录宋诗的文献来源蠡测

总集作为中国古代文学批评的重要资源，彰显编选者的学术宗尚与审美旨趣，并通过选录或者不选录哪些作家作品、按照何种方式加以编次等具体操作来明确贯彻。同时，其成书方式——究竟编选者是别出心裁、披沙拣金式的积极作为，还是前有所承、简单照搬式的消极拿来，也直接影响总集的功用和价值。以《宋元明诗隽》而言，全书具体分为《宋诗隽》《元诗隽》《明诗隽》，各部分再按照诗歌体裁排列作品，没有独尊一体的倾向。在入选作家作品方面，前文已述，理学家诗人诗作数量多、北宋诗人诗作数量多，这是《宋诗隽》展现出的两个鲜明特色。而这两个特色的形成，又与其书的文献来源关系最为密切。

---

① 元好问编纂，薛瑞兆校订《中州集校订》，广陵书社 2019 年版，第 743—745 页。

② 《日本所藏稀见明人诗文总集汇刊》第 1 辑，第 3 册，第 81—82 页。

③ 蔡襄《莆阳居士蔡公文集》，《北京图书馆古籍珍本丛刊》，书目文献出版社 1988 年版，第 86 册，第 31、36 页。

④ 参见《历代宋诗总集研究》，第 32—37 页。

首先，程朱理学，特别是朱子学，在近古时代的官学思想体系中享有绝对权威。元仁宗皇庆、延祐年间，下诏重开科举，四书题目采用朱熹《四书章句集注》，五经题目兼用宋儒注解和汉唐注疏①。明成祖永乐十二年(1414)，朱棣命胡广、杨荣、金幼孜领衔纂修《五经大全》《四书大全》《性理大全》②。这三部《大全》均“以程朱理学为宗旨，荟萃宋元诸儒之说，以著有明一代士大夫学问根柢之所由，具有官方科举教材之意义”③。其中，《性理大全》七十卷博采宋元主要理学家的著作(如周敦颐《太极图》《通书》、张载《西铭》《正蒙》、邵雍《皇极经世书》、朱熹《易学启蒙》《家礼》、蔡元定《律吕新书》等)、论述，最后一卷专收诗文作品，分体编排。书成之后，“天下趋朝廷风尚，纂述日多。王孝友作《性理彝训》三卷、熊节作《性理群书句解》二十三卷，于是性理之名大著于世”④。若再以理学盛行的地区而论，闽学源远流长：北宋杨时“倡道东南”，尊为鼻祖；南宋朱熹长期侨居、讲学于此；至明，“经学称一时之盛”⑤。在这样的风气下，儒者、书院山长、书坊主人之间的联系、互动自然日益紧密；程朱理学及其治学方法，不仅会对刻书思想产生影响，而且会在所刻书籍的内容、形式上更有生动反映⑥。检视《宋诗隽》所收邵雍、周敦颐、朱熹、程颢、杨时、张载等宋代理学家诗作，甚至《元诗隽》收录的许衡《观物》诗，《性理大全》卷七〇几乎囊括殆尽。因此有理由相信，明代理学风气的日益炽盛、《性理大全》的流布渐广，造就了建阳书坊编刻的《宋诗隽》频繁选录理学诗的独特现象。同样地，或许正是基于理学家所提倡的纯正道义，滕茂实《使金自吊》、文天祥《过金陵作》《过零丁洋》、谢枋得《应召别知己》(“雪中松柏愈青青”)等作品入选，亦在情理之中。

其次，北宋诗坛名家辈出，后期的江西诗派更占据诗坛统治地位，因而言及宋诗，主要“是指欧阳修倡导、以苏轼和黄庭坚为代表、注重议论、具有散文化倾向的诗歌体式，其中江西诗派是集中体现宋诗创作风格和艺术特征的诗歌流派”⑦。由此出发，不同的历史时期，无论推崇宋诗还是批评宋诗，针对的主要都是以苏轼、黄庭坚以及江西诗派为代表的诗人诗作。例如，经过了明代中期前后七子尊唐黜宋、一味复古的思潮盛行，后起的公安

① 《元史》卷八一《选举志》载：“考试程式：蒙古、色目人，第一场经问五条，《大学》《论语》《孟子》《中庸》内设问，用朱氏章句集注。其义理精明，文辞典雅者为中选。……汉人、南人，第一场明经经疑二问，《大学》《论语》《孟子》《中庸》内出题，并用朱氏章句集注，复以己意结之，限三百字以上；经义一道，各治一经，《诗》以朱氏为主，《尚书》以蔡氏为主，《周易》以程氏、朱氏为主，已上三经，兼用古注疏，《春秋》许用《三传》及胡氏《传》，《礼记》用古注疏，限五百字以上，不拘格律。”参见宋濂等《元史》卷八一，中华书局 1976 年版，第 2019 页。

② 张廷玉等《明史》卷一四七，中华书局 1974 年版，第 4126 页。

③ 胡广等《性理大全书》校点说明，《儒藏(精华编)》，北京大学出版社 2018 年版，第 192 册，第 21 页。

④ 《四库全书总目》卷九三《性理大全书》提要，第 790 页。

⑤ 李清馥撰，徐公喜等点校《闽中理学渊源考》原序，凤凰出版社 2011 年版，第 11 页。

⑥ 方彦寿《增订建阳刻书史》，福建人民出版社 2020 年版，第 36 页。

⑦ 王水照主编《宋代文学通论》(增订本)，复旦大学出版社 2022 年版，第 447 页。

派袁氏兄弟针锋相对，肯定宋诗的价值，尤其强调“韩、柳、元、白、欧，诗之圣也；苏，诗之神也”（《与李龙湖》）[①]，“有宋欧、苏辈出，大变晚习，于物无所不收，于法无所不有，于情无所不畅，于境无所不取”（《雪涛阁集序》）[②]，肯定北宋诗家。在此种风气之下，署名“公安袁宏道中郎甫增订”而由建阳书坊刊行的《宋诗隽》，大量选录北宋诗人诗作，体现宋诗的精华所在，自然是顺应潮流的文化产物。

那么，《宋诗隽》又是如何“精选”北宋诗的呢？对于这一问题，我们似可与《元诗隽》作一参照。通过对《元诗隽》选录诗人诗作的文本考察以及与现存文献的内容对比，我们发现，入选者的活跃时代几乎都在元代中晚期，他们的排列次序、人物小传、诗歌本事和内容与明代蒋一葵《尧山堂外纪》卷七五至七七的文字记载高度重合，近乎于书坊截取有限的趣闻逸事进而改造成一部元诗总集，聊以敷衍充塞[③]。类似的，《宋诗隽》选录北宋诗人诗作的渊源文献，或为南宋后期蔡正孙编纂的《诗林广记》。

《诗林广记》前后集各十卷，前集选录晋、唐诗人 30 人，后集选录北宋诗人 29 人，入选的标准是“脍炙人口者”（蔡正孙《诗林广记序》）。就后集中的宋人次序而言，卷一为欧阳修，卷二为王安石，卷三、四为苏轼、苏辙，卷五为黄庭坚，卷六为陈师道，卷七为梅尧臣、苏舜钦、石延年、张耒，卷八为秦观、郭祥正、陈与义、韩驹，卷九为陈抟、魏野、林逋、王禹偁、寇准、张咏、杨亿、晏殊，卷一〇为司马光、司马池、范仲淹、贺铸、谢逸、胡直孺、刘攽。而之所以认为《宋诗隽》在较大程度上源自《诗林广记》后集，一方面是因为其中文本内容的一致性。例如，陈抟《规种隐君》“事不关身皆是累，心源未了几时闲。须将未了并身事，分付他人入旧山”，今日可见最早出处似即《诗林广记》后集卷九，后又见于《唐宋千家联珠诗格》卷三[④]，为《宋诗隽》选入；前举魏野《书逸人俞太中屋壁》诗的首尾两句异文，也是始于《诗林广记》。另一方面，蔡正孙籍贯福建建安，曾经师事谢枋得，宋亡之前屡试不中，宋亡以后归隐故乡，保持遗民立场。《诗林广记》以蔡氏家刻本为底本，元、明、清历代翻刻不辍。从地缘角度来看，《宋诗隽》成书、刻梓于建阳坊间，它以历史上本地学人编纂的《诗林广记》为文献基础，从而形成了较多选录北宋诗人诗作的偏好特征。

当然，考虑到《宋诗隽》与《性理大全》《诗林广记》二书之间存在一定数量的异文，或

① 《袁宏道集笺校》，第 2 册，第 810 页。

② 《袁宏道集笺校》，第 2 册，第 765 页。

③ 参拙文《日藏佚籍〈宋元明诗隽〉选录元诗的文本来源与文献文化意义》，《汉籍与汉学》第 13 辑，山东人民出版社 2023 年版，第 14—24 页。

④ 于济、蔡正孙编集，[朝鲜]徐居正等增注，卞东波校证《唐宋千家联珠诗格校证》，凤凰出版社 2007 年版，上册，第 105 页。

可认为，前者很有可能不是直接照录这两部文献，而是辗转承袭自它们刊刻、流传过程中衍生问世的某种文本。同时，元明时期的若干坊刻总集、类书，也为《宋诗隽》的诗作选录提供了材料便利。例如，旧题刘克庄编《分门纂类唐宋时贤千家诗选》，实际出自"福建民间的普通知识份子"，"只是由民间的普通文人依据世面上常见的各种资料分类汇编而成，被建阳、麻沙一带的书商刊行的"①。其书卷一一"竹木门"收录的黄庭坚《新竹》，实为陆游《东湖新竹》，见《剑南诗稿》卷五；《宋诗隽》作"黄山谷《咏新竹》"，当属踵讹袭谬。又如，《氏族大全》(全称《排韵增广事类氏族大全》)是元代建阳书坊刊刻的一部类书，卷七"诗礼名家"条记载："曹觐字觌道，诗礼名家。宋皇祐中，为康州刺史。侬智高犯城，公曰：'岂有为天子吏而避贼乎？'城陷，死骂不止。子方生数月，弃之竹园。贼退，妻视其子，呱呱而泣。曾参政赠诗云……朝廷爵其子，以旌其忠。"②《宋诗隽》在七言律诗之下收录"曾参政《赠曹觌道》"，作者姓名不详，题下小注叙述这段故事，只是新增了个别误字；而宋代的各种典籍(如《诗话总龟》《锦绣万花谷》《诗林广记》)里，此诗都是系于元绛(字厚之)名下。凡此种种，均可说明《宋诗隽》的文本内容的确与元明建阳坊刻文献有着密不可分的关联。

结　语

《宋元明诗隽》一书，实质上是由明代晚期建阳书坊完成、托名吴从先和袁宏道等人编订的伪造之作。对于这类文献，四库馆臣曾持有言辞异常激烈的批评："至明万历以后，侩魁渔利，坊刻弥增，剽窃陈因，动成巨帙，并无门径之可言。"③可即便是伪书，也有其何以撰作的动机与条件。回望《宋元明诗隽》诞生的时空背景：以时代而论，明代诗学思潮递嬗的焦点之一，在于对待宋诗的基本态度——先有前后七子鼓吹"诗必盛唐"，后有公安派三袁兄弟高举尊宋的旗帜。然而落实到具体的总集编纂上，像李蓘《宋艺圃集》这样最值得称道的明人所编宋诗总集，仍不免落入"以唐存宋"的窠臼④，至于《宋元明诗隽》中宋诗和元诗的卷帙总和才及明诗卷帙的一半，更是褒扬明诗为主、兼及宋元诗的意图所在。由此可见，尽管尊唐黜宋的思潮藩篱亟待凭借新的宋诗总集问世而有所突破，但是真正能够全面呈现宋诗成就的上乘选本又难觅踪影。以空间而论，福建既是程朱理学的传衍重镇，又

① 李更、陈新校证《分门纂类唐宋时贤千家诗选校证》附录《〈分门纂类唐宋时贤千家诗选〉考述》，人民文学出版社2002年版，第874、906页。

② 佚名《氏族大全》，《景印文渊阁四库全书》，台湾"商务印书馆"1986年版，第952册，第223页。

③ 《四库全书总目》卷一八六，第1685页。

④ 《历代宋诗总集研究》，第93—94页。

是书坊林立的民间出版中心，无论官方颁定的科举教材及其训解，还是面向下层民间社会的各式各样类编型文献，千变万化，层出不穷。正是在这样的文化氛围里，《宋元明诗隽》得以就地取材，推动文献的形式拼凑与价值解构相伴而行，折射出总集生成的一种非常规路径。

（作者简介：赵昱，武汉大学文学院副教授，出版过专著《稀见文献与宋元诗文辑考》。）

梅清辑选诗歌总集丛考*

刘和文

摘　要：梅清系清初黄山画派的代表，宣城诗派核心人物，以诗名江南，主盟诗坛，不仅在诗歌创作上有所成就，而且刊刻有诗歌总集《天延阁联句唱和诗》《敬亭倡和集》《敬亭唱和诗》《花果会唱和诗》《天延阁赠言集》《梅氏诗略》等。为揭示其所辑诗歌总集的编辑特色及其价值，以编辑时间为序次，系统考核各诗歌总集的编辑目的、编辑体例、主要内容、编辑过程、版本递变、文献著录、序跋及传世概况等，以见其在推进宣城诗派诗风与传承宣城诗学观念等方面作出的贡献。

关键词：梅清　《天延阁赠言集》《敬亭倡和集》《花果会唱和诗》《梅氏诗略》

梅清(1623—1697)，原名士羲，字远公、渊公，号瞿山、瞿硎、梅痴、敬亭山农等，安徽宣城人。清顺治十一年(1654)举人，与石涛、渐江诸人交厚，以画黄山而闻名，被誉为“得黄山之真情”，是“黄山画派”的领军人物。又“以诗名江左”①，系“宣城诗派”的创始人之一，与施闰章、高咏等倡导宣城体诗歌。著有《天延阁集》《瞿山诗略》等，参与编纂《宛陵志》《宣城县志》等，创作有《黄山纪游》等画作。梅清的书法和绘画备受时人赞誉，但对他的诗歌研究相对较少。目前，梁燕《梅清诗歌研究》、王兵《梅清诗画理念互通及其成因论析》、史哲文《论明清文峰梅氏宗族与宣城地域诗学的扭合互动——以家刻总集为观照对象》、鄢静《明清宣城文峰梅氏家族诗歌研究》等对此都有所探讨。作为宣城诗派的核心人物，梅清不仅在创作上取得了成就，而且在宣城诗派诗风的塑造和诗学观念的传续亦贡献良多，这在他所编辑的诗歌总集中可见一斑。这里以诗歌总集的编辑时间为序次，从编辑体例、主要内容、编辑目的、编辑过程、版本递变、文献著录、序跋及其存世情况等方面，系统

＊　本文系 2022 年度安徽省级研究生教育教学改革研究重点项目“新时代‘古籍保护与整理’课程教学改革研究”(2022jyjxggyj172)、安徽省社会科学创新发展研究课题攻关项目“新时代安徽古籍工作研究”(2022CX178)阶段性成果。

①　王士禛《居易录》卷一七，袁世硕主编《王士禛全集》，齐鲁书社 2007 年版，第 5 册，第 4012 页。

考述《天延阁联句唱和诗》《敬亭倡和集》《敬亭唱和诗》《花果会唱和诗》《天延阁赠言集》《梅氏诗略》六种诗歌总集。

一、《天延阁联句唱和诗》不分卷

天延阁系梅清书斋，其曾云："予家居读书，无专所，一天延阁，一丛桂居，一宛东草堂，一卧室内，各有几席，各置笔砚，遇应酬笔墨辄随处为之。"[①]天延阁原为平绿阁，"敬亭拱右，姑峄拥左，宛流萦带于前，与禹金先伯天逸阁相望并峙，故燕息之致较诸第独胜也"[②]，系梅清叔祖梅守和建于宛东，历经多故，梅氏后人频繁迁徙。顺治十一年梅清卜居宛东，重新修葺老宅并移平绿阁于宅之西，改名曰"天延阁"，成为朋旧雅集之所，或一日应数十辈，或数月不能应一人。

是集又名《天延阁唱和诗》，辑录梅清与陈世祥、王露诸子天延阁雅集即兴联句诗，展现了诸子在书斋唱和之情景。联句诗《八月十二夜集天延阁联句》参与雅集联句七人，注重才情与韵律的结合，有逞才使气、张扬个性之倾向，如陈世祥诗云："高秋聚良朋，气与烟云发。阁敞延清虚。"[③]梅庚诗云："就眠深觉砣，良会在中秋，重期泛宝筏。"[④]从联句诗内容看，有互为鼓吹、遥相呼应之关联，兹联句诗为咏怀之作，通过宴会告别之集来展现离别之情，情感真挚，堪称一时之兴起，孤抱微吟，直凌千古，如梅清诗云："秋气真悲哉，悲歌何处发。诸公聚联翩，野老留仓猝。昨日昭亭游，芳尊酒荒崛。今朝东郭行，草阁凭寒樾。"[⑤]从参与者看，皆为宣城诗派代表，分别为：陈世祥，字善伯、善百，号散木，通州人，前明举人，清代官至新安知县，擅长词赋；王露，字湛斯，宣城人，清初画家；沈泌(1633—1709)，字方邺，号昕斋，宣城人，抗清烈士沈寿尧之子，博闻强记，才捷一时，是宣城诗派的后起之秀；钟允谐，字予夔，宣城人；梅素，字素五，梅清之弟；梅庚(1640—1722)，字耦长、子长，号雪坪，晚年号听山居士，宣城人，清康熙二十年(1681)举人，曾任浙江泰顺知县，后辞官归乡，以诗画为终身爱好，著有《天逸阁集》等作品。诸子"共以句相联属也。主于众才合韵，属词接声"[⑥]，借此达到心灵的共鸣，展现出共同的诗学理念和创作偏好，亦反映出宣城诗派雅集唱和之风貌。

---

① 梅清《天延阁删后诗集》卷一五，《四库全书存目丛书》，齐鲁书社1997年版，第222册，第354页。

② 梅清《天延阁删后诗集》卷五，《四库全书存目丛书》，第222册，第264页。

③ 梅清《天延阁联句唱和诗》，《四库全书存目丛书》，第222册，第370页。

④⑤ 梅清《天延阁联句唱和诗》，《四库全书存目丛书》，第222册，第371页。

⑥ 王兆芳《文章释》，王水照编《历代文话》，复旦大学出版社2007年版，第7册，第6319页。

关于天延阁雅集时间，由陈世祥《宛东诗原序》可考，如其曰："余与瞿山梅子别二十年余矣，今年秋仲复过敬亭，叩瞿山之庐，则瞿山方却扫、焚香，歌吟自适也。"①序尾署"乙巳秋仲"，知此诗作于康熙四年（1665）八月十二日夜。是集所辑梅清诗作后收入《瞿山诗略》卷九之《阮余集》②。

是集收入清康熙刻《天延阁删后诗集》卷一六"唱和诗"第三种，今藏上海图书馆。又有齐鲁书社1997年版《四库全书存目丛书》（集部第222册）影印康熙刻本《天延阁删后诗集》。

二、《敬亭倡和集》不分卷

是集所辑系梅清与吴越及同郡诗友雅集敬亭山唱和之作，以体标目，凡辑诗词45首，具体为：五言古，梅清原唱2首，蒋平阶、邹祗谟和诗各2首；七言古，陈世祥原唱1首，梅庚和诗1首；五言律，沈泌原唱2首，汪懋麟和诗2首、贺宿和诗1首、梅素和诗1首；七言律，朱万锜原唱1首，白彦良和诗2首、杨自发和诗1首、蒋无逸和诗1首；五言排律，蒋平阶原唱1首；七言排律，邹祗谟原唱2首；五言绝句，蒋无逸原唱4首，陈世祥、梅清和诗各2首；七言绝句，贺宿原唱4首，梅素和诗2首；附陈世祥原唱词作3首，邹祗谟、梅清唱和词作各3首。

是集的编辑目的，如唐允甲《题辞》云：

> 乙巳冬，吴越知名之士数辈咸集于宛，竟谓敬亭名胜拟于兰亭、梓泽，游其地者曾不一褰裳濡足，将毋令千载上笑人寂寂耶？于是梅子渊公、耦长，沈子方邺，奋辔先驱，载油囊，挟藤箱，要诸君子为信宿之游。仆以衰蹇不果行。迨归，而以《倡和诗》一卷，命仆叙以传之。叙曰：敬亭之名以太白传，其来旧矣，夫太白自夜郎还，一落魄之羁人耳，卭屐所至，辄能使僻壤山川雄视县寓，人之足为地重也如此。太白往矣，迄今千有余年。太白之名不朽，敬亭亦不朽，则"众鸟""孤云"之句留之也，使当年漫无题咏，不几与荒丘废榭同其湮没欤？今诸君子后太白而登此山，其俯仰流连，旷世同调。至于唱酬之什，诸体咸备，无境不臻，以视寥寥一绝，岂不更称壮观哉？③

---

① 梅清《天延阁删后诗集》卷五，《四库全书存目丛书》，第222册，第263页。
② 梅清《瞿山诗略》卷九，《四库全书存目丛书》，第222册，第589页。
③ 梅清《敬亭倡和集》卷首，《四库全书存目丛书》，第222册，第360页。

考之总集及此序可知，其编辑目的有二：一是记录清康熙四年冬梅清同吴越士子朱洁湘、杨天培诸人在敬亭山宴集畅饮之盛况。是夜诸子宿巢云楼，秉烛唱和，寒气笼罩千山，云雾缭绕，相互交融，如蒋平阶诗云："嘉招兼卜夜，达曙不知疲，褰裳纳暗籁，倚槛弄朝霏。"[①]次日清晨，又同沈泌、梅庚载酒重游敬亭山，痛饮山中美酒，依依不舍踏歌归云，如梅清诗云："暝色冷千山，楼空一何有。秉烛缥缈间，云气虚相受。……未晓闻鸟鸣，灵境空蒙剖。变幻起朝烟，下界唯培塿。……行厨荐老春，瓮头携数斗。相看既不厌，况复皆老友。何当十日饮，饮尽山中酒。惆怅踏歌归，十步一回首。翻怪入城来，无端忽分手。"[②]二是展现敬亭风景之美。敬亭山横亘在水阳江畔，拔地而起，远看满目清翠，近观林壑幽深，泉水淙淙，被誉为"千古诗山"，自李白"众鸟""孤云"诗句出，后世诗人多步之。如梅清诗云："讵知出郭门，冬曦放春色。岚光一以开，相看兴何极。始信胜友聚，天亦助登陟。"[③]兹集所录唱酬之什，诸体咸备，包括古体诗、律诗和绝句等，无境不臻，亦为宣城一佳话。

梅清诗作《冬日招同朱洁湘、杨天培、陈散木、蒋大鸿、贺天士、邹程村、白祇常、汪蛟门、唐耕坞、沈方邺，家素五、耦长敬亭山分赋》后收入《瞿山诗略》卷九之《阮余集》，题注为"癸卯甲辰"，误作为癸卯甲辰间的诗作[④]。胡春丽《汪懋麟年谱》据《瞿山诗略》，误载汪氏于"清圣祖康熙三年甲辰"与梅清诸子雅集敬亭山，如其曰："冬，与梅清、朱万锜、陈世祥、蒋平阶、蒋无逸、贺宿、邹祗谟、白彦良、唐允甲、沈泌、梅素、梅庚宴集敬亭山，分韵赋诗。"[⑤]从诗题看，此次雅集凡 14 人，实为 13 人，唐允甲因"衰蹇不果行"，未参加唱和，仅"叙以传之"[⑥]。

是集收入清康熙刻本《天延阁删后诗集》卷十六"唱和诗"第一种，今上海图书馆有藏，前有唐允甲《题辞》。又有齐鲁书社 1997 年版《四库全书存目丛书》(集部第 222 册)影印康熙刻本《天延阁删后诗集》。

---

① 梅清《敬亭倡和集》，《四库全书存目丛书》，第 222 册，第 362 页。

② 梅清《敬亭倡和集》，《四库全书存目丛书》，第 222 册，第 361—362 页。

③ 梅清《敬亭倡和集》，《四库全书存目丛书》，第 222 册，第 361 页。

④ 梅清《瞿山诗略》卷九，《四库全书存目丛书》，第 222 册，第 589 页。

⑤ 胡春丽《汪懋麟年谱》，复旦大学出版社 2014 年版，第 34 页。

⑥ 唐允甲，生卒年未详，字祖命，别号耕坞，明末清初遗民诗人，宣城人。著有《耕坞山人稿》《耕坞楷册》等。《宣城县志·文苑传》卷一八记载曰："幼时汤睡庵器之，与周仪部镳、沈征君寿民订交伯仲间，崇祯末征江左巨儒充中书之选，阁臣高宏图首荐允甲为舍人。一时辞命多出其手，会权臣披剥善类，允甲遂遁迹溪山，以诗酒自娱。所著诗文数十余卷行世，施愚山、沈耕岩皆有序。"清光绪十四年(1888)木活字本，第 17a—17b 叶。

三、《敬亭唱和诗》不分卷

是集记载康熙十年(1671)梅清招集高咏、丁宣、梅庚、张羽皇、唐耻莪等6人敬亭雅集唱和之作,以诗题标目,实录5人唱和诗5首,其中唐耻莪诗作未录。所辑诗作分别为张羽皇《辛亥季秋梅瞿山招同唐耻莪、高阮怀、丁圣音、梅耦长,宴集敬亭山分赋》,高咏、丁宣、梅庚《梅瞿山招唐耻莪、丁圣音、梅耦长陪菊水张公,敬亭山宴集分赋》,梅清《辛亥九月既望,同张公菊水、高阮怀、唐耻莪、丁圣音,家耦长敬亭山唱和分赋》。

考是集所录诗作内容,以钟灵毓秀的敬亭山水为题材,极宣城山水之胜,如张羽皇诗云:"凌晨出郭门,薄雾未全消。秋风自西来,高树早鸣条。"①又高咏诗云:"名山擅灵异,负郭见岖嵚。谢李传在昔,游宴感自今。"②从这些诗句感受到宣城诗派对于"清切深远"诗境的追求,以及所倡导的"朴秀深厚"的风格③,梅清诗作犹见之,如其云:"放眼当空山,秋光忽已老。严霜犹未零,丹枫飒清道。招邀及良辰,踏阁出缥缈。披烟一长啸,乍觉千峰晓。……张公旷世才,落笔生天藻。新诗和太白,四座尽倾倒。"④所辑诗人高咏,系宣城诗派的代表人物,工诗、书、画,世称三绝,其诗作近体淡远,歌行奇肆,如其诗云:"名山擅灵异,负郭见岖嵚。谢李传在昔,游宴感自今。张公饶逸兴,枉驾畅深寻。秋气肃丹壑,朝景曜阳林。原野始萧瑟,天宇旷且深。缓带蹑良驷,挟弹落惊禽。浩歌临川诗,周览岂滞淫。遂得披崇岩,慷慨事登临。"⑤从高氏诗作看,强调了诗歌境远思深,既应时,又应景,深思而兼蓄之。

是集收入清康熙刻本《天延阁删后诗集》卷一六"唱和诗"第二种,今上海图书馆有藏。又有齐鲁书社1997年版《四库全书存目丛书》(集部第222册)影印康熙刻本《天延阁删后诗集》。

四、《花果会唱和诗》一卷

是集辑录清康熙二十六年(1687)至二十七年(1688)梅清与同仁题咏花果之作,按雅集时间为序,分别记录丁卯中秋、丁卯九日、戊辰三月廿二日、戊辰九日唱和之作,凡辑录22人诗作76首。其中丁卯中秋唱和诗作有梅清《花果会诗即席用四支韵四首》,参加唱

---

①②⑤ 梅清《敬亭唱和诗》,《四库全书存目丛书》,第222册,第369页。

③ 李圣华《论宣城派》,《苏州大学学报》2005年第6期。

④ 梅清《敬亭唱和诗》,《四库全书存目丛书》,第222册,第370页。

和者有钟允谐、汤逸、尤书、仲谦吉、沈善贞5人，共录诗12首；丁卯重阳唱和诗有吴云《九日花果会，同诸子登保丰台，集梅瞿山先生茶峡堂，时蕊珍较书在座，即席限韵》，参加唱和者有汤逸、潘自甦、钟允谐、仲谦吉、施闰毓、施彦恪、尤书、梅清、梅庚9人，共辑诗12首，又有梅清《丁卯九日，花果会登保丰台，集茶峡草堂，是时篱菊未黄，诸公各写秋花一枝，用蕊珍较书绕席当花佐酒，诸公即予唱汝和，复因画菊成册，各题绝句，以补唱和所未足，清得四首》，参加题菊者有吴云、蔡瑶、钟允谐、钟谦吉、徐云、陈亮、尤书、汤逸8人，共辑诗14首；戊辰三月廿二日唱和诗有汤逸《天延阁牡丹盛放，舅氏梅瞿山先生暨四郎豹方招同蔡六乾、钟书泉、詹椒连、陈蕉田、徐凫山、仲北村、王又连、蔡生生、尤雪浦、梅仲昭、叶青、我行、予安、班幼、汝谐即席限赋二首》，参加唱和者有钟允谐、梅清、梅蔚、梅翀、梅行5人，共辑诗7首；戊辰九日唱和诗有梅清《戊辰九日花果会，集茶峡草堂，观蕊珍较书演剧十绝句》，参加者唱和者有沈泌、汤逸、沈善贞、仲谦吉、施闰毓、沈英、陈亮、王思仁、施彦恪、戴本孝10人，共辑诗51首。

考是集所记示4次雅集，参加者分别有22人、27人、17人、31人，凡97人次①，可见雅集者之多，其编辑目的于梅清《花果会引》可窥，如其云：

> 岁在丁卯，时曰素秋。正风吹果熟之辰，适露滴花清之候。香生丛桂，淮南小隐堪招；艳簇芙蓉，江上扁舟可采。垂海棠于满砌，色映红霞；挺霜菊于疏篱，英堆黄锦。汀洲下鸿雁，柳眼将收；亭榭起秋风，葵心易老。望里山青入画，意中头白牵丝。节序足悲，襟怀须畅。追南楼之雅会，每念古人；挽西极之流光，还容我辈。花好便教停屐，不分地主，不问居亭；人聚即可提壶，任自名园，任从野圃。红菱白藕，紫栗黄柑，各携其一可乎？火枣冰桃，朱榴银杏，不求其全足矣。扶来藤杖摇摇，免挂青蚨；倾倒霞卮急急，但浮绿蚁。少长咸集，道艺兼游。或文人或墨士，或羽客或缁流，群五群三，所绝者异端俗类；或染翰或挥毫，或鸣琴或博弈，孰歌孰啸，所忌者叛道离经。从此春夏秋冬，四时可以类举；但遇风花雪月，半日尽许偷闲。相戒以奢，俭朴者庶可久也；相规以正，佻仾者尚其远诸。②

此序作于丁卯年（清康熙二十六年）中秋，“正风吹果熟之辰，适露滴花清之候。香生丛桂，

① 梅清《花果会》，梅清《花果会唱和诗·丁卯》，清康熙刻本，第1b叶。如丁卯年中秋“初约与会姓氏：吴舫翁云、倪观湖正、梅东渚枝凤、梅瞿山清、吴晴岩肃公、沈昕斋泌、梅勿庵文鼎、蔡晓原瑶、梅雪坪庚、钟书泉允谐、沈俊若英、汤雀山逸、梅中伯允开、钟有锡铭文、徐凫山云、仲北村谦吉、沈力仁善贞、施愸坪闰毓、梅柏岩蔚、陈蕉田亮、施孝虔彦恪、尤雪浦书，共计二十二人。”

② 梅清《花果会引》，《花果会唱和诗·丁卯》，清康熙刻本，第1a—1b叶。

淮南小隐堪招；艳簇芙蓉，江上扁舟可采。垂海棠于满砌，色映红霞；挺霜菊于疏篱，英堆黄锦”。编辑目的在于宣扬宣城诗学传统和文脉，梅氏举办“花果”诗会，系承袭古人雅集传统，不仅巩固了其主盟宣州诗坛之地位，也延续了宣城之诗歌文脉，如其云：“吾里旧有诗画会，予与愚山、耕坞、阮怀、木山、晴岩、翥雈、晓原、方郕、雪坪及方外半山、石涛诸公联吟泼墨，一时称盛。二十年来，虽老成半谢，而继起尤蕃，于是复有花果会之约，始于丁卯九日，岁必数举不拘时地。”①

是集曾为杭州丁氏收藏，如《八千卷楼书目》著录云：“《天延阁诗前集》十六卷、《后集》十三卷，附《花果会唱和诗》一卷、《赠言集》四卷。国朝梅清撰刊本。”②清人文献有记载，如嵇璜纂《皇朝通志》著录云：“《天延阁诗前集》十六卷、《后集》十三卷，《花果会唱和诗》一卷、《赠言集》四卷。梅清撰。”③又《皇朝文献通考》著录：“《天延阁诗前集》十六卷、《后集》十三卷、《花果会唱和诗》一卷、《赠言集》四卷、《瞿山诗略》三十三卷，梅清撰。清字渊公，号瞿山，宣城人。顺治甲午举人。”④又《四库全书总目》著录：“《天延阁诗前集》十六卷、《后集》十三卷，附《花果会唱和诗》一卷、《赠言集》四卷。内府藏本。国朝梅清撰。……《后集》编年，分十三卷，自康熙甲寅至戊辰，或以一年为一卷，或以二年为一卷；末附《花果会唱和诗》一卷、《赠言》四卷，则皆同人宴游酬答之作也。”⑤《瞿山诗略》目次亦将《花果会唱和诗》附刻于《瞿山诗略》之末，查《四库全书存目丛书》本《瞿山诗略》之末，未见。兹集版本有国家图书馆藏清康熙刻本，每半页十一行，行二十一字，黑口，左右双边，与《天延阁删后诗集》(每半页九行，每页二十字，白口，左右双边)《瞿山诗略》(每半页十行，行十九字，黑口，左右双边)版式不同，疑以单行本刊刻。

五、《天延阁赠言集》四卷

是集辑录堵景濂、陈焯、徐继恩、顾梦游、钱光绣、韩诗、陈祚、萧云从、汤燕生、赵田、俞绶、顾景星、姜廷梧、施端教、倪正、姚文燮、丘象升、汪懋麟、王士禛、施闰章诸人雅集之作、赠答之什。以人标目，以得诗先后为序，诗作者有“再见”“三见”现象。所辑诗人皆梅清友人，以表朋旧之情，如桐城陈焯云：“结交初识宛陵人，朗三梅子情最真。贻余书画藏箧衍，摩桫苍玉无纤尘。……比来耳熟瞿山名，纷纶制作空西京。邂逅忽睹瞿山面，瞿山泼墨予

① 梅清《花果余音》小引，《四库全书存目丛书》，第222册，第701页。
② 丁仁《八千卷楼书目》卷一七，民国十二年(1923)刊印本，第9a叶。
③ 嵇璜纂《皇朝通志》，清光绪八年(1882)浙江书局刻本，第9b叶。
④ 嵇璜纂《皇朝文献通考》，清光绪八年(1882)浙江书局刻本，第12a叶。
⑤ 永瑢等《四库全书总目》别集类存目九，中华书局1965年版，第1645页。

益惊。临摹百家只顷刻,点染万品随生成。”[①]兹诗记载康熙元年(1662)陈焯与梅清初识并获赠书画,吟诗以谢。亦有诸友题咏之作,如卷三系天延阁画松赠言,专咏天延阁画松之作,施延恪《天延阁画松赠言小引》云:“前身应画师,人皆共羡;夙世为词客,我亦云然。然而点染之家,类乏烟霞之趣;甚至偶而泼墨,胥夸绰有兼长。汝南翁于松石也,古木怪连石,张璪当年;急泉清露沙,王维绝技。”[②]

是集的编辑缘起,序言中已详明:

> 然友朋之乐,中心以之,不敢或渝。以故宴游登眺赠答之篇,所在都有。岁庚子,搜诸记载,曾汇为一卷,拟付剞劂。惜从宁阳道上失去之,至今悒悒有遗恨焉。数年以来,疏懒之性,逾于昔日,见赠之言,仍与年俱积,唯恐散漫,渐致莫稽,亟取其仅存者若干首辑之,以志不忘。夫诗为心声,君子好我,赠之以言,其声同、其心同也。故谓千古知己之心不尽由于语言文字,可;谓千古语言文字之知己不由于心,不可也。[③]

梅清出身于世代官宦的书香门第,自幼便受到家族良好风气的熏陶,因此得以广交天下士子。正如同乡施闰章所云:“渊公名家子,生长阀阅,姿仪朗秀,有‘叔宝当年’之目。其时插架万卷,歌呼自适,酒徒词客常满座。已而遭乱家落,弃举子业,屏迹稼园,窜身岩谷,郁郁无所处,始出应乡举,用是知名。驱车而北,再上春官,不得志,往还周览燕、齐、梁、宋之间,游接日繁。”[④]常在敬亭山、天延阁宴集,与同郡及慕名来访之诗友、画友雅集唱和,成为一时胜事。梅清亦“遨游燕、齐、吴、楚间,名公巨卿无不推毂。昆山徐元文、新城王士禛尤倾服焉。远近名流至宣,倒屣相迎。衔杯拈韵,主盟骚坛,后学借以振起”[⑤]。梅清尚气节,当时名流多以诗歌相赠,故“友朋之乐,中心以之,不敢或渝”,辑录宴游登眺、赠答之篇以传之,正所谓“赠人以言,既交游之盛节;赋诗见志,抑宴会之雅闻”[⑥]。是集记载了梅清与诸朋旧交游之盛况,从“卷一”之诗题看,有“壬寅”“甲午”“甲辰”“庚子”“乙巳”“丙午”“丁酉”之作,可见梅氏主盟诗坛之辉煌,如梅以俊云:“我从叔祖瞿山先生,耽习四诗,委怀三益,交无浮接,名重群伦。相如之托乘梁园,志存词赋;王翰之卜邻杜子,道在咏吟。是以千里逢迎,莫不倡余而和汝;片言结纳,悠然赠雅而歌风。谓余私之以为荣,怀犹未广;

① 梅清《天延阁赠言集》卷一,《四库全书存目丛书》,第222册,第488页。
② 梅清《天延阁赠言集》卷三,《四库全书存目丛书》,第222册,第512页。
③ 梅清《天延阁赠言集》卷首,《四库全书存目丛书》,第222册,第487页。
④ 施闰章《天延阁诗序》,施闰章撰,何庆善、杨应芹点校《施愚山集》,黄山书社2014年版,第1册,第141页。
⑤ 《宣城县志·文苑传》卷一八,清光绪十四年(1888)木活字本,第24b叶。
⑥ 梅清《天延阁赠言集》卷二,《四库全书存目丛书》,第222册,第501页。

即复把之而过目，意且歉然。爰命枣梨，传之都邑。古道式陈，或庶几鼎钟之遗意，交期不泯，还等诸金石之修龄也。”①

关于是集的辑刻过程，从序文看，始于清初“庚子”之岁，即清顺治十七年(1660)，历经六年于康熙五年(1666)完成“卷一”。版本有清康熙刻《天延阁删后诗集》附刻本，今国家图书馆藏二卷本，复旦大学图书馆藏四卷本，前有梅清康熙五年《天延阁赠言集引》、梅以俊《赠言小引》、施彦恪《天延阁画松赠言小引》。是集四库馆臣列为“存目”，《瞿山诗略》目次将兹集曾附刻于《瞿山诗略》之末，查《四库全书存目丛书》本《瞿山诗略》之末，未见。又有齐鲁书社1997年版《四库全书存目丛书》(集部第222册)影印康熙刻本《天延阁删后诗集》。

六、《梅氏诗略》十二卷

是集辑录文峰梅氏唐至清初之诗作，以人标目，人各有传，凡12卷辑录唐至清初116人诗作1265首。其中卷一辑录梅远等11人诗作111首，卷二辑录梅守德等3人诗作99首，卷三辑录梅守相等8人诗作72首，卷四辑录梅守箕等4人诗作86首，卷五辑录梅鼎祚等3人诗作105首，卷六辑录梅国祚等3人诗作96首，卷七辑录梅鹍祚等15人诗作108首，卷八辑录梅士学等22人诗作142首，卷九辑录梅士玹等17人诗作182首，卷一〇辑录梅朗中等14人诗作112首，卷一一辑录梅磊等11人诗作86首，卷一二辑录梅以俊等5人诗作66首。梅铕序作108家，所见当非定稿本。

是集编辑缘起与编辑目的，如梅清《书〈诗略〉后》云：

> 曩岁丙午，族人三修家乘，嘱余谬首其事，群从载笔者十人，计阅两载，中间搜采艺文，得诗稿五十五种。维时同事群从朝夕商酌，乃建《梅氏诗略》之议，谓七十载之谱牒不可不修，五百年之风雅流传亦不可不辑。盖《家谱》与《诗略》，人物文章，实相表里，交藉为不朽盛事。甚哉，前人之有赖于后人也固自不小。时余年尚壮，议焉而未辑，将有待也。……十年之内，四膺其任，或总或分，余所司者，大略多山川、人物、艺文之类。当其在一邑一郡一省之时，广搜博采，纷见错出，图书典籍，几于充栋；而我梅氏之诗文，散见于一邑一郡一省者，所在都有。余因得采拾为缮本，或全册，或片笺残简，不敢或遗，于是又得零稿数十种。维时辑而未竣，将犹有待也。讵意族事日

① 《天延阁赠言集》卷二，《四库全书存目丛书》，第222册，第501页。

非,人心渐易,忌者在前,毁者在后,相助为理者,不过寥寥数人。欲卒业,既不能将,置之又不可,迟之又迟,而余年七十矣,不可待矣。酒酣长望,不禁爽然自失也。……今年辛未,贾勇闭户,自夏徂秋,阅五月而是集始告竣。屈指癸亥以前,同事者为季赤、定九、子彦、尔止、耦长诸子;癸亥以后,同事者为中伯、子蔚、采南、汝为诸子。集分前后,先亡而后存。《前集》得人一百有八,卷分十二,已付剞劂;《后集》当于来岁成之。①

从以上序文看,兹集的编辑缘于康熙五年梅清参加文峰梅氏家谱的修纂,十二年至二十一年(1673—1682)间,又参加编修《宛陵志》《宛陵续志》《江南通志》《宣城县志》,将散见于各郡邑的诗作"采拾为缮本,或全册,或半笺残简,不敢或遗"。拟分前后集,先亡而后存,参与编辑者有梅梦绂、梅文鼎、梅允开、梅铜、梅庚、梅曰文、梅子魁、梅之珩、梅喆、梅文潞等人,于康熙三十年(1691)《前集》定稿并付梓人刊刻,并拟编辑《后集》。

宣城梅氏系江南望族,风雅世家。自宋梅尧臣以来,至明清梅鼎祚、梅文鼎、梅清、梅庚、梅曾亮等以诗文扬声,风雅不绝,如施闰章《书带园集序》云:"吾宣城于江上称岩邑,其山巉以秀,水甘以清,草木扶疏而沃若,其清淑之气所郁积,必有异能之士,道德文章之美,卓然见于天下。而所谓道德者多隐君子,以其文章见者,至宋始有梅昌言、圣俞,元有贡仲章、泰甫父子十数辈。最著者圣俞,以诗名。去圣俞五百余年,裔孙为禹金先生,文词赡给,雅善博综。其群从季豹、子马、勉叔诸人,为王元美所亟称。后禹金闻孙复有朗三,盖庶几禹金相望者。"②又如梅清《辑梅氏诗略告竣四绝》诗云:"风流雅传五百年,派分文脊见多贤。何当远溯吴门迹,汉代真公旧是仙。……十载精神费较量,群驹千里喜同堂。敢言诗是吾家事,只觉风流正未央。"③是集的编辑在于梅氏"五百年之风雅流传",如王士禛序云"此非梅氏一家之书,凡承学者皆当闻风而兴起云尔"④。

是集亦表达了梅清传承梅氏诗风的理念,以"诗是吾家事"为己任,如梅清《闻又起、中子、子彦、子蔚、雪樵、耦长诸子,汇梓近诗,喜而有作》诗云:"诗是吾家事,非关此日穷。四朝存海内,七子重林中。寂寞风流起,追随逸兴同。飞扬盛少年,莫弃白头翁。"⑤又如施闰章云:"梅氏诗盛自都官,渊公之所为若此,固宜克称其家也。"⑥因岁月屡更,耆旧凋零,

① 梅清《书〈诗略〉后》,《梅氏诗略》卷首,清康熙三十年(1691)刻本,第1a—2a叶。

② 施闰章《书带园集序》,《施愚山集》,第1册,第119页。

③ 梅清《瞿山诗略》卷三〇,《四库全书存目丛书》,第222册,第725—726页。

④ 王士禛《蚕尾文》卷一,《王士禛全集》,第3册,第1787页。

⑤ 梅清《天延阁删后诗集》卷一三,《四库全书存目丛书》,第222册,第340页。

⑥ 施闰章《天延阁诗序》,《施愚山集》,第1册,第142页。

《前集》散佚，道光年间梅氏后人梅冲重刻并续《梅氏诗略》，如其云："昔家瞿山公刻《梅氏诗略》，分《宛陵群英》之派，扩《窦氏联珠》之遗，人得百八，卷成十二，实集部之创见，备家乘之美谈。其时，先高祖征君暨叔曾祖雪坪公并以身与选事，避载己作，今三公专传已列国史，各有成集。未表家诗，无以振持宗风，标举林秀，又书成迄今百四十载，我族代兴，凡六七辈，或瀛奎腾耀，尚藏相如之书；或薮泽流芬，莫求孟六之草。不加裒辑，恐就绵褫，用敢会商宗英，载理前绪。凡我同志，共推雅怀，务使韦家花萼有美毕彰，柴氏隐逸无幽不阐。"[①]重刻本 10 卷，凡辑录 111 人诗作 727 首，是版在康熙本上增加了梅守蒙诗作，而康熙本中的梅宠祚、梅瑞祚、梅舜凯、梅天祜、梅文瑛、梅岭 6 人诗作未见收录。为承"诗是吾家事"之志，梅冲辑录康熙中期至道光年 140 年间的族人诗作，以成《梅氏诗略续集》10 卷，辑录 88 人诗作 435 首。是集刊刻得到朱锦琮嘉许，如其曰："梅氏居宣城柏枧山，自唐至今历千载，群居和一，人材世出，其以爵显者，固已昭垂史册；即伏处林泉，亦皆守其世业，平居发愤，形诸歌咏，皆足与立言之列。其《前集》为瞿山公汇录，兹抱荪又于康熙年以后续为裒录，于表扬之中寓继承之意。昔都官造会庆堂，俾世祀笃于宗亲，子孙至今率其意罔替，固其家法如是。"[②]

是集版本有清康熙三十二年(1693)刻本，今浙江图书馆有藏，前有汤燕生《梅氏诗略序》、梅铜康熙三十年《梅氏诗略序》、梅清康熙三十年《书〈诗略〉后》《征诗原引》，法式善《陶庐杂录》有著录，如其曰："《梅氏诗略》十二卷，梅清集定，唐梅远由吴之宣城为掾。家焉，自远迄翱，凡一百一十六家。一门风雅，可谓盛矣。前有汤燕生、梅铜二序，铜序作一百八家。"[③]又有清道光刻本，今国家图书馆有藏。前有梅冲《梅氏诗略总序》《〈续梅氏诗略〉征诗小引》、朱锦琮《梅氏诗略序》《〈文峰梅氏诗略〉世系》，又有王士禛《梅氏诗略序》，见清康熙五十年(1711)程哲七略书堂刻本王士禛《带经堂集》。

观之以上，梅清所辑清诗总集包括全国类诗歌、地方类诗歌总集和题咏唱和诗歌总集，既辑存了宣城和梅氏诗学文献，又宣扬了宣城和梅氏文脉，在推进宣城诗派诗风和宣传宣城诗派诗学理念方面发挥了重要作用。

(作者简介：刘和文，安徽师范大学图书馆研究馆员，出版过专著《清人选清诗总集研究》等。)

---

① 梅冲《〈续梅氏诗略〉征诗小引》，梅清《梅氏诗略》卷首，清道光五年(1825)敦睦堂刻本，第 1a 叶。

② 朱锦琮《梅氏诗略序》，梅清《梅氏诗略》卷首，第 1a—1b 叶。

③ 法式善撰，涂雨公点校《陶庐杂录》，中华书局 1959 年版，第 79 页。

“闹蛾儿”考释*

闫　艳　赵春燕

摘　要：中国古代名物对于传世文献文本的正确理解和阐释非常重要，然而对于名物的文本解读，往往涉及很多层面和角度。“蛾儿”是“闹蛾儿”的省称，是唐宋以来元宵节的流行头饰，在古代诗词文献中出现频率非常高，但当前各工具书对其解释不一，有时还相互矛盾。简文拟结合出土文物和文献记载，对其来历、形制及民俗文化方面予以考察，期待能对宋词中的闹蛾儿作出较为正确的文本解读，同时揭示其形象本身蕴含的古人对羽化蜕变和生殖崇拜的美好祈愿。

关键词：蛾儿　异称　名源　民俗

“蛾儿”即闹蛾，闹蛾儿的省称，是古代的一种头饰。南宋康与之《瑞鹤仙·上元应制》词中：“花影乱，笑声喧。闹蛾儿满路，成团打块，簇着冠儿斗转。”①史浩《粉蝶儿》：“闹蛾儿、满城都是。”②曾觌《清商怨》：“春寒峭，腰肢小，鬓云斜蝉蛾儿袅。”③范成大《醉落魄》：“老来牵强随时节，无人知道心情别。惟有蛾儿，惊见鬓边雪。”④这些宋人词句中都提到了“蛾儿”，当代各种辞书对“闹蛾（儿）”曾做过或繁或简的解释：

《汉语大词典》“闹蛾”条释曰：“古代一种头饰。剪丝绸或乌金纸为花或草虫之形。”⑤

《辞源》“門部”释“闹蛾儿”：“古代妇女戴在头上的花蝶草虫等剪彩饰物。亦称闹

* 本文系国家社会科学基金重大项目“中国古代通俗类书的文献整理及语言文学研究”（19ZDA248）阶段性成果。

① 黄昇辑《宋本中兴以来绝妙词选》，国家图书馆出版社 2017 年版，第 20 页。

② 唐圭璋编《全宋词》，中华书局 1965 年版，第 1272 页。

③ 《全宋词》，第 1316 页。

④ 《全宋词》，第 1621 页。

⑤ 《汉语大词典》编委会等编《汉语大词典》，汉语大词典出版社 2001 年版，第 724 页。

嚷嚷。”①

《中国古代名物大典》“闹蛾儿”条释作：“省称‘蛾儿’、亦称‘闹嚷嚷’。旧时年节，元宵节妇女头上所戴之饰物，用乌金纸翦作飞蛾，缚于针上。”②

《中国博物别名大辞典》释“闹蛾儿”为“古代妇女于元宵用纸或绢剪成蛾形戴在鬓上的应节饰物”，并列举“闹装花、闹嚷嚷、春蛾、草里金、银蛾”等别名。③

《中国衣冠服饰大辞典》：“亦作‘闹鹅’。又称‘闹嚷嚷’。妇女于元宵之日所戴的一种首饰。以绸绢制成花朵，连缀于发钗；另以硬纸剪成蝴蝶、草虫、飞蛾、鸣蝉、蚂蚱之形，系于细铜丝上，行步时震动花朵，牵动铜丝，似蝶蛾飞舞。亦有用金银丝或金银箔制成蝶蛾者。唐宋时较为流行。”④

综上，五种辞书均认为闹蛾儿是一种头饰，但在造型上略有差异，如《大词典》和《词源》都认为闹蛾儿是剪彩“花或草虫之形”，《中国古代名物大典》《中国博物别名大辞典》指出闹蛾儿的主体造型是飞蛾等昆虫形状，只有《中国衣冠服饰大辞典》认为闹蛾儿是花与虫的综合体或者单独用贵金属制成的“蝶蛾”。那么，“蛾儿”的主体造型是花草还是飞蛾，还是如《中国衣冠服饰大辞典》所言，既有花草又有飞虫？它为什么能成为元宵节的应景首饰？包括“蛾儿”的异称及命名源流，学界语焉不详。本文拟结合文献记载、实物遗存、图像材料，对“蛾儿”的异称名源、形制和历史文化内涵做一个较为合理的解释。

一、关于“蛾儿”的异称

“蛾儿”在历代文献中异称众多，按命名来源主要可分为以下几个方面：

（一）与形态有关

1. 闹蛾、闹鹅、闹娥、闹蛾儿：如《水浒传》第六十六回：“却说时迁挟着一个篮儿，里面都是硫黄、焰硝，放火的药头，篮儿上插几朵闹鹅儿，踅入翠云楼后。”⑤又，《金瓶梅词话》第七十八回：“又磕瓜子儿，袖香桶儿，戴闹娥儿。”⑥

① 商务印书馆编辑部编《辞源》(第三版)，商务印书馆 2015 年版，第 4597 页。
② 华夫主编《中国古代名物大典》，济南出版社 1993 年版，第 151 页。
③ 孙书安编著《中国博物别名大辞典》，北京出版社 2000 年版，第 423 页。
④ 周汛、高春明编著《中国衣冠服饰大辞典》，上海辞书出版社 1996 年版，第 404 页。
⑤ 施耐庵著，羊刚注评《水浒传》，译林出版社 2019 年版，第 612 页。
⑥ 兰陵笑笑生原著，白维国、卜键校注《金瓶梅词话校注》，岳麓书社 1995 年版，第 2358 页。

2. 闹嚷嚷、闹穰穰:明沈榜《宛署杂记》:“以乌金纸为飞鹅、蝴蝶、蚂蚱之形,大如掌,小如钱,呼曰:闹嚷嚷。”[①]清王夫之《杂物赞·活的儿》:“以乌金纸剪为蛱蝶,朱粉点染,以小铜丝缠缀针上,旁施柏叶。迎春元日,冶游者插之巾帽。宋柳永词所谓闹蛾儿也。或亦谓之闹嚷嚷。”[②]清代《燕京岁时记》记载,元旦时小儿女剪乌金纸作蝴蝶戴之,名曰“闹嚷嚷”[③]。

明代文献亦作“闹穰穰”。如《月令广义》卷五:“燕都新岁俗以乌金纸为飞蛾、蝴蝶、麦蚱、草虫,大如掌,小如钱,呼为闹穰穰,大小男女各戴一枝,中贵人有插满头相竞者。”[④]按,“嚷嚷”“穰穰”古音相同,本义为吵闹,此处“嚷嚷”以重叠的形式形成了特定的修辞效果,作为形容词“闹”的词缀,加强了喧闹状态的表达效果。

3. 斗蛾儿:高士奇:“京师上元日翦乌金纸为蛾,缀猪鬃上,名斗蛾儿。”[⑤]按,“斗”的本义为争斗,此处与“闹”同义,均表状态,详见后文。

(二) 与材质有关

1. 金蛾:宋刘将孙《六州歌头·元夕和宜可》:“数金蛾彩蝶,簇带那人娇。”[⑥]从出土实物来看,此处的金蛾盖指以黄金为原料制成的蛾儿。如陕西历史博物馆收藏有唐代鎏金银蝴蝶形头饰(图1)[⑦]、湖北麻城北宋石室墓棺床北部正中出土了金片蝴蝶(图2)[⑧],用黄金制作的蛾儿质地贵重,工艺复杂,展现了唐宋时期金银首饰制作的高超工艺水平。金杨奂在《录汴梁宫人语》中描写了宫女在元宵之夜簪戴金闹蛾的场景:“岁岁逢元夜,金蛾闹簇巾。”[⑨]

图1 唐代鎏金银蝴蝶形头饰

① 沈榜编著《宛署杂记》,北京古籍出版社1980年版,第190页。
② 王夫之《王船山诗文集》,中华书局1962年版,第97页。
③ 潘荣陛、富察敦崇《帝京岁时纪胜 燕京岁时记》,北京古籍出版社1981年版,第55页。
④ 王晓勇、王睿主编《古代农业技术大系》,北京燕山出版社2021年版,第50册,第41页。
⑤ 高士奇《独旦集》卷七,清康熙刻本,第3叶。
⑥ 《全宋词》,第3528页。
⑦ 申秦雁编《陕西历史博物馆珍藏 金银器》,陕西人民美术出版社2003年版,第113页。
⑧ 王善才、陈恒树《湖北麻城北宋石室墓清理简报》,《考古》1965年第1期。
⑨ 陶宗仪著,文灏点校《南村辍耕录》,文化艺术出版社1998年版,第253页。

图2 金片蝴蝶(湖北麻城北宋石室墓棺)

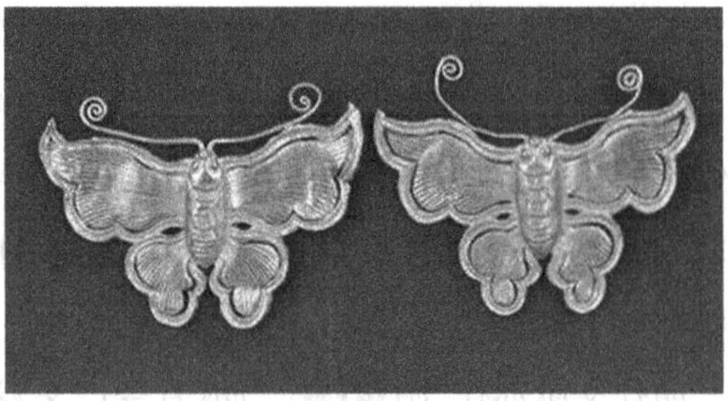

图3 金闹蛾(江苏南京明代吴忠墓)

2. 草里金:指用草木里的昆虫制成的蛾儿头饰。明刘若愚《酌中志·饮食好尚记略》:“自岁暮正旦,咸头戴闹蛾,……亦有用草虫蝴蝶者,或簪于首,以应节景。仍有真正小葫芦如豌豆大者,名曰草里金,二枚可值二三两不等,皆贵尚焉。”①明蒋之翘《天启宫词》:“逡巡避众闲寻扯,一笑拚轮草里金。”其注云:“时宫人所插闹蛾,尚用真草虫,夹以葫芦,形如菀豆大,名草里金,一枝可值三二十金。”②可见“草里金”是一种通过比喻修辞的手法对“蛾儿”的命名,形容用真草虫制作的闹蛾价格昂贵,如同草里的金子。

(三) 与颜色有关

闹蛾可称素蛾、玉蛾、雪蛾。如宋晁冲之《上林春慢》:“素蛾绕钗,轻蝉扑鬓,垂垂柳丝梅朵。”③范成大《元夕二首》其一:“儿女强修元夕供,玉蛾先避雪鬅鬙。”④清顾景星《元夜》:“雪蛾云髻随时插,近有新妆象五戎。”⑤

今按,“素”“玉”“雪”,皆指蛾儿的颜色为白色。民间售卖的蛾儿等元夕节物多以白色的纸、帛制成。南宋陈元靓的《岁时广记》卷一一引《岁时杂记》曰:“都城仕女有插戴灯球灯笼,大如枣栗,如珠茸之类。又卖玉梅、雪梅、雪柳、菩提叶及蛾蜂儿等,皆缯楮为之。”⑥《说文解字》曰:“缯,帛也。”“楮,穀也。”⑦陆玑疏云:“荆扬人谓之穀,中州人谓之楮……今江南人绩其皮以为布,又捣以为纸,谓之穀皮纸,洁白光辉,其里甚好。”⑧用楮树皮为原料做纸洁白可爱,成本低廉,故被人们用来制作白色头饰。

① 刘若愚《酌中志》,北京古籍出版社 1994 年版,第 178 页。
② 《中国博物别名大辞典》,第 423 页。
③ 唐圭璋编著《宋词纪事》,中华书局 2008 年版,第 137 页。
④ 吴之振等选,管庭芬、蒋光煦补《宋诗钞》,中华书局 1986 年版,第 1794 页。
⑤ 顾景星《白茅堂集》卷五,清乾隆二十年(1755)刻本,第 3 册,第 20 叶。
⑥ 陈元靓《岁时广记》,商务印书馆 1939 年版,第 117 页。
⑦ 许慎《说文解字》,天津古籍出版社 1991 年版,第 273、117 页。
⑧ 王念孙《广雅疏证》卷一〇上,清光绪五年(1879)淮南书局刻本,第 7 册,第 92 叶。

闹蛾还有“银蛾”之称。元张可久《梧叶儿·湖上晚兴》:“山花压翠螺,雪柳闹银蛾。灯下佳人看我。”①《水浒传》第三十三回中清风镇元宵的“灯词”:“银蛾斗采,双双随绣带香球。”②《汉语大词典》释“闹银蛾”曰:“闹蛾儿之一种。剪银纸为之。”③此解恐未妥,银有白义,出土文物中少见银制的闹蛾,上句的“翠螺”之“翠”、此句“雪柳”之“雪”均是表颜色,参差为文,银蛾疑指用白纸加工的白色闹蛾。

(四)与时间有关

1. 夜蛾:因佩戴时间为夜晚,故称。宋范成大《菩萨蛮·元夕立春》:“留取缕金幡,夜蛾相并看。”④《武林旧事》中有“游手浮浪辈,则以白纸为大蝉,谓之‘夜蛾’”⑤。

2. 春蛾:因佩戴时令为上元,正是初春节气,故有此称。宋周紫芝《次韵黄文若寄灯夕不出之作》:“铮铮银漏中,扑扑春蛾飞。”⑥《金瓶梅词话》第十五回:“剪春蛾,鬓边斜插闹东风。”⑦第四十二回《双调·新水令》的第二支曲子《川拨棹》:“鳌山上灯光照耀,剪春蛾头上挑。”⑧

综上,“蛾儿”在文献中虽异称众多,但其主要是由于形态、材质、颜色、佩戴时间而得名。除了“草里金”等个别用修辞手段命名的异称,其最常见的异称仍是“闹蛾(儿)”,我们该如何理解“闹”“蛾”“儿”这几个重要的构词元素呢?

二、“闹蛾儿”的名源

(一)关于“闹”字,目前学界有两种认识:

王锳认为:“闹,簇聚、攒聚,动词。”⑨陈慧慧《古代饰品类名物词研究》认为,“闹蛾”一词由表示状态的语素“闹”与表示形状的语素“蛾”结合而成。众多像蛾儿状的头饰插在头

① 张可久著,吕薇芬、杨镰校注《张可久集校注》,浙江古籍出版社1995年版,第239页。
② 《水浒传》,第297页。
③ 《汉语大词典》,第724页。
④ 《全宋词》,第1618页。
⑤ 四水潜夫辑《武林旧事》,浙江人民出版社1984年版,第32页。
⑥ 周紫芝《太仓稊米集》卷一九,清抄本,第2册,第112叶。
⑦ 《金瓶梅词话校注》,第418页。
⑧ 《金瓶梅词话校注》,第1130—1131页。
⑨ 王锳《诗词曲语辞例释》,贵州大学出版社2022年版,第203页。

部，盖取蛾儿嬉闹之义。一般不只是佩戴一个，因动而闹，因多而闹①。

我们认为，陈说有理。"闹蛾儿"之"闹"应理解为表丛聚嬉闹状态的形容词，与蛾儿飞舞营造出生机勃勃的喜庆节日氛围有关。古代深闺女子为了烘托上元喜庆热闹的节日时令，会在头上同时簇戴多种头饰。如《武林旧事》描述元宵节的晚上，"妇人皆戴珠翠、闹蛾、玉梅、雪柳、菩提叶、灯球、销金合、项帕……"②宋代两首关于元宵的诗词作品，也再现了闹蛾"簇戴"的场景。如陈世崇《元夕八首》其二："打块成团娇又颤，闹蛾簇簇翠冠儿。"③马子严《临江仙・上元》："翠鬟飞绕闹蛾群。"④此处释为"嬉闹的"，更为妥帖。宋何应龙《元夕戏题》中的"挨得玉梅零落尽，蛾儿犹傍鬓边飞"描述了上元夜狂欢之后⑤，头部"玉梅"等饰品七零八落，但是"蛾儿"仍在鬓旁，可见当时女性头上不只簪戴了闹蛾儿一种首饰，而是和多种首饰共同簪戴。

目前最知名的唐代闹蛾实物是陕西西安玉祥门外隋朝李静训墓出土的黄金闹蛾扑花冠(图 4)，现藏于中国国家博物馆⑥。墓主李静训为贵族女孩儿，家世显赫，祖父李崇为隋朝大将，外祖母杨丽华为隋文帝长女。沈从文指出，李静训墓除使用大量陶俑外，还有制作特别工精艺巧的黄金做成闹蛾儿扑花首饰等物，充分反映了当时皇族的极端的奢侈靡费⑦。金冠饰的顶部是一只张开翅膀作飞翔状的蝴蝶。蝴蝶翅膀用直径约 1 毫米的金丝编出翅膀形状和骨架，再用 0.7 毫米的细金丝编织填补细部，躯体外绕金丝网，上缀珍珠。头仍用细金丝编织，胡须用金丝掐制，极为细腻生动。蝴蝶的下方是以金银箔掐成花瓣，蓊蓊郁郁的繁丽花冠，花心用珍珠做蕊，华美至极，生动再现了蝶恋花的生机与奇趣。

图 4 隋代李静训墓闹蛾扑花冠

此外，"闹蛾儿"与唐宋口语中"闹装""闹竿儿"构词形式相似，都是"闹＋名词"结构，也可作为"闹"，为表丛聚状态的形容词之佐证。

---

① 陈慧慧《古代饰品类名物词研究》，河北师范大学 2021 年硕士学位论文。

② 《武林旧事》，第 32 页。

③ 陈世崇撰，孔凡礼点校《随隐漫录》，中华书局 2010 年版，第 65 页。

④ 《全宋词》，第 2069 页。

⑤ 北京大学古文献研究所编《全宋诗》，北京大学出版社 1998 年版，第 67 册，第 42017 页。

⑥ 魏秋萍《万善尼寺中的金枝玉叶——关于隋代李静训墓的几个问题》，《文物世界》2014 年第 2 期。

⑦ 沈从文编著《中国古代服饰研究》，商务印书馆 2011 年版，第 318 页。

白居易《渭村退居寄礼部崔侍郎、翰林钱舍人诗一百韵》云:“贵主冠浮动,亲王辔闹装。”[①]《东京梦华录·元旦朝会》:“例本朝伴射用弓箭中的,则赐闹装银鞍马,衣着、金银器物有差。”[②]宋赵师侠《鹧鸪天》(豫章大阅):“闹装鞍辔青骢马,帖体衣裳紫窄衫。”[③]清翟灏《通俗编》卷二五《服饰》引《余氏辨林》曰:“京师儿女多剪彩为花或草虫之类,曰闹嚷嚷,即古所谓‘闹装’也。”又引元强珇《西湖竹枝词》:“湖上女儿学琵琶,满头多插闹装花。”[④]

按,“闹装带”指用各种珠宝点缀装饰的腰带或鞍、辔,胡应麟《少室山房笔丛》卷二一:“闹装带,余游燕日尝见于东市中,合众宝杂缀而成,故曰‘闹装’。”[⑤]“装”与“妆”通,后也写作“闹妆”。《说文解字》:“妆,饰也。”朱骏声认为:“装,假借为妆。”[⑥]王念孙也说“娤、妆、装、莊,并通”[⑦],故“闹妆”亦可作“闹装”,指用金银珠宝等杂缀而成的腰带或鞍、辔之类饰物。“闹装花”就是用纸帛制作的杂缀装饰性头花。

《梦梁录》卷一三“诸色杂货”条:“及小儿戏耍家事儿,如戏剧糖果之类:行娇惜、宜娘子……鼓儿、板儿、锣儿、刀儿、枪儿、旗儿、马儿、闹竿儿。”[⑧]“闹竿儿”是将各式杂耍拼缀于竹竿头之儿童玩具,也可作为有参考价值的释义例证。

(二) 关于“蛾”字

作为仿生头饰,“蛾儿”之名源于昆虫之蛾。《尔雅·释虫》:“蛾,蛾罗。”郭璞注:“蚕蛾。”邢昺疏:“此即蚕蛹所变者也。”[⑨]《玉篇·虫部》:“蛾,蚕蛾也。”[⑩]《汉语大字典》“蛾”条释曰:“昆虫。鳞翅科。形状像蝴蝶,静止时翅膀左右平放。种类繁多。麦蛾、螟蛾对农作物有害;而蚕蛾、天蛾有重要经济价值。”[⑪]从文献记载看,古人对昆虫纲目分类缺乏严格的认识,对与“蛾”类的相关昆虫没有严格的界定,很多有翅膀的小昆虫都可以统称为“蛾”。如晋崔豹《古今注》:“蛱蝶,一名野蛾。”[⑫]唐慧琳《一切经音义》:“蛾,即蚕、蛾、蛱、

① 白居易撰,谢思炜校注《白居易诗集校注》,中华书局2006年版,第3册,第1150页。
② 孟元老撰,伊永文笺注《东京梦华录笺注》,中华书局2024年版,第518页。
③ 《全宋词》,第2080页。
④ 翟灏《通俗编(附直语补证)》,商务印书馆1958年版,第563页。
⑤ 胡应麟《少室山房笔丛》,上海书店2001年版,第215页。
⑥ 朱骏声《说文通训定声》卷一八“壮部”,武汉市古籍书店1983年版,第899—900页。
⑦ 《广雅疏证》卷二上,第1册,第104页。
⑧ 吴自牧《梦梁录》下卷一三,中国商业出版社2023年版,第91—92页。
⑨ 郭璞注,邢昺疏《尔雅注疏(附校勘记)》,上海古籍出版社1990年版,第162页。
⑩ 顾野王《大广益会玉篇》,中华书局1987年版,第117页。
⑪ 宛志文主编《汉语大字典》,崇文书局2020年版,第1058页。
⑫ 崔豹撰,牟华林校笺《〈古今注〉校笺》,线装书局2015年版,第123页。

蝶、蜂、蝇之类，皆名多足。”[①]依照今天动物学分类，蛾、蚕、蛱、蝶为昆虫纲鳞翅目，蜂为昆虫纲膜翅目，蝇为昆虫纲双翅目，虽然所属目次不同，但同属昆虫纲，所以慧琳在此处既将“蛾”作为昆虫的统称，又将包括“蛾”在内的各种多足昆虫都归入其麾下。

宋熊克《中兴小纪》卷五引朱胜非《闲居录》曰：“有匠者姓孟，献新样两大蝴蝶相对，缭以结带曰‘孟家蝉’。”[②]按，蝉为昆虫纲同翅目，此处将蝴蝶与蝉混称。宋朱弁《续骫骳说》“元宵词”条云：“又妇女首饰，至此一新，髻鬓篸插，如蛾、蝉、蜂、蝶、雪柳、玉梅、灯球，袅袅满头，其名件甚多。”[③]此条可知，“蛾、蝉、蜂、蝶”这些仿昆虫的头饰皆可归为“蛾儿”的原型。

(三) 关于“儿”字

“儿”的本义是小孩，《说文解字》释“儿”曰：“孺子也，从儿，象小儿头囟未合。”[④]中古以前，“儿”主要放在名词后表小称，可以释为小儿。如《乐府诗集·折杨柳歌辞》：“健儿须快马，快马须健儿。”[⑤]中古以后，“儿”开始虚化，逐渐用于人名、表人名词、动物词、无生命事物名词后充当后缀[⑥]。

王媛媛在《汉语“儿化”研究》一文中也指出，“儿”在“动植物称呼词语”中发生跨范畴的“泛化”现象，表示“动物的幼崽或植物的幼苗”，是唐代产生的新用法[⑦]。随着使用范围的扩大，北方地区方言中的“儿”在一些“形体小”的动植物的通称中逐渐产生了虚化现象，成为其“形体小”的标记，如“闹蛾儿”中的“儿”即是小称。

作为现代汉语中的典型名词后缀，“儿”缀在汉语方言中也主要分布在北方。王力先生指出：“在现代各地汉语方言里，名词形态发展情况并不一致，特别是在‘儿’‘子’的问题上。南部方言(粤、闽、客家) 基本上维持着上古汉语的情况，很少或完全不用词尾‘儿’和‘子’。……词尾‘儿’在粤语里更绝对不用了。”[⑧]

综上，“闹蛾儿”从字面上理解就是喧闹的小蛾，“斗”与“闹”意思相近，都有凑在一起，喧哗不安静之义，因而“闹蛾儿”也称作“斗蛾儿”。

---

① 慧琳撰，徐时仪校注《一切经音义三种校本合刊·慧琳音义》，上海古籍出版社 2008 年版，第 1575 页。

② 熊克著，顾吉辰、郭群一点校《中兴小纪》，福建人民出版社 1985 年版，第 62 页。

③ 朱弁撰，孔凡礼点校《曲洧旧闻》，中华书局 2002 年版，第 235 页。

④ 《说文解字》，第 176 页。

⑤ 岳珍选析《乐府诗集》，新疆青少年出版社 2005 年版，第 81 页。

⑥ 杨彦宝《汉语方言名词后缀“子”“儿”的地理分布差异分析》，《河南科技学院学报》2015 年第 7 期。

⑦ 王媛媛《汉语“儿化”研究》，暨南大学 2007 年博士学位论文。

⑧ 王力《汉语史稿》，中华书局 2004 年版，第 268 页。

三、蛾儿的制作工艺及文化内涵

闹蛾儿最令人喜爱的特点是其生机勃勃的造型充满了民间感和自然情趣，可以随着簪戴者的行步颤动飞舞，所以制作材料一定是以轻盈为佳。前文已述，唐宋时审美偏世俗化，生活奢华的上层贵族曾经用黄金制作“闹蛾儿”，但是对于民间而言，纸、帛等制作原料易得，价格低廉，适合大众群体消费，妇女们往往用绫绢等丝织品制作元宵节的闹蛾头饰。宋人史浩曾在《粉蝶儿·元宵》一词中描述说：“闹蛾儿、满城都是。向深闺，争翦碎，吴绫蜀绮。点妆成，分明是、粉须香翅。”[①]词中描述深闺女子将绫、绮等丝织物剪碎、点妆，最后画出白色的触须和精美的翅膀。陈元靓《岁时广记》卷一一引《岁时杂记》记载：“都人上元以白纸为飞蛾，长竹梗标之，命从卒插头上。”[②]也点明当时都城民间用白纸和竹梗制作蛾儿，在上元夜簪戴作为应景头饰。

到了明代，制作闹蛾儿出现了新的原料乌金纸，沈榜在《宛署杂记》介绍蛾儿的的工艺时说：“以乌金纸为飞鹅、蝴蝶、蚂蚱之形，大如掌，小如钱，呼曰‘闹嚷嚷’。大小男女各戴一枝于首中，贵人有插满头者。”[③]

清人在制作蛾儿的辅助材料上又有了新的突破。乾隆时《钦定日下旧闻考》卷一四七“风俗”条：“用乌金纸剪成飞蛾，以猪鬃尖分披片纸贴之。或五或七，下缚一处，以针作柄，妇女戴之。名曰‘闹蛾儿’。此古之遗俗也。”[④]猪鬃毛硬爽有弹性，将其分散贴在乌金纸上，可以起到很好的垫衬支撑作用，或五根或七根，下面绑在一起，用针作柄，妇女们簪戴在头上轻巧俏丽。

自然界有种类丰富的昆虫和动植物，古人为何在元宵节选择了以“蛾儿”为造型的头饰？我们认为，这与其自身的基本特征性有密切的关系。

其一，在生物学上，蝴蝶从蛹变化为成虫，身体组织经过复杂的变化，方能完成成虫的形态构造与发育。“先民以为，从地上的虫，到飞翔的蝶，是一种巨变和升华，是‘死而复生’，是有神灵的表现。”[⑤]成语“化蛹成蝶”即指蝴蝶幼虫由蛹，经过蜕皮，变化为成虫的过程。在传统文化中寓意人经历成长，蜕去丑陋的无用的部分，变得智慧、美丽。因而在元宵节簪戴蛾儿，寄托着人们希望在新的一年里经历羽化蜕变，完成华丽转身。

---

① 史浩撰，俞信芳点校《史浩集》卷四七，浙江古籍出版社 2016 年版，第 833 页。
② 《岁时广记》，第 117 页。
③ 《宛署杂记》，第 190 页。
④ 邓红梅、薛祥生注《稼轩词注》（与《漱玉词注》合著），齐鲁书社 2009 年版，第 14 页。
⑤ 黎兆元《中国古玉与神灵崇拜文化》，岭南美术出版社 2013 年版，第 51 页。

其二，蛾儿有强大的繁殖能力，“蝴蝶不仅美丽而且多子，是表现母系生殖崇拜的最好载体”①。在中华传统文化中，蝴蝶有交合、求偶、两性之类的寓意，唐宋诗词中作为头饰的“蛾儿”即从此神话思维和民俗文化演变而来，一方面蛾儿是祥瑞的标志，具有强大繁衍能力的象征意义；另一方面作为元宵节应景头饰具有极强的装饰功用，是青年男女追求时尚和内心喜悦的多元表达。

其三，蛾子有良好的嗅觉和听觉，常在夜间活动，有趋光性且姿态翩翩，飞翔的动作非常优美，故而选择将蛾儿作为灯火辉煌的元宵夜应景头饰与其自然特征是相符的。孟元老《东京梦华录》卷六正月十六日条：“市人卖玉梅、夜蛾、蜂儿、雪柳……”②《宣和遗事》十二月预赏元宵条：“宣和六年正月十四夜，奉圣旨宜万姓……少刻，京师民有似云浪，尽头上戴着玉梅、雪柳、闹鹅儿，直到鳌山下看灯。”③按，“鹅”“娥”疑为“蛾”字之讹误。南宋陈元靓《岁时广记》就说用白纸制成的飞蛾黏附在竹梗上，“昼日视之，殊非佳物；至夜，稠人列炬中，纸轻竹弱，纷纷若飞焉”④。这种竹、纸制作的头饰在白天看来并不显眼，但元宵之夜皓月当头，穿梭在众人和通明的灯火之中，纸和竹的质量都极轻，随着簪戴者步履的移动翩然若飞，展现出蓬勃的生机与活力。

应景首饰与一般首饰的最大区别是使用期短，“闹蛾儿”一年中通常只在元宵夜用一次，用来营造烘托节庆氛围。宋末元初周密所作《武林旧事》卷二《元夕》对元宵节人们对白色衣饰的偏爱作了说明：“元夕节物，妇人皆戴珠翠、闹蛾、玉梅、雪柳、菩提叶、灯球、销金合、项帕，而衣多尚白，盖月下所宜也。”⑤白色的衣物和饰物在月光的映照下都有着不错的视觉效果。因而不仅仅女性，宋代男子也很重视用蛾儿作为头面装扮，前引《武林旧事》说“游手浮浪辈，则以白纸为大蝉，谓之‘夜蛾’”⑥，从现存的宋代古画中也可以看到当时民间男子簪戴的用白纸制作的“闹蛾儿”形象。如宋苏汉臣《五瑞图》（图 5）描写的是春节时民间舞队行傩的情景，画中如右侧男子胸前有葫芦，头部右上方簪戴着白色的闹蛾儿，疑是扮演药师的童子。南宋风俗画《大傩图》（图 6）“村田乐”迎春舞队有九人头上簪戴梅花、柳叶、松枝、雀翎以及蝴蝶、雪蛾等物⑦。其中一名男子在前额正中簪戴着白色的闹蛾。

---

① 《中国古玉与神灵崇拜文化》，第 51 页。

② 《东京梦华录笺注》卷六，第 598 页。

③ 佚名《大宋宣和遗事》前集，士礼居丛书景宋刻本，第 51 叶。

④ 《岁时广记》，第 117 页。

⑤⑥ 《武林旧事》，第 32 页。

⑦ 廖奔《宋元戏曲文物与民俗》，中国戏剧出版社 2016 年版，第 160 页。

图5 宋苏汉臣《五瑞图》(局部)

图6 南宋风俗画《大傩图》(局部)

宋代以来,"蛾儿"一直为热爱生活的中国人所喜爱,各种文献中俯首皆是它的身影。如《水浒传》第六十六回:"却说时迁挟着一个篮儿,里面都是硫黄、焰硝,放火的药头,篮儿上插几朵闹鹅儿,踅入翠云楼后。"[①]《金瓶梅词话》第七十八回:"又磕瓜子儿,袖香桶儿,戴闹娥儿。"[②]清人不但保留了元宵节簪戴蛾儿的传统,朱彝尊《风怀二百韵》:"令节矜元夕,珍亭溢看场。闹蛾争入市,响屧独循廊。"[③]更将其提前到春节期间簪戴。如陈维崧《望江南·岁暮杂忆》:"人斗南唐金叶子,街飞北宋闹蛾儿。"[④]查慎行《凤城新年辞》:"巧裁幡胜试新罗,画彩描金作闹蛾。"[⑤]

通过以上对"蛾儿"的名源、形制和民俗文化等方面的考察,可以看到,宋代以来,由于蛾儿簪戴的广泛性,人们从其自身形态、簪戴时间、制作原料等多个角度为其命名,因而产生了众多的异名。从宫廷到民间,虽然蛾儿的制作原料丰俭不一,但是其核心造型为"蛾儿",因为这种生殖力极强的昆虫,不仅生动活泼,作为仿生头饰装饰性极强,而且它也是民间多子多福的祥瑞象征,它的蜕变历程,也寄托着人们对生活的美好祈愿。

(作者简介:闫艳,内蒙古艺术学院、内蒙古师范大学教授。赵春燕,内蒙古师范大学博士研究生、内蒙古开放大学副教授,发表过论文《钱澄之〈田间诗集〉研究》等。)

① 《水浒传》,第612页。
② 《金瓶梅词话校注》,第2358页。
③ 钱仲联主编《清诗纪事》,凤凰出版社2004年版,第683页。
④ 徐釚撰,唐圭璋校注《词苑丛谈》,中华书局2008年版,第239页。
⑤ 查慎行著,范道济点校《敬业堂诗集》,中华书局2017年版,第348页。

新诗研究

晚清域外纪游诗整体观与“新派诗”的突围之困*

卢　桢

摘　要：域外行旅体验带来的世界观念、时空意识、观物角度之变化，触发晚清诗人扬弃传统纪游文学追求闲适、风雅的情调，开始尝试诗歌内质形式方面的变革，以求具体、精确地再现异国面貌。具体表现为纳入外来语和借词，广泛采用“自注”形式，以杂事诗、竹枝词等体式实验“新语句”，营造“新意境”，使文本承载更多的社会相，从而带来诗歌抒情方式、语体结构和精神内蕴的递变。受限于古典诗歌的传统母题和叙写策略，诸多诗人在行旅场景转换中仍产生了捉襟见肘的窘迫感，无法充分揭示和传递新物象背后的深层理致。从语言建设层面上看，晚清诗人的一系列诗学探索，使旧体诗显露出由文言向白话过渡的新质，为白话新诗的出场作出了重要的铺垫。

关键词：海外行旅　域外纪游诗　海外竹枝词　诗界革命　新派诗

晚清以降的文学生态与行旅要素的参与关涉紧密，基于对“夷祸之烈”的反思，清政府开始向海外大量派遣使官，异域出访之风日盛。留洋者对行旅过程和域外风情的记载与描述，构成晚清文学一个重要的写作向度，也为现代域外纪游文学的萌发提供了必备的思想和文化资源。为了排遣异国行旅过程中的怀乡忧思、家国情怀，及时表达遭遇新奇景观之后的惊羡体验，诸多有着出访经历的文人（主要为官员或其随使人员）借海外纪游诗记录沿途风景和内心感怀，并希冀借此传递新知、启蒙民众，发挥文学的经世功能，在思想上契合了“师夷长技以自强”的改良观念，从而彰显出与域外文明互动的新气象。异彩纷呈的域外体验与诗歌这一传统的文学形式结合，拉开了晚清诗歌以通俗化表达新思想的序幕，也带动了古体诗从形式到内容上向现代体式的转化。

---

* 本文系中央高校基本科研业务费专项资金资助项目“域外行旅与中国新诗研究”(63243002)阶段性成果。

一、晚清域外纪游诗的写作情况与内在矛盾

同治以前，清人鲜有涉及异域行旅的纪游诗作，文人的出行范围也多为邻邦。相较之下，晚清旅人的行旅场域则宽广许多，随着政府对海外政策的转变和出行条件的日益改善，清人出行之风日盛。异邦的人文风物、科技文明、政治体制等新锐信息拓展了诗人的眼界，触发他们在诗歌创作中引入“新意境”这一现代元素。传统诗歌与海外新鲜文化要素的汇合，使纪游诗文焕发出异样的光彩。此间意义正如康有为的诗句所云：“中原大雅销亡尽，流入天南得正声。”[①]也如有的学者所说：“只是在中国本土文学土壤和经验中寻找题材和灵感，境界与气魄终有局促狭小之感，真正为古典诗歌带来一缕清新空气的是那些远涉重洋的诗人们。”[②]其中，林鍼、斌椿、傅云龙、王韬堪为旅外诗人的典型，他们的创作也代表了晚清域外纪游诗写作的基本风貌。这类代表性作品有林鍼的《西海纪游草》、斌椿的《海国胜游草》《天外归帆草》、傅云龙的《不介集诗稿》、王国辅的《游美杂吟》等。

林鍼，字景周，号留轩，在美时自署天荡子，福建闽县人，随父辈迁居厦门。道光二十七年(1847)春，他“受外国花旗聘，舌耕海外”[③]，前往美国教习中文，成为近代旅美进行商贸口译的第一人。在美国的一年半时间里，林鍼除了工作，还游历了美国各大城市，亲眼见识了这一新兴资本主义国家的繁盛，由此萌生将所见所闻记录于诗的念头，最终在道光二十九年(1849)四月写成《西海纪游草》一书。书成之后，稿本在厦门、福州等地流传，曾为洋务派闽浙总督左宗棠等人注目存阅，大约在同治六年(1867)付梓刊刻。刻本正文由《西海纪游自序》和五言长诗《西海纪游诗》组成，附录包含《救回被诱潮人记》等二篇。作为中国第一部抒写美国风貌的纪游诗作，《西海纪游草》最早完成了对纽约(文中写为纽约克)城市景观的述奇抒写，其开创之功如钟叔河的论述：“指数1840年以来‘走向世界’的报道，只能从林鍼的《西海纪游草》算起。”[④]

同治五年(1866)春，恭亲王奕䜣等上《奏派同文馆学生三名随赫德前往英国游览折》，折中提到清政府原计划遣派几名同文馆学生，令他们随时任大清海关总税务司的英国人赫德(Robert Hart)同赴欧洲游历，以“增广见闻，有裨学业”，后考虑到“学生等皆在弱冠

① 康有为《题菽园孝廉〈选诗图〉》，上海市文管会编《万木草堂诗集——康有为遗稿》，上海人民出版社1996年版，第118页。

② 杨波《域外行旅与晚清文学变革》，《河南大学学报》2011年第2期。

③ 周见三《西海纪游跋》，己酉(1849)十月作。钟叔河主编《走向世界丛书：西海纪游草、乘槎笔记、诗二种、初使泰西记、航海述奇、欧美环游记》，岳麓书社1985年版，第57页。

④ 钟叔河《从东方到西方——〈走向世界丛书〉叙论集》，上海人民出版社1989年版，第5页。

之年，必须有老成可靠之人，率同前去”，于是择选年已63岁的斌椿带领其子广英及同文馆学生德明（张德彝）三人与赫德同往①。这是近代中国派往西方的第一个考察团，使团一共访问了法、英、德等欧洲九国。作为文化使官，斌椿奉命将行程中遇到的风土人情、水陆里程、山川形势等信息随时记载，写下日记《乘槎笔记》一卷，并辅以《海国胜游草》和《天外归帆草》诗稿二种，作为见闻之补充。缘于政府使官记录欧陆风情的政治使命，凡是游历、访问过程中的新异之物，斌椿都作了详尽的记录，对于前人较少涉及的欧洲中小国家如荷兰、瑞典、丹麦、比利时等，他们的诗作也多有涉及。

1887年，清政府通过考试选拔派遣12名游历使，分别前往亚洲、欧洲、南北美洲的二十多个国家，令他们进行为期两年的考察，其涉及国家之多和路程之远，均属史无前例。这些游历使官们撰写了数十种海外游记和考察报告，尤其以傅龙云的业绩最为突出②。北京大学历史系的学者王晓秋曾标点解说傅云龙的《游历日本图经余记》，他认为“1887年清政府派遣海外游历使可以称得上是19世纪80年代中国人走向世界的一次盛举”③，其中仅傅云龙一人就撰写了游历日本、美国、加拿大、古巴、秘鲁、巴西六国的调查报告《游历图经》、游记《游历图经余记》和纪游诗，共计110卷之巨。他的游历自1887年9月2日从北京启程，至1889年11月20日回到北京销差，总共26个月，往返共经11国。其纪游诗篇集为《不介集诗稿》，共9卷，包括《游古巴诗董》1卷、《游秘鲁诗鉴》1卷、《游巴西诗志》1卷、《游日本诗变》4卷、《游美利加诗权》1卷、《游加纳大诗隅》1卷。这些纪游诗歌或含蓄蕴藉，或灵动可感，所涉国家之新、意境之奇，均在诗文中充分展现。

以上所述三人，分属以商业身份留洋、公务考察、选拔公派三种出国类型，他们均较早涉猎纪游诗写作，留下了相当规模的文本。此外，如王韬、曾纪泽、郭嵩焘等人，亦有海外纪游诗作流传。这些诗作拓展了古体纪游诗的想象情境和表意空间，以诗文的形式向国人介绍了异国风情和游子心怀，因此兼具旅行史、心灵史、风俗史、交通史等多重价值。不过，很多写作者即使身居海外环境，也对风景进行了细致的描写，却终究受写作惯习的影响，把域外诗文纳入了中国式的山水宴游、羁旅行役等传统的抒情脉络。

受限于古典文学的传统母题和叙写策略，域外纪游诗的表情空间较为有限。如林鍼的《西海纪游自序》触目皆是“梦里还家，欢然故里；醒仍作客，触目红毛”以及“客楼危坐，树头空盼尽寒鸦；沟水长流，叶上只一通锦字”这类诗句。既不见异国都市的光电缤纷之

① 《总理各国事务恭亲王等奏》（同治五年正月），蒋廷黻编著《近代中国外交资料辑要》，东方出版社2014年版，上册，第343页。

② 傅云龙（1840—1901），字懋元，号醒夫，浙江德清钟管镇人，近代中国首次通过公开选拔公派出国游历的官员代表。

③ 王晓秋《晚清中国人走向世界的一次盛举——1887年海外游历使初探》，《北京大学学报》2001年第3期。

色，也缺乏对现代人震惊体验的吸收与转化。如张祖翼《伦敦竹枝词》有云：“销魂最是亚魁林，粉黛如梭看不清。一盏槐痕通款曲，低声温磅索黄金。”若无作者附加的注文，言及“亚魁林”乃是“水族园”(Aquarium)、“槐痕”谓“酒”(Wine)、“温”指“一”(One)，那么后人断然难以觅得诗歌的原意。就算熟稔英文者可以从诗句本身破解字符之意，可是对大部分读者来说，这些诗句固然新意迭出，却不易使人透过字句，直接抵达对海外世界的了解和认知，反而可能使其感到无所适从，于是只能把希望寄托于文后的详赡注语。这样一来，诗歌本体的表意效果反而被弱化了。

从写作方式上看，大多数域外诗人依然采取了传统的意象符号，并遵循着固型化的诗学传统讲述异国风物。如斌椿出访英国时，曾受邀参加皇太子和太子妃举办的宴会，听闻“乐人于楼上奏乐，音节铿锵”，窥见“男妇跳舞十余次”，细观在座贵妇“衣红绿杂色，袒肩臂及胸。珠宝钻石，项下累累成串，五色璀璨，光彩耀目”①，遂作诗云：“长裾窄袖羽衣轻，宝串围胸照眼明；曲奏霓裳同按拍，鸾歌凤舞到蓬瀛。”②及至宴饮环节，目睹“酒肴多品”之相③，又写下“大枣如瓜千岁桃，玉盘王母赐蒲萄；归来夸向同人说，能到瑶池已足豪”④。诗人移用了中国的神话，以蓬瀛(蓬莱和瀛洲，神山名，相传为仙人所居之处)、瑶池(西王母所住的地方)比拟英国王室的宫殿之富丽和宴会之奢华，其中交织着古典与现代、实地观察与文学想象之间的错位。诗人们这般想象异域的方式，正如杨汤琛总结的，他们是“以中国传统文化的运思来容纳异域的相异性，虽然书写者置身于异域景观之间，但叠加了传统意象的异国事物却足以让主体刹那远离了西方的现实空间，借助固有的中土元素重新构筑审美空间，恢复其传统的审美情调”，这类“必须放入中国传统语境下方能领略其诗妙处的运思方式”与“游子思乡的苦旅慨叹相呼应，共同构筑了一个完整的以传统意绪作为抒发机制的抒情系统”，而西方“似乎只是一个被置放传统情绪的另度空间”⑤。亦即说，任何来自实地观察的新锐视觉经验，最终都要归入一个既有的、现存的写景模式中，西方景物必须经由传统语境这一观看“中介”，然后才能得到呈现。

客观而言，晚清海外纪游诗的写作者基本都能意识到应该以现有的诗歌体式，尽量去承载更广泛的内容信息，力求真实地呈现给中国读者一个陌生而新奇的异国世界。但在实际操作的层面上，他们为诗语表达作出的局部调整，依然没有触及文言诗歌的核心要

---

①③ 斌椿《乘槎笔记》，《走向世界丛书：西海纪游草、乘槎笔记、诗二种、初使泰西记、航海述奇、欧美环游记》，第117页。

②④ 斌椿《四月二十三日英国君主请赴宴舞宫饮宴》，《走向世界丛书：西海纪游草、乘槎笔记、诗二种、初使泰西记、航海述奇、欧美环游记》，第167页。

⑤ 杨汤琛《文化错位下的书写——晚清首部域外游记〈西海纪游草〉分析》，《华文文学》2016年第3期。

素。域外行旅体验带来的世界观念、时空意识、观物角度等变化，使诗人抒写现实的情感需要与传统言说方式之间的抵牾，即“言文分离”的矛盾愈发突出。一些诗人由此萌发出变更语体的思路，主动探求诗歌形式与内容的创新途径，意在使文言写作与彼时不断化生的新观念合拍，诗歌界的革命大幕由此徐徐拉开。

二、海外竹枝词的兴盛

得源于海外纪游诗写作的激发，诗人们自觉产生诗歌体式革新的要求并付诸实践。具体而观，大多数写作者扬弃了传统纪游文学那种追求闲适、风雅的情调，多以“上天”“入海”等主题复现域外行旅经验①，一改过往文学中望洋兴叹、对天忧歌的“情境—心境”模式，同时打破传统文体在表意内容上的封闭性，增强诗歌对新学新知的传播力度，正所谓康有为言及的“新世瑰奇异境生，更搜欧亚造新声”②。在日记、游记之外，诸多诗人尝试诗歌内质形式上的变革，试图在雅言文学的体系之外别求新声，采用杂事诗、竹枝词等体式模仿民歌、采风问俗，以之涵容更多的新造语词，力求客观描述异国风光、人情、礼俗、节庆之“新意境”，使诗歌承载更多的“社会相”，展现真实的异国形象。其中，一个值得引起重视的现象是“海外竹枝词”写作的兴盛。这些清新浅近、缤纷多彩的“竹枝词”文本构成了晚清海外纪游诗的主体，并在记述风土、抒发情志之外，平添了更多新鲜的元素，形成了独特的文化现象。

从尹德翔编纂的《晚清海外竹枝词一览表》中③，我们能够窥见彼时有过出国经历的文人，大都采用过竹枝词的形式言咏行旅经历。比较有代表性的作品是何如璋的《使东述略》、王之春的《东京竹枝词》和《俄京竹枝词》、黄遵宪的《日本杂事诗》、潘飞声的《柏林竹枝词》、张祖翼的《伦敦竹枝词》、许南英的《新加坡竹枝词》、潘乃光的《海外竹枝词》、丘逢甲的《西贡杂诗》和《槟榔屿杂诗》、单士厘的《日本竹枝词》等。此外，如斌椿的《海国胜游草》也被尹德翔纳入海外竹枝词的范畴。

自清初期开始，海外竹枝词作品便已出现，以尤侗作于康熙二十年(1681)的《外国竹枝词》为首创，描绘了日本、朝鲜、琉球、安南以及爪哇、苏门答腊、欧罗巴等几十个国家和地区的奇风异俗④。“竹枝词”源自古乐府的曲名，亦称为“杂诗”“杂咏”“杂事诗”等。它

① 张治指出，清末爱国诗人的海外纪游诗作常有“上天”“入海”之题，分别代表了传统士大夫那种“救世”与“遁世”矛盾统一的情怀。参见张治《异域与新学——晚清海外旅行写作研究》，北京大学出版社 2014 年版，第 225 页。

② 康有为《与菽园论诗，兼寄任公、孺博、曼宣》，郑力民编《康有为集》，广东人民出版社 2018 年版，第 322 页。

③ 尹德翔《晚清海外竹枝词考论》，中国社会科学出版社 2016 年版，第 290 页。

④ 尤侗所作《外国竹枝词》是其参与编写《明史》的产物，其人并未去过国外，诗作对所述地点和史实的记载疏漏颇多，且有不少虚构的成分，因而为后人所诟病。

富有鲜明的民间歌谣格调，流行于市井街坊之中，逐渐被文人学士所采用。其内容和风格讲求“质轻形杂”，“质轻”指它的内容取材多来自日常生活，“形杂”是说它的形式，这类诗体普遍为七言四句，颇似七言绝句，但不求平仄，韵律灵活，用语自由，没有一般近体诗在语汇方面的精确限制，它的写作风格如清人王士祯的归纳：“竹枝咏风土，琐细诙谐皆可人。大抵以风趣为主，与绝句迥别。”[①]很多海外出行文人正是借用竹枝词的形式，以之记录民情风俗、历史政治、文化宗教、城市建设、政事要闻，抒发个人感受。他们对新颖事物精心刻画，杂以感知，并辅以注文进行解释，使人如同身临其境，得到智识的启发。这些文本还具有较高的方志学、民俗学和历史学价值，其主要内容大致包含以下几个方面：

一是对异域国家盛典和官方活动的记录。清末赴海外者多为使官，其要职在于记录每日见闻，特别是异国政治、经济、文化、科技等情况。作为使官的必备功课，他们需要随时将见闻所得以《使官日记》的形式记录，以便日后向上提交。同时，他们也在更具个人色彩的诗歌写作中记述了这些官方活动。如张祖翼《伦敦竹枝词》描述了英国女王五十周年的在位大典：“五十年前一美人，居然在位号魁阴。教堂高坐称朝贺，赢得编氓跪啐经。”陈道华的《日京竹枝词》（一名《东京竹枝词》）中第五、六、七首记述上至天皇、下及平民共同参拜神社的盛况。通过对“招魂春社纸灯明，市上人人拜故兵”之胜景的描述，可以窥见日本的尚武风气和军国主义的雏形。再如姚鹏图的《扶桑百八吟》重笔介绍第五届大阪博览会的规模与情况，借此表达“谁知异域伤心客，负手欢场独自归”的游子感思。

二是对异国风光的描绘。如黄遵宪《日本杂事诗》初印本第十五首《蜻蜓洲》云：“巨海茫茫浸四围，三山风引是耶非？蓬莱清浅经多少，依旧蜻蜓点水飞。”抒写诗人对日本自然景观的赞美和喜爱。再看袁祖志《海外吟》中的《泛舟天士河》一诗，描绘了天士河，即泰晤士河的景色：“百里潆洄水蔚蓝，沿堤风景似江南。呼朋镇日嬉游去，打桨鸣桡兴共酣。”张芝田的《海国竹枝词》亦有对伦敦名河的叙写，其诗云：“凌空矗起一飞桥，铸铁功成迹未消。泰晤士江江上望，彩虹双落画中描。”一般来说，涉及异国自然景色的篇章，写作者往往注重将个体浸淫在自然风景中，表达传统人文山水带给人的怡情悦性之感。而当他们描写人文风景尤其是城市物象时，其笔触则偏重于对景观客观细致的勾勒呈现，不愿漏掉与之相关的历史、文化乃至技术信息。

三是对异国人情风俗的直观感受。诗人远涉重洋，初入异邦，文化的差异造成认知上的冲击，无论是生活习惯还是人际交往礼仪，都颠覆了写作者的既往经验。一些诗人力求

---

① 王士祯《带经堂诗话》，《续修四库全书》，上海古籍出版社 2002 年版，第 1699 册，第 207 页。

用百科全书的思维方式，向国人推送极为详尽的民俗资料。如黄遵宪的《日本杂事诗》中有专门介绍饮食的《樱饼樱茶》《琼芝》《坚鱼》等，介绍服饰的《冠制》《角子》《蓄须》等，介绍娱乐的《冶游》《犬射》《歌舞》等，介绍民俗的《落语》《杂技》《猿乐》等内容，全方位展示了日本的文化风俗，特别是其在维新后的变化。诗文细节之具体，描述之透彻，无一不反映出诗人对日本文化的熟稔了解。再如张祖翼在《伦敦竹枝词》中专门写到英国人"浪掷金钱无下箸，何堪饮血更茹毛"，叹奇他们吃半生不熟的带血肉排。对于英国男女见面和告别的情形，诗人也颇有感触，记载道："握手相逢姑莫林，楠楠私语怕人听。订期后会郎休误，临别开司剧有声。""姑莫林"即英文"早安"(Good morning)，"开司"则是"接吻"(Kiss)之音译。"男女授受不亲"的传统观念，使诗人对英国人较为开放的礼仪颇感惊异。当然，大部分诗人在文化的差异面前，既受好奇心的驱动，愿意去探求新鲜现象的内部肌理，却又不时受控于传统的观念，对一些文化现象缺乏包容的认知态度，甚至秉持"文化至上论"的思想，充当了道德和文明的终极裁判，彰显出文化上的优越感。

当然，在记载人文风俗时，一些诗人也表现出相对超前的认识，如王以宣《法京纪事诗》写道："箕裘弓冶虑全删，伯道无儿视等闲。散去黄金留德泽，真能勘破马牛关。"诗人对巴黎一些民众无所谓子嗣继承，且能捐献遗产用于公益的风俗甚为感慨，并在注文中比较中法文化之差异，对法国人的现代观念加以肯定。此类例证，可见西方游历对诗人精神观念的开放性影响和正向的激发。不过，从整体状况上考量，大部分诗人在使用竹枝词体式言咏西方时，往往还是存有"自我文化中心型"的心理认知模式①，加之近代以来中国与西方诸国在外交上的弱势地位，使他们面对异国的器物文化和人文风俗时，仍会受到强大的思维惯习影响，很难保持纯粹的客观姿态，对异国文化作出精准的理解和思考。

从功用上说，作为对严肃的使官文学的补充，竹枝词的语言更为通俗，格律自由，亦庄亦谐，少雕琢堆砌，因此艺术门槛较低，创作上的自由度较之其他纪游类文体也更高，从而成为晚清纪游诗中的主要表现形式。在情感内核上，诗人使用竹枝词文体吟咏域外风情时，心态往往轻松愉快，或是猎奇旁观，或是插科打诨，情感表达自然流畅，多以口语行之。这种操作一定程度上满足了诗人抒写域外文化的需要，然而其单一性也非常明显：无论是含蓄深沉的文化反思还是剑拔弩张的观念交锋，都无法借助竹枝词的体式充分展示。形式本身对情感和思想的限制，加上海外竹枝词文本的愈发泛滥，使它出现了程式化的雷同趋向。因此，一些有着美学革新意识的诗人便试图从多种渠道入手，调整海外竹枝词的表

① 曾有学者提出精神反应的四种类型，即自我文化中心型、边缘型、迎合型、适应型。参见章海荣《旅游文化学》，复旦大学出版社2004年版，第227—229页。

述策略，按照尹德翔的观点，这些调整主要包含两条途径：一是如斌椿的《乘槎笔记》和王之春的《使俄草》，附说明性文字于诗文之内或文后，以诗歌与散文两种文体共同完成对旅行行为的言说和呈现，使之互相补充；而更多诗人则选择第二条途径，即像黄遵宪的《日本竹枝词》、张祖翼的《伦敦竹枝词》那样频繁使用“详注”，以提升诗文的阅读效果①。

清代竹枝词整体上逐渐表现出“与地方志合流的趋势”②，这种倾向也体现在海外竹枝词的写作中。诗人们多在容量有限的七绝体式内回避具体的叙述和描写，而是力求在诗歌的文本之外采取多种方式，另辟蹊径地去解释异邦的物质文化符号。他们对“自来文人多不肯作自注，以为自注非古”的写作习惯作出了变通③，普遍为域外竹枝词穿插详赡注文，疏解新名词造成的阅读滞塞，正所谓“椟胜于珠”④。在海外纪游文学兴盛以前，诗歌序言抑或注释仅仅用来简要交代旅行的起止地点和时间背景，重点在于诗句自身，而海外诗人笔下的序言和注释则“成了诗句赖以传达情意的手段，颇有几分‘皮之不存，毛将焉附’的味道”⑤。如王以宣的《法京纪事诗》第八十二首写到巴黎南城郊外百戏云集的场面，竟然用了1200多字注文的篇幅，其记载包含戏剧、歌舞、蜡像、博彩、魔术、游乐场等多种活动信息，可谓丰赡至极。随着海外写作的日益兴盛，诗人们几乎都可以熟练地运用注解，以之解释出现在诗歌中的新物象与新名词。注文中大量专有名词和科学术语的涌现，彰显出文人观察世界的知识概念体系之变化。还有一些写作者有意地为注释赋予某种文学的“功能”，使之获得相对独立甚至完全独立的地位。比如，黄遵宪在写作《日本杂事诗》时，他对诗文所作的注释并非仅为注解诗歌，而是注重利用注释的自由篇幅，尽可能多地介绍与注释条目相关的一系列文化信息，如日本的城市风貌、人情民俗等，都通过注释的方式得以展现。光绪年间著名的编辑家王锡祺（1855—1913）更是将黄遵宪为《日本杂事诗》所作注解单独汇编为《日本杂事》。还有张祖翼为《伦敦竹枝词》所作的注文，也被王锡祺汇总之后，专列为《伦敦风土记》，收入其编纂的《小方壶斋舆地丛钞》中。大量注文的涌入，使竹枝词形成“以注为主”的局面，如夏晓虹评价《日本杂事诗》时所说：“就实用性来评价，《日本杂事诗》一类带有记事诗性质的‘竹枝词’更值得肯定；而就艺术性做判断，砝码却要移到那些不加注或极少加注的‘域外竹枝词’一边。道理非常简单，依赖注解的诗歌，

① 尹德翔《晚清海外竹枝词考论》，第285页。

② 孙杰《竹枝词发展史》，上海人民出版社2014年版，第208页。

③ 徐震堮《论欧游杂诗注》，吴学昭整理《吴宓诗集》，商务印书馆2004年版，第14页。

④ 对行旅文本的自注，最早见于林鍼的《西海纪游草》自序（写作时间在1849年他由美归国后，稿本大约在同治六年即1867年刊刻）及其纪游诗作，再如斌椿的《海国胜游草》和《天外归帆草》、何如璋的《使东杂咏》、张斯桂的《使东诗录》里也多自注。正如钱锺书评价黄遵宪《日本杂事诗》时所言：“端赖自注，椟胜于珠。”周振甫、冀勤编著《钱锺书〈谈艺录〉读本》，巴蜀书社2019年版，第258页。

⑤ 杨波《域外行旅与晚清文学变革》，《河南大学学报》2011年第2期。

本身的可读性、完整性便很可怀疑。”[①]论者揭示了注解对诗歌阅读效果乃至完整性造成的障碍，但是反过来想，如果没有足以阐明器物信息的注解存在，那么诗人便依然难以准确清楚地描述物象。因此，“椟”与“珠”之间并非孰轻孰重的关系。“椟”所代表的“文”之文字，主要用以描写事物状貌，保证诗文本体的轻盈灵动，也能将诗人看到却无法尽然写入诗文本的复杂信息详尽地记录下来，而“珠”所对应的“诗”之文字，才更多指向他们的心灵，承载写作者的观察体验与感受。“椟”与“珠”相互依存的结构态势，构成了晚清域外纪游诗的重要特征。

三、黄遵宪的实践与“新派诗”的突围之困

借由以竹枝词为主体的晚清海外纪游诗写作，诗人们通过他山之石展开对本土文化的省察与反思，从而开启了新的眼界，萌发出新的观念。不过，从古体诗歌的美学角度而言，尽管诗人广泛调用穿插注解、诗文互释、灵活用韵等形式革新的要素，但就其表现效果观察，依然是在古体诗的美学范畴内自说自话，难有大幅度的突破。因自身的学养和写作能力的限制，一些海外游历者的求新求变之举并未有效推进古体诗对新知新学的表现能力，更遑论去引领新的文学风潮。唯有黄遵宪的写作以及梁启超等人对“诗界革命”的推动，方才使域外行旅抒写的文学变革功用得以凸显，其中尤以黄遵宪的“新派诗”实践最为突出。

1899年，梁启超在《夏威夷游记》中率先提出“诗界革命”的口号，并以“三长”理论为之赋形：“欲为诗界之哥仑布玛赛郎，不可不备三长，第一要新意境，第二要新语句，而又须以古人之风格入之，然后成其为诗……若三者具备，则可以为二十世纪支那之诗王矣。”[②]“新意境”“新语句”以及“古人之风格”三长兼备的总纲领，为诗界革命的开展奠定了理论基石。按照梁启超的理解，“诗界革命”的文本范例首推黄遵宪的创作，特别是他的海外竹枝词写作和对“新派诗”的思考。需要注意的是，黄遵宪的写作与“新派诗”概念的提出，均发生在梁启超提出“诗界革命”口号之前，也早于谭嗣同等人实践的“新学诗”[③]，但他的创作已被梁启超确立为“诗界革命”的理想图示。从光绪三年(1877)到光绪二十年(1894)，黄遵宪以外交官的身份先后出访过日本、英国、美国、新加坡等地，他坚信“诗固无古今

① 夏晓虹《吟到中华以外天——近代“海外竹枝词”》，《读书》1988年第12期。

② 梁启超《夏威夷游记》，张品兴主编《梁启超全集》第4卷，北京出版社1999年版，第1219页。

③ 1897年，黄遵宪作《酬曾重伯编修》，诗文中“废君一月官书力，读我连篇新派诗”两句，标志着诗人正式提出“新派诗”的口号，并以此标明自己的创作。参见吴振清、徐勇、王家祥编校整理《黄遵宪集》上卷，天津人民出版社2003年版，第229页。

也”[①]，因而敢于摆脱古法的拘牵，沿着自己开创的道路持续探索，其实绩正如梁启超的评价“独辟境界，卓然自立于二十世纪诗界中”[②]，并引领了“诗界革命”的美学风潮。

在充满诗性变革与冲动的晚清时代，黄遵宪深感古典诗歌“自古至今，而其变极尽矣”，由此主张推陈出新，将“身之所遇，目之所见，耳之所闻，而笔之于诗”[③]，表现“古人未有之物，未辟之境”[④]。如诗人所言，他可谓“足遍五洲多异想”(《以莲菊桃杂供一瓶作歌》)之人，对于西方的新学理、新景致，黄遵宪都迫切地希望将其纳入诗歌的言说范围，给国人展现出一个他们尚未接触也不曾想象到的全新世界。因此，他的诗歌多触及域外制度名物，并有《香港感怀十首》《伦敦大雾行》《登巴黎铁塔》这样植入新锐城市意象的诗篇，既有“吟到中华以外天”的行动[⑤]，又有“锐意欲造新国”的宏大气魄[⑥]。相较于彼时兴盛的海外竹枝词写作，黄遵宪的创作在情感姿态上作出了较大调整。很多作者都喜欢以“猎奇”的姿态观察异国，对于一些域外礼俗(如男女平等、民主政治、交往礼仪等)甚至多有讥讽嘲弄之言，时刻显露出道德和文化上的优越感，借此纾解海外物质文明施加给自身的心理压力。黄遵宪则清楚地认识到中国在文化和器物上双重落后的现实，希冀借纪游诗刊录更多的异域学理，彰显文学的经世致用功能。尽管依然受到古典诗歌平衡体制和诗意机制的影响，难以透彻展示现代器物的风神，不过相较于传统意义上的诗歌美学，黄遵宪所追求的“新派诗”明显地提升了诗歌“功能的现代性”。其诗作“把诗歌从山林和庙堂世界，带到了嘈杂喧闹的人间现实世界，强调了诗文‘适用于今，通行于俗’的重要性”[⑦]。把这类文本置于域外行旅文学的范畴，可见其中诸多篇章都准确捕捉到行旅者繁富玮异、追新逐奇的内心体验，深度契合了“以旧风格含新意境”的“诗界革命”要旨[⑧]。

梁启超总结诗界革命前期的缺点时，指出其弊之一在于“挦扯新名词以自表异”[⑨]，令人无从臆解。他视新意境、新语句与古人风格为衡量标准，将“新意境”置于首位，由此高度肯定黄遵宪的《今别离》等诗篇：“时彦中能为诗人之诗而锐意欲造新国者，莫如黄公度。

---

①③ 黄遵宪《与朗山论诗书》，《黄遵宪集》下卷，第412页。

② 梁启超《诗话·三十二》，《梁启超全集》第18卷，第5310页。

④ 黄遵宪《人境庐诗草·自序》，《黄遵宪集》上卷，第79页。

⑤ 黄遵宪《奉命为美国三富兰西士果总领事留别日本诸君子》(五首)，其中“吟到中华以外天”一句来自第二首，全诗录之如下：“海外偏留文字缘，新诗脱口每争传。草完明治维新史，吟到中华以外天。王母环来夸盛典，《吾妻镜》在访遗编。若图岁岁西湖集，四壁花容百散仙”。参见《黄遵宪集》上卷，第148页。

⑥ 梁启超《夏威夷游记》，《梁启超全集》第4卷，第1219页。

⑦ 王光明《现代汉诗的百年演变》，河北人民出版社2003年版，第45页。

⑧ 梁启超曾说：“革命者，当革其精神，非革其形式。吾党近好言诗界革命。虽然，若以堆积满纸新名词为革命，是又满洲政府变法维新之类也。能以旧风格含新意境，斯可以举革命之实矣。”参见梁启超《诗话·六十三》，《梁启超全集》第18卷，第5327页。

⑨ 梁启超《诗话·六十》，《梁启超全集》第18卷，第5326页。

其集中有《今别离》四首及《吴太夫人寿诗》等，皆纯以欧洲意境行之，然新语句尚少。盖由新语句与古风格，常相背驰。公度重风格者，故勉避之也。"[①]这首情思精微新颖、独树一帜的《今别离》，被陈伯严推为"千年绝作"[②]，杨香池赞其"首首俱以新思想入诗"[③]，袁祖光亦以"古意沉丽"赞之[④]。诗歌作于光绪十六年(1890)，彼时黄遵宪在伦敦任驻英使馆参赞，看到英国交通与电信行业的发达盛况，于是便有感而发，采用乐府杂曲歌辞崔国辅旧题《今别离》，分别以四首诗歌咏火车、轮船、电报、照相等新事物以及东西半球昼夜相反的自然现象。诗歌内容别开生面，令人耳目一新，第一首记录了人们搭乘火车、轮船远行的场景，叙写现代交通工具凭借其便利与快捷，早已打破了传统人对于时间和距离的观念认知。其后三篇诗歌先后论及抒情者抵达异国之后用电报与家人联络、邮寄照片以解相思、最后回归离人思妇情调，写两人彼此思念，欲梦佳期，却因东西半球昼夜相反，难于梦中共时相遇。四首诗分别点明了异域器物或文化带给诗人的新感受，从内在逻辑上看，四个篇章又贯穿了传统的"游子思妇"情思和"今别离"的主题，它已不再是单纯的别离怀人之诗，而是溢满了诗人透过"别离"观察新生事物，再从新事物中捕捉到的近代人的新感情。与古人之别离相比，其间变化可谓缤纷多端，诗文也氤氲着浓郁的现代气息。

作为"诗界革命"的代表作品，《今别离》将诗人所见新事物与传统文化观念完美融为一体，带给读者耳目一新之感。同时，其"新派诗"的特质还通过诗人对诗歌形式与语言的巧妙安排显现而生。一方面，诗歌采取整饬的五言体式和以"赋比兴"为主的传统抒情方式；另一方面，为了多向度地反映旅行中采撷的新现实，黄遵宪倡导吸取古人"以文为诗"的经验，"以单行之神运俳偶之体"，"用古文家伸缩离合之法以入诗"(《人境庐诗草自序》)。"以文人诗"可以在传统诗歌的固形化抒情范式之外，涵容更多的社会内容，并以"伸缩离合"之法巧妙剪裁资料，使之得到精当呈现。如《今别离》第一首中，新名词与文言词汇融为一体，较好地传达出作者的思想情感，诗文也极尽口语化，句句相承，衔接流畅，表意明快。"新"与"旧"之别离效果，借由自然之语，达到通俗透彻的表意境界，与同时代的"同光体"抑或其他拟古诗的语言相比，可谓一股平易畅达的清冽新风。胡适曾说："做诗与做文都应该从这一点下手：先做到一个'通'字，然后可希望做到一个'好'字。古来的大家，没有一个不是这样的；古来决没有一首不通的好诗，也没有一首看不懂的好诗。金

① 梁启超《夏威夷游记》，《梁启超全集》第4卷，第1219页。

② 梁启超《诗话・二十九》，《梁启超全集》第18卷，第5309页。

③ 杨香池著，张寅彭校点《偷闲庐诗话》，张寅彭主编《民国诗话丛编》，上海书店出版社2002年版，第3册，第703页。

④ 袁祖光《绿天香雪簃诗话》，张寅彭主编《清诗话三编》，上海古籍出版社2014年版，第10册，第7254页。

和与黄遵宪的诗的好处就在他们都是先求‘通’，先求达意，先求懂得。”[①]胡适推崇黄遵宪，正因为他能够赏识民间白话文学的好处，以流俗之语入诗，他的《今别离》等诗歌，便是富含新思想和新材料的文本典范。不过，胡适对黄遵宪的论说有些先扬后抑，在高度评价《今别离》之后，他又以《以莲菊桃杂供一瓶作歌》的末段为例，说黄遵宪追求的“新诗”是“用旧风格写极浅近的新意思，可以代表当日的一个趋势；但平心说这种诗并不算得好诗。《今别离》在当时受大家的恭维；现在看来，实在平常的很，浅薄的很”[②]。胡适指出黄遵宪存在的问题，的确也是当时借用谣曲体或竹枝词等民间形式的诗人之普遍局限。诗歌改良者对诗境的开拓力度受制于传统的诗学形式，造成他们的诗界“革命”之路困难重重。

新意境和旧风格的融合，即“革其精神，非革其形式”的理念[③]，的确有助于增强传统诗歌对新情境的包容力，但不触动关乎诗歌形式的核心要素，便始终无法彻底解决域外纪游类作品“文法”与“韵味”失合的矛盾。在表现域外行旅题材时，旧体诗在音律结构体制、字数和句法规则等方面仍受颇多掣肘，语词也经常超出传统文体本身的负载，对遣意传情形成阻滞，使诗质、诗语、诗体之间的裂隙逐渐扩大。进一步说，无论是输入新词还是更改句式，都很难将旅行者乍履他乡的新鲜体验还原成诗。种种声光电影、奇趣异闻的感官抑或心灵体验，最终还是被纳入传统心理呈现模式和典章故实，即固型化象征的传统中，亦是章太炎所谓“华言积而不足以昭事理”[④]，也如钱锺书在评价黄遵宪的《日本杂事诗》时说：“假吾国典实，述东流风土，事诚匪易，诗故难工。”[⑤]即使像黄遵宪那样，在《日本杂事诗》中对注解苦心孤诣，往往也会造成新材料（散文体语言）与旧体式（文言诗语）之间的失衡，因其头绪万端，始末多方而陷入“旧瓶装新酒”的美学困境。郁达夫对此的评判是：“即使勉强成了五个字或七个字的爱皮西提，也终觉得碍眼触目，不大能使读者心服的。”[⑥]周作人的理解更为透彻：如黄遵宪《人境庐诗草》那样能窥见作者和他所处的时代，的确值得赏识和礼赞，但“若是托词于旧皮袋盛新蒲桃酒，想用旧格调去写新思想，那总是徒劳”[⑦]。又指出“黄君（指黄遵宪，作者加注）对于文字语言很有新意见，对于文化政治各事亦大抵皆然，此甚可佩服，《杂事诗》一编，当诗看是第二着；我觉得最重要的还是看作者的思想，其次是日本事物的记录”[⑧]。感触于时代的新旧变更，却无从描摹其形。操持雅言文学的

①② 胡适《五十年来中国之文学》，欧阳哲生编《胡适文集》第 3 卷，北京大学出版社 1998 年版，第 226 页。

③ 梁启超《诗话・六十三》，《梁启超全集》第 18 卷，第 5327 页。

④ 章太炎《学变第八》，曹冈解译《訄书》，内蒙古人民出版社 2006 年版，第 17 页。

⑤ 《钱锺书〈谈艺录〉读本》，第 258 页。

⑥ 郁达夫《谈诗》，《郁达夫文论集》，浙江文艺出版社 1985 年版，第 600 页。

⑦ 周作人《人境庐诗草》，《逸经》1937 年第 25 期。

⑧ 周作人《风雨谈》，岳麓书社 1987 年版，第 104—105 页。

文人在行旅场景的转换中产生捉襟见肘的窘迫感。形式框架的规训，阅读程式的制约，造成旧体诗难以揭示和传递新物象背后的深层理致，这是它在经验表达上的短板。不过，从语言建设层面总结，晚清诗人的一系列诗学探索，还是使旧体诗显露出由文言向白话过渡的新质。

结　语

客观上说，诗人们在内容上纳入外来语和借词，大胆以方言口语入诗，更新了诗歌的语象资源；在形式上依靠竹枝词等民间文体，在“言志”传统和“韵律”规范之外，为抒情主体的情感建立起个人化的隐喻空间，使诗歌向通俗化过渡，便于情感的流通。而“自注”的广泛出现和以文为诗、民歌句式或更为自由的体式革新，打破了传统五言、七言诗歌的格律范式，这都鲜明地体现出一个趋势，即域外行旅经历启发了晚清诗人“言文一致”的想法，他们从心理体验反映到语言表现，不断探寻以“俗语”改良“古语”的可能性。其所践行的新名词、新语句等文体实验，很大程度上推进了诗歌抒情方式、语体结构和精神内蕴的递变，为现代新诗的诞生积累了可资借鉴的宝贵经验，也为孕育更为灵活自由的新诗文体作出了必要的铺垫。已有论者指出：“晚清旅行写作可作为汉语言文学实践的一个重要部分，使得旅行者个人性的主体经验，被潜移默化地纳入中国文化中去，成为策动新文化、新文学、新知识的语言资源。”①以晚清域外纪游诗歌为契机，“言文失合”触发的龃龉与矛盾，促使一部分诗人继续在旧诗体格局内部求索。还有一些知识分子(尤以留学欧美者居多)质疑文言体式的表现能力，认为它无力承载行旅交往等新语境中产生的文化元素与动态情感，由此在“诗界革命”以外的路向上另起炉灶，倡导更为彻底的语体变革精神，白话新诗的观念呼之欲出。

(作者简介：卢桢，南开大学文学院教授，发表过论文《新时期以来中国城市文学的现代化叙事》等。)

① 《异域与新学——晚清海外旅行写作研究》，第11页。

沈尹默新旧诗歌体式之嬗变*

赵思运

摘　要：沈尹默是公认的新诗发生期源头性人物之一，他的旧体诗词成就亦不容忽视。作为旧体诗词作家，沈尹默在民国纪年之前已经成熟，却在1918年1月至1920年1月整整两年时间里密集发力，一跃而成为新诗作家的翘楚；然后突然从新诗史上消失，回到了旧体诗词创作阵营；而在20世纪50年代特殊的语境下昙花一现，发表了一系列新诗，旋即复归旧体诗词。沈尹默的“三变”彰显出新诗和旧体诗两种制式在他身上潜在的紧张关系。这既与个人境遇有关，亦与文化场域的聚散有关。

关键词：旧体诗　新诗　沈尹默

沈尹默是公认的新诗发生期源头性人物之一，岂不知，他的旧体诗词成就亦不容忽视。1929年，他的《秋明集》（上下）由北京书局出版。抗战时期自编的《短篱集》、《漫兴集》《写心集》合集、《念远集》、《山居集》，已经遗失。截至目前，收录沈尹默旧体诗词最全的是《秋明诗词集》①。其中，沈尹默在新诗初创时期的作品有19首。如果深研沈尹默的诗词创作轨迹，可以清晰地看到沈尹默在新诗和旧诗两种诗歌体式之间来回摆渡的痕迹。我们需要作深入考察的问题是：一、他本来一直创作旧体诗词，其新诗创作又何以在1918年1月至1920年1月之间突然爆发，成为新诗发生的源头性人物？二、为何他又突然从新诗史上消失，回到了旧体诗词创作阵营里？三、为何他在20世纪50年代又昙花一现地发表了一系列新诗，旋即复归旧体诗词？沈尹默的“三变”，彰显出新诗和旧体诗两种制式之间怎样的对话关系？

---

* 本文系国家社会科学基金一般项目“新诗作家旧体诗词创作现象的发生学研究”（16BZW165）阶段性成果。

① 沈尹默著，戴自中编《秋明诗词集》，上海书店出版社2023年版。

一、新诗创作的发生场域

沈尹默在1918年1月至1920年1月的整整两年时间里，密集发力，在《新青年》杂志发表了18首新诗。就是这18首新诗，使他牢牢地占据了中国现代文学史的重要位置。列目如下：

题目	发表卷期	发表时间	备注
鸽子	《新青年》第四卷第一号	1918年1月15日	
人力车夫	《新青年》第四卷第一号	1918年1月15日	
月夜	《新青年》第四卷第一号	1918年1月15日	
宰羊	《新青年》第四卷第二号	1918年2月15日	
落叶	《新青年》第四卷第二号	1918年2月15日	
大雪	《新青年》第四卷第二号	1918年2月15日	
除夕	《新青年》第四卷第三号	1918年3月15日	
雪	《新青年》第四卷第四号	1918年4月15日	
月	《新青年》第五卷第一号	1918年7月15日	
公园里的“二月蓝”	《新青年》第五卷第一号	1918年7月15日	
耕牛	《新青年》第五卷第一号	1918年7月15日	
三弦	《新青年》第五卷第二号	1918年8月15日	
刘三来言子谷死矣	《新青年》第五卷第六号	1918年12月15日	
生机	《新青年》第六卷第四号	1919年4月15日	
赤裸裸	《新青年》第六卷第四号	1919年4月15日	1919年8月，广州《爱国》周刊第7期
小妹	《新青年》第六卷第六号	1919年11月1日	
白杨树	《新青年》第七卷第二号	1920年1月1日	
秋	《新青年》第七卷第二号	1920年1月1日	
热天			1920年7月4日作，原件藏于中国社会科学院胡适档案中

其实，沈尹默最初创作旧体，且诗词兼善。沈尹默现存最早的旧体诗是写于1905年的《即时偶占二首》。同年，尚有词《望江南》。此时，沈尹默、沈兼士兄弟二人刚到日本留学，沈尹默开始创作旧体诗词。沈尹默，祖籍浙江省吴兴县竹墩村，1883年6月11日生

于陕西兴安府汉阴县。1903 年春，父沈祖颐亡，举家迁居西安。1905 年，陕西藩台樊增祥选派 50 名本省籍学生留学日本。因沈尹默祖籍浙江，与其弟沈兼士皆自费赴日本留学。1906 年，以经济拮据而回国。1907 年，与母亲回浙江吴兴县生活。不久就到杭州高等学堂、师范学校、第一中学等处教书。1913 年 2 月，沈尹默应聘北大预科教中国历史，1914 年改教国文。

1903—1913 年，这十年正是沈尹默父亲亡故、东渡日本、困顿而归、教书度年的辗转岁月，他深深感受到灵魂的双重"悸动"：一方面，家庭与自己的颠沛流离加深了他的人生体验；另一方面，中国亦处于大变革时期，其忧患意识彰显。这一切都通过旧体诗词表现出来。沈尹默虽然采取旧体形式，但是，他就像一位先知先觉者，敏锐地聆听到时代巨变之音，具有鲜明的时代精神。他的诗词充满了大量诸如"登高""卧龙"等原型意象，表达了宏伟抱负与时代忧患意识。"登高望远"，已经构成传统文人的文化原型，彰显出鸿鹄之志。"登楼"（"高楼""高怀"）意象在沈尹默诗词中比比皆是，如"可有高丘劳蜡屐，宁非吾士怨登楼"（《重九卧病忆兄弟，前年是日雨，在长安与姊联句寄怀，因成一律》），"独倚高楼望，繁星忽满衣"（《赴宴夜归闻雁》），"高楼呼酒醉何曾，嫩柳傞傞已不胜"（《二月雨中漫赋》），"独夜高楼春思迥，转灯出户见春星"（《春夜漫兴》）等。在沈尹默民国纪年前的诗词中，亦常有"龙卵""潜龙""卧龙"意象，如"龙卵初破风初胎，座中隐隐闻春雷"（《赋铜瓶梅花》1906），"遁世潜龙无日起，生郊戎马几时休？"（《感时咏怀兼忆师愚》1907）等，都寄寓着自我实现的抱负。

可惜在风雨飘摇的时代，他空有雄心壮志。刚刚 23 岁的沈尹默竟然生出如此深沉的人生感慨，"人生寿命徒疑猜，樽酒全胜登蓬莱。对此一饮复一咍，丹鹤散去旋归来"（《赋铜瓶梅花》）；"凄我羁旅心，沉忧恐速老"（《拟古二首》）；"叔世迫阳景，寒天忧废材"（《岁暮感怀寄江海故人》）；"前头已试风波险，要与先生放浪吟"（《雨晴访芸生归而有作，因赠并寄寰尘》）。这大概是由于漂泊不定和羁旅行役吧！最能集中表达他壮志难酬的诗篇，还有《被酒一首呈原丈》和《孤愤》等诗。

从某种程度上说，沈尹默的旧体诗词蕴藉着新的时代精神。在 1918 年前后，沈尹默之所以一跃而成为新诗作家的翘楚，这既有内在的诗学逻辑，也有时代因素激活。

考察沈尹默新诗创作的发生，要从他的朋友圈分析。这个朋友圈就是《新青年》作者群。新文化运动的主战场就是北京大学，主阵地就是《新青年》，主要斗士就是《新青年》作者群。而《新青年》作者群与沈尹默关系密切，况且沈尹默是最早到北京大学教书的。沈尹默到北京大学教书的时间是 1913 年。之后，钱玄同、陈独秀、胡适、鲁迅、周作人等人先后抵达北京大学，北京大学文人群逐渐形成。钱玄同也是湖州吴兴人，与沈尹默是同乡。

因为钱玄同与沈兼士同为章太炎弟子，早在1912年9月16日，沈尹默就与钱玄同结识，从此过从甚密。陈独秀于1917年被任命为北大文科学长，也是沈尹默推荐的。沈尹默和蔡元培还邀请他把杂志办到北京。1917年胡适和周作人到北京大学任教，1918年鲁迅加入《新青年》编委。1918年1月，《新青年》成立编委会，从这一期开始实行轮值编辑制度，由六个教授分期轮流担任编辑。1—6月依次为陈独秀、钱玄同、刘半农、陶孟和、沈尹默、胡适。同仁杂志往往具有一种仪式感。在共同的文学革命的氛围中，在朋友圈互相激发之中，沈尹默也开始了新诗创作。在很大程度上，"场域"是新文学发生的重要媒介。沈尹默曾经描述过这个场域的雅聚情形[①]。沈尹默好友朱希祖的宅院同样也是他们雅聚场所，称得上是一个地地道道的高级知识分子文艺沙龙，其中来往最多的是钱玄同、沈尹默、沈兼士、马幼渔等[②]。就是在这样的一个私人场域，志同道合的文人，在文艺观念的碰撞交合之中形成文化共鸣。"由于有着相近的趣味和共同语言，这种随意性很强的日常交往十分有利于思想、情感的融会贯通，日渐加深的友谊更带来了无穷的精神契合和团体凝聚力。"[③]新文化运动就是在这一场域中滋生、茁壮、蓬勃而起的。

沈尹默的惊艳登场，是在1918年1月15日《新青年》第四卷第一号发表《鸽子》《人力车夫》《月夜》三首新诗。同期还有刘半农、胡适的新诗。这次集中展示被誉为新诗的"民七运动"。沈尹默的这三首诗着实代表了新诗初创时期的最好成就。如胡适和沈尹默的同题诗作《人力车夫》。胡适通篇用对话体，在简单直白的对话中流露出朴素的人道主义情感，诗意的表达方面相对来说缺乏含蓄蕴藉。而沈尹默的《人力车夫》则更具诗性感染力，颇有汉乐府风韵，且比胡适的作品更讲究韵律和形式美。环境的点染，客观镜头的设计，衣饰装扮的对比，心境的悬殊，命运的迥异，一切都在不言中。沈尹默较胡适更胜一筹。再如沈尹默与胡适的同题诗作《鸽子》。胡适的《鸽子》节奏明快，意象清新，颇有美国意象派诗歌的味道。但是，相对来说，内在意蕴较弱。沈尹默则将三类鸽子的命运进行比较，献媚的、求生的、被吃掉的，隐喻了社会上各色人等肉体上、精神上受奴役受戕害的命运，从反面折射出独立人格缺失之悲剧。可以看出，沈尹默的新诗兼具艺术性和思想性，更具有社会深度。沈尹默在《新青年》第五卷第二号上发表的《三弦》更为成熟。这首诗运用双声叠韵等手法，阴声字和阳声字交错使用，生成一种抑扬顿挫的音律效果。意境的远景、中景、近景、特写，富有层次感。动静相协，氛围熏染，使得情绪饱满而节制。通篇纯用白话，而古典神韵尽显。连胡适都在《谈新诗——八年来一件大事》中赞叹"这首诗从见解

① 沈尹默《鲁迅生活中的一节》，《文艺月报》1956年第10期。

② 钱理群、严瑞芳主编《我的父辈与北京大学》，北京大学出版社2006年版，第86页。

③ 江磊《现代文坛派系研究：以"英美留学族"为纽带的考察》，河南大学出版社2015年版，第92页。

意境上和音节上看来，都可算是新诗中一首最完全的诗”①。

沈尹默的新诗有力地传达出新文化运动时期的精神气质，又极大地融合了古典诗学精髓。为他带来巨大声誉的代表作当属《月夜》。这首诗在意象的象征与暗示、白话的运用与凝练方面，接通并融汇了古今中外的诗学资源，同时传递出新文化运动呼唤人格独立的时代主潮。

新诗登场，一石激起千层浪！沈尹默当然亦无法避免争议。1918年6月15日，《新青年》刊登了张厚载致记者信，对沈尹默的新诗《宰羊》等予以发难：

> 贵志第四卷第二号登沈尹默先生《宰羊》一诗，纯粹白话，固可一洗旧诗之陋习，而免窒碍性灵之虞。但此诗从形式上观之，竟完全似从西诗翻译而成；至其精神，果能及西诗否，尚属疑问。中国旧诗虽有窒碍性灵之处，然亦可以自由变化于一定范围之中，何必定欲作此西洋式的诗，始得为进化耶？西人翻译中国诗，自应作长短句，以取其便于达意。中国译外国人诗，能译成中国诗体，固是最妙；惟其难恰好译成中国诗体，故始照其原文字句，译成西洋式的长短句。《宰羊》一诗，及其他《人力车夫》《鸽子》《老鸦》《车毯》等作，并非译自西诗，又何必此西诗之体裁耶？②

在沈尹默饱受争议的境遇下，新文化运动阵营的胡适、康白情、钱玄同、周作人、穆木天、罗家伦都力挺沈尹默，对其新诗给予了很高评价，甚至连保守主义学衡派的大将李思纯也开始正视沈尹默等人的新诗成绩了。胡适对沈尹默的新诗创作赞赏有加。1918年7月14日，胡适致信朱经农：“老兄若多读别人的白话诗，自然也会看出他们的好处，就如《新青年》四卷一号所登沈尹默先生的《霜风呼呼的吹着》一首，几百年来哪有这种好诗！”③1918年7月26日，致信任鸿隽，以沈尹默的《三弦》为例，反驳那些认为白话诗缺乏“研究精神”的论调：“我的朋友沈尹默先生做一首《三弦》诗做了两个月，才得做成，我们岂可说他没有研究？不过他不会请北京大学心理学教授陈百年先生用机器试验罢了！”④面对发难，罗家伦在《驳胡先骕君的中国文学改良论》中说：“至于沈尹默先生那首《月夜》，颇足代表‘象征主义’Symbolism，请胡君看懂之后，再来谩骂。”⑤可见，沈尹默在新文化运动场域中享有重要的地位。

---

① 俞吾金编选《疑古与开新——胡适文选》，上海远东出版社1995年版，第49页。

② 《新青年》1918年6月15日第4卷第6号。

③④ 《新青年》1918年8月15日第5卷第2号。

⑤ 《新潮》1919年5月1日第1卷第5号。

二、重返旧诗阵营

沈尹默新诗创作的爆发期只有短短两年。他发表在《新青年》的新诗18首,加之佚诗《热天》,仅仅19首。但也正是这19首新诗,奠定了沈尹默在新文学史上的重要位置。然后,他又决然离开了新诗阵营,重返旧体诗词领域。

沈尹默新体和旧体兼善。北京大学校长蔡元培对他有一个比较准确的评价。1920年5月26日,蔡元培为沈尹默的《秋明室诗稿》作序:

> 沈君尹默既应时势之要求,与诸同志提倡国语的文学,时时写新体诗,则辑录庚戌以来旧作,《秋明室诗稿》以示余。余维吾国之诗,以抒情为限,情之表示,自以《礼记·经解》"温柔敦厚"四字为正宗。太史公所谓"好色而不淫,怨悱而不乱",亦其义也。齐梁以后,始有轻薄侧艳之作。中唐以后,始有粗厉生硬之作。承其流者,务寻扯僻典,盖和险韵,矜使才气而已,非所以抒情也。清季以来,健者好效宋体,间有一、二佻冶自喜。而君所作,乃独不失温柔敦厚之旨。宜乎君所写新体诗,亦复蕴藉有致,情文相生,与浅薄叫嚣者不可同日语也。[①]

沈尹默本来可以像俞平伯一样新诗与旧体诗双管齐下,在两个领域都可以深耕,但是事实上,相对于沈尹默悠长而幽邃的旧诗岁月,他璀璨的两年新诗爆发期,真的是昙花一现!那么,他为什么如此决绝地转身了呢?

非常重要的一点是,他几乎唯一的新诗发表媒介——《新青年》杂志社转移了。1920年上半年《新青年》编辑部移到上海,9月份《新青年》即成为上海共产主义小组的机关刊物。从此,沈尹默再没发表新诗。随着《新青年》移师上海,新青年编辑部同仁分化,新文化运动的场域逐渐消散。

沈尹默离开新诗而转向旧体诗词创作,还有一个重要契机,那就是1920年11月赴日本进修学习,离开了新文化运动的场域。1920年11月23日,沈尹默乘火车离京赴日本京都大学,开始了进修学习的生涯。在东京的日子,他专心创作起旧体诗词来,诗艺更加精进。1922年4月6日学习结束,返回北京。而在一年以前的1919年6月10日,胡适曾对沈尹默的旧体诗词给予了很多批评性意见:"老兄的诗,则《珠馆出游见落花》(二首)、

① 高平叔《蔡元培年谱长编》,人民教育出版社1996年版,第303页。

《春日感赋》(起二句稍弱)、《无题》、《久雨》,皆可存。《文儒咏》、《北史》、《儒林传》、《咏史》、《杂歌》诸诗,则仅可供读史者参考之资料了。”“词中小令诸阕皆佳,长调稍差。”[①]

在东京,沈尹默沉迷于旧体诗词之中,对中国的新文学兴趣日薄。因此,他与郭沫若的初次相见,给后者留下的印象不佳。郭沫若在《创造十年》一文中有具体记述。沈尹默与郭沫若,一个代表中国旧文学、一个代表新文学,在那一时段,颇有一种“相看两生厌”的隔阂。沈尹默虽然倾向于新文化运动,但是在总体上,他的思想倾向比较中庸,既没有陈独秀那样的激进主义,也没有胡适那样的自由主义。当新文化运动向政治运动转型的时候,他是不积极的,甚至是疏离的。1919 年 5 月 4 日,他创作了一首词《减字木兰花·会贤堂上》,很多人猜测内容与五四运动有关,认为他参加了五四运动。但是,他在回忆中否认了:“后来这首词被人看见,以为‘五四’运动我必曾参与其间,至少亦在事前知道。其实并不如此,只能说是瞎猜猜着有这么一回事而已。”[②]

1926 年 5 月 30 日,周作人为刘半农的《扬鞭集》作的序中,谈及沈尹默从新诗转向旧体诗的内在原因,认为旧体诗词更契合他的精神气质:

尹默早就不作新诗了,把他的诗情移在别的形式上表现,一部《秋明集》里的诗词即是最好的证据。尹默觉得新兴的口语与散文格调不很能亲密地与他的情调相合,于是转了方向去运用文言,但他是驾御得住文言的,所以文言还是听他的话,他的诗词还是现代的新诗,它的外表之所以与普通的新诗稍有不同者,我想实在只是由于内含的气分略有差异的缘故。[③]

沈尹默即使在创作新诗的时候,内在的骨子里仍然洋溢着古典诗学的神韵。沈尹默的新诗是从旧体诗的血液里生长出来的。这一点胡适看得很清楚,他在《谈新诗》一文中提及沈尹默的新诗时说:

我所知道的“新诗人”,除了会稽周氏兄弟外,大都是从旧式诗、词、曲里脱胎出来的。沈尹默君初作的新诗是从古乐府化出来的。例如他的《人力车夫》(《新青年》四,一)……稍读古诗的人都能看出这首诗得力于《孤儿行》一类的古乐府的。

新体诗中也有用旧体诗词的音节方法来做的。最有效的例是沈尹默君的《三

① 胡适《读沈尹默的旧诗词》,《每周评论》1919 年 6 月 29 日第 28 号。
② 《沈尹默先生谈五四》,《解放日报》1950 年 5 月 3 日。
③ 鲍晶编《刘半农研究资料》,知识产权出版社 2011 年版,第 230 页。

弦》(《新青年》五,二)……这首诗从见解意境上和音节上看来,都可算是新诗中一首最完全的诗。[①]

早在1917年11月20日,还在白话诗初创时期,胡适在回复钱玄同的信里谈及沈尹默:"今人作诗往往不讲音节。沈尹默先生言作白话诗尤不可不讲音节,其言极是。"[②]沈尹默的很多新诗创作,都带有浓厚的古典诗歌气息。当然,有的白话诗里面存留着过于明显的古典诗歌形式的痕迹,如白话诗《落叶》《刘三来言子谷死矣》均采用五言体。沈尹默对于传统诗学的"革命性"是不彻底的,恰恰相反,他的新诗探索亦隐含着古典元素。古典进入新诗,带来了两种效果,一种是《月夜》《三弦》《人力车夫》《生机》等优秀诗篇中显示出来的古今诗学的水乳交融;另一种则是《刘三来言子谷死矣》《落叶》《赤裸裸》《除夕》等作品中显示的那种古今诗学嫁接时暴露出醒目的"疤痕"。

新诗先驱者从新文化运动的阵营"回流"到旧体诗词创作,已经构成了一种现象。胡适、陈独秀、鲁迅、周作人、沈尹默、刘半农、刘大白、俞平伯、叶圣陶、朱自清、郭沫若等,出身书香门第,都受过传统的私塾教育。在掀起文学革命的1917年,陈独秀37岁,鲁迅36岁,沈尹默34岁,刘大白37岁,周作人32岁,胡适26岁,刘半农26岁,郭沫若25岁,他们的传统型精神人格已经形成。虽然其精神人格和文化人格随着时代的激荡和社会转型而发生了变化,但是文化基因中的传统诗学基因难以改变,甚至十分稳定。因此说,新诗作家在新文化运动之前业已形成的早期精神人格与诗学基因,往往构成他们转型旧体诗词创作的内在动因。

新文化运动落潮以后,那些文化旗手们也开始理解沈尹默的旧体诗词创作。钱玄同致周作人信中谈及沈尹默,充满了同情之理解:

尹默回国了。他近来的议论,我颇嫌他过于"笃旧",不甚赞成。但我以为这完全是他的自由,应该让他发展。况且他对于"旧"是确有心得的,虽他自己的主张似乎太单调了,但我还觉得他今后的"旧成绩"总有一部分可以供给"新的",为材料之补充。我们以后,不要再用那"必以吾辈所主张者为绝对之是而不容他人之匡正"的态度来作"诡诡"之相了。前几年那种排斥孔教,排斥旧文学的态度狠应改变。若有人肯研究孔教与旧文学,鳃理而整治之,这是求之不可得的事。即使那整理的人,佩服孔教

① 《星期评论》1919年10月10日纪念号。

② 郦千明编著《沈尹默年谱》,上海书画出版社2018年版,第43页。

与旧文学,只是所佩服的确是它们的精髓的一部分,也是狠正常,狠应该的。[1]

沈尹默离开新诗阵营,跟新文化运动阵营内部的分裂也有一定关系。1935 年钱玄同日记里多次谈及沈尹默的"奸谋",厌恶沈尹默的"诡诈"。1935 年 12 月 23 日,1935 年 12 月 28 日,1936 年 1 月 2 日,胡适多次致信汤尔和,称北大辞退陈独秀时,沈尹默等人以私德攻击陈,在背后捣鬼。当然,这是胡适个人的理解。不管怎样说《新青年》团体的分化,是新文化运动的重要转折点。而随着新文化运动的落潮,知识者的分化,沈尹默就完全脱离了新诗领域,皈依旧体诗词领域了。

沈尹默重回旧体诗词领域,在 20 世纪 30 年代达到了艺术成就的高峰。如果说民国纪年前后代表着沈尹默旧体诗词艺术的成熟,那么,抗日战争全面爆发以后,尤其是 1939 年沈尹默在战乱之际避居重庆时期,因为凝结了自己颠沛流离的人生体验以及战乱频仍的国难之痛,其创作抵达了一个新的高度。

1937 年全面抗日战争爆发以后,沈尹默创作的《微闻》表达了反对"主和"、壮志不渝、全民抗战、有志终胜的时代最强音。在大是大非面前,沈尹默始终葆守民族气节,从他写给周作人的五首和诗也能够充分体现出来。1939 年元旦前后,稽留北平的周作人先后作七绝六首,写成后即抄寄朋友们。沈尹默亦收到。此时,社会上已有关于周作人附逆的种种传闻:周作人已出席"更生中国文化建座会",在华北伪政权教育部属下的两个委员会任职。1939 年 1 月 26 日,沈尹默"依韵和之",作《和知堂五首》:

冤亲平等非作达,但得相逢总是缘。古井吹将篱外去,听他谎语不须圆。
一饭一茶过一生,尚于何处欠分明。斜阳流水干卿事,未免人间太有情。
在家居士据禅榻,只可尤人莫怨天。莼羹千里不着豉,更向酪中错点盐。
梦中作梦有时醒,五十年来蜡炬红。难觅儿时新岁味,眼前炉火暖烘烘。
永夕陶陶前事在,一回相忆一茫然。眼前无尽非无尽,莫怪前贤叹逝川。[2]

沈尹默批评周作人流连光景"斜阳流水干卿事,未免人间太有情",希望周即使不能南来摆脱诱惑和控制,也应安于一饭一茶的生活,坚守清白,不可有非分之想。

如果说,沈尹默在抗战初期的诗作还停留在爱国明志的表达层面,那么,1939 年 5 月

---

① 《致周作人(1926 年 4 月 8 日)》,钱玄同《钱玄同文集》第 6 卷,中国人民大学出版社 1999 年版,第 75 页。
② 《鲁迅风》1939 年 5 月 20 日第 14 期。

沈尹默乘船西上重庆开始，在《民族诗坛》《中国青年》《时代精神》等杂志发表的大量诗词曲创作，抒发家国情怀，沉痛哀婉，诗艺炉火纯青。1939 年 6 月，在《民族诗坛》发表诗七首，其中《闻莺》化用李商隐的《天涯》，《诵杜老夕烽诗感赋》化用杜甫《夕烽》，可谓思接千载，视通万里，颇有“感时花溅泪，恨别鸟惊心”的悲情。沈尹默接通了“文章合为时而著，歌诗合为事而作”的文学传统且发扬光大。他不仅记录了“安居人事尽，多难寇氛延”“腾腾连日火，落落几家全”(《听人说五月三四两日事》)的战乱，更重要的是，描绘出了一幅幅民族离乱之际知识者个性化的生命地图。

三、新诗“出演”及再回归

1949 年之后，历史翻开了新的一页。随着社会主义文艺体制的形成，每个人都在调适自己的角色和观念。关于新诗与旧体诗的关系也出现了微妙性，新诗代表着新文艺和新民主义文化，象征着进步与革命，旧体诗代表着旧文艺和封建主义文化，象征着落后与保守。1957 年 1 月 12 日，毛泽东在给臧克家等的《关于诗的一封信》里写道：“诗当然应以新诗为主体，旧诗可以写一些，但是不宜在青年中提倡，因为这种体裁束缚思想，又不易学。”①

沈尹默历任中央文史馆副馆长、上海市人民代表大会代表、上海市文联副主席、上海中国书法篆刻研究会主任等多项职务。面对自己痴迷的旧体诗词领域，该如何选择呢？他陷入了两难：如果站在旧体诗词立场上，就显得不够“革命”；如果站在新诗立场上，就不可避免地与胡适产生关系。

沈尹默做出的第一点回应：通过自我批评与“旧我”切割。1956 年，他在中国作家协会上海分会诗歌组座谈会上作了自我批评：

> 我当时的主张：以为新诗应该承接古代歌谣的传统作风，作品读起来要顺适，易于上口，易于了解，“韵”可以不用，每句中的“律”却必须调协，但自己努力不够，没有能够成气候，单只放了一把火，只是一把野火，乱烘烘的烧了一起。这是我要当着诸位进行自我检讨的。我也不反对采取欧洲新诗的风格，历史变迁了，单靠旧的形式是不足以反映我们今天的现实的，现在谈恋爱也不会像《西厢记》里那样。旧诗今天不

① 毛泽东《关于诗的一封信》，《诗刊》1957 年第 1 期。

为文艺界所重视，这不要怪别人，现代自命为能作五七言的诗人，是不能推卸责任的……①

沈尹默做出的第二点回应：与胡适进行“切割”。在20世纪50—60年代，沈尹默多次对胡适进行批判。首先，在关于五四运动的定位上，沈尹默批判胡适将五四运动定位为新文化运动而非政治运动的观点，他说：

胡适之始终认为“五四”是文化的，傅斯年也是如此。当“五四”运动发动时，胡适之丁忧回家，并不在北京，所以这运动并不是他领导的。他回到校里，就强调学生要安心读书。在这样内外不良的情势下，学生怎肯上课呢？其实这个运动，一开始就是政治的，愈演愈烈，文化运动便随之而发展。因为自辛亥以来，革命思想已深入人心，又受到苏联“十月革命”的影响，自然而然对于帝国主义封建制度的害处，认识更加清楚。想要推翻这种恶势力，就不能漠视政治，这是必然的道理。②

关于新诗的开端，沈尹默否定了胡适的成就。“1916年，蔡孑民先生主持‘北大’，请陈独秀来当文科学长，那时胡适还在美国留学，他从《新青年》杂志上认得了独秀，就把他仿乐天体的五言小诗几首写寄给独秀，他竟不害臊地自称为白话诗。”③

在20世纪50年代批判胡适思想的政治运动中，几乎所有与胡适有过接触的教授学者，都发表过“批评与自我批评”。1951年12月2日，在胡适思想批判会上，沈尹默的发言题目是“胡适这个人”，对胡适的学术、散文、诗歌，都是否定的，认为他的文字过于干净，“干净的同蒸馏水一样，尝起来一点味道也没有”④。胡适思想批判会的会议纪要发表在1951年12月16日《大公报》。胡适看到大公报的报道，在1月5日日记中写道：“沈尹默的一篇则是全篇扯谎！这人是一个小人，但这样下流的扯谎倒罕见的！”⑤

沈尹默同时与“旧我”切割、与胡适切割，然后采取行动，恢复新诗创作实践。于是，沈尹默在1956年昙花一现地再现了新诗创作爆发期。沈尹默在当时的新诗创作，可查篇目如下：

①③ 沈尹默《研究古典文学是为了搞好新的创作》，《解放日报》1956年10月7日。
② 《沈尹默先生谈“五四”》，《解放日报》1950年5月3日。
④ 沈尹默《胡适这个人》，《大公报》1951年12月16日。
⑤ 胡适著，曹伯言整理《胡适日记全编》第8卷，安徽教育出版社2001年版，第174页。

序号	题目	发表情况	写作时间
1	报喜队的锣鼓	上海市书法家协会编《沈尹默书法精品集》,上海书画出版社,2011年	1956年1月18日
2	献给知识分子朋友们	1956年2月15日《文汇报》	1956年2月5日
3	思想改造	沈尹默著,戴自中编《秋明诗词集》,上海书店出版社,2023年	1956年2月16—19日
4	老人	沈尹默著,戴自中编《秋明诗词集》,上海书店出版社,2023年	1956年2月16—19日
5	祖国文化史上许多有总结性的标记	沈尹默著,戴自中编《秋明诗词集》,上海书店出版社,2023年	1956年2月16—19日
6	废品	沈尹默著,戴自中编《秋明诗词集》,上海书店出版社,2023年	1956年2月16—19日
7	没有今天就没有明天	1956年5月26日《文汇报》	1956年2月16—19日
8	边分析边综合	1956年5月26日《文汇报》	1956年2月16—19日
9	一件小事的回答	1956年5月26日《文汇报》	1956年2月16—19日
10	写工作总结的公式	1956年5月26日《文汇报》	1956年2月22日
11	写大会发言稿的公式	1956年5月26日《文汇报》	1956年2月22日

现在看起来,这些新诗虽然朴素地表达了社会主义建设的壮志豪情,但都是通篇议论加政治标语口号,作为特殊历史年代的政治记录,却并没有太多的文学价值。短短2个月的新诗创作实践,证明了沈尹默是失败的。几十年如一日地沉浸在旧体诗词艺术的氤氲里,沈尹默已经失去了对新诗体式的基本感觉,他不得不再次回到旧体诗词阵营。与"五四"时期的新诗创作相比较,沈尹默的这次新诗出场,无非是沈尹默艺术岁月中的插曲而已。

回归旧体诗词的海洋里,沈尹默如鱼得水,技巧娴熟,具有较高的艺术水准。1954年9月27日,欣闻毛泽东同志当选为中华人民共和国主席,沈尹默"喜而有作"七绝三首书法作品。1963年11月6日,毛泽东主席七十寿辰前夕,沈尹默的老友、全国人大常委会副委员长程潜来信邀请撰写诗词,共同表示庆祝。沈尹默欣然吟成一首《沁园春·一九六三年十二月赋呈毛主席》①,在赴京参加全国人大及政协会议时,将这幅作品交给陈毅同志代为转呈毛泽东。相对于拙劣的新诗作品,他的不少旧体诗词作品感情真挚而充沛。1958年3月20日,上海市民主党派和无党派人士举行社会主义自我改造促进大会,沈尹默被选为大会主席团成员之一。1958年10月,他在《诗刊》第10期发表《西江月·三月

① 《沈尹默年谱》,第665页。

廿日上海市民主党派民主人士和无党派民主人士社会主义自我改造促进大会，万人游行中口占》。不过，由于沈尹默过度赶任务，有些作品呈现出概念化、口号化倾向，如《学先进》《水龙吟·参加上海市文联扩大会议后有作》等作品中，缺乏创作个性。

二十世纪五六十年代，沈尹默的新体诗和旧体诗，形成一种合力。正确思想的光环，娴熟的技艺，并不能掩饰沈尹默艺术精神的滑落。是个人因素使然，还是时代因素使然？是个人的悲剧，抑或时代的局限？沈尹默仍是一个充满艺术复杂性和历史复杂性的史案。

（作者简介：赵思运，浙江越秀外国语学院、浙江传媒学院文学院教授，发表过论文《何其芳晚年旧体诗探幽》等。）

新诗意象构造中的张力因素探析*

王　觅　王　珂

摘　要：基于笛卡尔方法论中的物理视角以力识诗，“张力”一词最初作为病理学词汇产生，其文学意义形成于新批判时期，核心意思是“合一”与“相斥”的统一。“单个意象中的张力扩展”所产生的艺术魅力集中表现于梵高与海子创作里的惯用意象“麦子”并使经典得以进化；“一对意象中的张力平衡”精妙地出现在冯至、雪莱、顾城的名篇中并孕育有强大的生命力；“一系列意象中的张力起伏”广泛贯穿在小诗和徘句中是构造出共同情绪场的关键并形成结构上的韵律。在诗歌意象塑造中起到重要作用的张力结构，在幽默编造与流行文化的传播中也有着异曲同工之处。以力视角进入文本有益构建更切实可感的新诗教学与更为具体的诗学话语。

关键词：新诗　意象　张力

荷兰汉学基于笛卡尔的方法论开创出了跨文化研究中颇为独特的“木筏”研究模式。“知识的产生有两种模式：一种是桥梁构筑模式，一种是建造木筏模式……木筏并不能实现桥所具有的各项功能，但它具有别的优势，当水深时这可能是唯一的选择。木筏并不是自始至终坚固不变的建筑物，所以木筏的建造者并不需要去找寻河底坚固的岩石。木筏只是为到达对岸而暂时组合出的结构。”①这种研究模式的核心正是依托简化问题以抓住关键的笛卡尔策略，笛卡尔在《谈谈方法》一书中详细介绍了此思路，大致可以归纳为是“现象—物理—数学—哲学”的简化链路。研究者可以将现象简化为物理，将物理简化为数学，再由数学通往哲学。链路的一端连接着客观存在的现象，而另一端连接着主观范畴的哲学，物理与数学则是贯通两者的桥梁。

将“现象—物理—数学—哲学”的研究链路迁移至诗歌领域，现象端是诗歌文本，而哲

---

* 本文系国家社会科学基金一般项目“新诗现实功能及现代性建设研究”（17BZW071）、江苏高校哲学社会科学研究“以台湾现代诗为例的新诗中国化研究”（2021SJA0484）阶段性成果。

① Aat Vervoorn. Re Orient: Change in Asian Societies. New York: Oxford University Press, 2005, p. 9.

学端即是难以名状的形而上存在。诗歌文本是通过何种机理而得以承载诸种形而上的存在,其答案的纷繁复杂在"以力识诗"的物理视域下则能洞若观火出具有共性特质的规律。在众多与诗歌文本相关的"力"中,与诗歌表现机理关联最紧密的非"张力"莫属。"张力"一词翻译自英文"tension",大约出现于1530年代。作为名词,最初应用于生理学与病理学领域,最早出现在1541年马斯·埃利奥特(Thomas Elyot)的著作《健康城堡》(*Castel of Helthe*)一书中,"There is felt within the bulke of a man... a weyghtynesse with tension, or thrustyng outwarde"①,用于描述身体紧绷的感觉。作为动词,最早出现于1891年《工程师专利清单》中"Tensioning saddles of velocipedes"②,为"张紧"的意思。"tension" 来源可追溯至拉丁语动词"tendere",这个词源自Proto-Indo-European语系,最初的含义与拉、伸的动作有关。从这个动词演变而来的名词"tensio",最初用于描述物体被拉伸的状态或作用。这个拉丁词汇后来被引入英语中,形成了现代英语中的"tension"。

其文学意义源自1938年退特在《论诗的张力》一文中对于"tension"的解析:"我提出张力(tension)这个名词。我不是把它当作一般比喻来使用这个名词的,而是作为一个特定名词,是把逻辑术语'外延'(extension)和'内涵'(intension)去掉前缀而形成的。我所说的诗的意义就是指它的张力,即我们在诗中所能发现的全部外展和内包的有机整体。"③需注意的是,国内部分学者的论著中将"tension"一词看作是由退特将"外延"(extension)和"内涵"(intension)去掉前缀后而发明出来,这是错误的。这一错误可能源于他们对赵毅衡先生编撰的《"新批评"文集》断章取义的误读。"退特建议将extension(外延)与intension(内涵)两词削去前缀,创造一个词:tension。这词在英语中原义为'紧张关系',即物理中的'张力',所以退特说自己造了一个'假博学的双关语'。"④他们忽视了这一段话的前提是在文学范畴内,即是退特通过extension和intension两词赋予了tension作为专有文学术语的含义,而不是退特发明了tension一词。正确的顺序是先有"tension"一词,退特只是用"外延"(extension)和"内涵"(intension)来对其进行解析,以赋予其文学意蕴。新批评派就曾以"张力诗学"(tensional poetics)为自己命名⑤。

我国的古诗虽也源于"不平则鸣",但是在文体的发展成熟过程中,愈加呈现出"规范

① T. Elyot. The castel of helth corrected and in some places augmented. Londini: In aedibus Thomae Bertheleti typis impress; cum priuilegio ad imprimendum solum, 1541, p. 59b.

② F. A. Matthews. Engineer vol. LXXI[List of patents]. London, 1891, p. 120/2.

③ [美]艾伦·退特《论诗的张力》,赵毅衡编选《"新批评"文集》,中国社会科学出版社1988年版,第116—117页。

④ 赵毅衡《重访新批评》,四川文艺出版社2013年版,第46页。

⑤ 《"新批评"文集》,第2页。

化”倾向，使得诗歌中的“情”也趋近于恒定的“情感”而不是波动的“情绪”。重“情感”轻“情绪”的诗情抒写习惯在新诗出现后则发生了巨大转变，代表革新力量的新诗在各个方面对象征旧有秩序的古诗展开突击，其中也包含了在“抒情”上的突破。如是在新诗草创期，周作人认为“忽然而起，忽然而灭，不能长久持续，结成一块文艺的精华”的情绪最适合用新诗文类中的小诗来承载①。再如施蛰存在论述现代诗时所言“《现代》中的诗是诗。而且纯然是现代的诗。它们是现代人在现代生活中所感受到的现代的情绪用现代的词藻排列成的现代的诗型”②。在新诗范畴中的现代诗同样更擅长表达的是情绪而不是情感。因由情绪与生俱来的起伏变动特质，使得作为其载体的新诗在这起伏变动中杂糅着各种复杂的力，有的彼此加强有的互相碰撞，赋予新诗这种文体独特的艺术效果。

张力作为一种由分离与合一两种状态相持的产物，使诗得以成为“具有全部外展和内包的有机整体”。张力对于新诗的这种作用，主要则是通过诗歌的核心要素——意象，得以实现。好文中只言片语往往能包罗万象，以精炼著称的诗歌更是如此，能蕴含丰富正是源于“意象的多意性”特点。一个意象的不同意思大致可以放在由具象到抽象的坐标轴上呈现，一个词语在从具象到抽象的纬度上的延伸，类似于从能指到所指再到象征的缓行。即一个意象至少有在具象和抽象两个层面上的意思，意象中的张力也主要源于具象意义和抽象意义这两者间的拉扯。

一、单个意象中的张力扩展

新诗意象构造中的张力因素，主要可以归纳为单个意象中的张力扩展，一对意象中的张力平衡和一系列意象中的张力起伏三类。单个意象中的张力扩张的例子，以经典意象“麦子”在创作中的应用最为显著。经典意象的形成似沉积岩般是反复出现而使意义累加的结果，“韦莱克和奥·沃伦甚至认为比喻性语象只有靠复现才变成象征性语象……一个语象在同一作品中再三重复(例如艾略特《荒原》中水的语象)，或在一个诗人先后的作品中再三重复(例如叶芝笔下的拜占廷)就渐渐积累其象征意义的份量”③。经典意象作为人类文明的共创物也不仅仅局限在个体写作中，而是群体接力的产物。要更清晰地探查“麦子”这一经典意象的张力特征则需将时间线延展并由文学视野扩宽至艺术视域。不同艺术门类中的创作特色可能都是基于同一种艺术观念的衍生，加之诗画不分家，诗歌与绘

① 仲密(周作人)《论小诗》，《民国日报·觉悟》1922 年第 6 卷第 29 期。

② 施蛰存《又关于本刊中的诗》，《现代》1933 年第 4 卷第 1 期。

③ 赵毅衡《新批评——一种独特的形式主义文论》，中国社会科学出版社 1986 年版，第 151 页。

画本来就具有许多共通之处，绘画中产生出的经典物像同样可以是作为意象产生出独特的艺术效果并迁移至诗歌中，梵高画作中的物像“麦子”迁变为海子诗歌中的意象正是遵循此轨迹。“麦子”这一意象的张力扩展，源自同一意象具有的合一性与具有的截然相反意义产生出的分离性这两种状态的相持，即迥然相异的两种意义寓身于同一个物像中而使整体层面上具有了张力特质。

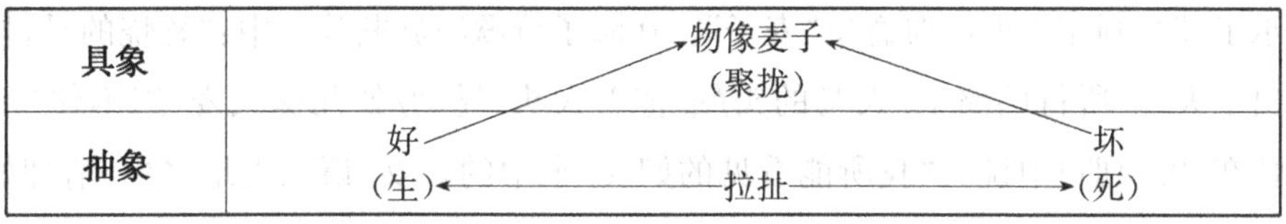

如是人们所熟知，麦子作为重要的粮食作物，有着富足、成熟、丰收等正面意义，具有这一系列正面意义的意象“麦子”广泛出现于各类经典诗歌中，如罗振亚先生的诗作《一株麦子的幸福》：“在父亲呵护的那块麦田里/我已长成饱满的麦子/虽然八月暴晒/泪水浸泡/却是幸福的一株。”①麦子最初在梵高的感受中，其意义也是作为正面的存在。青年时的梵高就曾描述麦苗“上有某种无法形容的纯洁与纤弱，使人仿佛看到婴儿熟睡时脸上的表情，产生一种抚爱之情”②，是作为一种美好且充满希望的象征存在于梵高的思绪中。学生时代的梵高如诗人那般将青春比作“一块赏心悦目的麦田，在清晨的风中咆哮、扭动和膨胀”③。他在寄送给提奥的信中阐述自己想成为“世上的播种者”这一理想时，也借用了麦子的正面意义进行比喻“就像在地里播种麦子的农民一样”④。研究梵高的专家欧文·斯通在以梵高书信为基础创作的第一人称著作《梵高自传》中，依照他对梵高的理解，小麦这一形象也一直是作为梵高将自身生命状态投射在外物的存在。“苹果虽然更熟了，但还是同一个苹果。对于一开始就想到的问题，我不会改变自己的看法，这就是为什么在谈到自己的时候，我说‘如果我现在没有用，将来也一定不会是有用的；但是如果将来有用，那现在也应该是有用的’。尽管城里人起初把小麦当成野草，但小麦还是小麦。”⑤麦子蕴含的纯洁、生机、坚韧等正面意义也正是青年梵高对自己的肯定和期盼。但随着梵高命途逐渐趋向坎坷，梵高对于将其作为自己生命投射物存在的麦子这一物像也愈加开始以消极的眼光看待，解析出了与原先正面意义截然不同的寓含。梵高从少年到去世前，一直是将自己看作是大自然中的此断面，麦子是彼断面，两者存在着相辅相成的神秘关系，

① 罗振亚《一株麦子的幸福》，中国青年出版社 2018 年版，第 19 页。
② [荷]梵高著，陶文江译《梵高自传》，人民文学出版社 2005 年版，第 146 页。
③ [美]史蒂文·奈菲著，沈语冰译《梵高传》，译林出版社 2015 年版，第 55 页。
④ 《梵高传》，第 147 页。
⑤ 《梵高自传》，第 209 页。

麦子是自己生命在大自然中的具象化投射物。也由自己从满是希望到饱尝艰辛，麦子这一意象在抽象层面就被赋予了代表生的正面与象征死的负面这处于两个极端的意义，在作为单个物像在具象层面的合一与抽象层面中两个极端意义的相斥状态的叠加下，形成了张力效果。

崇拜着梵高，甚至有时就把自己看作是诗人中的梵高，将梵高称呼为“瘦哥哥”的海子，传承了梵高画作中的经典意象“麦子”。在海子诗歌《马(断片)》中：“燃烧的马，拉着尸体，冲出了大地/所行的路上/大马的头颅/拖着人头/晃动/如几株大麦/挡不住！”[①]在其《莫扎特在〈安魂曲〉中说》：“我所能看见的妇女/水中的妇女/请在麦地之中/清理好我的骨头/如一束芦花的骨头/把它装在琴箱里带回。”[②]尸体的头颅、我的骨头在海子的笔下折射为麦子的形象呈现。正如海子诗句中赋予麦子绝望的属性“绝望的麦子”[③]，本是积极意义的麦子叠加上这些极具消极意味的标签后产生出巨大的拉扯力，这力量的强大较之梵高画作中的麦子有过之无不及，而给观者产生更大的冲击。两者艺术造诣上的高低可能无法比较，但是在审视他们的人生轨迹时，不难发现海子具有梵高一样的诚挚、热烈、激情，但唯独少了梵高所具有的那份坚韧。也正是由于梵高所持有的这份坚韧，当他在展现麦子的负面意义时，往往都有着类似悬崖勒马的处理。不论是在描绘麦子死亡意味的画作中惯用暖色调，还是在绝望中依旧通过麦田赋予舒缓心境的宁静，再或是在被看作是梵高遗言的画作《麦田上的乌鸦》：“在梵高看来，这幅画代表着‘乡间生活的健康与力量’，但实际上这个蓝色之上涂抹了黑色的暴风雨天空，在我们的眼中却代表了梵高外化的精神状态。另外这幅画还被认为是‘画家的遗嘱’，但未有确凿证据可以证实。”[④]在这幅画中，乌鸦被上方的暴风雨与下方的麦田包围挤压，但依旧扩展着双翅以飞翔搏击。仅从意象的张力层面看，梵高的“麦子”具有着相对稳定的张力，海子的“麦子”有着更具冲撞性的张力，两者的“麦子”都由于独具张力的特质获得了摄人心魄的艺术效果。

更深层次地看待单个意象的张力扩展，是不同意识基于同一个实物的碰撞。在探查客观世界的过程中意识与外物相融而赋予了其意义，这意义在积淀中逐渐成为具有群像特征的传统时，这外物也就成为经典意象存在于各类作品中。当有人以自己作为异质的生命历程去接触这一外物而产生出全新体验时，传统意义与创新意义交叠，群体解读和个体感受相遇，构成了单个物像作为文化符号的张力系统，在新与旧相融而成为旧并再遇

① 海子著，西川编《海子全集》，作家出版社2009年版，第127页。

② 《海子全集》，第175页。

③ 《海子全集》，第513页。

④ [意]拉佩里编著，郑昕译《阿姆斯特丹梵高博物馆》，译林出版社2015年版，第151页。

新，个体与群体相融并再遇另一个体的反复中，经典也就具有了新陈代谢的可能而得以延续至每个新的世代。这其中所蕴含的生命力的玄妙，则是在一对意象中的张力平衡机制里得以更清晰地展现。

二、一对意象中的张力平衡

一对意象中的张力平衡作为最为精妙的意象张力构成广泛存在于各类经典诗句中，其原理同样是基于意象在具象意义上的合一内包性具有的向内的力与抽象意义上的外延外展性带来的向外的力相持着产生出的平衡状态（反之亦然）。冯至在20世纪40年代时就诗意地描绘过这种结构，只是在他的描述中有意象的具象与抽象和意象的张力这两个重点，研究者们往往将目光聚焦在前者而忽略了后者。冯至关于诗歌意象张力的奥秘的描述正是在他的《十四行集》中处于压轴也是对于其诗观进行总览介绍的最后一首作品《从一片泛滥无形的水里》中："……/看，在秋风里飘扬的风旗，//它把住些把不住的事体，/让远方的光、远方的黑夜/和些远方的草木的荣谢，/还有个奔向远方的心意//……"[1]单独审视"看，在秋风里飘扬的风旗"这一句时，会发现第二个"风"字在表达感情和信息上都是多余的，句子改写成"看，在秋风里飘扬的旗"不会影响诗意的传递，也就是说这个多余的"风"字是冯至刻意写下的，目的是降低难度让水平较低的读者们也能理解他的诗观，并在接着的句子中直接敞露出了答案——"它把住些把不住的事体"。风是无法看见的，只有通过旗子或者别的实物为载体，才能呈现在人们眼中。可以笼统地将"风"看成是哲思思绪等作为诗意的存在，"旗"是承载并表现出它们的字句。字句本身并不具有什么价值，而是当它承载着诗意，是作为诗句存在时，它的价值才得以展现。即"旗"就是字句，表现着风涌动的"风旗"是承载着诗意的字句也即是诗句。冯至通过这个多余的"风"字来将意象是"借由具象来表现抽象"这一核心要点阐明得更为清晰。关于意象张力的描述则是在这一论述基础上展开。

在"它把住些把不住的事体，/让远方的光、远方的黑夜"一句中，"把不住的事体"如同"风旗"一般，再度强调的是对于抽象意义的传达。"远方"一词则一方面由其缥缈之感继续将抽象之意强化，另一方面则是构造出了张力存在的两要素之一——合一内包性，"远方的光"和"远方的夜"共同之处就是这"远方的"。而"光"和"夜"这近乎是反义词的存在，则构造出了张力得以实现的另一要素——相斥外展性。在冯至写下的这三句诗文中，

---

① 冯至《十四行集》，天津人民出版社2022年版，第32页。

“看，在秋风里飘扬的风旗，//它把住些把不住的事体，/让远方的光、远方的黑夜”就已经用悠扬的字词，并不简洁的表达，来将意象构造中的张力奥妙阐述得极为清晰。只是因为《从一片泛滥无形的水里》这一展现冯至诗观的诗所蕴含的闪光点太多，以致传达的意象张力这一要点并不太被人们重视。诗作《从一片泛滥无形的水里》既介绍了如何构造一对张力意象，也将方法进行了实践。这两者糅合在一起，客观上分散模糊了一对张力意象的艺术传达。能专注地体现一对张力意象的艺术表达的诗句也广泛地存在于古今中外的诸多名篇中，在此列举两例：

雪莱创作于1819年的《西风颂》自我国清末以来就流传着多种翻译，最广为人们熟知的是郭沫若与查良铮的翻译，前者趋近文言而后者偏向白话。但不论是其英文版本还是中文版本，文言版本或是白话版本，跨越了语言的不同，中西古今读者们的个体差异，整首诗中最脍炙人口甚至可以说是唯一被许多人记住的依旧是那句“If Winter comes, can Spring be far behind”，“严冬如来时，哦，西风哟，/阳春宁尚迢遥？”“如果冬天来了，春天还会远吗？”这一句最被奉为经典的原因，除了具有给予困境中的人们以希望的内容意义层面上的价值，更是由于其具有来自意象张力所赋予的独特艺术奥妙。此种基于张力结构的奥妙能跨域时间地域人种文化等差异，直抵读者的感受深处。其中的奥妙就以最简洁的翻译“如果冬天来了，春天还会远吗？”为样本进行分析，在这一诗句中有且仅有两个名词，也就把它们当作是意象来分析。“冬天”和“春天”这两个意象，在具体层面的意思，都是指季节，且是前后相邻的两个连续的季节。这构成了意象在具体意思层面上的合一内包性。同样的，选取任意一对相邻的季节为诗中的意象，都可以产生这种在具体意义层面上的连续合一性，如“春天”和“夏天”，“夏天”和“秋天”，“秋天”和“冬天”。但是当以在抽象层面的意思给各个季节进行粗略的情感判定时，“春天”和“夏天”皆是作为好的存在，不具有相斥外展性；象征好的“夏天”与好坏兼具的“秋天”也不具有强烈的相斥关系；同理是好坏兼备的“秋天”与象征坏的“冬天”。在相邻季节的抽象层面的关系中，唯有“冬天”和“春天”是前者象征坏而后者象征好，在处于两极的反差中具有了强烈的相斥外展性。“如果冬天来了，春天还会远吗？”这一诗句，正是因由“冬天”和“春天”这一组意象，兼有在具体层面蕴含的合一性与在抽象层面具有的相斥性，形成了既合一又相斥的结构，而具备了张力特征，使得诗句具备了波动但又不突兀的情绪感染属性。

	冬天	来了，	春天	还会远吗？
具象	相邻季节	——→合一（内包）←——	相邻季节	
抽象	坏	←——相斥（外展）——→	好	

顾城的现代诗《一代人》“黑夜给了我黑色的眼睛，我却用它寻找光明”，更是通过“一对意象张力”来实现赋予艺术奥妙的典范之作。此诗作的重要程度自不必多言，唐晓渡评价“顾城的这首诗只有两句，但是却在当代诗歌史上具有相当重的分量”①。但因为时代的特殊性及顾城本身具有的争议等文学外因素的影响，使得人们在研究这首诗时往往聚焦于思想性而弱化了对于文本本身的探析。以比较的眼光来看，其实表达类似思想的作品众多，但能与《一代人》媲美的却寥寥无几，可见《一代人》在思想外的艺术层面上有着独具匠心之处。在思想上乃至在技法上与《一代人》近似的既有启发顾城创作的洛尔迦《西班牙宪警谣》“在这白金的夜里，黑夜遂被夜色染黑”这一诗句，又有顾城之后的创作《我是一个任性的孩子》“我是一个任性的孩子/我想涂去一切不幸/我想在大地上/画满窗子/让所有习惯黑暗的眼睛/都习惯光明”。《一代人》相较于《西班牙宪警谣》是青出于蓝而胜于蓝，《我是一个任性的孩子》相较于《一代人》则有后继无力之感。《一代人》近似与前后两者且与它们联系紧密，但艺术性非它们所能望其项背，正是由于在这一脉相承的三首诗中，唯《一代人》具有强烈的“张力”特征，这通过一对意象达成的精妙结构。

洞悉这精妙结构的起始点，同样可以选择从“多余处”来窥探作者的刻意为之。正如何其芳在《关于写诗和读诗》中认为诗“在精炼与和谐的程度上，特别是在节奏的鲜明上，它的语言有别于散文的语言”②，强调诗的语言不同于散文的语言而独具精炼特征。同样，在吴思敬撰写的《诗歌基本原理》一书中，也多处阐述了“准确、精炼、生动，这是对所有文学语言的要求”③。诗歌语言应具有精炼性近乎是所有诗歌创作者研究者们的共识，顾城的《一代人》能脍炙人口的一个原因也正是其精炼得只有两个诗句。但若只追求精炼，这两句诗似乎还有更为精炼的空间。“黑夜给了我黑色的眼睛，我却用它寻找光明”，在这两句诗中，“黑夜”“眼睛”“光明”这三个作为意象存在的名词是无法精简的，作为人称代词的“我”同样不能去除。唯一存在着表意重复的词汇，是去除后不影响句意完整的就只有“黑色”。从不钻牛角尖的角度探讨，作为黄种人的顾城及目标读者是中文圈的观众们眼睛本身就是黑色的，即至少是在此诗中，“黑色的眼睛”和“眼睛”在意义传达上没有区别。放弃了追求语言的精炼而保留了这看似多余的“黑色”，正是由于其是强化本首诗歌意象张力结构的关键所在。

① 梁晓明、南野、刘翔主编《中国先锋诗歌档案》，浙江文艺出版社 2004 年版，第 32 页。

② 何其芳《关于写诗与读诗》，《何其芳散文》，人民文学出版社 2022 年版，第 206 页。

③ 吴思敬《诗歌基本原理》，工人出版社 1987 年版，第 237 页。

	黑夜	给了我(黑色的)	眼睛,	我却用它寻找	光明。
具象					
抽象	坏	←—相斥(外展)—→	好 2	←——	好 1

如上图所示,若是将“黑色的”去除,来探查这首诗中意象之间“力”的走向,会发现“黑夜”“眼睛”“光明”这三个意象在抽象层面中,最为直观的“黑夜”是作为坏的存在,“光明”是作为好的存在。因为“光明”是作为好的存在,寻找“光明”的眼睛在抽象层面中也被赋予了好的定性。这时作为坏的“黑夜”与作为好的“眼睛”这一组意象在抽象层面上就具有了“相斥性”,也即构成张力两要素中的一个,但另一要素“合一性”却难觅踪影。

有了在表达意义上是多余的“黑色”,则补全了那块在艺术技法的张力构成中至关重要的拼图。如下图所示,“黑夜”和“黑色的眼睛”这组意象,通过“黑色的”强化了它们的共同点——相同的颜色。这在具象层面中的共同点,则构成了张力两要素中的另一要素“合一性”。换句话说,《一代人》中“黑色的眼睛”里的“黑色的”,与上文所述的《从一片泛滥无形的水里》“在秋风里飘扬的风旗”中的第二个“风”字有着异曲同工之妙,都是通过一个在表情达意上多余的字词,来强化突出着表现意象的一个特征,再基于这特征构造出张力结构所需具备的要素。

	黑夜	给了我	黑色的眼睛,	我却用它寻找	光明。
具象	相同颜色	—→合一(内包)←—	相同颜色		
抽象	坏	←—相斥(外展)—→	好 2	←——	好 1

无论是《西风颂》或是《一代人》都带给人希望的缘由,除了内容上的表达之外,还在于“一对意象中的张力平衡”在结构层面上所孕育的巨大生命力。不管是毛主席“以斗争促和平”的高瞻远瞩,还是道学的阴阳太极、自然界的生息繁衍,皆是具有此结构所蕴含的生命力。泛化地看待“一对意象中的张力平衡”,是具有部分“相同性”的两者其“不同性”拉扯碰撞以实现和谐。“相同性”赋予了“不同性”接触的可能,“不同性”则为“相同性”提供了如心跳的颤振。似尚未出现生命的地球没有纷扰却静默着一片死寂,生命诞生后伫足于同一片大地有着近似的血肉,在吃与被吃的生物圈残忍碰撞中生出了和谐着的生机勃勃。当我们切换至更宏大的视角,从整体维度俯视一对意象的张力奇妙后,或许也就更容易理解一系列意象的张力奥秘了。

三、一系列意象中的张力起伏

这第三种意象张力形态虽然没有前面两种精妙，但因其具有和其他文学门类的相通之处，所以也许能从更基本的层面解答张力到底是触发了何种心理感受机制而具备了艺术魅力，并为解答诗歌创作中的另一核心问题——共同情绪场是如何构造的，提供了可能的答案。

一系列意象中的张力起伏创作，大致可以描述为：存在相斥性的意象群串联在一个具有合一性的线索或氛围中，即线索或氛围赋予的合一性与反差意象们具有的相斥性，构成了诗句的张力结构。此种特征广泛出现于各类新诗创作中，其中又以小诗篇幅较短，线索的合一性与意象们的相斥性都较为突出，以小见大的小诗对此种张力特征的展现最为明显。

如何构造共同情绪场是创作中普遍遇到的难题之一，只有当作者和读者处于共同情绪场中时，作者的所思所感才能最为恰当地传导至读者心中。但不同读者在情感感受上的敏感度也是不同的，即同样的内容可能会让有的读者触动到涕泗横流，对另一些读者可能就只是到了哀叹一声的程度。投射于这两批读者心中的情感烈度截然不同，以致无法将他们置于共同的情绪场中。其实不要说置于不同的读者，就是置于同一作者在白天与黑夜的差异状态下，也会被共同情绪场这一问题困扰。在诗歌中如何构造共同情绪场，这其中的方法也就触及了更根本的层面——人的感受机制，并基于张力起伏实现。不论具有怎样感受度的人，对于“变化”这一本身的感受是共同的，共同情绪场也正是基于这一共同点打造。可以将这一基于“变化”的共同点形象地称为“折感”。“折感”依托于张力结构广泛存在于数量庞杂的诗歌作品中，为了更有条理性地展现其在诗歌创作中的特征并易于在诗歌教学中进行实践，我们将其大致归纳为空间折感、情绪折感、感官折感三类进行解析。

时空上的折感，借由一系列意象遵循同一线索行进（合一），在大小、快慢、远近、高低、动静等空间纬度上突然切换（相斥），而产生出张力起伏以形成折感。例子如松尾芭蕉的俳句“古老的水池，青蛙跳跃，一片水声溅起。”

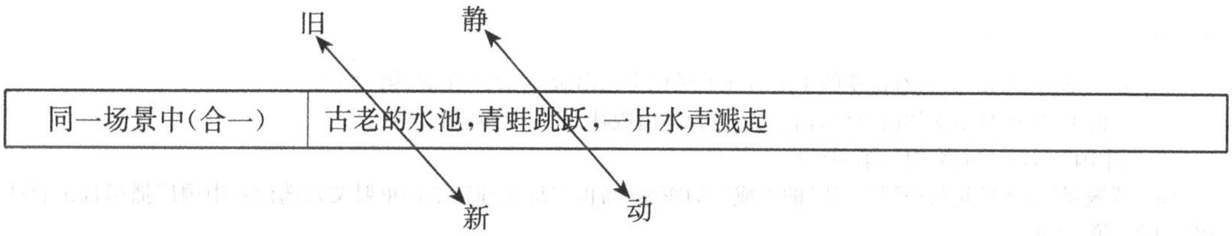

俳句中出现的意象处于同一场景中，而共处的场景赋予了意象们天然的合一性。但在诗歌的展开中，“古老的水池”这一意象转折至了富有生命力的“青蛙”；声音与状态上皆是为静的“水池”也转折为了声音和状态上皆为相反的响和动的“水声溅起”。“古老的水池”与“青蛙”在新旧层面形成一组相斥关系，并经由青蛙的跳跃，“古老的水池”与“一片水声溅起”在动静层面也形成了一组相斥关系。两组相斥孕育的“上凸下凹”与同一场景中事物间具有的合一性叠加，构造出了这一系列意象的张力起伏形态，而具有了空间上的折感。

更形象的例子还有宗白华的《夜》：“一时间，/觉得我的微躯，/是一颗小星，/莹然万里星，/随着星流。/一会儿，/又觉得我的心，/是一张明镜，/宇宙的万里，/在里面灿着。”[1]所有的意象踱步于宗白华的思绪中娓娓展现，这思绪作为意象展现基于的线索贯穿了全诗，提供了合一性。特征为“小”的“微躯”与“小星”，转折至特征为“大”的“莹然万里星”，再是特征为“小”的“心”和“镜”，最后又折向了特征为“大”的“宇宙万里”。一系列意象共同基于思绪为线索合一性中展开，又在“大”与“小”的相斥性中反复弯折，构成了这一系列意象的张力起伏。

小		小	
我的微躯，/是一颗小星，	/莹然万里星，/	……又觉得我的心，/是一张明镜，/	宇宙的万里
	大		大

情绪上的折感，一系列意象在基于同一个主角或事件赋予的合一性中，由喜转忧、由悲转傲、由怒转趣等，一种情绪后紧接着与之相反的另一种情绪构成相斥性，在情绪的反差突变里渗入玄妙的情思。这种类型的折感广泛出现在小林一茶的俳句中，如“来和我游戏吧，没有母亲的雀儿”[2]，“瘦蛤蟆，不要败退，一茶在这里”[3]，“我杀死一只蚂蚁，发现三个孩子正看着我”[4]。此种就仅以第一例来分析，小林一茶作为叙述者也是事件的主导者贯穿在情节中呈现为合一性，“来和我游戏吧”因游玩行为本身是欢乐的，有着的是正面的情绪；可来到第二句，游玩的对象是“没有母亲的雀儿”，丧母的幼鸟带给人的又是种悲伤的负面情绪；在诗句截止后，余韵中的场景应该是小林一茶和雀儿玩耍时对雀儿的关爱，基调又到了正面的情绪。在正面的乐的情绪与负面的悲的情绪的切换转折中形成了相斥

① 宗白华《春风如酒：过有诗意的生活》，江苏凤凰文艺出版社 2019 年版，第 301 页。

② 王向远《中国日本文学研究史》，北京师范大学出版社 2021 年版，第 72 页。

③ 《中国日本文学研究史》，第 70 页。

④ 罗振亚《日本俳句与中国“小诗”的生成》，周军编《新世纪诗歌理论批评重要文献选读》，中国广播影视出版社 2023 年版，第 22 页。

的效果，与单一叙述者带来的合一性共同构成了意象起伏的张力结构。

乐（有爱）		乐（有爱）
来和我游戏吧，	没有母亲的雀儿。	
	悲（无爱）	

同样原理的典型还有周作人翻译的俳句“故乡啊，触着碰着都是荆棘的花”[①]。“故乡”一词整体上带给人们好的感受，而后的“荆棘”在各种意义上则都是作为“坏”的存在，再又紧跟通常是用来象征正面意义的物像“花”。在合一性的思绪的进展中，正面情绪与负面情绪交替转折形成相斥性，在意象的张力起伏作用下将对故乡复杂的眷恋之情真切地展现。

好（正面情绪）		好（正面情绪）
故乡啊，	触着碰着都是荆棘的	花。
	坏（负面情绪）	

感官上的折感，在所处的共同场景赋予的合一性中，具有软硬、冷热、具象抽象等在感官层面上处于两极间的具有相斥性的意象交替切换而形成的张力，构造出文本上的折感。以俳句“万籁闲寂，蝉鸣入岩石”为例[②]。各种景物同在禅院场景中具有着合一性，从“万籁闲寂”有着安静静止特点的初始氛围转折向具有动、响特点的“蝉鸣”，其作为声响在硬度上又是最虚无的存在。接着又转折向具有静与硬特点的岩石。在从静到动到静等一系列具有相斥性的意象中转折前进，形成了这首小诗张力起伏的艺术特征。

	静		静 硬
同一场景中（合一）	万籁闲寂，	蝉鸣	入岩石
		动、响、软	

一系列意象的张力起伏似海浪的涌动，其中裹挟的秘密除了共同情绪场的构造之外，还指向有关“外在韵律”和“内在韵律”所触及的一个诗歌研究中极为基础的问题——人们为什么喜欢韵律。国内不少诗歌研究者都曾尝试解答这一问题，有关于此的各级别研究项目也有数十个之多，但探究出的答案均未能刨根究底。布鲁克斯在其编写的教材《理解诗歌》中则跳出文学范畴，提供了一个值得关注的角度：“我们所在的世界里涌动着视觉的、听觉的、触觉的，各种各样的韵律：季节的交替，月的圆缺，潮汐的涨落，候鸟的迁徙。

① 周朝晖《摆渡人——塑造日本文化的 24 人》，文化发展出版社 2021 年版，第 147 页。
② 马兴国《十七音的世界——日本俳句》，辽宁大学出版社 1996 年版，第 226 页。

人体本身也充满有韵律：心脏的跳动，呼吸的吐纳，行进与睡觉，奋斗与休憩，饥饿与饱食。韵律是所有生物和事件的本源性原则之一。当然，也深深地存在于情感的经验与表达中。”①韵律实际上就是节奏，而节奏的本质就是有规律的重复。当个体的心跳忽快忽慢，若自然界没有了月的圆缺与候鸟的迁徙……离灾害发生也就不远了。小到个人的躯体，大到整个自然界，当正处于健康和谐圆满的状态时，呈现出的也正是其方方面面中有规律的重复。一个作品中具有了有规律的重复，模仿契合的正是万事万物处于健康和谐圆满时的状态特征，暗合了我们人类作为生命体对于健康和谐圆满状态的本能性依赖，所以人们会喜欢韵律。一系列意象的张力起伏，让诗歌在“外在韵律”音乐和“内在韵律”情感范畴之外的结构层面中也具有了韵律特征。

结　语

张力因素不仅塑造出了经典意象及意象群并促成其进化，赋予了许多诗作源自结构的生命力与共同情绪场的构造等奥妙，更广泛作用于多种艺术形式中，有关的论述从新批评学派到陈仲义老师撰写的《现代诗：语言张力》一书中都有着详尽的展现。但能化大道至简的，还属诗论家孙绍振先生。其在论述幽默的成型时，揭示了张力机制的本质——“妙在有理与无理之间”②，孙绍振先生可能也洞察出了太多的概念都可以放进“有理”与“无理”这组关系的类比中，类比性质的解释虽简洁却具有局限。七年后他在另一部著作中进行了极为细致的阐释，强调“无理”与“有理”即出其不意与意料之中的叠加。“有时概念与事实的不一致，只是表面现象，而在更深的层面上，还有一个潜在的反衬。因为概念和说话者主观的心理是一致的，所以叔本华的‘不一致’理论应该改成：表层不一致与深层一致的一致，或者统一。这不是一种简单的平面的结构，而是一种复合的立体结构，表层的不一致是怪异的，是能用明确的语言表述出来的；而深层的一致则是无声的，或者是从双方共同的经验中得到，或者是从双方默默的推理中得到。表层的‘不一致’，是客观的、可感的，其怪异性是引人发笑的原因，笑的程度与‘不一致’的程度成正比，但是这是短暂的、肤浅且缺乏深厚意味的。如果仅有这种表层的反差，即使笑了也只是滑稽而已。表层的巨大‘不一致’，给读者、听者一个刺激，提示他注意在另一个层次上经过回忆或推理引导出来的‘一致’。如果前者可以称作错位的话，那么后者(一致)便可以叫作‘复位’。有

① [美]克林布斯·鲁克斯《理解诗歌》，外语教学与研究出版社2004年版，第2页。
② 孙绍振《孙绍振幽默文集第三卷——幽默基本原理》，广东旅游出版社2002年版，第50页。

了这双重结构的张力，就比较经得起思索，比较深刻了。这就可以称得上是幽默了。”①“表层不一致与深层一致的一致”更宽泛的可以理解为，一个作品有着不同的层面，其中一个层面里的因素是一致的，具有了“合一性”；另一个层面中的因素是不一致的，具有了“相斥性”。这两个层面的叠加，即“合一性”与“相斥性”的叠加，就形成了张力结构。许多流行作品也正是循序此结构，在形式层面上为“雅”而内容层面上为“俗”，使本处于两极的雅俗并不冲突且易于人们接受。

以力识诗、以力识文对于一体两面的鉴赏与创作而言，在教学实践中既是切实可感的进入文本的方法也是易于把握学习的创作手法，并与“及物”“叙述”等新诗研究动向殊途同归，益于构建更为具体的诗学话语以强化新诗与生俱来但极易被模糊的人民大众文化平权属性。

（作者简介：王觅，南京晓庄学院文学院讲师，发表过论文《论诗歌译文与原文的良性互动——以〈未选择的路〉为例》等。王珂，东南大学人文学院教授，发表过论文《新时代要重视新诗功能文体学研究》等。）

① 孙绍振《幽默心理和幽默逻辑》，首都经济贸易大学出版社2009年版，第62页。